Veronica de Bruyn-de Osa

Das geheimnisvolle Fingerzeichen

El Greco, Die Heilige Familie mit St. Anna, ca. 1594–1604,
Leinwand 112 × 105 cm, Toledo, Hospital de Afuera
Foto: Linares, Toledo

Veronica de Bruyn-de Osa

DAS GEHEIMNISVOLLE FINGERZEICHEN

Ein El-Greco-Roman

Aus dem Englischen von
Matthias Franz

edition q

Titel der englischen Originalausgabe
THE MYSTIC FINGER SYMBOL – A Novel of El Greco

Die Deutsche Bibliothek – CIP-Einheitsaufnahme
Bruyn-de Osa, Verónica de:
Das geheimnisvolle Fingerzeichen: ein El-Greco-Roman / Verónica de
Bruyn-de Osa. Aus dem Engl. von Matthias Franz. –
Berlin, Ed. q, 1993
Einheitssacht.: The mystic finger symbol <dt.>
ISBN 3-86124-157-9

Lektorat: Klaus R. Dichtl
Umschlaggestaltung: Atelier Höpfner-Thoma, München
unter Verwendung des Gemäldes von El Greco, La Adoracion de los
Pastores, 1612–14, Leinwand 319 × 180 cm, Madrid, Museo del Prado

Gesamtherstellung: Ebner Ulm
Printed in Germany

ISBN 3-86124-157-9

Inhalt

„Er ist der einzige Maler, der wirklich himmlische Visionen vor unseren sterblichen Augen ausgebreitet hat; er malte sie so, wie er sie sah. Und mit seinem ‚Begräbnis des Grafen Orgaz', dem großen Gemälde, das sein Meisterwerk darstellt, erreichte er, wie es niemandem vor ihm gelungen ist und wahrscheinlich auch niemandem nach ihm je wieder gelingen wird, eine Übereinstimmung und eine Wechselbeziehung zwischen dem Übernatürlichen und dem Materiellen, die ganz natürlich erscheint . . ."

ENCYCLOPAEDIA BRITANNICA
(1952 – Band 17, Seite 45)

KAPITEL I

Kandia, Kreta, 1528 – 1541

Der Mann beugte sich nach vorn dem Feuer zu, sein Körper krümmte sich im Halbdunkel des kahlen Raumes. Er war sich der Angst und des Mitgefühls bewußt; er dachte an seine Frau und an die Qualen, die sie gegenwärtig litt, fürchtete um den Funken von Leben, der sie beide in Körper und Seele vereinte. Die Dunkelheit in den Ecken des Raumes und die dunklen Holzbalken wurden von Zeit zu Zeit vom flackernden Licht des Feuers erhellt. Es war ein Spiel der Leidenschaft und Zartheit, das sich durch den Raum bewegte und die Sinne des Mannes fesselte; Schatten an den weißen Wänden, zitternd, tanzend; von draußen waren Stimmen zu hören, Schritte von Vorbeigehenden, leise, eilig, auf seltsame Weise in den kleinen Raum dringend. Schließlich vernahm er ein entferntes Stöhnen, und er versuchte mit einer ihm selbst unbegreiflichen Kraft ein Zeichen, ein Stück seiner Seele, aus dem Raum hinaus zu senden, durch die dunklen Gänge, durch geschlossene Türen in die warme Kammer, in der seine Frau lag und in ihrem Schmerz seiner Liebe sicher sein konnte. Er wollte ihr etwas geben, das sie festhalten konnte, ein starkes Gefühl der Nähe, eine kühle Hand. Er betete nicht mehr, denn er hatte genug gebetet, doch nun wünschte er sich, daß der Geist seiner Gebete von ihm zu ihr gelangen möge.

Irgend etwas in ihm sagte: „Ihre Stunde kann schon geschlagen haben. Ihr seid glücklich zusammen gewesen, aber das ist alles Erinnerung. Jetzt mußt du, Gott, wählen, denn es geht um ihr Leben oder meines."
„Dann soll mein Leben gerettet werden, mein Herr und Gott" sagte er laut, „aber wie sollte ich in dieser Welt ohne ihre Liebe, Stärke und Weisheit leben? Ist sie nicht alles für mich? Ohne sie werde ich kaum leben können."

Er stand auf, den Rücken zum Feuer gewandt, und schaute zur Tür. Er bekam keine Antwort auf seine Frage, aber die Spannung um ihn und in ihm begann nachzulassen. Tief durchatmend lauschte er wieder und konnte einen hohen, keuchenden, ungeduldigen, jammernden Ton vernehmen, als ob die heftigen Schmerzen einen Höhepunkt erreicht hätten, für den es keine Steigerung mehr gab. Er erhob die Hände zum Gesicht und bedeckte seine Augen, als die Tür plötzlich aufging, ein lächelndes Dienstmädchen vor ihm stand und triumphierend sagte: „Herr, es ist wieder ein Junge, es geht ihm gut, und er ist kräftig."

*

Die Hügel von Kandia auf der Insel Kreta waren fruchtbarer als der Schoß dieser Frau, denn elf Jahre lang war Manusso ihr einziges Kind gewesen. Das war seltsam, denn sie war eine Tochter der Sphakiots, die nur Milch tranken und dafür bekannt waren, daß sie hundert Jahre alt wurden. Sie rühmten sich, echte Griechen zu sein.

Er hatte sie mit ihrem Vater, ihren Brüdern und einem Mann, der anscheinend ihr Verlobter war, tanzen sehen. Sie war blond, blauäugig und sehr schnell in all ihren Gesten. Theotokopoulos hatte dagestanden und sie beobachtet; ihre Brüste waren entblößt und von der Sonne vieler Tage gebräunt, über ihrem Kopf aber hatte sie einen Schleier getragen. Die Männer der Gruppe hatten wunderbare Zähne, die in der Sonne glänzten, und plötzlich hatte der stille Grieche eine Vision dieser weißen Zähne, wie sie in ihre sonnengebräunte Schulter bissen, falls sie nicht gehorchte. Die Haare der Männer wehten im Wind, als sie mit Pfeil und Bogen tanzten und voller Stolz zu sein schienen; er jedoch spürte den Unterton des Aufstands in ihrem Tanz, dessentwegen sie von ihren Bergen herabgestiegen waren und der nichts weiter war als ein Spiel, hinter dem sie den Plan einer künftigen Rebellion verbargen.

Das geschah sehr oft, denn die Sphakiots waren nicht gewillt zu vergessen, daß sie direkte Nachfahren der ersten Inselbewohner waren.

Theotokopoulos nahm nur kurzen Kontakt mit ihr auf, der erwidert wurde, wobei sie sich lediglich mit den Augen verständigten. Seine dunklen, samtigen Augen schauten in ihre großen klaren Pupillen, so daß es ihm schien, als tauchte er in den blauen Himmel ein. Der Himmel schien ihn willig aufzunehmen, öffnete sich, zog ihn mit starkem Strom tiefer und tiefer in seine ganze Schönheit hinein.

Weder das Mädchen noch der Mann hatten ein Wort gesprochen. Ihre festen, sonnengebräunten Brüste schienen sich zu ihm hin aufzurichten und die Brustwarzen standen aufrecht, als ob sie gierig wären, von Kinderlippen gesaugt zu werden. Als er jedoch seine brennende Hand erhob, um diese Brüste ganz sacht zu berühren, fand er, daß sie kühl und erfrischend waren. Der leichte Geruch, der zu ihm herüberwehte, erschien ihm in seinem Rausch als der feinste Duft und war für ihn die intimste körperliche Versicherung, daß sie ihn genauso begehrte wie er sie.

Der Tanz zog sie von ihm weg. Wie unter physischem Zwang drehte er dem Schauspiel den Rücken zu und ging zu seinem weißen Haus mit dem flachen, leicht gewölbten Dach, auf das er sich begab, um über das klare blaue Meer zu schauen, das die Farbe ihrer Augen hatte. Es kam ihm noch einmal zum Bewußtsein, wie machtlos ein Grieche auf dieser Insel, die vom venezianischen Adel beherrscht wurde, war, und wie sehr sie sich daran gewöhnt hatten, Befehle entgegenzunehmen und zu befolgen. Nur die Sphakiots waren freie Menschen unter diesen Herren geblieben und übten bewaffneten Widerstand. Er dachte an die grausamen Bestrafungen, mit denen der Herrscher der Insel jeden hoffnungslosen Kampf für Freiheit unterdrückte. Er seufzte und dachte, daß dieses Mädchen vielleicht besser daran war als er, der als Kaufmann lebte und sich seinen Studien widmete. Seine Gedanken wanderten zu einem Manuskript, an dessen Entzifferung er gerade arbeitete, und als seine Gedanken eine andere Richtung nahmen, ging er vom Dach hinunter und betrat die friedliche Einsamkeit seines Hauses.

Er setzte sich und las wieder und wieder einen bestimmten Abschnitt und, gefangen von einer Faszination, in die ihn die tote Materie versetzte, vergaß er völlig den wilden und berauschenden Charme, der auf ihn eingewirkt hatte, während er dem unbekannten Mädchen nahe gewesen war.

Ein paar Tage vergingen, und dann hörte er in Kandia von der Bestrafung, die der Tanzgruppe der Sphakiots widerfahren war. Wegen des erneuten Versuchs eines Aufstands waren alle Tänzer von venezianischen Soldaten getötet worden, und der Rest des Volkes wurde nun dadurch bestraft, daß die Unterdrücker ihnen verwehrten, auf einem großen Teil ihres eigenen Landes Getreide anzubauen. So wurden nicht nur die Menschen bestraft, sondern sogar die Erde selbst.

„Sie sind alle tot", wurde ihm erzählt. „Aber das Mädchen scheint davongekommen zu sein. Sie war so flink, daß sie sie nicht fangen konnten – aber wenn sie ihrer habhaft werden, wird sie sofort getötet."

In dieser Nacht hörte Theotokopoulos ein leises Klopfen an seiner Tür und wußte instinktiv, daß sie es war . . . Sie hatte ihren Weg gefunden.

Das Mädchen war schmutzig, bedeckt mit dem Staub vieler Straßen, die sie entlanggelaufen war. Auf ihrer Stirn war Blut, wodurch ihr blondes Haar zusammenklebte, und das dunkle geronnene Blut hielt ein letztes Stück ihres Schleiers fest, der heruntergerissen worden war. Ihre Hüften waren von einem zerlumpten Rock bedeckt. Ihr gesamtes Wesen schien gebrochen zu sein durch den großen Kummer über die Ermordeten ihres Volkes, und das süße Verlangen nach ihm war nicht mehr in ihr. Sie zitterte und das Blau ihrer Augen zeigte sich jetzt so, als ob alles Licht darin erloschen wäre, während das Beben ihres Körpers sichtbar in ein Fieberschütteln überging.

Theotokopoulos legte dem Mädchen seine Hand auf den Rücken und zog es in die Sicherheit seines Hauses hinein.

Dort wusch er mit unsicheren Fingern die Wunde auf ihrer Stirn und wischte den Staub von ihrem Gesicht. Er hatte einige medizinische Kenntnisse, und sein Können und ihre starke Konstitution besiegten schließlich das schwere Fieber. Sie lag jedoch lange Tage und scheinbar endlose Nächte, geplagt von heftigen Schmerzen, die mehr seelischer als körperlicher Natur waren. Gelegentlich mußte er sie sogar ans Bett binden, damit ihre Wildheit sie nicht aus dem Hause trieb.

Er fühlte sich ihr gegenüber ganz ergeben, seine Gedanken waren nur darauf gerichtet, Heilmittel für sie zu beschaffen, die ihr Schlaf bringen könnten. Eines Nachts schienen ihre Augen in dem trüben Kerzenlicht endlich klarer zu blicken, und es sah so aus, als ob sie ihn zum ersten Male erkannt hätte. Doch ihre Lippen waren zu einem dünnen blassen Strich zusammengepreßt und nicht mehr rot und blühend, wie sie bei ihrer ersten Begegnung gewesen waren. Ihre Augen, die ruhig und von einem kalten leblosen Blau waren, starrten ihn stumpfsinnig an.

Er erhitzte ein wenig Olivenöl, so daß ein leichter öliger Geruch das Haus erfüllte, und während es sich abkühlte, setzte er sich neben sie und begann, ihr mit leiser Stimme die Geschichte der Olivenbäume mit ihren krummen Stämmen zu erzählen.

„Siehst du", sagte er „die Olivenbäume sind so phantastisch gebogen, weil keiner sich die Mühe machte, sie gerade zu richten. Das aber ist der Unterschied zwischen einem Baum und einem Menschen - ein Baum kann sogar dann Früchte tragen, wenn er völlig verkrümmt ist; das kann ein Mensch nicht. Ein Mensch muß zum Himmel und zu Gott aufschauen – denn von Gott erhalten wir die Kraft, alle Mühsal zu ertragen, weil wir uns innerlich zu Ihm und zu Seinem ewigen Licht erheben und von Ihm immer und immer wieder neue Kräfte zum Leben erhalten."

Theotokopoulos saß jetzt still da und es war, als hätte er zu einer Statue gesprochen. Er seufzte und fuhr mit der gleichen sanften Stimme fort: „Ich werde deinen Körper jetzt mit diesem Olivenöl einreiben, denn beim Waschen würde ich dir etwas von deiner Kraft nehmen. Wenn ich aber dieses Öl, das jetzt lauwarm ist, benutze, wird dein Körper all seine natürliche Kraft behalten und erneuern können."

Das Mädchen blieb still. Sie ließ ihn das tun, was er gesagt hatte und leistete seinen Händen keinen Widerstand, reagierte aber auch nicht auf sie.

Der Mann, dessen Sinn darauf gerichtet war, ihr zu helfen, hatte ihren schönen nackten Körper noch nie so ruhig gesehen, denn während sie krank war, hatte sie sich immer krümmen und gegen ihre

Schmerzen und das brennende Fieber, das er unter seinen Händen spürte, ankämpfen müssen. Diese Nacht hatte er intensiv gebetet, und die Gemeinschaft mit Gott hatte ihn mit einer starken Kraft erfüllt, einem Willen, der nur ein Bestreben kannte ... sie ins Leben zurückzuholen.

Er legte all seine Zärtlichkeit in seine Hände und begann, ihr langsam den Nacken, die Arme, die Brüste und dann den Bauch, der eingefallen zwischen ihren hervorstehenden Hüftknochen lag, einzureiben. Sie lag bewegungslos da, starrte an ihm vorbei in den Raum und schien völlig abwesend.

Er war noch voll vom Geist seines Gebets und verspürte keinerlei Fleischeslust in sich, als er murmelte: „Das ist gut für dich, mein Liebes. Alle Kraft, alle Weisheit des alten Olivenbaums geht jetzt in deinen Körper über."

Sorgsam begann er ihre Füße einzureiben, zuerst die Sohlen und zwischen den Zehen und weiter zu den gerundeten Waden. Er salbte beide Beine gründlich bis zu den Knien und sagte: „Das sind schöne, kräftige Beine und durch das Olivenöl kann ich sehen, was für gut ausgeprägte Muskeln du hast."

Aber sie antwortete ihm nicht, sondern lag weiter da wie eine mit Gelenken versehene Statue, deren Gliedmaßen sich nach seinem Willen bewegen ließen.

Er veränderte plötzlich sein Verhalten, seine Bewegungen wurden schneller, er verlor all seine Sanftheit, und es war ihm gleichgültig, was er ihr antat. Er hielt sie wie mit Eisenklauen, so als ob er sie umbringen wollte, und es war in der Tat verwunderlich, daß sein Griff sie nicht erwürgte.

Er erhob sich, müde und erschöpft, und warf achtlos eine Decke über sie, dann kroch er in eine Ecke am Ofen. Er hatte sich viele Nächte hindurch keine Ruhe gegönnt, doch nun überwältigte ihn der Schlaf, und er lag bewegungslos da.

Als sich Theotokopoulos endlich rührte, stieß er gegen den Ofen und erwachte mit einem Schmerz. Er sprang auf, griff nach seinem langen griechischen Gewand, warf es sich hastig über und verließ das Haus, nachdem er die Tür geschlossen hatte.

Den ganzen Tag über arbeitete er fieberhaft, um sich die Gedanken vom Leibe zu halten. Als der Abend kam, schob er vorsichtig Eßwaren durch die halb geöffnete Tür, trat aber nicht ein.

Drei Tage und drei Nächte vergingen, in denen er keinen Fuß in sein eigenes Haus setzte. Am dritten Abend, als er sich wieder einigermaßen unter Kontrolle hatte, betrat er die Kathedrale von Kandia, in der es ein berühmtes altes Bild, genannt die „Jungfrau von la Messopanditissa", gab, vor dem sowohl die Katholiken als auch die orthodoxen Griechen beteten. Er ging zu dem Bild und berührte mit zitternder Hand die goldene Krone, die die Griechen der Jungfrau gewidmet hatten, und kniete dann nieder.

„Oh du, Jungfrau aller Jungfrauen, bitte für mich, damit mir vergeben werden kann. Ich habe meine Sinne verloren – ich habe meine Sinne verloren."

Die Jungfrau schien zu lächeln, während das Kind in ihren Armen auf den verzweifelten Mann niederschaute, und nach einem langen inbrünstigen Gebet zog Frieden in seine Sinne und seine Seele ein.

Gestärkt ging er nach Hause. „Wenn Maria mir vergeben hat, wird es das Mädchen vielleicht auch eines Tages tun", sagte er zu sich selbst.

Als er das Haus betrat, glaubte er seinen Augen nicht zu trauen, denn es war gesäubert und mit Blumen geschmückt worden. Auf dem Tisch standen Früchte und es brannten Kerzen. Das Haus war wie umgewandelt.

„Herr", sagte sie, „deine Dienerin hat drei Tage lang auf dich gewartet. Das Essen ist fertig, und ich hoffe, es wird nach deinem Geschmack sein."

Sie sah aus wie ein anderes Wesen – aus dem Mädchen war eine Frau geworden. Sie erschien Theotokopoulos berauschend schön, und er war so überwältigt von diesem Empfang, daß er sich einfach niedersetzte, still aß und den süßen Wein von Kreta trank.

Später räumte sie den Tisch ab und brachte seine Bücher, während er sich noch nicht zu sprechen wagte; er konnte einfach kein Wort über seine Lippen bringen. Er las und schrieb und dachte langsam nicht mehr an sie, denn er hatte es sich angewöhnt, alles um sich herum zu vergessen, wenn er las. Geistesabwesend ging er zu Bett und schlief ein.

Bald jedoch erwachte er wieder, denn sie war zu ihm gekommen in ihrer ganzen schlanken Nacktheit, schmiegte sich an seinen Körper und flüsterte: „Herr, deine Dienerin möchte dich erfreuen . . ."

In dieser Nacht liebte er sie ganz sanft und mit aller Zärtlichkeit.

*

Theotokopoulos dachte an diesen stürmischen Anfang ihrer Liebe, der ihre Leben miteinander verbunden hatte. Wie stark dieses Zusammensein gewesen sein mußte, erkannte er daran, daß er nicht einfach nur belebt worden war, sondern in der Tat aufwachte durch die letzten Schwingungen ihrer früheren Wildheit, wodurch er als Kaufmann eine viel größere Kraft gewann. Er fühlte sich nicht mehr hoffnungslos von den venezianischen Herrschern unterdrückt, sondern behauptete sich in jeder Verhandlung mit ihnen. Schon bald füllte sich die Kasse seines Geschäfts. Die Bücher zu Hause legte er beiseite, außer wenn er seine geliebte Frau in der Kunst des Lesens unterrichtete.

Sie hatte sich eine große Weisheit angeeignet, war friedfertig und redete in Gesprächen langsam und mit Bedacht, so daß er sie in allen Angelegenheiten konsultierte und nie daran dachte, eine Entscheidung ohne ihren Rat zu treffen.

Und nun, nach elf Jahren, bei der Geburt ihres zweiten Sohnes, Domenikos, spürte er, wie er mit all der Kraft seines Geistes, im Gebet und voller Mitleid mit ihr, um ihr Leben kämpfte.

KAPITEL II

Kandia, Kreta, 1541 – 1548

Domenikos, Sohn des Theotokopoulos, wuchs auf in dieser glücklichen Welt der Liebe, des Verständnisses und einer natürlichen Kultur. Es war eine Welt aus Samt, die keine scharfen Kanten hatte, und in der er keine Leere und Einsamkeit, keine Nörgelei, zornige Stimmen und nicht einmal das Flüstern sinnlicher Dienstmädchen kannte. Er wurde beschützt durch die nahtlose Einheit von Vater und Mutter; keine Dunkelheit drang durch das Dach ihrer schützenden Fürsorge. Sicher, sein Bruder Manusso half schon im Geschäft des Vaters; doch auch der jüngere Sohn wurde nicht von den Familienangelegenheiten ausgeschlossen: Die Familie füllte ihn ganz aus und gab ihm das Gefühl der Eintracht und des Glücks.

Im Haus gab es viele Bücher, und schon als er noch ein kleines Kind war, gab seine Mutter die Kenntnisse an ihn weiter, die sie von seinem Vater erworben hatte. Bereits mit fünf Jahren konnte er seinen Namen in feinen griechischen Buchstaben schreiben. Mit sechs erreichte er Perfektion darin, indem er Stunde um Stunde übte, wobei sich seine Neigung zu Eigensinn und seine jugendliche Entschlossenheit zeigte, etwas zu vollbringen und dabei zu glänzen.

Es war bei den Frauen in Kreta üblich, spät abends zur Kirche zu gehen, und als er seine Mutter einmal dorthin begleitete, sah der kleine Domenikos zum erstenmal Freskomalerei bei Nacht. Nachdem ihn seine Mutter mit in die Kathedrale genommen hatte, die von gedämpftem Kerzenlicht erfüllt war, stand der Junge nun da und starrte wie gebannt auf die Gemälde, wobei seine hellbraunen Augen jetzt dunkel erschienen.

Seine Mutter, die ihre Gebete verrichtet hatte, konnte das Kind nicht dazu bringen, sich zu bewegen, obwohl sie ihn zog und schob. Domenikos stand still, seine kleinen Beine gespreizt, als ob er entschlossen wäre, all das, was die Gemälde an Bedeutung und Schönheit mitteilen wollten, in seine hungrige Seele aufzunehmen.

Sie zog ihn mit der Hand, doch er entwickelte eine erstaunliche Kraft in seiner starren Haltung, so daß sie sich schließlich gezwungen sah, ihn um die Hüfte zu fassen und aus der Kirche zu tragen. Er wehrte sich nicht, und seine Mutter ging auch nicht grob mit ihm um, denn sie liebte ihn trotz seines wilden jungenhaften Eigensinns. Er war ihr jüngstes und letztes Kind, und vielleicht erkannte sie in ihm die starke Kraft, die sie einmal an seinen Vater gefesselt hatte.

Mutter und Sohn gingen nach Hause, die kalte Hand des Jungen lag in der warmen seiner Mutter, und als sie ihn losließ, rannte er an ihr vorbei ins Haus und fand dort die Pergamentrolle, die ihm zum Üben gegeben worden war. Sofort begann er zu zeichnen, während sie sich ihren Küchenarbeiten widmete. Als Vater Theotokopoulos später heimkehrte, fand er seinen Sohn vor, wie er auf einem Schemel stand und zeichnete. Mit flinker Hand hatte er die Madonna des Freskogemäldes mit steifen rechteckigen Linien, so wie er sie in der Kirche gesehen hatte, nachgezeichnet.

In der Nacht sprachen die Eltern darüber, ob sie den Jungen in ein Kloster schicken sollten, damit er die Kunst des Malens gründlich erlerne. Aber Domenikos faßte seinen eigenen Entschluß, machte sich am nächsten Morgen frühzeitig ganz allein auf und versuchte, die Kirche zu finden, in der er solche Wunder gesehen hatte.

Er rannte los und suchte seinen Weg durch Kandia. Er ging über die nach venezianischem Vorbild erbaute Piazza San Marco, eilte an den vielen Läden und Ständen vorbei, von denen einer seinem Vater gehörte, und entschloß sich, um Hilfe zu rufen. So wurde er zum großen Erstaunen des alten Theotokopoulos in seinen Laden gebracht.

„Vater", bettelte der Junge, „bitte bring mich zu den Bildern. Ich will sehen, wie sie größer werden."

Der Vater wunderte sich, wie das Kind bemerkt haben konnte, daß die Fresken unvollendet waren, denn in der Kirche war es ja fast dunkel gewesen; aber er erfüllte ihm seinen Wunsch und brachte ihn hin.

In der Kirche stand ein Mönch auf einem Gerüst und malte, während ein anderer Franziskaner ihn dabei beobachtete. An der Wand waren Linien zu sehen, die genau angaben, wie sich das Gemälde weiter entwikkeln sollte.

„Du", sagte der kleine Domenikos, wobei er den Mönch am Ärmel zog, „sag mir bitte: warum zeichnet er diese Linien?"

Der Mönch, dessen Augen weiterhin auf die Wand gerichtet waren, antwortete: „Die hat nicht er gezeichnet, mein Sohn, sondern ich. Siehst du, der Kopf der Figur muß so groß sein wie das kleine Quadrat und nicht größer, und der Körper muß genau in das Rechteck passen. Das sind die Grundsätze, nach denen wir uns richten müssen."

Vater und Sohn standen schweigend da; dann sagte der Junge: „Es muß leichter sein, wenn man es so macht."

Der Franziskaner schaute weiter zu dem Freskogemälde hinauf, als er antwortete: „Es ist immer leichter, Dinge gemeinsam zu machen, mein Sohn. Gott allein kann ohne Hilfe etwas schaffen. Er ist niemals erschöpft, doch wir Menschen werden müde. Und wenn wir nicht nach ganz genauen Regeln, sondern bloß nach unseren Träumen malen, können wir nicht erwarten, daß ein anderer Mensch uns dabei helfen kann."

„Warum?", fragte der Junge gespannt.

„Jeder Mensch hat einen anderen Traum. Wir Mönche malen nicht, um unsere Gedanken auszudrücken, sondern weil wir Gott mit unseren Gemälden dienen wollen und müssen. Da der Dienst an Gott nicht unterbrochen werden darf, zeichnen wir diese Linien mit mathematischer Präzision, damit, wenn einer von uns erschöpft ist oder stirbt, ein anderer dessen Arbeit leicht weiterführen und vollenden kann."

Domenikos antwortete nicht, denn diese Erklärung war für ihn schwer zu verstehen. Schweigend stand er da, seine Hand lag heiß und klebrig in der seines Vaters.

Dann sagte der alte Theotokopoulos: „Mein Sohn ist noch nicht einmal sieben Jahre alt. Ich bin griechisch-orthodoxen Glaubens und mein Sohn auch. Obwohl ich nur ein Händler bin, kann ich lesen und schreiben. Wäre ich der Sohn eines reicheren Mannes gewesen, hätte ich Medizin studiert. Alle Kenntnisse, die ich besitze, habe ich mir selbst nur durch Lesen angeeignet."

„Alles ist zum besten, mein guter Mann", bemerkte der Mönch, „Christus verspricht: ‚Gesegnet sind die Armen im Geiste, denn ihnen gehört das Himmelreich'."

„Nein", meinte Vater Theotokopoulos, „ich weiß genug, um zu verstehen, daß mein Sohn kein gewöhnliches Kind ist. Er ist besessen von dem Wunsch zu zeichnen, vielleicht sogar zu malen." Er machte eine Pause und fuhr dann fort: „Er wird durch den Wunsch angetrieben und ist ihm ausgeliefert und nicht umgekehrt."

„Ein Kind muß Disziplin halten und sein Talent, sofern es eins besitzt, in den Dienst Gottes stellen", antwortete der Mönch. „Wir nehmen Jungen auf, die uns helfen. Wir kümmern uns um ihre Kleidung und geben ihnen Nahrung für Körper und Seele. Sie leben mit uns, und wir sorgen für ihre Schulbildung. Anfangs arbeiten sie im Garten, und später reinigen sie unsere Ateliers. Dort finden sie genügend Bücher, aus denen sie in ihrer Freizeit lernen können. Wir bringen ihnen bei, wie man Kreide in die für Ikonenmalerei verwendeten Holzplatten reibt und wie Grundfarben aufgetragen werden. Sie können uns bei der Arbeit zusehen. Später haben sie sogar die Möglichkeit, bei der eigentlichen Freskomalerei mitzuwirken. Ja, von uns kann ein Junge eine Menge lernen. Seine Eltern müssen aber einen rechtsgültigen Vertrag mit unserem Kloster unterzeichnen, und der Junge muß als Lehrling für zwölf oder wenigstens zehn Jahre bei uns bleiben."

„Ich werde über all das nachdenken, Pater. Ich muß mit meiner Frau darüber sprechen; sie weiß, was am besten ist. Domenikos ist unser jüngster Sohn."

Jetzt wandte der Mönch seinen Blick von der Wand ab, und indem er dem Jungen ein Kreuzzeichen auf die Stirn machte, sagte er: „Du, Domenikos, wirst auch darüber nachdenken. Denn ich sah dich letzte Nacht in einem Traum." Er legte dem Jungen seine Hand auf das aschblonde Haar und fuhr in leiserem Tonfall fort: „Ja, auch wir haben Träume – aber wir malen sie nicht. Wir malen nach den Regeln. Es sind die Regeln, die du lernen mußt."

Im Alter von sieben Jahren wurde Domenikos Theotokopoulos zu den Franziskanern in die Lehre gegeben.

KAPITEL III

Kandia, Kreta, 1548 – 1558

Domenikos lag wach und konnte nicht schlafen. Es ist doch seltsam, dachte er, daß all die anderen Jungen scheinbar so gut schlafen können. Ich wünschte, ich könnte es auch. Aber der Schlaf will nicht kommen. Jetzt sind Vater und Mutter allein zu Hause. Natürlich kommt Manusso von Zeit zu Zeit und besucht sie. Mutter wird mich vermissen. Sie weinte, als ich fortging. Aber dann erklärte ich ihr, daß ich lernen müßte, wie man richtig mit Farben umgeht. Doch hier scheinen sie mit den Farben nicht spielerisch umzugehen, sondern mit ihnen und durch sie zu beten. Ja, das muß es sein, was der Mönch sagte – sie benutzen die Farben, um durch sie mit Gott zu sprechen. Deshalb sind die Farben so prächtig, denn Dürftigkeit würde natürlich nicht zum Ruhme Gottes sein. Man muß zu Gott so sprechen, wie es die Heiligen Drei Könige taten, die zu Christus kamen und ihm wunderbare Gaben mitbrachten. Seltsam ist aber, wie alt die Kinder auf den Ikonen mit goldenem Hintergrund aussehen – überhaupt nicht wie richtige Kinder.

„Domenikos, schläfst du?"

„Nein, Julian, ich habe so viel nachgedacht, daß ich nicht schlafen kann."

„Domenikos, worüber hast du nachgedacht?"

„Über die Farben, diese wundervollen, leuchtenden Farben. Das Rot und Blau und Gold. Und auch darüber, wie Christus auf dem Bild aussieht, wie ein richtiger Edelmann. Und dann das schöne Gewand, das die Madonna trägt."

„Ich habe einmal ein Bild der Gottesmutter gesehen, darauf sah sie ganz anders aus, wie eine wirkliche Frau. Man konnte ihre Brüste sehen. Sie sahen aus wie kleine, runde Äpfel. Und das Christkind war ein richtiger kleiner Junge mit nackten, runden Beinen und hatte kleine Füße mit rosafarbenen Sohlen. Es war ein Bild im Hause eines venezianischen Adligen, und ich durfte es nur für einen kurzen Moment sehen, doch ich kann es nicht vergessen."

„Ich glaube nicht, daß mir das gefallen hätte. Ich will kein Christkind, das wie ein normales Kind aussieht . . . ich will, daß Er anders aussieht, denn Er ist Gottes Sohn. Ich will lernen, wie die Mönche diese schönen Gewänder malen; jetzt sind die Farben die ganze Zeit vor meinen Augen, und sie sind so stark und leuchtend, daß ich nicht schlafen kann."

„Oh, Domenikos, ich wünschte, ich könnte nur einmal die Brüste einer Frau berühren. Wenn ich an solche Dinge denke, wird mir ganz heiß, und ich kann nicht mehr arbeiten. Ich habe einen älteren Bruder, und eines Tages schlich ich mich ins Zimmer, in dem er saß und seine Braut auf dem Schoß hielt. Ich konnte nicht sehen, was er tat, doch faßte er an ihre Brüste, als ob es reife Früchte wären. Das Mädchen kicherte und protestierte: ‚Nein, nein, laß mich', dabei hatte sie aber einen nicht gerade abwehrenden Gesichtsausdruck. Es war, als ob die beiden Wein getrunken hätten. Und dann gab sie einen merkwürdigen, kurzen Schrei von sich. Mein Bruder schaute auf, sah, wie ich sie beobachtete und schickte mich sofort weg. Er hat mir niemals etwas davon erzählt."

„Ich kann dir sagen, Julian, das ist nichts besonderes. Mein Vater hat es mir erklärt. Wenn ein Mann eine Frau liebt, will er ein Kind von ihr. Und das Kind kommt vom Samen, wie auch die Blumen aus dem Samen wachsen. ‚Es ist ganz leicht', sagte mein Vater, ‚und alle Tiere können es. Doch ein Mann sollte es nur tun, wenn er eine Frau liebt, und eine Frau sollte nur von dem Mann ein Kind bekommen, den sie liebt.' In diesem Punkt unterscheiden wir uns von den Tieren, und das ist der Grund, warum ich zeichnen kann, denn Mutter bekam mich von Vater, als sie einander liebten."

„Oh," antwortete Julian, „das also tat mein Bruder."

„Mutter sagte mir, daß es nur eine gute Sache ist, wenn man sich liebt. Ich sollte einfach nicht daran denken, bis ich fühle, daß ich ein Mädchen wirklich mag. Bis dahin ist es viel interessanter, über diese schönen Gewänder nachzudenken. Die Tiere haben keine Kleidung, doch wir haben welche, und das ist auch ein Grund dafür, warum wir soviel edler sind. Ich liebe prächtige, farbenfrohe Seiden-, Brokat- und Samtstoffe und all die anderen Sachen, die mein Vater in seinem Geschäft anbietet. Ich möchte gerne wissen, wie man diese malt. . ."

„Ich glaube, ich kann jetzt schlafen."

*

Domenikos arbeitete hart, hauptsächlich bei der Herstellung von zahllosen hölzernen Platten für die Ikonen, die durchschnittlich so groß wie eine Fruchtschale waren. Sie wurden in fast jedem Haus auf Kreta als Hausaltar benutzt; manche waren flach und bemalt, manche reliefartig, denn Statuen waren verboten. Es gab aber auch sehr kleine Ikonen, die als Schutz an einer Schnur um den Hals getragen wurden. Fleißig kopierte er künstlerische Schriften aus einem großen Buch im Arbeitszimmer; er las sehr viel und lernte Italienisch und Latein.

Sein junges Fleisch oder die sexuellen Probleme, über die sich die anderen Jungen heimlich unterhielten, bereiteten ihm keine Unruhe; er interessierte sich in der Tat für nichts anderes als für die Werke der byzantinischen Kunst und erwarb schon bald große Fertigkeiten im Schreiben des Griechischen. Es fiel ihm jedoch schwer, seine blühende Phantasie im Zaume zu halten, wenn er malte. Als Domenikos zu gegebener Zeit beim Malen einiger Fresken helfen durfte, fühlte er sich gleichzeitig inspiriert und verwirrt durch die vielen geraden Linien an der Wand.

So vergingen die Jahre. Eines Tages sollte Domenikos ein Kindergesicht in ein Wandgemälde einzeichnen; seine Malerei wurde jedoch sofort wieder entfernt, weil sie nicht den Regeln entsprach. An jenem Tage wurde Domenikos in die Privatzelle des Paters Franziskus gerufen, der krank war.

„Setz dich, mein Sohn," sagte der Mönch mit freundlicher, doch wegen seines Leidens geschwächter Stimme. „Meine Krankheit hinderte mich daran, dich früher zu mir zu rufen. Eine Schwäche, mein Sohn, und vielleicht gar eine Sünde, für die ich dich um Vergebung bitte. Denn meine Gedanken, und mehr noch meine Gebete, waren all die Jahre über, seit ich zum erstenmal mit dir sprach, bei dir."

Domenikos verehrte Pater Franziskus ganz besonders, weil er es war, der ihn eingeführt hatte in die Kunst der Handhabung feiner Pinsel und des Auftragens von Farben mit kleinen, exakten Strichen, die ein scharfes Auge und eine sehr genaue Arbeitsweise verlangten, bis er in der Lage war, den Pinsel nur mit den Fingerspitzen zu führen. Der Junge liebte seinen Lehrer, und in den Jahren seiner Lehre hatte er immer die großen Fähigkeiten und das Wissen des Mönchs bewundert. Es war nur natürlich, daß ein Meister, der eine so lange Zeit seine Hand geführt hatte, auch sein Denken beeinflußte. Nun saß Domenikos da und erwartete von dem kranken Mönch Kritik an seiner Arbeit.

Ihrer sich ähnelnden Gedanken vielleicht bewußt, fuhr Pater Franziskus nach einigen Minuten der Meditation fort: „Es ist so leicht, einer Hand das Malen beizubringen, die nichts weiter ist als das Instrument des Auges, das des Scharfblicks und der Urteilskraft fähig ist. Es ist jedoch unendlich viel schwerer, einen Menschen im Denken so auszubilden, daß er mit all seinen Gedanken Gott dient. Man hat mir erzählt, Domenikos, daß das Gesicht des Kindes, welches du als Teil des großen Werkes unseres Klosters malen solltest, ein fleischiges Gesicht geworden ist, mit runden Linien, und somit ganz anders aussah als die künstlerischen Vorbilder, denen wir verpflichtet sind. Deshalb wurde deine Arbeit natürlich sofort wieder zunichte gemacht, und du wirst mindestens für weitere sechs Monate Farben ins Holz reiben und Grundierungen aufbringen müssen. Es tut mir leid, nicht wegen der Enttäuschung, die dir offensichtlich zu schaffen macht, sondern weil mir das Ergebnis gezeigt hat, daß meine Unterweisungen zu oberflächlich waren. Es ist mir nicht gelungen, dich davon zu überzeugen, daß du deine Phantasie zügeln mußt. Wie ein ganz kleiner Junge bist du ein Tagträumer geblieben und offenbar noch nicht in der Lage, zu unserem bedeutenden Werk einen schöpferischen Beitrag zu leisten. Und das alles, weil du den Gehorsam verweigerst."

„Aber lieber Pater Franziskus, es ist ganz einfach geschehen. Ich malte etwas ganz anderes, als ich eigentlich wollte – es löste sich von mir und war plötzlich an der Wand."

„Ich sehe, daß du keine Berufung in dir spürst, ein Mönch zu werden. Das Weltliche ist in dir, und du möchtest darin leben. Doch ich muß dich warnen – dies ist die erste Enttäuschung, das erste Leiden, das du wegen der großen Gabe, die dir Gott geschenkt hat – dein sogenanntes Talent – erlebt hast. Du wirst leiden, weil du unfähig bist, deine Phantasie zu zügeln und sie einer gegebenen Ordnung, einer aufgestellten Regel zu unterwerfen. Vor langer Zeit, als du als kleiner Junge zu uns kamst, erschien mir der Hl. Franziskus von Assisi im Schlaf. Ich glaube, es ist jetzt an der Zeit, daß du erfährst, was er zu mir sagte:

„'Der Junge, den du als Lehrling bekommst, wird in der ihm eigenen Art und durch viele Jahrhunderte hindurch mehr für die Herrlichkeit Gottes tun als alle Mönche, die gegenwärtig in den Mauern des Klosters leben, zusammen. Er hat einen langen Weg vor sich, der in seiner ganz persönlichen Gabe, Farben zu mischen und die Herrlichkeit des Lichts durch seine Gemälde zu vermitteln, seinen Anfang nimmt. Er wird in seinem irdischen Leben viel leiden, und sogar in Stunden des Glücks wird er einen Hauch von Schmerz spüren. Führe ihn gut', sagte der Hl. Franziskus, ‚denn du wirst der geistige Meister seiner frühen Jugend sein.'"

„Dann habe ich also Talent, Pater – sagtest du nicht so ?" Die Stimme des Jungen war unsicher wie seine Hand, die nach der Bettstelle griff, auf der Pater Franziskus ruhte.

„Das war die Vision, die ich in der Nacht, bevor du zu uns kamst, hatte. So, wie ein Vater seinen Sohn liebt, habe ich dich all die Jahre über aufgezogen und sollte dich deshalb vor den Leiden dieser Welt schützen. Die fleischlichen Genüsse können keine bleibende Freude spenden. Phantasien, die wie wilde Blumen wachsen, sind auch Opfer aller Stürme. Wenn sich ein Künstler vom immerwährenden Dienst an Gott entfernt, wendet er sich mit seinen Phantasien und Visionen dem Reich des Teufels zu und muß schon bald die Qualen der Hölle erleiden.

Im weit entfernten Spanien hat ein großer Mann einmal gesagt, daß du, wenn dein Vorgesetzter rot zu weiß erklärt, glauben mußt, daß rot wirklich weiß ist. Du, Domenikos, mußt deinen Sinn und Geist, deine Phantasie und Denkweise dem Willen deines Vorgesetzten unterordnen. ‚Die Opferung des Intellekts' wurde von Ignatius de Loyola als höchstes Maß allen Gehorsams bezeichnet. Seine ‚Geistigen Übungen', in denen er seine Anhänger lehrt, die Seele zu reinigen, wurden vom Heiligen Vater in Rom anerkannt."

„Werden mich diese ‚Geistigen Übungen' vor den schrecklichen Leiden schützen, von denen der Hl. Franziskus in deiner Vision sprach?"

„Die Ausbildung der Mitglieder der ‚Gesellschaft Jesu' ist lang; sie sind die ‚Soldaten Gottes'. Was ich dir von ihrem Wissen mitteilen darf, wird dich, da bin ich sicher, stahlhart machen. Deine Vorstellungswelt wird von einer Vision himmlischer Körper durchdrungen werden, und die Versuchungen des Fleisches werden nicht mehr so einfach durch deine Phantasie an dich herankommen. Alles Irdische wird dir fade erscheinen verglichen mit der ewigen Herrlichkeit, die Gott für seine gehorsamen Diener bereithält – im Himmel."

„Ich möchte das lernen, Pater."

„Schau her – wann immer du in Not bist oder eine Entscheidung oder Wahl treffen sollst, mach dieses Zeichen und du wirst die richtige Antwort finden." Der Mönch hob seinen ausgemergelten Arm und streckte seine Hand in die Höhe, die so dünn war, daß das Licht hindurchzuschimmern schien. Ringfinger und Mittelfinger seiner Hand lagen eng aneinander, während die anderen Finger graziös gespreizt waren. „Das ist das Zeichen, das der Hl. Franziskus von Assisi mir für dich gegeben hat."

*

Von dem Tag an erhielt Domenikos die geistliche Ausbildung, von der Pater Franziskus gesprochen hatte. Es wurde ihm befohlen, sich bestimmte religiöse Bilder vor sein geistiges Auge zu halten, um sich so die Schrecken von Sünden und Höllenqualen einzuprägen. Die ersten Bilder hatten das Jüngste Gericht und die Hölle zum Inhalt. Er mußte in einem abgedunkelten Raum sitzen und versuchen, sich den Tag des Jüngsten Gerichts bildlich vorzustellen. Danach hatte er Pater Franziskus eine verbale Beschreibung des Geschehens zu geben, zum Beispiel wie die Gewänder der zwölf Apostel, die Jesus umgaben, aussahen, wie ihm ihre Gesichter erschienen waren und wie über der Versammlung aller Seelen die Figur Christi in ihrer ewigen Herrlichkeit leuchtete.

Pater Franziskus fragte ihn, ob er wirklich Furcht empfunden hätte, als er sich die Hölle und die damit verbundenen Qualen vorstellte. Als Domenikos über den schönen, göttlichen Kopf Jesu meditieren durfte, und er auf diese Weise versuchen sollte, sich eine persönliche Vorstellung vom „Heiligen Gesicht" zu machen, mußte er schon bald wieder aufgefordert werden, in sich zu gehen und nur an die Hölle und die abscheulichen Gesichter der Teufel zu denken, die von Dunkelheit umgeben und dazu verdammt waren, niemals das ewige Licht sehen zu können. Sein Herr fragte ihn, ob er bei diesen schlimmen Vorstellungen gelitten hätte und zitterte bei dem Gedanken, daß ihm solch eine furchtbare Bestrafung widerfahren könnte. Weitere Tage vergingen und schließlich wurde dem Jungen das Malen ganz verboten.

„Dein Gesicht sieht völlig unverändert aus, Domenikos", sagte Pater Franziskus. „Ich werde strenger mit dir umgehen müssen, denn du befolgst meine Anweisungen nicht. Du hast ein bißchen gemalt, hast dich aus Muße mit deinen Kameraden unterhalten, hast gelesen, was dir gerade in den Sinn kam und hast in deiner Freizeit so viel wie möglich geschrieben und deine Unterschrift geübt. All das ist völlig nutzlos. Du bist eitel – wir Mönche signieren unsere Bilder nicht mit unserem Namen.

Wie du weißt, fasten und beten wir, bevor wir mit der Arbeit an den Ikonen beginnen, und wir glauben, daß uns der Atem Gottes durchströmt, wenn ihm unser Werk gefällt. Wir betrachten es als Mittel, Seine göttliche Inspiration zum Ausdruck zu bringen und beten demütig um ein besseres Verständnis Seines Willens. Wir spüren, daß nicht wir es sind, die ein Kunstwerk schaffen, sondern daß wir nur Mittel zum Zweck sind, denn Gott benutzt uns als seine Werkzeuge. Noch einmal muß ich dir sagen, Domenikos, daß du meine Anordnungen nicht befolgt hast. Ich werde strenger mit dir sein müssen."

Daraufhin wurde Domenikos befohlen, ein paar Tage ganz allein in einer schwach beleuchteten Zelle zu verbringen. Er hatte kein Zeichenmaterial; die Speisen waren kärglich und wurden ihm schweigend in die Zelle gereicht. Zum Lesen hatte er nur das Neue Testament.

„Es tut mir leid, mein Sohn, daß ich dich so behandeln muß. Aber wenn du zu mir von der Hölle sprichst, ändert sich dein Gesicht nicht und zeigt keinerlei Regung. Wenn du mir vom Jüngsten Gericht erzählst, ist es, als ob du berichtest, zehn feine Platten für Ikonen gehobelt zu haben, daß das Holz schön und glatt war, die richtige Dicke hatte, oder daß du es sehr schwierig fandest, einen schönen goldenen Hintergrund auszumalen. Wenn du zu mir von der Herrlichkeit Christi sprichst, ist es, als ob du sagst: ‚Pater, das Essen war wunderbar, und ich habe süßen roten Wein getrunken.' All das sind nur leere Worte, und doch glaube ich, daß du genügend über meine Hinweise nachgedacht und dir den genauen

Text bestimmter Abschnitte des Evangeliums eingeprägt hast. Aber dein Wesen wurde dadurch nicht berührt und ganz bestimmt nicht durchdrungen, weder von der Furcht, die der Gedanke an das Jüngste Gericht in uns hervorrufen sollte, noch durch die Qualen, die du erleiden müßtest, wenn du dir die Hölle vorstellst.

Und weil du in deiner Vorstellung die Anweisungen nicht befolgt hast, fühltest du auch kein wahres Verlangen nach Licht, nicht den starken Drang, die Füße Christi zu küssen und dein Blut zu geben, um die Leiden, die Christus unsertwegen auf sich nimmt, zu mindern. Du fühltest keine Erleichterung bei dem Gedanken an die ewige Herrlichkeit des himmlischen Lichts, das den Kopf und die gesamte Figur Christi umstrahlt, endlich durch Seine ewige Liebe befreit von den furchtbaren Qualen, die Er der Menschen wegen erlitten hat. All das ist dir nicht wirklich gegenwärtig, und meine Gedanken sind nicht deine. Du hast dir deine eigenen Gedanken gemacht und sinnst höchstwahrscheinlich über deine ganz persönlichen irdischen Probleme nach. Die ‚Geistigen Übungen' sind für dich nur Worte geblieben und haben nie deine Seele erreicht."

Und so blieb Domenikos weiter in der Zelle und bemühte sich mit aller Kraft, dem Wunsch seines Meisters zu entsprechen. Er sagte die vorgeschriebenen Gebete auf, unternahm wiederholt geistige Anstrengungen und versuchte, sich das biblische Geschehen so gut er konnte, die Anweisungen des Paters Franziskus befolgend, bildlich vorzustellen. Er zeigte wirklich einen äußerst starken Willen, die Anordnungen zu erfüllen, hauptsächlich, weil seine Hände sich danach sehnten, wieder malen zu können, aber auch weil er seinen Lehrer, Pater Franziskus, echt verehrte und schätzte.

Die erste Zeit hatte Domenikos in der Zelle meistens geschlafen, denn die Gebetsübungen mit ausgebreiteten Armen ermüdeten ihn. Er fragte sich auch immer wieder, wie er denn so aussähe mit ausgebreiteten Armen, und wie der Kontrast wirkte, den die Haltung seiner Arme zu der seines Körpers bildete. Wie haben sich die Finger Christi in Seinem letzten Schmerz wirklich bewegt? Diese Frage begann ihn ernsthaft zu beschäftigen.

Eines Abends saß er, in solche Gedanken versunken, auf seiner Holzpritsche und hörte nicht, wie Pater Franziskus eintrat. Es war der fünfte Tag der Woche und Domenikos war zuversichtlich, daß sein guter Meister ihm nun die Rückkehr in die Malerwerkstatt gestatten würde.

Der Mönch kam mit einer brennenden Kerze in der Hand in die Zelle. Ihr Licht wurde an den Steinwänden geheimnisvoll reflektiert, und Domenikos' Blick verfolgte die auf spielerische Weise verlängerten und verkürzten Schatten mit großem Interesse.

„Mein Sohn", sagte der Mönch, „du bringst mich zur Verzweiflung. Du hast nicht mit Christus gelitten und meditierst nicht nach meinen Anweisungen. All das interessiert dich nur zu einem gewissen Grade. Es ist aber sehr wichtig, daß du beim Meditieren persönliches Leid erfährst."

„Pater", sagte Domenikos, „vielleicht habe ich nicht die Fähigkeit zu leiden. Ich muß etwas bekennen – es fällt mir wirklich sehr schwer, an die Hölle zu glauben. Wie kann Gott, der seinen einzigen Sohn für uns opferte und deshalb die Menschen sehr lieben muß, eine Seele so bestrafen, daß sie nie sein ewiges Licht sehen soll?"

„Es ist eine große Sünde, Domenikos, nicht an die Hölle zu glauben. Christus hat uns wiederholt vor dem ewigen Feuer gewarnt, von dem die Sünder verzehrt werden."

Domenikos aber war entschlossen, in die Malerwerkstatt zurückzukehren und seine Arbeit wieder aufzunehmen, auch wenn ihm eigene schöpferische Tätigkeit verwehrt wurde. Er begriff, daß Pater Franziskus beschlossen hatte, mit Hilfe der von ihm so hoch geschätzten ‚Geistigen Übungen' in die Tiefe seiner Seele einzudringen und ihn auf geheimnisvolle Weise leiden zu lassen. Domenikos jedoch war von ganz anderen Sorgen geplagt – der Sehnsucht, wieder malen zu können. Plötzlich hatte er eine Idee.

Von einem starken Gefühl getrieben, fiel er auf die Knie, schaute flehentlich zu seinem Lehrer auf und sagte: „Hilf mir, Pater. Wenn ich leiden soll, dann gib mir die Peitsche. Ich bitte dich, Pater, laß mich die Peitsche nehmen. Ich werde sie, ohne Mitleid mit mir zu haben, benutzen, das schwöre ich dir, Pater. Vielleicht kann ich dann, wenn ich blute, die Qualen nachempfinden, die Christus unsertwillen auf sich nahm."

Das Gesicht des Jungen, das jetzt wirklich echte Verzweiflung ausdrückte, wandte sich Pater Franziskus zu, und einige Sekunden lang schaute er ihn schweigend an. Wieder, wie vor Jahren, legte der Mönch seine Hand auf das aschblonde Haar und streichelte es zärtlich.

„Nein, nein, Domenikos, du hast nicht mit dem Fleisch gesündigt. Du hast mit dem Geist gesündigt. Die Peitsche ist für diejenigen gedacht, die als Mönche ihr Leben Gott widmen wollen. Sie ist nicht für dich gedacht." Sanft zog er seinen Schüler hoch und sagte dabei: „Du kannst jetzt in die Werkstatt zurückkehren und malen. Alles andere ist nutzlos. Geh wieder an deine Aufgabe. Ich werde für dich beten."

*

Domenikos nahm seine Arbeit mit noch größerer Energie als zuvor wieder auf. Seine Kameraden fragten ihn, was er in den letzten fünf Tagen gemacht, und was er während seiner Abwesenheit gelernt hätte, doch Domenikos gab keine Antwort. Er arbeitete fieberhaft und verwandte größte Sorgfalt darauf, genau das zu tun, was ihm gesagt wurde. Pater Franziskus war sehr nett zu ihm; er durfte sich in der Kunst des Schreibens ganzer Legenden üben, Heiligenfiguren nachmalen und Bilder vervollständigen, wie er es zuvor getan hatte. Er wurde jedoch nicht dazu aufgefordert, wieder bei der Freskomalerei zu helfen. Schon bald hatte Domenikos die seltsamen „Übungen" fast vergessen, die er nicht zur Zufriedenheit seines Lehrers hatte absolvieren können. Domenikos bemerkte jedoch, daß der Gehorsam ihm jetzt bedeutend leichter fiel. Es machte ihm keine Mühe mehr, in seiner Freizeit aus dem Gedächtnis Gesichter zu zeichnen, die genau wie jene auf den Fresken und Ikonen aussahen.

Eines Tages schaute Pater Franziskus sich diese Zeichnungen prüfend an und bemerkte: „Sehr gut, mein Junge, und völlig in Übereinstimmung mit den Regeln. Ja, wirklich, ganz nach Vorschrift."

*

Domenikos erkannte bald, daß er in jenen fünf Tagen trotz eines gewissen inneren Widerstandes eine heimliche Kraft erworben hatte, die ihm eine größere Kontrolle über sich selbst ermöglichte und sogar seine Hand sicherer werden ließ. Er merkte, daß die wenigen Stunden, in denen er echt darum gekämpft hatte, die Anweisungen des Paters Franziskus zu befolgen, von großem Nutzen für ihn waren. Er hatte sich von den Leiden Christi niemals mystisch überwältigt gefühlt, aber er hatte gelernt, wie man ein geistiges Bild vor sein inneres Auge hält, sich die beschreibenden Details ein und derselben religiösen Szene für eine bestimmte Zeit bildlich vorstellt und diese Übung in festen Abständen wiederholt.

Eines Abends ging er zu Pater Franziskus und bat ihn um weitere geistige Führung.

Der Mönch hatte erkannt, daß sein Schüler sich biblische Szenen gut bildlich vorstellen konnte, so wie er imstande war, diese detailliert zu beschreiben. Aber er hatte auch begriffen, daß Domenikos nicht in der Lage war, gefühlsmäßig danach zu leben. So gab der alte Mann seine stille Hoffnung auf, ihn einmal als zukünftiges Mitglied der Klostergemeinschaft gewinnen zu können. Domenikos' Wunsche entsprechend und die außerordentlichen Schwierigkeiten in dieser Sache außer acht lassend, führte er seinen Schüler weiter durch die Ausbildung, die ein Jesuit von Grund auf zu durchlaufen hatte. Er ging mit seinen Übungen jedoch nur so weit, wie der Junge daraus Nutzen zu ziehen vermochte.

KAPITEL IV

Kandia, Kreta, 1558 – 1559

Die Zeit verging und Domenikos war inzwischen siebzehn Jahre alt. Er hatte große technische Fertigkeiten im Kopieren byzantinischer Kunstwerke erworben und war besonders darin versiert, die kostbaren Gewänder der Figuren, die auf Ikonen, Fresken und biblischen Darstellungen zu sehen waren, sorgfältig herauszuarbeiten. Er war ein hellhaariger, schlanker Jüngling mit braunen Augen und einer hohen Stirn. Er kleidete sich so, wie es bei den Griechen auf Kreta üblich war. In seinem Gang zeigte sich eine größere Selbstsicherheit, als sie irgendein anderer Lehrling im Franziskanerkloster hatte.

Domenikos war nun weniger von seinen Eltern abhängig, doch bei jedem seiner Besuche spürte er, daß die Harmonie, die er in seiner Kindheit gekannt hatte, noch immer da war, und daß sie in völliger Eintracht lebten. Eines Tages, während eines Besuchs zu Hause, merkte er am ernsten Gesichtsausdruck seines Vaters, daß es eine wichtige Angelegenheit zu besprechen galt.

Domenikos empfand für seinen Vater echte Zuneigung, doch seine Bindung an die Mutter war irgendwie stärker. Das lag darin begründet, daß sein Vater jetzt viel mehr Kaufmann war und nur noch wenig Zeit dem Lesen widmete. Gerade die Lesefreudigkeit des Vaters hatte ihn in seiner eigenen Kindheit stark fasziniert.

„Deine Mutter und ich haben gerade über deine Zukunft nachgedacht, Domenikos", sagte der alte Theotokopoulos, nachdem sie ihre Mahlzeit beendet hatten. „Wir sind zu dem Entschluß gekommen, daß es Zeit für dich wird, das Kloster zu verlassen. Der Vertrag ist bald abgelaufen, und wenn du kein Mönch werden willst, mußt du entweder einen anderen Beruf wählen oder, falls dein Herz sehr an der Malerei hängt, nach Italien gehen."

Domenikos hörte zu und war voller Dankbarkeit gegenüber seinen Eltern, besonders dafür, daß sie ihn in das Kloster gegeben hatten, wo er lernen konnte, wofür er sich interessierte. So war es ihm möglich gewesen, seine natürlichen Fähigkeiten zu entwickeln und ein großes Allgemeinwissen zu erwerben. Doch jetzt wurde ihm mehr als jemals zuvor bewußt, daß er sich dem Leben der Eltern mehr und mehr entfremdet hatte. Seine Mutter blieb still, und als Domenikos' Augen zu ihr hinüberwanderten, bemerkte er, daß sie dick geworden war und völlig zufrieden aussah. Vielleicht ist es das, was Glück den Menschen bringt – es macht sie bequem, wenn nicht gar träge.

Sicher war, daß sich ihr Leben nicht ändern würde, wenn er nach Italien ginge. Er konnte in seiner Mutter Gesicht keine Botschaft für sich ablesen, da war nur der sanfte Ausdruck der Liebe zu ihrem Mann. Domenikos schien die Stimme seines Lehrers zu hören: „Es ist keine Sünde zu heiraten, aber Christus sprach: ‚Viele werden gerufen, wenige werden auserwählt'."

Er sagte nichts zu den Worten seines Vaters.

„Vielleicht haben all die Jahre, die du im Kloster verbracht hast, bewirkt, daß du völlig vergessen hast, von Geburt an ein orthodoxer Grieche zu sein und kein Katholik?", fuhr sein Vater fort. „Doch solltest du wirklich den Wunsch verspüren, als Mönch im Kloster zu bleiben, läge es mir fern, dich daran zu hindern, wenn du eine echte Berufung fühlst. Du bist unser jüngster Sohn und ich weiß, daß ich Gott für das Glück, das er meinem Hause geschenkt hat, danken muß und werde jeden Beruf, den du wählst, akzeptieren. Andererseits bleibt dir noch die Möglichkeit, mein Geschäft zu übernehmen und Kaufmann zu werden ..." Er zögerte, wandte sich seiner Frau zu und legte seine Hand auf ihre.

Domenikos reagierte schnell: „Nein, Vater, das könnte ich niemals tun. Geld ist für mich nichts weiter als ein Hilfsmittel – ich wäre ein schlechter Kaufmann."

„Wünschst du in den Orden einzutreten?"

Domenikos stand vor seinen Eltern, die ihre Gesichter etwas hoben und zu ihm aufschauten. Er lehnte sich leicht nach vorn, eine Hand lag auf dem Tisch, und er bemerkte, daß sein Ring- und Mittelfinger aneinanderlagen.

„Vater", sagte er, „ich danke dir, daß du mir freie Wahl läßt. Gib mir ... fünf Tage, dann werde ich meinen Entschluß, wie immer er ausfallen möge, deinem ausgezeichneten Urteilsvermögen anvertrauen." Er preßte seine Handfläche gegen die Tischplatte und fuhr fort: „Ich liebe Kreta und Kandia, und ich liebe Euch beide, meine Eltern – aber wir müssen uns trennen, entweder geistig oder körperlich."

Ob sie seine Worte in dem Moment verstanden? Domenikos verbeugte sich vor seinen Eltern und verließ das Haus.

Seine Mutter, die ihres Mannes Hand fest auf ihrer spürte, sagte langsam: „Mit ‚geistiger' Trennung meinte er wohl die Möglichkeit, als Mönch im Kloster zu leben, und ‚körperlich' werden wir getrennt, wenn er nach Venedig geht, um Berufsmaler zu werden."

Theotokopoulos antwortete nicht – er erinnerte sich an die seltsame Nacht, als er um Kraft gebetet und gegen die Versuchungen des Fleisches gekämpft hatte; als plötzlich Wahnsinn und Ekstase über ihn gekommen waren und ihn eine Aufwallung des Blutes getrieben hatte; als ihn eine geheimnisvolle Macht überwältigte, so daß er, wirklich gegen seinen Willen, nicht anders konnte als von ihr Besitz zu ergreifen. Er dachte daran, daß er Angst gehabt hatte, es wäre des Teufels eigener böser Zauber – und daran, wie sich der Sturm in ihm gelegt hatte und danach die Erschöpfung kam. Und er rief sich die Tage ins Gedächtnis, als er voller Entsetzen über seine eigene Wollust war.

Dann erinnerte er sich an eine andere Nacht, die Nacht, in der ihr zweites und letztes Kind, Domenikos, zur Welt gekommen war – wieder war es wie ein Unwetter, eine Gewalt, die das Leben der Mutter zu zerstören drohte. Und er dachte auch daran, wie er, der Vater, noch einmal mit großer Hingabe gebetet hatte, und daß seine Seele für einige kurze Augenblicke wild und frei gewesen war, als er Gott inständig bat, das Leben seiner geliebten Frau nicht zu zerstören. Und Gott war gnädig und hatte sie beschützt. Ja, ihr Sohn, Domenikos, gehörte zu Gott, und seine Berufung sollte ihn zu Ihm führen.

„Was er auch für eine Wahl trifft, meine Liebste, dieser unser Sohn wird seinen Weg gehen."

Sie dachte: „Doch ohne uns", sagte es aber nicht.

*

Und in der Tat, Domenikos ging seinen Weg – durch Kandia. Jetzt, da es ihm freistand, die Insel zu verlassen, sah er seine Heimatstadt mit ganz anderen Augen, sah die Geschäftigkeit in den engen Straßen, die strahlend weißen Fassaden, dachte an das blaugoldene Licht bei Sonnenuntergang und hatte offene Sinne für alles, was ihn umgab: die fremden Kaufleute, die vielen Geräusche, Gerüche, Gegenstände und Zunftzeichen. Er fühlte eine große Freude, mit all dem, was er sah, so tief verbunden zu sein. Er blieb stehen und beobachtete immer wieder das Leben und Treiben.

Schließlich ging er in eine Kirche und kniete dort nieder, wie es einst sein Vater in seiner Verzweiflung getan hatte. Doch Domenikos war nicht verzweifelt, seine Gedanken waren nur verwirrt. Er stand wieder auf und ging zu den Fresken hinüber. Obwohl er jede Linie von den Zeichnungen her kannte und wußte, wie die Farben gerieben und gemischt wurden, staunte er erneut über dieses Werk, das von gläubigen Männern geschaffen worden war.

Wie edel waren diese Figuren, wie wunderschön ihre langen, feinen

Finger und wie majestätisch ihre in glatten Falten fallenden Gewänder. Sie alle schienen voller Weisheit zu sein und über den irdischen Dingen zu stehen. Sie waren zur Ehre Gottes gemalt worden, und das Werk war unter der direkten Aufsicht seines Meisters Pater Franziskus entstanden. Wie viel verdankte er seinem Lehrer! Es fiel ihm jetzt ganz leicht, exakt nach den Regeln Entwürfe zu machen und zu malen, die Namen und Legenden der Heiligen mit einer ganz feinen Gänsefeder auf die Ikonen zu schreiben oder an den großen Oberflächen der Fresken mitzuarbeiten und dabei die vorgegebenen Muster für Farben und Linien genau einzuhalten. Weder seine Hand noch sein Auge verweigerten den Gehorsam. Für all das war er seinem Lehrer, dem Mönch, zu großem Dank verpflichtet.

Er hatte seinen Vater um fünf Tage Bedenkzeit gebeten, weil ihm schon einmal fünf Tage gewährt worden waren, in denen er, wenigstens zu einem gewissen Grade, die Leiden Christi begreifen lernen sollte.

Als er die byzantinischen Fresken noch einmal nachdenklich betrachtete, begann er sich zu fragen, warum er sich in bestimmte Abschnitte des Evangeliums hatte hineinversetzen sollen, wenn bei der Mitarbeit an diesen Kunstwerken ohnehin nur die strenge Einhaltung vorgegebener Regeln verlangt wurde. Glaubte Pater Franziskus vielleicht, daß er sich für den Orden, für ein Leben als Mönch entscheiden würde?

Diese Gedanken und eine wachsende Verwirrung trieben Domenikos aus der Kirche, und als er durch die Straßen lief, nahm seine Bestürzung noch zu.

Domenikos faßte den Entschluß, seine Zukunftsprobleme offen mit Pater Franziskus zu besprechen. Wenn er versuchte, seinem Lehrer die ihn bewegenden Gedanken zu erklären, würde der Mönch ihm vielleicht Ratschläge und weitere geistige Führung geben können.

Als er durch das Zentrum von Kandia kam, – das Geschäft seines Vaters suchte er diesmal nicht auf – berührte ihn plötzlich eine Hand an der Schulter. Hinter ihm stand sein Freund Julian, der vor einiger Zeit das Kloster verlassen hatte, um seine Eltern nach Venedig zu begleiten. Vor kurzem war er nach Kandia zurückgekehrt.

„Domenikos!", sagte Julian mit freundlicher Geste und in einem Ton, der zugänglicher war als sonst zwischen Venezianern und ihren griechischen Untertanen üblich. „Ich habe oft an dich gedacht und mich gefragt, ob du wohl immer noch Farben reibst, gewissenhaft kopierst und Anordnungen brav befolgst." Er lachte laut, war heiter und gelöst und offenbar weich gestimmt durch den Genuß von guten Speisen und edlen Weinen, vielleicht sogar durch Küsse von sanften Lippen. Domenikos antwortete nicht, denn seine Gedanken waren noch stark mit den Problemen beschäftigt, die er allein nicht lösen konnte.

„Hast du deine Stimme verloren? Ich wüßte etwas besseres, als sie in deinem Alter zu verlieren." Und er lachte wieder, als ob er sich über seinen eigenen Witz amüsierte. „Komm, mein Freund, laß uns in Erinnerung an alte Zeiten einen guten Wein zusammen trinken – und dann zeige ich dir etwas, das du noch nie gesehen hast."

„Danke, Julian, jetzt nicht – du weißt, daß ich mit dem Glockenzeichen zum Angelusgebet wieder im Kloster sein muß."

„In Ordnung, Domenikos, dann werden wir den köstlichen Wein ein andermal trinken. Doch meine neuen Schätze muß ich dir jetzt gleich zeigen." Julian holte tief Atem und fuhr mit leiser Stimme fort: „Ich werde dir die Kopie eines Bildes zeigen, das auf dem Markusplatz in Venedig ausgestellt war. Obwohl ich zugeben muß, daß meine Arbeit dem Original des großen Meisters Tizian nicht gleichkommt, versichere ich dir, daß deine Augen so etwas noch nie zuvor gesehen haben."

Mit diesen Worten hatte er endlich Domenikos' Neugier geweckt, und die beiden gingen schnell zu dem Palast, in dem Julians Eltern in Reichtum und Luxus lebten. Sie eilten durch das prächtig eingerichtete Haus, vorbei an Dienern und Wärtern, gingen durch lichterfüllte Räume, in denen Stühle mit kostbaren Bezügen sowie reich verzierte und mit Schnitzereien versehene Möbelstücke zwischen blitzenden venezianischen Spiegeln standen, bis sie zu Julians Schlafzimmer kamen, das mit einem Himmelbett, auf dem eine weiche, goldbraune Samtdecke lag, ausgestattet war. In dem Zimmer stand eine kleine Staffelei mit einem Bild, das einen Frauenkopf zeigte. „Schau!", sagte Julian und zog den schweren Fenstervorhang beiseite, so daß der Raum von Sonnenlicht durchflutet wurde. „Hast du so etwas schon einmal gesehen? Und du mußt wissen, daß ich nicht einmal das Original zur Verfügung hatte, sondern nur eine Kopie von Tizians Werk."

Domenikos ging ein paar Schritte auf das Bild zu. Der Kopf der Heiligen Jungfrau war umgeben von einem blauen venezianischen Schal, der in weichen Linien nach unten fiel, wobei die Falten gerundet und nicht in der üblichen, dem Formalismus unterworfenen Art gemalt waren. Obwohl die Kopie nicht gut ausgeführt war, zeigte das Gesicht weiche runde Linien und sah aus wie das Gesicht einer richtigen Frau, nicht wie das einer Statue. Obgleich die Hände lange, schlanke Finger hatten, mußten die Fingerspitzen rund und nicht eckig oder spitz sein, zumindest auf dem Original. Doch sogar diese mittelmäßige Kopie schien sehr lebendig zu sein – lebendig durch Leid. Domenikos fühlte, daß dieses wunderschöne Bildnis der Madonna Schmerz und echte Hingabe widerspiegelte.

Julian stand still neben ihm, und es schien, als wäre er selbst durch die Macht des Bildes ergriffen. Dann sagte er: „Ich dachte, du würdest das venezianische Konzept der Heiligen Jungfrau genauso bewundern wie ich. Ja, die ganze Zeit, während der ich mit dieser Kopie beschäftigt war, fragte ich mich, was du wohl dazu sagen würdest. Doch komm, schau mal, was ich hier drüben habe." Er nahm seinen Freund nochmals beim Arm und führte ihn in eine andere Ecke des Raumes, wo eine größere Leinwand stand. „Und das", sagte er, „ist ein Gemälde eines Mannes, der sich Jacopo de la Ponte nennt und in der Nähe von Venedig, in Bassano, lebt."

Domenikos reagierte sofort. „Oh", rief er aus, „wie tief, ja wie plastisch es aussieht! Nicht steif und flach, sondern wie modelliert. Genauso habe ich damals den Kinderkopf auf dem Fresko zu malen versucht. Du erinnerst dich bestimmt, Julian, es war der Kopf, welcher sofort wieder von der Wand entfernt wurde, weil er nicht mit dem ‚Geist des Klosters' vereinbar war. Schau dir mal die Bäume an, man meint wirklich, den Wind in den Blättern rascheln zu hören." Er zögerte, als wüßte er nicht, was er noch sagen sollte, fuhr aber dann fort: „Ja, der Junge und auch der kleine Hund sind nah dargestellt und die Bäume bilden den Hintergrund. Ganz richtig. So sieht es wirklich gut aus."

„Unsere Maler in Italien wollen mit ihren Bildern Lebensnähe und Lebendigkeit zeigen. Wenn ich mir dagegen die Fresken hier in Kreta anschaue, fühle ich, daß sie tot sind und außer ihren glitzernden, reichen Farben nichts zu bieten haben. Jeder, der bereit ist, Schmerzen zu ertragen und Anweisungen zu befolgen, kann solche Bilder schaffen. Was mich betrifft, so habe ich in den wenigen Monaten, in denen ich bei dem venezianischen Maler gearbeitet habe, mehr gelernt als in den langen Jahren im Kloster. Zumindest weiß ich jetzt, daß der byzantinische Malstil nicht entwicklungsfähig ist, weil er sich auf die ständige Wiederholung derselben Figuren konzentriert und alle Regeln der Perspektive außer acht läßt."

„Oh, Julian, es muß herrlich sein, so malen zu können – wenn man seine eigenen Gedanken ausdrücken kann und darf; wenn man malen kann, was und wie man will." Domenikos machte eine Pause und fügte dann leise hinzu: „Ich bin ganz sicher, daß ich nach Venedig gehen muß, und daß ich nur in Italien lernen kann, wie man auf diese neue Art und Weise malt."

„Ich hatte gehofft, du würdest so reden. Diese Art von Kunst ergreift von einem Besitz. Weißt du, die byzantinischen Gemälde sind nur Dekorationen; diese Kunst aber wird die künftigen Jahrhunderte bestimmen. Laß uns zusammen nach Venedig gehen, Domenikos, und zwar so bald wie möglich."

*

Als Domenikos ins Kloster zurückkehrte, herrschte dort eine Atmosphäre großer Angst und Besorgnis.

„Es scheint, daß Pater Franziskus ganz plötzlich schwer erkrankt ist", sagte ein Mönch bei Domenikos' Ankunft. „Ein Strom von Blut ist aus seinem Mund gekommen. Als er in Valsemonero arbeitete, wurde ihm plötzlich schwindlig, und er fiel vom Gerüst. Er wurde nach Hause ins Kloster gebracht, und jetzt wird eine Messe nach der anderen gehalten, damit sein Leben gerettet werde. Er hat schon zweimal nach dir gefragt; du solltest sofort zu ihm gehen."

Domenikos wurde blaß, und auf einmal wurde ihm voll bewußt, wie sehr er seinem Lehrer und Freund zugetan war. Die italienischen Bilder in Julians Haus und der neue italienische Stil, die Madonna darzustellen, hatten ihn so sehr beeindruckt, daß er völlig vergessen hatte, wie sehr Pater Franziskus in letzter Zeit darauf bedacht gewesen war, ihn bei allen Arbeiten auf dem Gerüst in seiner Nähe zu wissen. Domenikos waren Teile der Fresken zugewiesen worden, die normalerweise nur von Mönchen und kaum von älteren Lehrlingen ausgeführt wurden. Man hatte ihm sogar erlaubt, am Gesicht der Heiligen Jungfrau zu arbeiten, bis seine Eltern ihn zu sich riefen, und er um Ausgang bat, um sie zu besuchen.

„Ich hätte nicht so lange wegbleiben sollen", murmelte er, als er dem Mönch folgte. Sie eilten durch den langen Gang, von dem die Zellen abgingen, und Domenikos mußte daran denken, wie oft er hier mit Pater Franziskus entlanggegangen war und seinen Lehren gelauscht hatte.

Der Mönch lag in seiner kahlen, schwach beleuchteten Zelle. Man hatte ihm eine abgewetzte Decke gebracht, damit er seinen schwachen, dünnen Körper etwas wärmen konnte. Er lag auf dem Rücken und sein edles Profil zeichnete sich schärfer denn je ab – die gebogene Nase und die hohe Stirn, während Mund und Kinn zum Körper hin abfielen. Seine Hände lagen weiß und ausgemergelt auf der Decke und hielten die braunen Holzperlen eines Rosenkranzes, die er jedoch nicht bewegte. Es schien, als ob sein Geist schon nicht mehr in seinem Körper wäre.

„Domenikos?", fragte er, ohne den Kopf zu drehen. „Ja, Pater." Tränen quollen aus seinen Augen hervor und liefen ihm über's Gesicht, doch er hob seine Hand nicht, um sie abzuwischen.

„Komm näher, mein Junge."

Domenikos näherte sich dem schmalen Lager, das an der feuchten Steinwand stand. Domenikos spürte ein seltsames kurzes Verlangen in sich, seinen kranken Freund in Julians Haus zu tragen und ihn in das prächtige Himmelbett mit der Samtdecke zu legen. Als er sich über Pater Franziskus beugte, um ihn zu trösten, fielen seine Tränen dem Mönch auf's Gesicht.

„Warum weinst du? In all den langen Jahren habe ich dich noch nie weinen sehen. Der Hl. Franziskus sagte mir, daß du eines Tages weinen würdest."

„Ja, Pater?"

Der Mönch atmete schwer, und für eine Weile schien es, als könnte er nicht sprechen. Domenikos beugte seinen Kopf, um näher an seinen Lippen zu sein. Schließlich brachte er Worte hervor; zuerst war es nur ein Stammeln, doch dann wurde seine Stimme klarer und Pater Franziskus sagte:

„Weißt du, mein Junge, der Hl. Franziskus stand ganz deutlich vor dem Gerüst, hob seine rechte Hand mit dem Wundmal und hielt wieder den Ring- und den Mittelfinger zusammen, das geheimnisvolle Zeichen demonstrierend. ‚Heute muß ich dir eine weitere Botschaft für Domenikos geben', sagte der Heilige. ‚Steig auf das Gerüst, auch wenn du dich vor dem Klettern so fürchtest. Auch Christus war in großer Angst und fürchtete Sein Golgatha. Doch du mußt deine menschliche Furcht überwinden. Wenn du weiter oben bist, dich vom Boden entfernt hast, kann ich dir die Botschaft geben.'

„So kletterte ich auf das Gerüst, am ganzen Leibe zitternd, und begann dort oben zu malen. Doch als ich gerade meine Arbeit aufgenommen hatte, erschien der Hl. Franziskus noch einmal und sagte:

‚Es ist alles ganz anders gemeint, als von dir gewünscht. Domenikos hat die echte Begabung, den Menschen einen flüchtigen Blick auf das himmlische Licht zu gewähren. Wie ich dir schon einmal sagte, muß es dein Ziel sein, ihn zum Weinen zu bringen, denn nur *die* Augen können klar sehen, die von Tränen reingewaschen wurden. Doch es ist dir nicht gelungen. Er ist steif, dein junger Schüler, steif wie die byzantinische Kunst, und deine Lehrunterweisungen haben nur seine handwerklichen Fertigkeiten entwickelt. Du kannst ihm nichts Neues mehr zeigen, und weil er dich liebt, stehst du ihm im Wege. Erinnere dich, ich habe dich darauf aufmerksam gemacht, daß es nicht seine Berufung ist, Mönch zu werden. Er wird dieser Welt einen neuen Malstil bringen, doch erst in späteren Jahrhunderten wird man sein Werk voll zu schätzen wissen. Er ist dazu bestimmt, ein Maler des Lichts zu werden – niemand wird es ihm diesbezüglich gleichtun.' Ich fragte demütig: ‚Wie soll ich diese Augen denn zum Weinen bringen? Ich würde gern mein Leben opfern, wenn ich Domenikos nur helfen könnte.'

‚Deine Liebe steht ihm im Weg', sagte der Hl. Franziskus, hob seine Hand, an der die beiden Finger wieder aneinandergelegt waren, und stieß mich vom Gerüst."

Pater Franziskus schaute Domenikos ins Gesicht, das von Tränen überströmt war, die ständig auf sein eigenes herabfielen. Um die Lippen des sterbenden Mönchs begann ein Lächeln zu spielen, das auch seine Augen erreichte. Doch das Lächeln hatte keine Kraft und verblaßte langsam im Tode. Auf der Bettdecke lag seine rechte Hand; der Mittel- und Ringfinger waren fest aneinandergelegt – zusammen für alle Ewigkeit, wie er selbst gesagt hätte.

KAPITEL V

Kandia, Kreta, 1559 – 1560

Der Anblick des bewegungslosen Körpers und die weißen, toten Arme ließen Domenikos seine eigene Einsamkeit so stark spüren, daß seine Tränen versiegten, sein Gefühl abstumpfte, und er selbst staunte, wieso er so ruhig sein konnte. Er fand es auch seltsam, daß des alten Mannes Geist seinen Körper so rasch und doch irgendwie majestätisch verlassen hatte.

Ein Mönch betrat die Zelle und weitere folgten ihm, knieten einer hinter dem anderen nieder und beteten.

Als sich Domenikos schließlich zurückzog, war der lange Kreuzgang voller Mönche, die alle auf den Steinen niederknieten, und in ihren Stimmen konnte Domenikos das Echo seiner eigenen Traurigkeit hören. Er ging an ihnen vorbei in die Klosterkapelle und kniete dort nieder im Gebet. Die Litanei der Mönche erschien ihm dabei wie eine weit entfernte Begleitung. Domenikos betete die ganze Nacht.

Zuerst betete er für den Seelenfrieden seines toten Meisters und seine Aufnahme in die himmlische Herrlichkeit. Gott schien sein Gebet sofort erhört zu haben, und er fühlte, daß diese Seele bereits in den Himmel aufgefahren war.

Und so betete er weiter für die Reinheit der Seele und Weisheit in allen seinen künftigen Entscheidungen, und während er die Gebete sprach, vergaß er den vorgeschriebenen Wortlaut. Seine Lippen bewegten sich noch, aber der Wunsch war vergessen, und alle irdische Verwirrung und Bestürzung waren von ihm gewichen, so daß der Geist Gottes in ihm zu beten begann. Das Leid hatte seine inneren Mauern niedergerissen und nun schien es, daß die Herrlichkeit Gottes in ihm auf keinen Widerstand mehr stieß. Seine Seele war ausgefüllt durch Gebete und Licht. Ohne zu denken und sich seines eigenen Körpers nicht bewußt, gab sich Domenikos ganz der Zwiesprache mit Gott hin.

Als der Morgen kam, hatte Domenikos sich verändert. Jetzt waren in seinem Geist und in seiner Seele wirklich Frieden; zum erstenmal in seinem Leben hatte er sich selbst überwunden. Gott hatte in seiner Seele das größte Wunder Seiner eigenen Herrlichkeit vollbracht und erfüllte nun mit Seiner Kraft Domenikos' gesamtes Wesen.

Es war ein anderer Domenikos, der zu seinen Eltern zurückkehrte, um ihnen seine Entscheidung mitzuteilen.

Als er in ihr Haus kam, unterhielten sich seine Eltern gerade mit seinem älteren Bruder Manusso Theotokopoulos, der in Gortyna einen Bauernhof besaß. Er hatte seinen erstgeborenen Sohn Alexis mitgebracht, so daß es im Haus laut und lustig zuging. Domenikos fühlte sich unbehaglich, kam er doch gerade von der Nachtwache bei dem toten Mönch und war noch ganz benommen von der mystischen Stille der letzten Nacht, die er betend verbracht hatte. Außerdem hatten ihn eheliche Gemeinschaft, Fragen und Forderungen von Kindern und das Interesse für Alltagssorgen schon immer irgendwie befangen gemacht. In der Malerwerkstatt, wo die Kunstwerke entstanden, und noch mehr in der Kirche, wo er die Großartigkeit der noch unvollendeten Fresken bewunderte, fühlte er sich in vollem Besitz seiner künstlerischen Kräfte, doch hier und jetzt wurde ihm seine Isolation voll bewußt. Manusso begrüßte ihn herzlich. Seine Mutter schaute auf, als sie jedoch sein weißes Gesicht sah, das die durchwachte Nacht widerspiegelte, senkte sie ihre Augen wieder.

Domenikos sagte hastig, als ob er es schnell hinter sich bringen wollte: „Vater, ich habe meine Entscheidung letzte Nacht getroffen – ich weiß jetzt, daß ich nach Venedig gehen muß."

„Ich begrüße deine kluge Entscheidung. Aber dein Vertrag verlangt, daß du noch ein Jahr im Kloster bleiben mußt", antwortete sein Vater.

Domenikos zögerte, bevor er irgendwelche Erklärungen abgab; wieder fühlte er einen stechenden Schmerz, der sein Herz durchbohrte. Nach einer Pause sagte er: „Pater Franziskus ist letzte Nacht gestorben. Bevor er verschied, sagte er, er wäre sicher, daß ich nicht dazu berufen bin, in ein Kloster einzutreten. Deshalb möchte ich so schnell wie möglich nach Venedig gehen."

„Ich will auch nach Venedig, Onkel Domenikos", unterbrach ihn der Junge, doch Manusso schob die kindliche Bemerkung mit einer Geste seiner Bauernhand beiseite und sagte: „Die griechische Kolonie in Venedig ist groß, und du würdest dort ein viel freieres Leben führen können als hier."

„Domenikos möchte Maler werden, und deshalb muß er seine Studien bei einem italienischen Meister fortsetzen", warf sein Vater ein. „Neulich brachte ein Händler ein Bild in meinen Laden, und ich konnte mich davon überzeugen, daß dort ein anderer Malstil herrscht, als wir ihn hier kennen. Mein Sohn, wenn du das als deine von Gott empfangene Berufung empfindest, werde ich dir das für die Reise erforderliche Geld geben, damit du einen leichteren Start ins Leben hast. Es liegt an dir, wie du die Hoffnungen deines Vaters und den letzten Wunsch deines toten Meisters erfüllst."

Domenikos murmelte Dankesworte, die seine Dankbarkeit jedoch nur schwach zum Ausdruck brachten, denn er fühlte plötzlich eine Scheu vor seinem Vater und wußte kaum, was er sagen sollte.

Nun versuchte Manusso, der sehr praktisch veranlagt war, die Aufmerksamkeit auf seinen Sohn zu lenken, indem er sagte: „Vater, du weißt, wir sehr wir dich lieben. Ich möchte mit dir etwas besprechen: Ich will wissen, was ich mit meinem Sohn tun soll. Er wird bald zehn Jahre alt und ist ein so unruhiges Kind, daß es für meine Frau ziemlich schwierig ist, ständig auf ihn aufzupassen. Da ich andererseits glaube, daß eine Frau, soll sie richtig glücklich sein, arbeiten und bearbeitet werden muß ..." An der Stelle brach er ab und begann laut zu lachen. Domenikos fand die Bemerkung vulgär und sah darin eine Beleidigung ihrer alternden Mutter. Manusso, den seine Taktlosigkeit nicht weiter erschütterte, fuhr fort: „Ja, sie erwartet wieder ein Kind. Es wäre nett von dir, Vater, wenn du Alexis in deinen Laden nehmen würdest. Beauftrage ihn mit Botengängen und bilde ihn so gut du kannst aus. Außerdem hoffe ich, daß du die Möglichkeit siehst, ihm dafür eine kleine Vergütung zu zahlen."

„Komm her", sagte Domenikos' Mutter zu Alexis, und er ging sofort zu ihr. „Würdest du deinem Großvater gern helfen, die Kunden zu bedienen? Interessierst du dich für feine Seidenstoffe, Samt, Spitzen und Brokat? Sag es mir, Alexis, oder hast du andere Ziele, zum Beispiel Lesenlernen und Studieren in einem Kloster wie Domenikos?"

„Nein, Großmutter, ich will Kaufmann werden."

Damit war die Angelegenheit erledigt, und Vater Theotokopoulos nahm seinen Enkel als Gehilfen in seinem Geschäft auf.

Auf seinem Rückweg ins Kloster sann Domenikos darüber nach, wie seltsam die Dinge ineinandergreifen, ein Rad ins andere, und daß es nun an ihm war, den Weg zu gehen, der sich vor ihm auftat.

Der Abt akzeptierte seinen Entschluß und gestattete ihm, das Kloster zu verlassen und nach Venedig zu gehen, obwohl sein Vertrag noch nicht abgelaufen war. „Ich weiß, Domenikos", sagte der Abt, „daß Pater Franziskus immer an deine Berufung geglaubt hat, Gott in erster Linie durch deine Kunst und nicht als Mönch zu dienen. Deshalb halte ich dich nicht zurück, werde aber für dich und dein weiteres Wohlergehen beten." Er gab seinen Segen und entließ Domenikos.

Nach dem Verlassen des Klosters beschloß Domenikos, zu Julian zu gehen. Nach einem Wortwechsel mit den Dienern wurde ihm schließlich Einlaß in das Haus seines Freundes gewährt. Es war für einen Griechen in Kandia nicht üblich, das Haus eines venezianischen Adligen ohne besonderen Anlaß zu betreten. Er traf seinen Freund bei der Arbeit an; seine Hand versuchte, das Bild von Bassano zu kopieren.

Julian, der das Malen nicht unterbrach, sagte: „Schau, diese Kuh, wie friedfertig sie aussieht, das dumme Ding. Was in aller Welt würde mein Vater dazu sagen, wenn ich hier eine Kuh hereinbrächte, um sie zu malen! Bassano jedoch ist der Sohn eines Malers, und ich bin sicher, er erzieht seine Kinder so, daß sie auch Maler werden. Sie alle saugen die Kunst mit der Muttermilch ein. Mein Vater will, daß ich ein guter Soldat werde. Er hält nicht viel von meiner Malerei und ist eigentlich der Kunst allgemein nicht sonderlich zugetan. Vielleicht hat er recht? Mir fehlt es an Geduld; ich könnte nie mein Leben damit verbringen, ständig vor der Staffelei zu stehen. Du weißt, ich habe immer deine Ausdauer bewundert – deine Konzentration beim Malen feiner Schriften und Miniaturen, beim Kopieren und so weiter."

Julian machte eine Pause, schloß ein Auge und ging ein Stück von der Leinwand weg, als ob er vergleichen wollte, wie groß die Ähnlichkeit zwischen Original und Kopie war. Domenikos sagte nichts.

Nach einer Weile nahm sein Freund den Gesprächsfaden wieder auf und sagte: „Seit unserer Kindheit ist es immer dasselbe gewesen. Du warst immer anders als die übrigen Jungen. Erinnerst du dich an das Gespräch, das wir eines Nachts, kurz nachdem du ins Kloster gekommen warst, hatten? Und es geschah noch oft danach, wenn ich diese lästige Erregung und große Neugier verspürte, daß ich mich innerlich gegen die strenge Überwachung durch die Mönche auflehnte. Doch ich brauchte nur mit dir zu sprechen und sofort wurde ich ruhig; manchmal wollte ich dann sogar selbst Mönch werden. Wenn du nicht gewesen wärst, Domenikos, könnte ich vielleicht überhaupt nicht malen, denn du hast mich mit deinem großen Fleiß irgendwie inspiriert. Ich glaube, du bist selbst nur ein halber Mönch." Er machte eine Pause und fragte dann: „Bist du gekommen, um dich von mir zu verabschieden und mir zu sagen, daß du beschlossen hast, in den Orden einzutreten?" Er lachte und fuhr dann fort: „Natürlich nicht. Aber du scheinst so kalt, so distanziert. Hat sich die Atmosphäre des Klosters in deinen Kleidern, deinen Sinnen und deinem Herz festgesetzt? Und trotzdem bringst du mir Frieden. Weißt du, seit du hereingekommen bist, erscheint mir das Bild, das ich kopiere, zehnmal klarer und deutlicher als zuvor. Sag etwas, Domenikos, damit ich deine Stimme hören kann, während ich arbeite. Du bist mein Freund, wirklich mein Freund, so unterschiedlich wir die Welt auch betrachten."

„Julian, ich bin gekommen, um dir zu sagen, daß ich mich entschlossen habe, so bald wie möglich nach Venedig zu gehen."

Der Venezianer drehte sich herum, schaute Domenikos an und erwiderte: „Aber du sagst das so ernst, als würdest du mir jemands Tod mitteilen – und nicht als ob . . ."

Er schien nach Worten zu suchen, doch Domenikos nahm seinen Gedanken auf und sagte: „Ja, Pater Franziskus ist letzte Nacht gestorben. Es war sein letzter Wunsch . . ."

„Das hätte ich nun überhaupt nicht erwartet . . . ein Mönch schickt dich hinaus in die Welt!"

„Es waren Pater Franziskus' letzte Worte, daß ich Gott als Künstler besser dienen könnte denn als Mönch."

„Dann war es in Wirklichkeit seine Entscheidung und nicht deine eigene ?" fragte der verblüffte Julian.

„Ja, er hatte . . ." Domenikos wollte sagen „eine Vision", aber plötzlich hörte er Stimmen in seinem Inneren und die Luft schien hell zu flimmern. Dann sprach er durch die inneren Stimmen hindurch: „Pater Franziskus hat lange darüber nachgedacht und intensiv gebetet, um meine wahre Berufung zu erfahren."

Als Domenikos sich wieder gefaßt hatte, waren die Stimmen verschwunden und das Flimmern um ihn herum hatte aufgehört. Er sagte in einem sachlichen Ton: „Wann können wir aufbrechen, Julian?" Mein Vater hat gesagt, er würde mir das Geld für die Reise nach Venedig geben."

„Mit dem nächsten Schiff. Wir nehmen das nächste Schiff."

KAPITEL VI

Venedig, Italien, 1560

Der gesunde neunzehnjährige Grieche Domenikos Theotokopoulos mußte natürlich auf dem großen Zweimastschiff während der Fahrt nach Venedig einige Arbeiten verrichten. Er war drahtig, gut gebaut und feinsinnig, lernbegierig und stets bereit, Aufträge zu übernehmen. Die Disziplin, der er sich im Kloster hatte unterordnen müssen, machte es ihm leicht, an unbequemen Plätzen zu schlafen und sein Leben lang im Notfall mit sehr wenig Nahrung auszukommen. Doch er war auch ein junger Mann mit Kultur: höflich und sprachgewandt in Griechisch, Italienisch und Latein. Zu den wenigen Habseligkeiten, die er auf die Reise mitgenommen hatte, gehörten seine geistigen Gefährten: Homer und Euripides, Demosthenes und Isokrates. Von diesen Büchern würde er sich nie trennen.

Es war typisch für den damaligen Zeitgeist, den Wundern der Natur wenig Aufmerksamkeit zu schenken. Es wäre Domenikos zum Beispiel kaum in den Sinn gekommen, die Schönheit des Meeres, auf dessen Wellen sich das Mondlicht spiegelte, malen zu wollen. Er hatte bisher noch kein Bild gesehen, das eine Landschaft oder eine Stadt als Hauptmotiv zeigte. Der nüchterne junge Mann, der sich noch vor kurzer Zeit nicht entscheiden konnte, ob er ins Kloster gehen oder ein Berufsmaler werden sollte, war bei seiner Ankunft in Venedig in der Tat mehr Mönch als Künstler. Malerei war nach seinem Verständnis im wesentlichen noch immer die Art von Kunst, die der Hl. Lukas benutzte, als er das Bildnis der Madonna schuf.

So kam er ins bunte, sinnliche, reiche Venedig, von dem er nur sehr wenig wußte. In der Schule hatte er gelernt, daß Kandia in vielerlei Hinsicht ein Abbild von Venedig war, jedoch ohne Kanäle, und daß die venezianische Architektur wesentlich von der byzantinischen beeinflußt worden war. Zu jener Zeit bot Venedig ungefähr dasselbe Bild wie heute – eine bezaubernde, auf zahlreichen Inseln erbaute Stadt, verbunden durch hölzerne Brücken, die nach und nach durch Steinbrücken ersetzt wurden. Es war eine Stadt mit einigen rein byzantinischen Bauten, die sich an den Stil der Sankt-Markus-Basilika anlehnten, zahlreichen gotischen Gebäuden mit ihren altertümlichen Spitzbogenfenstern, die mit den neueren, stolzen Renaissancepalästen konkurrierten. Letztere hatten Wände aus marmorverkleideten Ziegeln, und die Wellen des Meeres umspülten die Marmorstufen. Den neueren Gebäuden fehlten jedoch die alten, wunderbaren, in Stein gehauenen Verzierungen an den Außenflächen, mit denen der in rein gotischem Stil erbaute weiße Dogenpalast gekrönt war.

Die Plätze Venedigs waren noch nicht gepflastert, nur der Markusplatz war fast vollständig mit Ziegeln ausgelegt. Reiten war ebenso verboten wie die Turniere, die auf dem Platz öfter stattgefunden hatten, bevor er gepflastert wurde. Die Rialtobrücke war teilweise abgetragen worden, um großen Schiffen, beladen mit der Beute von Siegen und Kriegen sowie Handelswaren, die Durchfahrt auf dem Canal Grande zu ermöglichen. Die Stadt Venedig war reich; die Schrecken der spanischen Inquisition waren hier auf ein paar Befragungen und wenige Gerichtsverfahren beschränkt. Es hieß, daß zu seiner Bevölkerung, die sich auf ungefähr zweihunderttausend Personen belief, auch etwa elftausend Dirnen von unterschiedlicher Eleganz gehörten. Einige dieser Damen führten ein sehr luxuriöses Leben. Die Ansicht, daß eines Mannes Ehre an der Treue und Ergebenheit seiner Frau oder Geliebten gemessen wird, war unter den Bürgern Venedigs nicht sonderlich stark verbreitet.

Die Stadt Florenz stand noch unter dem geistigen Einfluß Savonarolas; Rom erkannte offiziell die Lehren von Ignatius de Loyola an; Venedig aber hatte seinen Karneval – und seine Maler. Michelangelo diente Rom, doch seine Gemälde blieben im wesentlichen Abbilder gewaltiger Skulpturen; Venedig dagegen beanspruchte für sich die einmalige Pracht der Farben Tizians.

*

Schon auf dem Schiff zeichneten sich Differenzen ab zwischen Julian, dem freien Venezianer, und Domenikos, der ein kretischer Grieche war. Vielleicht war daran hauptsächlich Domenikos schuld, denn er war sehr gespannt auf das neue Leben, das ihn erwartete und zeigte für irgend etwas anderes kaum Interesse.

Sein Vater hatte ihm einen Empfehlungsbrief mitgegeben und dazu gesagt: „Gib diese Botschaft meinem Freund, der mir noch etwas schuldet für einen Dienst, den ich ihm vor ein paar Jahren erwies. Soviel ich weiß hat er einen Sohn, Linus, der Mitglied der Malergilde in Venedig ist. Du mußt im griechischen Viertel wohnen, zumindest für den Anfang. Es gibt jetzt ungefähr viertausend Griechen in Venedig, deren Kolonie von einem vierzigköpfigen Rat verwaltet wird."

Nachdem das Schiff angelegt hatte, machte sich Domenikos auf in Richtung Rio dei Greci. Er ging durch viele enge, verwinkelte Straßen und Gassen mit hohen Häusern, die manchmal kleine, eckige Balkons hatten. Diese waren häufig auf beiden Seiten mit dem kleinen steinernen Löwen von Venedig geschmückt, jedoch selten mit Blumen oder anderen Pflanzen. In den ärmeren Vierteln waren die Häuser bloß aus Ziegeln gebaut. Er erreichte das Haus, in dem der Freund seines Vaters wohnte und wurde von der Frau des Hauses mit freundlichen Worten willkommen geheißen. Sie sagte, daß ihr Mann Seiden- und Samtstoffe auf dem Markt verkaufte und vor Einbruch der Dunkelheit nicht zurückkäme, während ihr Sohn Linus in Tizians Atelier war. Domenikos ließ seine Sachen da und machte sich schnell wieder auf den Weg, begierig darauf, mehr von dieser wunderbaren Stadt zu sehen.

Es war früher Nachmittag, und da er nun den Weg kannte, erschien ihm die Entfernung bis zum Dogenpalast nur kurz. Als er die erste Brücke überquerte, war seine Eile plötzlich verflogen. Hier, in den kleineren Kanälen, war das Wasser von dunkler, braungrüner Farbe, während es dort, wo der Canal Grande ins offene Meer mündete, von sattem Blaugrün war. Überall, wo er hinschaute, sah er schlanke hölzerne Gondeln, die mit ihren goldenen oder silbernen Verzierungen auf dem Wasser dahinglitten. Die Kabine war normalerweise nach allen Seiten offen; manchmal war ihr Inneres auch durch schwere Brokatvorhänge verdeckt, die zwischen den vier Stäben, die das Dach hielten, hingen. Es gab auch noch andere Gondeln mit kleinen, geschlossenen Kabinen in der Mitte, die wahrscheinlich dazu dienten, die zu transportierenden Waren vor dem Salzwasser zu schützen. Die Gondelieri trugen enge, in der Regel hübsch bestickte Jacken und dazu noch enger anliegende Hosen. Ihr Haar quoll unter kleinen Kappen hervor und reichte ihnen bis auf die Schultern. Hier und da sah er einen Mauren, bekleidet mit roter Samtjacke und Hosen in schwarzweißem Schachbrettmuster.

Domenikos erreichte den Markusplatz, wo er, fasziniert von der rein gotischen Pracht des Dogenpalastes, innehielt. Dann ging er hinüber zum Campanile und bestaunte die Sankt-Markus-Basilika, die ihm mit ihrer einfachen weißen Kuppel Ehrfurcht einflößte. Hoch oben sah er die Bronzepferde, die an der Vorderseite der Basilika ihre Füße in die Luft streckten. Er drehte sich um, und sein Blick glitt über den Markusplatz mit den langen Reihen gleichmäßiger Arkaden, die zu den Palästen rechts und links der Basilika gehörten. Der Platz erschien ihm wie eine imposante Empfangshalle, deren Seiten ein Rechteck bildeten, das etwa zweihundert Meter lang war. Hier schien das Leben in Venedig seinen Höhepunkt zu haben.

Domenikos bemerkte die Adligen, die ihren Reichtum mit schweren goldenen Ketten zur Schau trugen. Hinter ihnen liefen Negersklaven, deren Ohrringe mit jedem ihrer Schritte klirrten. Man konnte auch Türken, die als traditionelle Feinde der Venezianer galten, mit ihren Handelspartnern sehen. Im Leben, wie auch auf zeitgenössischen Gemälden, bereicherten sie das bunte Bild mit ihren um den roten Fes gewundenen Turbanen, während die Griechen, wie auch Domenikos selbst, einfache, glatte Gewänder aus ihrer Heimat trugen.

Die Frauen Venedigs bewegten sich frei in all diesem Treiben. Die Frauen der gewöhnlichen Bürger schienen fast ausnahmslos offenes hellbraunes Haar zu haben, während die Patrizierfrauen blonde, zu ihren reich bestickten Kleidern passende Zöpfe und Flechten trugen, in denen Perlen und Bänder glänzten. Jüngere Frauen von Rang und die sie begleitenden Pagen zeigten stolz ihre goldenen oder gebleichten Haare, die ihnen bis auf die Schultern fielen.

Der Eindruck, den Venedig machte, war in der Tat der eines internationalen Sammelplatzes, wie es sich für das Kunst- und Handelszentrum des ruhmreichen Zeitalters der Renaissance geziemte. Als Domenikos seinen Rundgang um den Markusplatz begann, fielen ihm hier und da Bilder auf, die, zwischen den Säulen der Arkaden befestigt, ausgestellt waren. Manche hingen hoch oben, andere in Augenhöhe. Auf diese Weise wurden die Werke der venezianischen Maler der Öffentlichkeit zugänglich gemacht, und die Menschen blieben stehen, bewunderten oder kritisierten sie.

Domenikos warf einen Blick auf den sechzig Jahre alten Glockenturm und betrat dann die Sankt-Markus-Basilika, die zu jener Zeit die Hauptkirche des venezianischen Staates war. Sofort wurde sein Blick von der Figur des Hl. Markus angezogen, die farbig, auf goldenem Hintergrund dargesellt, den Haupteingang schmückte. Bisher hatte er nur die byzantinischen Fresken und Mosaiken von Kandia gekannt. Aufgeregt und mit großem Interesse untersuchte er nun die viel größeren Mosaiksteine von Sankt Markus, die in einer Fabrik in Murano bei Venedig hergestellt wurden.

„Nach einem Entwurf von Meister Tizian", sagte jemand neben ihm. Tizian, dachte Domenikos, immer wieder Tizian Vecelli.

Er betrat die Kirche und bestaunte die vielen wunderbaren Kunstwerke in ihrem Innern, angefangen beim alten, unebenen Mosaikfußboden, der an einer Stelle einen schönen Pfau, das christliche Symbol der Auferstehung, zeigte. Domenikos bewunderte kurz die vierzehn weißen, reich gegliederten Alabasterpfeiler. Doch die vielen schmückenden Mosaikbilder mit ihrem goldenen Hintergrund, auf die sein Blick fast überall traf, konnten ihn nun nicht länger in ihrem Bann halten. Der Name Tizian war wiederholt im Zusammenhang mit Werken, die ihn interessierten, gefallen – er ließ ihn einfach nicht mehr los. Er durfte nicht länger warten, sondern mußte Julian um Hilfe oder wenigstens um Rat bitten, wie er es anstellen sollte, an den größten aller lebenden venezianischen Meister heranzukommen.

Er beschloß, sein Glück zu versuchen. Er verließ die Markuskirche, eilte hinüber zum Canal Grande und nahm eine Gondel, die ihn zum Haus der Eltern seines Freundes brachte.

Julian begrüßte ihn herzlich: „Na, Domenikos, ist diese Stadt nicht wirklich ein Stück des Himmels, doch eines Himmels, in dem die Engel aus Fleisch und Blut sind?"

„Ich habe in der Sankt-Markus-Basilika das eindrucksvollste Mosaikbild, das mir jemals vor Augen gekommen ist, gesehen, ein Werk von Meister Tizian, wie ich hörte."

„Immer nur sprichst du von Steinen und leblosen Gegenständen. Dies aber ist eine Stadt des Karnevals und der Lust! Ich werde dir zeigen, wer Tizian ist und wie in seinen Farben und Ideen das pulsierende, frohe Leben der Sinne zum Ausdruck kommt. Ich werde dir eins von Tizians Meisterwerken zeigen, obwohl das Bild, das ich meine, vielleicht auch nur eine Kopie ist. Doch auch wenn dies der Fall ist, wirst du die starke Kraft und Lebendigkeit, die von dem Bild ausgeht, spüren."

Domenikos hatte gehofft, durch Julians Familie oder seine Freunde vielleicht in Tizians Haus eingeführt zu werden, doch der Venezianer machte von sich aus dieses Angebot nicht.

Sie gingen zusammen los, und als sie auf den Markusplatz kamen, war dort noch mehr Gedränge als zuvor. Am Fuße des Campanile waren Holzbuden aufgebaut, und Julian steckte einem dort stehenden jüdischen Wächter, der sich tief vor ihm verbeugte, eine Münze zu. Julian flüsterte: „Ich bin gekommen, um die ‚Venus' anzuschauen und sie meinem Freund, der selbst ein ehrgeiziger Künstler ist, zu zeigen, damit er das Werk unseres größten venezianischen Malers kennenlernt - wo ist das Bild?"

„Das Originalbild ‚Venus mit dem Orgelspieler' ist, wie Euer Ehren sicher wissen, in Spanien. Graf Tizian Vecelli brachte es seinerzeit selbst zum Hof nach Augsburg in Deutschland. Aber die Kopie, die von Tizians Gehilfen geschaffen wurde . . ."

„Ja, natürlich, das ist das Bild, welches wir sehen wollen." Julian drückte dem Mann eine weitere Münze in die ausgestreckte Hand, und schließlich gelang es ihm, eine schriftliche Empfehlung zu bekommen, die ihnen Zutritt zum Hause einer der bekanntesten venezianischen Kurtisanen verschaffen sollte.

„Die Dame ist selbst sehr versiert in den Künsten, liest Bücher in

Latein und schreibt auch Verse", sagte der Jude und verbeugte sich nochmals tief.

Als sie weggingen, sagte Julian: „Es geht das Gerücht, daß Meister Tizian Prinz Philipp mit der Prinzessin von Eboli im Original gemalt hat, obwohl gesagt wird, daß die Prinzessin nur ein Auge hat."

Als sie die angegebene Adresse erreichten, öffnete ihnen ein Maure die Tür, der wie ein Privatdiener eines Herzogs gekleidet war. Nachdem Julian noch ein paar Münzen losgeworden war, wurden sie schließlich hereingelassen und zu Tizians Meisterwerk geführt.

In der Mitte eines geräumigen, luxuriös ausgestatteten Zimmers befand sich ein großes Gemälde auf einer Staffelei, das den Körper einer nackten Frau zeigte, die auf einem mit prächtigen Decken und Kissen bedeckten Bett vor einem offenen Fenster ruhte. Unter ihrem linken Arm lag ein kleiner Hund. Der nackte Körper war nur durch eng anliegende Armbänder und eine Halskette geschmückt; dieses Geschmeide sollte wahrscheinlich symbolhaft für ihre Lebensart sein. Den Kopf mit gelocktem, kupferfarbenem Haar, das zu festen Zöpfen geflochten war, hielt sie wie in Scham oder Demut gesenkt; zu ihren Füßen saß der Orgelspieler, völlig angekleidet und mit dem venezianischen Schwert an seiner Seite. Er hatte, sich zu ihr hinwendend, eine Hand auf die Tasten der Orgel gelegt, und draußen, durch das Fenster sichtbar, erstreckte sich ein Garten mit einer langen Reihe von Pappeln, die sich in der Ferne verloren.

Domenikos bewunderte schweigend das Gemälde, obwohl er das Motiv seltsam fand.

Julian sagte: „Siehst du die Farbgebung ihres Körpers, die einladende Fülle ihres Fleisches? Sieh die kleinen, jugendlichen Brüste, an denen noch nie ein Kindermund gesaugt hat, und die einen Kontrast zum ziemlich großen Bauch bilden. Schau auf die Breite der Hüften, die weite Spanne zwischen ihren Oberschenkeln, die Linie, die zu ihren schlanken Knöcheln hinunterführt und die wunderhübschen Füße mit den graziösen Abständen zwischen den Zehen. Wie vollkommen sie ist in ihrer Nacktheit, unserem Blick genauso unverhüllt, wie der Meister sie gesehen haben muß. Beachte den traurigen, gelangweilten Ausdruck auf ihrem Gesicht, während sie der Musik lauscht. Ihr Kopf ist etwas höher angeordnet als der des Orgelspielers, der zu ihren Füßen sitzt und für sie spielt, um ihr für alles, was sie ihm gegeben hat, zu danken. Seine Augen sind auf ihren sinnlichen, weichen, hingebungsvollen Körper gerichtet. Will der Maler damit sagen, daß eine Frau Schaffenskraft verleiht und die Kunst durch Sinnlichkeit inspiriert wird? Siehst du, Domenikos, die Augen des Orgelspielers ruhen auf ihr, während seine Hände Musik erzeugen, um sie zu bezaubern. Doch die Frau verharrt in ihrer etwas traurigen Haltung, denn er hat sie mit seiner Leidenschaft ermüdet. Sie weiß, daß er es war, der ihr die goldenen Armbänder um ihre schlanken Handgelenke gelegt hat und der sie gänzlich besitzt – er besitzt sie öffentlich, sichtbar für jeden Betrachter des Bildes, der auf die unverhüllte Schönheit ihres Körpers starrt – so wie er sie besitzt, wenn sie im Fleisch miteinander vereint sind."

Julian hatte wie in Trance gesprochen und gar nicht bemerkt, daß Domenikos seinen Worten wenig Beachtung schenkte. Domenikos hatte sich langsam aber stetig von seinem begeistert redenden Freund entfernt und betrachtete das Meisterwerk nun aus einem anderen Blickwinkel.

Plötzlich vernahmen sie die Stimme einer Frau, die mit leisem Lachen und spöttischem Tonfall sagte: „Gut beobachtet, junger Mann! Nur ist Meister Tizian mittlerweile um die 83 Jahre alt, und die Person, die ihm als Orgelspieler Modell saß, war einer seiner Schüler."

Julian drehte sich abrupt mit seinem ganzen Körper um. Sie hatte den Raum, von den beiden unbeobachtet, durch eine Geheimtür betreten, und Julian sah sich einer blonden, früher sicher einmal sehr schön gewesenen venezianischen Kurtisane gegenüber. Sie hatte ihre besten Jahre offensichtlich hinter sich, erwiderte aber seinen Blick in äußerst gewagter Manier. Sogar Domenikos konnte sehen, wie ihre Augen leidenschaftlich aufflackerten. Ihre Lippen waren leicht geöffnet, als ob sie durstig wäre, und ihre rote Zungenspitze wurde sichtbar. In einer plötzlichen Hitzewelle schoß Julian das Blut ins Gesicht. Domenikos bemerkte, daß die Frau im Gesicht stark geschminkt war. Ein Vorderzahn schien höchstwahrscheinlich einer von den neuen künstlichen Zähnen aus Emailleglasur zu sein; ihre Jugendlichkeit war also eindeutig vorgetäuscht. Auch ihm kam es jetzt warm im Zimmer vor, und der Duft, der von ihrem Seidenrock ausging, erfüllte die Luft. Ihr Kleid war tief ausgeschnitten und zeigte den Ansatz ihrer weißen Brüste. Sie bildeten einen Kontrast zum blaßblauen Oberteil des Kleides, das, wie auch die langen Ärmel von den Ellenbogen bis zu den Schultern, mit schwerer Goldstikkerei verziert war. Das Oberteil war durch weißen Schleierstoff geteilt und durch hellblaue Schleifen verbunden. Sie trug eine goldene Kette, die wie ein Band eng um ihren Hals lag. Ihr Haar hatte durch jahrelanges Färben und Bleichen einen gelblichen Ton angenommen. Und doch schimmerte ihre frühere Schönheit noch durch die sorgfältige Maskerade hindurch.

Domenikos schaute wieder auf das Gemälde und bemerkte die Ähnlichkeit zwischen ihr und der Venus, doch das Bild mußte vor etwa fünfzehn Jahren gemalt worden sein.

Die Frau ging näher an Julian heran, der auf ihre Annäherung mit einer schwankenden Bewegung reagierte, so als wäre er von einem starken Verlangen hingerissen oder von schwerem Wein betrunken. Sie machte daraufhin einen leichten Knicks.

„Willst du mir nicht folgen?", murmelte sie. „Mein Schlafzimmer ist gleich nebenan."

Dann ging sie, einer plötzlichen Regung folgend, ein paar Schritte von Julian weg und auf Domenikos zu, der immer noch auf das Bild starrte.

„Junger Mann", sagte sie, wobei sie das „Jung" sanft betonte, „wenn du möchtest, kannst du uns gern bei unserem leidenschaftlichen Spiel beobachten – ich bin sicher, daß du deine kühle Distanz schnell verlieren wirst."

Sie hob eine Hand und versuchte, Domenikos zu berühren, der aber instinktiv zurückwich. Sein Gesichtsausdruck blieb unverändert, er verbeugte sich leicht vor der Kurtisane – und ging. Julian blieb.

Domenikos beeilte sich, wieder in den griechischen Teil Venedigs zu kommen. Die Reize der Kurtisane hatten keinen Eindruck auf ihn gemacht – dafür aber Tizians Gemälde. Wie war es bloß gemalt worden? fragte er sich. Pater Franziskus hatte ein- oder zweimal von einer Technik gesprochen, bei der Ölfarben zum Malen benutzt werden. Dadurch schien es möglich, die Farben gedämpfter und doch glanzvoller wiederzugeben. Außerdem war das Motiv des Gemäldes – der nackte Frauenkörper und die Landschaft im Hintergrund – etwas völlig Neues für ihn.

Es schien eine andere Kunst zu sein – eine Kunst, die geschaffen wurde, um den Menschen und nicht Gott zu gefallen, dachte Domenikos. Doch es war die eigentliche Maltechnik, die seine Gedanken fesselte, denn im Kloster war ihm gelehrt worden, auf kleinere oder größere Holztafeln zu malen, die für diesen Zweck poliert und speziell präpariert wurden. Für diese Malerei nahm man in Wasser gelöste Temperafarben, die zusätzlich eine klebrige Substanz und Eiweiß enthielten. Die Venus von Tizian aber war auf Leinwand gemalt, und die Farben hatten zu diesem Zweck mit Öl versetzt werden müssen. Sie wiesen verschiedene Schattierungen auf und schienen für das Malen von Licht geeigneter zu sein.

Diese neue Technik war es, die er verstehen und erlernen wollte, um sie so bald wie möglich selbst anwenden zu können.

KAPITEL VII

Venedig und Bassano, Italien, 1560 – 1563

Im Hause der griechischen Freunde seines Vaters angekommen, packte Domenikos einige seiner Sachen aus. Er fühlte, daß er nicht länger auf Julians Freundschaft zählen konnte, jedenfalls nicht in der Weise, wie er es sich gewünscht hatte. Er hoffte nun, daß Linus, der ein Schüler Tizians war, ihm würde helfen können, um nicht zu viel Zeit zu verlieren. Linus sah am Abend Domenikos' Skizzen, Studien und kalligraphische Übungen langer griechischer Texte durch. Er betrachtete auch eingehend einige Holztafeln, Kopien von byzantinischen Ikonen, sowie sehr kleine bemalte Platten, die Zeugnis ablegten von Domenikos' großen Fertigkeiten als Miniaturmaler. Sie alle entsprachen genau den Prinzipien der byzantinischen Kunst.

Linus drückte seine Meinung in einer Mischung aus Offenheit und Rücksichtnahme gegenüber dem Gast aus, indem er sagte: „Ich könnte eine solche Arbeit niemals verrichten. Ich gebe zu, daß sie deine Fertigkeit beweist, genau mit der Spitze des Pinsels zu malen. Mir scheint aber, ihr seid in eurer Ausbildung etwa einhundert Jahre zurück, verglichen mit Meister Tizians Werk. Ich möchte dir sehr gern helfen, um mich für all das erkenntlich zu zeigen, was dein Vater für meinen getan hat, indem er ihm Geld für die Schaffung einer Existenz hier in Venedig lieh. Ich werde mit Verdezzotti, den Tizian wie seinen eigenen Sohn behandelt, oder mit Marco Vecelli, einem Verwandten des Meisters, sprechen. Obwohl er noch nicht einmal sechzehn Jahre alt ist, betrachten wir ihn als Tizians wichtigsten Gehilfen – natürlich nach seinem jüngeren Sohn, Orazio Vecelli."

Domenikos schaute Linus ziemlich traurig an und hoffte auf weitere Ermutigung. Als die ausblieb, sagte er zaghaft: „Ich bin tief beeindruckt gewesen von den zahlreichen schönen Bildern, die ich heute auf dem Markusplatz gesehen habe. In Kandia hat mir ein Freund erzählt, daß heutzutage fast ausschließlich Ölfarben auf Leinwand verwendet werden. Mir scheint, daß sie in ihrer Oberflächenwirkung und Lebendigkeit alle besser sind als Temperafarben. Kannst du mir sagen, wie diese neue Technik in Italien entwickelt wurde?"

„Soviel ich weiß, ist die Geschichte unserer großen venezianischen Farbkünstler folgende: vor ungefähr einhundert Jahren gab es in Neapel Maler flämischer Abstammung, die anders, schneller als bis dahin üblich, arbeiteten. Bemerkenswert war, daß ihre Bilder mit Wasser abgewaschen werden konnten, ohne sie zu beschädigen. Sie lobten eine Erfindung, die ein Mann namens Giovanni da Bruggia[1] in Flandern gemacht hatte. Von ihm hatten sie gelernt, das Farbpulver, das auch für Temperafarben verwendet wurde, mit Leinöl zu mischen. Sie arbeiteten auf Stoff anstatt auf Holztafeln, da Leinwand auf einfache Weise abgenommen werden kann, sobald das Bild trocken ist. Sie kann auch problemlos wieder aufgezogen werden, so daß Porträts und größere Bilder leicht von einer Stelle zur einer anderen transportiert werden können. Einer unserer venezianischen Maler, ein gewisser Antonella da Messina[2], sah in Neapel diese neue Arbeitsweise und erlernte sie. Nach seiner Rückkehr nach Venedig, ich glaube es war 1475, schuf er ein schönes Ölgemälde, das die Heilige Jungfrau mit einem blaugrünen Schal zeigte, der um ihr Gesicht geschlungen war und bis weit über die Schultern reichte. Dieses Gemälde war für die Kirche San Casciano in Venedig bestimmt, wo es unser großer Meister Giovanni Bellini, der 1516 starb, sah und daraufhin von Antonella die flämische Methode der Ölmalerei erlernte. Er wiederum gab seine Kenntnisse an seine Schüler weiter, zu denen Tizian Vecelli gehörte. Dieser lernte die Kunst der Ölmalerei in einem Maße zu beherrschen, das seinen Bewunderern und mehr noch seinen eigenen Schülern, die ihn bei der Arbeit beobachten konnten, völlig unbegreiflich war."

„Und was tun die in ihren Fertigkeiten fortgeschrittenen Lehrlinge nun tatsächlich in Tizians Werkstatt?"

„Graf Tizian Vecelli malt ein Bild normalerweise ganz allein; wenn du seine schönsten Meisterwerke, besonders die aus seiner früheren Schaffensperiode siehst, kannst du zumindest sicher sein, daß der Meister alles selbst geplant, entworfen und vollendet hat. Jeder in der Werkstatt ist mit seiner Arbeitsweise vertraut; das gleiche gilt für seine Freunde. Wir bewundern seine Kunst, können das Niveau seiner Fertigkeiten aber nicht erreichen. Tizian hat viele große Fürsten und berühmte Damen unserer Zeit porträtiert, und etliche von ihnen hat er gemalt, ohne sie jemals gesehen zu haben. Wenn er einen Auftrag annimmt, beginnt er seine Arbeit, indem er die erste Schicht einer Farbe aufträgt und die Gesamtumrisse des Bildes festlegt. So erhält er die Grundkonzeption. Dann fängt er an, seine Idee umzusetzen und ist in der Lage, eine Figur mit einer oder zwei unfehlbaren Linien seines Pinsels zu zeichnen."

1 Jan van Eyck

2 Antonella da Messina, 1431–1499

„Und dann ist es die Aufgabe seiner Assistenten, das Bild in Übereinstimmung mit den Skizzen und speziellen Anweisungen des Meisters fertigzustellen?"

„Nein. Tizian ist wirklich ein ganz großer Künstler und arbeitet völlig anders, als du vielleicht vermutest. Nachdem er die erste Farbschicht aufgetragen und den allgemeinen Entwurf sowie die Bildkomposition fertiggestellt hat, dreht er das angefangene Bild der Wand zu und fängt eine andere Arbeit an. Plötzlich, Wochen oder gar Monate später, wenn die Farben völlig getrocknet sind, schaut er es wieder an. Zwischendurch hat er an ein oder zwei anderen Bildern weitergearbeitet. Dann trägt er zu der ersten Schicht eine weitere in einer anderen Farbe auf, wartet wieder eine gewisse Zeit, und schließlich stellt er die erste Leinwand fertig, indem er die letzte Schicht mit seinen Fingerspitzen gestaltet. Mit Hilfe dieser Methode und durch die vielen Farbschichten, die Tizian verwendet, erreicht er den Effekt einer großen Weichheit in der Schattierung, Gestaltung und Form."

„Er trägt die Farben wirklich mit den Fingerspitzen auf?"

„Ja. Wenn er eine Leinwand nach einer Woche Arbeit beiseite stellt, wagen wir nicht, ihn daran zu erinnern. Jemand hat einmal treffend bemerkt, daß es so scheint, als trage er seine Bilder im Kopf wie eine Mutter ihr ungeborenes Kind im Leib trägt, und dann, ganz unerwartet, setzt er seine Arbeit an dem Werk fort, wie um seine endgültigen Ideen festzuhalten. Oft benutzt er auch nur einen einzigen Pinsel und trägt damit unvorstellbar geschickt die verschiedensten Farben auf – Rot, Gelb, Blau, alle mit demselben Pinsel. Niemand kann genau begreifen, wie Tizian das schafft – er beherrscht die Spitze seines Pinsels genauso wie er seine Fingerspitzen geschult hat."

„Und seine Schüler und Assistenten?"

„Tizian lehrt nicht viel, obwohl fast alle Maler Venedigs irgendwann einmal in seiner Werkstatt gewesen sind. Jeder muß von sich aus versuchen, so viel wie möglich aufzuschnappen. Seit kurzem nimmt er noch weniger Schüler auf; sein Hauptgehilfe ist jetzt sein jüngerer Sohn Orazio, der die feine Porträtmalerei ausgezeichnet beherrscht. Sein erstgeborener Sohn, Pomponio, soll zwar viel begabter sein, es lag ihm aber nichts daran, sein natürliches Talent zu entwickeln. So hat der Vater Pomponios Karriere als Kirchenmann mit Hilfe vieler einflußreicher Freunde gefördert; wir wissen aber nicht, was er eigentlich macht. Sowohl der Vater als auch andere Verwandte vermeiden es, seinen Namen zu nennen.

Jedenfalls sind alle Gehilfen mit dem Kopieren von Tizians Arbeiten beschäftigt, denn wir haben große Freude daran, Meister Tizians Originalkonzeptionen zu kopieren und wieder zu kopieren, weil wir so am meisten lernen. Seit kurzem kommt der Meister spätabends in die Werkstatt, um die Arbeiten seiner Assistenten zu überprüfen und manchmal auch zu korrigieren. Es ist auch schon vorgekommen, daß Tizian ein Bild, das gänzlich von einem oder mehreren seiner Schüler gemalt und von ihm als wirklich gut befunden wurde, mit seinem eigenen Signum versah. Ein Gerücht, das wohl seine Richtigkeit hat, besagt, man wisse nicht genau, welches Tizians Originale und welches die Produkte seiner Assistenten sind."

Domenikos lauschte den ausführlichen Erklärungen mit großem Interesse. Dann fragte er: „Sag mir nur noch eins, Linus. Wo könnte ich ein Werk sehen, das zu den besten Tizians zählt? Sind einige seiner frühen Werke in den Kirchen von Venedig zu finden?"

„Aber ja, ich würde dir raten, das Bild anzuschauen, das er selbst als eines seiner besten bezeichnet – die sehr schöne ‚Mariä Himmelfahrt'[1] in der Frari-Kirche."

Am nächsten Morgen ging Linus zu seiner Arbeit; Domenikos lief ein Stück des Wegs mit ihm zusammen und bog dann ab. Er wartete an der Tür der Kirche, bis sie geöffnet wurde, trat ein und entdeckte Tizians Meisterwerk hinter dem Hauptaltar. Etwa eine Stunde lang stand er davor und nahm mit gierigen Augen die geheimnisvolle Kraft und den Zauber des Bildes in sich auf. Eine Welt in Rot, dachte Domenikos, und war sofort tief beeindruckt von der unübertroffenen Schönheit und Wärme des Bildes. Als er sich Linus' Erklärungen ins Gedächtnis rief, konnte er sich den kraftvollen Pinselstrich und Tizians feine Hand bildlich vorstellen, wie sie die Rottöne – vom ganz dunklen Rot bis hin zum hellsten Rosa – schuf, die einen Kontrast zu den verschiedenen grünen und blauen Schattierungen bildeten.

Als später mehr Licht durch die Fenster fiel und seine Faszination die Beobachtungsgabe noch steigerte, bemerkte Domenikos, daß der Umhang des Gottvaters das tiefste Rot mit einer Verbindung zum Orange aufwies. Der Apostel zur rechten Seite trug ein Gewand, das in demselben Rot gehalten war, jedoch etwas stärker mit Gelb gemischt, so daß sich eine orange-rote Farbe, die eine Nuance heller als der Umhang des Gottvaters war, ergab. Das Gewand der Heiligen Jungfrau wies das kraftvollste Rot auf, war also am wenigsten mit Gelb-orange gemischt. Trotzdem hob es sich auffallend vom Königsblau ab, in dem der Schal, der von ihrem Kopf fallend die gesamte Figur umfing, gehalten war. Über den scharf konturierten Wolken, die einen Stich ins Grüne hatten, waren die kleinen Engel mit runden, rosafarbenen Bäuchen zu sehen. Ihre dunkelbraunen Flügel spielten auch etwas ins Rote, und sogar die

1 Tizians ‚Mariä Himmelfahrt', Frari-Kirche, Venedig

grünlichen Wolken vermittelten den Eindruck einer rotgetönten Linienführung. Es fiel Domenikos ins Auge, daß diese Harmonie in Rot in sich selbst etwas gewagt war. Kontraste dieser Art konnten nur von der Hand eines großen Meisters nach einem strengen Schema miteinander vereinigt werden.

Domenikos fand, daß dieses Bild im Gegensatz zur formalen, steifen Darstellung der Madonna in der byzantinischen Kunst etwas Lebendiges hatte und eine innere Bewegung aufwies. Es schien ihm sogar, als ob durch das Schweben der Objekte Wellen von Musik auf den Betrachter übertragen würden. Die Gewänder der Apostel schienen ebenso wie das der Madonna von einem leichten Wind bewegt zu sein. Auch das war etwas gänzlich Neues für den byzantinischen Bewunderer.

Das offene, in weichen Farbtönen gehaltene Gesicht der Heiligen Jungfrau war schön und übte eine starke Wirkung auf die menschliche Seele aus. Domenikos kniete nieder und hob seinen Kopf, um zu beten, während er das Gemälde aus einem anderen Blickwinkel weiter betrachtete.

Doch dann nahm sein mystisches Empfindungsvermögen einen Widerspruch auf dem Bild wahr. Für die Darstellung Unserer Lieben Frau hätte niemand eine andere Bezeichnung finden können als sehr lieblich und reizend, doch ihre Schönheit war eigentlich die einer gesunden Bauersfrau. Bei aller Bewunderung, die Domenikos dem Gemälde als solchem zollte, erkannte er aber auch, daß es sich hier nicht um sein persönliches Bild von der Madonna handelte, denn sie schien, obwohl sie im Himmel war, der Erde sehr nah zu sein. Ihre Anmut bestand darin, daß sie wie eine hübsche Bauersfrau aussah, der die Wärme der Erde anhaftete.

Teils zufrieden, teils unzufrieden verließ Domenikos die Frari-Kirche, spazierte ein Weilchen herum und kehrte dann in sein Zimmer zurück. Dort begann er, das gesamte Bild aus dem Gedächtnis zu skizzieren. Es gelang ihm nicht so gut, wie er gehofft hatte, und er mußte entsetzt feststellen, daß es ihm sehr schwer fiel, weiche, bewegte, runde Linien zu zeichnen. Die Figuren, die er schuf, sahen anders, eckiger aus.

Er hatte von sich selbst geglaubt, besser kopieren zu können. Doch ein Künstler, der so Großes leistete, würde ihm ein Vorstellungsgespräch bestimmt nicht verweigern, dachte Domenikos. Er packte die Muster seines Könnens einschließlich der Skizze der „Mariä Himmelfahrt", die er gerade angefertigt hatte, zusammen und machte sich auf den Weg in Richtung Canal Biri, wo Tizian Vecelli seiner Kenntnis nach wohnte.

Schließlich erreichte Domenikos Tizians prächtige Villa im äußersten Norden Venedigs. Es war ein klarer Tag, und Domenikos konnte das aus fünf kleinen Inseln bestehende Murano sehen, wo die venezianischen Mosaiken gebrannt und glasiert wurden.

Als er sich dem Haus näherte, hörte er jemanden Orgel spielen; die

Fenster waren offen und die Klänge der Musik verschmolzen mit dem Geräusch der Brandung. Sanft und schwebend lagen sie in der Luft und riefen Domenikos die Atmosphäre der Leichtigkeit ins Gedächtnis, die er bei der Betrachtung von Tizians „Himmelfahrt" empfunden hatte. Er blieb stehen, die Rolle Pergamentblätter fest in seiner Hand haltend, die sein einziger Schlüssel zu dem Haus waren, vor dem er stand.

Ein Passant sagte: „Das muß Tizian sein, der die Orgel spielt."

Ein paar Leute versammelten sich und lauschten, doch dann eilten sie weiter ihren täglichen Beschäftigungen nach.

Als Domenikos wieder allein war und zum Haus aufschaute, begann er sich plötzlich nach seinem verstorbenen Lehrer zu sehnen. Pater Franziskus hätte ihm sagen können, was er tun sollte, oder er hätte durch ein Gespräch mit ihm vielleicht selbst eine Lösung gefunden. Er spürte eine große Verlegenheit, denn diese venezianische Kunst war so anders als alles, was er bisher in der byzantinischen Kunst mit ihren strengen, ernsten, eckigen, trauernden Heiligenfiguren geleistet hatte. Es war die sinnliche Freude an Farben und Linien, die Domenikos in sich aufsteigen spürte, die ihm jedoch noch nicht verständlich war. Und trotzdem entsprach Tizians Heilige Jungfrau nicht seiner Vorstellung von der Madonna. Doch nun mußte er lernen, die Farben so wie Tizian zu beherrschen und sein Geheimnis von Weichheit und Lebendigkeit zu ergründen. Es genügte nicht, hier ängstlich herumzustehen: er mußte sich seinen Weg erkämpfen und Anschluß an die Malergilde Venedigs finden. Gehorsam würde ihm Verständnis einbringen, hoffte Domenikos, doch zuerst mußte er einmal einen Meister finden, dem er dienen und gehorchen konnte.

Das Haus war von einem Garten umgeben, in dem ein prächtiger Baum seine Zweige ausstreckte. Der Garten lag nach dem Meere zu, und an diesem klaren Tag konnte man von hier aus sogar die weit entfernte Kette der Dolomiten sehen.

Als Domenikos die Stufen zum Haus hinaufging, wurde die Musik lauter und die Melodie klarer, was seinem Eintritt in Tizian Vecellis Haus irgendwie ein feierliches Gepräge gab. Endlich klopfte er an die Tür. Als ihm geöffnet wurde, fragte er nach dem griechischen Lehrling Linus und wurde daraufhin in die Werkstatt geführt. Hier und da sah er Gruppen von Malern bei ihrer Tätigkeit; sie arbeiteten wahrscheinlich ihren spezifischen Aufgaben entsprechend zusammen. Linus kam auf ihn zu und sagte mit gesenkter Stimme: „Du hättest nicht einfach so herkommen sollen, bevor ich eine Gelegenheit gefunden habe, dich hier im Hause wie versprochen einzuführen."

Ein junger Mann sagte, ihr Geflüster unterbrechend: „Du weißt sehr gut, Linus, daß der Meister zur Zeit keine neuen Lehrlinge annimmt."

Linus antwortete: „Aber schau dir doch wenigstens einmal die Zeichnungen und Schriften an, die mein Freund angefertigt hat. Ich glaube, er könnte eine Hilfe für uns sein."

Der angesprochene Lehrling nahm die Rolle mit Pergamentblättern, drehte sie achtlos um und sagte zu Domenikos gewandt: „Die Kunst des Meisters ist allem Byzantinischen völlig entgegengesetzt, so daß ich ihm deine Arbeiten wirklich nicht vorlegen kann. Er wäre zornig auf mich, denn ich stehle ihm damit die Zeit. Das ist eine sehr dürftige Kopie von Tizians wundervoller ‚Himmelfahrt'. Meister Tizian nimmt nur erstklassige Künstler als Lehrlinge auf."

Er gab die Blätter Domenikos zurück, der sie mit unsicherer Hand zusammenrollte. Domenikos fragte: „Und was würdest du mir raten zu tun?"

„Versuch zuerst bei einem anderen venezianischen Künstler in die Lehre zu gehen. Später kannst du es vielleicht noch einmal hier versuchen. Schließlich ist Graf Tizian Vecelli der bedeutendste Maler der Welt – die meisten seiner Aufträge kommen vom spanischen Hof."

In diesem Moment brach die Orgelmusik plötzlich mit einer scharfen Dissonanz ab; es hörte sich so an, als wäre jemand zu Boden gefallen und hätte dabei einen schweren Stuhl umgeworfen. Domenikos schaute auf und bemerkte die schön geschnitzte Balustrade einer hölzernen Treppe, die offenbar ins obere Geschoß führte.

Eine tiefe Männerstimme rief um Hilfe.

Nur wenige Sekunden später befand sich Domenikos allein in der Werkstatt, denn alle Lehrlinge waren anscheinend nach oben in des Meisters Atelier geeilt. Er wußte nicht, was er tun sollte. Nur eines war ihm bewußt: Er wollte nicht gehen. Nach einer Weile kamen ein paar Männer die Treppe herunter; sie trugen eine junge Frau, die offenbar ohnmächtig geworden war. An ihrer Seite ging Tizian, der große Meister. Mit seinem langen dunklen Bart, der Adlernase, der hohen Stirn und dem dunklen Haar, auf dem ein kleines Käppchen saß, sah er aus wie ein edler Patriarch. Er schaute mit einem Ausdruck tiefen Kummers auf die zierliche Gestalt des Mädchens, das von seinen Assistenten getragen wurde.

Linus ging auf Domenikos zu und flüsterte: „Du hast kein Glück heute, Domenikos. Irene Spilimbergo, Paolo da Pontes Enkelin und Lieblingsschülerin des Meisters, die für ihn Orgel gespielt hat, während er malte, ist soeben erkrankt. Es wird besser sein, wenn du jetzt gehst, denn in dieser Situation wird bestimmt niemand Zeit haben, sich mit dir zu unterhalten."

Domenikos verließ langsam das Haus und dachte im Weggehen darüber nach, daß ihm immer wieder etwas Neues, völlig Unerwartetes in Venedig widerfuhr. Noch nie hatte er zum Beispiel gehört, daß eine Frau bei einem Maler in die Lehre ging, um selbst Malerin zu werden. Er war in der Tat in eine ganz andere Welt gekommen. Hier schienen die Frauen fast ebenso bedeutend zu sein wie die Männer und führten offenbar nicht solch ein zurückgezogenes Leben, wie es für die Frauen auf Kreta üblich war.

Er ging mit langsamen Schritten und sein Sinn war verwirrt, doch als er plötzlich wieder vor der Sankt-Markus-Basilika stand, mußte er einfach hineingehen. Diesmal nahm er die Mosaiken, die fast das gesamte Innere der Kirche bedeckten, näher in Augenschein, wobei er seine Aufmerksamkeit besonders einem Mosaik widmete. Es schien die Offenbarung des Johannes zu zeigen; die Evangelisten waren darauf als Tiere dargestellt, die den Thron Gottes umgaben.

Da die Arbeiten noch nicht abgeschlossen waren, fanden in der Hauptkirche derzeit keine heiligen Messen statt. Domenikos dachte, daß es vielleicht leichter wäre, den Unterschied zwischen den byzantinischen Mosaiken, die ihm natürlich vertraut waren, und den venezianischen herauszufinden und zu verstehen. Das Verständnis der unterschiedlichen Malstile erschien ihm jedenfalls schwerer. Die byzantinischen Mosaiken waren aus den kleinsten Steinchen, die man sich vorstellen kann, mit größter Sorgfalt zusammengesetzt. Oft waren es mehr als achthundert Steinchen in einem kleinen Gesicht. Die venezianischen Mosaiken dagegen schienen aus viel größeren Steinen, die verschiedene Formen hatten, zu bestehen. Ihre Ausführung war niemals eckig und steif, sondern genauso weich und wohlgestaltet wie der Malstil, den sich die venezianischen Meister angeeignet hatten. Er bemerkte, daß die einzelnen Steine gut gesetzt und mit großem Können und akribischer Sorgfalt zusammengefügt waren. Er strich mit der Hand darüber: die Oberflächen der Mosaiken schienen so glatt wie ein Tisch zu sein. Er wußte, daß das sehr wichtig war.

Er kam an eine Stelle, wo ein Teil eines sehr alten Mosaikbildes instandgesetzt wurde. Domenikos konnte an der Wand, wo die Steinchen befestigt wurden, noch die in Rot gehaltene Originalausführung sehen. Zwei Patrizier sahen sich ein kürzlich fertiggestelltes Mosaik an. Einer der beiden sagte: „Wieder einmal die Brüder Zuccaro!" „Sie hätten sorgfältiger arbeiten sollen", sagte der andere. „Es wird erzählt, daß sie einen neuen Trick anwenden: sie benutzen den Pinsel und malen bestimmte Teile, die sie nicht mit Mosaiksteinen belegen können." „Die Brüder Zuccaro brauchen sich deswegen keine Sorgen zu machen. Ist dir klar, wer ihnen helfen wird, wenn sie jemals vor Gericht kommen? Tizian Vecelli. Er kennt sie seit seiner Kindheit. Er und Tintoretto fertigen Entwürfe für sie an."

„Die Brüder wissen, wie viele andere auch, wie sie sich drehen und ihre Arbeit anpacken müssen. Kein lästiges Gerüst mehr für das Anbringen neuer Mosaiken. Sie benutzen jetzt nur noch Gerüste, wenn es, wie bei der Reparatur einer Wand, wirklich nicht anders geht."

Domenikos hörte zu und sein Interesse wuchs. Er näherte sich der Treppe, die zur Galerie hinaufführte, welche mehr als die Hälfte des Innenraums der Kirche umgab. Unter dem Vorwand, von Meister Tizian persönlich zu kommen, bat er um Zutritt zur Galerie.

Dort oben, weit über der Altarhöhe, sah er ein Mosaik, das nach dieser Methode gelegt worden war. Die Wand war mit einer dicken Schicht einer noch nicht ausgehärteten Zementmischung überzogen; ein Arbeiter benutzte ein Werkzeug, mit dem er immer wieder gegen diese Schicht schlug, um ihre Oberfläche uneben zu machen. Domenikos sah einen großen Entwurf aus Karton, der Löcher hatte, durch die als Führung dienende Nägel getrieben worden waren. Er bewunderte den mächtigen Entwurf, zögerte aber mit der Frage, wer ihn angefertigt hatte. Er sah, daß die kleinen Steine auf einem sehr feinen Tuch, das über den Karton gespannt war, in Gruppen zusammengeklebt wurden. Außerdem bemerkte er, daß die Farben des Originalgemäldes alle verkehrt waren, das heißt, Rot wurde für die goldenen Mosaiksteine und dunkles Violett für die roten verwendet. Diese Steine wurden sorgfältig mit Hilfe des Tuchs aufgenommen und zur Wand getragen, um sie dann in die weiche, aufgerauhte Oberfläche zu drücken.

Schließlich erfuhr Domenikos, daß der Entwurf des Kartonmodells von einem gewissen Jacopo Tintoretto stammte.

Nach einer Weile verließ er die Galerie wieder und ging nach unten. Er beugte sein Knie vor dem Altar und kehrte dann zu seinen griechischen Freunden zurück, wo er auf die Heimkehr ihres Sohnes Linus aus Tizians Werkstatt wartete. Die Abenddämmerung setzte ein, und als Linus endlich nach Hause kam, war es schon Nacht.

„Im Moment sollte ich besser alle Hoffnung aufgeben, für Tizian arbeiten zu können – der Meister ist wirklich in großer Sorge. Irene Spilimbergo ist erst zwanzig Jahre alt, doch aufgrund ihrer vielen Talente hat sie der Meister in sein Herz geschlossen. Sie kann Orgel spielen, malt gut und schreibt Gedichte. Ihre Zeichnungen und Skizzen gefielen dem Meister, und so nahm er sie als seine persönliche Schülerin auf. Seit dem Tod seiner Frau Cecilia im Jahre 1530 – sie waren nur fünf Jahre offiziell verheiratet gewesen – war Tizian ein einsamer Mann. Er liebte Irene innig, denn seine einzige Tochter, Lavinia, hatte vor etwa fünf Jahren geheiratet, und Irene nahm nun in gewisser Weise ihren Platz ein. Ich glaube, Tizian hängt an ihr mehr als an irgendeinem anderen Schüler. Der Meister kann stundenlang stillsitzen und ihrem Spiel lauschen, oder er malt sogar, wenn sie an der Orgel sitzt. Sie hat sich wahrscheinlich überarbeitet. Es ist wirklich ein trauriges Jahr für den Meister – kürzlich erst hat er seinen Bruder Francesco verloren, der ihn an die Kunst des Malens heranführte, dann aber selbst Kaufmann wurde. Jetzt wird er durch die Krankheit Irenes wahrscheinlich auch noch auf ihre Gesellschaft verzichten müssen."

„Meinst du damit, es ist für mich ziemlich hoffnungslos, darauf zu warten, daß Meister Tizian mich zu einem Gespräch empfängt?"

„Ja, das befürchte ich. Außerdem glaube ich, deine Arbeiten sind nicht reif genug."

„Auf meinem Nachhauseweg war ich in der Markuskirche. Dort beobachtete ich, wie neue Mosaiken gelegt wurden, und zwar nach dem Gemälde eines Künstlers, der sich Tintoretto nennt."

„Er war ein Schüler Tizians, und noch dazu einer seiner besten. Obwohl seine Unterweisung durch Tizian nicht einmal eine ganze Woche gedauert hat, bin ich sicher, sein scharfes Auge hat in den wenigen Tagen oder Stunden mehr gelernt, als wir in Jahren aufnehmen können. Bereits vor zwölf Jahren, als Tintoretto dreißig war, erklärte er sich zu einem selbständigen Meister. Ich würde dir trotzdem nicht raten, dich nun an ihn zu wenden, denn als Lehrling wirst du wenig von ihm profitieren. Er ist der ungeduldigste Lehrer, der jemals gelebt hat. Sein Name ist Jacopo Ribusti, und er ist der Sohn eines Seidenfärbers, weswegen man ihn den ‚kleinen Tintore' nennt. Mir persönlich würde bestimmt nichts daran liegen, für ihn zu arbeiten. Was er von sich und seinen Schülern verlangt, ist einfach schrecklich.

Während Tizian, zumindest in seinen jungen Jahren, seine Lehrlinge in der Kunst und Wissenschaft der Farben unterwiesen und ihnen ihre Harmonie und Wechselbeziehungen nahegebracht hat, fängt Tintoretto ein Bild an irgendeiner Stelle an, wo es ihm gerade gefällt, und setzt sein großes Werk später ganz sporadisch und ungezielt fort. Er deutet seine Ideen mit ein paar Linien an und überläßt es dann seinen Schülern oder Gehilfen, die vagen Vorgaben zu Ende zu führen. Er ist eigentlich ein Kulissenmaler und malt am liebsten sich selbst, statt seine ungestümen und oft vagen Ideen lang und breit erklären zu müssen. Sie werden wahrscheinlich erst greifbar und wirksam, wenn er sich daranmacht, sie zu malen. Bei ihm hält es keiner lange aus. Er macht sich nicht einmal die Mühe, die bei ihm beschäftigten Lehrlinge zu registrieren. Sie lernen wenig bei ihm, vielleicht weil er selbst ein Autodidakt war, abgesehen von den wenigen Hinweisen, die er möglicherweise von Tizian bekommen hat. Man kann für ihn nur hoffen, daß seine Frau Faustina ihm viele Söhne und auch Töchter schenken möge, denn es beginnt jetzt Mode zu werden, auch unsere venezianischen Damen als Lehrlinge anzunehmen."

„Und wie beurteilt die öffentliche Meinung in Venedig seine Arbeiten?"

„Einige Leute glauben, er hätte mehr natürliches Talent als Meister Tizian, er ist jedoch als zu hastig bekannt und legt bei der Vorbereitung seiner Leinwand nicht genug Sorgfalt an den Tag. Tizian machte ein- oder zweimal in der Öffentlichkeit die Bemerkung, daß Jacopo Tintorettos Bilder wohl aus diesem Grunde nicht sehr haltbar sind. Schwerer wiegt aber noch, daß ihn viele Mitglieder der hiesigen Malergilde wegen seines hitzigen Temperaments und seiner Gier, Aufträge um jeden Preis zu bekommen, nicht mögen. Andererseits aber sind seine Kenntnisse über die Malerei fast unbegrenzt, und falls ein potentieller Kunde den Wunsch äußern sollte, ein Gemälde nach dem Vorbild eines anderen bekannten venezianischen Malers zu besitzen, kann er nahezu jeden Stil kopieren. Um Aufträge zu bekommen, die er haben will, akzeptiert er jede Bedingung."

„Und als Porträtmaler?"

„Ja, er kann auch als Porträtmaler hervorragend sein, wenn er will. Eines Tages kam ein Patrizier zu ihm und fragte, ob er ihn nicht porträtieren könne – doch Tintoretto schickte ihn zu Jacopo Bassano und sagte als Begründung, daß jener diese Arbeit bestimmt gut ausführen würde. Es war ein Witz, der sich wie ein Lauffeuer in Venedig verbreitete, denn der gute Mann, der sich malen lassen wollte, hatte ziemlich unscheinbare Züge, und Jacopo Bassano ist dafür bekannt, sich speziell dem Malen von Haustieren zu widmen."

Linus machte eine Pause und sah Domenikos an, der aber lächelte nicht. Obwohl er sich für all das, was sein Freund ihm erzählte, in höchstem Maße interessierte, war er der Verzweiflung nahe. Nach einer Weile nahm Linus den Faden wieder auf: „Das hat mich auf eine Idee gebracht, Domenikos – warum versuchst du nicht, für Jacopo da Ponte, das heißt für die Familie Bassano, zu arbeiten?"

„Ich habe einige von Jacopos Arbeiten gesehen, sie sprechen mich aber nicht so stark an wie Tizians Werke."

„Natürlich nicht. Und trotzdem mußt du dorthin gehen, mein Freund, wo man bereit ist, dich als Lehrling aufzunehmen, bis du dir Kenntnisse über die Grundsätze unserer Kunst angeeignet hast. Bassano ist eine kleine Stadt, die man in zwei Tagen Fußmarsch von Venedig aus erreicht. Ich habe gehört, daß der Meister Schwierigkeiten hat, dort draußen Schüler zu bekommen, da alle jungen Männer natürlich das bunte und angenehme Leben in Venedig bevorzugen. Es heißt, er sei ein gründlicher und sehr geduldiger Lehrer. Er gehört auch zu den Anhängern Tizians, was dir vielleicht später den Weg ebnen würde, bei unserem größten Meister als Schüler unterzukommen. Oder du könntest dein Glück dann immer noch bei dem fanatischen Tintoretto versuchen, wenn dir das lieber ist.

Jacopo Bassano ist ein Mann, der über ein hübsches Vermögen verfügt; er wohnt in einem Haus mit einem schönen Garten, ist glücklich verheiratet und hat Söhne, die noch nicht alt genug sind, um ihm bei seiner Arbeit zu helfen. Der älteste seiner fünf Jungen starb mit ein oder zwei Jahren. Er wird dich bestimmt gern nehmen. Solange Tizians Haus buchstäblich mit Anfragen und Bitten, für den ‚König der Farben' arbeiten zu wollen, überschwemmt wird, bin ich der Meinung, daß du keine Zeit verlieren und dein Glück bei Jacopo Bassano versuchen solltest."

Domenikos zögerte. Schließlich antwortete er mit plötzlicher Entschlossenheit: „Ich werde morgen nach Bassano aufbrechen."

*

Am selben Abend packte Domenikos seine Sachen zusammen, ausgenommen seine Bücher, die er später einmal abholen wollte, wenn seine weiteren Pläne klarer sein würden. Der griechische Kaufmann und Hausherr sagte liebenswürdig: „Wenn mein Sohn schon nichts für dich tun kann, um dich bei Tizian einzuführen, nimm die Gelegenheit wahr und fahr mit einem Freund von mir nach Bassano, der morgen einige Waren dorthin liefern muß. Ich weiß, daß Linus dir geholfen hätte, wenn es ihm möglich gewesen wäre. Wenn dich Jacopo Bassano nicht aufnehmen sollte, kannst du jederzeit gern nach Venedig zurückkommen und bei uns wohnen."

So saß Domenikos am nächsten Morgen auf dem dahinrumpelnden Wagen neben dem Fahrer und war dankbar, ein Transportmittel gefunden zu haben, auch wenn es sehr langsam fuhr. Sie kamen am späten Nachmittag des nächsten Tages in der kleinen Stadt an, wo jedermann Jacopo Bassano zu kennen schien. Er war eines Malers Sohn, selbst Maler und seine Söhne wurden später auch alle Maler. So entstand die Bassano-Schule in der Malerei. Die Familie hatte schließlich den Namen der Stadt angenommen und ihren alten Namen da Ponte aufgegeben.

„Laß dich nicht erschrecken, junger Mann", warnte ihn eine Frau, bei der er sich nach dem Haus der Malerfamilie erkundigte. Doch als Domenikos nach dem Grund fragen wollte, war sie schon verschwunden.

Als Domenikos an den Garten des Künstlers kam, begriff er, was sie gemeint hatte: Überrascht sah er sich einer großen Schlange gegenüber, die ihre Zunge herausstreckte, als wollte sie einen unerwünschten Besucher beißen. Doch dann bemerkte Domenikos, daß das wilde Tier nichts anderes als ein Schabernack, eine Schlange aus Pappe, war. Der Garten war voller solcher seltsamer Papptiere, die sich hinter Bäumen und blühenden Blumen versteckten.

Als Domenikos das Grundstück betrat, hörte er plappernde Kinderstimmen und eine schimpfende Frau, dann Gelächter. Er empfand das Haus sofort als fröhliches, lebendiges Heim einer glücklichen Familie. Eine Frau kam den Gartenpfad herunter, begleitet von einem etwa siebenjährigen Jungen. An ihrem Rock klammerten sich noch ein kleines Mädchen und ein Junge von ungefähr zwei Jahren.

„Mein Mann arbeitet drin. Geh nur hinein, junger Mann", sagte sie freundlich. Nach dieser Aufforderung betrat Domenikos das Haus und fand Meister Bassano schon bald vor der Leinwand stehen, an der er arbeitete. Neben ihm bemühte sich ein Junge von etwa dreizehn Jahren, eine Farbmühle zu drehen, die aber nicht richtig zu funktionieren schien. Er hätte das Gerät fast fallen lassen, als er den unerwarteten Besucher sah. Domenikos war mit einem Satz bei ihm, um ein Mißgeschick zu verhindern; etwas von der roten „Terra di Siena" wurde dennoch über seine schlanken, langfingerigen Hände verstreut, so daß sie wie blutbefleckt aussahen. Domenikos war voller Verlegenheit und wußte nicht, wie er die Situation meistern sollte, denn durch die hastige Bewegung war auch noch die Rolle mit seinen Arbeiten, die er vorsichtig getragen hatte, herunter gefallen. Ein Luftzug, der durch die offene Tür kam, verteilte die Blätter obendrein noch über das gesamte Atelier.

Der Meister, der mehr wie ein Bauer denn ein Patrizier aussah, ein Mann von ungefähr fünfzig Jahren, bückte sich, hob ein Blatt auf, schloß die Tür und begann dann, die anderen Blätter einzusammeln. Er glättete sie und legte sie auf den Tisch. In diesem Moment bemerkte Domenikos, daß die roten Flecken auf seinen Händen wie ein Symbol nur Mittel- und Ringfinger bedeckten. Er sah, daß die Farbmühle von der gleichen Ausführung war wie jene, die Pater Franziskus in Kreta benutzt hatte. Da er sich damit auskannte, brachte er sie mit einigen geschickten Handgriffen wieder in Ordnung. Der Junge sah ihm dabei zu und rief dann aus: „Oh, jetzt funktioniert sie wirklich richtig."

Meister Bassano sagte mit einem tiefen, von Herzen kommenden Lachen: „Ich würde sagen, der Wind hat mir genau in dem Augenblick einen Lehrling in meine Werkstatt geweht, wo ich wirklich einen brauche. Gut, junger Mann, was führt dich her? Erzähle!"

„Ich suche Arbeit, Meister", antwortete Domenikos, der noch immer die Mühle drehte. „Ich bin frei und kann sofort anfangen."

„Ja, ich brauche einen Lehrling, der bereit ist, hart zu arbeiten. Wie du siehst, ist Francesco noch zu jung, um mir eine echte Hilfe zu sein."

„Bin ich nicht, Vater", sagte der Junge mit trotzigem Stolz, doch der Meister schenkte ihm keine Beachtung.

„Die Frage ist, ob du damit einverstanden bist, mehrere Jahre bei mir zu bleiben. Ich kann jederzeit Gehilfen finden, die hier anfangen, eine Weile für mich arbeiten und dann wieder gehen, weil sie von den venezianischen Meistern besser bezahlt werden und gleichzeitig hoffen, dort zu größerem Ruhm zu gelangen. Deshalb will ich nur einen Lehrling nehmen, der sich für zehn Jahre, oder wenigstens für sieben, bei mir verpflichtet."

„Ich werde keine Mühe scheuen, Meister. Laßt mich erst einmal ein paar Tage hierbleiben und dann könnt Ihr entscheiden, ob Ihr mir einen Vertrag für einen solchen Zeitraum geben wollt. Ich kann die Werkstatt saubermachen, im Garten helfen und mich, wenn nötig, auch um eure kleineren Kinder kümmern."

Meister Bassano hatte inzwischen alle Pergamentblätter aufgehoben und sah sie nacheinander an. „Es ist ganz natürlich", bemerkte er, „daß du von unserem Malstil keine Ahnung hast. Wie du siehst, arbeite ich auf Leinwand, während du ein paar hübsche Beispiele für Miniaturmalerei mitgebracht hast."

Domenikos unterdrückte einen Seufzer und antwortete: „Ich bin in einem Kloster auf Kreta erzogen worden. In den letzten Jahren half ich den Mönchen beim Malen von Wandfresken. Es stimmt, ich verstehe nichts von Ölmalerei. Ich glaube aber, daß ich imstande bin zu zeichnen oder mir zumindest zutraue, auf diesem Gebiet Fertigkeiten zu erwerben. Unter diesen Blättern ist eine Skizze von Tizians ‚Himmelfahrt', die ich aus dem Gedächtnis angefertigt habe."

„Ja, ich sehe, daß du die Kalligraphie hervorragend beherrschst. Diese griechischen Buchstaben sind dir sehr gut gelungen. Und du bist ein passabler Miniaturmaler. Auch in den Zeichnungen kann ich einige Begabung entdecken – aber . . ."

„Gebt mir eine Chance, Meister. Ich will noch nicht auf einen langfristigen Vertrag hoffen, bitte Euch aber, für ein paar Tage in eurem Haus bleiben zu dürfen. Ihr könnt mich jederzeit wieder wegschicken, wenn ich eure Erwartungen nicht erfüllen sollte."

„Du bist gescheit, junger Mann, und ich brauche wirklich noch einen Gehilfen. Mir gefällt dein Enthusiasmus. Ich denke, man sollte der Jugend immer helfen, wenn sie wirklich lernen will. Als ich jung war, so etwa in deinem Alter, war ich faul. Mein Vater, selbst ein guter Künstler, stopfte mich so sehr mit Kunst voll, daß ich seine Anweisungen nicht beachtete. So wurde ich nach Verona geschickt, um dort für Bonifazio Veronese zu arbeiten. Er war der ältere Bruder unseres Bonifazio, der heute eine hochgeachtete Stellung als Maler in Venedig innehat. Leider starb sein Bruder 1540 in Verona. Er war ein etwas komischer Kauz. Für mich war die Lehre keine gute Sache, denn der Meister hatte die Angewohnheit, hinter verschlossenen Türen zu malen. Um überhaupt etwas zu sehen, war ich gezwungen, durch ein Loch zu schauen, das ich heimlich zu diesem Zwecke in die Tür gemacht hatte. Doch so seltsam es klingen mag: sobald sich das Malenlernen für mich geheimnisvoll und schwierig gestaltete, wuchsen mein Ehrgeiz und mein Interesse. Was ich von meinem Vater nicht gelernt hatte, eignete ich mir auf diese Weise an. Außerdem hatte mein Lehrer einige der frühen Werke Tizian Vecellis in seinem Haus, und ich machte mich daran, sie so gut ich konnte zu kopieren. Durch das Kopieren von Tizians Werken lernte ich mehr als von irgend jemand anderem." Während er sprach, hatte sich der Meister wieder seinem Bild zugewandt und setzte seine Arbeit fort.

„Wie ist dein Name und wie alt bist du?"

„Domenikos Theotokopoulos. Ich bin neunzehn Jahre alt."

„Bevor ich zwanzig war, habe ich nicht viel zustande gebracht – aber dann verliebte ich mich in Tizians Farben. Viel später, als ich in Venedig arbeitete und von meinem Vater ein bescheidenes Vermögen geerbt hatte, kaufte ich mir ein paar von Tizians Gemälden nur so zu meinem eigenen Vergnügen. Wenn du dich im Hause umsiehst, Domenikos, kannst du einige seiner frühen Werke entdecken. Ich hoffe, daß ich dich bei mir behalten kann, denn du scheinst ein angenehmer und liebenswürdiger junger Mann zu sein. Nicht so impulsiv und hitzig, hoffe ich. Aber du wirst natürlich ganz von vorn beginnen müssen, was möglicherweise zu viel Zeit in Anspruch nehmen wird. Ich habe nämlich große und wichtige Aufträge auszuführen. In Ordnung, Domenikos, geh zu meiner Frau und bitte sie, dir das Zimmer zu zeigen, das sie für unseren neuen Lehrling eingerichtet hat. Ich heiße dich in unserem Hause willkommen, Domenikos."

„Toll! Dann kannst jetzt du jeden Morgen das Atelier saubermachen", rief der junge Bassano.

„Natürlich, schon heute abend werde ich das Atelier aufräumen und säubern, sobald der Meister seine Arbeit beendet hat."

*

Mit seiner freundlichen Art, überall zu helfen, wo er nur konnte, gewann Domenikos des Meisters Herz. Er arbeitete still und unauffällig, räumte auf und säuberte die Werkstatt gründlich. Dabei behielt er für sich, daß diese Arbeiten ihm die Möglichkeit gaben, Skizzen zu finden, die der Meister als Vorbereitung für seine Gemälde anfertigte. Sein ausgezeichnetes Gedächtnis und sein scharfer Beobachtungssinn entwickelten sich noch weiter; bei der Betrachtung kleiner, unbedeutender Dinge entdeckte Domenikos neue Einzelheiten über das Malen von Licht und Perspektiven. Die Woche verging erstaunlich schnell, und er vergaß darüber seinen ursprünglichen Plan und Wunsch, umgehend nach Venedig zurückzukehren und für Tizian zu arbeiten.

Ein paar Tage später sagte der Meister bei Tisch, als alle Hausbewohner versammelt waren: „Es tut mir wirklich sehr leid für Tizian Vecelli. Ich habe gerade gehört, daß seine Lieblingsschülerin verstorben ist. Mit Irene Spilimbergo hat er eine junge, vielversprechende Schülerin und Mitarbeiterin verloren."

Domenikos erkannte, daß er klug gehandelt hatte, die Arbeit bei Bassano anzunehmen. Es wäre auf jeden Fall der falsche Augenblick für einen erneuten Versuch gewesen, an den großen Meister Tizian heranzutreten, zumal er noch nichts über die Technik der Anwendung dieser sanften, brillanten, warmen Ölfarben wußte, die unter Tizians Hand zu geheimnisvollem und bezauberndem Leben erwachten. Schon bald fühlte er sich bei den Bassanos wie zu Hause. Die erste und zweite Woche seines Aufenthaltes vergingen, und schnell war der erste Monat herum, aber weder Domenikos noch Bassano schienen sich an den Vertrag zu erinnern.

Domenikos wurde gut behandelt und wie ein Sohn der Familie betrachtet. Durch seine Gutmütigkeit und Bereitschaft, fast jede Aufgabe zu übernehmen, gewann er schnell die Liebe der ganzen Familie. Seine persönliche Zuneigung zu Jacopo Bassano half ihm, die Kluft zwischen der alten byzantinischen Kunst und dem neuen italienischen Stil leichter zu überwinden.

In seiner frühen Jugend hatte Domenikos gelernt, die Malerei als einen religiösen Dienst zu betrachten, der entsprechend strengster, in Klöstern aufgestellter Regeln zu verrichten war. Hier aber wurde Kunst als Familientradition verstanden und als angenehmste Form des Broterwerbs betrachtet. Jacopo Bassano, ein germanischer Typ, seine geliebte Frau Elisabeth und die gesamte Familie waren so mit der Natur verbunden, daß seine Kunst direkt von ihr abgeleitet zu sein schien und offenbar kein anderes Ziel als die Freude am Schaffen verfolgte. Er war anscheinend völlig davon überzeugt, daß Gott wirklich der Vater aller Lebewesen war. Er empfand es folglich als ganz natürlich, auch Tiere zu malen und damit seine Bilder zu beleben. Wie er in seinem Garten Rosen züchtete, malte er in seinem künstlerischen Schaffen Tiere, die oft das Hauptmotiv seiner Bilder darstellten.

All das übte einen großen Zauber auf Domenikos aus, so daß sich die in seiner Jugend angenommenen asketischen Grundsätze lockerten und er weniger meditierte und mehr malte.

Meister Jacopo betrachtete die Malerei als ein edles Handwerk und ging davon aus, daß seinen Kindern das für das Malen erforderliche Talent angeboren und ihre Begabung groß genug sein müsse, um ihr ganzes Leben der Kunst zu widmen. Sogar Giambattista, kaum sieben Jahre alt, mußte schon helfen. Domenikos hörte aufmerksam zu, wenn Francesco und Giambattista sich Grundkenntnisse darüber aneignen mußten, wie man die Leinwand vorbereitet, Farben zerreibt und mischt sowie Skizzen anfertigt. Der einzige Unterschied bestand darin, daß die beiden eingebildet waren, obwohl sie langsam lernten, während Domenikos bescheiden war und sich die alte, ihm eigene religiöse Demut seiner frühen Jugend bewahrt hatte.

Im Kloster hatte er die Kunst als Dienst an Gott verstanden und gelernt, zu gehorchen und seine Phantasie zu zügeln, damit sie keine wilden, natürlichen Blumen hervorbrachte. Jetzt konnte Domenikos seine große bildliche Vorstellungskraft zum erstenmal für nichtreligiöse Themen nutzen.

„Kopiert", sagte der Meister zu seinen drei Schülern, „und hört auf zu träumen. Nehmt eine meiner Figuren oder welche, die mein Vater gemalt hat, eine einzelne Figur oder eine einzelne Kuh, wenn euch das besser gefällt, und kopiert sie so oft ihr könnt." Er machte eine Pause und fügte dann gutmütig hinzu: „Du, Domenikos, bist ja schließlich kein Bassano, und wenn du keine Lust verspüren solltest, in deiner Freizeit meine Gemälde zu kopieren, kannst du dich gern im Hause nach Werken anderer Meister umschauen, mit denen du dich in deinen freien Stunden beschäftigen kannst. Wenn du auf diese Weise fleißig kopierst, wirst du lernen, wie du die für diesen Zweck ausgewählten Meisterwerke betrachten, im Geist reproduzieren und später aus dem Gedächtnis heraus zu neuer Gestalt verhelfen mußt."

Es war erstaunlich, welch schnelle Fortschritte Domenikos machte. Sein Mystizismus zwang ihn, jede Härte und Mühsal als Teil seiner göttlichen Berufung, an die er fest glaubte, anzunehmen und zu ertragen. Die frühzeitige Unterweisung in den religiösen Grundsätzen des Gehorsams, die von den Jesuiten für Seele, Geist und Phantasie entwickelt worden waren, hatten in dem Jungen den Grundstein für eine innere geistige Disziplin gelegt. Er hatte die Lehren der Mönche nicht vergessen. Wie schwer seine Arbeit auch sein mochte, wie müde er nachts auch war – er versäumte nie, seine Gebete zu verrichten.

Das war es, was er am meisten im Hause der Bassanos vermißte: sie lebten als christliche Familie, sprachen aber nie über religiöse Fragen – es war, als existierten solche Probleme für sie gar nicht. Folglich gab es auch keinen Meinungsstreit über geistliche Themen oder über die Interpretation von Gottes Wort. Dementsprechend wurde jeder Auftrag einzig und allein von des Meisters Standpunkt aus in Angriff genommen und ausgeführt: Alles war festgefügt hier, und es gab wenig Vielfalt oder Abwechslung. Die geistigen Tiefen, die Domenikos suchte, um Erleuchtung zu finden, blieben verschlossen und versiegelt. Die Zeit verging rasch, und nach einem Jahr in Bassanos Haus konnte Domenikos so gut malen, wie es auch jeder andere Lehrling nach drei Jahren Ausbildung gekonnt hätte. Während der Zeit bei Bassano eignete sich Domenikos Fertigkeiten in der Ölmalerei an; in seiner Freizeit malte er jedoch weiter mit Temperafarben.

Er hatte aus Kreta zwei Bilder mitgebracht, die er noch nie jemandem gezeigt hatte. Eins zeigte den „Berg Sinai" und das andere stellte den Anfang eines Polyptichons dar, beide in Tempera. Domenikos malte gern mit Temperafarben, weil sie seinen kurzen, schnellen, nervösen Pinselstrichen, die er sich während seiner Tätigkeit im kretischen Kloster angewöhnt hatte, entgegenkamen. Das Malen mit Temperafarben erforderte solche raschen Pinselstriche, weil sie viel schneller trockneten als Ölfarben.

„Die Anbetung der Heiligen Drei Könige", ein Ölbild des Meisters Bassano, inspirierte Domenikos, dieses Motiv auf eine Holztafel zu malen. In seinem Zimmer präparierte er das Holz mit einer roten Substanz, ein Verfahren, das für Ikonen üblich ist. Er löste die pulverisierten Farben in Wasser auf, in dem zuvor Pergament gekocht worden war. Dadurch war eine klebrige Lösung entstanden, der er noch ein Eigelb beimischte. Auf diese Art und Weise begann er alle Temperagemälde, die er zu seinem eigenen Vergnügen anfertigte.

In des Meisters Atelier arbeitete Domenikos natürlich auf Leinwand und mit Ölfarben, denn es war üblich, daß ein Lehrling sich vollständig an Malstil und Technik seines Meisters anpaßte. Schüler und Lehrlinge mußten immer und überall in der Lage sein, ein Bild, das in Auftrag gegeben war, weiterzumalen, wenn der Meister es von ihnen verlangte.

Francesco Bassano war inzwischen fünfzehn Jahre alt und zeigte schon Anzeichen von Hochmut und Unberechenbarkeit, die sich später in seinem Leben zum Größenwahn entwickelten. Angespornt durch den Ehrgeiz des neuen Lehrlings seines Vaters, arbeitete er besser, und die Zahl der fertiggestellten Bilder stieg beträchtlich.

Eines Abends rief der Meister Domenikos in das gemeinsame Wohnzimmer, wo sich die Familie in der Regel versammelte, um Musik zu hören oder selbst auf Instrumenten zu spielen. Domenikos wollte sich früh wieder zurückziehen, denn er beabsichtigte, bei Lampenlicht an einem Gemälde zu arbeiten. Er malte jetzt Tag und Nacht, von wildem Ehrgeiz getrieben. Doch bevor er gehen konnte, begann der Meister ein Gespräch mit ihm, in dem er plötzlich darauf bestand, einen Vertrag zu unterzeichnen.

„Ich muß zugeben, Domenikos, daß ich nie einen Schüler wie dich hatte – ich möchte dich vertraglich verpflichten, in meinem Haus zu bleiben, denn ich befürchte, Francesco hat nicht soviel Talent wie du", sagte Jacopo Bassano.

„Ich werde weiter, so gut ich kann, für Euch arbeiten, Meister", antwortete Domenikos, „aber bitte fordert nicht von mir, einen Vertrag zu unterzeichnen, denn ich will mich nicht durch ein solches Papier binden."

„Als du zu mir kamst, meinte ich, du hättest ein bestimmtes Ziel im Sinn, Domenikos. Doch nun möchte ich wissen, woran ich mit dir bin. Ich bin der Meinung, du hast bemerkenswerte Fortschritte gemacht, seit du bei mir arbeitest. Solltest du mein Haus verlassen wollen, bevor mein Sohn Francesco deinen Platz einnehmen kann, würde ich dies sehr bedauern. Es ist alles in Ordnung, mein Junge. Bleib bei mir so lange du magst – ich werde dir auch nicht verbieten, so oft du willst nach Venedig zu fahren."

Die sanfte Art des Meisters rührte Domenikos' Herz. Er schämte sich, wußte aber andererseits, daß er hier nicht ewig arbeiten wollte, denn er hoffte immer noch, daß Tizian ihn vielleicht später einmal als Schüler nehmen würde.

Nach diesem Gespräch arbeitete Domenikos mit noch größerer Konzentration. Alle Bilder, die im Atelier vollendet wurden, trugen natürlich Jacopos Signum. Weder seine Söhne noch seine Lehrlinge waren berechtigt, ihre Werke zu signieren, so daß alle Gemälde, die die Werkstatt verließen, als von des Meisters Hand geschaffen galten.

Als sich das zweite Jahr seiner Lehre dem Ende zuneigte, wußte Domenikos genau, wie Jacopo es verstand, die verschiedenen Talente und Fähigkeiten, die in seinem Atelier zur Verfügung standen, in seinen Bildern zu vereinigen. Nachdem seine Lehrlinge die Leinwand vorbereitet hatten, pflegte er eine undeutliche Skizze vom gesamten Bild anzufertigen. Dann malte er die bedeutendsten, im Vordergrund befindlichen Figuren und überließ die Ausführung des Hintergrundes den Schülern oder Lehrlingen, die dazu in der Lage waren. Nach Domenikos' Meinung waren die Gemälde Bassanos alle recht gut – doch wußte er auch, daß sie niemals an die Werke Tizians herankommen würden.

Eines Tages kam Jacopo unbemerkt ins Atelier, als Domenikos gerade dabei war, die Falten eines Gewandes zu malen. Er arbeitete mit kurzen, präzisen Strichen, wobei er einen ziemlich breiten Pinsel benutzte. Seine Bewegungen sahen etwas abgehackt aus, und die Falten des Materials gerieten eckig, statt in gerundeten, weichen Formen zu fallen.

„So sehr mir auch die Bewegung gefällt, die du dem Material verleihst, muß ich dich leider trotzdem bitten, diesen Teil noch einmal zu malen, da er von meinem Stil ziemlich stark abweicht", sagte der Meister.

Domenikos nahm die Korrektur ohne Kommentar vor. Als jedoch Jacopo Bassano das nächste Mal selbst Falten eines Kleides malte, fand Domenikos, daß er sich dabei, teilweise wohl unbewußt, dem charakteristischen byzantinischen Stil seines Schülers angepaßt hatte.

Die Persönlichkeit des jungen Griechen und seine Ausstrahlung waren so stark, daß sie sich auf alle Arbeiten, die in Bassanos Werkstatt geschaffen wurden, niederzuschlagen begannen. Ein Ergebnis dessen war, daß Bassanos Gemälde die Tendenz zeigten, weniger weich und fließend und etwas leichter in der Maltechnik zu sein. Es war, als ob der Geist des Lehrlings die Kunst des Meisters durchdrang, der daran interessiert war, die faszinierende Wirkung dieses Einflusses zu nutzen, um auf diese Weise seine eigenen künstlerischen Auffassungen aufzufrischen und zu bereichern.

In seiner Freizeit ging Domenikos seiner Neigung nach, mit Temperafarben zu malen und Miniaturen auf Kupfer darzustellen. Er malte den Kopf einer Frau mittleren Alters, die einen für Kreta typischen Schal trug, der hinter dem Ohr, wie bei den Sphakiots üblich, befestigt war. An seine Eltern schrieb er: „Ich habe das Porträt meiner verehrten Mutter gemalt, wie ich es als liebender Sohn in Erinnerung habe, so daß ich ihr Bild jetzt jeden Tag anschauen kann." Das stimmte allerdings nicht, denn er stellte das Bild erst einmal weg, weil es ihm nicht sonderlich gefiel. Vielleicht würde er später einmal darauf zurückgreifen.

Jacopo Bassano war sehr taktvoll und bat Domenikos niemals darum, ihm die in dessen Freizeit gemalten Bilder zu zeigen. Eines Tages aber erwähnte Domenikos unaufgefordert, daß er den Versuch unternahm, Jacopos Werk „Die Austreibung der Wechsler" zu kopieren.

„Als ich bei Tizian arbeitete und später seine Gemälde kopierte, um mich selbst zu schulen", bemerkte Bassano, „fertigte ich zuerst eine genaue Kopie der Bilder des Meisters an, um dann eine andere Darstellung anzustreben, zu der ich zwar vom Werk des Meisters inspiriert wurde, die aber trotzdem auf meiner eigenen Konzeption zu dem jeweiligen Thema beruhte." Domenikos befolgte den Rat des Meisters, erkannte jedoch bald, wie schwer es war, solch eine große Menschengruppe zu malen, was ihn dazu bewog, die Arbeit zu verschieben.

Die „Anbetung der Hirten" war ein weiteres von Jacopo Bassano geschaffenes Werk, das Domenikos besonders bewunderte. Dieses Bild kopierte er sehr sorgfältig und genau. Er übte sich im Darstellen der verschiedenen Hirtenfiguren, malte zum erstenmal in seinem Leben eine

Ziege und eine Kuh und versuchte sich spielerisch an der schwierigen Persönlichkeit der lieblichen Madonna. Doch das Ergebnis befriedigte ihn nicht.

Er sagte zu Meister Bassano: „Euer Bild ist wirklich sehr schön, und obwohl ich es so bewundere, besonders die großartige Madonna, habe ich Schwierigkeiten, es zu kopieren."

„Warum vergißt du die Genauigkeit nicht einfach – vielleicht gehörst du zu den Malern, die nur Befriedigung finden, wenn sie zur gleichen Zeit unterschiedliche Stile malen können. Die Menschen sind von Grund auf verschieden, und kreative Künstler besonders. In einigen von uns sind scheinbar zwei Wesen vereinigt. Ich bin, wie du sicherlich bemerkt haben wirst, im Grunde ein unkomplizierter Mensch, möchte aber behaupten, daß auch ich zweigeteilt bin: während ich dich tagsüber auffordern muß, dich meinem Malstil anzupassen, möchte ich dir abends raten, deinen eigenen Stil zu entwickeln. Um dir zu zeigen, daß ich deine Bemühungen unterstützen will, erlaube ich dir, für deine private Maltätigkeit so viele meiner Farben zu benutzen wie du brauchst."

So geschah es, daß Domenikos die Bassano-Familie am Weihnachtsabend mit einem sehr schönen Geschenk erfreute. Es war in der Tat eine gelungene Überraschung, die niemand erwartet hatte, am wenigsten der Meister selbst. In der von Domenikos angefertigten Kopie waren alle Köpfe in einem Kreis um das Christkind herum dargestellt, und alle Aufmerksamkeit richtete sich auf Gottes Sohn. Die wunderschöne, sehr zierliche Madonna kniete nieder, und die Kuh und die Ziege waren richtige, wohlgenährte Bassano-Tiere. Das satte Rot, in dem Marias Gewand gehalten war, bildete einen reizvollen Kontrast zu den dunkleren Farben ihrer Umgebung.

Das Bild zeugte von einem flachen, breiten, kurzen Pinselstrich. Die erste Skizze mußte Domenikos mit roter Farbe angefertigt haben, denn hier und da, besonders an den Ohren, war noch ein wenig Rot sichtbar, was aussah wie ein Zeichen des Lebens.

Der Meister stand davor und bewunderte die Arbeit seines Schülers, als hätte er völlig vergessen, daß dies nur eine gut ausgeführte Kopie eines seiner eigenen Gemälde war. Schließlich sagte er: „Mein lieber Domenikos, das ist wirklich eine gute Arbeit. Mir gefällt die Gruppierung der Hirten und die Art und Weise, wie du mein Bild leicht verändert hast, auch die Anwendung deines eigenen Pinselstrichs."

„Ich freue mich, daß es Euch gefällt, Meister. Bitte nehmt diese Kopie für Euch und eure Familie als Geschenk von mir, denn ich bin Euch so dankbar."

KAPITEL VIII

Venedig und Bassano, Italien, 1563 – 1564

Im März 1563 kehrte Domenikos nach Venedig zurück. Er hatte Linus vorher eine Nachricht zukommen lassen und wurde von den Eltern seines Freundes herzlich willkommen geheißen. Sie übergaben ihm eine schriftliche Botschaft ihres Sohnes, in der stand: „Lieber Domenikos, wenn Du in Venedig eintriffst, während ich bei der Arbeit bin, schlage ich Dir vor, Dich zur Bruderschaft dei Crociferi zu begeben und um Einlaß in deren Refektorium zu bitten. Ich erinnere mich, daß Du Dich nach Jacopo Tintorettos Werk erkundigt hast und glaube, seine ‚Hochzeit zu Kana in Galiläa'[1] wird Dich interessieren. Komm aber bitte nicht in Tizians Werkstatt, denn ich möchte Dich zuerst allein sprechen. Dein Freund Linus."

Domenikos war enttäuscht und ein bißchen verärgert. Im Hause Jacopo Bassanos war hin und wieder über Tintoretto geplaudert worden. Meister Bassano zeigte nur begrenztes Interesse an den Werken Tintorettos, aus Tizians großartigem Leben und Schaffen dagegen wußte er so manche Einzelheit zu berichten. So kam es, daß Domenikos sein eigenes Interesse an dem jungen Meister fast vergessen hatte; jetzt aber war seine Neugier wieder geweckt.

Zu jener Zeit gab es sechs religiöse Bruderschaften in Venedig, die sich der Aufgabe widmeten, den Armen zu helfen. Eine Scuola war keine Schule im eigentlichen Sinne des Wortes, sondern bezeichnete in der Regel ein mehr oder weniger prächtiges Gebäude, in dem eine Bruderschaft ihre Versammlungen abhielt. Die meisten wohlhabenden Patrizier Venedigs gehörten der einen oder anderen dieser Bruderschaften an und leisteten ihre Beiträge entsprechend ihrer Stimmabgabe für oder gegen eine von der Versammlung beschlossene Maßnahme.

Domenikos Theotokopoulos war während der fast drei Jahre, die er als Lehrling bei Jacopo Bassano verbracht hatte, körperlich und geistig gewachsen. Er kleidete sich wie alle italienischen Schüler, die bei Malern in die Lehre gingen. Ein heller, rötlicher Bart um das Kinn und auf der

1 Heute in Santa Maria della Salute, Venedig

Oberlippe gab seinem Gesicht einen Ausdruck von Reife. In der Scuola wies er sich als Schüler von Jacopo Bassano aus und sagte höflich, daß er Urlaub bekommen hätte und extra nach Venedig gekommen wäre, um sich das wunderbare Gemälde, in dessen Besitz die Bruderschaft war, ansehen zu können. Seiner Bitte wurde entsprochen, und man führte ihn ins Refektorium.

Als Domenikos vor der großen Leinwand stand, erkannte er sofort, daß es sich hier um einen Meister handelte, an dessen Können nur schwer heranzukommen war. Er hielt seine Hand vor die Augen und ließ sie dann wieder sinken. Ja, Tintoretto war es gelungen, das Licht in der Malerei richtig einzusetzen. Die reiche und lebendige Phantasie des Malers hatte ein Bild geschaffen, das eine festliche Versammlung zeigte. Die darauf dargestellten Figuren spiegelten verschiedene Schattierungen des Lichts von hell bis dunkel wider. Das war etwas völlig Neues, ein Problem, mit dem Tizian sich nie befaßt hatte, zumindest nicht in den Werken, die Domenikos kannte. Aber er selbst, Domenikos Theotokopoulos, hatte sich eben diesem Problem gewidmet, als er versuchte, ein Bild mit Figuren zu malen, die in eine Flamme bliesen.[1] „Ein wunderschönes Bild, nicht wahr?", sagte der Mann, der ihn hereingeführt hatte. „Wir sind stolz auf all die hübschen Damen, die hier mit uns speisen."

„Es ist wirklich sehr schön", pflichtete Domenikos ihm bei. Das Gemälde zeigte eine lange Tafel, die mit einem kostbaren Tischtuch bedeckt war. Auf dem Tisch standen schwere Kristallkaraffen mit Wasser und reichlich mit Früchten und anderen Speisen gefüllte Teller. Auf der rechten Tischseite hatte eine ganze Galerie schöner venezianischer Edeldamen Platz genommen. Keusch und zurückhaltend sahen sie aus in ihren meist weißen oder gelben Kleidern. Dazu trugen sie weiße, über der Brust gekreuzte Schals. Alle Kleider waren in sanften Pastelltönen gehalten, und die Damen saßen in hellem Licht. Die Männer, die ihnen an der anderen, beschatteten Tischseite gegenübersaßen, waren dunkelhaarig und mit Gewändern bekleidet, die sanfte Tönungen in dunklerem Blau und Rot aufwiesen.

„Christus am Ende der Tafel", sagte der Mann an Domenikos' Seite, „symbolisiert die göttliche Demut." Der Maler hatte Christus tatsächlich am Ende des Tisches plaziert, rechts neben ihm war Maria zu erkennen. Beide trugen Gewänder in sanften violetten und roten Pastelltönen, die mit dem Hintergrund verschmolzen. Die Dame an der Vorderseite des Tisches, dem Betrachter am nächsten, nahm das in Wein verwandelte Wasser entgegen. Sie trug ein blaßblaues Kleid, das die Aufmerksamkeit besonders auf sich zog, gab es doch den Farbton wieder, der als „Farbe

1 Bezieht sich auf ein Gemälde El Grecos, „El Soplon" genannt

von Venedig" Berühmtheit erlangte. Auch sie hatte einen weißen Schal über Kreuz um ihre Brust gelegt. Eine andere Frau, die den Becher schon erhalten hatte und das Wunder der Verwandlung von Wasser zu Wein bemerkte, trug ein Kleid in Blau und Rot, und in ihrer Schärpe wiederholte sich das blasse venezianische Blau. Unter dem Tisch lag ein Hund, der in naturgetreuer Darstellung an einem Knochen nagte. Das Fest fand in einem prächtigen Raum statt, dessen Decke, von der vielarmige Leuchter herabhingen, reich bemalt und mit kunstvoll geschnitzten Balken verziert war. Hinter der edlen Festgesellschaft war eine neugierige Menge zu sehen, die durch die Fenster schaute und sich sogar in den Saal selbst drängte.

„Schau nur, wie das Wasser gemalt ist – man meint geradezu, seine Nässe zu fühlen", bemerkte der Mann.

Da er keine Antwort erhielt, entfernte sich der Mann schließlich. Domenikos konnte nun das Bild allein und ohne Ablenkung betrachten und darüber nachdenken. Besonders gefiel ihm die Wirkung des Lichts.

Das Tischtuch, offenbar aus weißem Damast, wies durch die Beleuchtung einen leichten Gelbton auf. Durch die hohen, breiten Fenster flutete Licht in den Raum hinein. Es bildete auch einen Heiligenschein um Christi und Marias Köpfe, von wo es am Ende des Tisches mit dem von außen hereinfallenden Licht verschmolz.

Keine der Figuren, ob sitzend oder stehend, war in ihrer Haltung statisch. Der Gesamteindruck des Bildes war durch seine innere Bewegung harmonisch und fließend. Domenikos zählte sieben Damen und eine Magd, die den Wein ausschenkte. Alle waren blond, ihre goldenen Haare schön zurechtgemacht und in Locken und Zöpfen um den Kopf gelegt, wie es zur damaligen Zeit in Venedig Mode war. Am Ende der rechten Tischseite befand sich eine Figur, die allem Anschein nach die Braut darstellte, und neben ihr saß der Bräutigam. Unter all den blonden Frauen war die Braut mit dem feingeschnittenen Gesicht und dem kastanienbraunen Haar die schönste. Sie trug ein hochgeschlossenes weißes Kleid, in ihrem dunklen Haar glänzten Perlen, und ihr Kopf war im Halbprofil dargestellt.

Dieses Gemälde von Tintoretto beeindruckte den jungen Domenikos tief, spürte er doch, daß er sich mit den Werken dieses Künstlers geistig stärker verbunden fühlte als mit denen des großen Tizians. Domenikos bemerkte den grundlegenden Unterschied zwischen den beiden venezianischen Malern: Tizian schien nur eine Welt von Objekten in seinen Bildern festzuhalten; Tintoretto dagegen zeichnete hauptsächlich aus seiner Phantasie und geistigen Inspiration heraus.

Als er all diese Fragen noch einmal mit seinem Freund Linus besprach, riet ihm dieser: „Wenn ich an deiner Stelle wäre, kehrte ich für ein weiteres Jahr nach Bassano zurück. Ich sage dir, daß es noch schwieriger geworden ist, für Tizian zu arbeiten. Der Meister ist einsam. Außerdem plagt ihn ein weiteres Problem: Obwohl er offiziell Ansprüche auf bedeutende Einkünfte aus verschiedenen Quellen erheben kann, ist er offenbar gezwungen, einen Teil seiner wertvollen Zeit mit Briefeschreiben zu vergeuden, um zu seinem Geld zu kommen, besonders vom spanischen Hof. Was Tintoretto betrifft, so weiß ich genau, daß du von ihm kein fundiertes Wissen über feine Farbgebung, das Mischen der fünf Grundfarben in allen Nuancen, das Beherrschen des berühmten ‚Tizianrots' sowie seiner Grün- und Blautöne erwerben kannst. Doch gerade an diesen Dingen bist du ja besonders interessiert, wie du mir einmal sagtest. Tintoretto wird ‚Il Furioso' genannt, was bedeutet, daß er geradezu besessen ist, etwas zu schaffen. Sein ungestümes Wesen äußert sich auch dann, wenn er gezwungen ist, einige seiner Bilder wegzugeben. Wie ich dir schon sagte, widmet Tintoretto der Unterweisung seiner Lehrlinge noch weniger Zeit als Tizian, malt manchmal den ganzen Tag lang ohne Unterbrechung und bringt letzten Endes seine Arbeiten meist ganz allein zum Abschluß."

Domenikos wußte, daß sein Freund recht hatte. Er rollte eine mittelgroße Leinwand auseinander, die er mitgebracht hatte. Sie zeigte einen Jungen und ein Mädchen, die in eine Flamme bliesen, wobei sich das Licht auf ihren dunklen Gesichtern widerspiegelte.[1]

Linus machte ein paar Bemerkungen zu Domenikos' Fortschritten, änderte aber seine Meinung nicht. So entschloß sich Domenikos, nach zwei Tagen Abwesenheit wieder nach Bassano zurückzukehren. Zuvor sah er sich jedoch noch ein wenig in Venedig um. Als er in Bassano ankam und seinen Platz an der Staffelei wieder einnahm, enthielt sich der Meister jeglicher Bemerkung und arbeitete ohne Unterbrechung weiter.

*

Es war im Mai 1563, als Jacopo etwas Wichtiges zu berichten hatte. „In Venedig wirft ein schrecklicher Skandal seine Schatten voraus", sagte er. „Ich werde an einem Prozeß teilnehmen müssen, der gegen die Brüder Zuccaro angestrebt wird. Er ist in meinen Augen gerechtfertigt, zumindest zu einem gewissen Grade."

„Gegen die Mosaikkünstler in der Markuskirche?", fragte Domenikos.

„Ja. Es wird einer der interessantesten Prozesse, die jemals in Venedig stattgefunden haben. Konkurrenten, die neidisch auf die Aufträge sind,

1 „El Soplon", von dem wahrscheinlich verschiedene Versionen existieren

die besonders Francesco Zuccaro bekommt, werden versuchen, Fehler in den Mosaiken der Brüder nachzuweisen und darauf aufmerksam machen, daß bestimmte Teile der Mosaiken durch Malerei komplettiert wurden. Die Gegner behaupten außerdem, daß die Brüder Zuccaro nicht in der Lage sind, Originalentwürfe anzufertigen. Doch Tizian Vecelli wird als Zeuge zu ihren Gunsten auftreten, vermute ich. Tizian wurde als kleiner Junge von seinem Onkel zum Vater der Zuccaro-Brüder gebracht und unterhält seit jener Zeit sehr freundschaftliche Beziehungen zu dieser Familie. Er hat sogar ein Selbstporträt gemalt, bei dem seine rechte Hand auf Zuccaros Schulter liegt. Das Gericht setzt sich aus den besten venezianischen Malern zusammen: Tizian, Tintoretto, Pistoia und Andrea Medula, den sie Schiavone nennen."

„Tizian und Tintoretto auf demselben Tribunal – was haltet Ihr davon, Meister?"

„Wir werden sehen. Auf alle Fälle bewundern sie beide das Werk Schiavones, der ein dalmatinischer Maler ist. Man sagt von ihm, er wäre sehr eigensinnig und würde in Armut leben. Übrigens schätzt auch Tintoretto Tizian als Farbkünstler hoch ein. In seinen frühen Werken, nach meinem Geschmack seine besten, hat er sogar versucht, Tizian zu kopieren. Jetzt allerdings ist er bestrebt, seinen eigenen Stil zu entwickeln. Es sollte mich nicht wundern, wenn Tizian recht behielt mit seiner Warnung an Tintoretto, daß seine Bilder nicht lange halten würden, weil er die Farbschichten zu dünn aufgetragen und die Leinwand nicht ausreichend präpariert hat. Wie dem auch sei - weder du noch ich sind als Zeugen dabeigewesen."

Einige Zeit später erzählte der Meister Domenikos, daß die Brüder Zuccaro den Prozeß gewonnen hätten, denn sowohl Tizian als auch Tintoretto hatten zu ihren Gunsten ausgesagt. Die Brüder wurden zwar angewiesen, sich die mit Ölfarbe korrigierten Teile der Mosaiken noch einmal vorzunehmen, doch ihr Ruf als erstklassige Künstler war gerettet.

Ein weiteres Jahr verging. Trotz seiner persönlichen Sympathie für Meister Bassano faßte Domenikos 1564 den Entschluß, sich nach einem anderen Lehrer umzusehen. Er hatte mittlerweile einige Gemälde, die er vorzeigen konnte, und beabsichtigte, bei Tizian und Tintoretto mitzuarbeiten. Seine Arbeit bei Bassano begann ihn zu langweilen. Er war der Meinung, daß er bei Jacopo nichts mehr dazulernen könnte. Im Sommer 1564 kehrte er in die vor Hitze flimmernde Lagunenstadt zurück. Diesmal willigte Linus ein, Domenikos mit in Tizians Werkstatt zu nehmen, nachdem er einige seiner Gemälde auf Holz sowie Ölbilder auf Leinwand gesehen hatte. Für seine Einführung wählte Domenikos eine weiterentwickelte Studie des Bildes aus, das einen Jungen und ein Mädchen, die in eine Flamme bliesen, zeigte. Die Fortschritte, die er selbst sah, verschafften ihm eine gewisse Befriedigung. Er zeigte die Leinwand Marco Vecelli, der sie wortlos anschaute und dann einfach wegging, um Tizians Sohn Orazio zu holen. Tizian hatte einige große Aufträge vom spanischen König Philipp II. erhalten. Diese Auftragsgemälde standen in der Werkstatt herum, einige gerade begonnen, andere fertiggestellt, aber immer als die größten und wichtigsten Aufträge betrachtet.

Schließlich sagte Orazio Vecelli: „Wenn du damit einverstanden bist, ohne verbindlichen Vertrag zu arbeiten, sondern einfach die Aufgaben erledigst, die wir dir unmittelbar geben, kann ich dich in unserer Werkstatt aufnehmen. Ich bin sicher, daß du es als Ehre betrachten wirst, für Tizian zu arbeiten. Der Meister hat vom spanischen König den Auftrag erhalten, ein Gemälde über das Martyrium des Hl. Laurentius zu schaffen. Du weißt bestimmt, daß im letzten Jahr in Spanien mit dem Bau eines großen Schlosses und Klosters begonnen wurde. Das Bauwerk soll diesem spanischen Heiligen gewidmet werden, denn der spanische König hat die große Schlacht von St. Quentin am Tage des Hl. Laurentius gewonnen. Tizians Gemälde soll den Heiligen zeigen, wie er auf einem Rost liegt und gefoltert wird. Das Kloster selbst, der Escorial, soll deshalb die Form eines Rostes haben. Wie ich sehe, hast du dich schon mit dem Problem eines Feuerscheins, der sich auf einem menschlichen Gesicht widerspiegelt, beschäftigt. Wir haben diesem Punkt bisher weniger Aufmerksamkeit geschenkt, so daß es vielleicht für den Meister von Nutzen sein kann, wenn du deine eigenen Studien zu diesem Thema verwendest."

Es kam zu einer mündlichen Vereinbarung; der Betrag, den Domenikos für seine Dienste erhalten sollte, lag sogar noch unter dem Lohn, den Bassano ihm gezahlt hatte. Zum Glück verfügte er über einige Ersparnisse; sowohl das Geld von seinem Vater als auch nahezu der gesamte Lohn, den er bei Bassano verdient hatte, stand ihm noch zur Verfügung. Also willigte er sofort ein. Diesmal blieb er ein paar Tage in Venedig. Er zögerte seine Rückkehr nach Bassano etwas hinaus, weil es ihm offenbar widerstrebte, Meister Jacopo seinen Entschluß mitzuteilen. Der aber machte es ihm bei seiner Ankunft leicht, indem er nur sagte: „Es ist alles in Ordnung. Ich wünsche dir Glück."

Dann drehte er sich um und setzte seine Arbeit fort, doch Domenikos hatte gesehen, daß der Meister rot geworden war. Da er seine eigenen wie auch die Gefühle des Meisters kannte, machte er sich unverzüglich daran, seine Sachen zu packen und verließ alsbald das Haus.

*

Die Arbeit in Tizians Werkstatt begann mit einer Enttäuschung für Domenikos. Drei Tage waren bereits vergangen, den Meister aber hatte er noch nicht zu Gesicht bekommen. Hier und da standen Gemälde, an denen seine Assistenten arbeiteten. Es wurde erzählt, der Meister käme nachts oder am späten Abend, wenn alle anderen gegangen waren, um gelegentlich Korrekturen vorzunehmen. Am Tage war der kraftvolle und anziehend wirkende Mann nur selten zu sehen.

Orazio Vecelli, sein jüngerer Sohn, war natürlich das Oberhaupt in der Werkstatt. Am zweiten Tag hörte Domenikos zufällig, wie er sagte: „Wenn Vater nicht damit aufhört, seine alten Werke zu übermalen, werde ich die Anweisung geben, die Farben mit Olivenöl zu mischen, so daß seine abends gemachten Pinselstriche am nächsten Morgen leicht wieder weggewischt werden können."

Domenikos entdeckte die beiden Leinwandbilder, die der Vorbereitung des „Martyriums des Hl. Laurentius" dienen sollten. Ein paar undeutliche Umrisse waren zu sehen und eine Federzeichnung lag vor – das war alles. Ungeduldig wartete Domenikos darauf, den großen Meister bei der Arbeit zu erleben, doch sein Wunsch wurde nicht so bald erfüllt.

Er begann, den Angaben des Meisters entsprechend, eine genauere Skizze anzufertigen. Als er Orazio um Rat fragte, erhielt er die kurze Antwort: „Mach dir keine Gedanken, tu dein bestes. Dieses Gemälde ist für die Jesuitenkirche in Venedig[1] bestimmt. Erst danach werden wir die Endfassung für den spanischen König in Angriff nehmen."

„Früher", warf Linus ein, „hätten wir nie gewagt, ein von Tizian begonnenes Bild anzurühren. Doch jetzt zeigt er immer weniger Interesse an der Arbeit, die hier in seiner Werkstatt getan wird."

*

Es war im Jahre 1564, in einem der heißen venezianischen Sommer, in denen die Luft faulig stinkend über den Kanälen hing. Domenikos hatte auf Anfrage Tintorettos Adresse in Erfahrung bringen können. Der Meister hatte zu jener Zeit den Palast in der Nähe des Campo dei Mori, den er einige Jahre später bewohnte, noch nicht gekauft. Am Abend des dritten Tages in Tizians Werkstatt war sich Domenikos darüber im klaren, daß er nichts erzwingen konnte und geduldig warten mußte, bis Tizian die Zeit finden und bereit sein würde, sich ihm zu widmen und persönliche Hinweise oder einfach nur Anstöße für seine Arbeit zu geben. An jenem Abend schlenderte Domenikos durch den Stadtteil San Marciliano, in dem Tintorettos Haus stand. Er wollte mit jemandem reden und

1 Noch heute zu sehen in der Kirche dei Gesuiti, Venedig

überlegte, wie er sich bei dem Maler einführen und unmittelbaren Kontakt mit ihm knüpfen könnte, ohne aufdringlich zu wirken.

Viel hatte Domenikos bisher nicht über Tintoretto in Erfahrung bringen können. Er wußte nur, daß er 1518 geboren war und 1550 Faustina Vescovi, die aus einer Patrizierfamilie stammte, geheiratet hatte. Sie gebar ihm ein Kind nach dem anderen, und man sagte, daß er sie sehr liebte.

Als er sich dem Hause näherte, hörte er die Kinder und auch eine Frau lachen, die aber gleichzeitig schimpfte. Er klopfte an die Tür und ein Mädchen, das wie ein Junge gekleidet war, öffnete ihm. Sie war ungefähr elf Jahre alt, und ihre Bewegungen waren sehr anmutig.

„Vater arbeitet", sagte sie und schaute ihn mit ihren friedvollen braunen Augen an. Offenbar fand sie Gefallen an dem gutaussehenden jungen Mann und fügte hinzu: „Aber wenn du ihn sprechen möchtest, werde ich dich zu ihm führen. Wer bist du?"

„Ein Schüler Tizians und ein großer Bewunderer der Werke deines Vaters."

„Ja, es gibt niemanden, der so malen kann wie mein Vater. Ich bin Marietta Tintoretto. Eines Tages werde ich ihm helfen können."

So unterhielten sie sich, als sie das Haus betraten, und schon bald konnte Domenikos den Meister bei der Arbeit sehen. Er war keineswegs so groß wie Bassano und sein Aussehen unterschied sich von dem Bassanos, der ein germanischer Typ war, in jeder Beziehung. Er hatte auch nichts Patriarchalisches an sich, wie es bei Tizian zu bemerken war. Jacopo Tintoretto erschien klein und schmächtig. Er hatte dunkles kastanienbraunes Haar, eine nicht sehr große, gerade Nase und einen Bart in der gleichen Farbe wie sein Haar. Was Domenikos zuerst an ihm auffiel, waren seine schnellen, lebhaften Gesten. Es war Abend. Eine Lampe brannte, und der Künstler war damit beschäftigt, ein kleines Marionettentheater aufzubauen. Die Marionetten wurden in einen offenen Kasten gestellt; dahinter befanden sich brennende Kerzen, die Licht und Schatten auf die Figuren warfen. Er bewegte die Marionetten mit seinen geschickten, kleinen Händen.

„Ein Schüler von Tizian", sagte der Künstler, „spricht bei mir vor! Was habe ich nicht schon alles zu hören bekommen. Das geschieht jetzt ziemlich häufig, aber ich habe keine Zeit. Schau, jetzt fällt das Licht perfekt. Ich muß es sofort einfangen." Er eilte weg vom Puppentheater, nahm ein Blatt Papier und begann mit Holzkohle gerade, sichere Linien zu zeichnen. Ohne abzusetzen, malte er mit einem Strich eine ganze Figur.

„Ja, so", murmelte er.

Die Energie, die dieser Mann bei seiner Tätigkeit ausstrahlte, sprach Domenikos an. Er beobachtete, wie der Meister schnell zwischen dem kleinen Theater, das er in dem offenen Kasten aufgebaut hatte, und seiner Staffelei hin und her lief. Das Papier für die Skizze hatte er an der Staffelei befestigt.

Domenikos hatte noch nie einen Menschen gesehen, der mit einer solchen Schnelligkeit zeichnen konnte. Die Skizze entstand mit einer unglaublichen Sicherheit aus wenigen gekonnten Strichen. Er schaute zuerst auf den Meister, dann auf die Bühne in der offenen Kiste und erkannte, wie günstig es war, sich eine solche Szene selbst zu schaffen. Von dieser Methode hatte er noch nie zuvor gehört, begriff aber ihren Nutzen sofort.

„Vertrau einem Bühnengestalter, der sich seine Arbeit selbst erleichtert", bemerkte Tintoretto. „Ich bin schon fertig, bevor die anderen überhaupt angefangen haben. Wenn sie noch mit ihren Modellen und Entwürfen herumspielen, führe ich schon mein Stück in diesem kleinen Theater auf. Die Prinzipien und Regeln sind immer dieselben - alles, was man zu tun hat, ist, sie in einem größeren Rahmen anzuwenden. Ich habe eine Menge vom Theater gelernt. Dort fertigen wir ein kleines Muster an, bevor wir etwas auf die Bühne bringen. Wer würde sich jemals die Mühe machen, eine lebensgroße Skizze für ein Theater zu machen? Schärf deine Sinne und schul deine Vorstellungskraft, junger Mann, und die Welt gehört dir. Oder, wenn auch nicht die Welt, so doch wenigstens unser ‚Reich der Kunst'."

„Vater", unterbrach ihn Marietta, „du hast versprochen, das Porträt von Großvater Vescovi für mich zu beginnen. Den ganzen Tag warst du so beschäftigt, daß . . ."

„In Ordnung, mein Kind, ich werde dir in ein paar Minuten helfen." Zu Domenikos gewandt sagte er: „Weißt du, Marietta wäre besser ein Junge geworden, um mir, wenn sie heranwächst, helfen zu können. Sie hat Talente für Musik und Malerei. Ich ziehe sie wie einen Jungen an, so daß ich sie überallhin mitnehmen kann."

„Ich habe eure ‚Hochzeit zu Kana' gesehen, Meister, und die Art bewundert, in der Ihr das Problem der Lichtdarstellung auf dem Gemälde gelöst habt. Ich bin gekommen, um Euch meine hohe Wertschätzung zu eurem Meisterwerk auszudrücken."

„Ja, mir gefällt dieses Bild selbst auch recht gut. Deshalb habe ich es signiert und mit Datum versehen. Normalerweise mache ich mir nicht die Mühe, meine Bilder mit dem Namen zu kennzeichnen. Diejenigen, die sich in der Kunst auskennen, werden lernen, mein Werk von dem anderer zu unterscheiden. Mein Malstil ist anders als der sonst in Venedig übliche Stil. Die ‚Hochzeit zu Kana' habe ich tatsächlich gemalt, um mir die Freude zu verschaffen, das Licht auf die Frauengestalten fallen zu sehen und die Männer im Schatten zu lassen. Und die Braut malte ich zu meinem eigenen Vergnügen mit dunklen Haaren, weil meine Frau Faustina, die es mit ihrem hübschen Kopf mit jeder Dame in Venedig aufnehmen kann, darauf besteht, ihr Haar mit allerlei albernen Chemikalien und Färbemitteln zu tönen, nur um blond zu sein, wenn sie sonntags ausgeht. Diese venezianischen Frauen sitzen auf den Terrassen und tragen ihre Strohhüte, die hinten Löcher haben, damit sie ihre Haare heraushängen und von der Sonne bleichen lassen können. Dabei glaube ich, daß eine dunkelhaarige Frau ebenso schön sein kann wie eine blonde. So habe ich, um meiner Frau eine Lektion zu erteilen, das Haar der Braut kastanienbraun gemalt."

In diesem Augenblick kam Tintorettos Frau Faustina herein, an der Hand einen Jungen von vier Jahren, den sie Marco nannte, und an der anderen einen kleineren, etwa dreijährigen Jungen mit Namen Domenikos.

„Ich möchte, daß du Marietta zu Bett schickst, Vater, du verlangst zu viel von dem Kind. Ich habe deine Kleider bereitgelegt, es ist alles in Ordnung, und du wirst respektabel aussehen, wenn du morgen früh zur Scuola di San Rocco hinübergehst." Erst jetzt bemerkte sie den fremden Besucher und errötete.

Währenddessen begann der Meister, seine Skizze mit einem Pinsel, den er in rote Farbe tauchte, auf die Leinwand zu übertragen. Die Konturen wurden scharf, sehr klar und äußerst genau.

„Schon gut, meine Liebe", sagte Tintoretto. „Hier ist noch einer von Tizians Schülern. Ich vermute, der Meister mit seinen siebenundachtzig Jahren gibt sich nicht allzuviel Mühe mit seinen Lehrlingen, so daß immer mal wieder einer in mein Haus kommt. Ich wünschte, ich könnte einen finden, der mir eine echte Hilfe wäre – doch einen solchen habe ich nie gefunden. So muß ich mich eben auf meine Kinder verlassen, doch leider wachsen sie nicht schnell genug heran."

Domenikos sagte:

„Ich wurde erst vor wenigen Tagen bei Tizian aufgenommen. Davor arbeitete ich über vier Jahre lang bei Jacopo Bassano. Vielleicht könnte ich Euch später helfen, in meiner Freizeit?"

Ohne seine Arbeit zu unterbrechen, antwortete der Meister: „Ich stimme nicht mit Tizian überein – meiner Meinung nach hat er die Bedeutung der Farben an sich überbetont. Jedermann kann auf dem Markt von Venedig die schönsten Farben kaufen, aber keine Ideen. Malerei bedeutet für mich die Kunst der Wiedergabe eigener Gedanken und Ideen, obwohl ich, wie ich zugeben muß, mir oft etwas darauf eingebildet habe, so kunstvolle Porträts wie Tizian malen zu können. Man muß den Malstil Tizians kennen, um in der Lage zu sein, ihn wieder vergessen zu können. Mein Motto ist und bleibt in jedem Fall:

‚Die Farben von Tizian und die Gestaltung von Michelangelo.' Und nun möchte ich mich verabschieden, junger Mann. Sollte meine Tochter dich einladen, würde ich mich freuen, dich wiederzusehen, wenn du es satt hast, auf Tizians Unterweisungen zu warten."

KAPITEL IX

Venedig, Italien, 1564

Im Februar 1564 starb Michelangelo. Tizian Vecelli, der Michelangelos gewaltige Werke in Rom studiert hatte, trauerte um ihn. Sein hohes Alter brachte so manche Bitterkeit mit sich: Tizian mußte nun schon seit etlichen Jahren miterleben, wie die meisten seiner Freunde und viele Mitglieder seiner Familie starben, während er allein zurückblieb. Unterstützung fand er nur bei seinem jüngeren Sohn Orazio. Der große Meister suchte seine Werkstatt am Tage kaum noch auf; nur selten erhielt ein Lehrling von Tizian persönlich Aufträge oder Unterweisungen.

In der Werkstatt standen verschiedene Leinwände, die mit Temperagrundfarben vorbereitet worden waren und einen sehr hellen und festen Untergrund boten. Es war eine von Domenikos' Aufgaben, nach Anweisungen, die er von Marco erhielt, für diese Vorbereitung zu sorgen.

Eines Morgens schließlich, einige Zeit nach Domenikos' heimlichem Besuch in Tintorettos Haus, betrat der große Meister Tizian Vecelli die Werkstatt. Domenikos verrichtete eine kleine, unbedeutende Arbeit, und sein Gesicht drückte Langeweile aus – sollte er ewig warten und nie vorankommen?

Plötzlich stand Tizian vor ihm. Sein weißer Bart erschien noch weißer und sein Haar war wie Schnee. Er hatte stets etwas Edles an sich, und seine Bewegungen waren so langsam und gesetzt wie die Stimme, mit der er Domenikos jetzt ansprach: „Marco hat mir gesagt, daß er dich als zeitweiligen Gehilfen angenommen hat, und daß du ein Schüler von Jacopo Bassano bist. Ich habe mir das Bild, das du mir als Muster vorgelegt hast, sowie einige deiner Skizzen angeschaut. Ich nehme an, du wirst dir die Kenntnisse, die du in meiner Werkstatt erwerben willst, am besten durch häufiges Kopieren aneignen können. Deinen Pinselstrich mußt du aber erheblich verändern, zumindest für die Arbeit hier in meiner Werkstatt. Dein Strich ist noch so wie beim ‚offenen Malen'; bring die Pinselstriche näher zusammen und gestalte die Gesichter entsprechend. Es ist schlimm, wenn du sie im selben Stil malst wie die Kleider. Ein Gesicht muß glatt und eben sein, sonst wird es durch das Licht, das sich auf kurzen, abgehackten Pinselstrichen bricht, verunstaltet. Du mußt auch lernen, wie man Lack sanft aufträgt. Die Farben werden dann satter wiedergegeben, und Lack verleiht ihnen einen größeren Glanz."

„Ja, Meister, danke . . ."

„Stell dich hinter mich, während ich male."

So wurde Domenikos nun angewiesen, dem Meister bei seiner Arbeit zuzusehen. Als Tizian zu malen begann, sagte er: „Vergiß eines nicht – beim Malen mit Temperafarben, woran du offensichtlich gewöhnt bist, muß der Pinselstrich äußerst genau sein, weil die Farben sehr schnell trocknen und dann heller werden. Wenn man dagegen Ölfarben verwendet, bleiben die Farbtöne letztlich genauso, wie sie aufgetragen wurden. Der Vorteil der Malerei mit Ölfarben liegt darin begründet, daß unterschiedliche Schattierungen sanft ineinanderfließend dargestellt werden können. Es können auch leicht Grundierungen mit einer Farbe, die durch eine andere hindurchscheint, erreicht werden. Das sind die feinen Besonderheiten der Ölmalerei, und du mußt deine Hand mit größter Sorgfalt schulen, um ein Meister auf diesem Gebiet zu werden. Und nun möchte ich dich bitten, in dieser Ecke weiterzuarbeiten. Ich werde mich hinter dich stellen, um selbst zu sehen, ob ich dich hier in meiner Werkstatt behalten kann. Ich habe so vielen jungen Schülern etwas beigebracht, doch in meinem vorgerückten Alter möchte ich meine Zeit nicht mehr als Lehrer verschwenden. Andererseits will ich aber auch nicht, daß ein Schüler diese Werkstatt verläßt, ohne daß ich einen Versuch unternommen habe, ihm etwas beizubringen."

Domenikos setzte seine Arbeit, wie vom Meister gewünscht, fort. Er tat sich etwas schwer damit, seine Pinselstriche enger zusammenzubringen, denn er hatte sich von seinem Wesen her angewöhnt, die Farben ziemlich dick aufzutragen und die Pinselstriche nebeneinander zu setzen oder sogar einen kleinen Abstand dazwischen zu lassen. Er wurde nervös, da der Meister ihn beobachtete.

„Viel weniger Farbe", sagte Tizian. „Enger, viel enger." Er legte seine Hand auf die von Domenikos, bekam die Finger des jungen Griechen zu fassen, führte sie und begann so zu malen.

Tizian war größer als Domenikos. Er fuhr eine Zeitlang fort, die Hand seines Lehrlings zu lenken. Sie arbeiteten beide angespannt und konzentriert – der Meister versuchte zu führen, und sein Schüler zwang sich, keinen Widerstand, weder körperlich noch geistig, zu leisten.

Es war eine seltsame Situation, und keiner der anderen Lehrlinge wagte es, sich ihnen zu nähern, denn Tizian interessierte sich trotz der vorhin gemachten Aussage nicht sonderlich für seine Schüler. Solch eine persönliche und vertraute Unterweisung hatte noch keiner von ihnen erlebt.

Tizians Hand war kalt gewesen, als er sie auf die von Domenikos legte; die Kälte rührte wohl von seiner Einsamkeit und seinem hohen Alter her. Doch nun, da sie auf Domenikos' Hand ruhte, wurde sie warm. Tizians Hand, die auch viel größer war, erwachte schon bald zu geheimnisvollem Leben, kraftvoll und magisch, obwohl die Haut natürlich nicht mehr so straff war wie in seinen jungen Jahren. Was Domenikos anging, so war seine Hand fast völlig fleischlos, die Finger lang und irgendwie unmännlich. Seine Hand war nervös, und nervös war auch sein Pinselstrich. Ganz zu Anfang konnte er nicht anders, als sich den Anweisungen des Meisters zu widersetzen, denn er war an seinen eigenen Malstil gewöhnt. Der gute Jacopo Bassano hatte vielleicht seine Ideen beeinflußt, seine Malgewohnheiten aber sehr wenig.

Die Wärme, die durch die Anstrengung Tizians Hand durchströmte, übertrug sich auch auf Domenikos. Dadurch schmolz der Widerstand in seinen Fingern dahin, und ihr leichtes Zittern verschwand. Domenikos hatte aufgehört nachzudenken und begann, die Berührung körperlich zu genießen. Es war angenehm, auf diese Art geführt zu werden.

Tizian sagte: „Schon als Kind spielte ich sehr viel mit meinen Fingern. Vielleicht sind sie deshalb in meinem Alter noch so beweglich. Venedig wundert sich, daß ich noch immer Farben ohne Pinsel auftragen und gestalten kann. Ich habe noch so viel Leben in meinen Fingerspitzen, wie ein Chirurg es haben muß. Der lange Mittelfinger bedeutet Vorstellungskraft und Intuition, und der leicht gebogene Ringfinger spricht von Lebensweisheit, auch von Treue gegenüber einem Gedanken, einer Person, einem Gefühl. Manchmal habe ich diese beiden Finger fest aneinandergelegt gemalt, vorzugsweise an der rechten Hand, so als stellten sie einen geheimen Schwur dar. Auf dem Bild ‚Kreuzigung'[1] hält St. Dominikus, dein Heiliger, mein Junge, das Kreuz, und seine Hand zeigt die Finger genau in dieser Haltung."

Als Tizian das sagte, spürte Domenikos, daß er den Griff seiner Hand lockerte und somit ihre Führung nachließ. Nur seine Handfläche berührte noch den Handrücken des Schülers, so leicht, als hätte sich ein Blütenblatt darauf gesetzt. Domenikos malte weiter, und es war ihm, als ob die Hand, mit der er für kurze Zeit verbunden gewesen war, seine eigene noch immer beherrschte. Er setzte seine Arbeit fort, als ob der Meister ihn immer noch führte, und merkte kaum, daß Tizian ein paar Sekunden später seine Hand gänzlich zurückzog und ihn nur noch beobachtete. Domenikos malte in dem Stil, der Tizians eigener war.

Ohne ein weiteres Wort ging der Meister weg. Doch in Domenikos klang Tizians schöpferische Kraft nach. Sie war zu dem aufmerksamen

1 „Christus am Kreuz mit der Heiligen Jungfrau, Johannes dem Täufer und dem Hl. Dominikus", Ancona, Italien. Chiesa S. Domenico

und lernbegierigen Lehrling hinübergeströmt – um vom zukünftigen Künstler aufgesaugt zu werden.

*

Wochen später kam es zu einem allgemeinen Gelächter in der Werkstatt, das durch folgendes Ereignis hervorgerufen wurde: Es gab schon viele Geschichten über Tintoretto, die die Bürger Venedigs erheitert hatten. Diesmal nun amüsierten sie sich wieder einmal über seine Raffiniertheit, an wichtige Aufträge heranzukommen. Jacopo Tintoretto alias „Il Furioso" hatte erneut einen Wettbewerb auf eine ihm eigene, sonderbare Art gewonnen. Domenikos hörte die Neuigkeit von Marco Vecelli, um den sich die Lehrlinge versammelt hatten.

Marco sagte: „Wie ihr alle wißt, hat die Scuola di San Rocco vor vier Jahren beschlossen, für die innere Ausschmückung ihrer Säle mit passenden Gemälden einen Wettbewerb zu veranstalten. Und nun versucht Tintoretto schon die ganze Zeit, den Auftrag zu bekommen. Die Bruderschaft hat einige unserer besten Künstler herbeigerufen, zum Beispiel Paolo Veronese, Federigo Zucchero, Josef Salviati – und Jacopo Tintoretto. Das Thema wurde ihnen vorgegeben. Wie es hieß, sollten diese Maler Entwürfe für die Gestaltung der Decke anfertigen und einreichen. Dem besten von ihnen würde dann die Ehre zuteil, den endgültigen Auftrag zu erhalten."

An dieser Stelle rief einer der Schüler dazwischen: „'Die Verehrung des Hl. Rochus', bestimmt für die Albergo. Doch Zani di Zignioni hat das Werk von Anfang an abgelehnt und gesagt, daß er nur dann fünfzehn Golddukaten spendet, wenn Tintoretto den Auftrag nicht erhält. Was ist nun passiert?"

Marco lachte, so daß er kaum antworten konnte: „Was passiert ist? Als die Bruderschaft zusammenkam, um zu entscheiden, welcher Entwurf für den endgültigen Auftrag ausgewählt werden sollte, zeigte Tintoretto zur Decke. Und dort sah man das Gemälde, alles fertig."[1]

„Was?"

„Ja. Il Furioso hat sich eingeschlichen, keiner weiß wie, hat heimlich die Maße genommen und dann das Bild oben angebracht. Einige waren wütend und argumentierten, daß diese Verfahrensweise gegen alle Regeln des Wettbewerbs verstieß. Zani di Zignioni hat seine Spende wie angedroht zurückgezogen. Doch Tintoretto erwiderte, daß dies seine Art zu arbeiten wäre, und er es nun einmal nicht besser könnte. Außerdem hat er gesagt, er wäre auch bereit, das Bild der Bruderschaft als Geschenk

1 Wo es heute noch in der Scuola di San Rocco, Venedig, zu sehen ist

zu überlassen. Die öffentliche Meinung ist darüber natürlich gespalten – aber es würde gegen die Regeln der Bruderschaft verstoßen, ein Geschenk, von wem es auch kommt, zurückzuweisen."

„Phantastisch! Und die ganze Geschichte wird dazu führen, daß Tintoretto den Auftrag bekommt, auch den Rest der Salla dell' Albergo in der Scuola di San Rocco auszugestalten!"

„Natürlich. Und dann schickt er seine Rechnung an die Bruderschaft."

Alle lachten. Domenikos aber dachte bei sich, daß es an der Zeit wäre zu gehen und diesen findigen Tintoretto, dessen Ideen ihm so oft Erfolg gebracht hatten, wieder einmal zu besuchen.

*

Sie arbeiteten in Tintorettos Werkstatt.

„Es war wirklich nur eine Stunde Unterricht, die mir Tizian erteilte", sagte Domenikos zu Tintoretto, der ihn wegen seiner langsamen Art zu malen gehänselt hatte.

„Dann hattest du mehr, als ich jemals bekommen habe. Der Meister mochte mich nicht. Auch als ich noch ganz jung war, gab er mir kaum einmal Hinweise, bevor ich mit meiner Arbeit fertig war. Er ärgerte sich darüber, daß ich so flink mit dem Pinsel war. Ich geriet in Wut und sagte, wie bedauerlich ich es fand, daß in Venedig keiner richtig zu malen verstand. Er spürte meine Bewunderung für Michelangelo und – das war dann das Ende."

Es war inzwischen Abend geworden. Tintoretto und Domenikos malten beide auf Leinwand; sie arbeiteten am „Heiligen Abendmahl".

„Es würde mich interessieren, wie Tizian dich unterrichtet hat. Er ist ein so alter Mann, und ich kenne keinen, der in letzter Zeit persönlich von ihm unterwiesen wurde. Wie also hat er das angepackt?"

„Ich bewundere die Art, wie Ihr Katzen zeichnet, Meister. Ich war nie gut im Skizzieren und Malen von Tieren, vielleicht weil sie in der byzantinischen Kunst völlig ignoriert werden."

„Du weichst meiner Frage aus."

Domenikos malte weiter, und da Tintoretto nichts mehr sagte, gab er schließlich doch noch Antwort, obwohl er sich vorgenommen hatte zu schweigen. „Eines Tages, einige Zeit nachdem ich in seiner Werkstatt angefangen hatte, kam Tizian . . ."

„Und?"

„Und forderte mich auf, mich neben ihn zu stellen und ihn zu beobachten, während er arbeitete. Dann sagte er, daß ich nun an der Reihe wäre zu malen und zeigte mir genau den Teil des ‚Martyriums des Hl. Laurentius', wo ich weitermachen sollte. Eine Weile stand er hinter mir und dann . . ."

„Und?“

„Dann legte er seine Hand auf meine, seine Finger führten meine mit einem sanften, aber sehr entschlossenen Druck. ‚Enger‘, sagte er, ‚enger‘. Es war eine eigenartige Situation. Er ist größer als ich und – in genau dem Moment war es mir, als ob er geistig und körperlich von mir Besitz ergriffen hätte. Es widerstrebte mir zuerst, weil ich lange daran gewöhnt war, mit schnelltrocknenden Temperafarben zu arbeiten. Doch seine Hand umfaßte meine fest – es war, als ob er und nicht ich malte. Die Wärme seiner Berührung ließ allen Widerstand schwinden. Ich konnte nicht mehr so denken wie sonst, sondern alles, was ich dachte – da bin ich ganz sicher – hatte Tizian mir eingegeben. Ich hatte den Eindruck, daß er mit der Führung meiner Hand ein Gefühl ausdrückte, das er vielleicht für seinen älteren Sohn, den er Gerüchten zufolge für tot hält, gehegt haben mochte. Es ist immer schwer, einer Person zu widerstehen, die einen wirklich gern hat. Seit dem erwähnten Tag kann ich nicht mehr so malen wie vorher. Oft habe ich das Gefühl, seine Hand würde meine noch immer führen.“

Tintoretto erwiderte: „Männer lieben Frauen, und Männer lieben Männer. Leonardo da Vinci liebte Männer, obwohl ich sicher bin, daß diese Neigung sich bei ihm bloß auf das Geistige bezog. Du als junger Grieche hast auch einen solchen Grundzug an dir. Einige der größten Künstler fühlen sich nicht sonderlich zu Frauen hingezogen und beziehen sich dabei auf Plato. Was jedoch Tizian betrifft – er ist ein Mann, der Frauen liebt. Das kannst du in allen seinen Gemälden sehen. Auch wenn Tizian Vecelli krank und gebrechlich wäre – er würde die Schönheit von Frauen noch immer weit über die eines jeden jungen Mannes stellen.“

„Seine Venus ist ein Beweis dafür. Die Frau hat er nackt gemalt, den Mann aber bekleidet. Samt malt er sehr gern.“

„Ja. Nun, was mich angeht – ich will dir meine geheimsten Gedanken anvertrauen, denn ich habe dir deine Geschichte auch entlockt. Man muß den Stachel vorsichtig herausziehen, bevor das Gift des Insekts nach einem Stich ins Blut gelangt. Weißt du eigentlich, daß man sich in Venedig erzählt, Tizian Vecelli könnte gar nicht mehr malen? Sein Pinselstrich hat sich verändert, besonders in letzter Zeit. Er fängt jetzt auch an, die Pinselstriche getrennt zu setzen. Es heißt, diese Technik bringe Bilder hervor, die besser aussehen, wenn man sie aus größerer Entfernung betrachtet. Ich würde gern wissen, ob er trotz seiner Vollkommenheit von deiner Arbeit beeinflußt wurde. Ob du etwas von dir auf ihn übertragen hast? Wer kennt sich schon in diesen Dingen aus? Alle Ideen liegen in der Luft, und wenn wir einen Menschen mögen, fangen wir wahrscheinlich einige seiner Ideen auf ... so, da ist deine Katze. Eine hübsche, dicke Miezekatze, nicht wahr? Hier ist auch ein Türke. Auf jedem meiner Gemälde wirst du einen Türken oder Mauren finden. Sie passen so gut ins Bild."

„Ihr wolltet mir etwas erzählen."

„Das habe ich doch schon." Tintoretto schaute sich in seiner Werkstatt um und ging zur Tür. Dann kam er zurück. „Meine Frauenzimmer lauschen immer, doch was ich dir zu erzählen habe, ist nicht für deren Ohren bestimmt. Ich will dir einen Rat geben, denn du bist jung, und ich habe das Gefühl, du brauchst ihn. Ja, du kannst die Figur Christi malen. Auch wenn du ihn nicht besonders gut hinbekommen wirst, mach weiter. Ich werde mich mit dem Tisch befassen, das heißt ihn so malen, als bewege er sich je nach Standort des Betrachters. Das ist einer meiner Tricks!" Als Tintoretto und Domenikos ihre Aufgaben in Angriff nahmen, sprach der Meister weiter: „Als du zum erstenmal an jenem Abend in meine Werkstatt kamst, Domenikos, dachte ich: Was für ein gutaussehender junger Mann. Ich bedauerte sogar, daß meine Marietta noch ein Kind ist, denn es hätte mir ganz gut gepaßt, einen Schwiegersohn zu bekommen, der mir eine Hilfe wäre. Doch ich merkte auch, daß du auf beide Geschlechter anziehend wirkst, vielleicht sogar stärker auf Männer. Nach meiner Einschätzung fehlt dir die für Frauen attraktive, gesunde Sinnlichkeit, die der alte Tizian sowohl in seinem Leben besessen als auch in seiner Kunst aufgezeigt hat. Was mich selbst betrifft – mir liegt nur etwas an Gott und an meiner Malerei. Die Müßiggänger in Venedig reden eine Menge über mich, weil ich Aufträge bekomme, die, egal wann oder wo, niemand anderes erhalten hätte. Ich will malen, malen und noch einmal – malen. Wenn mir Leute für meine Arbeit nichts bezahlen wollen, biete ich meine Werke umsonst an und zwinge sie somit, die Bilder als Geschenk von mir anzunehmen."

„War es das, was Ihr mir erzählen wolltet, Meister?"

„Nein. Ich wollte dich warnen. Gib der Anziehungskraft, die du für Personen deines eigenen Geschlechts besitzt, nicht nach. Es ist bestimmt wahr, daß eine Frau nicht verstehen kann, was im kreativen Geist eines Mannes vor sich geht, wenn sie nicht selbst kreativ ist. Vielleicht kann ein Mann für einen anderen Mann tiefer empfinden, weil sie durch gemeinsame Interessen verbunden sind und es oft Gründe gibt, ihre Arbeit gegenseitig zu bewundern. Die Natur einer Frau ist nun einmal völlig verschieden von der eines Mannes. Frauen sind Egoisten und wollen ernährt werden. Sie wollen von unserem Blut leben und von unserer Lust erregt und befriedigt werden. Ja, Gott hat es so eingerichtet, daß unsere Frauen nicht müde werden, uns Kinder zu gebären. Vergiß nie, was Christus gesagt hat:

‚Habt ihr nicht gelesen, daß, der im Anfang den Menschen geschaffen hat, schuf sie als Mann und Weib und sprach: Darum wird ein Mensch Vater und Mutter verlassen und an seinem Weibe hangen, und werden die zwei ein Fleisch sein? So sind sie nun nicht mehr zwei, sondern ein Fleisch. Was nun Gott zusammengefügt hat, das soll der Mensch nicht scheiden.'[1]

Damit ist alles gesagt. Ich ärgere mich oft über meine Faustina, wenn sie an mir herumnörgelt und mir in den Ohren liegt, daß ich nicht standesgemäß wie ein Meister, sondern oft wie ein kleiner, unbedeutender Lehrling durch diese Stadt gehe. Sie behauptet, daß ich manchmal sogar schmutzig aussähe und überall mit Farbe beschmiert wäre. Vielleicht ist es so. Ich mache mir nie viele Gedanken über Sachen, die mir unwichtig erscheinen. Wenn du wirklich ein *guter* Künstler sein willst, Domenikos, versuch an nichts anderes zu denken als an deine Kunst."

Tintoretto machte eine Pause und fuhr dann fort: „Ich schaue meine Faustina an und denke, vielleicht ist sie wieder schwanger. Ich weiß, daß die Kurtisanen hier in Venedig gut gekleidet sind, eine angenehme Art haben und nicht herumnörgeln. Einige von ihnen verstehen es, eine gute Konversation zu führen und sind in der Liebe bewandert. Ihre Haut muß gut riechen, da sie häufig baden und teure Parfums benutzen. Und trotzdem habe ich mein ganzes Leben niemals daran gedacht, eine Kurtisane zu besuchen. Ich habe Faustina geheiratet, weil ihr Vater Vescovi, ein venezianischer Edelmann, es angeregt hat. Das Mädchen schien mich gern zu haben. Ihre Mitgift half mir, in meiner Karriere voranzukommen. Sie schien gesund zu sein und nicht der Frauentyp, der Männer allzu leicht anzieht. Ich schlafe mit ihr, so oft sie will und bin glücklich, wenn sie mir gesunde Kinder gebärt. Das ist alles, was dazu zu sagen wäre. Auf diese Weise hat meine Seele ihren Frieden gefunden, und ich habe mehr gearbeitet als die meisten anderen Maler in Venedig. Doch das Geheimnis all dessen ist – ich habe mich und meine intimsten Gedanken unter Kontrolle gehalten und nie daran gedacht, Liebe außerhalb der Ehe zu suchen. Nicht, weil ich Faustina so ungeheuer anziehend fand, sondern einfach, weil sie meine Frau ist, und ich mich an die Worte Christi halte.

Was mir den Seelenfrieden gebracht hat, sollte auch bei anderen möglich sein. Das ist alles, was ich dir dazu sagen wollte. Ich werde das Thema nicht wieder erwähnen. Nie."

Domenikos erwiderte nichts, sondern arbeitete schweigend weiter an seinem Teil des Gemäldes. Kurze Zeit später kam Marietta herein, setzte sich und beobachtete die beiden bei der Arbeit. „Vater trifft Vorbereitungen für das Bild ‚Christus vor Pontius Pilatus', das für die Scuola di San

1 Matthäus-Evangelium, 19.4–7

Rocco bestimmt ist", sagte sie nach einer Weile. „Du solltest dir zuerst die Skizzen anschauen, die er dazu gemacht hat, Domenikos. Dann würde es dir leichter fallen, Christus zu malen."

„Meine kleine Tochter hat recht. Ich glaube, du wirst meine neue Art, die göttliche Figur Christi darzustellen, gutheißen. Das Gemälde, das ich beginnen will, wird nämlich eine Figur zeigen, die etwas Byzantinisches an sich hat."

Erstaunt fragte Domenikos: „Ich dachte, alle venezianischen Farbkünstler, allen voran Tizian Vecelli, haben sich gegen alles gestellt, was die byzantinische Kunst jemals lehrte?"

„Im Grunde genommen, ja. Aber es gibt da etwas Überirdisches, ein Gefühl starker Frömmigkeit, das bei uns venezianischen Malern nicht immer so zum Ausdruck kommt, weil wir zu naturalistisch geworden sind. Aus diesem Grunde beginne ich, die Verlängerung der Figuren in der byzantinischen Kunst unter einem neuen Aspekt zu betrachten."

„Ich freue mich, das von Euch zu hören, Meister, weil auch ich dieses Gefühl hatte, als ich zum erstenmal Tizians ‚Mariä Himmelfahrt' in der Frari-Kirche sah."

„Du mußt mit mir in die Scuola di San Rocco kommen. Ich will dir dort zeigen, wo ich dieses Bild anbringen will. Ich denke, sie werden mir darin freie Hand lassen. Die darzustellenden Themen jedoch werden normalerweise von der Bruderschaft empfohlen. Dieses Gemälde sollte seinen Platz in der Salla dell'Albergo neben der Tür finden, weil gegenüber die Bruderschaft sitzen wird. Ich bin überzeugt, den Auftrag zu erhalten. Deshalb habe ich sie dazu gebracht, mir auch den ersten Auftrag, ‚Christus vor Pontius Pilatus', zu geben. Christus ist darauf reiner und unschuldiger dargestellt als auf irgendeinem anderen Bild.

... Ein großer Christus mit einem schlanken, verlängerten Körper, der weit über seinen Anklägern steht. So möchte ich Ihn malen, und Er soll so dastehen wie in Wirklichkeit, nämlich weit über den Anschuldigungen des Pontius Pilatus und der Menge. Er wird ein weißes Gewand tragen. Wie du weißt, Domenikos, ist Weiß die Farbe, die am schwersten zu malen ist. Seine Ankläger können Christus in seiner Reinheit und Unschuld nichts anhaben. Die lange Figur repräsentiert die Größe und Erhabenheit des Geistes. Ich bin noch nicht fertig damit, noch nicht einmal mit der Skizze. Es braucht seine Zeit, alles gut zu durchdenken."

KAPITEL X

Venedig, Italien, 1565 – 1567

Obwohl Domenikos Theotokopoulos bei Tizian Vecelli in die Lehre ging, gelang es ihm, viele Stunden mit Tintoretto zu verbringen. Das Haus des Meisters war für ihn der Ort, wo er sich am wohlsten fühlte und immer neue Anregungen erhielt. Er wurde als Freund der Familie betrachtet, wurde aber weder gefragt, ob er die Arbeit, die er für Tintoretto leistete, bezahlt haben wollte, noch erhielt er ein Entgelt dafür. Von Tintoretto lernte Domenikos, wie man mit Gipsabdrucken arbeitete, die er geschickt mit Stoffen und anderen Materialien behängte. Bezahlte weibliche Modelle holte er nur, wenn es unbedingt notwendig war. Meistens standen Schüler, Freunde, Lehrlinge, fast ausschließlich Männer, Modell für nackte Frauenkörper. Später wurde dann eine entsprechende Linie über den Brüsten, die manchmal auch nackt waren, stärker betont, um das weibliche Element hineinzubringen. In der Regel standen weder Faustina noch Marietta, die schnell heranwuchs, als Frauen Modell, sondern die Söhne und Lehrlinge.

Vielleicht hatte Tintoretto die heimliche Hoffnung, daß Domenikos in Venedig bleiben und die Zuneigung, die seine Tochter Marietta dem jungen Künstler entgegenbrachte, mit den Jahren zu einer tieferen Liebe reifen würde. Die Freundschaft zwischen den beiden Künstlern bildete die Basis für eine gute Zusammenarbeit. Doch Domenikos verspürte keine große Lust, sich in seiner Tätigkeit festlegen zu lassen, so sehr er auch von Tintoretto als Mann und Künstler fasziniert war. Er wollte so viel und so schnell wie möglich lernen und vermied, wie der Meister ihm empfohlen hatte, alle Gedanken, die nichts mit seiner Kunst zu tun hatten. In späteren Jahren erinnerte er sich oft an die Stunden, die er mit Tintoretto verbracht hatte. Während seines gesamten Aufenthaltes in Italien hatte er von ihm den größten Ansporn und die meisten Anregungen erhalten.

Von Tintoretto lernte er, wie man kleine Figuren als Modelle benutzte, wie man diese herstellte und eine kleine Bühne aufbaute. Tintoretto machte ihn auf die Notwendigkeit aufmerksam, Gipsabdrucke mit bestimmten Materialien zu drapieren; er zeigte ihm die Möglichkeit, den nackten Körper eines Lehrlings zu studieren, anstatt sich zu sehr von Frauen als Modelle abhängig zu machen und vertraute ihm schließlich einen seiner Tricks an, eine Figur umgekehrt darzustellen, wie er es in seinem Bild „Die Wundertat des Sklaven"[1] gezeigt hatte. Zwei weitere Dinge lernte Domenikos bei Tintoretto, die so stark Eingang in des jungen Meisters Kunst fanden, daß es so schien, als wären sie seinem eigenen Geist entsprungen.

Eins dieser zwei grundlegenden Merkmale der späteren Kunst El Grecos war die Verlängerung der Figuren, wodurch religiöse Hingabe zum Ausdruck kam, die er zuerst in Tintorettos Arbeiten für die Scuola di San Rocco aus den Jahren 1564 bis 1567 wiederfand. Das wurde besonders in der Figur Christi und in den Bildern „Der Hl. Petrus mit den Schlüsseln" und „Der Hl. Paulus"[2] deutlich. Beide Gemälde fanden ihren Platz in der Salla dell'Albergo. In diesen Werken verband Tintoretto die für die venezianische Schule charakteristische Bewegung mit dem Stil der Verlängerung von Figuren, die aus der byzantinischen Kunst stammte.

Eine zweite wichtige Erkenntnis, die er gänzlich Tintoretto verdankte, war völlig neu für Domenikos. Eines Abends, als er Tintoretto besuchen wollte, empfing ihn Marietta, legte ihren Finger auf die Lippen und flüsterte: „Pst, Vater arbeitet an etwas – etwas, das keiner von uns sehen darf. Er will nicht mit uns darüber sprechen. Niemandem, nicht einmal mir, erlaubt er, seine persönliches Atelier zu betreten. Vater sagt: ‚Er steht unter dem Kreuz'."

So ging Domenikos wieder nach Hause, ohne den Meister gesehen zu haben. Zu Linus, bei dessen griechischen Eltern er noch immer wohnte, hatte er gesagt: „Ich habe eine Freundin gefunden, die ich von Zeit zu Zeit besuche." Linus, der beschäftigt war und beabsichtigte, bald zu heiraten, hatte nichts weiter gefragt. Auf seinem Heimweg dachte Domenikos über das große Werk „Kreuzigung" nach. Jacopo Tintoretto hatte endgültig den Auftrag erhalten, dieses Gemälde für die Scuola di San Rocco anzufertigen.[3] Es würde ein gewaltiges Bild werden, dachte Domenikos, und er konnte gut verstehen, daß der Meister vor Aufregung und Begeisterung, vielleicht auch durch ein starkes religiöses Gefühl, blaß geworden war und seine Hände zitterten, als er sagte, daß für dieses riesige Gemälde die ganze Wand vorgesehen war.

Zwei Wochen später führte Marietta Domenikos in die Werkstatt ihres Vaters, der abwesend war. Die zentrale Szene, die das Kreuz mit Christus und darunter die zusammen mit Johannes trauernden Frauen

1 Akademie, Venedig

2 „Christus vor Pontius Pilatus", der „Hl. Paulus" und der „Hl. Petrus"; alle drei in der Salla dell'Albergo, Scuola di San Rocco

3 „Kreuzigung", ebenfalls in der Salla dell'Albergo, Scuola di San Rocco

zeigte, war fast fertig; der Rest auf verschiedenen zusammengestückelten Leinwänden teilweise angedeutet. Domenikos wußte, daß das erste schöpferische Herangehen am schwierigsten war, denn von der Originalkonzeption hing das gesamte Bild ab.

Domenikos schaute sich Tintorettos Werk schweigend an und versuchte, in die kreative Konzeption eines anderen Menschen und dessen erste Ausarbeitungen zu dem Thema einzudringen. Dabei wurde ihm etwas bewußt, das zu den auffallendsten Merkmalen seiner eigenen Kunst werden sollte . . . Schmerz, Sorge, Freude, Hingabe, Qual und Leidenschaft – kurz gesagt: das gesamte Spektrum menschlicher Gefühle – wurde nicht durch das Gesicht, nicht durch die Bewegung von Händen und Füßen und auch nicht durch die Farben, sondern durch den ganzen Körper zum Ausdruck gebracht. Es war die Körperhaltung dieser Frauen unter dem Kreuz, die Leid und Trauer ausdrückte. Das Gesicht Marias, der Mutter Christi, war überhaupt nicht zu sehen; ihre Gefühle kamen nur durch die Darstellung ihres Körpers, der von den fließenden Formen ihres Kleides verhüllt war, zum Ausdruck. Eine der Figuren war noch nackt, und Domenikos nahm an, daß Tintoretto die ganze Gruppe zuerst nackt gemalt und die Kleider und Schleier erst später hinzugefügt hatte.

Nach Domenikos' Wissen hatte das noch nie jemand zuvor versucht – Gesichter, die nicht von vorn zu sehen waren, hier und da nur eine Linie, die gebogen und gekrümmt den Hals andeutete. Mit diesen Mitteln wurde die grausame Realität der Kreuzigung und die Trauer dargestellt, die so viel stärker zum Ausdruck kam, als es durch ein menschliches Gesicht allein möglich gewesen wäre. Domenikos stand da und prägte sich jede Einzelheit dieses in seiner Entstehung befindlichen Meisterwerkes ein. Seine Nerven waren angespannt durch gänzlich neue Erkenntnisse, so daß er nicht hörte, wie der Meister hinter ihm eintrat. Marietta sagte auch nichts, sondern folgte nur seinem Blick mit der Verehrung, die sie als junges Mädchen für ihn empfand.

„Ihr beide spioniert mir also nach", sagte der Meister. „Nur gut, daß ich gelernt habe, mich zurückzuziehen und abzuschirmen, so daß ich, wenn nötig, eine ganze Woche lang Tag und Nacht ohne Unterbrechung arbeiten kann."

„Es wird das größte Gemälde, das jemals geschaffen wurde", sagte Domenikos.

„Ich will dieses Werk innerhalb eines Jahres vollenden – und wenn ich vor Erschöpfung sterbe."

„Plötzlich konnte ich sehen, Meister, wie Ihr Kummer und Gram durch Körper, durch die Bewegung von Körpern und des sie umgebenden Materials ausdrückt."

„Wenn der gesamte Körper leidet, weil der Verstand nicht mehr in der

Lage ist, diese Qualen zu verdrängen, wenn Schmerzen der Seele unser Fleisch heimsuchen wie eine Krankheit, dann beginnen wir vielleicht zu fühlen, was diese Frauen in ihrer Liebe zu Christus gelitten haben müssen. Nur Johannes, der geliebte Jünger, hält seinen Kopf erhoben —"

*

Domenikos Theotokopoulos war vom Glück begünstigt, weil er die Kunst der Farbgestaltung und ihre Wiedergabe von Tizian Vecelli erlernen konnte und gleichzeitig die Möglichkeit hatte, dem exzentrischen und phantasievollen Geist Jacopo Tintorettos einige Geheimnisse zu entlocken. Er wanderte spätabends zwischen den beiden Ateliers hin und her wie ein junger Liebhaber, der vom Charme zweier unterschiedlicher Mätressen fasziniert ist. In Venedig war das Leben bunt und locker und unterlag keiner strengen Kontrolle.

Von einem Juden hatte Domenikos eine wertvolle, vollständige Bibel in fünf Bänden, geschrieben in griechischer Sprache, erhalten. Tintoretto hatte sie für ihn besorgt und mit den Worten übergeben: „Ich kann kein Griechisch lesen, rate dir aber, sie gut zu verstecken, denn die Inquisition kann auch hier private Häuser durchsuchen, wie sie es in Spanien tut."

Während Domenikos umhereilte und lernte, etwas bekam oder verlor, Wissen erwarb und sich belehren ließ, wie andere Leute vielleicht umhereilten, um Schätze aus Gold oder Edelsteinen zu stehlen und anzuhäufen ... während dieser Zeit lebte in Rom ein Mann, der seinerzeit sehr bekannt war. Er hieß Giorgio Clovio[1] und war ein berühmter „Illuminator", was bedeutete, daß er Texte in bestimmten religiösen Büchern und besonders die darin vorkommenden großen Anfangsbuchstaben buchmalerisch gestaltete. Er war von Geburt Kroate und erlangte als Miniaturist später große Berühmtheit. Es wurde vermutet, daß er von mazedonischen Vorfahren abstammte, und als er mit achtzehn Jahren nach Italien kam, hatte er es schon zum Gelehrten und Literaten gebracht. Er war ein hervorragender Künstler, wenn es um die Schaffung winziger Dinge ging. Für seine Werke benutzte er gewöhnlich Temperafarben. Er hatte ursprünglich beabsichtigt, Gestaltungsmethoden gründlicher zu studieren und damit begonnen, Werke von Michelangelo zu kopieren; 1527 wurde er jedoch von den Spaniern ins Gefängnis gesteckt und mißhandelt. Später legte er ein Gelübde ab, Mönch zu werden, wenn er freikäme. Es gelang Clovio, Mantua zu erreichen, wo er in ein Kloster der Flagellanten eintrat. Er durfte die Arbeit an seinen Miniaturen fortsetzen,

1 1498 – 1578

und sein Werk wurde umfangreicher und vielfältiger; er kopierte später auch einige Arbeiten von Tizian.

Unglücklicherweise brach er sich aber das Bein, und der gebrochene Knochen wollte nicht heilen. Kardinal Grimani, in dessen Diensten er während seiner ersten Zeit in Italien gestanden hatte, hörte von seinem Mißgeschick und verwendete sich für ihn beim Papst. Der Kardinal erwirkte für Clovio die Erlaubnis, seine Mönchskutte ablegen zu dürfen und wieder in seine Dienste zu treten. So hatte Clovio die Möglichkeit, den Kardinal auf seinen Reisen zu begleiten und fand auch Zeit, an seinen feinen Illustrationen zu arbeiten, von denen einige an den spanischen Hof gingen. Er hatte in Rom einen guten Ruf und wurde der ‚Michelangelo der Miniaturen' genannt. Als Kardinal Grimani starb, wurde Clovio von Kardinal Alessandro Farnese in private Dienste genommen. Er gestaltete und illustrierte für den Kardinal Farnese ein Buch, das „Brevier der Heiligen Jungfrau" genannt wurde. Dieses Werk nahm neun Jahre seines Lebens in Anspruch. Einige der Figuren in diesen Illustrationen waren kleiner als ein menschlicher Fingernagel und doch ganz fein und genau gestaltet. Die meiste Zeit verbrachte er bei den Farnesi in deren Palast in Rom. Er war liebenswürdig und hilfsbereit, empfing gern Gäste und zeigte seine Werke den Kunstkennern.

Dieser Mann gewährte Domenikos Theotokopoulos später sehr große Hilfe. Einige von Clovios Arbeiten waren von einem holländischen Künstler, der in Horn geboren wurde und sich Cornelius Cort nannte, als Stiche kopiert worden. Dieser Holländer hatte den Wunsch geäußert, nach Venedig zu kommen, um von einigen Werken Tizians ebenfalls Stiche anzufertigen. Tintoretto wiederum hatte gelegentlich gemeint, daß es für jeden jungen Künstler nützlich wäre, Michelangelo zu kopieren. In Tintorettos Werkstatt befanden sich daher kleine Reproduktionen von Michelangelos „Nacht" und „Tag", die Daniele da Volterra angefertigt und Tintoretto aus Florenz beschafft hatte. Sowohl Tintoretto als auch Domenikos hatten wiederholt Skizzen und genaue Zeichnungen davon gemacht. Vom Bild „Tag" war Domenikos eine besonders gute Zeichnung gelungen.

Nach der gründlichen, manchmal aber auch ermüdenden Ausbildung bei Bassano nutzte Domenikos während seines Aufenthaltes in Venedig die einzigartige Möglichkeit, gleichzeitig bei Tizian und bei Tintoretto zu lernen. Niemand schien der Tatsache große Beachtung zu schenken, daß es da einen jungen Griechen gab, der zwischen den Ateliers dieser beiden so verschiedenen Maler hin und her pendelte. Vielleicht lag das auch daran, daß Domenikos etwas von der berühmten kretischen Schläue und Verschlagenheit besaß – er war in der Lage, sich fast jedem anzupassen, wenn er nur wollte. Die geschmeidigen Bewegungen seines jungen Körpers paßten zur Gewandtheit seines Verstandes, der nichts weiter wollte als nur lernen. Von seinem Entschluß, sich als Künstler einen Namen zu machen, würde er niemals abgehen.

Nach einem anfänglich unbestimmten Gefühl des Unmuts, das die Aufdringlichkeit von Tizians Schüler bei ihm hervorrief, bemerkte Tintoretto schon bald eine große Ähnlichkeit in ihren künstlerischen Auffassungen und wies seine Hausangestellten und Familienmitglieder an, Domenikos jederzeit einzulassen. So konnte Domenikos den Meister oft wie ein Eichhörnchen herumspringen sehen, wenn er mal hier, mal dort auf der riesigen Leinwand malte. Er arbeitete mit erstaunlicher geistiger und körperlicher Beweglichkeit und großer Geschwindigkeit, so daß es ihm gelang, die „Kreuzigung" in einem einzigen Jahr fertigzustellen. Zu jener Zeit war keines seiner Kinder alt genug, um ihm helfen zu können, und es schien geradezu unglaublich, daß Tintoretto den größten Teil dieses gewaltigen Gemäldes tatsächlich ganz allein zustandegebracht hatte.

Zur gleichen Zeit wuchs in Tizians Werkstatt das Gemälde für Philipp II. Die zweite Version des „Martyriums des Hl. Laurentius"[1], die für den Escorial bestimmt war, wurde 1567 fertiggestellt. Greco hatte einen beträchtlichen Teil dieses Bildes gemalt. Während der Zeit, die er in Venedig verbrachte, hatte er gelernt, nach verschiedenen Methoden zu arbeiten. Er hielt sich an Tizians Stil, wenn er für Tizian malte und an Tintorettos mit seinen breiten, langgezogenen Pinselstrichen, wenn er für ihn arbeitete, und diesem Wechsel unterlag er oft an ein und demselben Tag.

Als das „Martyrium des Hl. Laurentius" fertig war, ließ Tizian Vecelli, der mit jedem Tag sichtbar älter wurde, Domenikos in sein Atelier kommen. Graf Vecelli saß an seinem Schreibtisch. Er hatte eine Pergamentrolle vor sich, auf die er einen Brief an den spanischen König schrieb, und hatte gerade Sand aus einem kleinen Gefäß darüber gestreut.

Tizian sagte: „Du hast gute Arbeit für mich geleistet, Domenikos, und ich habe dir dabei freie Hand gelassen. Einmal wollte ich dich zu mir rufen, aber du warst gerade ausgegangen. Zum Glück war mein guter, zuverlässiger Linus da, der frei heraussagte: ‚Ich glaube, Domenikos ist zu seinem Mädchen gegangen. Er wird wohl erst spät nach Hause kommen.' Ich war einsam an jenem Abend und wollte mich mit dir über den neuen Stil, den mein Pinsel jetzt manchmal hervorbringt, unterhalten. Auch wollte ich mit dir über das Gerede, das in der Stadt über mich kursiert, sprechen. Man sagt, ich sollte lieber ganz mit dem Malen aufhören, weil ich zu alt sei. Doch dieser neue Stil gefällt mir, weil er eine gute Wirkung hervorbringt, wenn das Bild aus größerer Entfernung betrach-

1 Noch heute im Escorial, Spanien, zu sehen

tet wird. Am nächsten Morgen kam ich in die Werkstatt und schaute dich an. Ich sah die Beständigkeit deiner Hand und das faltenlose Gesicht, glatt wie das eines kleinen Jungen, und dachte bei mir: ‚Domenikos sieht nicht wie ein Mann aus, der seine Nächte mit einer Frau verbringt.' Das Innerste von Männern oder Frauen hat mich während meines ganzen langen Lebens sehr interessiert. Wenn das nicht so gewesen wäre, hätte ich nicht so viele Jahre lang Menschen malen können. Aus Neugier sagte ich eines Abends zu meinem treuen Sklaven, dem Mauren, er solle dir folgen, um mehr über den Jungen zu erfahren, der bei mir mit großem Fleiß, aber ohne echte Bewunderung arbeitet."

Tizian machte eine Pause, und Domenikos rief erschrocken aus: „Meister . . ."

„Lüg nicht, Domenikos. Wenn man wie ich fast ein Jahrhundert auf dieser Erde zugebracht hat, kennt man die menschliche Natur. Das Feuer grenzenloser Bewunderung für meine Gemälde hat nie in deinen Augen geleuchtet und deine Seele gefangengenommen. Mein treuer schwarzer Sklave kam zurück und wollte mir nicht sagen, wohin du deine Schritte gelenkt hast. Ich warf ihm eine Vase an den Kopf und drohte ihm eine ordentliche Tracht Prügel an, so daß er in Gedanken schon die Peitsche auf seiner schwarzen Haut zu spüren meinte. Er stammelte: ‚Domenikos ist in Tintorettos Haus gegangen!' Ich habe den Sklaven dann doch nicht ausgepeitscht, denn er konnte ja nichts dafür. Lange mußte ich über diese Sache nachdenken. Ich hätte dich aus meiner Werkstatt jagen können, wie ich einst Tintoretto hinausgejagt habe, als ich noch jünger war. Doch im Alter habe ich gelernt, mein Temperament zu zügeln. Ich hätte euch beide vor ein Tribunal laden und darauf bestehen können, daß du mir den Lohn, den du in meiner Werkstatt verdient hast, zurückzahlst. Doch bald, vielleicht schon morgen, werde ich vor dem Höchsten Richter, der über alle menschlichen Taten das Urteil fällt, stehen, denn ich kann nicht ewig leben. Mein ganzes Leben lang sind die Fehler, die ich gemacht habe, auf mich zurückgefallen und haben sich hier auf dieser Erde gerächt. Einer dieser Fehler war, das größte Talent, das wir gegenwärtig in Italien in der Malerei besitzen, aus meinem Haus gejagt zu haben, nur weil der Junge so stur war. Vielleicht war ich eifersüchtig auf seine Talente, auf die wunderbaren Gaben, mit denen Gott ihn ausgestattet hatte. Jacopo hatte recht, als er behauptete, ich könnte nicht so zeichnen wie Michelangelo Buonarotti und deshalb auch nicht lehren. Ich hätte ihn die Peitsche spüren lassen und ihn eine Zeitlang, durch Vertrag festgelegt, bei mir behalten können, um zu verhindern, daß er sich schon im Alter von einundzwanzig Jahren als Meister der Malerei in Venedig etablieren konnte. Tintoretto ist nie zu einem anderen Lehrer gegangen, nachdem ich ihn hinausgeworfen hatte. Fast zehn Tage hatte ich ihn hier in meiner Werkstatt. Ich habe nie aufgehört, mir Vorwürfe zu machen wegen meines Zorns, der die Welt um etwas gebracht hat, das vielleicht nie wieder kommt.

Die Besucher, die in späteren Jahrhunderten nach Venedig kommen, um meine Werke zu sehen, werden sich auch die von Tintoretto anschauen. Und was wird passieren? Tintorettos Gemälde werden Restauratoren in die Hände fallen. Hier und da wird sich die nackte Leinwand zeigen, werden Farben verblassen, und wann immer seine gewaltigen Werke später im Gespräch sein werden, wird man sich auch daran erinnern, daß er Tizian Vecellis Schüler war. Nur der Ewige Gott, der Seine Gaben wie es Ihm gefällt verteilt, weiß, daß ich, Tizian Vecelli, diesen meinen Schüler nicht gerecht behandelt habe. Ich habe es nämlich versäumt, ihm das Wissen und die Geduld einzupauken, sein Werk so zu vollenden, daß spätere Generationen seine Gemälde in ihrem Originalzustand würden bewundern können."

Als Tizian seinen Redefluß unterbrach, wagte Domenikos einzuwerfen: „Tintoretto bewundert Euch auf seine Art, Meister."

Der alte Meister schwieg noch einen Augenblick, dann antwortete er: „Was geschehen ist, ist geschehen. Keiner von uns, wie mächtig er auch sein mag, kann das Rad der Zeit jemals zurückdrehen. Dir, Domenikos, wollte ich wirklich helfen und will es auch jetzt noch. Ich habe mir Gedanken über dich gemacht und glaube, daß du dich hier in Venedig, wo Tintoretto und ich und so viele andere erfahrene und ehrgeizige Maler leben, nicht wirst behaupten können. Diese Stadt ist voll von Werken, die die besten und edelsten Geister unserer Zeit überzeugt haben und auch in Zukunft überzeugen werden."

„Welchen Rat, ehrwürdiger Meister, würdet Ihr mir dann geben, wenn ...?" Domenikos wollte sagen: „Wenn Ihr mich nicht in eurer Werkstatt behalten wollt."

Tizians Antwort kam zögernd, wobei seine Augen nachdenklich auf dem jungen Griechen ruhten: „Meiner Ansicht nach wird es ein solches Talent, wie Tintoretto es besitzt, nicht noch einmal geben; doch deines ist seinem auf seltsame Weise ähnlich. Wenn man dir freie Hand läßt, wirst du deinen eigenen Stil entwickeln – du lernst leicht, weil du ein anständiges und keusches Leben führst und ein ausgezeichnetes Gedächtnis hast. Ich habe eine Idee, aber sie ist an eine Bedingung geknüpft."

„Eine Bedingung, Meister?"

„Ja. Du weißt, daß ich dir nicht mehr vertraue, weil du mir nicht vertraut hast. Ich bin nun wirklich alt geworden, oder zumindest fühlt sich mein Herz alt. Und trotzdem bin ich empfänglich für die Zuneigung der Jungen und gierig nach deren Bewunderung. Doch ich werde dir nichts nachtragen. Ganz im Gegenteil. Ich werde mich dir gegenüber großzügig zeigen, wenn du meine Bedingung erfüllst. Hier auf meinem Schreibtisch liegen zwei Briefe. Einer kommt aus Rom und der andere – vom Escorial."

„Von Seiner Majestät, dem König von Spanien?"

„Ja. Ich werde ersucht, in den Escorial zu kommen, aber ich habe es abgelehnt und mein hohes Alter als Grund genannt. Ich habe auch ... du kannst den Brief lesen und eine Kopie davon machen, wenn du möchtest. Aber da ist noch der andere Brief aus Rom von Cornelius Cort, ein Künstler, der gute Stiche macht und nach Venedig kommen möchte, um von einigen meiner Werke Stiche anzufertigen. Gegenwärtig ist er bei Clovio in Rom angestellt, und Clovio sucht einen neuen Gehilfen. Da du Grieche bist wie er, könntest du ihm bestimmt gut zur Hand gehen. Du solltest dich nach Rom begeben und die Zeichenkunst erlernen, von der Tintoretto sagt, ich hätte sie nie beherrscht. In Rom wirst du die gewaltigen Werke des größten Bildhauers, den die Welt je gekannt hat, sehen können. Du solltest dich darum bemühen, Kopien von seinen Werken anzufertigen. Ich habe dir folgenden Vorschlag zu unterbreiten: Ich unterschreibe meinen Brief an den spanischen König, und du kannst dir eine Kopie davon machen. Mit demselben Kurier, der diesen Brief befördert, werde ich auch einen Brief nach Rom mitgeben und darin Cornelius Corts Angebot annehmen und dein Eintreffen in Rom ankündigen. Wenn du das nicht willst, werde ich den Brief an den spanischen König nicht abschicken."

Domenikos wurde blaß. Für einen Moment fühlte er Zorn in sich aufsteigen. Warum sollte er nicht in Venedig bleiben können? Wie sollte er das alles Tintoretto erklären? Das Leben war für ihn leicht in Venedig – und er fand es wunderbar, mit Tintoretto zusammenzuarbeiten. Sie hatten so manche Leinwand gemeinsam bemalt. So ging er nicht auf Tizians Vorschlag ein und schwieg, wobei er den Kopf gesenkt hielt und es vermied, den Meister anzuschauen.

„Ich will, daß du schwörst, Domenikos, sonst werde ich meinen Brief an den spanischen König nicht abschicken. Ich erwarte, daß du mir dein Wort auf folgende Weise gibst. Schau her ..."

Domenikos hob seinen Blick – hinter dem Schreibtisch saß Tizian Vecelli wie ein biblischer Patriarch und hielt seine rechte Hand erhoben, an der zwei Finger, der Ring- und der Mittelfinger, eng aneinandergelegt waren.

Domenikos wurde noch blasser – das war ja sein Zeichen, das geheimnisvolle Symbol, das er halb vergessen, auf Tizians Gemälden jedoch öfter entdeckt hatte. Er glaubte die Stimme seines verstorbenen Freundes, des Paters Franziskus, zu hören, die zu ihm sagte: „Wann immer du in Not bist – mach dieses Zeichen und dir wird geholfen werden." Er mußte gehorchen ...

Domenikos erhob seine rechte Hand, hielt die beiden Finger zusammen und antwortete: „Ich werde nach Rom gehen, wann immer Ihr mich schickt."

Tizian ließ seine Hand sinken, nahm den an den spanischen König gerichteten Brief, unterschrieb ihn und überreichte ihn dann schweigend Domenikos, der ihn ebenso schweigend entgegennahm.

All das geschah im Dezember 1567.

KAPITEL XI

Rom, Italien, 1570 – 1575

Drei Jahre waren inzwischen vergangen. Domenikos war nun in Rom. Clovio, bei dem er arbeitete, sagte eines Tages zu ihm: „Mir gefällt dein Selbstporträt[1]. Ich finde es ebenso gut wie die von Tizian und Tintoretto, zumindest wie die Selbstporträts, die ich von ihnen gesehen habe."

„Wenn du Zeit hättest, mir ein paarmal Modell zu sitzen, würde ich dich auch gern porträtieren. Ich könnte dich in einem Raum mit breitem Fenster darstellen, hinter dem eine Landschaft zu sehen ist. In solch einem Stil, den ich recht dekorativ finde, malt Tizian Vecelli. Ein offenes Buch in deiner Hand könnte eine deiner meisterhaften Illustrationen aus dem Leben der Heiligen Jungfrau zeigen." Mit der festen Absicht, seinem einflußreichen Freund zu schmeicheln, fügte Domenikos hinzu: „Wenn ich den Auftrag hätte, den Hl. Lukas zu malen, würde ich den Evangelisten so darstellen, daß in seiner Hand sein Bild der Jungfrau Maria mit dem Christkind zu sehen ist."[2]

„Du könntest dich irgendwann einmal daran versuchen. Wenn es dir so gut gelingt wie dein Selbstporträt, bin ich sicher, daß du von anderen bedeutenden Leuten hier in Rom auch Aufträge bekommen würdest."

„Wenn du auf deinen Freund, den Kardinal Farnese, Einfluß nehmen könntest, eines meiner Bilder zu kaufen ..." Domenikos zögerte und suchte, obwohl sie beide Griechisch sprachen, nach Worten, um seinem Wunsch Nachdruck zu verleihen. Er war damals gerade erst in Rom angekommen und kannte außer Clovio niemand weiter hier. Außerdem waren die Geldmittel, über die er verfügte, sehr begrenzt. Clovio bemerkte: „Was den Papst betrifft, so muß ich dir leider sagen, daß Pius sicherlich überhaupt nichts kaufen wird, denn er ist kein Förderer der Künste. Als er noch Großinquisitor in Como war, ließ er einen Palast für das ‚Heilige Amt' bauen und alle Statuen antiker Götter aus dem Vatikan entfernen. Pius ist in seinem Herzen Dominikaner geblieben und behielt die asketische Lebensweise bei. Er ist ein Heiliger, aber kein Kunst-

1 Soll verlorengegangen sein
2 Ein späteres Bild, zu sehen in der Kathedrale von Toledo, Spanien

freund. Alle seine Dekrete und Verordnungen machten den päpstlichen Hof noch strenger und ernster. Ein paar Jahre zuvor war ein neuer Katechismus erschienen, gefolgt von einer veränderten Fassung des römischen Meßbuchs. Letztes Jahr wurden die Juden aus dem Kirchenstaat vertrieben, man gestattete ihnen jedoch, in Rom zu bleiben, da der gesamte Handel von ihnen abzuhängen schien."

Domenikos, der seinen Freund zeichnete, während sie sich unterhielten, sagte: „Ich habe gehört, daß es heutzutage hier in Rom geradezu gefährlich werden kann, wenn man zu viel lernt. Das steht ganz im Gegensatz zu Venedig, wo eine gewisse Freiheit die Kunst belebt und fördert, und wo eine Atmosphäre herrscht, als wäre das ganze Jahr Karneval. Diese Atmosphäre regt die Künstler an und hält ihre Sinne lebendig."

Clovio setzte sich bewußt in Positur und erwiderte: „Der Unterschied zwischen dem Geist Venedigs und dem Geist Roms könnte nicht größer sein. Seit Papst Paul III., der aus der Farnese-Familie stammte, die „Gesellschaft Jesu" im Jahre 1540 anerkannte, sind Loyolas ‚Geistige Übungen' zum goldenen Buch der Stadt geworden."

„Die ‚Geistigen Übungen'?" Grecos Stimme ging bei der Frage nach oben.

„Du kennst sie natürlich. Hast du Loyolas Werke gelesen? Seine ‚Geistigen Übungen' können nach meiner Einschätzung den Lauf der Welt verändern. Seit er nach Rom kam und auch hier gestorben ist, hat sich der Einfluß seiner Lehre verstärkt und wächst noch immer", antwortete Clovio.

„Nein, bisher habe ich Loyolas Schriften in ihrer Originalfassung weder gelesen noch studiert. Aber mein erster Lehrer in Kreta war ein Franziskanermönch und mit den ‚Geistigen Übungen' vertraut. Er brachte mir einige ihrer Prinzipien nahe und unterwies mich darin."

„Das ist gut, denn so wirst du dich in Rom nicht verloren fühlen. Als Priester empfehle ich dir, den genauen Text zu studieren; für jeden, dem religiöse Vorstellungskraft nicht völlig fehlt, sind sie ein geistiges Erlebnis und werden es bleiben."

„Ich glaube, ich brauche einen Superior, der mich führt und leitet. Könntest du mein Superior werden?", fragte Domenikos.

„Ich könnte dich der ‚Gesellschaft Jesu' empfehlen, damit du dort Unterweisungen erhältst, wenn du das willst. Ferner könnte ich an Kardinal Alessandro Farnese, der sich in Viterbo aufhält, schreiben und ihn bitten, dir ein Zimmer in seinem Palast zur Verfügung zu stellen. Benvenuto Cellini arbeitete für ihn, bevor er sich nach Florenz zurückzog. Obwohl sich der Kardinal oft in Madrid aufhält, hat er eine berühmte Sammlung feiner Gemälde in seinem Palast in Rom."

„Das wäre in der Tat eine große Hilfe für mich, bis es mir gelingt, mich hier auf eigene Füße zu stellen." Domenikos war aufgeregt, versuchte aber, die Ruhe zu bewahren. „Ich bin nach Rom gekommen, um einige meiner Gemälde zu verkaufen. Im Venedig Tizians und Tintorettos ist es fast unmöglich, an bedeutende Aufträge heranzukommen."

„Aber du hast eine Menge von Tizian gelernt", bemerkte Clovio, als er sich Domenikos' Selbstporträt noch einmal anschaute. Ich sehe, daß du den exakten Pinselstrich des großen Meisters gut nachahmen kannst. Ich habe auch versucht, einige seiner Werke zu kopieren, und obwohl ich sicher bin, daß Cornelius Cort wunderbare Stiche nach Tizian Vecellis Gemälden anfertigt, hat er die Absicht, nach Rom zurückzukehren und hier eine Schule zu gründen."

Domenikos pflichtete ihm bei. „Ja, ich kann Tizians Malstil gut kopieren. Doch bin ich weder fähig gewesen noch habe ich versucht zu lernen, die letzten, abschließenden Farben mit den Fingern aufzutragen. Im Gegenteil, es ist mir nie gelungen, mehrere Farbschichten übereinander anzulegen. Gewöhnlich weiß ich genau, was ich malen will und habe das ganze Bild von Anfang an klar im Kopf."

Einige Zeit nach diesem Gespräch schrieb Clovio folgenden Brief an Kardinal Alessandro Farnese:

Rom, den 16. November 1570

„... Ein junger Mann aus Kandia ist nach Rom gekommen, der bei Tizian Vecelli in die Lehre gegangen ist und nach meiner Einschätzung zu den Malern gehört, die ihr Handwerk ausgezeichnet verstehen. Er hat unter anderem ein Selbstporträt angefertigt, das alle Maler in Rom überrascht hat. Ich würde ihn gern Eurer Exzellenz empfehlen. Er braucht nichts weiter als ein Zimmer im Farnese-Palast, bis er eine andere Unterkunft gefunden hat..."

Dieser Empfehlungsbrief hatte zum Ergebnis, daß Domenikos im Farnese-Palast aufgenommen wurde und wohnen durfte – eine wirklich luxuriöse Unterkunft für einen jungen Fremden, der gerade erst aus Venedig kommend in Rom eingetroffen war.

*

Nach dem Gespräch, das Tizian Vecelli mit Domenikos in Venedig geführt hatte, änderte sich nichts: Domenikos tat weiterhin, was ihm gefiel und war viel mit Tintoretto und wenig mit Tizian zusammen.

Tintorettos frühere Arbeiten befanden sich in verschiedenen Kirchen Venedigs. Domenikos bewunderte besonders die Gemälde, die Tintoretto für die Kirche Santa Maria dell'Orto[1] gemalt hatte: „Die Erscheinung der Jungfrau", „Das Goldene Kalb" und das „Jüngste Gericht".[2] Obwohl Domenikos ein Schüler Tizians gewesen war, hatte er Tintoretto viel öfter bei der Arbeit zugesehen, so zum Beispiel als er eine Reihe Bilder für die Salla dell'Albergo in der Scuola di San Rocco schuf. Domenikos und Tintoretto hatten auch einige Bilder zusammen gemalt, besonders das „Abendmahl". In jener Zeit führte Tizian Vecelli seine wichtigsten Aufträge für Philipp II. von Spanien aus; auch einige von Tintorettos Werken gingen nach Madrid.

Domenikos erinnerte sich an Tintoretto als einen schöpferischen und engagierten Künstler, der die tiefgründigsten religiösen Probleme mit einer unglaublichen natürlichen Ungezwungenheit behandelte, und dessen Leistungsfähigkeit und Eifer beispiellos schienen. Manchmal hätte Domenikos gern gewußt, wie sein Freund auf das Leben in Rom reagiert hätte. Verglichen mit Venedig schien hier wirklich alles völlig anders zu sein.

Bei seinen Spaziergängen durch Rom sah Domenikos auf Schritt und Tritt schwarzgekleidete Priester. Die venezianischen Dogen mit ihren weitärmligen, meist roten Gewändern fehlten im Straßenbild; schöne Frauen schienen in dieser Stadt die Ausnahme zu sein. Die Dirnen waren größtenteils aus der Stadt vertrieben worden. Diejenigen, die sich noch in Rom aufhielten, wurden nur in bestimmten Stadtvierteln geduldet und durften diese nicht verlassen.

Tintoretto aber blieb in Venedig und begnügte sich damit, Gipsabdrucke von Michelangelos Werken zu machen, sie zu zeichnen und zu studieren. Als Domenikos Venedig verließ, war Marietta Tintoretto gerade achtzehn Jahre alt und half ihrem Vater oft bei seinen Porträtarbeiten. Sie hatte ein lebhaftes Temperament und war eine ausgezeichnete Musikerin. Ihre Kenntnisse auf dem Gebiet der Musik und des Gesangs hatte sie sich bei dem neapolitanischen Lehrer Giulio Zacchini angeeignet; sie konnte Cembalo, Laute und andere Instrumente spielen. Später nahm sie noch Musikstunden beim Ersten Organisten der Markuskirche. Weder sie noch ihr Vater schienen jemals in Erwägung gezogen zu haben, Venedig zu verlassen.

Als Domenikos Abschied von Tintoretto nahm, war dieser gerade da-

1 Wo Tintoretto in Venedig begraben liegt

2 Alle drei Gemälde sind noch heute in Santa Maria dell'Orto zu sehen.

mit beschäftigt, Vorbereitungen für den Umzug seiner Familie und seiner Werkstatt zu treffen. Die Verhandlungen über den Kauf des neuen Hauses der Familie, des Camello-Palastes[1] auf dem Campo dei Mori in Venedig, liefen über seinen Schwiegervater Vescovi. Dieser Palast befand sich in der Nähe der Kirche Santa Maria dell'Orto, wo Tintoretto begraben werden wollte. Eines Abends waren Domenikos und Tintoretto zusammen dorthin gegangen. Auf dem Weg hatte Tintoretto lachend gesagt: „Möchtest du Antonio Rioba kennenlernen?" und zeigte dabei auf die hohe Steinfigur eines Mauren, die an der Ecke des Hauses stand, das Tintoretto kaufen wollte. „Keiner weiß, woher er stammt. Reisende haben ihn mit nach Venedig gebracht und immer dann, wenn Mitteilungen über seinen Arm gehängt werden, die bestimmte Zustände in der Republik Venedig anprangern, sollte er ein Licht tragen. Ich will den Palast kaufen, sobald ich es mir leisten kann. Der Maure wird dann nicht nur in allen meinen Bildern auftauchen, weil er so großartig aussieht, sondern sogar neben meiner Haustür stehen."

Auf der anderen, dem Kanal zugewandten Seite des Palastes hatte Domenikos eine andere Figur entdeckt, die in die Steinwand gehauen war und einen Türken auf einem Pferd darstellte. Die Tür wurde von einer weiteren Figur geschmückt. Möglicherweise war der Palast einmal von Türken bewohnt worden.

Domenikos seufzte, als er sich all das in Erinnerung rief – vielleicht war es doch falsch gewesen, Tintoretto und Venedig zu verlassen? Das Leben war dort so leicht, abwechslungsreich und anregend gewesen. Was würde nun kommen?

*

Nach seiner Rückkehr von Viterbo nach Rom nahm sich der großzügige Kardinal Alessandro Farnese die Zeit, sich persönlich Gemälde anzusehen und zu prüfen, die der junge Grieche, der Tizian Vecellis Schüler gewesen war und nun in seinem Hause lebte, geschaffen hatte.

In Bassano und auch später noch in Venedig hatte Domenikos beim Malen von Zeit zu Zeit auf Temperafarben zurückgegriffen. So konnte er auch einige seiner neueren Arbeiten auf Holztafeln zeigen, darunter „Die Anbetung der Heiligen Drei Könige", „Die Austreibung der Wechsler", „Heilung des Blinden" und „Entkleidung Christi".

Er hatte auch einige Bilder gemalt, die zwei oder mehr in eine Flamme blasende Figuren zeigten[2] sowie ein weiteres unvollendetes Gemälde,

1 Nr. 3399

2 „El Soplon" oder „Una Fabula"

das ebenfalls Christus bei der Vertreibung der Wechsler aus dem Tempel darstellte.

Als er sich diese Bilder anschaute, bemerkte Kardinal Farnese: „'Die Anbetung der Heiligen Drei Könige' mußt du gemalt haben, bevor du bei dem großen Tizian in die Lehre gegangen bist. Zweifellos zeigt die Bildkomposition zu viele offene Räume. Doch die Technik, mit der die anderen Bilder gemalt sind, offenbart, daß du eine Menge von Tizian gelernt hast. Um dir zu helfen, kaufe ich dir den ‚Holzkohle anblasenden Jungen' ab. Ich bin auch geneigt, bei dir die ‚Heilung des Blinden' auf Leinwand zu bestellen, natürlich mit Ölfarben gemalt."

Kardinal Farnese bezahlte Dominikos gut für das Bild; es war das erste Gemälde überhaupt, das Domenikos verkaufte. Danach begann der junge Maler intensiv zu arbeiten und richtete sich in seiner neuen Umgebung ein. Domenikos setzte alles daran, den Auftrag des Kardinals Farnese, die ‚Heilung des Blinden' auf Leinwand zu malen, schnell auszuführen. Als er sich jedoch die anderen von ihm geschaffenen Holzmalereien, die „Austreibung der Wechsler" und die „Entkleidung Christi" anschaute, wurde ihm bewußt, daß diese beiden Abschnitte des Evangeliums ein größeres und intensiveres Studium verdienten, nicht nur deshalb, weil es sich hierbei um Themen handelte, die von den besten italienischen Malern oft dargestellt worden waren, sondern auch, weil diese Themen besonders geeignet schienen, Bewegungen und dramatische Handlungen auszudrücken.

Zu Clovio sagte er: „Ich stehe tief in deiner Schuld und möchte dich gern porträtieren, sobald es dir paßt. Und", fügte er mit einem Lächeln hinzu, „ich werde mich bemühen, dabei Tizians Pinselstrich anzuwenden, damit zwischen den Farben keine freien Stellen entstehen."

*

Domenikos Theotokopoulos war Anfang November 1570 in Rom eingetroffen. Im Dezember malte er Clovio, und zur gleichen Zeit begann er intensiv am Bild „Heilung des Blinden", das für Kardinal Farnese bestimmt war, zu arbeiten. Sobald bekannt geworden war, daß der Kardinal ein Bild von einem jungen Griechen, einem Schüler Tizians, der im Palast der Farneses wohnte, gekauft hatte, erhielt Domenikos weitere Aufträge von Privatpersonen, die porträtiert werden wollten. Kardinal Farnese wurde von bedeutenden Persönlichkeiten besucht, und man rief Domenikos gelegentlich herein, wenn ein solcher Gast zugegen war, und bat ihn, seinen Preis für ein Porträt zu nennen. Hin und wieder malte er aus Höflichkeit gegenüber seinem Gastgeber gratis, doch in der Regel nannte Domenikos sein Honorar, das er dann auch erhielt. Er sparte alle seine Einkünfte, hauptsächlich mit dem Gedanken, in Rom vielleicht später einmal seine eigene Werkstatt einrichten zu können. Er signierte seine Bilder mit weißen griechischen Großbuchstaben[1] und erwartete, im Lauf der Zeit einige wirklich bedeutende Aufträge zu erhalten.

So manchem Zeitgenossen mag es seltsam vorgekommen sein, wie wenig Aufmerksamkeit Domenikos seiner eigentlichen Umgebung widmete. Er wohnte in einem der prächtigsten Paläste Italiens, dem Farnese-Palast, dessen Hof und Fassade nach Entwürfen von Michelangelo gestaltet waren. Domenikos hatte wieder einmal einen Sinneswandel erfahren. Er sprach weniger und schien von der strengen Atmosphäre, die in Rom unter einem asketischen Papst herrschte, beeinflußt zu sein. Seine Fröhlichkeit und das lebhafte Interesse, mit dem er in Venedig alles um sich herum beobachtet hatte, waren ihm völlig abhanden gekommen.

Ursache dafür waren Ignatius de Loyolas „Geistige Übungen", die Domenikos jetzt las, und die seine verschwommenen, ziemlich persönlichen Theorien verstärkten und bestimmten. Er besann sich auf das, was ihm in seiner frühen Jugend im Kloster von Kandia gelehrt worden war. Er studierte die „Geistigen Übungen" nicht nur aufmerksam, zusammen mit der griechischen Bibel, die er heimlich in den Farnese-Palast geschmuggelt hatte, sondern saugte Loyolas Empfehlungen mit dem Eifer tiefer geistiger Bedürfnisse förmlich in sich ein. Damals, in Kreta, waren seine diesbezüglichen Bestrebungen verfrüht, sein Geist noch kindlich und nicht fähig gewesen, die Hinweise von Pater Franziskus zu begreifen. Diese Unterweisungen hatten seinen Verstand auf die „Geistigen Übungen" vorbereitet und sein Verständnis dafür war jetzt gereift: Fragen, die er lange mit sich herumgetragen hatte, suchten und fanden Antwort. Als Domenikos jedoch die Empfehlung zur Geißelung mit einfachen Lederriemen ohne Metallbesatz las, stockte er und wandte sich dann an Clovio mit der Frage: „Ich kenne keine Versuchungen des Fleisches, was Frauen angeht. Sie lassen mich kalt. Sollte ich mich deswegen wirklich geißeln? Mein erster Lehrer war der Meinung, daß Selbstzüchtigung nur für diejenigen bestimmt ist, die in den Orden eintreten wollen."

Clovio antwortete: „Karl V. hat sich in Yuste, vielleicht aus Kummer über den Tod seiner geliebten Frau, selbst ausgepeitscht, zusammen mit seinem gesamten Hof. Ich überlasse dies deinem eigenen Ermessen."

Ihr Gespräch wurde unterbrochen und Domenikos stellte die gleiche Frage nicht noch einmal. Er unterließ die Geißelung.

1 El Greco signierte seine frühen Arbeiten mit griechischen Großbuchstaben, die späteren Bilder mit kleinen griechischen Buchstaben

Der Winter ging vorüber. Es war im Mai des Jahres 1571, als in Rom ein wunderschöner Frühlingstag anbrach. Doch Domenikos hatte keinerlei Interesse an Dingen, die außerhalb seines Zimmers passierten. Er versuchte, inspiriert durch die Schriften Loyolas, sich die „Heilung des Blinden" klar bildlich vorzustellen und über religiöse Fragen zu meditieren.

Eines Tages verspürte Clovio den Wunsch, mit seinem Freund zu reden, vielleicht sogar mit ihm durch Rom zu spazieren, und suchte ihn deshalb in seinem Zimmer auf. Zu seinem Erstaunen waren die Vorhänge zugezogen, und Domenikos saß allein in dem abgedunkelten Raum, malte nicht, las nicht und tat auch sonst nichts.

„Heute ist so ein schöner Tag", sagte Clovio, „und du sitzt hier herum wie in einem Gefängnis. Laß mich wenigstens das Fenster öffnen."

„Nein. Der Sonnenschein würde das innere Licht stören, das meine Augen gerade sehen", antwortete Domenikos. Clovio war verblüfft und überlegte, was das wohl für ein Licht sein mochte, worauf Domenikos' Augen gerichtet waren.

*

„. . . Dieses innere Licht, das meine Augen sehen . . ."

Ignatius de Loyola hatte sich des dunklen Raumes bedient und empfahl seinen Anhängern die Mitternachtsstunde als die beste Zeit für Meditation. Außerdem riet er, dem Körper Schlaf zu entziehen, wenig zu essen und jeglichen Versuch zu unternehmen, systematisch das geheimnisvolle Leben des Geistes zu entwickeln und gleichzeitig die Sinne zu unterdrücken.

Domenikos Theotokopoulos machte eine seltsame Entdeckung. Die Lehren, die ihm Pater Franziskus in seiner frühen Jugend vermittelt hatte, waren nicht die aus Loyolas „Geistigen Übungen" – sie waren in der Tat keine reinen, durch die ‚Gesellschaft Jesu' angenommenen Prinzipien, sondern Erfahrungen, die ein tief religiöser Franziskanermönch und Maler gemacht hatte, der nichts so sehr wünschte, als seinem Schüler zu helfen.

Als Domenikos in dem abgedunkelten Zimmer im Farnese-Palast saß, erinnerte er sich daran, daß Pater Franziskus ihm empfohlen hatte, alle Anstrengungen zu unternehmen, um sich religiöse Dinge mit Hilfe der Sinne vorzustellen und zu begreifen. Das war wirklich den „Geistigen Übungen" entnommen – die Hölle durch die fünf Sinne zu erfassen, den Anblick des Feuers, den Geruch von Schwefel wahrzunehmen. Pater Franziskus hatte jedoch auch darauf bestanden, daß er, Domenikos, sich zu einem gefühlsmäßigen Verständnis dieser Lehren durch ihre praktische Anwendung zwingen müßte. Dieses emotionale Verstehen hatte er durch die Übungen noch nicht erreicht; nur in dem Moment, als er an Pater Franziskus' Totenbett stand, hatte er sein erstes wirkliches Leiden erlebt, hervorgerufen durch die Erkenntnis, wie sehr sein Lehrer ihn geliebt hatte. Die Worte des sterbenden Mönchs hatten Domenikos für immer die Überzeugung gegeben, einen sehr persönlichen Auftrag zu haben: die Empfindungen, die ihn in jener Stunde überwältigt hatten, würden ihm nie erlauben, an Pater Franziskus' Vision zu zweifeln.

Einmal, ebenfalls im dunklen Zimmer sitzend, überlegte Domenikos, welcher der beiden Orden wohl der stärkere wäre: die Soldaten Jesu oder die Bettler, die Franziskaner. Zwei gegensätzliche Prinzipien strebten nach dem gleichen Ziel. Von den Franziskanern hieß es, sie wendeten einen Trick an, um das Volk für ihre Sache zu interessieren und auf unterhaltsame Weise zu gewinnen. Sie waren imstande, eine Posse plötzlich in eine Predigt umzuwandeln und überraschten so die Zuhörer. Hier in Rom erfuhr er, daß die Mitglieder der ‚Gesellschaft Jesu' ihr Geschäft anders betrieben: sie befaßten sich mit Einzelpersonen, ohne sich dabei die Mühe zu machen, sie zu überzeugen, sondern zwangen deren Intellekt vom Moralischen her zum Gehorsam. In seiner Meditation fühlte sich Domenikos als Laienjesuit, als Soldat Gottes. Er mußte den Worten des sterbenden Mönchs, der ihn geliebt hatte, gehorchen. Er war es gewesen, der ihm gesagt hatte, er wäre dazu berufen, der Maler des Lichtes zu werden.

*

Gestärkt durch diese Entschlossenheit, mit klarem Sinn und gereinigt durch die „Geistigen Übungen", arbeitete Domenikos nun mit noch größerer Intensität und hoffte, daß er bald mehr Bilder würde verkaufen können. Er dachte auch daran, ein kleines Bild vom „Jüngsten Gericht" zu malen, hatte dabei jedoch andere Vorstellungen, als sie Tintoretto mit seinem Bild zum gleichen Thema, das in der Kirche Santa Maria dell'Orto in Venedig hing, zum Ausdruck gebracht hatte.

In der Sixtinischen Kapelle konnte Domenikos das gewaltige Fresko von Michelangelo Buonarotti sehen, das sich über die gesamte Altarwand erstreckte. Es war etwa zwanzig Meter hoch und zehn Meter breit. Das Gemälde war zwischen 1534 und 1541 im Auftrag von Papst Paul III., der aus der Farnese-Familie stammte, entstanden. Ursprünglich waren alle Figuren völlig nackt gewesen. Papst Paul IV. hatte in Erwägung gezogen, das Gemälde vollständig entfernen zu lassen, beauftragte aber dann Daniele da Volterra, alle Teile, wo die Nacktheit sehr auffällig war, mit leichten Stoffen zu verhüllen. Unter Pius V. wurden schließlich weitere Veränderungen des Gemäldes in Betracht gezogen.

Moral und Kunst wurden in Rom von den Päpsten beherrscht. Michelangelo war schon seit vielen Jahren tot, doch seine Werke lebten in Rom fort und wurden als die größten jemals geplanten und ausgeführten Schöpfungen von Menschenhand betrachtet. Doch es war in Venedig gewesen, wo Domenikos zum erstenmal mit der italienischen Kunst in Berührung gekommen war und sie zu studieren begann. Er hatte dort großen Lerneifer gezeigt und wollte soviel wie möglich von den Fertigkeiten und der Technik der venezianischen Meister in sich aufnehmen und festhalten. Er hatte hart gearbeitet, war wirklich interessiert und begeistert gewesen, wenn es um die Werke dieser Meister ging. Seine Begeisterung war so groß gewesen, daß seine Sinne davon völlig ausgefüllt waren. Italien hatte ihn gefangengenommen; sogar das Italienisch, das er sprach, klang so wie es in Venedig gesprochen wurde. Er war völlig seinen Meistern Tizian und Tintoretto ergeben und bewunderte sowohl deren Werke als auch ihre Persönlichkeiten, die ihn stark beeinflußt hatten. Der Domenikos Theotokopoulos, der jetzt häufig in seinem verdunkelten Zimmer im Farnese-Palast saß, fühlte sich als Mann und als Künstler, der zu arbeiten bereit war. Er war nicht mehr der junge Mann von einst.

Tintoretto hatte im Alter von einundzwanzig Jahren seine eigene Existenz aufgebaut; Domenikos war jetzt schon über dreißig. Er suchte nach einem Betätigungsfeld. In Venedig hatte er Tizian und Tintoretto verehrt und an ihren Werken mitgearbeitet – er war jedoch nicht bereit, vor den Werken des toten Michelangelo Buonarotti auf die Knie zu fallen, der nach seiner Einschätzung ein Bildhauer und kein Maler gewesen war.

Domenikos hatte die Gemälde in der Sixtinischen Kapelle wiederholt betrachtet und entdeckt, daß es in dem Chaos der sich bewegenden Figuren zwar klare Linien und einen inneren Aufbau gab, Rom bei der Enthüllung des Freskos aber nicht umsonst gemeint hatte, es sei „schrecklich". Er nahm wahr, daß die Christus umgebenden Heiligen, Märtyrer und Patriarchen verlängerte, plastische Körper hatten – nach seinem persönlichen Geschmack war noch immer zu viel Nacktheit auf dem Bild zu sehen. Er erinnerte sich, daß Tintoretto, als er die „Kreuzigung" in der Scuola di San Rocco in Venedig zu malen begann, zuerst nackte Körper gemalt und ihnen später Kleider angelegt hatte, so daß der große Schmerz im trägen Material seinen Ausdruck fand. In bestimmter Weise und in Anbetracht der Strenge und Ernsthaftigkeit der Zeit fühlte Domenikos, daß es für religiöse Gemälde angemessener wäre, wenn alle Figuren zumindest teilweise bekleidet dargestellt würden. Er stimmte mit Pius V. überein: Das Gemälde verwirrte die Augen der Frauen und Männer, die zum Beten in die Kirche kamen und lenkte sie von ihrem eigentlichen Bedürfnis ab. Hieß es nicht im Vaterunser: „. . .Und führe uns nicht in Versuchung, sondern erlöse uns von dem Bösen. . ."

Diese Gedanken regten Domenikos an, einige Skizzen zu Papier zu bringen und ein kleines Holzbild in Öl zu malen, auf dem das „Jüngste Gericht" und auch einige Figuren des Alten Testaments zu sehen waren. Alle auf dem Bild dargestellten Figuren waren zumindest teilweise bekleidet.

*

Von Tintoretto und Tizian hatte Domenikos auch gründliches Wissen über die Porträtmalerei erworben. Das Porträt Clovios[1] wurde ein großer Erfolg. Es zeigte den Meister, damals zweiundsiebzig Jahre alt, in sehr würdiger Haltung. In seiner Hand hielt er ein offenes Buch mit einer Illustration. Die Technik und die Farbgebung spielte in Tizians Goldtöne hinein; die Pinselstriche verschmolzen ineinander, und das ganze Bild legte Zeugnis ab von genauer Kenntnis menschlicher Eigenschaften und guten Fähigkeiten zu ihrer Darstellung.

Weitere Porträts folgten, und Domenikos hatte nun einen Schüler als Gehilfen angenommen. Er war Italiener und kam aus edler Familie. Sein Name war Lattantio Bonastri, und er lernte von Domenikos so zu malen wie Tizian Vecelli. Dieser erste Schüler war ein sehr frommer Mann und äußerst begabt. Schnell eignete er sich gute Farbkenntnisse an. Domenikos mochte ihn gern und machte alle Anstrengungen, ihm etwas beizubringen. Manchmal unterhielten sich die beiden Männer und schmiedeten Zukunftspläne. Dann sagte Domenikos immer: „Wenn ich hier in Rom mehr Arbeit und wichtigere Aufträge bekomme, dann mußt du bei mir bleiben."

Neben den Porträts hatte er in seiner Werkstatt auch andere Gemälde auf Leinwand in Arbeit. Das in Bassano gemalte Holzbild „Die Austreibung der Wechsler" war kein Erfolg gewesen, denn er hatte sich sehr schwer damit getan, solch eine große Gruppe von Figuren darzustellen. Später hatte er als Schüler Tintorettos versucht, das Problem zu lösen, indem er das Motiv auf Leinwand malte. Unter Tintorettos Anleitung hatte er auch zum erstenmal venezianische Frauen dargestellt. Er griff dabei auf den in Tintorettos Gemälden häufig vorkommendenen typischen Kopf der blonden Venezianerin zurück, die ihr Haar in Zöpfe flocht und

1 Nationalmuseum Neapel, Italien

hochsteckte sowie reich mit Perlenschnüren schmückte. Es handelte sich um ein Bild, das er in Venedig begonnen, aber nicht vollendet hatte. Als er nach Rom ging, nahm er es in halbfertigem Zustand mit.

Eines Tages sagte Domenikos lächelnd zu Lattantio Bonastri, seinem Gehilfen: „Vielleicht habe ich hier größere Chancen, mich zu etablieren, da Frauen in Rom weniger gesellschaftlichen Einfluß zu haben scheinen als in Venedig."

Bonastri antwortete: „Das Vorbild des Heiligen Vaters hat uns wirklich zu Mönchen gemacht; viele schämen sich ihrer Lebensweise, wenn sie sich die Askese, der sich der Papst unterwirft, vor Augen halten." Domenikos sagte darauf: „Wir beide sind geboren worden, um Mönche, aber mehr noch um Maler zu werden."

„Die Frauenfigur auf deinem Bild scheint direkt einem Gemälde Tintorettos entstiegen zu sein – war sie ein Mitglied seiner Familie?" fragte Bonastri.

„Nein. Faustina Tintoretto und Marietta haben beide kastanienbraunes Haar. Aber wenn ich wie Tizian arbeiten könnte, würde es mir Vergnügen bereiten, eine weitere Farbschicht auf diese zu malen oder mit den Fingern aufzutragen. So . . ."

„Das wird Tizian Vecelli wohl niemals jemand nachmachen können; doch sogar er könnte noch eine Menge von Michelangelo lernen. Kennst du die Geschichte, wo Michelangelo einer Zusammenkunft verschiedener Künstler, die alle nicht besonders gut zeichnen konnten, beiwohnte? Die verschiedenen von ihnen gemachten Entwürfe zerkratzte er mit seinen Fingernägeln und zog all ihre Fehler in der Perspektive und in der Bewegung der Figuren genau nach."

„Ja, ich habe davon gehört, aber nach meiner Einschätzung konnte Michelangelo nicht malen. Ich gebe zu, daß ich die Sinnlichkeit von Tizians Farben nicht erreiche. Ich konnte nicht einmal die nackte Venus kopieren, die Tizian mehrere Male selbst malte und durch Schüler in seiner Werkstatt malen ließ; ich würde nicht einmal den Versuch machen."

„Wir sind keine sinnlichen Menschen, sondern überzeugte Asketen. Ich werde niemals heiraten. Wie du, Domenikos, war ich unschlüssig, ob ich in einen Orden eintreten oder mich ganz der Malerei widmen sollte. Heiraten aber könnte ich nicht."

„Vielleicht hast du recht. Und doch muß ich zugeben, daß Liebe eine sehr merkwürdige Kraft ist. Jetzt, da ich plane, dieses Bild erneut zu malen, werde ich auch wieder die Frauenfigur darstellen, die deinem Empfinden nach Tintorettos Gemälden entstiegen ist."

„Saß sie berufsmäßig Modell, oder war sie eine Kurtisane?"

„Sie wurde für alle ihre Dienstleistungen bezahlt. Sie muß mich gemocht haben, und es tat mir leid für sie. Ihr Sinn für Aufopferung hinterließ einen tiefen Eindruck bei mir. Manchmal denke ich, ich muß sie als Engel malen. Trotz meiner Voreingenommenheit und Ablehnung ist ihr Gesicht in meine Gedankenwelt eingedrungen."

„Es ist bestimmt ganz gut, daß sie dich so beeindruckt hat. Als Maler mußt du eigene Frauentypen in deinen Bildern darstellen."

„Du magst recht haben. Doch seltsamerweise habe ich, immer wenn ich sie male, das Gefühl, ihr noch etwas schuldig zu sein. Sie hatte die fixe Idee, mich einmal kaufen zu können, doch ich gab ihr nichts von mir, außer einen guten Rat."

„Was sonst hättest du tun sollen, wenn du ihre Gefühle nicht erwidern konntest?"

„Laß uns lieber von dem Bild sprechen, das ich malen will. Bestimmte religiöse Themen werden mich mein ganzes Leben lang beschäftigen, da bin ich ganz sicher – die Idee, die ihr innewohnende Bewegung und die entsprechende Geschichte in der Bibel. Dazu gehört die ‚Austreibung der Wechsler'[1]. Die Geschichte erzählt, wie Christus das Haus des Herrn reinigt und Handel, Aberglauben und Sinnlichkeit aus seinen Mauern verbannt. Das will ich darstellen mit Figuren, die in Bewegung sind und Materialien, die den Eindruck erwecken, geschmeidig und fließend zu sein. Auf der rechten Seite sollen die Porträts von drei großen italienischen Künstlern erscheinen: Tizian, Michelangelo und – um ihm ein bißchen zu schmeicheln – Clovio. Außerdem beabsichtige ich, auch einen jungen Künstler dort mit einzubeziehen."

„Wer wird der junge Künstler sein – Raffael?"

„Vielleicht."

*

Im Jahr 1571 fand die bedeutende Schlacht von Lepanto statt. Zuvor hatten die drei alliierten Mächte, das heißt der Papst, Philipp II. von Spanien und der venezianische Senat, in Rom einen Vertrag unterzeichnet. Daraufhin wurden die verschiedenen Seestreitkräfte zu einer gemeinsamen Flotte zusammengefaßt, über die Johann von Österreich das Oberkommando hatte. Auch Kardinal Alessandro Farnese kämpfte unter seinem Kommando bei Lepanto mit. Die Schlacht hatte zum Ziel, den Vormarsch der Türken im Mittelmeerraum ein für allemal zu beenden. Die Alliierten gewannen die Schlacht, und ihr Sieg wurde in der gesamten christlichen Welt gefeiert. Ein Jahr später starb Pius V. Sein Nachfolger, Gregor XIII., war vom Wesen her zwar nicht so asketisch wie Pius,

1 Institute of Arts in Minneapolis, USA. Spätere Versionen, ohne Porträts, sind in der National Gallery, London, und der Frick Collection, New York, zu sehen

scheute aber trotzdem keine Mühe, den Katholizismus in aller Welt zu verbreiten und gründete in Rom das Kollegium der Gesellschaft Jesu.

Domenikos Theotokopoulos hatte nun in Rom einen guten Ruf als Schüler Tizians und als Spezialist für Porträtmalerei erworben. Porträts von Vincentio Anastagi, Palladio und einigen anderen Persönlichkeiten waren von ihm geschaffen worden.

Er war nun wieder ziemlich einsam, denn Lattantio Bonastri war erst nach Siena und dann nach Lucignano gerufen worden, um für die Dominikaner zu malen. Schließlich kehrte er jedoch nach Siena zurück, wo er im Hause eines gewissen Altemisi arbeitete. Domenikos nahm sich keinen neuen Schüler anstelle seines begabten Freundes, denn er konnte und wollte nicht mit einem flüchtigen Bekannten zusammenarbeiten. Er überlegte, ob er nach Venedig zurückkehren sollte, denn er sehnte sich danach, mit Tintoretto über philosophische Fragen zu debattieren.

Manchmal war Domenikos voller Ungeduld. Er hoffte sehnsüchtig auf einen wirklich bedeutenden Auftrag. Jedermann in Rom sprach über den gewaltigen Bau, den Philipp in der Nähe von Madrid errichten ließ, den Escorial, und Domenikos spielte mit dem Gedanken, vielleicht nach Spanien zu gehen. Die Zeit verflog, und er wußte wirklich nicht, was ihn in Rom hätte halten sollen. Die Porträtmalerei reichte ihm nicht aus, um seinen Hunger nach Arbeit zu stillen. Kardinal Farnese war ohne Zweifel ein großer Kunstfreund. Durch die Einführung in sein Haus war Domenikos zu einem gewissen Ruhm gekommen. Finanziell war für ihn von Vorteil, daß er im Kardinalspalast wohnen durfte und der Kardinal zwei seiner Bilder gekauft hatte. Das zweite war die „Heilung des Blinden". Neben seinen Porträts hatte Domenikos ein Bild mit dem Titel „Stigmatisation des Hl. Franziskus" auf Leinwand gemalt.

Alle diese Gemälde zeigte er Besuchern, die Interesse an seiner Arbeit zeigten. Im Farnese-Palast machte er die Bekanntschaft eines Spaniers, der Luis de Castilla hieß, und der ihm von seinem in Toledo lebenden Bruder Diego de Castilla erzählte.

Eines Tages sagte der Spanier: „Es wäre mir eine Freude, wenn ich dich meinem Bruder, der großen Einfluß in Toledo hat, vorstellen könnte, wenn dies hilfreich für dich wäre. Möglicherweise hat er auch eine Beschäftigung für einen guten Maler. Eins ist sicher: In Spanien hättest du größere Chancen als hier in Italien, auf dem Gebiet der Malerei voranzukommen und Bedeutendes zu schaffen."

„Ich kenne, Eure Exzellenz, Tizian Vecelli", antwortete Domenikos. „Ich war sein Schüler und half ihm bei verschiedenen Gemälden, so auch beim ‚Martyrium des Hl. Laurentius'. Tizian hat sogar für mich an Philipp II. geschrieben und erwähnt, daß ich an diesem Werk mitgearbeitet habe."

„Ist dir bekannt, daß der König von Spanien wiederholt Maler gebeten hat, in den Escorial zu kommen? Ich habe gehört, daß Philipp zum Beispiel Tintorettos Tochter Marietta nach Spanien eingeladen hat, doch ihr Vater hat die königliche Einladung abgelehnt und gesagt, seine Tochter wäre nicht erfahren genug."

„Ich vermute, ihr Vater fürchtet, sein Lieblingskind zu verlieren, denn er liebt sie innig."

„Aber ein Auftrag für den Escorial oder vielleicht sogar eine feste Anstellung dort wäre für jeden Künstler die größte Chance unserer Zeit", erwiderte de Castilla.

„Aber hier in Rom müßte es doch auch Chancen geben, bedeutende Aufträge zu bekommen."

„Du hast hier einen guten Ruf als Porträtmaler."

„Alles, was ich will, ist ein Großauftrag . . ."

„Papst Gregor XIII. scheint genauso wenig geneigt zu sein, die Kunst zu fördern, wie sein Vorgänger Pius V. Ich als Spanier kann die wiederholte Kritik verstehen, die an den vielen nackten Körpern in Michelangelos ‚Jüngstem Gericht' geübt wurde. In Spanien ist es verboten, Frauen nackt darzustellen."

Domenikos erwiderte: „Offen gesagt finde ich es höchst lächerlich, daß jemand beauftragt wurde, die nackten Körper im ‚Jüngsten Gericht' zu verhüllen, um das Bild unserem Zeitgeist anzupassen – warum reißt man nicht das ganze Ding herunter und erteilt den Auftrag für ein neues Bild?"

„Ja, aber Michelangelo ist tot und ein solches Genie, das einen derartigen Auftrag übernehmen könnte, gibt es heute nicht mehr."

„Ich könnte es – wenn ich nur die Chance hätte, es zu beweisen."

Seine Höflichkeit verbot es de Castilla, darauf eine Antwort zu geben, denn er betrachtete Domenikos' Äußerung als Witz. Trotzdem setzte er sich hin und schrieb dem ehrgeizigen Griechen einen Empfehlungsbrief, der an seinen Bruder in Toledo gerichtet war und für den Domenikos ihm überschwenglich dankte.

*

Doch Domenikos hatte keinen Spaß gemacht. Er war fest davon überzeugt, daß er, wenn ihm die Chance geboten würde, ein neues und besseres Bild vom Jüngsten Gericht malen könnte.

Eines Tages konnte er endlich seine ehrgeizigen Pläne darlegen. Viele führende Künstler Roms, unter ihnen Clovio und Domenikos, waren zu einer Zusammenkunft bei Kardinal Farnese eingeladen worden. Domenikos war einer der jüngsten in der Runde. Obwohl er als guter Porträtmaler angesehen wurde, wäre niemand in Rom auf den Gedanken gekommen, ihn jemals mit dem legendären Künstlergenie Michelangelo Buonarotti in einem Atemzug zu nennen. In einer lebhaften Diskussion, die sich zusehends zum Streitgespräch entwickelte, wagte dieser Grieche, Domenikos Theotokopoulos, klar und deutlich zu erklären, daß es viel einfacher wäre, Michelangelos „Jüngstes Gericht" wieder von der Altarwand in der Sixtinischen Kapelle zu entfernen und dann ihm, Domenikos Theotokopoulos, den Auftrag zu erteilen, sofort mit einem neuen Fresko zu beginnen. Plötzlich herrschte allgemeines Schweigen. Wie konnte es Domenikos wagen, eine solche Bemerkung zu machen? Die Äußerung zeigte, daß sich sein hitziges Temperament nun Bahn brach, denn er hatte seiner Meinung nach seine Energien lange genug unterdrückt.

Clovio machte einen schwachen Versuch, das Thema zu wechseln, doch Domenikos steigerte sich immer mehr in die Sache hinein und beharrte darauf, daß es ihm ein Leichtes wäre, das Fresko innerhalb einer akzeptablen Zeitspanne neu zu malen. Wenn er den Auftrag bekäme, ein neues Fresko zum Thema ‚Jüngstes Gericht' zu schaffen, würde er es in einer Art malen, die mehr dem Zeitgeist entspräche als das alte.

Einer der Anwesenden bemerkte: „Wenn du den Wert deiner eigenen Arbeit so hoch einschätzt, wie wir es mit den Werken des großen Michelangelo tun, so verschwendest du wirklich deine Zeit mit uns."

Daraufhin erklärte Domenikos: „Reißt das „Jüngste Gericht" herunter, und dann werdet Ihr sehen, was *ich* stattdessen hervorbringen kann."

Den Anwesenden war sehr unbehaglich zumute. Es stimmte zwar, daß sein Porträt Clovios sowie das für Kardinal Farnese auf Leinwand gemalte Bild allgemein bewundert wurden, doch ein Vergleich seiner Arbeiten mit den Werken des großen Michelangelo könnte niemals hingenommen werden. Die Maler begannen untereinander zu flüstern und schauten zu Domenikos hin, als wäre er geistesgestört oder einfach ein eingebildeter Narr. Das Ergebnis war, daß Domenikos nach dieser Versammlung von allen Mitgliedern der Malervereinigung Roms gemieden wurde.

Ein paar Tage später wies Kardinal Farnese Domenikos höflich darauf hin, daß er ihn nicht länger bei sich behalten könnte, weil er das Zimmer brauchte. Er unterstellte Domenikos, daß er jetzt, da er ein so gewaltiges Werk wie das „Jüngste Gericht" plante, bestimmt den Wunsch verspürte, seine gesamte Zeit, vielleicht sogar die Nächte, nur noch mit Malen in seiner Werkstatt zu verbringen. So war Domenikos nun gezwungen, eine Entscheidung zu treffen.

Allein in seiner Werkstatt, sann er über die ganze Situation nach. Man schrieb das Jahr 1575, und es gab nur zwei Möglichkeiten für ihn: entweder nach Venedig zurückzukehren oder nach Spanien zu gehen. Es war ihm klar, daß die Entscheidung, die er jetzt zu treffen hatte, sein gesamtes weiteres Leben bestimmen würde.

Sein Aufenthalt in Spanien würde lang werden, wenigstens drei Monate, mit größerer Wahrscheinlichkeit aber sechs, wenn nicht gar ein ganzes Jahr. Er hatte genug Geld gespart und wollte gern seine Bilder mit nach Spanien nehmen. Sie waren seine einzige Empfehlung, der Beweis seines Talents. Seine Bücher, einige in Griechisch, andere in Italienisch, waren alle wertvoll, einige davon gehörten zu seinem heimlichen Besitz, und er wollte natürlich keines zurücklassen. Seine Leinwände könnte er aufgerollt mitnehmen, und schließlich waren da auch noch die kleinen Holzbilder zu transportieren. Er ließ den Blick in seiner Werkstatt umherschweifen: alle seine Porträts hatte er natürlich an die Leute in Rom übergeben, die darauf abgebildet waren; die für Kardinal Farnese auf Leinwand gemalten Bilder würden in dessen Palast bleiben; die Gemälde, die zusammen mit Tintoretto entstanden waren, hatte er bei dem Meister in Venedig zurücklassen müssen. Domenikos dachte über die Möglichkeit nach, wieder nach Venedig zu gehen. Dort könnte er Tintorettos neue Werke sehen, mit dem Meister reden und seinen Kummer vergessen. Vielleicht böte sich ihm dann auch die Gelegenheit, von Tizian Vecelli Abschied zu nehmen – doch eine solche Reise wäre sehr kostspielig und würde lange dauern. Die öffentliche Erklärung, die er in Rom abgegeben hatte, würde bestimmt seiner Ankunft in Venedig vorauseilen, und er befürchtete, mit den gleichen Problemen kämpfen zu müssen, denen er schon einmal in Venedig gegenübergestanden hatte. Wenn er sich für Spanien entschied, könnte er nach Genua reisen, von dort mit dem Schiff nach Barcelona und weiter auf einem Maultier nach Madrid und zum Escorial. Da er seine Bilder nicht als Fracht aufgeben, sondern bei sich haben wollte, brauchte er einen Begleiter und Diener, der ihm tragen helfen und mit auf seinen wertvollen Besitz aufpassen sollte.

Aus Siena erhielt er die traurige Nachricht, daß Lattantio Bonastri von einem Gerüst gestürzt war und sich das Genick gebrochen hatte. Der Maler Riazzo schätzte Bonastris Leistungen so hoch ein, daß er ihm kurz vor dessen Tod noch seine Tochter zur Frau geben wollte. Dieses Angebot wurde jedoch von Bonastri nicht angenommen.

Domenikos war sehr betrübt, denn er hatte gedacht und gehofft, Bonastri könnte ihn vielleicht auf der Reise nach Spanien begleiten, die für ihn allein sehr schwierig werden würde.

Domenikos hatte nun bekanntmachen lassen, daß er einen neuen Lehrling suchte. Eines Tages, er saß gerade in seiner Werkstatt und versuchte, seine Dinge und Gedanken zu ordnen, kam ein junger Mann herein und fragte nach Arbeit.

„Ich bin Francesco Preboste und Italiener", stellte er sich vor. „Ich wurde 1554 als armer Leute Kind geboren, bin ledig, gesund, ehrlich und kann reiten, wobei ich aber ein Maultier einem Pferd vorziehe. Ich kann kochen und saubermachen und bin auch des Lesens und Schreibens kundig."

Domenikos lächelte, als sich der junge Mann so sachlich und nüchtern vorstellte. Er war ungefähr so groß wie Domenikos, doch seine gesamte Erscheinung war um einiges dunkler. Er hatte braunes, lockiges Haar und seine Augen waren fast schwarz. Gesicht und Gliedmaßen sahen mager aus. In seinen Bewegungen war er lebhaft, jedoch nicht so graziös und geschmeidig wie Domenikos. Seine Haut war sonnengebräunt. Er sah aber nicht sehr sauber aus, was irgendwie im Gegensatz zu seinem stolzen Auftreten stand.

Domenikos fragte: „Und wer hat dir erzählt, daß ich einen Lehrling suche?"

„Die Frau, bei der du gestern abend ein Omelett bestellt hast. Ich habe bei ihr in der Küche geholfen, um mir etwas zu verdienen. Ich sah dich im Garten sitzen und hörte dich sagen, daß du einen Diener brauchst. Du siehst wie ein spanischer Edelmann aus – so schlug ich noch ein Ei mehr in die Pfanne und beschloß, mich bei dir zu bewerben."

„Das Omelett war ausgezeichnet, aber kannst du auch malen? Hast du überhaupt irgendwelche Kenntnisse oder Erfahrungen?" fragte er Preboste, der schon einen großen Besen zur Hand genommen und begonnen hatte, die Werkstatt schnell und gründlich auszufegen.

„Ich komme aus Neapel und bin dort bei einigen Malern in die Lehre gegangen, von denen jedoch keiner berühmt ist. Sie konnten alle selbst nicht malen. Und dann machten sie mich immer für alles verantwortlich. Ich weiß, daß ich kein Genie bin, aber ich bin gewissenhaft und ehrlich, und ich zeichne gern. Im Zeichnen bin ich ganz gut. Wenn ich jemals bei einem Mann, dessen Bilder mir wirklich gefallen, in die Lehre gehen könnte, würde ich fast alles für diesen meinen Meister tun, weil er zum Ausdruck bringen könnte, was ich fühle. Ich gebe auch zu, daß es mir beim Mischen von Farben an Kenntnissen und Erfahrungen mangelt."

„Gut", sagte Domenikos, „aber ich mische meine Farben gern selber. Doch da ist noch ein weiteres Problem – ich könnte dir keinen Lohn zahlen. Außerdem bin ich am Überlegen, ob ich nicht nach Spanien gehen soll. Wenn du Lust hast, mich auf dieser Reise zu begleiten, würde ich dir die Überfahrt bezahlen sowie freie Kost und Logis gewähren. Dafür müßtest du mir beim Transport meiner Habe helfen. Später, wenn ich in Spanien Fuß gefaßt habe, könntest du natürlich auch als mein Lehrling arbeiten, und wir würden dann einen anderen Diener einstellen. Hast du schon vom spanischen König Philipp II. und dem Palast gehört, den er in den Bergen in der Nähe von Madrid errichten läßt? Vielleicht finde ich dort Arbeit, die von Bedeutung ist und mir zusagt."

„Es gibt wohl kaum jemanden, der noch nicht vom spanischen König gehört hat. In Italien wird gemunkelt, daß vielleicht eines Tages Johann von Österreich, der große Held von Lepanto, König von Spanien wird. – Wo kann ich das hier hinlegen?"

„Da drüben. In Ordnung, so sieht es viel besser aus. Vielen Dank", sagte Domenikos.

„Wenn du Hunger hast – ich könnte dir feine Spaghetti kochen. Es stimmt zwar, daß einige Leute an meiner Malerei herumnörgeln, aber an meiner Kochkunst hatte noch nie jemand etwas auszusetzen", bemerkte Preboste.

Domenikos lachte. „Das Problem ist, daß ich Asket bin. Doch du könntest etwas anderes für mich tun, vorausgesetzt, du bist bereit, auch einfache Arbeiten zu übernehmen, wie ich sie im Moment anzubieten habe. Geh und erkundige dich, wann ein Schiff von Ostia abfährt. Die Reise von dort wäre kürzer, denn wir könnten uns auf diese Weise den Weg hinauf nach Genua oder hinunter nach Neapel sparen. Wir würden von Ostia direkt nach Barcelona reisen."

„In Neapel erzählt man sich die Geschichte eines mutigen Spaniers, dessen Name Miguel de Cervantes Saavedra ist. Er verlor seine linke Hand in der Schlacht von Lepanto und wurde in ein Spital gebracht. Kürzlich wollte er nach Spanien zurückkehren, doch die Galeere, auf der er reiste, fiel den Mauren in die Hände und niemand weiß, was aus Cervantes geworden ist."

„Das ist natürlich eine Gefahr. Es wird wohl doch besser sein, wenn wir uns erst einmal nach Genua begeben und von dort nach Barcelona fahren, denn diese Route ist sicherer."

Als Francesco Preboste aus Ostia zurückkam, sah er sauber und glücklich aus. Vom ersten Tag an erwies er sich als große Hilfe für Domenikos, denn er war überaus praktisch veranlagt, und sein Gehorsam bis ins kleinste war beispielhaft. Domenikos setzte voraus, daß der Italiener sich entschlossen hatte, ihn auf seiner Reise nach Spanien zu begleiten, so daß er sich weiter der Malerei widmete, während Preboste sich mit den notwendigen Reisevorbereitungen beschäftigte. Sie entschieden sich, erst hinauf nach Genua und von dort weiter nach Barcelona zu reisen; dieser Weg war zwar länger, bot aber auf alle Fälle mehr Sicherheit.

Francesco bemerkte:

„Ich bin überzeugt, der Hl. Franziskus von Assisi, der mein Namenspatron ist, wird uns auf der Reise beschützen."

„Ja", antwortete Domenikos, „der Hl. Franziskus hat mir oft auf seltsame und wunderbare Weise geholfen. Ich betrachte es als gutes Omen, daß du seinen Namen trägst – Francesco."

Bald darauf machten sie sich auf den Weg nach Spanien und nahmen Domenikos' gesamte Habseligkeiten mit.

KAPITEL XII

Escorial, Spanien, 1576 – 1577

Von seinem Vater, Karl V., hatte Philipp II. Pläne und Empfehlungen für den Bau eines Pantheons, in dem die spanischen Könige ihre letzte Ruhe finden sollten, übernommen.

Der Grundstein für den Escorial, der manchmal als das Achte Weltwunder bezeichnet wurde, war am 23. April 1563 gelegt worden. Am 13. September 1584 wurde der Bau fertiggestellt; das erste Hochamt in seiner Kirche hatte jedoch bereits am 11. Juni 1577 stattgefunden.

Der Architekt, der dem König die Ehre überlassen wollte, den Grundstein zu legen, bekam als Antwort von Philipp zu hören: „Ihr legt den ersten Stein, und ich behalte mir vor, den letzten zu legen."

Als spanische Truppen am 10. August 1557 in St. Quentin die Franzosen besiegten, faßte der König den Entschluß, dem Hl. Laurentius, der ein spanischer Heiliger war und an dessen Tag der Sieg errungen wurde, ein neues Kloster zu weihen. Der Grundriß sollte in seiner wesentlichen Gestalt den Rost in Erinnerung rufen, auf dem der Heilige den Märtyrertod gefunden hatte. Mönche vom Orden des Hl. Hieronymus wurden für das neue Kloster auserwählt. Schon Karl V. hatte sich diesem Orden gegenüber sehr wohlwollend gezeigt. Einige Mönche dieser Gemeinschaft hatten zu jener Zeit nur eine ärmliche Behausung in der Nähe des neu zu bauenden Klosters. Das kleine Haus, in dem sie lebten, war sehr schäbig und heruntergekommen; im ganzen Dorf gab es keine Schornsteine und nicht einmal Fenster. In dem Gebäude, das die Mönche als Kapelle nutzten, war mit Holzkohle ein Kruzifix an die Wand gezeichnet worden. Das Dach war löcherig, und ein unter den Ziegeln aufgespanntes Bettuch hielt notdürftig von oben eindringendes Wasser ab.

Der Escorial wurde nach langer Suche auf einem Gelände errichtet, das sowohl von den Wasserverhältnissen als auch von den klimatischen Bedingungen her als geeignet befunden wurde. Der Grundriß umfaßt eine Fläche von 4410 Quadratmetern. Man kann sieben Türme, fünfzehn Tore und nicht weniger als zwölftausend Fenster und Türen zählen. Zu Zeiten Philipps II. war der Escorial von schönen Gärten umgeben, die von den Mönchen mit geschickter Hand sorgsam gepflegt wurden. Der

Altar der Renaissancekirche befand sich direkt über der königlichen Gruft, dem Pantheon.

Unter den Mönchen des Hl. Hieronymus waren einige hervorragende Architekten und Gärtner, die immer dann, wenn der König mit dem Fortschritt der Arbeiten unzufrieden war, ihm mit Rat und Tat zur Seite standen.

Ein Spanier, Juan Bautista de Toledo wurde zum Chefarchitekten des Escorial benannt, und nach seinem Tode übernahm Juan de Herrera, ein Schüler Vignobles, die Leitung der Bauarbeiten. Sein Stil bedeutete klassische Schlichtheit der Linienführung.

Im Jahre 1573 waren die Arbeiten an dem Klostergebäude so weit fortgeschritten, daß die Mönche ihre armseligen Behausungen verlassen und umziehen konnten. Anfangs waren es nur fünfzig, später jedoch hundert und mehr Mönche, die das prächtige Kloster des Escorial bewohnten.

Obwohl Philipp II. als sehr besonnen und wenig entschlußfreudig bekannt war, verlor er 1575, als die Bauarbeiten nur noch sehr schleppend vorangingen, völlig die Geduld. Einer der Mönche, Bruder Antonio, riet ihm, die Anzahl der Arbeitskräfte zu erhöhen. Zu diesem Zwecke sollte in ganz Spanien der Wunsch des Königs bekanntgemacht werden, zusätzliche Arbeiter einzustellen. Diese Aktion war erfolgreich, so daß die Krise überwunden und die Bautätigkeit beschleunigt werden konnte. Die fieberhaften Aktivitäten fanden in ganz Spanien ihren Widerhall.

In jenem Jahr betrat El Greco zum erstenmal spanischen Boden, und im August desselben Jahres starb Tizian Vecelli.

Sein ganzes Leben lang war der spanische König ein großer Freund und Gönner Tizian Vecellis, der „Zierde der venezianischen Malergilde" gewesen. Auch ein persönliches Treffen hatte auf Philipps Wunsch hin zwischen den beiden stattgefunden, als er noch Prinz Don Philipp war und eine triumphale Reise durch Italien unternommen hatte. Vom künftigen spanischen König gerufen, hatte der Künstler die Ehre auskosten können, mit dem Prinzen zusammenzusitzen und Fragen, die seinen Beruf betrafen, zu diskutieren. Einige Monate nach dieser Zusammenkunft erhielt Tizian einen Brief direkt aus Flandern, in dem der Prinz seine bei Tizian aufgegebene Bestellung mythologischer Motive bekräftigte und mit freundlichen Worten das sehr angenehme Gespräch, das sie miteinander geführt hatten, erwähnte. Außerdem sicherte er dem italienischen Meister nochmals zu, ihm eine Pension zu gewähren.

Doch die spätere Korrespondenz zwischen Tizian und dem Sekretär des Königs bestand im wesentlichen darin, daß Tizian seine Bitten um Bezahlung bereits gelieferter Bilder ständig wiederholen mußte. Es sah so aus, als ob diese Pension, die er sehr oft erst verspätet erhielt, die einzige Vergütung für seine zahlreichen nach Spanien geschickten Bilder bleiben sollte.

Im Jahre 1564 willigte Philipp II. ein, das „Heilige Abendmahl" von Tizian anzunehmen, an dem der Maler fast zehn Jahre gearbeitet hatte. Vier Jahre später wurde es an den spanischen Hof geliefert, doch in den Briefen, die der betagte Künstler in den Jahren 1571 bis 1576 an den König schrieb, kam immer wieder seine Unzufriedenheit wegen der ausbleibenden Bezahlung zum Ausdruck.

*

Als Domenikos Theotokopoulos, später El Greco genannt, im Jahre 1576 das seltsame, in die Felslandschaft gebaute Kloster zum erstenmal sah, überkam ihn ein Frösteln. Es war ein langer und beschwerlicher Weg gewesen, vom verschwenderischen Venedig über das mächtige Rom hierher zu kommen. Doch die ganze Zeit über wurde Domenikos von einer starken Neugier und dem heftigen Wunsch getrieben, das Gebäude in Augenschein nehmen zu können, das Philipp beim Baumeister Herrera mit folgenden Worten in Auftrag gegeben hatte: „Bau mir ein Schloß, ein Kloster und ein Grabmal."

Der königliche Auftrag bedeutete, alle drei Bauten in einem Komplex zu vereinigen. Der seinerzeit mächtigste Herrscher baute sein eigenes Grab. Doch als Domenikos den Bau nun endlich sah und einen ersten Eindruck gewann, war er irgendwie enttäuscht.

Langsam ging er über die riesige Baustelle und beobachtete die vielen geschäftigen Arbeiter, die hämmerten und große, für den Palast bestimmte Marmorblöcke transportierten. Zu der Zeit waren Domenikos' Spanischkenntnisse noch sehr mangelhaft, und so war er, wollte er ein Gespräch anknüpfen, auf jene Arbeiter angewiesen, die Italienisch sprachen. Damals war diese Sprache nicht unüblich in Spanien, besonders unter Künstlern wurde sie verstanden und gesprochen.

Domenikos fühlte einen unbeugsamen Willen. Vor vielen Jahren war ihm eine geistige Botschaft übermittelt worden, und er fühlte jetzt, daß es an der Zeit war, die ihm aufgetragene Mission zu erfüllen. So oft er auch auf der Suche war und Fragen stellte: Gott hatte auf seine Gebete immer eine Antwort und sichtbare Zeichen gegeben, denen er folgte und die ihn jedesmal in seiner inneren Entwicklung einen Schritt vorwärts brachten.

Während seiner Zeit in Italien hatte sich sein Hang zu Absonderung und Einsamkeit verstärkt, doch war er sich dessen nie klar bewußt gewesen.

Er fragte sich nun, welchen Beitrag *er* zu dieser Arbeit hier leisten sollte. War dies das Ende seines Strebens nach Entfaltung seiner schöpferischen Kräfte oder aber der Anfang? Die Antwort hing allein von der Gunst des Königs ab.

In Gedanken versunken betrat er das Gebäude. Er nahm den vertrauten Geruch von Ölfarben wahr, und sein Blick fiel auf einen Maler, der an einer großen Leinwand arbeitete und offensichtlich hier und da einige Details ausbesserte.

Domenikos ging näher heran und erkannte den Künstler, dessen Lebensgeschichte in ihm die größte Ehrfurcht hervorrief. In Madrid hatte Domenikos folgendes erfahren:

„Der, dem Philipp die Oberaufsicht über alle Malereien im Escorial übertragen hatte, wurde der ‚Stumme' genannt.[1] Im spanischen Logroño geboren, wurde er im Alter von drei Jahren sehr krank. Durch diese Krankheit verlor er zwei seiner Sinne; er wurde taub und stumm. Mönche bemühten sich um seine Bildung und entdeckten, daß er ungewöhnlich begabt war. Daraufhin schickten sie ihn nach Italien, um seine Talente weiterzuentwickeln. Er blieb dort, bis ihn Philipp in sein Heimatland zurückrief. Einige Leute behaupten, er wäre auch ein Schüler des großen Tizian gewesen, andere wieder sagen, er hätte nur einige seiner Bilder gesehen, wäre aber nicht bei ihm in die Lehre gegangen. Auf jeden Fall ist er jetzt des Königs bevorzugter Maler."

Der Stumme setzte seine Arbeit flink fort, während Domenikos hinter ihm stand und beobachtete, wie er die Pinselstriche geschickt um die Füße zweier Heiligen setzte.

Das war also der Künstler, mit dem der mächtige König die Schaffung von zweiunddreißig Altargemälden vertraglich vereinbart hatte. Wirklich ein gewaltiger Auftrag, dessen Erfüllung eine geschickte Hand erforderte. Dies hier war offensichtlich das Bild „Der Hl. Andreas und der Hl. Santiago", das in der Kirche des Klosters[2] seinen Platz finden sollte.

Als Domenikos die Leinwand nachdenklich betrachtete, fühlte er, daß in dieses Mannes Seele starke geistige Kräfte wohnten, er sehr fromm war und ein Leben wie ein wahrer Mönch führte. Er verfügte offenbar auch über äußerst große Vorstellungskräfte, die ihn über diese Welt hinausschauen ließen. In diesem Fall hatte Gott selbst einen Teil des Lebens durch eine Wand aus absoluter Stille abgeschlossen, was offensichtlich dazu geführt hatte, daß sich die schöpferischen Kräfte des Künstlers umso stärker entfalteten.

Der Stumme schien überhaupt keine Störung zu empfinden; es war, als ob zwischen den beiden Männern – zwischen dem, der malte und

1 Fernando Navarette, genannt „El Mudo", 1526 – 1579

2 Escorial, 1577

dem, der beobachtete – geheimnisvolle Ströme des gegenseitigen Verständnisses übertragen wurden. Neu für Domenikos war, daß durch das Malen der Füße Gedanken zum Ausdruck kamen und viel Sorgfalt auf ihre Stellung verwandt wurde, so als ob sie lebhaft gestikulierende Hände wären.

In der Nähe des Künstlers saß ein kleines Mädchen von ungefähr drei Jahren. Sie schwieg ebenso wie der stumme Mann. Sie hielt den Kopf ein wenig zur Seite gebeugt, und ihre Augen folgten jeder Handbewegung des Künstlers.

Domenikos schaute weiterhin gebannt auf die Füße der Heiligen, deren Spitzen kaum den Boden berührten, so daß der Rest des Fußes stark gewölbt und die Ferse vom Boden abgehoben war. Dadurch wurde der Eindruck vermittelt, die dargestellte Person würde nicht gehen, sondern über der Erde schweben.

Nach einer Weile fand der Stumme nichts mehr, was er ausbessern konnte, wendete seinen Kopf und sein strahlender Blick aus tiefblauen Augen traf Domenikos, dessen braune Augen den Blick erwiderten und große Sympathie ausdrückten.

Langsam drehte sich der taube Mann ganz dem Betrachter zu, um ihn besser sehen zu können. Seine blauen Augen, die zuerst fragend mit einem leichten Anflug von Zerstreutheit auf Domenikos blickten, begannen, durch ein Gefühl beeinflußt, ihre Farbe zu ändern. Das Blau seiner Augen vertiefte sich, wie die Farbe von Wasser sich vor einem Sturm verdunkelt. Dann, als er die große Bewunderung im Blick des anderen erkannte, wurde sein Gesichtsausdruck weicher und signalisierte Zuneigung und Verständnis. Domenikos streckte eine Hand aus und zeigte auf die Füße der Heiligen.

In dieses stille Einvernehmen zwischen den beiden Malern drang plötzlich die Stimme des Kindes. „Vater malt Füße, die fliegen können, nicht wahr?"

„Engelsfüße", bemerke Domenikos, während der stumme Künstler die hohe Wertschätzung von seinen Lippen ablas. Plötzlich schien die Luft in dem Saal kälter als zuvor.

Domenikos fühlte eine große Ehrfurcht, denn er hatte erkannt, daß hier ein Geist am Werke war, dessen Weg zur Erreichung seines Ziels unendlich viel schwerer gewesen sein mußte als sein eigener. Sieben der großen Altargemälde galten als vollendet; einige hatten schon den für sie bestimmten Platz gefunden, andere befanden sich noch in der Werkstatt des Stummen in Madrid. Doch würde er auch in der Lage sein, den Rest des Auftrags fertigzustellen? Domenikos trug einige seiner Zeichnungen aufgerollt bei sich; der Transport der größeren Leinwände und seiner Malereien auf Holz war eine der Aufgaben, die sein treuer Diener

Francesco Preboste zu erfüllen hatte. Nur diese seine Werke konnten ihn als Maler ausweisen. Doch jetzt, da er vor diesem von der Natur so benachteiligten Künstler stand, kam er sich wie ein Dieb vor. Sollte er etwa versuchen, sich hier einzumischen und gegen einen taubstummen Künstler, der so große Fertigkeiten besaß, Ränke zu schmieden? Dieser Mann war gebürtiger Spanier, und war es denn nicht selbstverständlich, daß der spanische König der Arbeit eines Spaniers den Vorzug gab? Doch dieses riesige Unternehmen würde sicherlich für sie beide genügend Arbeit bieten.

*

„Wenn du eine Möglichkeit hättest, uns für eine Nacht in eurem Kloster schlafen zu lassen, Pater, würden mein Gehilfe und ich sehr froh sein. Wir sind müde von der Reise, und morgen werde ich eine Audienz bei Herrera bekommen."

„Hast du einen Empfehlungsbrief an den ehrwürdigen Meister?"

„Ich glaube, dieser sollte genügen", sagte Domenikos stolz. Preboste übergab ihm einen Umschlag, den der Abt mit langsamen Bewegungen öffnete, einen Brief entnahm und diesen durchlas. Dann sagte er:

„Wie ich sehe, scheint es sich hier um eine Kopie des Briefes zu handeln, den der große Meister Tizian am 2. Dezember 1567 an den König geschrieben hat. Er erwähnt darin einen griechischen Schüler, der zu seiner Zufriedenheit an dem großen Gemälde „Das Martyrium des Hl. Laurentius"[1] mitgearbeitet hat. Es wäre jedoch besser für dich gewesen, wenn der Meister auch deinen Namen genannt hätte."

„Alles, worum ich bitte, Pater, ist Gastfreundschaft für eine Nacht."

Der Abt schien eine Weile zu überlegen und sagte dann: „Ihr habt entweder Glück oder seid gut informiert. Herrera sowie der Stumme, dem der König in Anbetracht seines Gesundheitszustandes erlaubt hat, in Madrid zu wohnen, halten sich zur Zeit beide hier draußen im Escorial auf und erwarten die Ankunft von Tizians „Heiligem Abendmahl"[2]. Seine Majestät selbst will den Platz bestimmen, wo das Werk seiner Meinung nach gut hinpaßt. Du hättest keinen besseren Zeitpunkt für dein Ersuchen um eine Audienz wählen können."

Mit diesen Worten wurde Domenikos entlassen. Er und Preboste schliefen eine Nacht auf Feldbetten, wie Mönche sie gewöhnlich Reisenden anboten. Am nächsten Tag wurde Domenikos von Herrera empfangen. Er überreichte auch Herrera die Kopie von Tizians Brief an den Kö-

1 Im Escorial
2 Im Escorial

nig und bekam darauf nur folgende Bemerkung zu hören: „. . . 1567 . . . das liegt ja schon eine ganze Zeit zurück. Ich möchte deine Arbeiten sehen."

Domenikos und Preboste entrollten einige der aus Italien mitgebrachten Leinwände und hielten sie in einem bestimmten Abstand zu Herrera hoch. Jedesmal, wenn Herrera einen Wink mit der Hand gab, zeigten sie ein neues Gemälde. Der Meister sah die ihm präsentierten Bilder schweigend an. Dann wandte er sich dem Tisch zu, auf den Preboste einige Pergamentblätter gelegt hatte. Als er sie auseinanderrollte, schien sein Interesse zu wachsen. Zwei der Pergamentblätter zeigten die Skizzen von Altären.

Herrera sagte: „Du wirst hier wenig Chancen haben, da der König den Stummen persönlich damit betraut hat, alle Malereien im Escorial auszuführen. Eine Möglichkeit könnte sich für dich eröffnen" – hier machte Herrera eine Pause – „wenn der Tod eingreift und du dadurch eine Chance bekommst. Doch ist es immer ein übles Unterfangen, auf den Tod eines anderen zu warten. Ich meine, sollte Navarette, der Stumme, dessen Gesundheitszustand sich ständig verschlechtert, vor der Fertigstellung seiner Werke sterben, wäre ich ziemlich sicher, den König soweit beeinflussen zu können, daß er sich für eine Probe deiner Kunst interessiert. Bis dahin . . ." Hier brach er ab und sah nochmals die Pergamentblätter durch, die sich, nachdem sie auf den Tisch gelegt worden waren, von selbst wieder aufgerollt hatten, als ob sie eine genaue Prüfung fürchteten. . . „Ich könnte dich hier gebrauchen, um einige meiner Baupläne auszuarbeiten."

Domenikos' Gesicht, das zuerst gespannt vor Erwartung gewesen war, verdunkelte sich jetzt und zeigte Anzeichen des Aufbegehrens. Ohne den jüngeren Mann direkt anzusehen, fuhr der Architekt fort: „Ich habe leider sehr wenig Geduld, doch an Ideen mangelt es mir nie. Ich habe schon einige Assistenten, die meine Grobskizzen bearbeiten. . ."

Domenikos hatte in seinem Kopf bereits Worte einer höflichen Zurückweisung formuliert, doch als er gerade ablehnen wollte, fiel ein Schatten vom Fenster auf die Blätter.

Er schaute auf und bemerkte, daß die Gestalt eines Mönchs, der vorbeigegangen war, den Schatten geworfen hatte . . . Gehorsam . . . Gehorsam . . . schoß es ihm durch den Kopf, und er antwortete: „Ich danke Euer Ehren und . . ."

„Ich weiß, ich weiß", sagte Herrera lächelnd und voller Verständnis. Du bist mir keineswegs dankbar, aber du willst versuchen, für mich zu arbeiten." Und er legte mit einer freundlichen, impulsiven Geste seine Hand auf Domenikos' Schulter, als ob er damit Freundschaftsbande knüpfen wollte. „Laß mich noch einmal einen Blick auf deine Arbeiten werfen", sagte Herrera und zog mit einer schnellen, präzisen Handbewegung den Entwurf für die Altäre hervor. Gebannt schaute er darauf und fuhr fort: „Arbeite das weiter aus. Kürzlich hat man im Nonnenkloster von Santo Domingo el Antiguo in Toledo damit begonnen, die darin befindliche Kirche wieder aufzubauen. Sie brauchen dort einen Altar, dessen Größe und genaue Abmessungen in meinen Aufzeichnungen zu finden sind. Ich werde sie dir so bald wie möglich zukommen lassen, denn ich glaube, daß dein Entwurf die gestellten Anforderungen erfüllen könnte."

So kam es, daß Domenikos Theotokopoulos einer von Herreras Gehilfen wurde.

*

Einige Tage nachdem Domenikos seine Arbeit im Escorial aufgenommen hatte, wurde die Ankunft eines Ochsenkarrens angekündigt, beladen mit bedeutenden Gemälden und anderen Kunstgegenständen, die im Auftrag des Königs in das Kloster überführt werden sollten.

Soldaten und Arbeiter versammelten sich und nahmen Anweisungen entgegen, und schließlich wurden die kostbaren Pakete abgeladen.

Plötzlich konzentrierte sich die allgemeine Aufmerksamkeit auf den Stummen, der mit Hilfe von Zeichen das Entladen des Karrens überwachte. Der taubstumme Künstler stürzte sich in die Menge und trieb die ungeduldigen und schwerfälligen Arbeiter so gut er konnte mit heftigen Gesten zurück. Hier und da drehte sich ein Arbeiter nach dem Stummen um, bereit, sich ihm zu widersetzen, bis er erkannte, wer er war. Von jeder Bewegung des Malers schien eine fesselnde Kraft auf die anderen überzugehen, die sie zwang, ihm erst Aufmerksamkeit und dann Gehorsam entgegenzubringen.

Der Stumme stand mit weit ausgestreckten Armen da und sah aus wie der Dirigent eines Orchesters. Er trat nach vorn, ergriff das eine Ende einer wertvollen Rolle und erlaubte einem dafür ausgesuchten Arbeiter, das andere Ende zu tragen. So wurde der Schatz in das Gebäude gebracht. Dort achtete der Stumme weiterhin darauf, daß die Leinwand sorgsam ausgepackt wurde. Sie wurde vorsichtig entrollt und peinlich genau in ihren Rahmen eingepaßt und befestigt, bis Tizians „Heiliges Abendmahl" endlich enthüllt war.

Nun ging der Stumme ein paar Schritte zurück. Er stand ganz still, und die einzige erkennbare Bewegung an ihm war das Spiel starker Gefühle auf seinem Gesicht. Seine große Konzentration schien sich auf die anderen schweigenden Betrachter zu übertragen. Domenikos jedoch, der neben Herrera stand, schenkte einen Teil seiner Aufmerksamkeit dem taubstummen Maler und den anderen Teil dem Bild selbst. Jetzt hob der Stumme eine Hand und begann, die Konturen einiger Figuren in der Luft nachzuziehen, als ob er sie noch einmal schaffen wollte.

„Ein wunderbares Werk, das dir natürlich aus Italien bekannt sein dürfte", sagte Herrera zu seinem jungen Gehilfen und fuhr fort: „Ich nehme an, der Stumme kennt es auch. Trotzdem wird dieses Gemälde für ihn immer ein neues geistiges Erlebnis sein. In der Tat hat Tizian im Verlaufe seines langen Lebens alle spanischen und italienischen Künstler beeinflußt."

„Obwohl gegenwärtig die Pest in Venedig wütet, haben weder er noch sein Sohn die Stadt verlassen."

„Tizian ist jetzt neunundneunzig Jahre alt und muß des Lebens überdrüssig sein. Zumindest führte er sein hohes Alter als Entschuldigung an, als er die Einladung des Königs, nach Spanien in den Escorial zu kommen, ausschlug. Der König hat niemals vergessen, daß Mary Tudor sich zuerst in sein von Tizian gemaltes Porträt verliebte und erst später in ihn selbst."

Das neu im Escorial eingetroffene Gemälde war den ganzen Tag über Gegenstand allgemeiner Bewunderung. Der Stumme stand immer wieder vor dem Bild in seinem undurchdringlichen Schweigen, ging auf und ab, weiter weg und näher heran und hielt seine Augen begierig darauf gerichtet. Er neigte seinen Kopf zu einer Schulter hin, dann zu der anderen, schloß ein Auge und hielt einen Pinsel in die Luft, dessen Position er in alle möglichen Richtungen veränderte, um das Kreuzen von Linien und die Bewegungen verschiedener Figuren zu studieren. Dann saß er wieder eine Zeitlang bewegungslos vor dem Bild. Zuweilen trat Schweiß auf seine Stirn und rann ihm über das Gesicht in den Bart. Sein Blick konnte einen Moment lang erregt und entzückt sein, im nächsten Moment wieder ruhig und staunend. Seine kleine Tochter lief um ihn herum, als ob sie ein Hündchen wäre, das die übliche Aufmerksamkeit und ein gelegentliches Streicheln verlangte.

Domenikos stand eine Weile in der Menge der Betrachter, die kamen und gingen, und als er das Bild, das er so gut kannte, nachdenklich ansah, begann eine andere Konzeption für das Gesicht Christi in seinem Kopf Gestalt anzunehmen. Er erinnerte sich an ein Bild von Tintoretto, dessen Thema auch das „Heilige Abendmahl" war. Tintoretto hatte den Herrn am Ende des Tisches dargestellt und nicht in der Mitte, wie Leonardo da Vinci und Tizian es taten.

Ja, Domenikos betrachtete das Bild objektiver und distanzierter als der Stumme, der in der Tat von seiner uneingeschränkten Bewunderung des Kunstwerks besessen schien.

Jetzt wurde der Saal gesäubert, Teppiche wurden ausgelegt und die

Anwesenden erhielten die Anweisung, sich zurückzuziehen, damit die Vorbereitungen für die Ankunft des Königs abgeschlossen werden konnten. Doch keiner wagte es, sich dem Stummen zu nähern, der schließlich begriff, daß gleich sein König kommen würde. Er blieb in der Nähe des Bildes und hütete es wie seinen Augapfel. Als schließlich die Ankunft des Königs verkündet wurde, zog er sich in eine entfernte Ecke des Saales zurück.

Der König wurde von einigen Adligen begleitet, unter denen sich auch der Chefarchitekt Herrera befand. Als sich der Hof versammelte, gelang es Domenikos, einen Platz in der Nähe der Mönche zu ergattern, von wo aus er das Geschehen genau verfolgen konnte.

Der Stumme drehte seinen Kopf langsam dem mächtigen Herrscher zu, der jetzt direkt vor dem Gemälde stand und es mit prüfendem Blick betrachtete.

„Herrera", rief der König. Der Architekt kam näher. „Es soll seinen Platz im Refektorium des Klosters finden. Gebt die Anweisung, daß es dorthin gebracht wird."

Der Stumme war auch nach vorn gekommen und las die Worte von des Königs Lippen ab. Er streckte die Arme aus, von dem fanatischen Wunsch getrieben, den Schatz vor jeder unachtsamen Berührung zu schützen. Seine Hände zitterten bis in die Fingerspitzen, als er, immer wieder um das Bild herumlaufend, aufpaßte, daß die Leinwand ordentlich zusammengerollt wurde. Dann faßte er an einer Stelle der Rolle mit an und half, das Kunstwerk an den vorgesehenen Platz zu tragen.

Der König und Herrera betraten als erste das Refektorium, hinter ihnen wurde das Gemälde hereingetragen, dann kam der Hof und einige Mönche, unter die sich Domenikos gemischt hatte.

„Das Bild ist leider zu groß, Eure Majestät", sagte Herrera, indem er die Wand ausmaß.

„Dann laß ein Stück davon abschneiden."

Der taube Maler las das gefürchtete Urteil von den königlichen Lippen ab. Er warf sich dem König vor die Füße und rang flehend die Hände.

Domenikos konnte sehen, wie sich die Augen des Stummen mit Tränen füllten, die sich mit dem Schweiß aus seinen Brauen vermischten. Der Blick des Königs blieb kalt. Das Leid und die Not, die sich auf dem Gesicht des Malers widerspiegelten, ließen ihn ungerührt.

Es traf Domenikos hart, als er sehen mußte, daß der König ein eiserner Herrscher war und von einer einmal getroffenen Entscheidung nicht abrückte. Dies würde wohl für ihn nur in Frage kommen, wenn er damit seine eigenen Ziele verfolgen konnte.

Der stumme Maler, der noch immer vor dem König kniete, gab ein paar kehlige Laute von sich. Philipp forderte ihn durch eine Handbewegung auf, sich zu erheben und sagte: „Der Stumme scheint etwas dagegen zu haben, daß wir das Bild verkleinern wollen. Laßt ihn aufschreiben, was er wünscht."

Ein Stück Papier wurde gebracht, und der Künstler schrieb mit zitternder Hand: „Ich flehe Eure ruhmreiche Majestät an, nicht den Befehl zu erteilen, etwas von diesem wundervollen Kunstwerk abzuschneiden. Innerhalb von sechs Monaten werde ich dieses Bild exakt kopieren und dabei auf ein kleineres Format bringen, so daß es an den Altar paßt. Wenn ich diese Arbeit nicht innerhalb von sechs Monaten schaffe, oder wenn Eure Majestät damit nicht zufrieden sind, will ich enthauptet werden."

Der König las die Botschaft laut vor. Seine Stimme, daran gewöhnt, zu einem großen Publikum zu sprechen, war klar und kalt, und Domenikos konnte sie dort, wo er stand, gut hören. Der Stumme fiel wieder auf die Knie. Der König ließ das Papier fallen, auf dem die inständige Bitte des Stummen stand, so daß es zu Boden flatterte und neben dem Schreiber liegenblieb – ein wertloser Gegenstand.

„Alle Gemälde müssen in strenger Übereinstimmmung mit unseren Anweisungen geschaffen werden. Wir erteilen den Befehl, von dem Gemälde ein Stück abzuschneiden."

„Seine Majestät hat niemals ein Bild mit dreizehn Aposteln bestellt", sagte ein Mönch, der neben Domenikos stand, mit leiser Stimme. Domenikos gab darauf keine Antwort.

Als Philipp den Saal verließ, gefolgt von seinen Begleitern, lag der taubstumme Maler noch immer auf den Knien, von einem verzweifelten, heftigen Schluchzen geschüttelt. Seine kleine Tochter lief zu ihm hin und streichelte mit ihrer kleinen, schmutzigen Hand sein Gesicht, doch ihr Vater schenkte ihr keine Beachtung.

Nun trat Domenikos an den bedauernswerten Maler heran, beugte sich über ihn, zog ihn sanft hoch und führte ihn zu einer Bank. Dort setzte er sich neben ihn und legte ihm den Arm um die Schulter, bis das Schluchzen nachließ und einer starken Benommenheit wich. Dann fiel der Stumme in einen tiefen Schlaf. Das Mädchen setzte sich auf Domenikos' Schoß und schlief auch ein.

Domenikos blieb lange so sitzen und dachte über die vielen Dinge nach, die er an diesem Tag gesehen und erlebt hatte. Es war ihm bewußt geworden, daß der König ein hartherziger, grausamer Mann war, und daß der Künstler, der neben ihm saß, leiden mußte, weil er das Werk eines anderen Mannes liebte und bewunderte.

Es war schon spät, als schließlich ein Mönch die merkwürdige Gruppe entdeckte und sich um den stummen Mann und seine kleine Tochter kümmerte.

Am nächsten Tag stand Domenikos im Refektorium und beobachtete, wie Teile des Bildes abgeschnitten wurden. Er hielt sich nicht zu seinem Vergnügen dort auf, sondern um den Stummen daran zu hindern, auch ins Refektorium zu kommen, was seinen Schmerz nur vergrößern würde.

Der arme Mann war inzwischen krank geworden und hatte Fieber. Er war bei den Mönchen in guter Obhut, und mehr konnte für ihn im Moment nicht getan werden. Als das Kunstwerk zerstückelt wurde, scheute Domenikos keine Mühe, die abgeschnittenen Reste einzusammeln und sorgfältig aufzubewahren. „Später einmal . . .", murmelte er.

Domenikos dachte darüber nach, daß es verschiedene Kategorien schöpferischer Geister geben mußte: diejenigen, die unter großen Schmerzen und Qualen ihre schöpferische Tätigkeit verrichteten, und die anderen, denen die Arbeit leicht von der Hand ging, weil ihre schöpferischen Fähigkeiten ein Teil ihres frohen Wesens waren. Tizian gehörte auf jeden Fall zur zweiten Gruppe, während Domenikos sich selbst in die erste einordnete, denn für ihn war schöpferische Arbeit Kampf der Sinne und des Geistes.

Sein Herz war voller Sympathie und Mitleid für den armen, ganz in seiner Kunst aufgehenden Maler. Es machte ihn traurig, daß dem Künstler das Leid und die Enttäuschung, die der König ihm zugefügt hatte, nicht hatte erspart werden können. Wenn sich ihm die Gelegenheit böte, würde er, Domenikos, vielleicht eines Tages den Versuch unternehmen, die geistige Schutzhülle, in der der König das Schwert seiner Macht aufbewahrte, zu durchdringen. Wie unerbittlich Philipp gewesen war; ungerührt hatte er den Qualen des bedauernswerten stummen Mannes zugesehen!

Eine Zeitlang fühlte Domenikos einen starken Groll in seinem Innern. Er kehrte an seine Arbeit zurück, gesellte sich zu den anderen Zeichnern und begann, ehrgeizig und mit größter Genauigkeit zu zeichnen, um die Zeit, die er im Refektorium verbracht hatte, wieder aufzuholen.

Er war so vertieft, daß er Herrera nicht in die Werkstatt kommen hörte. Plötzlich stand der Architekt neben ihm und sagte mit leiser Stimme: „Seine Majestät wird dir keine Arbeit als Maler geben, Domenikos. Er warf zwar einen kurzen Blick auf die Kopie von Tizians altem Brief, legte ihn aber kommentarlos zur Seite. Du hast nur zwei Möglichkeiten: entweder du bleibst hier und zeichnest für mich Pläne, oder du gehst hinunter nach Toledo. Dort hättest du vielleicht die Chance, Bilder für Santo Domingo el Antiguo malen zu können, wenn deine Arbeiten meinem Freund, dem Dekan Diego de Castilla, zusagen. Teile mir innerhalb einer Woche mit, was du zu tun gedenkst."

Bevor Domenikos antworten konnte, hatte der Architekt den Raum bereits verlassen. Als es Nacht wurde, hielt er nach seinem treuen Diener und Freund Preboste Ausschau. Nachdem er ihn gefunden hatte, setzten sie sich zusammen und unterhielten sich in Italienisch.

„Ich habe eine Menge erfahren, seit wir hier angekommen sind, Francesco. Ich spüre den alten Drang in mir, auf Leinwand malen zu wollen. In gewissem Maße bin ich sogar sicher, daß meine Bilder Philipp gefallen würden. Doch der König ist ein autoritärer Herrscher. Er ist nicht bereit, mir eine Audienz zu gewähren und gibt mir keine Chance, mein Können als Maler unter Beweis zu stellen. Ich habe vielleicht die Möglichkeit, nach Toledo zu gehen. Soll ich sie nutzen oder lieber hierbleiben? Die Flügel meiner jugendlichen Begeisterung sind wie im Frost erstarrt. Ich glaube nicht, daß ich für diesen Herrscher, der einen armen Kranken und zugleich guten Maler so tief verletzt hat, überhaupt malen könnte."

Der junge Preboste schüttelte seinen braunen Lockenkopf und hob die Hand, um sich eine Locke aus den dunklen Augen, die das einzig immer Saubere in seinem gebräunten Gesicht zu sein schienen, zu streichen. Er antwortete in einem Tonfall, der seinen Meister offensichtlich trösten sollte: „Ich werde mich nach dieser Kirche in Toledo erkundigen, Domenikos."

Etwa eine Woche später hatte Preboste die folgende Geschichte in Erfahrung gebracht, die er wie ein Schuljunge, der stolz darauf ist, seine Lektion genau gelernt zu haben, herunterrasselte:

Doña Maria de Silva, eine gebildete und hochintelligente Dame, kam mit Königin Isabella, der Mutter Philipps, aus Portugal. Sie heiratete Don Pedro González de Mendoza, den sie innig liebte. Er war Verwalter im Palast von Kaiser Karl, Philipps Vater. Sie hatten keine Kinder, und so ging sie nach seinem Tod ins Kloster Santo Domingo de Silos, genannt el Antiguo, wo sie dreiunddreißig Jahre als Witwe lebte und um ihren geliebten Mann trauerte. Nur Gott allein wollte sie dienen. Am 28. Oktober 1575 starb sie. In ihrem letzten Willen hatte sie verfügt, die alte, kleine Kapelle abreißen und durch den Dekan von Toledo, Diego de Castilla, neu erbauen zu lassen. Die Kirche soll mit Bildern geschmückt werden, speziell die Altäre."

Domenikos hörte seinem Diener schweigend zu und wußte den Fleiß, den er bei seinen Recherchen aufgewendet hatte, zu schätzen.

Preboste fügte hinzu: „Genügend Geld scheint zur Verfügung zu stehen."

So saßen die beiden jungen Männer, die die gleiche Statur hatten, im Dunkeln auf Steinblöcken, und die Nacht um sie herum machte es unmöglich, sie voneinander zu unterscheiden.

„Mein treuer Freund", mit diesen Worten brach Domenikos ihr Schweigen, „willst du mich nach Toledo begleiten?"

Einige Monate später, im Frühsommer des Jahres 1577, machten sie sich auf den Weg nach Toledo, begleitet von zwei einflußreichen Freunden.

KAPITEL XIII

Toledo, Spanien, 1577 – 1578

So kam Domenikos Theotokopoulos, der von nun an El Greco oder einfach Greco genannt wurde, was auf Italienisch „der Grieche" bedeutet, im Frühsommer 1577 nach Toledo.

In jener Zeit wurden nur die Leute gut bezahlt, die für die Kirche arbeiteten. Die normale Bevölkerung hatte sich um die Hälfte verringert, während sich die Zahl der Nonnen und Mönche verdoppelt hatte. Es kam oft vor, daß Frauen aus dem spanischen Adel ins Kloster gingen und ihr gesamtes Vermögen mit einbrachten, das dann in den Besitz des Ordens überging. Aus diesem Grunde war im sechzehnten und siebzehnten Jahrhundert ein sehr großer Teil des Grund und Bodens in und um Toledo im Besitz von Klöstern. Aller Reichtum wurde hier nur in der Kirche angelegt. Da der spanische Hof sich erst vor kurzem nach Madrid zurückgezogen hatte, besaß Toledo zwar noch seinen Glanz, doch sein künftiger Verfall, der auch zum Niedergang des gesamten spanischen Königreiches werden sollte, begann sich bereits abzuzeichnen.

Toledo war eine merkwürdige Stadt. Es wurde im Jahre 193 vor Christus von den Römern erobert, seine Geschichte reicht aber noch weiter zurück. Ein Mensch wie Domenikos – El Greco – wurde natürlich von der eigentümlichen, geheimnisvollen Atmosphäre dieser Stadt sofort gefangengenommen.

Juan de Herrera bemerkte: „Die Stadt Toledo braucht einen guten Maler; wir haben dort geschickte Architekten und Bildhauer, doch unter den Malern ist keiner, den Toledo wirklich seinen eigenen nennen könnte."

Domenikos ließ seinen Blick aus der königlichen Kutsche, mit der sie vom Escorial nach Madrid und von dort nach Toledo fuhren, über das karge Land schweifen.

„Greco", sagte Monegro[1] „der Escorial hat dir wahrscheinlich nicht das gegeben, weswegen du nach Spanien gekommen bist, aber du hast Freunde gefunden, auf die du dich jederzeit verlassen kannst."

1 Juan Bautista Monegro

„Wir haben alle zusammen einen langen Weg vor uns", sagte Herrera mit verhaltener Begeisterung. „Doch wenn wir nicht ein Wort spanisch sprechen, dürfte dir das nicht gerade helfen. Du solltest dir lieber ein Mädchen suchen, das kein Italienisch spricht." Er machte eine Pause und fuhr dann fort: „Ich glaube, wir sind dir Dank schuldig; deine Begabung und Erfahrung als Miniaturmaler kam uns bei der Ausarbeitung von Entwürfen für die Altäre im Escorial sehr gelegen. Monegro hat großes Vertrauen in dich gesetzt, als er dich in seine Arbeit an den Skulpturen der Jüdischen Könige[1] mit einbezog, und auch ich persönlich schulde dir Dank für deine große Hilfe. Nun zu deiner neuen Arbeit: Ich habe den Auftrag erhalten, für die Ausgestaltung der neuen Kirche Santo Domingo el Antiguo in Toledo zu sorgen. Bisher haben an den Altären die Maler Nicolás de Vergera und Hernando de Avila gearbeitet, und sie werden dafür auch ihren Lohn bekommen. Doch ich habe meine eigenen Pläne für diese Kirche und würde deinem Gestaltungsmodell für den Altar den Vorzug geben. Ich bitte dich um folgendes: Laß mich deine Entwürfe und Modelle nutzen, die auch die volle Zustimmung Monegros finden. Wir werden sie zur Grundlage für unsere Arbeit an den Altären machen. Außerdem werde ich alles in meinen Kräften stehende tun, um dir einen Vertrag für die acht Hauptgemälde, die im Innern der Kirche aufgehängt werden sollen, zu sichern."

Er hatte langsam, mit Pausen zwischen den Sätzen, gesprochen und dabei vermieden, Domenikos ins Gesicht zu schauen. Stattdessen ging sein Blick aus dem Fenster über das karge Land, durch das sie fuhren. Doch jetzt wandte er sich Domenikos zu, legte seine feingliedrige Hand auf dessen Knie, schaute ihm in die Augen und fragte: „Würdest du diese Arbeit gern übernehmen?"

Greco erwiderte Herreras festen Blick und antwortete, wobei er seinen Oberkörper nach vorn beugte: „Ich bin Euch sehr dankbar, Meister. Ja, ich nehme das Angebot an."

„Du bist klug, Domenikos, denn etwas besseres kann ich im Moment nicht für dich tun. Du mußt deinen eigenen Weg gehen. Sobald wieder ein bedeutendes Gemälde für den Escorial in Auftrag gegeben wird, werde ich mich beim König für dich verwenden."

Die Kutsche rollte weiter, und die Männer folgten dem Beispiel Prebostes und schliefen ein. Domenikos jedoch schloß nur die Augen und konnte nun in Ruhe nachdenken. Er war nicht unzufrieden mit dem bisher Erreichten – er lernte, auf künstlerischem Gebiet Zugeständnisse zu machen, seinen Stolz zu beugen und in Ruhe darauf zu

1 Patio de los Reyes, Escorial

warten, für seine Arbeit die Anerkennung der Öffentlichkeit, vielleicht sogar einmal die des Königs, zu finden.

Er wußte, daß er eine ganze Palette verschiedener Malstile beherrschte und es leicht für ihn war, diese nach seinem Willen zu variieren. Ziemlich häufig schnitzte er auch Holzfiguren und bewies damit seine Vielseitigkeit. Und doch blieb da eine Frage, die ihn immer wieder auf's neue, wenn auch verschwommen und unbestimmt, beschäftigte: Sollte er sich von dem, was er in seiner frühesten Jugend gelernt hatte, gänzlich freimachen? Seiner Meinung nach stellten die langen byzantinischen Figuren religiöse Objekte dar, die eine große Spiritualität verkörperten und tiefe Ehrfurcht einflößten. Es müßte ihm gelingen, diese Erkenntnis mit dem Sinn für Bewegung und der religiösen Vorstellungskraft der italienischen Meister zu verbinden!

„Woran denkst du, Greco?" fragte Herrera, der ihn, nachdem er aus einem leichten Schlummer erwacht war, einige Zeit beobachtet hatte. Er zeigte seine Zuneigung, indem er Domenikos' Beinamen benutzte.

„Nicht an die Vergangenheit, nicht an meine Kindheit in Kreta", antwortete Domenikos und begegnete Herreras Blick mit einem weichen, dankbaren Lächeln. „Ich denke an die Zukunft und an einen neuen Malstil, der in meinem Innern Gestalt annimmt, und den ich mir zu eigen machen will. Er ist aber noch nicht klar genug in meinem Kopf."

„Vielleicht findest du ihn . . . in Toledo."

„Der König hat mir nicht die Chance gegeben, ein Gemälde für den Escorial zu schaffen."

Herrera seufzte, dann sagte er: „Der König ist kaum dafür bekannt, eine Entscheidung aus Barmherzigkeit zu treffen. Und genau das ist der Grund für seine immer weiter wachsende Macht – selbst wie aus Stahl, erwartet er die gleiche Festigkeit und Stärke auch von seiner Umgebung. Ich erzähle dir jetzt eine Geschichte, Domenikos, die dir zeigen wird, daß ich, auch wenn ich jetzt ein einsamer Mann bin, eigentlich nicht dafür bestimmt war.

Ich heiratete ziemlich jung. Vor meiner Eheschließung studierte ich klassische Literatur und Philosophie. Drei Jahre verbrachte ich in Brüssel, wo ich mich dem Studium der Architektur widmete. Erst 1551 kehrte ich nach Spanien zurück, und zwei Jahre später ging ich als Soldat nach Italien. 1556 kam ich wieder nach Spanien und heiratete Maria de Alvaro. Die Leute im Escorial haben die Zeit, als mein Sohn mir noch hilfreich zur Seite stand, schon längst vergessen. Er müßte jetzt ein junger Mann in deinem Alter sein und hätte mir im Escorial helfen können, wie du es tatest. Doch ein Unglücksfall hat das verhindert. Um die Wahrheit zu sagen: Mein Sohn hat in einem Anfall von Wut einen Menschen getötet. Ich flehte den König um Gnade für meinen Sohn an. Damals lebte

Don Carlos noch und sein gestörter Geisteszustand verbitterte seinem Vater das Leben. Trotzdem war der König freundlich und warnte mich: ‚Sei auf der Hut und bewache deinen Sohn, sonst werden sie ihn dir entreißen.' Schließlich verhalf Philipp persönlich meinem Sohn zur Flucht. Soviel ich weiß, ist mein Sohn Augustinermönch geworden und wirkt in einem weit entfernten Land[1] beim Wiederaufbau eines Klosters mit. Er wird sich hoffentlich noch an mich, seinen Vater, erinnern, wenn er meine neuen Architekturprinzipien anwendet. Ich aber bin allein und werde mich noch einsamer fühlen, wenn du in Toledo bist, Domenikos. Wir müssen auch in Toledo zusammenarbeiten."

Als Toledo in Sicht kam, hatte Domenikos den Eindruck, eine runde, einsame Insel aus gelben Felsen mit gelben Häusern, die aus dem Felsgestein gebaut waren und mit ihm verschmolzen, vor sich zu haben. Ein dunkler Fluß, der Tajo, umschloß die Stadt und schien das gesamte Bild zusammenzuhalten. Das langsam fließende, dunkle Wasser des Flusses begrenzte die Stadt nach drei Seiten, außer nach Norden hin, wo sie durch eine doppelte Mauer geschützt wurde.

Es fiel ihm auch sofort auf, daß das Licht über Toledo anders als üblich erschien. Es kam ihm der Gedanke, daß es phantastisch sein müßte, ein schweres Gewitter über dieser Stadt zu erleben. Für einen Moment kam es ihm vor, als ob ein greller Blitz den Himmel teilte, im Zickzack nach unten ging und auf die gelben Häuser traf. Dann begann die ganze Stadt in Blau- und Gelb- und Grüntönen zu verschmelzen. Seine innere Vorstellung bot ein verwirrendes Bild, und nun kam es ihm sogar vor, als ob sich die Häuser bewegten.

„Der Alcázar", sagte Herrera, „da drüben." Und er deutete in die Richtung, die der Szenerie, die Greco die ganze Zeit im Blick hatte, entgegengesetzt war.[2]

*

„Nicolás de Vergera hat leider sein Modell und die Entwürfe für die Altäre schon vorgelegt, und ich habe ihm 1578 Maravedi dafür bezahlt", sagte Diego de Castilla zu Herrera. Der Dekan drehte Domenikos' kleines Modell in seinen Händen und betrachtete es mit größtem Interesse.

Während zwischen dem Finanzier, dem Architekten und dem Bildschnitzer von Santo Domingo el Antiguo dieses Gespräch stattfand, wanderte El Greco, der zukünftige Maler des Klosters, allein durch die

1 In Manila

2 Erster Bezug auf das von Greco viel später gemalte Bild „Blick auf Toledo", Metropolitan Museum, New York, USA. Auf einem anderen Bild, das Toledo zeigt, steht der Alcázar auf der falschen Seite von der Kathedrale aus

engen, von Mauern eingefaßten Straßen von Toledo. Wer ihn beobachtete, wie er so geistesabwesend und ziellos umherlief und hier und da die Wand eines Hauses berührte, hätte denken können, er wäre betrunken. Es war, als ob die Straßen Ball mit ihm spielten. Er drehte sich einoder zweimal um und hielt Ausschau nach Preboste, nur um festzustellen, ob auch sein treuer Diener auf eigene Faust losgegangen war, um mit großer Wahrscheinlichkeit ein Quartier für sie beide zu suchen.

Seit er die Stadt Toledo betreten hatte, befand er sich in einer eigenartigen Stimmung. Seine Sinne waren verwirrt, ein Bild jagte das andere; er sah Farben in verschiedenen Punkten und Formen, die vor seinem inneren Auge tanzten. Nie hatte er irgendeine Stadt malen wollen, weder Venedig noch Rom mit all ihrem Reichtum und ihrer Pracht; von Toledo aber war er so fasziniert wie einst in seiner Kindheit von Kandia.

Es war Abend geworden, und er hatte ein wenig Wein zum Abendessen getrunken; doch es war weniger der Wein als die Stadt selbst, die ihn berauschte. Dieses Gefühl des Rausches, das zuerst nur auf das Visuelle beschränkt war, beherrschte jetzt sein ganzes Wesen.

So wanderte Domenikos durch die Dunkelheit, über das holprige Pflaster, das noch von den Mauren stammte, und ertastete sich den Weg mit den Händen. Vielleicht hätte er bei seinen Freunden bleiben sollen, doch Greco zog es vor, sich von ihnen, ihrem Rat und Verständnis zurückzuziehen, denn sein größter Wunsch war es jetzt, allein zu sein.

Die Einsamkeit, in der er sich befand, ließ Bilder aus der Vergangenheit lebendig werden: Kandia, Venedig, Rom, Madrid, der Escorial und nun ... Toledo. Ziellos wanderte er umher; seine Augen hatten sich mittlerweile an die Dunkelheit gewöhnt und konnten Unterschiede zwischen den einzelnen Straßen ausmachen. Seit er aus Kandia fortgegangen war, hatte er sich nirgends so richtig heimisch gefühlt, sondern immer nur als Besucher. Diese Stadt aber ergriff schnell und unvermittelt Besitz von ihm. Er spürte, daß sich seine Phantasie und Schöpferkraft hier in Toledo entfalten konnten und eine Heimat gefunden hatten.

Eine schnurrende Katze preßte ihren Körper gegen seine Beine. Domenikos hob das Tier hoch, drückte den weichen Körper an seine Brust und konnte dessen Wärme fühlen. In dieser Nacht verspürte Domenikos zum erstenmal in seinem Leben Sehnsucht nach körperlicher Nähe eines Menschen – er sehnte sich nach der Liebe einer Frau. Er drückte die streunende Katze fester an seine Brust und ging weiter. Das Tier machte es sich auf seinem Arm bequem und begann vor Behagen zu schnurren. Die Dunkelheit hatte seine Augen geschärft, und er lief geradewegs hinunter zum Tajo.

Hier, abseits der engen Straßen und Häuser, war das Mondlicht heller und eindrucksvoller. Domenikos setzte sich auf eine Steinmauer, die

Katze noch immer auf dem Arm haltend. Er war des Nachdenkens müde und wünschte sich die Liebe einer Frau, nicht die auf Vernunft und geistiger Verbundenheit beruhende Kameradschaft eines Mannes. Toledo erinnerte ihn an Kandia. Seine Gedanken gingen zurück nach Kreta, wo er in seinen Kindertagen dieses stille, sanftmütige Verständnis und die Zärtlichkeit seiner Mutter erfahren hatte. Kandia - Toledo ... vielleicht bedeuteten seine Gedanken, daß er für immer hierbleiben sollte.

Als der Morgen heraufdämmerte, fühlte er in sich eine selten zuvor erlebte Verzweiflung und war willens, alle Angebote, die der Tag für ihn bereithalten mochte, anzunehmen. Langsam wärmte die Sonne die Steine, auf denen er saß und auf den Tajo starrte, der zu seinen Füßen dahinfloß. Seine Knochen schmerzten, und er war müde, da er die ganze Nacht über kaum geschlafen hatte. Die Katze schien sich an sein zärtliches Wesen zu erinnern, kam zurück und rieb sich wieder an seinen Beinen, doch Domenikos stieß das Tier brutal beiseite, so daß es mit einem erstaunten Aufschrei das Weite suchte.

Er war allein; wer hätte vermutet, daß in ihm viele Welten waren, die sich seltsame, wechselnde Kämpfe lieferten, über die er nie mit jemandem sprach. Die Kunst des Schweigens, die ihm schon im Kloster beigebracht worden war, hatte er beibehalten und verinnerlicht.

Domenikos konnte jetzt wieder normal sehen; das mysteriöse Fließen und Verschmelzen von Farben vor seinen Augen hatte aufgehört. Auch die Geräusche, die er hörte, entsprangen tatsächlich seiner Umgebung und kamen nicht mehr aus seinem Innern. Er fühlte sich erschöpft und war in dem Moment nichts weiter als ein junger Mann, der schlecht geschlafen hatte.

Er sah, daß unten am Fluß eine Maschine aufgestellt wurde; die Arbeiter hatten bereits ihr Tagwerk begonnen. Bei diesem Anblick fiel ihm ein, daß der berühmte Juanelo Turriano ein Projekt erarbeitet hatte, mit dem er Flußwasser für die Stadt nutzbar machen wollte. Ein weiteres Projekt sah vor, den Tajo nach Lissabon zu leiten, um auf diese Weise zu einem Schiffahrtsweg zwischen Spanien und Portugal zu kommen. ‚Alles nur Pläne', dachte Domenikos. Welches Projekt würde wirklich Früchte tragen?

Seine Gedanken wanderten zu Herrera. Er war ein so freundlicher Mann und mußte nun, trotzdem er selbst keine Schuld trug, auf seinen Sohn verzichten. Die Natur hatte sich zwar großzügig gezeigt, als sie ihm einen Sohn schenkte, doch eben dieser Sohn war es gewesen, der die Bande der Liebe durchtrennte. Der Vater blieb allein zurück.

Domenikos machte sich auf und ging wieder in die Stadt hinauf. Die stete Anstrengung gab ihm seine Selbstbeherrschung wieder, doch seine tieftraurige Stimmung ließ ihn, auch als er sich schon der Kathedrale näherte, immer noch nicht los.

In dem Moment, wo Greco in die Kathedrale eintrat, fiel alle Rastlosigkeit von ihm ab. Die Luft war erfüllt vom Duft des Weihrauchs, und die Atmosphäre der Andacht und Hoffnung gaben ihm die Ruhe wieder. Vielleicht war es diese gotische Höhe und Erhabenheit, die den Geist zu Gott emporhob und Domenikos veranlaßte, den Kopf zu senken und das Knie zu beugen. Er fühlte, daß seine Seele Gott ganz ergeben war und sich ewig nach ihm sehnte. Verflogen war die Verzweiflung, verbannt durch die enge Gemeinschaft mit Gott, der keine Fragen stellte, nicht nach Gründen suchte, weder Vergangenheit noch Zukunft kannte, sondern einfach da war.

Die Nacht hatte Domenikos arg mitgenommen, da ihm keine Ruhe vergönnt gewesen war. Das kleine Tier mit seiner Wärme hatte ihn verwirrt und sein Blut in Wallung gebracht, so daß er ein unbestimmtes Verlangen nach körperlicher Nähe spürte. Seine Handrücken waren voller Sandkörner, und sein Haar war vom Wind zerzaust. Domenikos fühlte sich wie ein Spielzeug der Natur oder menschlicher Willkür. Er war hilflos und niedergedrückt durch Entscheidungen, die die Mächtigen dieser Welt trafen, offensichtlich nicht bereit, ihm eine Chance zu geben, seine Fähigkeiten als Künstler unter Beweis zu stellen. Doch hier und jetzt, während der Messe in dieser Kathedrale, erlebte Domenikos weder Verwirrung noch innere Unruhe, sondern nur den Widerschein von Gottes ewigem Licht.

Der Mann, der auf dem kalten Steinfußboden kniete, fühlte keinen Widerspruch mehr zwischen seiner Phantasie und seinem mystischen Leben. Sein Verstand strengte sich nicht länger an, die Bilder, die vor seinem geistigen Auge erschienen, einordnen zu wollen – sein menschlicher Geist bewegte sich auf dem Pfad seiner Seele in die Vergangenheit, etwa sechzehn Jahrhunderte zurück, und versuchte, einen kleinen Teil davon zu erfassen, wie der fleischgewordene Geist in körperlicher Form ausgesehen haben mochte, als er auf der Erde war, um sie zu verändern.

Es war wirklich das Gesicht Christi, das Greco jetzt vor Augen hatte, seinen göttlichen Blick des Verstehens, den sein menschliches Leiden nicht trüben konnte. In diesem Augenblick fiel all sein irdisches Leid von ihm ab, und seine Seele war klar wie Kristall.

Nach dem Emporheben des Kelches und der Hostie, durch vielfaches Läuten von kleinen Glocken eingeleitet und beendet, verblaßte das Bild, das er vor Augen hatte.

Sie schien zuerst ein Teil dieser seiner Vision zu sein – war sie nicht die Heilige Jungfrau? War es nicht Maria, die da betete, den tiefblauen Schal um den Kopf geschlungen? Doch nun, da Grecos Blick wieder klar wurde, sah er, daß die Farbe des Schals in Wirklichkeit schwarz war. Eigentlich war es ein Schleiertuch, das sie trug, und kein Schal. Sie kniete neben ihm, er hatte ihr Kommen jedoch nicht bemerkt. Auch als das Rad mit den vielen Glöckchen[1] sich nicht mehr drehte und das Läuten verstummt war, blieb sie an ihrem Platz, noch immer auf den Steinen kniend.

Sie hielt ihren Kopf mehr aufrecht als gesenkt, jedoch ein wenig zur Seite geneigt. Sie erweckte den Eindruck, unglaublich zerbrechlich zu sein, und ihr Profil war außergewöhnlich weich. Dann drehte sie sich mit einer langsamen, unbewußten Bewegung, die scheinbar zu ihrem Gebet gehörte, zu ihm hin. Ihr Kopf verharrte in dieser Position, als ob er von der Kraft seiner Augen festgehalten würde.

Ihr Haar, fast vollständig durch das Schleiertuch verdeckt, schien aschblond zu sein; ihre Augen waren groß und umrahmt von langen, dunklen Wimpern. Sie hatte feuchte, blühende Lippen, die aussahen, als verkörperten sie alles Reifen in der Natur; die Oberlippe war geschwungen wie die Form eines Herzens.

Sie schaute ihn mit weit geöffneten, leuchtenden Augen an, die von langen, gebogenen Wimpern, etwas dunkler als ihr Haar, geschützt wurden. Ihre Augen waren weder traurig noch neugierig. Sie stellten keine Frage und gaben keine Antwort, sondern leuchteten noch immer, gen Himmel blickend, im Gebet.

Allem Anschein nach war sie nichts weiter als ein ganz junges Mädchen, das der Frühmesse beiwohnen wollte – aber in Grecos Augen war sie Maria, über allen Engeln stehend, denn in seinen Gemälden waren nicht alle Engel frei von Fleischeslust; sie aber war unschuldig und über jede Versuchung erhaben.

Sie war wie eine reine Brise an einem Frühlingstag, sanft und ohne Ziel. Sie war wie eine Andacht ohne Erwartung, ein Gebet der Bewunderung und Liebe, und Gott wählte sie aus, Seine Mutter zu sein, und sprach mit ihrer Seele.

Denn sie war unvergleichlich schön.

Domenikos schaute zu ihr hin, er war sich weder der Zeit noch des Ortes bewußt, an dem er sich befand, sondern nahm nur ihre Seele, ihr ganzes Wesen in sich auf. Sein Blick hing an ihrem, und er spürte, daß von ihrem jungen, unberührten Körper ein süßer Duft zu ihm herüberwehte, der ihn streichelte und liebkoste wie der Wind, der Blumendüfte weiterträgt. Und dann begann Greco mitten in seinem Gebet zu lächeln, angeregt durch die Lieblichkeit des jungen Mädchens neben ihm. Seine Augen sandten diesen Gruß weiter aus, und das Lächeln auf seinem Gesicht blieb, sie jedoch drehte langsam ihren Kopf und schaute weg.

1 Noch heute während der Messe in der Kathedrale von Toledo in Gebrauch

Sie kniete noch immer an seiner Seite und las in ihrem Gebetbuch, bis die Glöckchen wieder ertönten. Dann erhob sie sich und ging zum Altar, um die heilige Kommunion zu empfangen. Als sie zurückkam, fand sie einen Platz auf einer Holzbank, wo sie erneut niederkniete.

Greco blieb im hinteren Teil der Kathedrale stehen. Derselbe süße Duft, den er in ihrer Nähe als Teil ihres Wesens wahrgenommen hatte, war noch immer um ihn. Dieser Duft schien jetzt die ganze Kirche zu erfüllen. Er war sicher, daß sie sich dessen bewußt war, wo immer sie auch betete. Mit Freude bemerkte er, daß sie jetzt auf der Holzbank und nicht mehr auf den kalten Steinen kniete. Es war alles so einfach.

Er folgte ihr nicht, als sie schließlich die Kathedrale verließ. Ihre Begegnung hatte, nach der üblichen Zeitmessung betrachtet, nur einige Sekunden gedauert, doch für Greco war es eine Sekunde der Ewigkeit, ohne Anfang und ganz sicher ohne Ende.

Nach seiner Vision vom Gesicht Christi hatte er – endlich – Maria, die Gottesmutter, gefunden. Die spanische Madonna. Wie lange schon war er auf der Suche nach ihr gewesen!

Etwas später verließ auch Domenikos die Kathedrale mit der Gewißheit, ein anderer Mensch zu sein. So hatte Dante Beatrice gesehen und aus einem Blick einen Faden gesponnen, der sich durch sein ganzes Leben zog.

Auf seinem Weg zur Kirche Santo Domingo el Antiguo spürte Greco nicht mehr die spitzen Steine unter seinen Füßen. Sein Schritt war elastisch, und er hatte neuen Mut.

Ein Mann mit niedrigen Motiven hätte sie wahrscheinlich verfolgt und mehr verlangt, den flüchtigen Augenblick festgehalten und alles gefordert, was ihm vorenthalten wurde – doch für El Greco bedeutete dieser eine Blick unendlich viel mehr als Nächte voller Wollust und Hunger nach Sinnlichkeit, mehr als Befriedigung und Entspannung, die ein Mann mit mittelmäßigem Verstand und Gemüt sich durch eine Frau verschafft.

*

Domenikos brauchte für den Fußweg von der Kathedrale zum Kloster der Zisterzienserinnen etwa zehn Minuten. Früher hatte dort einmal eine kleine Kapelle aus maurischen Ziegeln gestanden. Sie war auf Befehl des Dekans Diego de Castilla niedergerissen worden, und an ihrer Stelle wurde nun die Kirche Santo Domingo el Antiguo errichtet.[1]

Der Sommer hatte endgültig über den Frühling gesiegt, und Domeni-

1 Wiedererrichtet von Februar 1576 bis September 1579

kos war in gehobener Stimmung und begierig darauf, ein großes Werk zu beginnen. Die Maurer waren schon bei der Arbeit; die rauhe Außenfassade des Querschiffs wurde mit Löschkalk behandelt und dann mit kleinen schwarzen Steinen verziert.

Man konnte bereits sehen, daß der Stil mehr von Juan de Herrera als von irgendeinem anderen Künstler geprägt war. Herrera, der im Auftrag des Königs die südländische Fassade des Alcázar in Toledo vollendet hatte, war nun hierher gerufen worden, um die Pläne für diese Kirche abzuändern und sie seinem eigenen strengen Stil anzupassen. Im August 1577 wurde ein Vertrag unterzeichnet, in dem sich die Maurer verpflichteten, die Kirche entsprechend dem Entwurf Herreras zu bauen, und im September 1577 bekam Monegro schließlich den Auftrag, die Altäre gemäß den Entwürfen eines gewissen Domenikos Theotokopoulos zu schnitzen.

Bis Greco sich als in Toledo etabliert betrachtete, vergingen viele Monate, in denen es etliche Diskussionen und Auseinandersetzungen gab. Die ganze Angelegenheit war nicht so einfach wie es nach Herreras Worten vielleicht aussah, da die Geldmittel, die die verstorbene Priorin hinterlassen hatte, für das Vorhaben nicht ausreichten. Endgültige Entscheidungen traf in jedem Falle der mächtige Dekan de Castilla, der die Kirche hauptsächlich mit eigenen Finanzmitteln erbauen ließ.

Domenikos war in Rom mit dem Bruder de Castillas bekannt gewesen und hatte von ihm einen Empfehlungsbrief, der an den mächtigen Dekan gerichtet war, bekommen. Er hatte den Brief Herrera anvertraut, denn er war sicher, daß der einflußreiche Architekt alles in seinen Kräften stehende tun würde, um ein gutes Wort für ihn einzulegen. Zu jener Zeit standen jedoch nicht einmal die Pläne für die Kirche fest. Die Bautätigkeit machte nur sehr langsam Fortschritte und war noch weit von dem Punkt entfernt, wo man mit den Schnitzarbeiten an den Altären beginnen konnte. Die Aussichten, hier eine Anstellung zu finden, waren also im Moment sehr gering.

Als Domenikos so dastand und die Arbeiter beobachtete, erschien plötzlich Preboste mit einem strahlenden Lächeln auf seinem gutmütigen Gesicht. „Meister, ich habe Zimmer gefunden – und einen Keller. Bitte komm gleich mit, denn es ist wirklich schwierig, in Toledo eine geeignete Unterkunft zu bekommen. Diese Stadt scheint nur aus Kirchen und Klöstern zu bestehen – doch ich habe zum Glück einen Platz gefunden, wo du in Ruhe malen kannst."

Er nahm Domenikos beim Arm und drängte ihn – halb ziehend und halb schiebend – vorwärts. Als das Wort „malen" über seine Lippen gekommen war, änderte sich Grecos Haltung unvermittelt, und beide liefen nun schnell, meist hintereinander, durch die engen Straßen.

Es war ein eigenartiger Zufall, daß Preboste ihn in die Nähe der Stelle führte, wo er die Nacht verbracht hatte. Sofort erkannte er die gleiche Aussicht über den Tajo, die ihn in den frühen Morgenstunden so fasziniert hatte. Jetzt war es Mittag, die Sonne stand hoch, und die Stadt flimmerte vor Hitze.

„Die ganze Häuserreihe gehört dem Marquis von Villena. Vor etwa zwanzig Jahren wurden einige Häuser niedergebrannt. Ich habe auch gehört, daß hier zwischen 1360 und 1370 ein Jude namens Samuel Levi von den Männern Peters des Grausamen ermordet wurde. Er soll den König bestohlen haben. Es wird erzählt, daß später ein Marquis von Villena in den riesigen Kellern, in denen der Jude seine Schätze versteckt haben soll, eine alchimistische Werkstatt eingerichtet hat."

Da Greco nichts erwiderte, fuhr Francesco Preboste fort: „Alle diese Umstände machen es natürlich schwierig, diese Gebäude zu vermieten, so daß es mir gelang, sie zu bekommen. Später, wenn Toledo gelernt haben wird, dein Werk richtig zu schätzen, Meister, kannst du den ganzen nahegelegenen Palast mieten. In der Zwischenzeit könnten wir die beiden Zimmer, die ich genommen habe, nutzen und unsere Sachen im Keller aufbewahren. Das würde im Moment völlig ausreichen, und die Miete beträgt nicht mehr als fünfzig Real."

Domenikos war zu sehr von einem Bild in Anspruch genommen, das vor seinem geistigen Auge Gestalt annahm, und ging deshalb nicht auf die Vorschläge seines Dieners ein. Durch das Fenster konnte er den Palast sehen und war recht zuversichtlich, daß er bald in der Lage sein würde, die darin befindlichen riesigen Räume zu mieten. Bis dahin ging es nur um eines: Arbeit zu bekommen. Es war gut, daß der praktische Preboste diesen Platz gefunden hatte, wo sie nun ihre Habe lassen konnten. Das Problem der Unterkunft war somit schnell gelöst. Sie gingen zusammen hinaus, um ein paar Leinwände zu kaufen. Dann machte sich Preboste daran, Farben zu bereiten, während Greco rasch die Umrisse eines Bildes mit Kohle auf die Leinwand zeichnete.

Er würde „Mariä Himmelfahrt" malen, und im Geiste konnte er sich das Bild schon über dem Hauptaltar der Kirche von Santo Domingo el Antiguo vorstellen. Als Vorbild für sein Werk würde er natürlich Tizians „Mariä Himmelfahrt" nehmen. Dieses Gemälde, das in der Frari-Kirche in Venedig hing, war die brillanteste Darstellung, die er von diesem Thema kannte.

Als er mit seiner Arbeit begann, dachte er an das wunderschöne Mädchen, dem er am Morgen in der Frühmesse begegnet war und das ihn allein, betend und meditierend, in der Kirche zurückgelassen hatte. Er würde sie gern als Madonna darstellen, wenn er könnte. Aber ihr Gesicht war so typisch spanisch, so völlig neu für ihn, der noch immer in italienischen Bildern dachte, daß er sie würde bitten müssen, ihm Modell zu sitzen, wenigstens einmal. Er würde sie nicht aus dem Gedächtnis malen können.

Das Gemälde nahm schnell Gestalt an, und Domenikos war so vertieft in seine Arbeit, daß er Preboste, der etwas zu essen hereinbrachte, gar nicht beachtete. Seine schöpferischen Kräfte strömten nur so aus ihm heraus, so wie am Morgen sein Gebet gen Himmel. Seine freudige Erregung hielt noch immer an.

Er hatte die Skizze vor Augen, mit deren Hilfe er sich Tizians ‚Himmelfahrt' in seinem Gedächtnis eingeprägt hatte – die Apostel sind Zeugen des Aufsteigens Marias in den Himmel, ihr Gewand ist bewegt und schwebend und wird von Engeln gehalten. Grecos Heilige Jungfrau nahm eine andere Gestalt an, sowohl in der gedanklichen Vorstellung als auch in der bildlichen Ausführung: ihr Gewand ist glatt, unbewegt und eng am Körper anliegend, sie steht etwas isoliert und wird von den sie umgebenden Engeln nicht berührt. Bei Greco können die Apostel nicht den offenen Himmel sehen. In diesem Abschnitt des mystischen Ereignisses waren sie nur voller Ehrfurcht und wunderten sich über das leere Grab, was in ihren Bewegungen Ausdruck fand. Zwischen Maria und die Apostel malte er eine Wolke, um die Teilung zwischen Himmel und Erde hervorzuheben.

Tagelang malte Greco fast ununterbrochen und wie besessen. Während solcher intensiver Schaffensperioden aß und schlief er sehr wenig. Nachdem er mit seiner Arbeit bereits gut vorangekommen war, verspürte er den starken Wunsch, Herrera diesen neuen Beweis seines Könnens zu zeigen. So beauftragte er Preboste, den Architekten, und wenn möglich auch Monegro, herbeizuholen. Zwei Tage, nachdem sie die Nachricht erhalten hatten, kamen sie. Das Bild war zwar noch nicht fertig, Greco hatte es jedoch schon signiert und mit Datum versehen.

Herrera, der vor der Leinwand stand, sagte: „Der Vertrag wird den Auftrag über acht große Gemälde zum Inhalt haben. Ich gehe davon aus, daß Castilla keine weiteren Gegenargumente haben wird, wenn er das hier sieht. Im Vertrag werden bestimmte Bedingungen festgeschrieben, die an eine Arbeit in der Kirche Santo Domingo el Antiguo geknüpft sind.

Als erstes mußt du dich verpflichten, alle acht Bilder selbst zu vollenden. Kein anderer Maler darf dir dabei zur Hand gehen. Ferner wird von dir verlangt, die Gemälde hier in Toledo anzufertigen. Du darfst sie auch nicht mitnehmen, wenn du die Stadt verläßt. Schließlich sollst du auch deine Entwürfe für Skulpturen vorlegen, die den Altar von Santo Domingo el Antiguo zieren und zwei Propheten und drei Tugenden darstellen sollen. Ein besonders schönes Modell für das Tabernakel wird ebenfalls von dir erwartet."

„Ich will arbeiten", sagte Greco, „und werde gern fast jede Bedingung erfüllen, die der Dekan festlegt, wenn mir erlaubt wird, diese Gemälde für die Kirche mit meinem Namen zu versehen."

„Die Bezahlung, die du dafür erhältst, wird eintausend Dukaten nicht überschreiten. Außerdem soll für den Altar dein Modell genutzt werden, ohne daß du dafür eine Vergütung bekommst. Diese Regelung erscheint mir gerecht, denn ich habe dich dazu inspiriert", fuhr Herrera fort, während sein Blick auf dem Gemälde ruhte. „Die Bezahlung wird an Monegro gehen, der den Altar ausführen soll. Hernando de Avila hat bereits eine gewisse Summe erhalten, so daß du für deine Mitarbeit am Altar keine weitere Vergütung erwarten kannst. Bist du damit einverstanden?"

„Gewiß."

Monegro hatte die ganze Zeit geschwiegen; seine Aufmerksamkeit galt zu einem Teil den Worten Herreras, zum anderen dem Bild Grecos, das offensichtlich seine ganze Bewunderung fand. Doch jetzt warf er ein: „Ich denke, es ist nicht sehr schmeichelhaft für mich, daß in meinem Vertrag festgelegt ist, ich solle nur deine Zeichnungen zur Ausführung bringen. Doch muß ich sagen, daß wir beide während deines Aufenthaltes im Escorial gut zusammengearbeitet haben; du hast Ideen und bist voller Inspiration, und vielleicht bist du der bessere Künstler. Aber, lieber Freund, du wirst mir hoffentlich verzeihen, wenn ich sage, daß Maria auf deinem Bild mit etwas eingehüllt ist, das wie ein Sack aussieht. Meiner Meinung nach verkörpert diese wunderbare Madonna ohne Schleier und ohne ein Lächeln weder Leid noch Freude. Kannst du nicht besser malen, Greco, wenn du die reinste und lieblichste aller Frauen darstellst?"

Nachdem Domenikos den beiden Freunden versprochen hatte, eine Liste und Zeichnungen für alle acht Gemälde anzufertigen, gingen sie; Greco blieb zurück und betrachtete noch einmal sein Bild „Mariä Himmelfahrt"[1] unter Berücksichtigung des freimütigen Urteils, das sein Freund abgegeben hatte. Er sah das Bild jetzt so, als hätte es ein Fremder gemalt.

Es stimmte vielleicht, dachte er, daß seine Aufmerksamkeit fast ausschließlich der Gruppe der Apostel gegolten hatte und weniger der himmlischen Versammlung, die Maria umgab. Jeden einzelnen Apostelkopf hatte er mit größter Sorgfalt gemalt; einer verkörperte Meditation, ein anderer Anbetung, ein dritter Lobpreisung. Jeder hatte einen bestimmten Gesichtsausdruck und sandte durch die Art, wie er den Kopf hielt, eine Botschaft aus. Doch alle Apostel, ob vollendet oder nur skizziert, verkörperten italienische Typen.

Viel wurde durch die Haltung ihrer Hände gesagt. Frömmigkeit und

1 Prado, Madrid

Ehrfurcht drückte der Maler besonders durch die Figur des Hl. Andreas aus. Seine Augen waren geschlossen, die fein geschwungene Adlernase deutlich gezeichnet und in edler Harmonie mit dem weißen Bart. Seine rechte Hand lag auf seiner Brust.

Mittel- und Ringfinger waren an dieser Hand zusammengelegt und bildeten das Zeichen, das der Hl. Franziskus gegeben hatte. Eines Tages, nahm sich Greco vor, würde er ein Bild des „Hl. Andreas und des Hl. Franziskus" malen. Auf dem Bild „Himmelfahrt" hatte er die rechte Hand des Hl. Andreas allerdings unbewußt mit dem geheimnisvollen Zeichen versehen.

Er mußte daran festhalten, um der Vergangenheit Achtung zu zollen und ein Gelöbnis für die Zukunft abzulegen. Er verstand es als Versprechen an sich selbst, getreu der geistigen Botschaft zu leben, die er als Junge empfangen hatte. Wieder einmal hatte dieses mystische Zeichen auf sichtbare Weise geholfen; Greco stand da und betrachtete das erste Bild, das er in Toledo gemalt hatte, und war sich sicher, daß es ihm irgendwann öffentliche Anerkennung einbringen würde.

Als er die genaue Betrachtung der Apostelgruppe fortsetzte, merkte er, daß jedes dieser Gesichter auf eine Person zurückging, die er in Italien getroffen oder auf italienischen Gemälden gesehen hatte. Das Bild selbst war eigentlich nur „von Männern geprägt" und die darauf dargestellte Frau, die Heilige Jungfrau, verkörperte in der Tat nur eine Idealfigur. Monegro hatte recht – es war nichts Liebliches oder Bezauberndes an ihr.

Bisher war Kunst für ihn in erster Linie Männersache. Die italienischen Frauen setzte er mit sinnlicher Liebe gleich, was wiederum in schroffem Gegensatz zu seiner ganzen religiösen Erziehung stand. Sinnliche Versuchungen hatten für ihn praktisch nicht existiert. Alle seine Kenntnisse über das Leben, jeder starke Eindruck sowie seine künstlerische und geistige Bildung beruhten auf der Freundschaft oder dem bloßen Kontakt zu Männern. Aus diesem Grunde konnte er keine Frauen malen – er hatte sich nie Gedanken über sie gemacht.

Als Greco nach Gründen und Ursachen für seine Inspiration forschte und nach Wegen suchte, um die Schwächen, denen er sich in seiner schöpferischen Arbeit gegenübersah, zu überwinden, wehte plötzlich eine sanfte Brise durch das Fenster und umspielte sein Gesicht. Er spürte dadurch, daß sein Gesicht voller Schweiß war, nahm ein Taschentuch und wischte sich über Stirn und Wangen. Danach hielt er das offene Taschentuch geistesabwesend in seiner Hand. Es war eigenartig: Er konnte ganz deutlich ein Gesicht darauf erkennen.

Das Antlitz war umrahmt von langen, dunklen Haaren mit dem Scheitel in der Mitte. Sie umspielten in sanften Wellen die Schläfen rechts und links und gingen dann in einen sehr dunklen Bart über. Die Augen waren weit geöffnet, dunkel und unergründlich. Über seine Stirn, unter dem dunklen Haaransatz, floß Blut und erinnerte Greco daran, daß er genau dieses Bild schon mehrmals in seinem Leben, im Gebet oder im Zustand der Verzweiflung, vor Augen gehabt hatte.

Es wurde ihm bewußt, daß er das Gesicht Christi, das „Heilige Gesicht"[1] gesehen hatte. Vielleicht sollte er es gleich jetzt malen?

Er blickte wieder auf sein fast vollendetes Werk, sah aber immer noch das Gesicht Christi vor sich. Er konnte im Moment nichts an den Linien oder dem Gesichtsausdruck der Jungfrau ändern, weil die neue Vision ihm viel näher war. Mit zitternden Händen und erstaunt über die Art seines neuen Unternehmens begann er, das „Schweißtuch der Veronika" zu malen. Darauf war das Gesicht Christi zu sehen, wobei die Falten des Materials überhaupt nicht störend wirkten, weil ihm das Gesicht in seiner Vision so erschienen war: Das Heilige Gesicht auf dem Tuch, doch an manchen Stellen auch dahinter oder darüber hinausgehend.

*

Unter den Bildern, die El Greco aus Italien mitgebracht und Juan de Herrera bereits gezeigt hatte, war eine mittelgroße Darstellung der „Entkleidung Christi". Es war auf Holz gemalt und stammte aus der Zeit, als Greco bei Tizian Vecelli in die Lehre gegangen war.

Mittlerweile hatte Preboste, der bei interessanten Neuigkeiten immer über mehr als zwei Ohren und mehr als ein Augenpaar verfügte, herausgefunden, daß die Domherren der Kathedrale von Toledo beabsichtigten, ein großes, für die Sakristei der Kirche bestimmtes Gemälde in Auftrag zu geben.

Der Bau der Kathedrale, eine der schönsten in Spanien, war im elften Jahrhundert begonnen und im dreizehnten Jahrhundert fortgeführt worden. Sie stellte ein ständig wachsendes Konglomerat verschiedener Kapellen und Altäre dar, die zwar teilweise fertiggestellt, aber trotzdem immer wieder durch neue Bauten ergänzt wurden. Wer auch immer die Kathedrale betrat, war fasziniert von der Schönheit der gotischen Architektur.

Greco, der nun fieberhaft arbeitete, vermied es, noch einmal zur Frühmesse zu gehen. Zum erstenmal in seinem Leben fühlte Domenikos, daß es von großer Bedeutung für ihn war, die Frau, die einen solch tiefen Eindruck auf ihn gemacht hatte, nicht wiederzusehen. Ihre kurze Begegnung ließ ihn nicht los; er empfand sie als etwas sehr Wichtiges in all

1 „La Santa Faz"; Greco malte mehrere Versionen davon

diesen Tagen und wollte sich innerlich nicht davon trennen. Er wollte auch Toledo nicht verlassen, bevor seine Arbeit in der Kirche Santo Domingo el Antiguo nicht beendet war.

Auf der einen Seite hatte er Herrera ein Versprechen gegeben, an das er sich, seinem Stolz als Künstler verpflichtet, gebunden fühlte; auf der anderen Seite gab es da einen geheimnisvollen Gleichklang zwischen ihm und diesem fremden Mädchen. Er hatte den Entschluß gefaßt, erst wieder zur Morgenmesse zu gehen, wenn er offiziell den Auftrag erhielt, das Gemälde für das Domkapitel der Kathedrale zu schaffen.

Grecos Leben war mit dem eines Seiltänzers vergleichbar ... er tanzte auf dem dünnen Seil seiner mystischen Intuition, machte einen Fehltritt, fing sich wieder und lief dann in dem Gefühl weiter, seine geistige Botschaft ganz oder teilweise weitergeben zu müssen. Zu diesem Zeitpunkt war er davon überzeugt, daß seine „spanische Madonna" jeden Tag zur Frühmesse ging und darauf wartete, daß auch er wieder käme. Er glaubte fest daran, bald wieder ihre Stimme hören zu dürfen, nicht nur in seiner Phantasie, sondern in Wirklichkeit.

Doch er durfte ihre Nähe nicht suchen, ohne die zwei wichtigen Verträge, um die er kämpfte, mit Sicherheit in der Tasche zu haben. Er wollte nicht als armer Fremder, Vagabund oder Träumer vor ihr stehen, sondern als ein Künstler, der damit betraut ist, den Geist von Toledo in angemessener Form zum Ausdruck zu bringen. Er wollte dem wunderschönen Mädchen nicht als Dieb begegnen, der das Geheimnis ihrer Gemeinschaft mit dem Schöpfer stahl, nicht als einer, der das tiefste Wesen ihrer Seele entdeckt hatte und sie nun dazu drängte, es vorbehaltlos offenzulegen. Waren sie nicht im Gebet, als sie nebeneinander vor Gott gekniet hatten, vereint gewesen?

Greco glaubte ganz fest an Zeichen und Symbole, ein Glaube, den er seit jener Nacht, als sein Freund Pater Franziskus in Kandia gestorben war, niemals vor sich selbst in Frage gestellt hatte. So zweifelte Greco keinen Augenblick daran, daß sein Werk zum Ruhme Gottes für die Kathedrale, in der er sie gesehen hatte, ausgewählt würde. Doch um das zu erreichen, mußte er die besten Geister Toledos dazu bringen, seine Leistungen anzuerkennen und ihm Vertrauen zu schenken.

„Francesco", sagte er, „bitte halt dich bereit, mich heute zu begleiten. Wir werden nicht eher nach Hause zurückkehren, bis unser Tagwerk vollbracht ist. Nimm das Bild aus Venedig, die „Entkleidung Christi", sowie das „Heilige Gesicht", das ich vor ein paar Tagen gemalt habe. Geh vorsichtig damit um und achte darauf, daß die Leinwand völlig trocken ist. Wir kommen nicht eher zurück, bis wir unseres Sieges sicher sein können. Und du, mein guter Freund, wirst dich so benehmen, als wäre ich wirklich dein Meister und du mein Sklave. Dann denkt der Dekan vielleicht, ich bezahle dich mit Gold ... wohingegen ..."

Francesco, der gerade dabei war, die Werkstatt zu säubern, hob den Kopf. Seine treuen braunen Hundeaugen drückten Zuneigung aus, als er antwortete: „Mit Kunst, Domenikos, denn deine Arbeit ist meine Existenzgrundlage, meine Inspiration, meine Religion. Und du, Meister, bist mein Leben ..."

Greco war immer gerührt, wenn der Italiener seine Ergebenheit und leidenschaftliche Liebe so übertrieben zum Ausdruck brachte. Doch diesmal ließ er ihn nicht weiterreden, weil er keine Zeit verlieren wollte.

„Wir müssen noch essen, mein guter Freund. Manchmal denke ich, du verwöhnst mich; ohne deine Hilfe wäre ich wahrscheinlich gezwungen, größere Zugeständnisse zu machen. Dabei mahnst du mich nicht einmal wegen meiner wachsenden Schulden dir gegenüber." Er machte eine Pause und fuhr dann fort: „Wir sind jetzt im Juni des denkwürdigen Jahres 1577. Seit ich in diese Stadt gekommen bin, frage ich mich, welchen Preis ich für die acht Gemälde insgesamt verlangen soll. Ich weiß, ich werde mich entschließen, für ein Honorar von eintausend Dukaten zu arbeiten. Doch du bist gut informiert, Francesco, der Dekan de Castilla hat noch ein anderes Eisen im Feuer. Ich muß von ihm die offizielle Zusicherung erwirken, den Vertrag über das große Gemälde, das für die Sakristei der Kathedrale von Toledo bestimmt ist, zu bekommen. Ich denke, das würde mir später Arbeit für die Gestaltung eines ganzen Altars einbringen. Deshalb werden wir heute die beiden fast fertiggestellten Gemälde sowie das Holzbild aus Venedig in den Palast des Dekans bringen."

Hier hielt Greco wieder inne und half Francesco dabei, das venezianische Bild in ein Tuch einzuwickeln. Dann nahmen sie beide mit größter Vorsicht und Sorgfalt das „Heilige Gesicht" ab. Als das erledigt war, fuhr Greco fort: „Doch bevor wir weitere Vorbereitungen treffen und unsere schwierige Aufgabe in Angriff nehmen, bevor ich versuchen werde, meine Überredungskünste anzuwenden, um den Dekan in unserem Sinne zu beeinflussen, laß uns zusammen niederknien, Francesco, und den Herrn um Kraft bitten."

Wenn irgend jemand in dem Moment in die ärmliche Behausung eingetreten wäre, hätte er die beiden Männer nebeneinander kniend und laut betend vorgefunden. Sie sprachen ein liturgisches Gebet in Italienisch, Greco übernahm die Anrufung und Francesco die Antworten. Danach verharrten beide in stummer Meditation; Greco hielt seine Augen geschlossen und streckte beide Arme aus, während Francesco die Hände gefaltet hielt und den Blick auf den Fußboden gerichtet hatte, um den Meister nicht in seiner Zurückgezogenheit zu stören. Ihre stumme Meditation dauerte länger als die Liturgie. Schließlich erhob sich Greco und sagte: „Komm, ich weiß jetzt, daß wir Erfolg haben werden."

Sie liefen schweigend nebeneinander her; Domenikos sammelte sich und versuchte darüber nachzudenken, wie er das venezianische Original abändern könnte, um es den Erfordernissen in der Kathedrale anzupassen. Bald erreichten sie den Palast, in dem der Dekan Diego de Castilla lebte. Obwohl sie beide ärmlich gekleidet waren und Gemälde trugen, ließ sie der Diener sofort eintreten. Vielleicht hatte ihn das Feuer, das in Grecos Augen aufleuchtete, beeindruckt.

Castilla kam nach wenigen Augenblicken, streckte seine Hand aus und sagte: „Mein Freund, ich heiße dich willkommen. Bedeutet dein Besuch, daß du eine Entscheidung getroffen hast?"

Castilla war ein direkter Nachfahre Peters des Grausamen, ein mächtiger Mann und trotzdem wohltätig. Doch in der Diskussion um die Preise, die für die Gemälde in seiner Kirche gezahlt werden sollten, erwies er sich als entschlossen und unnachgiebig.

Als er den Empfangsraum betrat, versuchte Greco, eine aufrechte, gerade Haltung anzunehmen. Es war keine Bewegung, die soldatischen Respekt demonstrierte, sondern eher die eines Schilfhalms im Wind.

„Ich habe mich entschieden, Eure Exzellenz", antwortete er, drehte sich um und ging auf Francesco zu, der in der demütigen Haltung eines menschgewordenen Maultiers dastand und den dazu passenden Gesichtsausdruck sklavischen Gehorsams aufgesetzt hatte. Castilla sprach italienisch, was eine fließende Konversation ermöglichte.

„Herrera hat Eurer Exzellenz gewiß erzählt, daß ich gegenwärtig dabei bin, Skizzen für alle gewünschten Gemälde anzufertigen, und daß ein Bild, „Mariä Himmelfahrt", fast fertig ist. Eure Exzellenz können es sich anschauen, wann immer es Euch genehm ist. Wir konnten das Gemälde nicht mitbringen, weil es noch nicht völlig fertiggestellt und auch nicht trocken genug ist, um es zusammenzurollen. Und nun, erlaubt bitte, daß ich Euch dieses Bild zeige." Domenikos hielt vorsichtig die Leinwand hoch, auf der das „Heilige Gesicht" zu sehen war, und fuhr dann fort: „Ich habe es vor ein paar Tagen gemalt. Es wäre das neunte Bild und könnte über einem größeren Gemälde, zum Beispiel über der „Dreifaltigkeit", die Eure Exzellenz ebenfalls in Auftrag gegeben haben, seinen Platz finden. Alle diese Gemälde werden zur Verschönerung eurer Kirche Santo Domingo el Antiguo beitragen."

Castilla schwieg, überwältigt von dem Eindruck, den das Bild „Schweißtuch der Veronika" oder das „Heilige Gesicht" auf ihn machte. Das Werk strahlte unmittelbar und stetig Kräfte aus, die einzig und allein ein direkter Ausdruck einer echten religiösen Vision sein konnten. Greco hielt die Leinwand einige Augenblicke in die Höhe und reichte das Gemälde dann Francesco, wobei er dem Dekan einen Blick zuwarf. Dann ging er auf ihn zu und fuhr in seinem weichen, fließenden Italienisch fort: „Ihr seht, daß ich mich beim Malen auf meine Visionen stütze. Eigentlich wollte ich dieses Gesicht gar nicht malen, aber als ich in meinem Innern nach einem ganz anderen Bild suchte, war es plötzlich da wie ein Geschenk des Himmels. Ihr werdet bestimmt verstehen, daß mir kein menschliches Wesen für das „Heilige Gesicht" hätte als Modell dienen können. Dieses, Eure Exzellenz, wird das neunte Bild sein, und ich werde dafür keine Bezahlung verlangen. Es ist mir vom Himmel geschenkt worden, und deshalb werde ich es eurer Kirche Santo Domingo el Antiguo zum Geschenk machen. Doch vielleicht könnte und sollte es besser in der Kathedrale seinen Platz finden?"

Als er das Wort „Kathedrale" aussprach, schaute ihn der Dekan kurz an. Nach diesem listigen Herangehen änderte Greco seine Taktik und sagte: „Ich bin damit einverstanden, alle Gemälde selbst und ohne fremde Hilfe, das Reiben der Farben ausgenommen, anzufertigen. Ich werde Toledo nicht verlassen, bis der Vertrag erfüllt ist. Die angebotene Bezahlung – eintausend Dukaten – akzeptiere ich, möchte aber eine Bedingung stellen. Hier ist sie. Francesco, zeig die „Entkleidung Christi"!

Preboste legte die Leinwand mit größter Vorsicht so hin, daß sie in Sicht blieb, wickelte dann die venezianische Holztafel aus und hielt sie im richtigen Abstand zu den Betrachtern in die Höhe.

„Dieses Bild schuf ich vor Jahren in Venedig. Doch jetzt will ich es ändern. Erstens beabsichtige ich natürlich, es zu vergrößern, um den im Auftrag festgelegten Maßvorgaben zu genügen. Es soll ein Bild voller Leben werden. Ich will Menschen darauf darstellen, meistens jedoch nur ihre Köpfe. Ihre Gesichter sollen Haß, Neid, Neugier, vor allem aber Abscheu vor dem Licht zum Ausdruck bringen. In ihnen wird sich eine große Feindseligkeit widerspiegeln, gleichzeitig aber werden sie Christus wie eine Herde dummer Schafe umringen. Nur der Heiland wird ganz zu sehen sein, auch seine Füße, und die grausame Hand eines Soldaten greift nach seiner Schulter, um sein Gewand herunterzureißen. Ich werde mich nicht als römischer Soldat darstellen, wie ich es in dieser ersten Version tat. Christi Antlitz, das ich in meiner Vision sah, wird mir Inspiration sein, das „Heilige Gesicht" wiederzugeben, das offen ist, den Haß der Menge anzunehmen, andererseits jedoch deutlich macht, daß es bereits über diesen Dingen steht. Der Kopf des Erlösers wird frei von den Zeichen der Dornenkrone sein; Seine Augen wird Er nach oben zum Vater richten und für diejenigen bitten, die sich an Ihm versündigen. Doch um zu all diesem Haß ein Gegengewicht zu schaffen, werde ich zu Seinen Füßen die drei Frauen malen, die um ihn weinen."

Greco machte eine Pause, und der Dekan schwieg. Dann holte der Künstler tief Atem und fuhr mit sehr sachlicher Stimme fort: „Eintausend Dukaten für die acht Gemälde in eurer eigenen Kirche, das neunte umsonst. Ich werde mein Werk bis zur Fertigstellung der Kirche Santo Domingo el Antiguo beenden, wenn . . . wenn Eure Exzellenz mir den Auftrag vom Domkapitel der Kathedrale verschaffen können, das Bild für die Sakristei zu malen: ‚Die Entblößung Christi vor der Kreuzigung': ‚Die Entkleidung'."[1]

Zu seinem eigenen Erstaunen hörte sich der Dekan sagen: „Du bekommst beide Aufträge."

In dem Moment begriff Greco, daß ihm der Weg geebnet war.

*

Zwei Tage später kam der Dekan in Grecos Werkstatt, wo er die „Himmelfahrt" bewunderte und die Skizzen für die anderen Bilder für gut befand und akzeptierte. Am darauffolgenden Tag wurden „Mariä Himmelfahrt" sowie das kleine, in Venedig entstandene Bild auf Holz, die „Entkleidung", den Domherren der Kathedrale vorgeführt, wobei der Dekan Diego de Castilla als Sprecher auftrat. Die große Leinwand, auf der die „Himmelfahrt" dargestellt war, fand allgemeinen Beifall, denn es gab in diesem Werk wirklich nichts vom Zeitgeschmack Abweichendes zu entdecken. Es war ein gelungenes Bild, und alle Anwesenden waren mit der künstlerischen Darstellung nach italienischer Art zufrieden, bis auf den Künstler selbst, der schweigend dastand und sich nicht einmal die Mühe machte, der Diskussion zu folgen, denn er glaubte, den Kampf schon gewonnen zu haben, bevor er überhaupt angefangen hatte. Er schien auch nicht wahrzunehmen, daß Castilla die Meinung vertrat, die drei Marienfiguren dürften auf dem Bild nicht erscheinen, weil sie in dem entsprechenden Abschnitt des Johannes-Evangeliums nicht als anwesend erwähnt wurden, zumindest nicht im Vordergrund des Geschehens.

Am 2. Juli 1577 wurde schließlich der Vertrag vom Künstler und einem gewissen Garcia de Loaysa, der seine Unterschrift im Namen des Domkapitels der Kathedrale gab, unterzeichnet und die erste Zahlung in Höhe von vierhundert Real geleistet. Durch die Zahlung beziehungs-

1 „Die Entkleidung", spanisch „El Expolio", existiert noch heute in der Sakristei der Kathedrale von Toledo

weise Annahme dieses Geldes waren sowohl der Künstler als auch das Domkapitel an den Vertrag gebunden, wie es damals üblich war.

Jedermann außer Greco hätte an diesem Punkt wahrscheinlich einen Seufzer der Erleichterung ausgestoßen, doch er bedankte sich nur kurz bei Castilla und verließ dann mit Francesco den Raum.

Castilla lächelte; er hatte einige kritische Bemerkungen und Bedingungen, die formuliert worden waren, erwähnen wollen: „Keine Köpfe hinter dem Heiland – keine Helme, nichts, was die Kraft und Stärke der göttlichen Figur Christi herabsetzen würde. Die drei Frauenfiguren sollten weggelassen werden, denn es wäre undenkbar, daß sich die Kathedrale von Toledo mit einem Bild schmückt, das nicht mit der Überlieferung des Evangeliums übereinstimmt." Doch als der gute Dekan gerade damit beginnen wollte, das Thema in Italienisch anzuschneiden, merkte er, daß der Künstler überhaupt nicht zuhörte. Es gab nun nichts mehr, was das Feuer seiner jugendlichen Begeisterung hätte löschen können, ohne vielleicht das schöpferische Werk, das in seinem Kopf schon Form angenommen hatte, zu zerstören. Und dann waren Domenikos und Francesco Preboste auch schon verschwunden. Nur für einen kurzen Moment hörte er ihre eiligen Schritte und es klang, als ob sie sich auf wilden Pferden entfernten.

„Hier hast du das Geld", sagte Greco. „Geh und kauf Leinwand. Kauf genug davon, denn ich denke, daß ich in dieser Stadt noch eine ganze Menge Arbeit haben werde. Behalt den Rest des Geldes, ich glaube nämlich, daß du besser darauf aufpassen wirst, als ich es tun würde. Francesco, mein Lieber, ich ernenne dich hiermit für jetzt und alle Zeit zu meinem Schatzmeister. So, nun geh schnell los und bring mir mehr Farben, Kerzen und genügend Bindfaden. Vielleicht kannst du auch einen Holzkasten oder besser noch ein paar Leisten auftreiben, so daß ich die Figürchen, die ich zur Vorbereitung dieses Bildes brauche, aufhängen kann. Mein guter, alter Tintoretto, ich werde immer und ewig an dich und deine sonderbaren Marionetten denken, mit denen du deine Gemälde in Szene gesetzt hast. Diese Nacht, Francesco, werden wir die Leisten im Keller anbringen. Vergiß nicht, auch einen Hammer zu beschaffen und denk daran, daß die Leisten groß genug für die Kellerdecke sein müssen. In der Zwischenzeit werde ich sofort damit beginnen, die Figuren zu schnitzen oder zu formen. Es wird eine wunderbare Nacht werden – und – vielleicht nennen sie mich später einmal . . ."

„Psst", sagte Preboste und unterbrach damit seinen Freund, so daß das Wort „Magier" nicht mehr über seine Lippen kam. Die Vorsicht war berechtigt, denn es war schließlich die Zeit der Inquisition, vor der kein Mensch sicher war.

*

Preboste kam mit allem, was ihm Greco zu kaufen aufgetragen hatte, nach Hause. Der Schweiß rann ihm über's Gesicht, und trotzdem beeilte er sich noch. Domenikos schaute einmal kurz von seiner Arbeit auf, als einige spanische Jungen, die genauso schwitzten wie Preboste, die Leisten in den Keller brachten. Domenikos hätte gern gewußt, wie sich Preboste wohl verständlich gemacht hatte, da er des Spanischen noch weniger mächtig war als er selbst. Als es Abend wurde, waren die Leisten angebracht und die Bindfäden geschickt daran festgebunden, so daß die Enden nach unten hingen und Domenikos die Figuren daran befestigen und sie im Schein der Kerzen bewegen konnte.

Zuerst hatten die Jungen das Haus mit dem üblen Ruf nicht betreten wollen, doch dann hatte einer mit dem Finger auf ihn gezeigt und gefragt: „Du Griego?"

Und Domenikos antwortete in Italienisch: „Ja, ich bin Greco." Dies war und blieb sein Beiname, nicht nur im Volk, sondern auch in den führenden Kreisen Toledos. Der Name taucht sogar in Urkunden auf und erinnert immer an die Geschichte eines griechischen Malers, der in Italien seine Ausbildung erhielt.

Als sie sich daranmachten, die Leisten anzubringen, sagte Domenikos zu Francesco: „Ich werde ihnen zeigen, was El Greco alles kann."

Doch als nach einer weiteren mit Arbeit ausgefüllten Nacht der Morgen heraufdämmerte, hatte er keine ruhige Hand mehr – die anstrengenden Arbeiten hinterließen ihre Spuren. Er hatte Maße für die Leinwand genommen und grob geschnitzte Holzklötzchen und Wachsfiguren hergestellt, um die „Entkleidung" in Szene zu setzen.

Francesco beobachtete seinen Meister und sagte: „Und bei all der vielen Arbeit hast du dir nicht einmal ein Frühstück gegönnt. Obwohl wir nun genügend Geld haben, um uns etwas zu leisten und gut leben zu können, habe ich vergessen, Lebensmittel einzukaufen. Wir haben nur Wein und trockenes Brot im Haus." Sie schwitzten und waren schmutzig von der Arbeit, und zu seinem Erstaunen sah Preboste, daß Domenikos schnell und mehr trank, als es seine Gewohnheit war. Eine Hitzewelle schoß ihm ins Gesicht und plötzlich sah er, in seiner Art normalerweise introvertiert und religiös, einfach wie jeder hübsche junge Mann aus, der lieben wollte und auch bereit war, für seine Liebe zu kämpfen.

Domenikos bohrte seine weißen, regelmäßigen Zähne in das dunkle, harte Brot und sagte dabei: „Mein lieber Francesco, ich habe mit dir so viele Stunden, gute und böse, geteilt. Ich kann deshalb mein Geheimnis nicht mehr für mich behalten und muß es dir, der du mein Freund bist, anvertrauen. Zum erstenmal in meinen nunmehr sechsunddreißig Lebensjahren habe ich ein Auge auf eine Frau, eigentlich ein Mädchen, geworfen. Sie hat meine Gefühle aufgewühlt, meine Seele bezaubert und – den Künstler in mir in Begeisterung versetzt. Ich habe noch nie mit ihr gesprochen, und doch muß ich immerzu an sie denken. Und nun, da ich El Greco bin, mit dem diese Stadt zwei wichtige Verträge abgeschlossen hat, werde ich weder nach Schlaf noch nach weiteren Ehrungen trachten, bis ich sie endlich wiedergesehen und ihre Stimme gehört habe, nicht nur in meinen Träumen, sondern in Wirklichkeit."

Preboste war daran gewöhnt, jede Entscheidung, die Domenikos traf, zu akzeptieren, und er würde nicht einmal heimlich Kritik daran üben. Er war in der Tat so sehr Teil des Lebens seines Meisters, daß er sogar schon begonnen hatte, seine Gewohnheiten nachzuahmen. Bisher hatte Domenikos Frauen nur mit den Augen des Künstlers gesehen und keinen Gedanken weiter an sie verschwendet. Doch jetzt, da Preboste diese Worte hörte und der von ihm hochverehrte Meister plötzlich offen davon sprach, an einem Mädchen Gefallen gefunden zu haben, besann sich der Italiener darauf, daß auch er ein lebendiger Mann war und einer Rasse entstammte, von der es hieß, sie wäre feurig und temperamentvoll. Er nahm einen großen Schluck Wein, begann zu lachen, wobei er seine sonst übliche respektvolle Zurückhaltung vergaß und antwortete: „Bei Gott, Domenikos, ich muß deinem Freund Monegro beipflichten, daß die Jungfrau auf deinem Bild „Mariä Himmelfahrt" auf keinen Fall schlechter ausgefallen wäre, wenn du von einer lebendigen Frau inspiriert worden wärst."

Als die beiden Männer den Keller, in dem sie die ganze Nacht gearbeitet hatten, verließen und sich auf den Weg zur Kathedrale machten, trafen gerade die ersten Strahlen der Morgensonne auf die kahlen, gelben Felsen zu beiden Seiten des Tajo.

Offensichtlich kostete es sie einige Anstrengung, den Anschein zu erwecken, als hätten sie während der Nacht geruht und nicht gearbeitet. Greco hatte allerhand Wein getrunken, doch spürte er dessen Wirkung nicht mehr. Er fühlte sich nüchtern und war fest entschlossen, sein Ziel zu erreichen. Als Francesco die Kirche, in der die Messe bereits begonnen hatte, betreten wollte, hielt er ihn zurück und sagte: „Nein, wir werden hier warten."

Danach wechselten sie kein Wort mehr. Nach etwa zwanzig Minuten schien die Messe beendet, denn es kamen einige Leute aus der Kirche und gingen an ihnen vorbei. Doch sie war nicht unter ihnen. Hatte seine Intuition diesmal versagt? Es waren nur einige Wochen vergangen, seit er sie zum erstenmal gesehen hatte, und diese ganze Zeit über war er davon überzeugt gewesen, daß sie Gott bitten würde, ihn wiedersehen zu dürfen. Mit dieser Hoffnung im Herzen hatte auch er, Greco, gearbeitet und gebetet. Er hatte in der Überzeugung gelebt, daß die Stunde käme, wo er mit ihr würde sprechen können. Und nun?

Francesco bemerkte, wie das Gesicht seines Meisters weiß und seine Lippen fast blau wurden. Aus seinem Gesicht war jeglicher Ausdruck verschwunden, und es schien sogar, als hätte sein rotblonder Bart die Farbe verloren. Domenikos sah so blaß aus wie die Steinfiguren, die das Portal der Kathedrale schmückten.

Furcht beschlich Prebostes Herz ... was sollte werden, wenn sein Meister das Mädchen nie wiedersähe? Wenn er nun das Opfer einer bloßen Illusion geworden war? Wenn das Gesicht eines hübschen, doch recht gewöhnlichen Mädchens ihn nur hereingelegt und falsche Hoffnungen geweckt hatte? Es wäre unvorstellbar schrecklich, würde jetzt, da Greco zwei wichtige Verträge bekommen hatte, das Feuer seiner Begeisterung durch irgendeinen widrigen Umstand erstickt. Gerade jetzt brauchte er dringend Beistand, wenn nicht gar Erfüllung. Domenikos schien unter einem großen Schmerz zu leiden, der dazu führte, daß alles Blut aus seinem Gesicht und seinen Händen wich. Sie standen rechts und links neben der großen Tür, als der dünne Strom von Menschen an ihnen vorbeiging und dann versiegte. Nun machte Greco einen Schritt vorwärts, als wollte er sich an die Tür lehnen. Mit einer schnellen Bewegung war Preboste bei seinem Freund und stützte ihn, denn es schien, als würde er das Bewußtsein verlieren. Plötzlich hatte Francesco eine Idee: ..."Vielleicht ist sie noch drinnen", sagte er und betrat die Kathedrale.

Vor seinen Augen tat sich das hohe, gotische Kirchenschiff auf; hier und da sah er betende Menschen. Schließlich entdeckte Francesco das Mädchen. ‚Das muß sie sein', dachte er.

Sie kniete in einer der vielen Seitenkapellen vor einer Statue aus weißem Marmor, die „Nuestra Señora la Blanca"[1]genannt wurde. Das Mädchen war völlig in sich zusammengesunken und wurde offenbar von einem heftigen Schluchzen geschüttelt. Eine ältere Frau versuchte nach besten Kräften, sie hochzuheben oder wenigstens zu stützen und zum Hinausgehen zu bewegen. Zu dem Zeitpunkt befanden sich in jenem Teil der Kathedrale keine weiteren Personen. Das Schluchzen schüttelte den gesamten Körper des Mädchens, und die Frau, die sich allem Anschein nach nicht mehr zu helfen wußte, schaute sich suchend nach jemandem um, der den anderen Arm des Mädchens nehmen könnte, um zu verhindern, daß es auf den Steinfußboden zwischen die Holzbänke fiel.

Die ältere Frau gab Preboste zu verstehen, daß sie Hilfe brauchte.

1 „Unsere Liebe Frau, die Weiße", Statue aus dem vierzehnten Jahrhundert, Kathedrale, Toledo

„Guter Mann", sagte sie mit leiser Stimme, „bitte hilf mir, meine Herrin hinauszubringen. Ich werde dich gut für deinen Dienst bezahlen."

Auf der linken Seite von ihrer Zofe, auf der rechten von Preboste gestützt, verließ Doña Jerónima die Kathedrale, wobei sie kaum selbst lief, sondern mehr getragen werden mußte. Preboste war voller Angst, daß sein Meister in der Zwischenzeit den Mut verloren haben könnte und davongerannt war. Obwohl die Last, die sie trugen, wirklich leicht war, erschien sie Francesco seltsamerweise schwer. Doch als er die Tür öffnete, fühlte er sofort eine große Erleichterung, denn Domenikos stand noch da. Seine Augen waren in dem Moment sehr dunkel, und weit geöffnet starrten sie auf die Frau, die sie hinaustrugen. Ihr Schluchzen hatte aufgehört, aber sie zitterte immer noch stark.

Als wenn die große Besorgnis um das Mädchen alle Mauern der Sittsamkeit und Zurückhaltung niedergerissen hätte, warf die ältere Frau einen resoluten Blick auf den jungen Mann, der sehr weiß und sehr schön aussah, und sagte: „Warum weint Ihr, Doña Jerónima, hier ist doch euer junger Mann!"

In diesem Moment öffnete das Mädchen langsam die Augen, ihr Körper begann sich zu straffen und zeigte nur noch letzte Spuren von Ruhelosigkeit. Das Zittern hatte fast aufgehört, so daß ihre Tränen, die wie Morgentau aussahen, an den Spitzen ihrer langen, schwarzen Wimpern hängenblieben. Mit einem Blick auf Domenikos sagte sie sanft: „Ich hatte in der Frühmesse einen Ohnmachtsanfall. Doch jetzt fühle ich mich wieder recht gut."

Greco erhaschte ihr Lächeln und erwiderte es. Das Blut kehrte in seine Wangen zurück, und seine Augen gewannen ihre normale Farbe wieder, ein Braun, das oft den Ton wechselte und in diesem Moment wie Bernstein schimmerte. Er schaute sie jetzt mit vollem Blick an, als wollte er ihre gesamte Persönlichkeit in sich aufsaugen, überzeugt davon, daß sie jetzt und für alle Zeit für ihn die Verkörperung aller Lieblichkeit und Reinheit war, die er vom Himmel erwarten konnte. Er machte eine galante Verbeugung und fragte: „Darf ich die Ehre haben, Euch nach Hause zu begleiten, Doña Jerónima? Ich biete Euch meine Dienste an, damit Euch nicht wieder ein Übel, und sei es das kleinste, widerfährt."

Preboste wunderte sich, woher Greco plötzlich seine Spanischkenntnisse nahm. Gestern noch hatte er vor den Domherren der Kathedrale gestanden und so getan, als wäre ihm deren Sprache völlig unbekannt.

„Ich nehme das Angebot sehr gern an", sagte das Mädchen, senkte seinen Kopf ein wenig und erwiderte so seine Geste.

Nun nahm Greco wieder das Wort und sagte: „Doch zuerst möchte ich mich vorstellen. Ich bin Domenikos Theotokopoulos, genannt El Greco, weil ich aus Griechenland komme. Obwohl ich noch ein Fremder in dieser Stadt bin, wurde ich als Künstler mit der Aufgabe betraut, alle Bilder für die Kirche Santo Domingo el Antiguo zu malen und auch das Hauptgemälde für die Sakristei der Kathedrale auszuführen."

„El Greco . . . Ich habe von Euch gehört, denn euer Name als Künstler ist inzwischen in dieser Stadt in aller Munde."

„Ihr seid sehr liebenswürdig, Doña Jerónima. Nur meine Arbeit und eine . . . eine kleine Schwierigkeit, die ich hatte, den Vertrag zu bekommen, hinderten mich daran, die Morgenmesse zu besuchen. Nichts in der Welt hätte mich sonst davon abhalten können." Während er sprach, gingen sie los und entfernten sich von der Kathedrale. Es war eigenartig, wie sie nun beide – vor wenigen Augenblicken noch in quälender Verzweiflung – leichtfüßig dahinspazierten; weder ihre Schritte noch ihre Stimmen waren von irgendeiner Schwäche oder Unsicherheit gekennzeichnet.

Preboste und die Zofe folgten ihnen in einigem Abstand. Obwohl Preboste nicht – wie sein Meister – plötzlich des Spanischen mächtig war, kamen sie beide einigermaßen zurecht. Im Gegensatz zu ihrer leichtfüßigen Herrin ergänzte die korpulente Frau die dürftige Konversation mit Preboste, indem sie häufig über die maurischen Steine in Toledos engen Straßen stolperte. So kam es mehr als einmal vor, daß Preboste ihren weichen, fülligen Körper an seinem spüren konnte. Dieser Kontakt schuf eine angemessene Distanz zwischen den Dienern auf der einen und Meister und Herrin auf der anderen Seite.

Jerónima sagte: „Wenn Ihr in Toledo noch fremd seid, Don Dome nikos, empfinde ich es als meine Pflicht, Euch einige seiner Geschichten und Legenden zu erzählen." Und als sie so herumspazierten, blieb sie hier und da stehen und erklärte Greco einige Gebäude, bis schließlich der Tajo zu sehen war. Dort hielten sie inne, standen still und blickten auf den Fluß.

„Obwohl mein Name und meine Familie aus Toledo stammen, wohnen meine Eltern in Madrid. Ja, die de las Cuebras, oder wie die neue Schreibweise lautet – de las Cuevas – kommen aus Toledo, doch meine Eltern leben jetzt in der neuen Hauptstadt. Ich bin nur hier, um eine Tante zu besuchen. Nächsten Monat muß ich nach Madrid zurückkehren. Doch ich habe immer das Gefühl, daß diese Stadt hier wirklich meine Heimat ist. Sagt mir, ist sie nicht schön?" Sie hob ihre weiße Hand und zeigte auf den Tajo.

Die Hand war so zart, daß es aussah, als schiene die Sonne hindurch. Und zu seinem Erstaunen stellte Greco fest, daß Doña Jerónima bei dieser Geste den Ring- und den Mittelfinger aneinandergelegt hatte – war es Zufall oder wollte sie ihm damit ein geheimes Zeichen geben? Aber diese Frage, wie so viele andere, würde er nicht stellen, da er wie gebannt von ihr war.

„Schaut, da drüben ist die Brücke des Hl. Martin, unsere schönste Brücke. Ihr Bau begann 1203 und nichts störte ihre friedliche Existenz, bis Peter der Grausame[1], als er gegen seine unehelichen Brüder kämpfte, ihre Zerstörung befahl."

Als sie eine Pause machte, nahm Greco den Faden auf und fuhr fort: „Dann stand Toledo auf der Seite seiner feinfühligen Frau, Doña Blanca de Bourbon. Als die Königin durch diese Stadt reiste, wurde sie auf Befehl Peters des Grausamen festgenommen und auf die Burg von Sigüenza gebracht. Sie war dort die Gefangene ihres eigenen Mannes und setzte ihr ganzes Vertrauen in die tapferen Bürger Toledos. Sie bat ihre Bewacher, in die Kathedrale gehen zu dürfen, um dort außerhalb des Gefängnisses zu Gott beten zu können. Doch kaum war Doña Blanca an dem geheiligten Ort angekommen, weigerte sie sich, ihn wieder zu verlassen und verlangte das Recht auf Asyl. Die Bevölkerung rebellierte zu ihren Gunsten gegen den König; sie wurde in einem Triumphzug auf den Alcázar geführt und bekam den Titel Königin von Kastilien. Doch kaum hatte ihr Mann, der König, von ihrem Sieg gehört, tötete er sie."

„Oh, Ihr kennt Euch in der Geschichte unserer Stadt gut aus", sagte Doña Jerónima mit einem sanften Lächeln. „Ob Ihr wohl auch diesen Teil der Geschichte kennt? Wie gesagt, wurde die Brücke von Peter dem Grausamen zerstört. Im vierzehnten Jahrhundert wurde dann beschlossen, sie wieder aufzubauen. Ein berühmter Architekt wurde mit der Aufgabe betraut, und die Bauarbeiten gingen zügig voran. Wie Ihr seht, ist die Brücke sehr solide gebaut. Zwischen den zwei Türmen, auf beiden Seiten einer, überspannt die Brücke in drei kleinen und einem großen Bogen den Fluß. Als der Bau noch im Gange war, bemerkte die kluge Frau des Architekten, daß ihr Mann nächtelang über den Bauplänen saß. Immer und immer wieder machte er Entwürfe für den Mittelbogen. Die Frau liebte ihren Mann sehr. Sie spürte, daß er nicht nur sehr beschäftigt, sondern durch irgend etwas tief beunruhigt war. Dann, eines Abends, vertraute er ihr seine Sorgen an und erzählte, daß er den Hauptbogen falsch geplant hatte. Sobald das hölzerne Gerüst, das während der Bauarbeiten als Stützwerk diente, entfernt würde, käme es zum Einsturz der Brücke. Dann wäre natürlich sein Ruf als bester Architekt der Stadt ruiniert.

Nun war sie es, die den Rest der Nacht wachlag und grübelte, denn ihr Mann hatte gesagt, daß er die falsche Planung nun nicht mehr revidieren könnte. Am nächsten Abend schüttete sie ihm ein Schlafmittel in den Wein, und während er fest schlief, ging sie hinaus in die Nacht. Es war so dunkel, daß sie wirklich von niemandem gesehen werden konnte, als

1 Peter, genannt der Grausame, 1350 – 1368

sie, mit einer Fackel in der Hand, über die Brücke schlich. Genau in der Mitte der Brücke entzündete sie die Fackel und setzte das Holzgerüst in Brand. Dann lief sie zurück, das Stützwerk begann zu brennen, und sie rannte immer weiter, bis sie ein lautes Krachen hörte, das ganz Toledo aufweckte. Die Brücke war zusammengebrochen. Am nächsten Morgen beklagte jedermann das Unglück. Doch der Architekt machte sich umgehend an die Arbeit, um die Brücke entsprechend seinen korrigierten Entwürfen wieder aufzubauen. Als die Brücke dann fertig war, lobten die Bürger Toledos das Können und Geschick des Architekten. Seine Frau aber war voller Gewissensbisse, warf sich dem Bischof, der die Brücke in Auftrag gegeben hatte, zu Füßen und gestand ihr Eingreifen. Der Bischof verzieh ihr, und wenn Ihr einmal über die Brücke geht, könnt Ihr den Kopf der Frau, am Hauptbogen in Stein gehauen, als Erinnerung an diese Begebenheit sehen."

Greco hatte Jerónimas klarer Stimme aufmerksam gelauscht, doch seine Augen waren dabei immer zwischen dem Panorama des Tajo und dem Mädchen an seiner Seite hin- und hergewandert. Nun sagte er langsam: „Die Opferbereitschaft und der Mut einer Frau sind oft wesentlich, um der Hand des Mannes Kraft zu geben. Kein Mann – nicht einmal Christus – hätte jemals etwas von bleibendem Wert schaffen können, ohne wenigstens einmal in seinem Leben Absolution durch die uneingeschränkte Liebe eines anderen Menschen erfahren zu haben."

Zögernd fuhr er nach einigen Sekunden des Schweigens fort: „Gestern, Doña Jerónima, hat das Domkapitel der Kathedrale über mein Bild ‚Die Entblößung Christi vor der Kreuzigung' – ‚Die Entkleidung' diskutiert. Es wurde zur Bedingung gemacht, daß ich die drei Marienfiguren weglasse, da sie in jenem Abschnitt des Johannes-Evangeliums nicht vorkommen. Der gute Dekan de Castilla versprach, daß alle Forderungen erfüllt würden. Ich gab ihm jedoch keine Gelegenheit, mir etwas über seine Zugeständnisse mitzuteilen. Um die Wahrheit zu sagen: Ich verstand ihre kritischen Bemerkungen recht gut, gab aber vor, sie nicht zu verstehen. Ich will nämlich das Bild genau so malen, wie ich es vor meinem geistigen Auge habe . . . der Erlöser inmitten seiner haßerfüllten Henker, der Sklave zu seinen Füßen, damit beauftragt, die Löcher für die Nägel in das Holzkreuz zu bohren, und auf der linken Seite die drei Frauen, die alle den Namen Maria tragen. Sie setzen all diesem Haß Liebe entgegen, und ich bin sicher, daß sogar Christus diese Liebe brauchte."

Bei diesen Worten wandte Jerónima ihren Kopf zu Greco hin, wobei sie mit einer langsamen Bewegung auch ihren ganzen Körper drehte. Ihre Augen waren klar, verrieten all ihre Gefühle und drückten völlige Hingabe aus. Dann senkte sie demütig den Kopf, was den Eindruck erweckte, als wäre sie eine Jungfrau, die zur Kommunion ging – mit reiner Seele und bereit, Gott zu empfangen. Domenikos aber hob seine Hand nicht und vermied es, sie zu berühren.

Sein Blick ging an ihr vorbei zum Tajo, als er weitersprach: „Vor langer Zeit starb in Kreta der Freund meiner Jugend, ein Franziskanermönch. In der Stunde seines Todes öffnete er mir die Augen, so daß ich das Licht – das Licht des Himmels sehen konnte. Und seit jener Stunde tiefster Trauer war mein Glauben an Gott mit Bildern vor meinem geistigen Auge verbunden. Was ich auch male, zumindest meine besten Werke, sind Ausdruck meiner Visionen und haben deshalb mystische Kräfte. Aus dieser tiefen Liebe, die ich gegenüber Pater Franziskus in seiner letzten Stunde auf Erden empfand, habe ich Kraft gewonnen wie aus einer geheimen Quelle unerschöpflichen Reichtums. Doch sogar meine gelungensten Werke haben einen großen Mangel: Ich bin bis zu diesem Tage ein Maler, der nur Männer dargestellt hat. Mein Gemälde von Maria Magdalena[1] ist eine bloße Kopie von Tizians Werk – und die Heilige Jungfrau auf dem Bild „Himmelfahrt" ist eine nichtssagende Anhäufung von Dingen, die ich in Italien gesehen und mit Hilfe meiner italienischen Lehrer studiert habe."

„Heißt das, Domenikos, Ihr habt niemals geliebt?"

Bevor er antwortete, zögerte Domenikos, als ob er die absolute Wahrheit in seinem Innern suchte. Dann sagte er: „Ich habe etwas in mir, das wie aus Stein ist – Stein wie die Brücke, die den Tajo überspannt. Ich habe keine Träume außer jenen, die mir meine Bilder vor Augen führen. Jeden Traum aus meinem Kopf, meiner Seele, meinem Herz und Geist verwende ich für meine Arbeit. Nachts sitze ich da und experimentiere mit meinen kleinen Holz- und Wachsfiguren, und bei Tag spiele ich mit den Figuren, die ich auf Leinwand male. Ich habe so viele Bilder im Kopf, und alle Bilder verwandeln sich in Träume und alle Träume in Bilder. Ich will noch so viel schaffen, und über all dem steht . . ." Er wollte sagen: das „Heilige Gesicht", hielt aber plötzlich inne. Was tat er denn eigentlich? Er verriet die intimsten Geheimnisse seines Seelenlebens einem fremden Mädchen.

Er war verwirrt und trat einen Schritt zur Seite. Mit einem suchenden Blick hielt er Ausschau nach Preboste. Wo war sein treuer Freund?

Jerónima hatte, während er sprach, ihren Kopf langsam wieder gehoben und schaute ihn nun nachdenklich an. Als er sich mit einer nervösen Bewegung umdrehte, dachte auch sie an ihre Zofe. Doch keiner der beiden Bediensteten war zu sehen.

So standen sie dort allein, zwischen ihnen der Abstand, den Greco

1 Budapest, Museum der Schönen Künste

durch seinen Schritt herbeigeführt hatte. Da niemand kam, um ihnen aus ihrer Verlegenheit zu helfen, überbrückte Jerónima die Situation, indem sie das Schleiertuch, das sie um ihr aschblondes Haar geschlungen hatte, richtete. Mit einer hastigen und trotzdem graziösen Geste gab sie zu verstehen, daß ihr sehr daran gelegen war, die Fremdheit und Scheu, die plötzlich zwischen ihnen stand, wieder zu vertreiben und sagte: „Wer weiß? Vielleicht werde *ich* die Fackel finden . . . und das Stützwerk verbrennen, so daß alle Steine in den Tajo fallen und Ihr eine neue Brücke bauen müßt. Und vielleicht wird dann mein Bild zur Erinnerung in den neuen Stein gehauen."

Domenikos konnte das sanfte Lachen hören, das von ihren ungeküßten Lippen kam und klar wie der Klang einer Silberglocke war.

Auch als Jerónima sich schnell entfernte, rührte er sich nicht vom Fleck. Gefangen in seiner Verwirrung, machte er keinen Schritt und keine Geste, um sie zurückzuhalten.

*

Menschen drängten sich um den Palast des Erzbischofs von Toledo. Sie standen zu beiden Seiten der Straße, die zum Palast führte, ließen aber in der Straßenmitte und vor der Tür eines speziellen Hauses genügend Platz. Preboste und Domenikos, die gerade dort entlangkamen und keine Ahnung hatten, was vor sich ging, wurden zur Seite geschoben und aufgefordert, sich mit in die Reihe zu stellen.

Ein Kind sagte: „Er kann nicht durchkommen."

„Wer?"

„Wieso, kennt Ihr ihn denn nicht – El Hombre de Palo ?" („Der Mann aus Holz.")

Als die Sonne zu Mittag ihren höchsten Stand erreicht hatte, öffnete sich die Tür und eine Puppe, etwas kleiner als ein Mensch, kam heraus und lief über die Straße.[1] Sie bewegte sich sehr sicher und auf geradem Wege zum Palast des Erzbischofs und klopfte dort an die Tür, die alsbald geöffnet wurde. Eine Zofe stellte ein Tablett mit Speisen auf die Unterarme des Roboters, und als er sich umdrehte, flüsterte die Menge: „Heute bekommt Juanelito Suppe, und die Kasserolle enthält bestimmt ein Rebhuhn, dazu feines Weißbrot – und schaut: nicht einen Tropfen Wein verschüttet er. Man könnte denken, er sei ein Stück Teufelswerk, wenn Turriano[2] nicht der Chefingenieur des Königs wäre."

Inzwischen marschierte der Maschinenmensch schnurstracks zurück

1 Es gibt in Toledo eine Straße, die „Calle del Hombre de Palo" heißt.

2 Juanelo Turriano, 1501 – 1585, auch Juanelito, der kleine Juanelo, genannt

zu dem Haus, aus dem er gekommen war. Er stand jetzt mit dem Rücken zur Tür, das Tablett mit den Speisen vorsichtig haltend, und klopfte mit der Fußsohle dreimal an. Die Tür wurde geöffnet, er ging rückwärts hinein und verschwand.

Seit Grecos seltsamer Begegnung mit Doña Jerónima war er oft geistesabwesend, und Francesco bemerkte, obwohl er keine Fragen zu dem Thema stellte, daß Domenikos nicht mehr mit der üblichen Konzentration arbeitete. Schließlich sagte der schlaue Preboste an jenem Tag zur Mittagszeit: „Domenikos, du hast mir ein gutes Mahl versprochen, und ich habe noch nichts vorbereitet. Ich kann mich nicht daran erinnern, schon einmal einen solchen Hunger wie heute gehabt zu haben."

Sofort unterbrach Greco seine Arbeit und folgte Preboste in die Stadt. Plötzlich brach er in Gelächter aus, in das Preboste fröhlich einfiel. „Warum sind wir nicht eher darauf gekommen? Das hier muß Juanelitos Haus sein und der Maschinenmensch seine neueste Erfindung. Laß uns hineingehen und mit ihm sprechen – er ist ein italienischer Mechaniker und Uhrmacher. Er ist ein sehr amüsanter Mensch. Um 1501 wurde er in Cremona geboren und hat sich in Italien in seinem Handwerk einen guten Namen gemacht, so daß ihn Philipps Vater zu seinem persönlichen Uhrmacher ernannte. Er bekam damals ein jährliches Gehalt von zweihundert Dukaten und ging sogar mit dem Kaiser nach Yuste, wo er allerlei amüsante Dinge erfand, um den Hof zu unterhalten. Als Karl, für den er auch eine sehr komplizierte Uhr gebaut hatte, starb, verlängerte Philipp seinen Vertrag.

Im Jahre 1562 soll er ein Gehalt von etwa vierhundert Dukaten erhalten haben. Im Vertrag war jedoch festgelegt, daß der arme Kerl wirklich am Hofe leben mußte. Zwei Jahre später wurde diese Klausel dann plötzlich annulliert, und so kam er nach Toledo. Ich kannte einen seiner Freunde in Rom, dem er von Zeit zu Zeit schrieb. Dieser erzählte mir öfter, daß Juanelito einen Kopf voller Ideen hatte, viele Tricks kannte und Erfindungsgeist besaß."

Greco schrieb den Namen des gemeinsamen Bekannten in Italien auf und gab den Zettel dem Diener. Daraufhin wurde ihnen Zugang zu dem Haus gewährt, das der Roboter mit den Speisen betreten hatte. Schon bald kam der Erfinder und hieß sie willkommen.

„Ah!" sagte Turriano, „Ihr seid kaum hier angekommen und habt schon bedeutende Verträge in der Tasche. Es ist seltsam, wie bereitwillig diese Stadt große Summen für Kunstwerke ausgibt, die sie eigentlich gar nicht braucht. Entschuldigt, aber ich bin ein Techniker und Kunst ist für mich ein angenehmer Luxus. Ich mache eine Erfindung nach der anderen, und der König befiehlt mir, meine Memoiren zu schreiben. Der König ist ein ordnungsliebender Mann – ich vermute, er hat Angst davor, ich könnte ihm den Streich spielen, zu sterben und alle meine Aufzeichnungen mit in den Tod nehmen. Zu meinem Vergnügen baue ich Maschinenmenschen und beschäftige mich mit den widerspenstigen Wassern des Tajo, und außerdem schreibe ich noch *Die einundzwanzig Bücher über Juanelos Erfindungen und Maschinen.*"

„Ihr seid es doch, der diese Stadt mit Wasser versorgt?" warf Greco ein. Er amüsierte sich über diesen kleinen, dicklichen Mann mit dem runden Gesicht, der kurzen Nase und dem energischen, spitzen Kinn.

„Ihr hättet besser sagen sollen – wer *könnte* diese Stadt mit Wasser versorgen."

„Ich habe mir den ‚Arteficio'[1]angesehen und – wenn Ihr erlaubt - werde ich ihn als Hintergrund für eines meiner Gemälde benutzen. Der Hl. Martin reitet auf einem Schimmel, zertrennt seinen olivgrünen Mantel und gibt einem nackten Bettler den einen Teil davon. Im Hintergrund soll die Stadt Toledo teilweise zu sehen sein und vielleicht auch eure Erfindung."

„Sehr gut, mein Freund, für die Reichen den Wein, für die Armen das Wasser. Ich fühle mich natürlich geschmeichelt, daß euer Künstlerauge daran Gefallen findet – doch für mich ist die Erfindung wirklich nur ein weiterer Nagel zu meinem Sarg. Ich bin auf Grund meiner mechanischen Betrachtungsweise der Meinung, ein Maler sollte sein Thema kennen; wenn Ihr also etwas Geduld habt, werde ich Euch mehr von meiner Erfindung erzählen."

Er goß für alle drei Wein ein, und Greco bemerkte: „Ich habe großes Interesse an euren Erfindungen, weil ich auch Architekt bin. Im Escorial lernte ich eine Menge von Juan Herrera."

„Ja, Ihr habt gewiß Einfluß in dieser Stadt. Ich war anfangs nur als Uhrmacher bei Karl angestellt, später als Mechaniker bei Philipp. Irgend jemand am Hofe hat dem König erzählt, daß ich etwas von Hydraulik verstehe. Als König Philipp vor ungefähr fünfzehn Jahren entschied, die Klausel, die mich an seinen Hof band, zu annullieren, den Hund nun sozusagen ohne Leine laufen ließ, kam ich hierher. Wie Ihr sicherlich wißt, ist das Hauptproblem der Stadt, den Tajo bis hinunter nach Arajuez schiffbar zu machen. Philipp hat dieses Vorhaben gefördert, und wichtige Arbeiten wurden bereits ausgeführt, um dieses Ziel zu erreichen.

Doch dann wandte sich die Stadt Sevilla gegen das Projekt, und die kleinen Müller, die entlang des Tajo ihre Mühlen betrieben, sahen sich ebenfalls benachteiligt und dachten nur an ihre eigenen Interessen. Sie zerstörten deshalb viele der bereits fertiggestellten Bauwerke, die die

1 „Der Hl. Martin und der Bettler". Einige von Grecos Bildern zeigen im Hintergrund den „Artificio", wie er in Toledo genannt wurde; wahrscheinlich eine Art Wasserwerk

Schiffahrt auf dem Fluß erleichtern sollten. Ich für meinen Teil habe es tatsächlich geschafft, mit Hilfe eines Damms in Verbindung mit einem Wasserwerk den Wasserspiegel des Tajo anzuheben, und dieses Werk nennt das Volk meinen ‚Arteficio', was soviel wie kunstvolle Vorrichtung bedeutet. Sie ist natürlich alles andere als perfekt und muß oft repariert werden."

„Wann habt Ihr mit dem Bau begonnen?" fragte Francesco, der sich am Gespräch beteiligen konnte, weil die drei Männer natürlich italienisch sprachen.

„Ja, von 1562 bis 1565 war ich mal hier und mal dort – einige Zeit in Toledo, dann wieder in Madrid. Im Jahre 1565 unterzeichnete ich schließlich einen Vertrag mit der Stadt Toledo, in dem ich mich verpflichtete, diese ‚Vorrichtung', die die gesamte Bevölkerung Toledos mit Wasser versorgen sollte, zu bauen. Die Stadt ihrerseits sollte mir fünfzehn Tage nach der Fertigstellung meines Wasserwerkes die Summe von achttausend Golddukaten zahlen. Außerdem erklärte sich Toledo damit einverstanden, mir nach Erfüllung des Vertrages für den Rest meines Lebens eine dicke Pension von eintausendneunhundert Golddukaten im Jahr zu zahlen. Die Übereinkunft erschien mir fair, da die Stadt zwei Wochen Zeit hatte, um den Wert meiner Erfindung beurteilen zu können. Ich wandte mich noch einmal an Philipp, und er schoß das Geld für das gesamte Projekt vor. Drei Jahre später konnte ich, hauptsächlich zu meiner eigenen Befriedigung, verkünden, daß die Anlage fertig sei. Eines konnte ich jedoch nicht vorhersehen: der König verwendete das durch meine Vorrichtung gewonnene Wasser in seinem Schloß, dem Alcázar. So bekam die Bevölkerung nur, was übrigblieb. Die Stadt Toledo behauptete nun, daß die im Vertrag festgelegte Summe zu hoch war und weigerte sich zu zahlen. Verträge müssen ein bestimmtes Ziel verfolgen und entsprechend eingehalten werden. Aber Ihr werdet selber sehen, Domenikos, daß Toledo sie sehr ungern einhält, wenn es an die Bezahlung geht. So ist das – bei Geld hört nun mal die Freundschaft auf."

Greco lachte und sagte: „Deshalb bin ich für einen ordentlichen Vorschuß."

„Ich sehe, ich kann Euch nichts mehr beibringen. Ich brachte mein Anliegen wieder vor den König, denn er war ja letzten Endes die Ursache für den ganzen Streit. Doch der König war mit anderen Sachen beschäftigt – und er hatte ja sein Wasser. Der Streitfall zog sich von 1568 bis 1573 hin, bis Philipp schließlich ein Dekret erließ, das beide Parteien aufforderte, Bevollmächtigte zu benennen und zu einer Vereinbarung zu kommen. Die Vertreter der Stadt waren der Meinung, daß Philipp meine Schulden von achttausend Dukaten, die ich als Vorschuß erhalten hatte, streichen sollte. Von der Stadt sollte ich noch sechstausend Dukaten bekommen, wurde aber gleichzeitig verpflichtet, eine andere Maschine zu bauen. Das mit Hilfe meiner zweiten Vorrichtung bereitzustellende Wasser soll mein Privateigentum sein. Das klingt ganz schön, aber aus irgendeinem Grunde habe ich es nicht geschafft, ein neues Wasserwerk zu bauen, und wer weiß, ob ich dazu überhaupt noch in der Lage sein werde."

Dann lachten sie darüber, wie schlau es Juanelo anstellte, jeden Tag ein ausgezeichnetes Mahl umsonst zu bekommen, und ihre Konversation war fließend und ungezwungen. Greco und Preboste erfuhren mehr über Toledo, seine vielen Klöster und Kirchen und über Bürger der Stadt, die eine wichtige Rolle in der Politik spielten. Als Turriano den Plan für sein Wasserwerk hervorholte, erlaubte sich Greco, einen oder zwei Vorschläge zu machen, doch der Mechaniker schien irgendwie davon überzeugt, die Sache ohnehin nicht zu Ende zu bringen, und, wie sich später zeigte, kam es wirklich nie zur Verwirklichung dieses Projekts.

Als die beiden Besucher schließlich wieder gingen, fühlte Greco, daß dieser Kontakt mit einem Menschen, der auch darum kämpfte, seine Ideen in Toledo zu verwirklichen, ihm half, sein eigenes Gleichgewicht wiederzugewinnen. Er ordnete seine Gedanken und ging schweigend neben Preboste her, dem man seine gute Stimmung und den neuen Mut, den er gefaßt hatte, ansah.

*

Preboste war mit einigen Arbeiten im Keller des Hauses beschäftigt; Greco stand eine Weile vor der neuen Leinwand und zeichnete schnell die Gruppierung der Personen für das Bild „Entkleidung Christi", das für die Kathedrale bestimmt war. Dann wandte er sich von der Leinwand ab und verschob die Fortsetzung der Arbeit auf einen anderen Tag.

Er schaute sich in dem unaufgeräumten Zimmer um und fand Zeichnungen und eine Liste mit den Titeln der acht Gemälde, die er laut Vertrag für die Kirche Santo Domingo el Antiguo zu malen hatte. Er überprüfte die Liste, die Titel laut vorlesend:

„1. ‚Mariä Himmelfahrt', 2. ‚Die Heilige Dreifaltigkeit' (darüber das ‚Heilige Gesicht'), 3. ‚Johannes der Täufer', 4. ‚Der Hl. Paulus und der Evangelist Johannes', 5. ‚Der Hl. Benito', 6. ‚Der Hl. Bernhard', 7. ‚Die Auferstehung Christi', 8. ‚Die Anbetung der Pilger'."[1]

Bis jetzt war nur „Mariä Himmelfahrt" mehr oder weniger fertig. Als

1 Nr. 3,4,7 und 8 befinden sich in der Kirche Santo Domingo el Antiguo, Toledo. Nr. 2 und 5 im Prado, Madrid. Nr. 6 ist jetzt in Paris. Nr. 1 ist in Chicago

nächstes würde er die „Dreifaltigkeit" beginnen ... Greco sah seine Sammlung von Stichen und Entwürfen durch und nahm die Kopie eines Holzschnitts, 1511 von dem Deutschen Albrecht Dürer geschaffen, zur Hand und studierte sie eine Weile.

Die strengen, akkuraten Linien der einzelnen Formen, eigentlich der gesamte Holzschnitt, waren der Kunst Grecos völlig entgegengesetzt, doch die Komposition des Schnitts könnte er vielleicht für seine Arbeit nutzen.

Dann sah er seine Skizzen von Michelangelos Werken durch. In Rom hatte er auch Tadeo Zuccaros Bild „Toter Christus, umgeben von fackeltragenden Engeln" gesehen und sich eingeprägt. Er nahm noch einmal Dürers Holzschnitt zur Hand. Wie mißlungen die Füße Christi waren, dachte er; lose und ohne Halt hingen sie herunter. Sah das ganze Bild nicht furchtbar und häßlich aus? Er schloß die Augen und sah ganz klar, wie er, Greco, das Problem lösen würde.

... Zuerst würde er die Winde in eine Gruppe kleiner Engelsköpfe umwandeln, wie ein Rosenstrauß angeordnet und mit kleinen Flügeln dazwischen. Fünf Köpfe umgeben liebevoll den einen Fuß Christi, während der andere unsichtbar bleibt. Der Gottvater hält den Körper Christi und über beiden ist die fliegende Taube als Symbol des Heiligen Geistes zu sehen ...

„Die Heilige Dreifaltigkeit" sollte über dem Hauptaltar der Kirche Santo Domingo el Antiguo ihren Platz finden. Bei dem Versuch, sich das Ganze bildlich vorzustellen, sah Greco die Farben schon deutlich vor sich. Gott würde in Gold erstrahlen, das heißt der Mantel des Gottvaters müßte goldfarben sein und weiß das Leinentuch, das Christi Leisten bedeckte. Was hatte doch Dürer für einen schrecklich entstellten Körper gezeichnet, dem jegliche Schönheit fehlte. Nein, sein Christus würde den Körper eines jungen Mannes haben, und er, Greco, würde zeigen, daß er die männliche Anatomie bei Tizian Vecelli gründlich studiert hatte. Bei der Festlegung der Position des Körpers Christi wollte er sich an die von Zuccaro ausgewählte halten. Den Stich Dürers in seiner linken Hand haltend, begann er jetzt mit seiner rechten auf der Leinwand drei Hauptteile anzudeuten.

Gottvater müßte natürlich einen Bart haben, um ewige Weisheit auszudrücken – doch die Engel? Wie sollte er dafür ein geeignetes Modell finden?

Nach einem langen, anstrengenden Tag und von der Schwere des Weins, den sie bei Juanelo getrunken hatten, müde geworden, schliefen Domenikos und Francesco an jenem Abend über ihrer Arbeit ein, der eine in der Werkstatt, der andere im Keller.

Am nächsten Morgen wollte Domenikos sofort mit dem Malen beginnen. Er war entschlossen, eine sehr genaue Darstellung zu liefern, nicht nur im Entwurf, sondern auch in der farblichen Wiedergabe des Fleisches.

„Francesco, mein Freund", rief er hinunter in den Keller, „ich glaube, ich muß dich bitten, deine Kleider abzulegen."

Francesco entkleidete sich und stand seinem Meister Modell. Im Verlaufe von Stunden übertrug Greco mit präzisem Pinselstrich Francescos Körper Zoll für Zoll auf die Leinwand.

Greco bedankte sich bei ihm und entschied dann, die Köpfe der kleinen Engel um Christi Füße zu malen. Er vertrat bis dahin die Meinung, daß die größeren Engel in der Gruppe weiblich sein sollten, doch das war schwer zu verwirklichen. Trotzdem er einen ganzen Tag intensiv an dem Problem arbeitete, kam er zu keiner Lösung. Er überlegte lange und durchforschte sein Gedächtnis, doch das Gesicht eines Engels, schön und voller Zauber, wollte sich nicht in seiner Phantasie einstellen.

In jener Nacht fand Domenikos keinen Schlaf und warf sich nur unruhig hin und her. Seine reiche, unbändige Vorstellungskraft führte ihm ein Bild nach dem anderen vor; zuerst kamen ihm bewußt und überlegt, dann ohne jede Denkanstrengung Köpfe und Gesichter von Engeln in den Sinn.

Die kleinen, geflügelten Engelsköpfe, die Kinder verkörperten, machten ihm keine Mühe; sie sahen aus wie kleine Bälle mit kurzen, lockigen Haaren und Stupsnasen. Tizian und Tintoretto hatten sie in ihren Gemälden sehr häufig so dargestellt.

Greco hoffte, nach Stunden der Meditation das Gesicht Christi malen und seine Züge so darstellen zu können, daß sie seine Ruhe und Gelassenheit angesichts des Todes zum Ausdruck brachten.

Schließlich beruhigte er sich und schlief ein. Doch sogar im Traum arbeitete sein Gehirn weiter. Er sah die weiße Taube, das Symbol des Heiligen Geistes, mit ausgebreiteten Flügeln durch das Licht fliegen, das wie pures Gold schimmerte.

Große, schlanke Engel versammelten sich in einer Gruppe, doch sie sahen besorgt aus, wie von Leid geplagt. Plötzlich schienen sie wie Frauen mittleren Alters auszusehen, die den ganzen Tag schwer gearbeitet haben. Sie trugen ihre täglichen Sorgen mit sich von der Erde in das flüchtige Reich der Träume.

„Wir sind im Himmel", sagte Greco in seinem Traum.

Darauf erwiderte einer der Engel: „Unser göttliches Wesen ist abgestumpft und unsere Vorstellungskraft von der Erinnerung an das Leiden Christi gelähmt. Dürer gab uns die Leidenswerkzeuge sichtbar in unsere

Hände, doch du hast sie uns wieder weggenommen. Und nun sind unsere Gedanken Träger der Erinnerung an alles, was Christus für die Menschen getan hat. Darum sehen wir so beunruhigt aus und leiden, weil Christus für so viele vergebens gestorben ist."

Am nächsten Morgen malte Greco die „Dreifaltigkeit" weiter und gab die Gesichter der weiblichen Engel genauso wieder, wie sie ihm in seinem Traum erschienen waren. Nachdem er ein Gesicht gemalt hatte, wurde ihm bewußt, daß es immer derselbe Engel gewesen war, den er gesehen hatte, einmal nach unten, einmal geradeaus schauend, im Profil oder von vorn, tief bekümmert oder nachdenklich. Eine gerade Nase, ein ziemlich fleischiges Gesicht, schwarzes Haar, in kurzen, lockigen Wellen in den Nacken hängend.

Es war ein Engel von matronenhaftem Aussehen. Eine der Posen zeigte die obere Hälfte eines nackten Armes, der muskulös war wie der eines jungen Mannes, eine andere die wohlgeformten runden Beine des Engels.

Als Greco seine Arbeit an der „Dreifaltigkeit" fortsetzte, bemerkte er, daß dieses Werk nicht seinen persönlichen Stil widerspiegelte. Es würde sich zwischen Michelangelo und dem alten deutschen Meister Dürer bewegen, den er wegen seiner Vielfalt an Ideen, die in seinen Stichen zum Ausdruck kamen, bewunderte.

Greco arbeitete viele Stunden lang an dem Bild, nur vom Kommen und Gehen Prebostes unterbrochen. Als Francesco wieder einmal eintrat und Speisen brachte, fragte ihn Greco: „Sag mir, an wen erinnert dich dieser Engel?"

Der Diener zögerte erst, dann antwortete er: „An die Zofe, die Aufsichtsperson, die Doña Jerónima de las Cuevas zur heiligen Messe begleitete."

Tage vergingen, und die Arbeit an der „Dreifaltigkeit" machte gute Fortschritte. Dann beschloß Greco, seine Arbeit an der „Entkleidung Christi" wieder aufzunehmen. Wie Tizian Vecelli, in dessen Werkstatt er sich diese Arbeitsweise angeeignet hatte, malte Greco, von Tag zu Tag wechselnd, an verschiedenen Leinwänden. Dadurch blieb seine Phantasie lebhaft und sein Geist beweglich. Wenn er verschiedene Gemälde zur gleichen Zeit plante und, eines Bildes überdrüssig geworden, sich einem anderen zuwandte, fühlte er sich nicht wie ein einfacher Mann, der eine riesige Aufgabe zu bewältigen hatte, sondern wie ein Gebieter über viele Lehrlinge und Gehilfen.

Schon jetzt, da er nur für eine bestimmte Zeit über begrenzte Räumlichkeiten verfügte, träumte er davon, ein halbes Dutzend festangestellte Gehilfen um sich zu haben. Die Tatsache, daß er im Moment noch mit Francesco allein war, beunruhigte ihn nicht sehr. Bald schon, sehr bald, würde er Lehrlinge annehmen und Besitzer des gesamten Palastes mit seinen vierundzwanzig Zimmern sein, den er von seinem Fenster aus sehen konnte. Dort würde er junge, ehrgeizige Maler in der Kunst der Farben unterweisen, wie er, El Greco, sie auffaßte und für seine Arbeit nutzte. Durch seine Farben wollte er zu den Menschen sprechen. Doch er wußte, daß er seine persönliche Farbpalette noch nicht bestimmt hatte. Noch benutzte er die warmen Töne der venezianischen Farbkünstler.

Er sah sich noch einmal aufmerksam die Konturen auf der Leinwand an, die einmal das große Gemälde „Entkleidung Christi" werden sollten. Dann wandte er seine Augen ab und sah vor seinem geistigen Auge eine echt byzantinische Gruppierung von Köpfen, so eng zusammen, daß zwischen ihnen kein Raum mehr war. Die Gesichter der Soldaten, die den Heiland umringten, müßten wie die von Spaniern aussehen. Er deutete ihre Positionen auf der Leinwand klarer an und begann dann am Kopf des Heilands zu arbeiten, der den Mittelpunkt des gesamten Bildes darstellen sollte.

Das Gesicht Christi: die Augen, in denen Tränen schimmern, zum Himmel gerichtet. Die rechte Hand mit dem geheimnisvollen Zeichen der aneinandergelegten Finger auf der Brust. Er stellte sich die göttliche Hand bildlich vor.

Die schönste Hand, die er bisher in Spanien gesehen hatte, gehörte dem Dekan Diego de Castilla. Diese würde er oft in idealisierter Form malen. Für einen Moment erlebte er so etwas wie Stolz; spätere Generationen würden sie vielleicht die „Greco-Hand" nennen. Dann erinnerte er sich daran, wie alles begonnen hatte . . .

In Kreta – die ausgemergelte Hand seines sterbenden Freundes auf der Bettdecke, Mittel- und Ringfinger für alle Ewigkeit eng aneinandergelegt. Auf seinem Bild „Kreuzigung" zeigte Tizian den Hl. Dominikus am Kreuz kniend, und an seiner Hand, die das Holz umfaßt, ist das gleiche Fingerzeichen zu sehen. Auf einigen der älteren Gemälde kann man es hier und da ebenfalls finden. Doch was bedeutete diese Geste eigentlich? War es das Symbol, an dem die Laienbrüder der Jesuiten einander erkannten? Oder war es einfach ein mystisches Zeichen, das der Hl. Franziskus von Assisi seinem, Grecos, vor langer Zeit verstorbenen Freund Pater Franziskus im Traum gegeben hatte? Doch war es nicht auch in Gemälden anderer Künstler zu finden? Vielleicht durch puren Zufall? Greco wußte es selbst nicht; er wußte nur, daß es *sein* Zeichen war, und er würde es immer und immer wieder in seinen Gemälden verwenden.

Es war seltsam, wie viele Gedanken ihm bei dem Versuch kamen, das Zeichen zu verstehen. Damals, in einem Moment großer Gefühlsregungen, hatte er das Zeichen ohne zu fragen angenommen. Er erkannte, daß man mit Liebe im Herzen bereitwillig annahm, was über den Verstand niemals faßbar war. Vielleicht lag hier die mystische Begründung für das Zeichen – es sollte in seinem Leben, solange er auf dieser Erde wandelte, ein Rätsel geben; ein Rätsel, das er nie würde lösen können; ein Geheimnis, das sein Verstand nicht erfassen konnte: *in seinen Gedanken und tiefsten Empfindungen zu gehorchen.*

Dann begann Greco, die für dieses Bild beste Farbzusammenstellung festzulegen: Die Tunika Christi sollte von einem satten Rot mit etwas Blau darin sein, wodurch es kälter erschien als Tizians Rot. Das von Christi Tunika ausgehende Licht sollte sich in der Rüstung des links von Ihm stehenden römischen Soldaten widerspiegeln. Er brauchte diesen Soldaten, um zeigen zu können, wie die Rottöne auf dem Stahl spielten. Für Greco sollte der Zenturio nicht als Symbol militärischer Macht zugegen sein, sondern einfach, um die Reflexion des Rotes auf dem Metall zu demonstrieren.

Auf dem gesamten Bild würde kein Gras und kein Baum zu sehen sein, nur menschliche Köpfe, ernste Gesichter, manche von ihnen tiefsten Haß ausdrückend. Rechts und links von Christus, ziemlich nah bei Ihm, die beiden Diebe, in ihren Gesichtern die unverhüllten Abgründe menschlichen Elends.

Als Greco an seinem Plan für die „Entkleidung" weiterarbeitete, erkannte er, daß die von den Domherren der Kathedrale aufgestellten Bedingungen gerechtfertigt waren, und seine Interpretation wirklich nicht mit dem Neuen Testament in Einklang zu bringen war. Er nahm seine Bibel und las noch einmal das Evangelium nach Markus: „Und da sie ihn verspottet hatten, zogen sie ihm den Purpur aus und zogen ihm seine eigenen Kleider an und führten ihn hinaus, daß sie ihn kreuzigten."[1]

Die drei Frauen werden im Johannes-Evangelium erwähnt, nachdem die Soldaten Jesus ans Kreuz geschlagen hatten: „Es stand aber bei dem Kreuze Jesu seine Mutter und seiner Mutter Schwester, Maria, des Kleopas Frau, und Maria Magdalena."[2]

Greco entschied, die drei Marienfiguren in die Szene der Entkleidung Christi vor der Kreuzigung einzubeziehen, obwohl sie nach dem Evangelium nicht anwesend waren – hauptsächlich, weil er von der Notwendigkeit überzeugt war, ein Gegengewicht zu dem Haß schaffen zu müssen, der dem Erlöser entgegenschlug. Außerdem entschied er sich für diese Lösung, weil er eine spanische Madonna malen wollte. Noch mit diesen Gedanken beschäftigt, begann er Maria Magdalena zu malen, denn eine Frau, die er einmal in Venedig gesehen hatte, tauchte plötzlich in seiner Erinnerung auf.

1 Evangelium nach Markus, 15.16–20
2 Evangelium nach Johannes, 19.25–26

Ihr Haar war rotblond gewesen und in Zöpfen am Hinterkopf zusammengebunden. Greco hatte sie nur einmal getroffen, konnte sich aber gut an ihre Lieblichkeit erinnern. Er hatte sich damals gefragt, ob ihr Haar, offen getragen, wohl bis zur Taille gereicht hätte. Als er sie sah, war ihm der Gedanke gekommen, sie hätte Tizian vielleicht Modell für Maria Magdalena gestanden. Er würde ihr Antlitz mit in das Bild aufnehmen, um einen Kontrast zu den beiden anderen Marias zu schaffen, die wie spanische Frauen aussehen sollten.

Er hätte gern gewußt, ob Doña Jerónima einwilligen würde, ihm Modell zu stehen. Er könnte dann beobachten, wie die Falten des Schals, den die Heilige Jungfrau um den Kopf trug, fielen, um sie auf dem Bild richtig wiederzugeben.

Wieder arbeitete er den ganzen Tag, ohne das Haus zu verlassen. Er hörte kaum, wenn Francesco kam oder ging. Als es schließlich Abend wurde und ihm das Tageslicht fehlte, schloß Greco die Augen, um ihnen etwas Ruhe zu gönnen. Es war richtig, dachte er, daß ich so viel gearbeitet habe. Seit sie nach Toledo gekommen waren, hatte er bereits eine Menge Aufgaben erfüllt.

Francesco, durch die Verrichtung verschiedener Arbeiten müde geworden, kam in die Werkstatt und setzte sich still an Grecos Seite. So saßen sie beide eine Zeitlang stumm nebeneinander im Dunkeln, und einer respektierte des anderen Schweigen. Schließlich fragte Greco: „Kommen wir jetzt gut zurecht, Francesco?"

Francesco stand auf, zündete die Öllampe an und antwortete: „So gut ich konnte, habe ich alles geregelt und eingeteilt, doch jetzt wird unser Geld langsam knapp."

„Mein lieber Francesco, ich denke, wir würden viel besser vorankommen, wenn du weniger herumlaufen und mir mehr beim Malen helfen würdest. Ich werde dir genau zeigen, wie man Farben aufträgt, so daß du schließlich in der Lage sein wirst, meinen Pinselstrich zu kopieren. Nur Hände werde ich immer selbst malen. Und was das Mischen von Farben angeht, möchte ich dich bitten, so viel wie möglich zu fragen und dir Rat zu holen, bis wir darin volle Übereinstimmung erreichen. Ich hoffe, du hast nicht zuviel vergessen, seit wir Italien verlassen haben. Morgen kannst du an den Wolken auf dem Bild der „Dreifaltigkeit" arbeiten, während ich die „Entkleidung" weitermale. Es darf aber keiner erfahren, daß du mir hilfst, denn wie du weißt, ist in dem von mir unterschriebenen Vertrag festgelegt, daß alle Gemälde nur von meiner Hand gemalt werden dürfen."

„Meister, ich habe die ganze Zeit auf den Augenblick gewartet, wo du mich bittest, dir zu helfen."

*

Greco kannte sehr gut Größe und Grenzen der Begabung, die Francesco Preboste zum Malen hatte. Er konnte bis zu einem gewissen Punkt ausgebildet werden, würde jedoch, auf eigenen Füßen stehend, nie ein guter Maler werden.

Seine Werkstatt beherbergte eine Auswahl vollendeter und unvollendeter Bilder, und Greco glaubte, daß er es nun wagen könnte, Doña Jerónima einzuladen, damit sie sich die Bilder anschaue. Er hatte sie die ganze Zeit nicht mehr gesehen und beschloß, noch einmal nach ihr zu suchen. Sie hatte von ihrer geplanten Rückkehr nach Madrid gesprochen, so daß er keine Zeit mehr verlieren durfte.

Wieder mit dem Malen beschäftigt, sagte Greco zu Francesco, der sorgfältig an der „Dreifaltigkeit" arbeitete: „Morgen früh will ich schon bei Sonnenaufgang mein Tagwerk beginnen und die Bilder noch vor der Morgenmesse an den Wänden aufhängen. Doña Jerónima zeigte echtes Interesse an meiner Arbeit – vielleicht würde sie einwilligen, in meine Werkstatt zu kommen, um zu sehen, was ich geschaffen habe."

„Eine hervorragende Idee, Domenikos; ich werde dafür sorgen, daß die Werkstatt sauber ist."

Ich weiß, mein Freund, daß du dein bestes tun wirst. Doch ich habe so wenig Erfahrung, wenn es um Dinge geht, die Frauen besonders interessieren. Außerdem weiß ich über die Sitten in Toledo nicht Bescheid. Wie dir bekannt ist, war Venedig für mich eine fröhliche, bunte Stadt, wo das Leben leicht war. Doch die Regeln der spanischen Gesellschaft, die sehr streng sein sollen, kenne ich nicht."

„Ich glaube, Frauen sind auf der ganzen Welt weitgehend gleich. Wenn eine Frau bereit ist, eine Einladung anzunehmen, findet sie auch einen Weg."

Also gingen die beiden Männer am frühen Morgen des nächsten Tages zur Kirche, nachdem sie die Werkstatt nach besten Kräften in Ordnung gebracht hatten.

Wie erwartet, entdeckte Domenikos Jerónima in der Kathedrale. Er wurde bei ihrem Anblick jedoch nicht mehr von einer heftigen Gefühlsregung überwältigt. Sie war irgendwie schon ein Teil seines Lebens geworden. Er brauchte ihre Hilfe, und warum sollte sie, die allem Anschein nach eine großherzige Frau war, ihm nicht behilflich sein, seine spanische Madonna zu finden. Das war eigentlich sein Hauptziel.

Es war seltsam, wie seine Verwirrung und die beunruhigende Anziehungskraft, die sie auf ihn ausgeübt hatte, abgeklungen waren. Die Verwirrung war größtenteils einem Zustand der Ordnung und Klarsicht gewichen; sein Hauptbegehren war nun auf die Bilder, die er auf die

Leinwand bringen wollte, gerichtet. Greco hatte während der vergangenen Tage wirklich mit äußerster Intensität gearbeitet, jeden Gedanken nutzend, um die Energie, die er für sein Schaffen brauchte, zu erzeugen. Er war dabei bis an die Grenzen seiner Kraft gegangen. Er fühlte einfach, daß er Jerónima brauchte, um seine Arbeit fortsetzen und seine Aufgaben erfüllen zu können. Darum war er losgegangen, sie zu suchen. Er beobachtete sie jetzt, wie sie dort neben ihrer Zofe kniete und betete und kam zu der Überzeugung, daß dieses Mädchen sich sicher nicht weigern würde, ihm Modell zu stehen und somit seine Schönheit in den Dienst der Kunst zu stellen.

Greco und Preboste standen da und verrichteten wieder einmal ihre Gebete in der Kathedrale; beide verfolgten die Liturgie der Messe jedoch nicht immer aufmerksam, da ihre Blicke auf Doña Jerónima gerichtet waren. Greco war überzeugt, daß Jerónima seine Anwesenheit spürte, denn er stand hinter ihr, ganz in ihrer Nähe. Er bemerkte, daß sie diesmal nicht weinte, sondern aufmerksam in ihrem Gebetbuch las. Nachdem der Priester den Schlußsegen erteilt und den Altar verlassen hatte, gingen die beiden Frauen aus der Kathedrale, unmittelbar gefolgt von Domenikos und Francesco. Ohne große Umschweife gesellten sie sich zu den Frauen und spazierten mit ihnen durch Toledo. Diesmal überkam Greco keine Schüchternheit, als er in Jerónimas Nähe war.

„Ich hatte schon befürchtet, Ihr könntet nach Madrid abgereist sein, ohne mir Gelegenheit gegeben zu haben, mich von Euch zu verabschieden", sagte er. Preboste hielt sich an die Anweisungen seines Meisters und begleitete die Zofe.

„Ich fahre im August, Don Domenikos. Wollt Ihr nicht einmal meine Eltern besuchen? Ich könnte meinem Vater vielleicht den Vorschlag unterbreiten, sich von Euch porträtieren zu lassen."

„Ihr ehrt mich – ich werde es, wenn möglich, versuchen."

„Und was macht eure Arbeit? Seid Ihr zufrieden?"

„Ich bin nicht leicht zufriedenzustellen, wenn es um meine eigenen Gemälde geht – vielleicht, weil ich in Italien Werke von großer Perfektion gesehen habe. Manchmal schien es mir, als hätten Tizians Gemälde den Farben und dem Leben körperlichen Ausdruck verliehen, so vollständig und genau wie nur möglich. Michelangelos Skulpturen scheinen alle Kraft und Herrlichkeit des Lebens zu verkörpern. Sie sind die Meister. Doch in Tintorettos Gemälden bemerkte ich etwas grundlegend Neues – vielleicht die Kunstrichtung, der die Zukunft gehört."

„Das verstehe ich nicht ganz. Ihr müßt mir erklären, was Ihr am Werk dieses Tintoretto am meisten bewundert."

„Tintoretto malt mit größter Intensität. Er malt, was seine oft gequälte Phantasie hervorbringt und nimmt uns mit in das fremde, grenzenlose

Reich seiner inneren Welt. Als ich ihn kennenlernte, arbeitete er noch rastloser mit dem Pinsel als zuvor; es war ein Glühen, das er auf die Leinwand brachte, als ob er mit Feuer malte und so schnell, wie Feuer sich ausbreitet. Selten, wenn überhaupt jemals, benutzte er seine Finger, um eine Farbschicht aufzutragen, während Tizian seine Bilder langsam mit seinen Fingerspitzen gestaltete. Doch nur in Tintorettos Werken habe ich Figuren gefunden, die ein menschliches Wesen in voller Bewegung zeigen. Er ist, wie auch ich, auf der Suche nach dem Licht, das durch die Figuren hindurchscheint. Ich denke an seine Engelsflügel, wie sie die Leichtigkeit des himmlischen Fluges zum Ausdruck bringen. Ich würde Jahre meines Lebens dafür geben, sehen zu können, was er jetzt tut."

Jerónima fragte: „Tintoretto – aber sein richtiger Name ist doch Jacopo Robusti?"

„Ja. Wißt Ihr eigentlich, Jerónima, daß ich an einigen seiner Gemälde mitgearbeitet habe? Und welch wunderbarer Porträtmaler er ist!"

An der Stelle entschied Jerónima im stillen, daß sie das Gespräch mehr auf persönliche Dinge lenken müßte: „Nun zu eurer *eigenen* Arbeit, Greco, wäre es möglich, einige eurer Gemälde zu sehen?"

Er hatte nicht erwartet, daß sie eine so unvermittelte Frage stellen würde; sie sprach ohne Scheu, einfach und direkt. Greco antwortete darauf: „Ich habe zu hoffen gewagt, daß Ihr mir heute morgen die große Ehre erweist, in meine Werkstatt zu kommen. Ihr sollt Euch davon überzeugen, daß ich würdig bin, die für die Kirchen von Toledo bestimmten Bilder zu malen."

„Wo ist eure Werkstatt?"

„Ich fürchte, wir wohnen in recht ärmlichen Verhältnissen, gnädiges Fräulein, ziemlich nah beim früheren jüdischen Viertel dieser Stadt."

„Ich bin überzeugt, das Licht eurer Gemälde läßt auch den dunkelsten Raum schön erscheinen."

„Die Werkstatt befindet sich in der Nähe der großen Durchfahrtsstraße."

„Oh, das ist ja die Stelle, wo ein Teil des Palastes des Marquis von Villena abgebrannt ist."

„Ja. Zwei Räume sind dort noch vorhanden, die billig sind und Zugang zu den Kellern haben. Genau in jenen Kellern, wo der Schatzmeister Peters des Grausamen sein alchimistisches Zeug zusammenbraute, habe ich einen Raum für meine Zwecke gefunden. Mein guter Preboste hat mir geholfen, hölzerne Leisten an der Decke anzubringen, wo ich, wieder meinen Freund Tintoretto nachahmend, meine Figürchen aufgehängt habe, damit sie für das Spiel meiner rastlosen Phantasie jederzeit zur Verfügung stehen." Hier machte er wieder eine Pause und fuhr dann in verändertem Tonfall fort: „Ich glaube, wenn Ihr mich bei meiner Arbeit sehen würdet, Doña Jerónima, könntet Ihr mich für einen Magier halten, der seine schwarze Kunst betreibt . . . doch zum Glück habt Ihr mich in der Kirche getroffen."

Sie schwieg. Vielleicht bedauerte sie bereits ihr Angebot, diesen unbekannten Maler bei ihrem Vater in Madrid einzuführen. Vielleicht aber fürchtete sie sich einfach, sein Haus zu betreten. Greco schaute zu ihr hin, traf aber ihre Augen nicht, da sie den Blick gesenkt hatte. Sie wandte sich mit einer ganz leichten Kopfbewegung von ihm ab, denn sie hatte ein wenig Angst.

Zum erstenmal fiel Domenikos auf, daß sie mit ihrer Kopfhaltung etwas Tragisches ausdrückte. Sie zog das Schleiertuch fester um ihr Haar, und die Falten des Stoffes beantworteten eine Frage, die ihn im Kopf beschäftigte. Er suchte nach Worten, wollte etwas zu ihrer Beruhigung sagen und bediente sich absichtlich einer Lüge.

„Eines Nachmittags habe ich mir den „Christus de la Vega"[1] angesehen. Von meinem Standpunkt aus betrachtet konnte mich die Figur nur enttäuschen; ich hatte aber von den Legenden gehört, die sich darum ranken. Da Ihr offenbar mit der Geschichte Toledos vertraut seid, wollte ich Euch fragen, welche der Legenden der Wahrheit entspricht."

Jerónima wandte sich ihm wieder zu und antwortete: „Ich kenne eine Geschichte, die von einem Juden erzählt, der einem Christen Geld schuldete, dies jedoch abstritt. Der Christ forderte das heilige Kruzifix als Zeugen, und Christus, der der Aussage des Christen Glauben schenkte und ihm Gerechtigkeit widerfahren lassen wollte, senkte Seinen Arm und unterstützte damit den Anspruch des Christen. Der Jude aber war von Ehrfurcht und Schrecken erfüllt und wurde ein Christ."

„Ja", bemerkte Greco, „diese Geschichte kenne ich. In Italien habe ich gehört, daß mehrere Kruzifixe, die Christus mit einem gesenkten Arm zeigen, nach Spanien geschickt wurden. Alle sind wahrscheinlich Kopien eines Kreuzes, das in der Kapelle St. Miniato, die sich in einer Burg in der Nähe von Florenz befindet, verehrt wird.

Es wird erzählt, daß der Hl. Jean Gualsero mit einem anderen Soldaten kämpfte, der schließlich vor ihm niederkniete und flehte, ihn im Namen Christi nicht zu töten. Der Hl. Jean Gualsero erfüllte seine Bitte und ließ ihn am Leben. Dann ging er in eine Einsiedelei in Florenz, in der sich ein hölzernes Kruzifix befand. Während er davorkniete und betete, senkte Christus einen Arm, als wollte er seine Zufriedenheit über die barmherzige Tat zum Ausdruck bringen. Gualsero wurde ein Mönch und gründete den Orden von Vallombreuse. Der Herzog von Florenz übernahm

1 Das Kruzifix ist noch heute in Toledo zu sehen

die Einsiedelei und baute eine Burg darüber, die jetzt ein Kloster ist. Das Kruzifix blieb von all diesen Umbauten unberührt an seinem Platz, noch immer mit gesenktem Arm, und alle anderen Abbilder Christi mit dieser Armhaltung sollen Nachbildungen dieses Kruzifixes sein."

Der Wettbewerb hatte begonnen, und Jerónima, die nicht mehr ängstlich war, begann eine andere Geschichte zu erzählen: „Es gibt noch eine dritte Legende, die in Toledo am meisten verbreitet ist. Sie erzählt von einem jungen Spanier aus adligem Hause, der sich weigerte, seine Braut von einfacher Herkunft zu heiraten, weil er sie nicht mehr liebte. Vor dem Richter rief das Mädchen in seiner Verzweiflung Christus als Zeugen an. Der junge Mann hatte ihr vor diesem Kruzifix ewige Liebe geschworen, doch dann änderte er seine Meinung und bestritt nun, jemals das Heiratsversprechen gegeben zu haben. Nach der Überlieferung hat der Richter die entscheidende Frage nach dem Versprechen zweimal gestellt, jedoch keine Antwort erhalten. Als er zum drittenmal fragte, fiel als Antwort ein Arm Christi auf die Bibel."

„Und hat er sie dann geheiratet?" fragte Domenikos.

„Sie wurden vor eben diesem Kruzifix getraut. Wie Ihr wahrscheinlich wißt, ist diese Kapelle eine der ältesten in Toledo. Im Jahre 347 wurde in der Nähe des Tajo eine Kapelle gebaut und der Hl. Leocadia geweiht, die Jungfrau und Märtyrerin war und darin begraben wurde. König Sisebut errichtete im Jahre 650 eine Basilika an der gleichen Stelle; diese wurde jedoch ein Jahrhundert später bei der Invasion der Araber zerstört."

Während er ihrer Stimme lauschte, vergaß Greco völlig, den Schritt an das Tempo der korpulenten Zofe anzupassen. Wieder einmal waren sie ganz allein. Als sie nun über die Ruinen des Palastes des Marquis von Villena gingen, ergriff er ihre Hand, um ihr zu helfen und sie zu stützen. Sie erschien ihm leicht bei seiner Berührung; es war, als hielt er die Hand eines Kindes. Sie kletterten über gelbliche Steine, hinter denen der andere Palast zu sehen war, den sich Greco in seinen Zukunftsplänen als eigenen Besitz ausmalte.

Einmal rutschte sie mit dem Fuß ab, doch er hielt sie, so daß sie nicht fiel. Unbekümmert wie ein Kind erzählte sie ihre Geschichte weiter. . . „Nachdem aber Alfonso VI. Toledo zurückerobert hatte, wurde die Kapelle im Jahre 1200 in kleinerem Maßstab wieder aufgebaut."[1]

Wie sehr doch die erzwungene Festigkeit ihrer Stimme im Gegensatz zum traurigen Ausdruck ihrer Augen stand, die sich jetzt langsam zu verdunkeln schienen. Er bemerkte, daß alle Farbe aus ihrem Gesicht und von den Lippen gewichen war, wodurch ihre Augen groß, dunkel und

1 Die Kapelle wurde 1770 durch die Bürger von Toledo neu gestaltet, dann von den französischen Truppen auf Befehl Napoleons zerstört und schließlich zwischen 1816 und 1845 wieder aufgebaut, wie sie heute noch steht

unergründlich aussahen. Als er sie fragen wollte, ob sie sich nicht wohl fühlte, wurde ihm noch klarer bewußt, daß ihr Kopf, vielleicht wegen der von ihm ausgehenden seltsamen Tragik, die Antwort war, nach der er ein Leben lang gesucht hatte. Sie war - El Grecos „Dolorosa“. Obwohl er um ihre körperliche Zartheit und Schwäche wußte, unterdrückte er alle Fragen nach ihrem Wohlbefinden und zog, schob oder trug sie halb über die Steine, bis sie sich schließlich allein in seiner Werkstatt befanden, die er für sie mit seinen Bildern ausgeschmückt hatte.

Als Jerónima den Raum betrat, entdeckten ihre Augen schnell die Objekte ihres Interesses und ihrer Neugier. Ein schwaches „Ah“ kam von ihren Lippen. Wenn auch die Armut der Nachbarschaft sie erschreckt und sie vor der Situation, in die sie sich selbst absichtlich gebracht, gezittert hatte, fühlte sie sich auf einmal wieder sicher und war in freudiger Stimmung.

Niemals zuvor hatte sie Gemälde gesehen, die an Grecos Kunst herangereicht hätten. Dieser unbekannte Künstler war ein Übermittler himmlischer Visionen; nicht einmal im Traum hätte sie es für möglich gehalten, daß eine menschliche Hand solche Bilder schaffen könnte. Sie stand da und wagte kaum zu atmen. Als sie einige Schritte nach vorn machte, rutschte ihr Schleiertuch aus der Stirn zurück, so daß ihr aschblondes Haar zum Vorschein kam.

Greco beobachtete sie und war fasziniert vom Spiel der Gefühle, die sich auf ihrem Gesicht widerspiegelten, als sie sein Werk betrachtete. Er streckte die Hand aus und berührte das weiche Haar, das ihr in die Stirn fiel, strich es dann sanft zurück und bekam so den tragischen Zug in ihrem Antlitz, der sonst immer vom Schleiertuch verdeckt war, zu sehen.

Jerónima entzog sich seiner Hand nicht; zuerst war es für sie nichts weiter als eine Sinneswahrnehmung, die von dem Teil ihres Kopfes auszugehen schien, wo seine Hand ihr Haar berührte. Die Wahrnehmung übertrug sich dann auf ihren ganzen Kopf, breitete sich schnell über Schultern und Brust aus und erfaßte schließlich ihren ganzen Körper.

Wahrscheinlich wußte Greco selbst nicht, was geschah: zuerst hatte der Künstler seine Hand ausgestreckt, um eine Linie zu korrigieren oder zu bestimmen, doch plötzlich ging durch seine sanfte Berührung etwas von Jerónima aus, das die zurückhaltende Geste des Künstlers in die Liebkosung eines Mannes verwandelte. Dies geschah, weil sie sich seiner Hand hingab, wie eine junge Birke, die sich im Wind beugte. Als Greco seine Hand mit einer unbeabsichtigten Bewegung zurückzog, folgte sie ihr einfach mit ihrer Hand. Keiner der beiden wußte die Gesten zu deuten, weder er, ob als Künstler oder Mann, und noch weniger sie.

Sie klammerte sich an die Hand, oder die Hand klammerte sich an sie. Es war, als wäre sie an Grecos Fingerspitzen, die zuerst ihr Haar berührt hatten, angeheftet. Sie beugte sich zu ihm hin, als wünschte sie sich, er solle jetzt und für alle Zeit ihren Kopf halten und dann ihren ganzen Körper in seine Arme nehmen. Sie war so sanft und leicht, daß er keine Last in seinen Händen oder später in seinen Armen spürte. Und wieder war da dieser süße Duft wie von unsichtbaren Rosen oder Lilien, der von ihr zu ihm herüberströmte. Er wußte nicht mehr, wer er war und was er tat und schloß einfach die Augen. Es tat gut, einmal nicht zu denken, da er sonst immer dazu gezwungen war und sich ein Bild nach dem anderen, Tag und Nacht, in seiner Phantasie vorstellen mußte. Und nun war da dieser große Augenblick, wo er nicht zu denken brauchte und für nichts verantwortlich war – nicht einmal eine mystische Botschaft hätte ihn jetzt erreicht.

Greco küßte Jerónima mit geschlossenen Augen, ihre aber waren weit geöffnet, als sein Mund sich ihrem näherte.

Anfangs bedeutete ihr dieser Kuß nicht viel, und sie berührte seine Brust so sacht wie ein Sonnenstrahl oder eine Brise. Sie spürte seine Wärme und das schwache Zittern ihres Körpers, ein Impuls des in ihr erwachenden Lebens, wurde von ihm beantwortet. Er zog sie näher an sich heran, hielt sie fester und trotzdem noch ganz leicht und sanft. Der eigenartige Duft, der von ihrem Haar und ihrem ganzen Körper ausging, betörte ihn, so daß er meinte, er berührte nichts Greifbares, sondern den Duft selbst, eine Wolke, in die er seinen Kopf vergrub. Jetzt schloß auch sie ihre Augen, ihre langen, schwarzen Wimpern lagen auf der weißen Haut – und langsam öffnete sie ihren Mund unter seinen Lippen, die sanft und weich waren. Die Berührung seines Fleisches rief in ihr ein Gefühl der Wärme, dann ein Brennen hervor – und in dem Moment, als sie sich aneinanderklammerten, fielen alle Bedenken von ihm ab, der Raum war ein einziges Strahlen, und ihre zwei Seelen vereinigten sich.

Plötzlich waren Schritte zu hören, die näherkamen, und Greco gewann schneller wieder Gewalt über sich als das Mädchen, das kaum bei Bewußtsein schien. Er nahm sie sanft bei der Hand und führte sie zu einem hohen gotischen Stuhl, der den Raum beherrschte.

Preboste trat ein, gefolgt von Jerónimas Zofe. Beide konnten die Verwandlung spüren, die der Kuß bewirkt hatte. Jerónima war atemlos, verändert, errötet, und ihre elfenbeinfarbene Haut war weich und warm durch das in Wallung geratene Blut.

Domenikos' Sinne kehrten schnell wieder auf die Erde zurück. Er verlor kein Wort, sondern wandte sich von den anderen ab und der Leinwand zu, auf der die „Entkleidung Christi" dargestellt war. Er begann die Linien der Schals zu zeichnen, die die beiden Marias, zu des Erlösers Füßen stehend, um den Kopf trugen. Durch das Zeichnen gewann er tatsächlich seine Ruhe wieder, und seine Hand fand zu ihrer Festigkeit zurück. Ob er es wahrhaben wollte oder nicht: der kurze Moment, in dem seine Seele den Weg zu einem anderen Wesen, zu einer Frau fand, hatte in ihm eine Härte gelöst, ein Hemmnis, das bis dahin immer zwischen ihm und seiner Männlichkeit gestanden hatte.

Jerónima schwieg, während sie Modell saß; seine Hände berührten noch einmal ihren Kopf, um das Schleiertuch in die richtige Position zu bringen. Ihre Augen waren klar, groß und voller Licht und spiegelten Erfüllung wider. Er arbeitete intensiv, zeichnete Linien, und sie tat ihr bestes, ihn zufriedenzustellen, indem sie ihren Kopf stillhielt.

Nachdem sie gegangen war, machte Greco große Anstrengungen, sein Arbeitstempo zu verdoppeln. Doch als der Tag sich neigte, kam Furcht vor einer ruhelosen Nacht in ihm auf. Irgend etwas war in ihm geweckt worden, das er bisher überhaupt nicht gekannt, und worüber er kaum nachgedacht hatte – das Begehren des Mannes in ihm, das in dem Moment viel stärker war als alle seine Probleme als Künstler. Es war eigenartig, daß ihn diese Begierde nach all den langen Jahren plötzlich überkam. Und das seltsamste daran war vielleicht, daß es gerade ihre Unschuld, ihre Haltung und der Charakter ihres Wesens gewesen sein sollten, die diese Veränderung in ihm bewirkt hatten. Und doch war es so.

Doña Jerónima de las Cuevas stammte aus einem alten und edlen Geschlecht – sie war ein Kind vieler Generationen von Kultur und Weisheit und hatte viel Leidenschaft in ihrem Blut. Er, Domenikos Theotokopoulos, war Grieche und auch ein Mann von Geist und Phantasie.

Sie verkörperte kurz gesagt alles, wofür auch El Greco stand, und doch war sie auch sein Gegenpol. Von Anfang an war sie verwirrend, dadurch aber umso bezaubernder für ihn.

*

Greco konnte nicht arbeiten, wie sehr er sich auch mühte. Er hob seinen Pinsel, um dieses Bild weiterzumalen, mußte ihn aber wieder sinken lassen, ohne einen Strich getan zu haben. Schließlich setzte er sich auf den Stuhl, zu dem sein helfender Arm Jerónima geführt hatte; er lehnte sich nach vorn und bedeckte seine Augen mit der Hand. Das Schließen der Augen und Sammeln seiner inneren Bilder brachte gewöhnlich wieder Ordnung in seine Gedanken. Doch diesmal wirkte es nicht. Denn sie war in ihm, und wenn er sich geistig konzentrieren wollte, wurde ihre Gegenwart noch stärker. Er meinte zuerst, seine Sinne hätten seine Seele besiegt – war sich dann aber sofort bewußt, daß er sich nicht selbst belügen, das Wort „Liebe" aber auch nicht formulieren konnte. Er wußte nicht, was er tun und wohin er sich wenden sollte, da sein ganzes Wesen in Aufruhr war. Das Seltsame daran war, daß er nicht wußte, was er wollte. Er hatte nur das Gefühl, daß er weder malen noch lesen wollte. Schlafen oder essen konnte er aber auch nicht – er fühlte sich von eigenartigen Wellen der Sehnsucht beherrscht, die von ihr zu ihm kamen, in ihm verstärkt wurden und dann ihren Weg zurück zu der Frau nahmen, die er geküßt hatte. Da er die Vereinigung des Fleisches noch nicht kannte, blieb seine Vorstellung davon so rein und hilflos wie ihr jungfräulicher Körper. Gestern war die Luft erfüllt vom Duft ihres Kusses; jetzt schien alles in und um ihn von tiefer, unentrinnbarer Verwirrung gekennzeichnet.

Wieder einmal war es Preboste, der einschritt. Vorsichtig hatte er aus der Zofe herausbekommen, wo Doña Jerónima wohnte, wenn sie in Toledo weilte. Er wünschte nichts sehnlicher, als seinem geliebten Meister zu helfen, damit er seine Arbeit wieder aufnehmen konnte. Da er, Preboste, sich in dieser Situation auch nicht wohl fühlte, machte er sich einfach auf den Weg, um irgendwo Rat zu suchen oder Hilfe zu beschaffen. In den Gärten, Cigarrales genannt, die den Verwandten Jerónimas gehörten, erfuhr Francesco, daß das Mädchen offensichtlich krank geworden war. Ein Diener sagte, daß ihre Zofe sie nicht einmal für ein paar Augenblicke alleinlassen konnte.

Währenddessen saß Greco regungslos da und starrte auf die „Entkleidung Christi", sah aber weder Farben noch Linien. Er hatte nicht einmal den Versuch unternommen zu malen.

Preboste war zurückgekehrt und wußte nicht, was er tun sollte, denn Greco, der völlig geistesabwesend war, gab ihm keine Anweisungen und antwortete auch nicht auf seine Fragen. So machte die „Entkleidung" keinerlei Fortschritte über das Stadium hinaus, das Greco in seinem ersten Arbeitseifer, als er sich um die Wiederaufnahme seiner Arbeit bemühte, erreicht hatte. In dieser wilden Schaffensphase hatte Greco die Köpfe der beiden Diebe gemalt, deren Elend in scharfem Kontrast zur göttlichen Ruhe und Gelassenheit, die sich auf dem Gesicht des Erlösers widerspiegelten, stand.

Als es Abend wurde, nahm Greco ein Buch zur Hand, starrte auf die offenen Seiten und dann über sie hinaus ins Kerzenlicht. Sein Gesicht war durch Beklemmung und Unruhe gezeichnet; seine Augen blickten fremd und unstet. Preboste wußte nicht, was er tun sollte und versuchte deshalb, etwas Schlaf zu finden. Es gelang ihm auch einzuschlafen, denn er war von seiner Natur her stark und gesund.

Inzwischen waren drei Tage vergangen, und als sich die Nacht wieder über die Stadt senkte, klopfte jemand sachte an die Tür. Ein Bote, der sofort wieder verschwand, brachte Greco einen parfümierten Brief.

„Geliebter!

Ich werde nach Mitternacht in unserem Garten auf Dich warten. Bitte komm."

Obwohl die Unterschrift fehlte, war die Nachricht doch die Antwort auf all die Fragen, die Greco während der letzten Tage so gequält hatten. Jerónima wiederzusehen, sie erneut in seinen Armen zu halten, würde ihrer und seiner Seele, Spiegel ihrer beider Sehnsucht, Frieden bringen. Er stand da und schaute auf den Brief, bis Francesco seinem Meister das Papier einfach aus der Hand nahm.

Irgendwie schaffte es Preboste, Domenikos dazu zu bewegen, sich mit kaltem Wasser zu waschen, sein bestes Hemd mit dem feinen weißen Spitzenkragen und all die anderen zur damaligen Zeit in Spanien modernen Kleider und Schmuckstücke anzulegen. Zuletzt schnallte er seinen Degen, auf den er besonders stolz war, um seine Taille. Dann machten sie sich auf den Weg.

Sie liefen vorsichtig und ohne Hast, und trotzdem rasselte der Degen hin und wieder, vielleicht, weil er an Steine anstieß. Dieses Geräusch bestärkte Preboste in seiner Hoffnung, daß sein Freund und Meister nun bereit und entschlossen war, seine eigenen Kämpfe auszufechten. Er war sicher, daß Greco niemals in der Lage gewesen wäre, sich allein und ohne seine, Prebostes, Hilfe fertigzumachen und loszugehen, denn er war noch immer verwirrt und kam sich verloren vor, so daß er wieder aufgerichtet und gelenkt werden mußte, um seinen Weg zu finden.

Der praktisch denkende Francesco hoffte, daß sich diese Nacht alles zum Guten wenden und die reizende Dame seinem Meister die Ruhe wiedergeben würde, die er so brauchte. Dabei war ihm egal, wie sie das anstellte. Die Hauptsache war, daß sein Meister und er die Arbeit wieder aufnehmen konnten.

Sie liefen an Gärten vorbei; die Luft war mild und erfüllt vom Duft schlafender Blumen. Der August nahte. Greco schaute hinunter zum Tajo, dessen Wasser noch dunkler war als die Stadt Toledo bei Nacht. Es war noch etwas Zeit bis Mitternacht, und Greco blieb einen Moment stehen.

„Zwei Brücken", murmelte er, „und nur ein Fluß. Wie blaß und kümmerlich der Mond aussieht, und nur wenige Sterne sind zu erkennen. Es ist bestimmt nicht gut, daß ich meine Geliebte bei Nacht treffe. Und vielleicht ist es gar nicht meine Seele, die mir so viel Kummer macht, sondern mein unruhiges Blut. Francesco, ich habe ihre Lippen geküßt – und nun sehne ich mich nach ihr. Die Nacht ist so dunkel. Geh zum Cigarral und sag ihr, daß die seltsame Leidenschaft, die mein Blut in Wallung bringt, mir nicht erlaubt, sie in der Dunkelheit des Gartens zu treffen.

Der Mond ist so blaß und sein Licht schwach. Wir müssen auf die Sonne warten ..."

Als Greco seinen Monolog beendet hatte, ergriff Preboste seinen Arm und zog ihn weiter. Greco hörte, wie er sagte: „Wenn du Jerónimas süße Lippen geküßt hast, ist es gewiß deine Schuldigkeit, ihr selbst zu sagen, daß der Mond zu blaß ist, sein Licht zu schwach, und daß es sich für Jungfrauen nicht schickt, nachts zum Rendezvous zu gehen. Wenn du jetzt nicht hingehst, würdest du Jerónimas Herz verletzen, was möglicherweise ihren Tod bedeuten könnte. Der Diener ihrer Verwandten, wo sie wohnt, hat mir nämlich erzählt, daß sie ernstlich krank ist. Auch sie hat deinen süßen Kuß gespürt, mein Freund und Meister, und du darfst jetzt keinen Anlaß liefern, der dazu führen könnte, daß sie darüber Bedauern oder Bitterkeit empfindet."

„Ich weiß nicht, ob sich die süße Lieblichkeit nicht in Bitterkeit verwandelt, wenn die Wärme der Sonne fehlt. Ich habe Angst, sie durch irgend etwas tödlich zu verletzen, für das ich durch mein Tun oder Lassen verantwortlich bin. Es scheint schon zu spät zu sein. Da sind Bande zwischen uns, die uns mit einer Kraft, stark wie das Leben selbst, zusammenhalten, weil sich unsere Seelen bereits vereinigt haben."

Francesco schwieg und suchte nach einer passenden Antwort. Schließlich sagte er: „Solltest du sie auch verletzen – die Hauptsache ist, daß sie lebt und nicht stirbt, bevor du sie innerlich voll angenommen hast. Gott hat ihr Schicksal geformt und alles so eingerichtet. Im Vergleich zu dir bin ich ein einfacher Mann, Meister, und doch glaube ich, daß es der Frau überlassen bleiben sollte, zwischen einem langen und sicheren Dasein ohne Liebe oder der Erfüllung ihrer Träume zu wählen. Jerónima muß entscheiden, was sie dir zu geben wünscht – oder dir verweigert."

Sie liefen weiter, bis sie schließlich den Park erreichten. Ein paar Minuten blieben sie stehen und warteten, aber niemand kam. Der Park war völlig still; nicht einmal die Blätter raschelten, denn es war kein Wind. Vorsichtig gingen sie weiter und blieben dann wieder stehen. Eine weiße Marmorstatue leuchtete aus dem Dunkel. Außer dem Zirpen der Grillen war nichts zu hören. Vielleicht war es diese Stille, die Greco Angst machte, denn er sagte nun: „Francesco, ich wünschte, du würdest laut rufen und die Leute warnen, damit sie dieses unschuldige Mädchen vor mir schützen. Wo sind die Männer, die ich besiegen muß, um mir selbst zu beweisen, daß ich ihrer wert bin? Doch niemand kommt, um mich zu töten und damit die Begierde, die in meinem Fleisch erwacht ist, auszulöschen. Warum verurteilst du mich nicht, Francesco? Soll ich von Jerónima nehmen, was kein Mann von einer Frau empfangen sollte, wenn sie nicht sein Eheweib ist?"

Francesco gab ihm die Hand und sagte: „Es wird schließlich alles so kommen, wie es Gottes Wille ist, denn nichts wird ohne Ihn getan." Dann war Greco plötzlich allein. Er setzte sich auf eine Steinbank und wartete.

Sie kam zu ihm mit all ihrer Sanftheit und Zartheit. Als er sie in seinen Armen hielt, klammerte sie sich an ihn, als wäre er ihr einziger Kraftquell und Elixier ihres Lebens. Er küßte sie wieder, jedoch mit einer gewissen Zurückhaltung, denn er fühlte die Kühle der Nacht und noch mehr seine Furcht, die Leidenschaft könnte ihn übermannen.

Dann teilte der blasse Mond die Wolken, und sein schwaches Licht erhellte ihr Gesicht. Ihre Augen waren dunkel und brannten vor Sehnsucht, als sie zu ihm sagte: „Domenikos, ich liebe dich!"

Und wieder fühlte er sich zu ihrem zitternden Körper hingezogen. Doch dann kamen ihm die Bedenken und die Unruhe in den Sinn, die ihn beherrscht hatten, als er durch den schlafenden Park zu ihr gegangen war. Seine Umarmung war eher scheu, und er vermied es, ihr den Aufruhr in seinem Herzen zu zeigen.

Er entschuldigte sich, indem er sagte: „Jerónima, verzeih mir. Ich bin ein Mönch in mehr als einer Beziehung. Und du bist eine unberührte Jungfrau, und deine Unschuld sei gepriesen. Die ganzen sechsunddreißig Jahre meines Lebens bin ich standhaft geblieben. Weder in meiner Kindheit noch im Jugend- oder Mannesalter habe ich mich fleischlichen Gelüsten gebeugt oder sinnlichen Genüssen hingegeben. Ich habe nur für meine Malerei gelebt. Schon seit meiner frühen Jugend hatte ich nur einen Traum: Gott mit dem Talent, das er mir geschenkt hat, zu dienen. Wie also, meine Liebste, soll mein Körper dir Freude und Wonne bringen, wenn ich nicht weiß, was ich tun muß, um dich glücklich zu machen und deiner Seele Frieden zu geben. Jerónima, ich fühle, daß meine Leidenschaft nicht verlangt, dich körperlich zu besitzen. Es sind mein Geist und meine Seele, die sich nach dir sehnen. Ich habe in dir die vollkommenste, die schönste Madonna in ganz Spanien gefunden. Komm morgen zu mir, meine Liebe, und ich werde dich malen."

Sie ruhte in seinem Arm, noch immer zitternd. Er wußte nicht mehr, ob er das wirklich so meinte oder sie nur vor seiner Begierde schützen wollte. Jerónima sagte nichts.

Er zog sie näher zu sich heran, vielleicht, um ihren Lippen eine Antwort zu entlocken. Dann machte sie eine Bewegung, eine Geste, als wollte sie sich aus seiner Umarmung befreien, worauf er sie sofort losließ. Ihr dunkler Mantel und das schwarze Schleiertuch aus Spitze fielen auf das Gras zu ihren Füßen und lagen da, wie der Schatten unter einem jungen Baum liegt. Er konnte ihren weißen Körper sehen.

Der Mond schien wieder durch die Wolken, und plötzlich wurde sein Licht kräftiger und der Garten war deutlich zu erkennen. Oder war es ihre weiße Haut, die all das Licht ausstrahlte?

Es war das Erwachen einer liebenden Frau. Sie stand vor ihm, ihre Augen leuchteten in ihrem weißen Gesicht und forderten stumm, daß er sie anschaue. Sie war wirklich unglaublich schön. Ihre Hüften waren schlank, und die langen Linien von der Schulter über die Schenkel bis zu den Füßen strahlten Energie und Wärme aus. Ihr Körper war fest und straff. Fest, rund und ohne Makel waren auch ihre kleinen Brüste.

Ihre Haltung war aufrecht und stolz; die Anziehungskraft, die sie auf ihn ausübte, wuchs, die Situation wurde unerträglich für ihn, und er fühlte einen heftigen Schmerz. Er hob die Hand und versuchte, sie von sich wegzuschieben, doch es fehlte ihm die Kraft.

Inzwischen hatte sich wieder eine Wolke vor den Mond geschoben und sein mattes Licht verschwand. Die Nacht war nun völlig dunkel. Grecos Hand lag in ihrer, und sie zog ihn hinunter ins Gras.

*

Am nächsten Morgen schlief Francesco lange. Er wußte nicht, wann und wie sein Meister nach Hause gekommen war, aber als er schließlich in die Werkstatt kam, war sein Meister schon bei der Arbeit und malte an der „Entkleidung". Sein Gesichtsausdruck verriet, daß es unpassend und sinnlos wäre, Fragen zu stellen. Greco machte einen ruhigen Eindruck und arbeitete mit großer Schnelligkeit. Klar und bestimmt gab er Francesco die notwendigen Anweisungen; sein Urteilsvermögen schien wieder gefestigt und sehr präzise zu sein.

Die „Entkleidung" machte Fortschritte. Greco sagte: „Ich werde dieses Bild vollenden, bevor die Gemälde für die Kirche Santo Domingo el Antiguo fertiggestellt werden. Mit der „Entkleidung" werde ich meinen Ruf als Maler in Toledo fest begründen, und auch dem König wird dies nicht verborgen bleiben. Er wird Gefallen an dem Bild finden, denn sowohl Konzeption als auch Farbgebung sind italienisch. Dann wird es meinem Freund Herrera bestimmt gelingen, für mich einen Vertrag für den Escorial zu bekommen."

Nach einer Weile fuhr er fort: „Ich werde die Domherren der Kathedrale um eine weitere Vorauszahlung bitten und versprechen, das Geld zurückzuzahlen, sobald ich aus Madrid zurück bin. Doña Jerónima wünscht, daß ich ihren Vater in der Hauptstadt porträtiere. In der Zwischenzeit müßte auch der Stumme in seine Werkstatt in Madrid zurückgekehrt sein, und vielleicht könnte ich durch seinen Einfluß Aufträge bekommen, einige Porträts zu malen."

Preboste schwieg und behielt die Fragen, die er auf der Zunge hatte, für sich. Nach einem Tag intensiver Arbeit sagte Greco: „Geh und frag ihre Zofe, ob Doña Jerónima mich heute nacht zu sehen wünscht."

Die Abenddämmerung war schon hereingebrochen, als Preboste mit diesem Auftrag betraut wurde. Als er gerade gehen wollte, fügte der Meister hinzu: „Kauf mir auf dem Rückweg ein paar kleinere Leinwände und gib, wenn nötig, eine Bestellung für eine Rolle Reservematerial auf."

Nachdem sein Diener gegangen war, säuberte Greco sorgfältig seine Pinsel und steckte sie in den für ihre Aufbewahrung vorgesehenen Behälter. Seine Gedanken wanderten zu ihr. Er hätte gern gewußt, was Jerónima in dem Moment dachte und fühlte. Es gelang ihm nicht, eine Antwort von ihr aufzufangen, da er geistig noch zu sehr mit seiner Arbeit beschäftigt war. Vielleicht schlief Jerónima auch.

Er saß mit geschlossenen Augen auf dem gotischen Stuhl und sah ihren reizenden Kopf ganz klar vor sich. Mit ihrem Bild im Sinn versuchte er, die Züge ihres Gesichts in seinem Gedächtnis nachzuzeichnen, um sich so auf die Arbeit an ihrem ersten Porträt vorzubereiten. Jetzt spürte er, daß sie auf sein Begehren reagierte, denn er konnte in seinem einsamen Zimmer denselben Duft wahrnehmen, der ihn umgeben hatte, als er sie in seinen Armen hielt.

Trotz der räumlichen Entfernung zwischen ihren Körpern fühlte er Jerónimas Seele in seiner unmittelbaren Nähe, fühlte sich von Wellen der Zärtlichkeit und Liebkosungen umgeben. Es war etwas geschehen, das völlig neu für ihn war, denn bisher hatte er nur die Phasen seiner eigenen geistigen und religiösen Entwicklung erlebt, nicht aber dieses große Geheimnis der Vereinigung zweier Seelen. Ihm wurde klar, daß er sie liebte, und daß in der Nacht, in der ihre Körper miteinander verschmolzen waren, etwas mit ihnen geschehen war, das nur von Gott kommen konnte.

Er spürte wieder große Sehnsucht nach ihr und hätte ihr gern seine Liebe gestanden, denn er war eilig und ohne Worte von ihr weggegangen und hatte ihr nur einen leichten Kuß gegeben, als er sie verließ. Er hatte beim Abschied geglaubt, noch die Gewalt der Leidenschaft zu spüren, die seinen Willen beherrscht hatte. Es gab noch so viel zu sagen, so vieles, wofür er ihr danken mußte.

Bewegungslos saß Greco in der Dunkelheit. Seine Gedanken wurden klarer und kritischer. Getrieben von dem Wunsch, seiner Seele Frieden zu bringen, hatte ihn dieses junge, zarte Mädchen in seiner moralischen Stärke und physischer Courage in den Schatten gestellt. Mit Erfolg hatte sie ein einziges Ziel angestrebt. Er klammerte sich jedoch an den Gedanken, daß sie in jenem Moment ihres Zusammenseins von ihrem Schöpfer geistige Kräfte empfangen haben mußte, die über die sinnlichen hinausgingen, denn ihre Leidenschaft hatte gebrannt wie weißglühendes Metall in einem Schmelzofen.

Sollte er Reue empfinden oder sich ihretwegen Sorgen machen? Er versuchte, die Beziehung wie jeder normale Mann zu betrachten. Was würde mit Jerónima geschehen? Mit ihrem Liebreiz? Was würde aus dem Mädchen, das jetzt eine Frau war, werden? Würde er, Greco, der unbekannte Maler, von ihrem Vater die Zustimmung erhalten, Jerónima zur Frau zu nehmen? Vielleicht. Doch zählte das alles überhaupt? Hatte es für sie oder ihn irgendeine Bedeutung? Sie hatten ihre Liebe, ob sie nun jetzt oder später heirateten.

An dieser Stelle waren seine Argumente erschöpft. Eine solche Argumentation erschien ihm banal und oberflächlich, und seine Phantasie, nun um so mehr angeregt, forderte ihr Recht. Er sah Jerónima in vielen Bildern vor sich, Bilder, in denen er ihre außergewöhnliche Schönheit verewigen wollte. Diese Bilder rollten in stetem Wechsel vor seinem geistigen Auge ab. Ein Zauber erfüllte den Raum, als er sich diesen Gedankenspielen hingab, und ihre Gegenwart schien ihn wieder zu umfangen. Flüsterte sie ihm nicht zu: „Greco, mein Geliebter, ich werde immer zu dir kommen, wenn du mich rufst – ob in deinen Träumen oder in deinen Gebeten. Du wirst nie mehr allein sein."

Das war eine Zusicherung, eine geistige Garantie, die nicht nur von seinem Geist, sondern auch von seinem Fleisch aufgenommen wurde. Er konnte dazu weder sich selbst, noch seinen Glauben, noch seinen Gott befragen. Auch Jerónima hätte er nicht fragen können – wäre sie in diesem Moment in seine Werkstatt getreten – ob sie seine Frau werden wollte, nicht nur vor Gott, sondern auch vor den Menschen. Es war ihm nicht möglich, den Höhepunkt ihres Zusammenseins mit irgendeinem praktischen Gedanken zu verknüpfen.

Greco saß ganz still. Seine große und weite Seele, die über das Denken und Fühlen einer ganzen Generation von Menschen hinausging, trug ihn über diese unbedeutende Frage, was aus ihr und ihm werden würde, hinaus. Er spürte nur, daß etwas in sein Leben getreten war, das ihm niemand außer Gott jemals wieder wegnehmen könnte. Es war der Augenblick, in dem sich ihre Seelen vereinigt hatten.

Als er so im Dunkeln dasaß, kam er zu der Erkenntnis, daß er nichts weiter tun konnte als seinen neuen Erfahrungen und Gefühlen durch seine Gemälde Ausdruck zu verleihen und den Schöpfer auf diese Weise zu loben und zu preisen, wie Er sich ihm offenbart hatte. Er fühlte sich verantwortlich für die ihm von Gott verliehene Gabe und konnte nicht mehr tun, als diesem Talent seinen eigenen Stempel aufzudrücken.

Schließlich kam Preboste und fand seinen Meister, der noch immer in dem Raum saß, ohne die Öllampe angezündet zu haben. Es verging eine Weile, bevor er zu sagen wagte: „Heute nacht, Meister, erwartet dich Doña Jerónima zur selben Zeit am selben Platz."

So ging Greco wieder zum Park.

Der Mond schien heute heller, und er konnte Jerónima deutlich sehen. Aus der Art, wie sie lief, schloß er, daß sie in voller Garderobe erschienen war. Sie trug ein schweres Umhängetuch, und sein Auge konnte erkennen, daß es dunkelgrün und nicht schwarz war. Um ihren Kopf hatte sie ein feines weißes Spitzentuch geschlungen und wollte wohl damit zeigen, daß sie nicht fürchtete, entdeckt zu werden. Ihr Gesicht drückte eine friedliche Gelassenheit aus, als hätte sie ihre Aufgabe erfüllt und könnte nun ausruhen und beten. Und immer hatte sie etwas Religiöses an sich, egal, ob sie ruhig oder in höchster Leidenschaft war. Das fand Greco besonders anziehend an ihr, denn er spürte, daß sie auch in ihrer Liebe nie den Blick auf den Schöpfer verlieren würde. Und gerade das wollte er: seine Bilder sollten immer diese Vision, den Blick auf Gott, lebendig zum Ausdruck bringen.

Sie saßen nebeneinander im Park und lauschten den Geräuschen der Nacht. Anfangs sprach keiner von beiden; sie hielten sich bei den Händen und fühlten sich durch ihr Zusammensein sicher und geborgen. Sie glaubten fest daran, daß nichts sie würde trennen können.

Auch diesmal war die Frau beherzter als der Mann, denn sie wollte ihm, den sie liebte, alles geben, wollte ihm mit allen Fasern ihres Seins gehören. So beendete sie nach einer Weile das Schweigen und sagte: „Greco, mein Liebster, ich wäre gern die Mutter deines Sohnes. Ich habe Gott gefragt, ob ich würdig bin, deinen Sohn unter meinem Herzen zu tragen, den Sohn des Mannes, der Christus malt, der das ‚Heilige Gesicht' gesehen hat und es für andere, die es nicht sehen können, malt. Deinen Sohn, Domenikos, den Sohn des großen Malers El Greco, will ich tragen und gebären."

Er murmelte: „Ein Sohn: wie Tizian, Tintoretto und Bassano Söhne haben – Söhne, die ihren Vätern beim künstlerischen Schaffen helfen ... ja, ich hätte gern einen Sohn. Ich würde ihn in der Kunst des Malens unterweisen. Er würde mit mir und für mich arbeiten, wenn der König den Wert meiner Gemälde anerkannt haben wird. Unser Sohn."

„Kommst du im August nach Madrid, um meinen Vater zu porträtieren?"

„Ich werde immer alles tun, worum du mich bittest."

„Nimmst du mich als Modell für deine spanische Madonna?"

„So wie ich Maria, Christi Mutter, male, wird sie mit keiner anderen Frau als mit dir Ähnlichkeit haben. Wann immer ich meinen Pinsel ansetze, um den Schleier um Marias Gesicht zu legen – es wird immer dein Gesicht sein. Schon als ich dich zum erstenmal in der heiligen Messe sah, war ich entschlossen, deine spanische Schönheit im Bild festzuhalten und zu ihrer zu machen."

„Liebst du mich, Domenikos? Oh, sag mir doch, daß du mich liebst - denn du hast es noch nie ausgesprochen."

„Ich liebe dich, Jerónima, als die Frau, die mir von Gott gegeben wurde, um mein zu sein für jetzt und alle Ewigkeit. Ich liebe dich als die Mutter meines Sohnes, den du mir gebären wirst. Ich liebe dich, Jerónima, als den innigsten Teil meiner Seele und meines Lebens. Du bist das Feuer des Lebens, das meine Kunst nährt, wie die entzündete Flamme das Feuer nährt. Wann immer ich in Not bin oder mich Verzweiflung niederdrückt, werde ich an dich denken, und der Gedanke an meine Liebe zu dir wird mir neue Kraft geben, an die göttliche Liebe, die Christus den Menschen entgegenbringt, zu glauben.

Aus dieser Gewißheit, dich über alles zu lieben, werde ich meine schöpferischen Kräfte gewinnen. Solange ich mit dir, meiner geliebten Jerónima, zusammenlebe, wird meine Kunst weder langweilig werden noch an Ausstrahlung und Lebenskraft verlieren. Die Menschen, die meine Bilder betrachten, werden spüren, daß ich, der Maler, geliebt habe und geliebt wurde von der Frau, die durch Gottes geheimsten Willen die meinige geworden ist." Hier machte er eine Pause.

Jerónima sagte: „Genau das will ich sein, Domenikos – deine Frau, die Mutter deiner Kinder, deines Sohnes und deiner Kunst. Ich bin dein, Domenikos. Heute abend, als die Dämmerung hereinbrach, spürte ich deine Gedanken um mich. Du warst im Raum, obwohl dein Körper natürlich nicht da war. Ich konnte deutlich die Kraft deiner Liebe fühlen. Sie war so stark, vielleicht noch stärker als in dem Moment, wo ich in deinen Armen lag. Ich spürte, daß wir immer eins sein werden, egal, was passiert. Du warst bei mir, in mir und um mich herum, obwohl meine Augen dich nicht sehen und meine Hände dich nicht berühren konnten. Ich weiß, daß du mich nie wieder allein lassen wirst. Und wenn du mich im Geiste rufst, werde ich immer bei dir sein, dich schützen und begleiten. Wenn auch deine Liebe zu mir eines Tages verblassen sollte – ich werde dich immer lieben, Domenikos, in jedem Gedanken, in meinen Träumen und mehr noch in all meinen Gebeten wird meine Liebe zu dir das einzig Wirkliche sein. Jetzt, Greco, und für immer."

Jerónima sprach mit großer Aufrichtigkeit und Ruhe. Es war diese Entschlossenheit in ihren Worten, die ihn so beeindruckte, und die er ihr mit seinen eigenen Worten auch hatte verdeutlichen wollen. Seine Stimme war gedämpft und trotz der leisen Geräusche, die aus dem schlafenden Park drangen, klar zu hören: „Nichts wird uns jemals trennen, Jerónima, denn Gott hat uns zusammengeführt. Ich schwöre dir beim Antlitz Christi, das ich in meinen Visionen gesehen habe, nie mehr in diesem

Leben eine andere Frau zu berühren. Gott hat mir dieses Leben geschenkt, damit ich male, was ich mit den Augen meiner Seele sehe. Das ist mehr, als ich mit den Augen meines Körpers wahrnehmen kann. Ich kam unberührt zu dir und du unberührt zu mir, und so sind wir vor Gott vereinigt. Du kannst die Liebe, die du mir geschenkt hast, nie mehr zurücknehmen, und sollte Gott es für unvermeidlich halten, uns durch den Tod zu trennen, so versichere ich dir: ich werde niemals eine andere Frau lieben. Ich habe nicht nur das höchste Zeichen deiner Liebe empfangen – du hast mich, den Fremden, in dein unschuldiges Fleisch aufgenommen – sondern durch diese deine Liebe auch Zugang zu deiner Seele gefunden. Ich werde mich nicht mehr von dir trennen, und deine Seele wird in mir und meine in dir bleiben. Ich will Gott mit meinem Werk preisen, solange ich lebe und liebe. Mit meinen Bildern will ich Seiner Herrlichkeit, Seinem Licht und Seiner Ewigen Liebe gerecht werden und Ihm danken, daß wir schon hier auf Erden Glückseligkeit erfahren haben und die Süße von des anderen Lippen trinken durften."

Eine Nachtigall begann im Park zu singen, als wollte auch sie den Schöpfer preisen.

Greco und Jerónima blieben eine Zeitlang so sitzen, tauschten Liebesschwüre aus und lobten Gott. In dieser Nacht wollten sie sich nur bei den Händen halten und spüren, wie die Lebensströme von seinen Fingern durch ihre Hände und ihren Körper flossen und umgekehrt. Sie saßen da und sprachen miteinander, bis ihnen schließlich die Worte ausgingen und sie nur noch den Geräuschen der Nacht und dem Rhythmus ihres Atems lauschten.

Sie beteten auch, daß Gott ihrer Liebe Kraft schenken möge, damit sie allen Schwierigkeiten und Härten würde widerstehen können. Der Mann zweifelte nicht an den Worten der Frau, und die Frau glaubte fest an sein Treueversprechen. Ihre Liebe war bis zu den Wurzeln frei von Zweifeln und Mißtrauen.

Als der Morgen langsam hinter dem Tajo heraufzudämmern begann, kam die treue Zofe in den Garten. Sie fand dort Greco, der hellwach war neben Jerónima, die an seiner Brust eingeschlafen war. Er lächelte und übergab ihr die süße Last.

„Paß gut auf sie auf, sie ist das Wertvollste, was ich auf der Welt besitze."

Seine Lippen berührten leicht Jerónimas Stirn unter dem hellen Haar. Dann ging er weg.

*

Auf dem Weg zu seiner Werkstatt wurde Greco noch einmal klar bewußt, daß er das Jerónima gegebene Versprechen niemals brechen würde. Es war für ihn einfach undenkbar, Versprechen nicht zu halten. Er versprach jedoch nur selten etwas und wenn, dann nur Menschen, denen es gelang, in sein inneres Ich einzudringen. Was immer Greco zu seiner Auffassung von Gott gebracht hatte, er mußte daran festhalten, sonst würde er einen Stein aus dem Gebäude brechen, das sein seltsames, einzigartiges Ich darstellte. Wenn er das täte, würde er seine eigenen schöpferischen Kräfte zerstören. Gefühle waren etwas Seltenes in seinem Leben. Seine tief religiöse Seele war nicht leicht zu durchdringen mit dem täglichen Einerlei des menschlichen Lebens oder durch Leiden, die Menschen erfahren mußten. Gewöhnlich stand Greco abseits, über den Menschen, mit denen er Beziehungen unterhielt. Doch in der gleichen tiefgehenden Art, wie er seinen verstorbenen Freund, den Mönch, geliebt hatte, liebte er nun Jerónima. Liebe war für ihn keine vorübergehende Angelegenheit. Wenn er überhaupt liebte, liebte er für immer.

Diejenigen, denen er sich öffnen konnte, blieben seine Gefährten, und ihr Einfluß durchdrang seine Kunst. In seinen Gedanken konnte er sich so wenig von ihnen trennen wie von sich selbst. Ein Mann, der nach Regeln lebte, die vielleicht strenger waren als die Vorschriften in einem Kloster, mußte jetzt erkennen, daß sein tiefes Gefühl der Liebe zu einer Frau sein ganzes Wesen verändert hatte, und er wie umgewandelt war.

Auf seinem Heimweg ging er an Kirche und Kloster von San Juan de Los Reyes, die sich in der Nähe des Palastes des Marquis von Villena befanden, vorbei und blieb dort eine Weile stehen, um nachzudenken. Die behauenen Steinwände mit ihren zwei Reihen kleinerer Bögen teilten ein Fries. An den Wänden hingen Eisenketten. Sie waren stumme Zeugen des Leidens, das Christen als Gefangene der Ungläubigen ertragen mußten. Die katholischen Könige hatten sie als Kriegsbeute aus Granada mitgebracht, wo sie die Mauren besiegt hatten.

Das Kloster in der Nähe der Kirche gehörte dem Franziskanerorden. Greco konnte sehen, wie Mönche die Kirche betraten.

Der Hl. Franziskus von Assisi war der ärmste aller Heiligen, dachte er, doch gesegnet mit den Wundmalen Christi. Toledo ehrte den Heiligen besonders; zu jener Zeit gab es in der Stadt drei Klöster für Franziskanermönche und sieben für Franziskanernonnen. Als er die demütigen Gesichter der Mönche unter den Kapuzen sah, beschloß Greco, nach Hause zu gehen und sofort mit einem Bild zu beginnen, das er seinem persönlichen Heiligen, dem Hl. Franziskus, der auch der Schutzpatron dieser Stadt war, widmen wollte. Vielleicht war es der Hl. Franziskus gewesen, der ihn hierher in diese Stadt auf den gelben Felsen, von den alten Römern „Toleita" genannt, geführt hatte. Die Gründung der Stadt reichte weit zurück in die Zeit vor Christus.

Als er seine Werkstatt erreichte, dachte er an Jerónima und fühlte sich als verheirateter Mann. Es würde allein von ihren Eltern abhängen, wann Jerónima und er den Segen für ihre Vermählung erhielten und damit für ihre Liebe, die so stark und so rein war, daß dagegen nichts einzuwenden war. Doch er konnte nur vor ihre Eltern treten, wenn es ihm gelang, öffentliche Anerkennung zu finden. Er mußte noch hart arbeiten, bevor er sich nach Madrid aufmachen konnte.

In seiner Werkstatt suchte Greco nach dem kleinen Bild des Hl. Franziskus, das er in Venedig gemalt hatte. Es war lasiert und wies für das kleine Format einen eigenartig großen Pinselstrich auf. Er hatte es unter Tizians persönlicher Aufsicht gemalt und mit eng gesetzten Pinselstrichen eine kompakte Wiedergabe erreicht. Die Signatur in weißen griechischen Großbuchstaben war ein Hinweis darauf, daß er seinen Namen in seiner Jugendzeit unter dieses Bild gesetzt hatte. Später war er mehr und mehr dazu übergegangen, in griechischen Minuskeln zu signieren. Als er die Konturen für das neue Bild entwarf, rief sich Greco die wichtigsten Stationen aus dem Leben des Heiligen, mit denen er sich in Italien vertraut gemacht hatte, in Erinnerung.

Er wußte, daß der Hl. Franziskus ein sehr einfacher Mann gewesen war, der aber mystische Kräfte besaß. Wie er, Domenikos Theotokopoulos, war der Hl. Franziskus Sohn eines Kaufmanns gewesen. Ursprünglich sollte er den Handel seines Vaters weiterführen, doch Gott ließ ihn krank werden, so daß dieser Plan nicht verwirklicht werden konnte. Einmal gab der spätere Heilige ein Festessen; seine Freunde vermißten ihn plötzlich und fanden ihn später in einem Trancezustand wieder.

Greco wußte, daß er nie ein Bild malen könnte, das die Einfachheit des Heiligen zeigte. Er fühlte sich auch nicht berufen, aus dem Genie des Hl. Franziskus die populäre Figur zu machen, die mit Tieren spricht und letzten Endes nicht geeignet ist, die Führung einer großen religiösen Gemeinschaft zu übernehmen. Greco wollte den Heiligen beim Gebet darstellen.

Er überprüfte seine venezianische Arbeit noch einmal und rief sich den historischen Hintergrund ins Gedächtnis: Der Hl. Franziskus von Assisi starb im Alter von fünfundvierzig Jahren. Zwei Jahre vor seinem Tode bestieg er den Berg Alverno in den Appeninen. Zuerst begleiteten ihn mehrere seiner Anhänger, doch nur sein bester Freund, Bruder Leo, ging den ganzen Weg mit ihm. Nach der Überlieferung hat der Heilige die Wundmale Christi erhalten, als er allein war; eine andere Version erzählt, daß sein Freund, Bruder Leo, bei ihm war.

Nach vierzig Fastentagen hatte der Hl. Franziskus auf dem Berg Alverno eine seltsame Vision. Ein Engel, der aus der Sonne kam, flog auf ihn zu. Von Licht umflutet, erschien ein Kreuz, an das der Engel genagelt war. Der Engel verwandelte sich in Christus, und der Hl. Franziskus fühlte einen scharfen Schmerz. Als er aus diesem Trancezustand erwachte, sah der Heilige, daß seine Hände Wundmale trugen.

Im ersten Bild malte Greco den Hl. Franziskus, wie er die Wundmale in Gegenwart seines Freundes, des Bruders Leo, erhielt. Diese Version schuf er in Erinnerung an seinen eigenen Freund, Pater Franziskus, der ihm den Glauben an seine zukünftige Karriere gegeben hatte. Er durfte nicht vergessen, den Hl. Franziskus mit seinem, Grecos, geheimnisvollen Zeichen zu malen. Er konnte zum Beispiel die Hände des Heiligen, die bereits die Wundmale trugen, über der Brust kreuzen. Das wäre am einfachsten ... Greco lächelte, das Bild war jetzt klar in seinem Kopf, und er brauchte nicht weiter zu suchen.

„Eines Tages werde ich dir mit meiner Darstellung besser gerecht werden, Franziskus", murmelte er beim Malen. „Vergib mir, denn das andere Bild kann ich jetzt nicht in Angriff nehmen – hab Geduld mit mir, eines Tages werde ich es besser machen." Dann erinnerte er sich, daß der Heilige nach Spanien gekommen war, um vor den Mauren zu predigen. Es gelang ihm aber nicht, sie zu bekehren, und so kehrte er nach Italien zurück. Domenikos stellte sich vor, Gott wohnte in vielen Tempeln, jeder anders aussehend, was dazu führte, daß diejenigen, die Ihm dienten, so unterschiedlich in ihren Persönlichkeiten waren wie die Apostel.

Obwohl Greco einige Nächte lang seine Augen nicht geschlossen hatte, spürte er kein Schlafbedürfnis und war auch nicht erschöpft. Er war sehr lebendig, angeregt durch eine Vielzahl von Dingen, die er mit neuem Bewußtsein betrachtete. Es schien ihm, als hätte er neue Kräfte erworben, das Licht darzustellen. Gottes Licht durchdrang mit seinem feinen, körperlichen Wesen alle Dinge; die dunklen allerdings wehrten sich dagegen, wodurch das Licht selbst die Dunkelheit hervorbrachte. Der Hl. Franziskus war seiner Berufung gefolgt und hatte eine Gemeinschaft von Männern gebildet, um Gott zu dienen. Jerónima, die Jungfrau, spürte den Drang in sich, ihn, Greco, zu lieben, sich mit ihm zu vereinigen und sein Kind zu empfangen. In ihm selbst war das immerwährende Verlangen, zu malen und Gott zu dienen, nicht nur durch seine eigenen Gebete, sondern auch, indem er die Gebete anderer Menschen, deren Sinne und Seelen nicht so klar sehen konnten wie er, zum Ausdruck brachte. Jedermann lobte und verherrlichte den Schöpfer auf seine Weise. Wieder einmal fühlte Greco, klarer als jemals zuvor, daß er nicht nur eine Berufung erhalten hatte, sondern auch die Kraft, seine Mission zu erfüllen, bevor er sterben würde. Denn sterben mußten sie alle: die mit und durch den Geist lebten genauso wie diejenigen, die nur im Fleisch lebten. *"Memento mori."* Er beschloß, nahe der rechten Hand des Hl. Franziskus einen menschlichen Schädel zu malen.

Greco war so vertieft in seine Malerei und Meditation, daß er nicht hörte, wie Preboste eintrat und ihm Frühstück brachte: Weißbrot, Honig und ein Glas Milch.

Er suchte nach einem Platz, wo er das Frühstück hinstellen konnte, ohne daß es seinem Meister bei der Arbeit im Wege stand, er es aber trotzdem entdeckte, solange die Milch noch heiß war. Doch plötzlich drehte sich Greco herum, von der Leinwand weg, und sagte: „Mein Lieber, du darfst nicht böse mit mir sein ... aber ich habe begonnen, an einem anderen Gemälde zu arbeiten. Ich muß etwas Geld verdienen und denke, der Hl. Franziskus ist bereit, mir dabei zu helfen." Den Pinsel noch in der Hand haltend, trank er die Milch in einem langen Zug aus, biß von dem Brot ab und fuhr fort: „Natürlich soll der Heilige ein spanisches Aussehen haben, damit er den Bürgern von Toledo gefällt ... doch jetzt muß ich mich beeilen." Greco musterte Preboste mit einem scharfen Blick und meinte dann: „Dein Gesicht würde ganz gut passen. Das Gesicht eines Mannes im Gebet, mit dunklem Haar, Bart und weit geöffneten Augen. Du kannst seinen Mantel malen, während ich an der „Entkleidung" weiterarbeite. Stell das dort hin, mein Freund, ich habe genug gegessen."

Greco begann, das Gesicht des Hl. Franziskus[1] detailliert wiederzugeben. Er zeigte den Heiligen im Gebet, ins Licht schauend und mit dem Schädel in seiner rechten Hand. Er arbeitete mit großer Konzentration. Größte Aufmerksamkeit widmete er dem Ohr des Heiligen, das er ziemlich groß und wohlgeformt malte. Es sollte ein Symbol dafür sein, daß der Hl. Franziskus in der Lage war, die Stimmen der Natur zu hören und zu verstehen, wofür normale Menschen kein Gehör haben.

Mittag war schon lange vorüber, als sich Francesco schließlich bewegte. Durch das lange Modellsitzen mit den gekreuzten Händen über der Brust war er ganz steif geworden. „Du mußt doch Hunger haben, so wie ich", sagte er.

Greco malte weiter und achtete nicht auf seine Umgebung. Es war sehr vorteilhaft, wenn man mit solcher Konzentration arbeiten konnte. Er wollte jetzt nicht aufhören, denn das Licht war gut, und er wurde durch nichts gestört. In seinem Eifer überhörte er die leichten Schritte, mit denen Jerónima in seine Werkstatt getreten war. Sie kam allein, während ihre Zofe draußen aufpaßte, wo sie Preboste getroffen hatte. Im Zimmer war es so still wie zuvor.

„Domenikos", sagte sie, „der Hl. Franziskus könnte Toledo für dich erobern."

Ihre Stimme erschreckte ihn nicht; vielleicht hatte er noch nicht einmal

1 Siehe die früheren Versionen, Madrid und Paris

gemerkt, daß sie wirklich da war und nicht in seinem Traum. Er malte einfach weiter.

Schließlich antwortete er: „Nein, nicht dieses Bild – sondern ein besseres. Ein spanischer Hl. Franziskus[1] mit einem leuchtenden, doch abgezehrten Gesicht. Voller Verzückung empfängt er die Wundmale, allein auf dem Berg Alverno, mit dem Schädel an seiner Seite. Ein bartloses Gesicht."

„Domenikos, du mußt ihn kniend malen, die Hände über der Brust gekreuzt, mit einem schmalen Gesicht und dünnem Bart, denn er war ein Mann von dreiundvierzig Jahren, als er die Vision mit dem Engel hatte, der sich in Christus am Kreuz verwandelte."[2]

„Ja, meine Liebe, es gibt da noch eine andere Version, die die schwierigste sein dürfte: der Hl. Franziskus mit Bruder Leo[3] – doch für all diese Versionen fühle ich mich noch nicht reif genug." Er hielt inne und drehte sich um, damit er Jerónima anschauen konnte.

Da stand sie vor ihm im vollen, warmen Sonnenlicht; ihre Haut war weiß, nur die Wangen leicht rosa. Ihr aschblondes Haar, um das sie einen weißen Schleier trug, erschien heute fast braun. Ihr Gesicht war edel und wies keinerlei harte Züge auf: die Linie der Brauen schwang sich sanft bis zur Wurzel ihrer geraden Nase mit der weichen, runden Spitze und den kleinen Nasenlöchern. Er wußte, daß die Farbe ihrer Augen veränderlich war; gewöhnlich jedoch hatten sie die Farbe von Bernstein, von samtigen Wimpern umrahmt, die dunkler waren als ihr Haar. Mit ihrer Krümmung wiederholten oder betonten sie die lange, geschwungene Oberlippe, die den kleinen, herzförmigen, blühenden Mund kennzeichnete. Ihr Gesicht war oval und zeigte weich geschwungene Linien. Jetzt schaute sie auf, ihre Augen erst weit geöffnet, dann wieder halb bedeckt durch den Spitzenvorhang ihrer sehr dunklen Wimpern, womit sie eine Art weiblicher Unterwürfigkeit zum Ausdruck brachte.

Greco schaute auf ihren kleinen, weichen Mund mit den leicht geöffneten Lippen, die feucht glänzten und auf seinen Kuß warteten. Einen Augenblick lang überlegte er, ob er sie malen sollte. Doch als er sie so betrachtete und seine Sinne ganz auf sie konzentrierte, nahm er sie mit einer langsamen und sanften Bewegung einfach in seine Arme und küßte ihre Lippen.

Draußen sagte die Zofe zu Preboste: „Wir sind gekommen, um deinem Meister Lebewohl zu sagen; Doña Jerónima muß morgen nach Madrid zurückkehren. Ihr ehrenwerter Vater hat eine Nachricht gesandt,

1 Bezug auf eine spätere Version, Escorial, etc.
2 Madrid, Hospital de San Juan Bautista, Toledo, etc.
3 El-Greco-Museum, Toledo, etc.

und wir dürfen unsere Abreise nicht hinausschieben, sondern müssen gehorchen."

Darauf antwortete Francesco: „Doña Jerónima hat die Absicht, ihren Vater zu überreden, sich von meinem Meister porträtieren zu lassen. Don Domenikos sagte mir, daß er schon bald nach Madrid zu fahren gedenkt."

Später, als Greco und Preboste wieder bei der Arbeit waren, verließ Doña Jerónima die Stadt.

KAPITEL XIV

Toledo und Madrid, 1577

Obwohl die „Entkleidung Christi“ Fortschritte machte, kam die Bezahlung in sehr schleppenden Raten. Mit der Unterschrift unter den verbindlichen Auftrag vom 2. Juli 1577 hatte Greco eine Vorauszahlung von der Kathedrale in Höhe von 13 600 Maravedi erhalten, ausgezahlt vom Kanon der Kathedrale, Garcia Loaysa. Am 9. August 1577 erhielt der Künstler eine weitere Zahlung aus gleicher Quelle, die sich auf 51 000 Maravedi belief. Diese wurde als Darlehen betrachtet und Greco versprach, die Summe nach seiner Rückkehr aus Madrid zurückzuzahlen.

Greco sagte zu Preboste: „Bist du einverstanden, allein hierzubleiben, wenn ich nach Madrid fahre?“

„Natürlich, aber eine Frage beschäftigt mich dabei – was passiert, wenn jemand aus der Kathedrale oder aus der Kirche Santo Domingo el Antiguo hierher kommt und sich nach dir erkundigt?“

Greco malte schweigend weiter. Dann ging er von der Leinwand, auf der die „Entkleidung“ entstand, zurück und antwortete: „Letzte Nacht habe ich eine Entdeckung gemacht. Mir scheint, daß der Keller, in dem wir arbeiten, der Anfang oder das Ende des arabischen Teils dieses Gebäudes ist. Dort drüben muß der alte Jude Levy seine Schätze versteckt haben. Es sollte mich nicht überraschen, wenn der Eingang, den ich gefunden habe, der Anfang eines unterirdischen Ganges ist, der direkt hinunter zum Tajo führt. Wir werden dort unten höchstwahrscheinlich völlig trockene Räume vorfinden und vielleicht sogar einige Spuren maurischer Kunst entdecken.“

Preboste sagte: „Dann könnten wir die ‚Entkleidung‘ dort verstecken, und ich könnte ‚Mariä Himmelfahrt‘ und das ‚Heilige Gesicht‘ dem Dekan übergeben, wenn er wünscht, diese Leinwände in seinem Palast zu haben. Ich könnte ihm irgendeine Geschichte erzählen – daß du nach Madrid gerufen wurdest und bald zurückkehrst.“

„Ja, das ist eine gute Idee. Ich werde auch meine Bücher sorgfältiger als bisher verstecken, besonders meine griechische Bibel. Überall in der Stadt sind Spione der Inquisition am Werke, und das Lesen der Bibel wird als strafbare Handlung betrachtet.“

Von niemandem beobachtet, machten sie des Nachts ein Loch in die Wand, hinter der Greco weitere Räumlichkeiten vermutete. Sie war ziemlich brüchig, so daß sie ihr Ziel schnell erreichten: hinter der Wand befanden sich tatsächlich Räume, die trocken waren. Hierhin brachten sie die „Entkleidung“ und schlossen danach die Wand wieder mit größter Sorgfalt.

Preboste sagte lachend: „Jetzt weiß ich endlich, wo ich unser Gold verstecken kann, sobald wir es haben.“ Am nächsten Tag mietete er einen Araberhengst für seinen Meister, und Greco bemerkte, als er heimkam: „Juanelo Turriano hat einen Boten hergeschickt und uns gebeten, heute abend in sein Haus zu kommen. Ich hatte doch tatsächlich unseren Freund ganz vergessen und wäre abgereist, ohne mich von ihm zu verabschieden, hätte er uns heute nicht zu sich gebeten.“

„Ich werde hierbleiben“, entschied der gute Francesco, „denn ich habe gehört, daß dein Freund Pompeyo Leoni[1] bei ihm ist. Er ist gerade aus Madrid zurückgekommen.“

„Wirklich? Ich wollte ihn neulich besuchen, aber er war nicht da. Er hat den Sarkophag für den Hl. Eugen immer noch nicht fertiggestellt.“

„Geh allein, Domenikos, vielleicht ist es dann leichter für dich, Empfehlungen zu bekommen, so daß du einige Porträts, oder wenigstens eins, malen könntest, während du in Madrid weilst.“

Greco wurde von Turriano und dem Bildhauer sehr freundlich willkommen geheißen. Pompeyo Leoni sagte: „Wie gefällt Euch die Büste, die ich von unserem Freund Juanelo geschaffen habe?“[2]

Während Greco sich die weiße Marmorbüste anschaute, fuhr der Bildhauer fort: „Ich würde gern von Euch gemalt werden, wenn Ihr Zeit habt und wenn eure Preise nicht zu hoch sind.“

Greco gab nicht gleich Antwort, da er einen Moment Zeit brauchte, die Sache zu überdenken. Dann sagte er: „Ich werde es umsonst tun – wenn ...“ Hier brach er ab, nahm seinen Satz aber gleich wieder auf: „Wenn ich Euch malen könnte, während Ihr an der Büste des Königs arbeitet. Das würde ein gutes Porträt ergeben.“[3]

„Wofür steht das geheimnisvolle „Wenn“? Nennt eure Bedingung beim Namen.“

Greco zögerte, bevor er antwortete: „Ich werde das Bild nach meiner Rückkehr aus Madrid malen und es Euch überlassen. Ich gebe zu, daß der Preis ungewöhnlich ist. Um es kurz zu machen: Ich möchte, daß Ihr mich einer wichtigen Persönlichkeit in Madrid empfehlt, die ich

1 Pompeyo Leoni, ein in Italien geborener Bildhauer, der in den Diensten Philipps II. stand

2 Büste Juanelo Turrianos, geschaffen von Pompeyo Leoni, Nationalmuseum, Toledo

3 Porträt Pompeyo Leonis, geschaffen von El Greco, Glasgow, Schottland

porträtieren kann. Ich meine eine Person, die politischen Einfluß hat oder von hohem Rang ist."

An dieser Stelle begann Juanelo zu lachen. „*Cherchez la femme* – mein Lieber, es wird das beste für Euch sein, wenn Ihr die Prinzessin von Eboli malt."

„Oh, nein, ihre großen Zeiten sind vorbei. Man weiß natürlich nie, was noch kommt. Ich persönlich habe meine Zweifel, daß sie jemals des Königs Geliebte war, doch eines schönen Tages wird ihre Affäre mit Pérez sie in Schwierigkeiten bringen. Auch wenn der König sie jemals geliebt hat, würde er ihr aus dem einfachen Grunde der persönlichen Eitelkeit nie verzeihen, daß sie mit seinem Sekretär geschlafen hat." Pompeyo Leoni schien nachdenklich, sprach er doch von einer Liebesaffäre und meinte eigentlich eine Angelegenheit des Staates oder der Politik. Es war offensichtlich, daß er nicht alles sagte, was er wußte. Er hielt sein Glas dem Gastgeber hin, damit er ihm Wein einschenke.

Die drei Männer saßen zusammen; Kerzen und Lampen wurden von einem schweigenden Diener angezündet, den Juanelo schnell wieder wegschickte. Es gab also bei ihrem Gespräch keine Zeugen. Greco hob sein Glas, trank und wartete, daß einer der beiden anderen die Unterhaltung fortsetzte.

Schließlich fragte Juanelo: „Was geht eigentlich in Madrid in diesen Tagen vor? Es gibt so viele Gerüchte, und niemand scheint zu wissen, welche Karte der König auszuspielen gedenkt. Ich habe gehört, Domenikos, daß Ihr ein Laienjesuit seid. Stimmt das oder ist es indiskret, Euch eine solche Frage zu stellen?"

Greco schwieg; über dieses Thema sprach er selten, er gab weder zu, Laienjesuit zu sein, noch stritt er es ab. Pompeyo Leoni wartete auf eine Antwort, nahm dann das Schweigen als Bestätigung an und sagte: „Letzten Monat, als ich in Madrid war, kam ein Mann, den ich kenne, bei Hofe an. Dem könnte ich Euch gut empfehlen. Er möchte nicht von Coello[1] gemalt werden, weil Coello, dessen Schwester mit Pérez verheiratet ist, Maler des Königs ist und auch die Prinzessin von Eboli gemalt hat."

Greco fragte: „Meint Ihr, Don Juan Escovedo ist in Madrid eingetroffen?"

„Ja. Gerüchten zufolge soll er den Auftrag haben, für Johann von Österreich vom König die Erlaubnis einzuholen, Maria Stuart zu heiraten. Man sagt, ihre Vermählung ist wahrscheinlich, denn der Papst hat Johann bereits eine Bulle übergeben", antwortete der Bildhauer.

1 Alonso Sanchez Coello, 1515–1590, spanischer Maler

„Ich aber habe gehört, daß sein Meister ganz andere Pläne hat", sagte Turriano mit leiser Stimme.

Die beiden anderen schenkten dieser Bemerkung keine Aufmerksamkeit. Sie saßen und diskutierten lange, und als Greco sich schließlich anschickte zu gehen, hatte er das gewünschte Empfehlungsschreiben in der Tasche.

Und so kam es, daß Greco nach Madrid reiste, wo er tatsächlich, wie geplant, Escovedo[1] porträtierte, was ihm einen ausgezeichneten Vorwand lieferte, einige Wochen in Madrid zu bleiben.

*

Die de las Cuevas waren eine Familie wohlhabender Seidenweber und besaßen ein sehr komfortables Haus in Madrid. Gleich nach seiner Ankunft schickte Greco einen Boten mit Rosen und Lilien zu Jerónima, gab jedoch keine Nachricht mit, denn er wußte, daß sie sein Zeichen gut verstehen würde.

Das Porträt Escovedos machte schnelle Fortschritte. Escovedo, oder in anderer Schreibweise Escobedo, lächelte, als ihn der Künstler fragte, ob er nicht auf dem Bild einen kleinen Besen neben sich auf dem Tisch mit dem schön gemalten Tischtuch haben wollte. Das sollte ein Hinweis darauf sein, daß sein spanischer Name in der Übersetzung „kleiner Besen" bedeutete. Greco ließ das Bild unsigniert.

Eines Tages sagte er zu seinem Modell: „Wenn Eure Exzellenz mir verzeihen wollen, ich würde Euch gern fragen, ob die Jesuiten bei der Familie de las Cuevas beliebt sind."

Escovedo schaute den Künstler aufmerksam an, gab aber keine Antwort. So fuhr Greco vertrauensvoll und offen fort: „Ich möchte die Tochter des Hauses, die tief religiös ist, heiraten. Es ist daher für mich von großer Wichtigkeit zu wissen, auf wessen Seite ihr Vater steht."

Schließlich kam Escovedos Antwort: „Natürlich habe ich alles über dich in Erfahrung gebracht, Greco, bevor ich mich malen ließ. Deine Freunde in Rom haben nicht vergessen, daß du der immer größer werdenden Gruppe der Laienjesuiten in Spanien angehörst. Wir sind heutzutage ziemlich gut informiert, doch vielleicht nicht so mächtig wie unser guter Freund Pérez. Ist er aber wirklich unser Freund? Obwohl ich in seinem Haus zu Gast war, weiß ich nicht, wie ich das ausgehalten habe. Und so habe ich mich porträtieren lassen, einer Vorahnung folgend, daß für Johann und für mich selbst womöglich alles anders kommt, als es sollte. So wird meine arme Familie daran erinnert werden, daß ich es als

1 Juan de Escovedo, oder de Escobedo, Sekretär Johanns von Österreich

meine Pflicht betrachtete, Madrid und Spanien von dem dunklen Schatten zu befreien, den Pérez' Falschheit und Doppelzüngigkeit auf uns alle geworfen hat.

Nun zu deiner Frage. Die Familie de las Cuevas ist zwar gut betucht, hat aber nur geringen politischen Einfluß. Die Mutter steht auf unserer Seite, genauso wie ihre Tochter Jerónima. Der Vater ist ein Kaufmann, und der Wunsch nach Geld beherrscht sein ganzes Handeln. Er ist engstirnig und will seine schöne, temperamentvolle Tochter einem Cousin zur Frau geben, der seine Karriere Pérez verdankt. Nach meinem Verständnis dürfte das ein ziemlich gefährliches Unterfangen sein. Wenn nämlich der König eine andere Haltung einnehmen sollte, werden alle, die dem königlichen Sekretär Pérez etwas schulden, in eine höchst unangenehme Lage geraten. Nun weißt du, Greco, daß du sehr vorsichtig vorgehen mußt, wenn du von Philipp einen Auftrag für den Escorial bekommen willst. Wenn ich an deiner Stelle wäre, würde ich Mutter und Tochter de las Cuevas warnen. Mehr kann ich dir nicht sagen."

Das war eigentlich alles, was Greco wissen wollte. Er brachte dem Mann, der seinerzeit von Philipp selbst zum Sekretär Johanns von Österreich ernannt worden war, große Bewunderung entgegen. Anstatt dem spanischen König zu dienen, hatte er sich vollständig der Sache und dem Dienst an Johann von Österreich, dem Mann der Jesuiten, und an Rom verschrieben. Greco begann jetzt zu fürchten, daß die Situation in der Familie de las Cuevas noch schwieriger sein würde, als er erwartet hatte. Unter diesen Umständen konnte er Escovedo nicht um eine Empfehlung bitten und mußte sich auf seinen eigenen Kopf verlassen.

*

Domenikos wollte Diego Alonso de Covarrubias, Sohn des verstorbenen Architekten, dessen Arbeiten er in der Kathedrale von Toledo bewundert hatte, einen Besuch abstatten, doch Diego war krank und konnte ihn nicht empfangen.

Schließlich bekam er eine Empfehlung, die ihm half, an einen anderen Kaufmann heranzukommen, der ihn schließlich in die Familie de las Cuevas einführte. Zu diesem Zweck gab Greco vor, eine Bestellung für den Kauf von Seide aufgeben zu wollen.

Es wurde ihm Einlaß gewährt. Der Vater schien ein strenger Mann zu sein und hatte überhaupt kein Empfinden für die feine Harmonie zwischen verwandten Seelen. Er bemerkte nicht, daß die Atmosphäre spannungsgeladen war, als sich Greco und Jerónima nach mehreren Wochen der Trennung zum erstenmal wieder gegenüberstanden.

„Ich brauche eine bestimmte Menge roten Stoffs, den ich verwenden kann, um Christi Tunika zu malen." Greco vermied es, den Kaufmann direkt anzusehen und fuhr dann fort: „Natürlich keine Seide, auch keinen Samt, aber ein Tuch; scharlachrot soll es sein mit blau darin, und sein rotes Licht soll von grauem Metall kräftig reflektiert werden können."

Alle verfügbaren Stoffe in Rottönen wurden vor Greco ausgebreitet. Cuevas antwortete: „Du mußt der junge griechische Maler sein, den meine Tochter erwähnt hat. Wie ich hörte, hast du von der Kathedrale von Toledo den Auftrag für ein bedeutendes Ölgemälde erhalten. Meine Tochter ist sehr interessiert an den schönen Künsten."

„Ihr ehrt mich sehr. Wenn eure Tochter an meiner Arbeit interessiert ist, möchte sie vielleicht auch eine der anderen Leinwände sehen, die ebenfalls in der Kathedrale von Toledo aufgehängt werden sollen, ein Gemälde des Hl. Franziskus."

Am nächsten Tag kehrte Greco mit dem Bild des Hl. Franziskus zurück. Er verbeugte sich galant vor seinem Publikum im Hause de las Cuevas und hängte das Bild so auf, daß es jeder sehen konnte.

„Deine Konzeption, diesen Heiligen darzustellen, spricht mich an. Meine Tochter weiß gewiß mehr über Kunst als ich. Gestern schlug sie vor, daß du mich porträtieren solltest, aber ich bin nicht sehr gut im Stillsitzen. Ich schlage deshalb vor, daß du meinen Sohn, Manuel de las Cuevas,[1] malst, und über mein Porträt können wir dann später sprechen."

„Ich werde es als große Ehre betrachten."

Greco schaute den jungen Mann an, dessen stolze Haltung ihn viel älter erscheinen ließ, als er war. Jerónimas einziger Bruder hatte die gleichen unergründlichen, großen Augen, doch sie waren schwarz wie Holzkohle, mehr leuchtend als sanft und gütig und in ihrem Ausdruck mehr direkt und weniger verträumt. Sein Haar war viel dunkler als das seiner Schwester, man kann sagen schwarz, und der Haaransatz verlief quer über die mittelhohe Stirn. Die großen und wohlgeformten Ohren lagen eng am Kopf an; die Form seines Gesichts war rund und nicht so fein und oval wie Jerónimas. Der Mund wies dieselbe herzförmige Oberlippe auf wie bei Jerónima, doch die Unterlippe war größer. Seltsamerweise war das Kinn der Tochter der Beweis dafür, daß sie einen stärkeren Willen als ihr Bruder hatte. Manuels Oberlippe war lang, doch halb verdeckt durch einen Schnurrbart. Die Ähnlichkeit war offensichtlich bei den dunklen Augenbrauen, die über den Augen gerade verliefen und dann sanft zur Nasenwurzel hin geneigt waren. Im Unterschied zu Jerónima hatte der Junge etwas große, fleischige Nasenlöcher. Die Familie verleugnete das, denn es wurde, wie auch jüdisches Blut, als unehrenhaft

1 Porträt eines unbekannten jungen Mannes

betrachtet und war Grund für den Ausschluß von öffentlichen Ämtern, doch Greco sah es sofort . . . wenn auch schwach und weit zurückliegend – es war maurisches Blut in der Familie, denn sowohl Jerónimas als auch Manuels Gesicht zeigten unverkennbare Spuren davon.

„Du scheinst mit großem Vergnügen daranzugehen, den Plan für das Porträt meines Sohnes zu entwerfen", bemerkte der Vater.

„Das tue ich. Leider ist meine Zeit hier in Madrid sehr begrenzt. Ich müßte euren Sohn bitten, nach Toledo zu kommen und mir dort in der letzten Arbeitsphase Modell zu sitzen."

„Manuel wird schon bald Toledo besuchen und wie meine Tochter im Hause seines Onkels wohnen. Bei seiner Rückkehr nach Madrid könnte er das fertige Bild dann mitbringen."

Als Greco wiederkam, um mit der Arbeit an dem Porträt zu beginnen, brachte er ein Paket mit. Ein Junge trug seine Malutensilien. Vater, Tochter und Sohn waren zugegen, um ihn zu begrüßen.

„Don Diego Covarrubias hat das für mich aufbewahrt", bemerkte Greco, indem er das Paket aufschnürte. „Ich meinte, Ihr würdet gern ein Porträt sehen, das ich während meines kurzen Aufenthaltes in Madrid, bevor ich zum Escorial ging, gemalt habe."

„Wer ist dieser Herr?"

„Niemand Konkretes – ich nenne es ‚Bildnis eines Ritters mit der Hand auf der Brust'[1]. Für mich ist er einfach, wenn Ihr mir verzeihen wollt, der typische spanische Edelmann unserer Zeit, ein kämpferischer Mann und Liebhaber schöner Frauen."

„Hast du ihn deshalb mit Schwert gemalt?"

Greco lächelte und sagte: „Jeder hat seine Schwäche – meine ist das Malen schöner, fein gearbeiteter Griffe, Spitzen und Borten."

Vater und Tochter standen vor dem Bild und bewunderten des Spaniers Gesicht, das offensichtlich drei gleich lange Teile bildete: die Stirn, die gerade Nase und das Kinn mit dem spitzen, gepflegten Bart. Jede Linie des Ritters war sanft und fließend. Weiße Spitzen umgaben den dunklen Kopf mit dem kapriziösen Ausdruck, und weiß waren auch die Spitzenmanschetten, die die feine Hand am Handgelenk umschlossen. Der relativ kleine Kopf des Ritters mit den dunklen Augen und dem sehr roten, herzförmigen kleinen Mund saß kokett auf einem ziemlich langen Hals, wobei das Kinn die Halskrause berührte.

Doch es war die Hand, die in dem Bild hervorstach.

Señor de las Cuevas bemerkte: „Die Hand sieht seltsam aus, mit dem nach außen gebogenen Daumen und der übertriebenen Länge der Finger." Dann schloß er die Frage an: „Warum hält er die beiden Finger so

1 „El caballero con la mano al pecho", Prado, Madrid

unnatürlich, eng aneinandergelegt, während die anderen auseinandergespreizt sind? Niemand hält in dieser Weise seine Hand gegen die Brust."

Greco begann zu malen. „Ich möchte, daß Doña Jerónima die Sache mit den Fingern erklärt."

„Ich denke, es handelt sich dabei um ein Zeichen geheimer Verständigung."

„Sprich lauter, meine Tochter, du scheinst eine Menge zu wissen, wovon dein Vater noch nie etwas gehört hat."

Jerónima sagte: „Diese Geste wird von Ignatius de Loyola in der ersten seiner vier Aufzeichnungen über die ‚Geistigen Übungen' empfohlen. Eine Hand wird jedesmal, wenn eine Sünde begangen wird, auf die Brust gelegt, womit wir anzeigen, daß unser Herz leidet."[1]

„Es ist so, wie Doña Jerónima sagt. In meiner Jugend wurden mir einige grundlegende Lehren der Jesuiten beigebracht. Später, in Rom, beschäftigte ich mich eingehend mit den ‚Geistigen Übungen' Ignatius de Loyolas. Zu jener Zeit war Rom von seinen Lehren stark beeinflußt, ganz im Gegensatz zu Venedig, wo Frohsinn und Lebenslust die Regel war."

„Du scheinst weit gereist zu sein, junger Mann. Erzähl mir etwas über dich." Des Vaters Neugier war geweckt.

„Ich wurde 1541 in Kandia auf der Insel Kreta geboren. Nachdem ich einige Jahre in einem Franziskanerkloster ausgebildet worden war, ging ich mit neunzehn Jahren nach Venedig und später von dort nach Rom. In Venedig arbeitete ich für verschiedene dort ansässige Meister, so für Tizian, Tintoretto und Bassano. In Rom kam es zu einer Kontroverse, die meinem frühen Ruf als Porträtmaler schadete."

An dieser Stelle ließ Jerónima ihr silberhelles Lachen ertönen und sagte: „Der ‚Bedecker' wurde beauftragt, Michelangelos gewaltiges ‚Jüngstes Gericht' in der Sixtinischen Kapelle für Frauenaugen geeigneter zu machen. Doch Greco sagte in aller Öffentlichkeit, daß dies eine unsinnige Arbeit darstellte, und er statt dessen bereit und in der Lage wäre, das gesamte ‚Jüngste Gericht' neu zu malen – ohne die schockierenden Details."

„Ja, das war der Grund für den Streit. Doch ich kann Euch und jedem, der daran Interesse hat, die Skizzen zeigen, die ich zu diesem Zwecke in Rom angefertigt habe."

„Und seit wann bist du schon in Spanien?"

Greco beschloß, einer direkten Antwort auszuweichen. „Ich kenne einige der führenden spanischen Künstler persönlich", bemerkte er. „Ich habe mit Herrera und Monegro gearbeitet, und zu meinen Freunden gehören Männer wie Covarrubias, Turriano und Don Diego de Castilla."

1 „Excitandonos interiormente en el dolor" (Wir sind innerlich schmerzlich erregt)

„Du bist demnach in Spanien gut aufgenommen worden."

Die ganze Zeit über malte Greco weiter, während sein Modell, Manuel de las Cuevas, ihn mit großen Augen anschaute, als wüßte er sehr gut, worum es hier ging. Greco sagte: „Am liebsten male ich, aber ich kenne mich auch in Architektur aus und übe meine Hand gern als Holzschnitzer; manchmal schreibe ich sogar, denn ich möchte meine Ideen über Architektur darlegen und erklären."

„Verdienst du mit deiner Kunst auch Geld?"

„Für mich und meinen Gehilfen verdiene ich mehr als genug, aber . . ."

„Ich verstehe, jedoch nicht genug für eine Familie."

„Euer Ehren sind gütig, mir zu helfen, meine Gedanken richtig auszudrücken. Komfort und Luxus könnte ich, zumindest im Moment, meiner Frau nicht bieten."

Jerónima warf unvermittelt ein: „Wenn aber eine Frau einen Mann liebt, kann sie auf nutzlosen Luxus verzichten."

Ihr Vater schaute sie an und sagte: „Es ist gut, Jerónima, daß du als die Frau deines Cousins Don Alfredo solche Probleme nie haben wirst. Du bist leidenschaftlich, und Leidenschaften machen verschwenderisch."

Greco schaute zu ihr hin, denn sie hatte eine plötzliche Bewegung gemacht, und er konnte Tränen in ihren Augen sehen. Ihr Leid war auch seines, und er fühlte den Schmerz zwischen ihnen, wie er zuvor die Freude gespürt hatte. Seine Hand, die sichere Hand, die gerade die Spitzen an Manuels Kleidung malte, zitterte.

„Niemals, Vater, niemals werde ich Alfredo heiraten. Viel lieber würde ich sterben." Sie schluchzte laut und verließ das Zimmer.

Einen Moment lang erschien es Greco, als könnte er seine Arbeit nicht fortsetzen. Sein Pinsel verriet seine Qual, so daß er das Malen unterbrach und sich umdrehte, um Farben auf der Palette zu mischen. Ihr Leid bohrte sich auch in sein Herz. Und trotzdem wußte er, daß der Augenblick, wo er offen mit ihrem Vater sprechen konnte, noch nicht gekommen war. So blickte er schweigend auf Vater und Sohn, mit denen er nun allein im Zimmer war.

Der Vater sagte ziemlich trocken: „Male weiter, junger Mann; heute weint sie, morgen wird sie darüber lachen. Trotzdem sollte ich mit Don Juan de Escovedo in Madrid eine Unterredung führen und abwägen, ob es politische Gründe gibt, die für oder gegen diese Heirat sprechen – auf jeden Fall wird das Mädchen tun, was ich ihr sage."

Greco, der es für klug hielt, sich nichts anmerken zu lassen, setzte seine Arbeit für eine weitere halbe Stunde fort. Dann verließ er das Haus der Familie de las Cuevas, ohne Jerónima noch einmal gesehen zu haben. Er wußte, daß sie noch immer litt, vielleicht weinte sie sogar. Trotzdem wagte er nicht, jetzt nach ihr zu fragen, da er fürchtete, ihr Vater könnte ihm den weiteren Zutritt zu ihrem Hause verwehren.

Die folgende Nacht erschien endlos. Er konnte sie nicht in seinen Armen halten. Am Morgen fühlte er sich erschöpft, von Sehnsucht erfüllt und verzweifelt durch die Erkenntnis, daß er sich noch immer keinen Ruf als Maler hatte erwerben können. In den Augen des Vaters war er irgendein armer Maler, und der würde er bleiben, wenn er nicht irgendwann einmal einen offiziellen Auftrag vom König erhielt.

Wieder im Hause der de las Cuevas angekommen, begann er, diesmal allein, mit dunklen Farben zu arbeiten, die mit den weißen Spitzenmanschetten kontrastierten. Jerónimas Bruder wurde für diesen Teil des Gemäldes nicht als Modell gebraucht. Greco hing seinen Gedanken nach. Um heiraten zu können, mußte er wirklich erst ein besseres Heim für die von ihm geliebte Frau schaffen. Dazu würde er nur in der Lage sein, wenn er zuerst die Verträge in Toledo erfüllte. Vielleicht hätte der König, wenn er die „Entkleidung Christi" sähe, mehr Vertrauen in seine Leistung als Künstler, so daß er ihm einen bedeutenden Auftrag für den Escorial erteilen würde.

Stunde um Stunde verging. Er war mit seiner Arbeit an dem Bild bedeutend vorangekommen, als Jerónima eintrat. Sie kam nicht allein, sondern in Begleitung ihrer Mutter.

Als er sie anschaute, bemerkte Greco, daß Kummer und Leid das Licht in ihren Augen getrübt hatte. Sie war blaß, hatte wahrscheinlich ebenso wenig geschlafen wie er selbst, und das Lächeln, mit dem sie ihn begrüßte, war nur in den Augen zu sehen. Wieder einmal war er ergriffen von Jerónimas Leid. Er wollte ihr etwas sagen, ein Wort des Mitleids und der Freundlichkeit. Plötzlich war er davon überzeugt, daß sie in ihrer jugendlichen Hingabe, mit ihrem Mut und ihrer Glaubensfestigkeit es vorzöge, den Komfort ihres Elternhauses zu verlassen, vielleicht sogar ohne Zustimmung ihres Vaters. Wenn sie die Wahl hätte, fiele ihr der Entschluß bestimmt leicht, mit ihm in seinem bescheidenen Haus in Toledo zu leben.

Greco schaute sie an, seine und ihre Augen trafen sich, und nun erhellte ein Lächeln ihr ganzes Gesicht – zusammen waren sie glücklich und vergaßen ihren Kummer.

Grecos Blick wanderte dann zu ihrer Mutter, die er zum erstenmal traf. Sie war nicht so groß wie Jerónima. Eine zärtliche Geste zwischen den beiden Frauen brachte ihr tiefes Verständnis füreinander zum Ausdruck.

Anna de las Cuevas hatte eine edle, etwas gebogene Nase und dunkle Augen, die ihr Sohn geerbt hatte. Ihre Augenbrauen waren gerade und wie ein Band gezogen, das an der Nasenwurzel geteilt war. Sie hatte einen breiten Mund mit dünnen Lippen. Ihr Gesicht zeigte nicht diese lebendige Sinnlichkeit, die sowohl Sohn als auch Tochter vom Vater de las Cuevas geerbt hatten. Domenikos bemerkte es sofort: Sie war eine vornehme und mutige Frau, die still an der Seite ihres Mannes, dessen körperliche Liebe zu ihr nur kurz gewesen war, gelitten hatte. Sie ging leicht gebeugt und nicht so aufrecht und graziös wie ihre Tochter.

– Es war die Hl. Anna, Marias Mutter, mit Maria an ihrer Seite -

Als Greco seine ganze Aufmerksamkeit der Mutter seiner Geliebten zuwandte, trat sie in sein Leben als die Hl. Anna ein und wurde in den geheimnisvollen Kreis der Figuren, die in seiner Phantasie zu Hause waren, aufgenommen.

Jerónima spürte, daß Domenikos sofort den Charakter der Ehe ihrer Eltern erkannt hatte. Ihre Liebe, so tief und ausschließlich, kannte die unscharfe Grenze zwischen Mann und Künstler. Doch es war diese menschliche Intelligenz, die manchmal im Mann und Künstler zur Hellseherei wurde, und die ihre Liebe ganz für ihn einnahm.

Greco schenkte Förmlichkeiten wenig Aufmerksamkeit. Er stand da und starrte vor sich hin, denn in seinem Kopf hatte sofort ein Bild Gestalt angenommen – er fühlte einen inneren Zwang, Jerónima als Heilige Jungfrau mit venezianischem Schleier zu malen. Um den Kopf der Hl. Anna würde der kretische Schleier geschlungen sein, wie ihn seine Mutter in Kandia getragen hatte. Maria, zurückhaltend, voller himmlischer Grazie und dennoch vom Geheimnis ihres Leidens umgeben; neben ihr die Hl. Anna, gebeugt, die Last der Welt tragend und symbolisch in ihrem Geist das zukünftige Leid erkennend, das ihre Tochter durch deren Sohn, das kleine Christkind, das bei ihnen ist, wird ertragen müssen.[1] Marias Schleier natürlich blau, der kretische Schleier der Hl. Anna weiß . . .

Zärtlich legte Jerónima ihrer Mutter den Arm um die Schultern und sagte zu Greco: „Meine Mutter heißt Anna. Liebe Mutter, ich glaube, Don Domenikos spürt, daß du selbst bist, wofür dein Name steht."

Hier begriff Greco, wie gut ihn seine Geliebte gedanklich verstand, ohne daß Worte nötig waren.

*

Nachdem ungefähr sechs Wochen vergangen waren, kam ein Brief von Preboste an, der Greco davon in Kenntnis setzte, daß der Dekan Diego

1 Siehe die verschiedenen Gemälde der „La Sagrada Familia", wo die Hl. Anna immer in dieser Position ist, ebenso das Bild „Santa Ana, la Virgin y el Niño", Museo de San Vincente, Toledo

de Castilla darauf bestand, weitere Beweise seines Talents zu sehen, und daß seine Abwesenheit von Toledo nicht länger ein Geheimnis bleiben konnte. So ging Greco zum letztenmal in das Haus der Familie de las Cuevas. Vater und Sohn waren nicht zu Hause, doch Anna de las Cuevas brachte ihm ein Glas Wein. Ihre Tochter war nicht anwesend, vielleicht steckte Absicht dahinter.

Er wollte Doña Anna sagen, daß er bald nach Toledo zurückkehren müsse, doch statt dessen fragte er sie, ob er jetzt eine Zeichnung von ihr anfertigen dürfte, um ihr Bild festzuhalten. Sie war einverstanden und neigte ihren Kopf. Sie behielt diese demütige Position bei, die Greco schon bei ihrer ersten Begegnung als ihre natürliche Haltung aufgefallen war. Als das Tageslicht zu schwinden begann und die Zeit herankam, Kerzen und Öllampen anzuzünden, erkannte Greco, daß er sich mit einer allgemeinen Skizze und den Konturen eines Gemäldes zufriedengeben mußte. Er notierte sich noch einige Einzelheiten, die später in Toledo bei der Fortsetzung seiner Arbeit zu berücksichtigen waren.

Mutter Anna saß geduldig Modell, den Blick auf den Fußboden gerichtet. Es war erstaunlich, daß sie so lange reden konnte, ohne sich zu bewegen. Sie erzählte ihm allerhand, während er zeichnete, und er konnte später gar nicht begreifen, wieso er mit solch großer Konzentration hatte arbeiten können, als er ihr zuhörte:

„Jerónima glaubt, daß du bald nach Toledo zurückkehrst, und daß es leichter für dich ist, wenn du dich nicht von ihr verabschiedest. Ich weiß nicht, wie sie zu dieser Vorahnung kommt, aber sie hat eine Gabe, Dinge durch das Gefühl und nicht durch den Verstand zu erfassen. Vielleicht ist es so etwas wie bei dir das Maltalent. Heute abend geht sie zur Kirche, um für dich zu beten." An dieser Stelle hielt die Mutter inne, doch Greco setzte seine Arbeit fort.

„Es wird ein harter Kampf werden, denn ihr Vater ist ein stolzer Mann und hat große Pläne mit ihr. Er hat Jerónima ihrem Cousin Alfredo versprochen, der eine Marionette im Dienste von Pérez darstellt. Mein Mann ist aus geschäftlichen Gründen bei Alfredo verschuldet und will deshalb diese Heirat. Meine Tochter und ich aber fürchten, daß die Verbindung mit einem Mann, dem Boshaftigkeit nachgesagt wird, ins Unglück führt. Ich wurde in meiner Jugend auf die gleiche Weise verheiratet, aber mein Herz war wenig daran beteiligt, und meine Seele ist in all den Jahren verkümmert. Vielleicht hat meine Tochter den Wunsch von mir geerbt, im heiligen Sakrament der Ehe mehr zu geben und zu empfangen, als bloße körperliche Bedürfnisse zu befriedigen. Möglicherweise kann keiner von euch beiden für das verantwortlich gemacht werden, was des Nachts im Park geschah. Jerónima hat mir erzählt, es wäre ihr Wunsch gewesen, daß ihr beide in eurer Unschuld so nah zusammengekommen seid. Doch so alt ich auch bin, ich nenne sie glücklich, denn sie scheint schwanger zu sein von dem Mann, den sie liebt und dessen Kind sie mehr als alles andere wollte. Sogar wenn Jerónima durch dieses Glück sterben sollte, werde ich dir dankbar sein, Domenikos, denn durch ihre Erfüllung ist endlich mein eigener Hunger nach Liebe gestillt worden. Du, mein lieber Sohn, hast sie emporgehoben und davon befreit, ein Nichts zu sein."

Greco malte weiter, als die Frau redete. Er wartete darauf, daß sie ihre intimsten Gedanken ausspräche und ihm Jerónimas Botschaft zukommen ließe. Als die Frau schließlich in ihrem Redefluß innehielt, legte er seine Pinsel beiseite, ging zu ihr hin und sagte: „Mutter Anna, euer Mann ist hart und stolz mir gegenüber. Die Worte gefroren mir auf den Lippen, als ich ihn fragen wollte, ob Jerónima und ich heiraten könnten. Was soll ich nun tun?"

„Geh zurück nach Toledo und erfülle deine Verträge. In einigen Monaten wird mein Mann zu einer langen Geschäftsreise nach Italien aufbrechen. Du und meine Tochter werdet während seiner Abwesenheit heimlich in unserem Haus von einem Jesuitenpriester, der ein Freund von mir ist, getraut werden. Wenn mein Mann zurückkommt, wird das Kind schon da sein, so daß er keine andere Wahl haben wird, als dich zu akzeptieren und als seinen Schwiegersohn anzuerkennen."

„Mutter, gebt Ihr mir euren Segen, bevor ich abreise?"

„Ich betete schon für dich, bevor du dieses Haus erstmals betreten hast, und ich segnete das Kind, das meine Tochter unter ihrem Herzen trägt. Domenikos, wir hoffen beide, daß es ein Junge wird – ‚El Grecos Sohn'."

KAPITEL XV

Toledo und Madrid, 1577 – 1579

Doch am meisten von allen wünschte sich Greco einen Sohn. Er hoffte, Jerónima würde bald bestätigen, daß sie von ihm schwanger war. Den ganzen Weg von Madrid nach Toledo dachte er an die Zukunft und machte Pläne. So bald wie möglich wollte er seinen Sohn in die Kunst der Malerei und Bildschnitzerei einführen. Er hatte seinerzeit gesehen, wie die venezianischen Meister ihre Kinder unterwiesen hatten, und nun würde er seinem eigenen Sohn eine gute Ausbildung angedeihen lassen.

Er war so sehr mit dem Gedanken beschäftigt, Vater zu werden, daß er bei seiner Ankunft in Toledo kaum wahrnahm, welche Anstrengungen Preboste unternommen hatte, um ihren Wohnkomfort zu verbessern. Die Räume waren jetzt wenigstens bewohnbar, wenn auch jeglicher Luxus fehlte. Doch Francesco verstand nur zu gut, daß sein Meister mit seinen Gedanken ganz woanders war.

Unmittelbar nach seiner Rückkehr begann Greco ein weiteres Gemälde der Reihe zu malen, die für die Kirche Santo Domingo el Antiguo bestimmt war. Dieses Bild, „Die Anbetung der Hirten"[1] genannt, paßte so recht in seine Stimmung.

Er rief sich ein Bild von Jacopo Bassano in Erinnerung, das er einige Male kopiert hatte. Er hatte auch Correggios Bild „Die Nacht" gesehen und die Idee, das Licht vom Christkind ausgehen zu lassen, hatte ihm gefallen. Auf dem Bild, an dem er jetzt arbeitete, stellte Greco Maria als sehr zarte Figur dar, das göttliche Kind mit ihren über der Brust gekreuzten Händen anbetend. Beide Hände zeigten das bekannte Fingersymbol. Ihr Mantel war blau, und sie trug eine rote Tunika. Der Hl. Josef war in der Dunkelheit kaum zu sehen. Greco nahm in das Bild auch das Porträt eines Mitglieds der Familie Covarrubias auf und stellte damit einen alten Mann dar, der die Wiege des Christkinds schützte. Ein Hirt war zu sehen, der ein weißes Hemd und ein gelbes Wams trug und an von Greco selbst geschaffene italienische Figuren erinnerte. Auch hier ging das Licht von der Mitte des Bildes, vom kleinen Körper des Christkindes,

1 Dieses Bild ist heute noch in Santo Domingo el Antiguo in Toledo zu sehen.

aus. Doch in Grecos Bild war das Licht nicht auf einen durchsichtigen Kreis beschränkt, sondern spielte und verweilte ganz unerwartet auf einem nah oder fern dargestellten Gesicht und erreichte so die dunkelsten und entferntesten Ecken. Ist Christus nicht in diese Welt gekommen, um ihr Licht zu bringen? Dieses Licht, spielerisch und umherschweifend, unterlag keinen Naturgesetzen, sondern folgte anderen Regeln.

Über der Szene auf der Erde ordnete Greco seltsam verzerrte Körper an. Seine Engel waren nicht bezaubernd und süß wie die unter Christi Fuß in der „Dreifaltigkeit" versammelten, sondern stellten geisterhafte Gestalten dar, deren Köpfe gar nicht zu sehen waren, weil sie sich im blendenden Licht des Himmels befanden. Hinter Masken der ewigen Herrlichkeit versteckt, hielten sie den biblischen Text, geschrieben in griechischer Sprache: „Ehre sei Gott in der Höhe und Friede auf Erden und den Menschen ein Wohlgefallen."

In den Wochen nach seiner Rückkehr nach Toledo arbeitete Greco intensiv an diesem großen Gemälde. Es wurde mehr italienisch und weniger spanisch als die „Entkleidung Christi".

Der Dekan de Castilla besuchte Greco in seiner Werkstatt, denn es war ihm zu Ohren gekommen, daß der Künstler mit einem neuen Werk gut vorankam. Der Dekan brachte seine Anerkennung für dieses Bild zum Ausdruck und nahm bei einem Gang durch die Räume auch die Fortschritte wahr, die Greco mit der Arbeit an der „Entkleidung" erreicht hatte. Er kam zu der Erkenntnis, daß es sich hier um ein Bild handelte, wie es Toledo noch nie zuvor gesehen hatte.

Greco, der sah, daß der Dekan keineswegs enttäuscht war, sagte: „Des Erlösers rechte Hand in der „Entkleidung" ist eure, denn ich kenne kein besseres Modell dafür, und, wenn Euer Ehren einverstanden sind, werde ich Euch in einem anderen für eure Kirche bestimmten Bild porträtieren – in der „Auferstehung Christi".[1]

Der Dekan fühlte sich geschmeichelt und gab seine Einwilligung, im weißen Priestergewand, in tiefer Meditation als Zeuge der Auferstehung gemalt zu werden. Greco plante, des Dekans linke, an die Brust gelegte Hand auf dem Bild mit dem Fingerzeichen darzustellen. Greco wurde noch mehrmals von ihm in seiner Werkstatt aufgesucht. Dieses Bildnis des Dekans Diego de Castilla wurde ein eindrucksvolles, großartiges Porträt, obwohl die Soldaten gewöhnliche Typen waren, und der Körper Christi nicht die wundervollen Merkmale einer Skulptur hatte, wie sie der Christus in der „Dreifaltigkeit" aufwies.

Mit diesen beiden im Jahre 1578 entstandenen Gemälden unternahm

1 Noch heute in Santo Domingo el Antiguo in Toledo zu sehen

der Künstler einen weiteren Schritt zur Erfüllung seines Vertrages mit der Kirche Santo Domingo el Antiguo. Am 27. Juli 1578 unterzeichnete Greco ein Dokument, in dem er erklärte, daß er die Arbeit an den Gemälden für Santo Domingo noch nicht abgeschlossen hatte und sie in der Kirche ohnehin nicht aufgehängt werden konnten, da ihr Bau noch nicht fertiggestellt war. Er übernahm offiziell die Verpflichtung, Toledo nicht zu verlassen, bis alle Gemälde vollendet waren, und er seinen Vertrag ordentlich erfüllt hatte.

*

Auch im Jahre 1578 war Francesco Preboste noch immer Grecos einziger Gehilfe, der seinen Meister weiterhin nach besten Kräften unterstützte.

El Grecos schöpferische Kräfte waren durch seine Liebe zu Jerónima in erstaunlichem Maße gewachsen, und jetzt hatte er auch einen Sohn, für dessen Zukunft er Tag und Nacht arbeitete. Die Monate vergingen und die Schnelligkeit, mit der er ein Bild nach dem anderen malte, steigerte sich mehr und mehr. Er war dankbar, daß seine Frau weiterhin im komfortablen Haus ihrer Familie wohnte, wo sich Anna de las Cuevas, ihre liebenswürdige und verständnisvolle Mutter, um den Jungen, der Jorge Manuel hieß, kümmerte.

Ihre Vermählung war eilig vollzogen worden. Ein befreundeter Priester gab ihnen heimlich in Madrid den Segen, und in Toledo hatte niemand etwas von Grecos dreitägiger Abwesenheit bemerkt. Nun waren sie wenigstens verheiratet. Der eitle und ehrgeizige Vater war noch in Italien. Er würde dann bei seiner Rückkehr nach Madrid erfahren, was sich alles ereignet hatte. Bis dahin wollte Greco für sich und seine Familie eine bessere Heimstatt in Toledo einrichten, vielleicht sogar in Madrid, wenn er seine Verträge hier erfüllt hatte. Die Zukunft war in seiner Vorstellung noch ziemlich verschwommen, und er konnte diesen praktischen Dingen auch wenig Aufmerksamkeit widmen. Tag und Nacht hatte er seine Arbeit vor sich, die seine ganze Geisteskraft in Anspruch nahm.

Obwohl Jerónima körperlich nicht anwesend war, war sie immer bei ihm und schien ein Teil seines Lebens zu sein. Er fühlte, daß ihre Gebete und das Glück, die Mutter seines Sohnes zu sein, ihr Leben ganz ausfüllte, und daß auch sie den Moment herbeisehnte, wo sie alle drei vereinigt sein würden.

Im März 1578 wurde Escovedo in Madrid ermordet. Die Familie des Getöteten erhob Anklage gegen Pérez und seine Freunde. Durch diesen Prozeß in Madrid würde Señor de las Cuevas einsehen müssen, daß Cousin Alfredo, ein Anhänger Pérez', nicht der richtige Mann für seine

Tochter war. Er würde dann, so hoffte Greco, weniger hart gegenüber seiner Tochter sein, die in seiner Abwesenheit heimlich einen armen Maler geheiratet und ihm einen Sohn geschenkt hatte. Ihr Vater müßte besondere Nachsicht zeigen, dachte Greco, wenn dieser Maler inzwischen die Anerkennung Toledos und vielleicht auch die des Königs erwarb.

Domenikos und seine kluge und freundliche Schwiegermutter waren sich darin einig, daß dem Vater klargemacht werden mußte, in welch widriger Lage sie jetzt alle wären, wenn Jerónima ihren Cousin, Don Alfredo, geheiratet hätte. Sie wollten ihm sagen, daß es klug von ihm gewesen sei, nicht auf der Vermählung zu bestehen, bevor er nach Italien abreiste.

Der Winter kam und das Jahr 1579 begann. Das neue Jahr brachte Madrid immer größere Aufregungen. Es zeichnete sich ab, daß König Philipp sich bald würde gegen Pérez stellen müssen, denn er könnte gewiß niemals zugeben, nicht einmal durch Untätigkeit, daß er vom Mord an Escovedo, dem früheren Sekretär seines Halbbruders, Johann von Österreich, gewußt hatte. Noch weniger konnte es sich der König leisten, die Leute das Gerücht nähren zu lassen, daß in dem Gebiet, wo Johann den Tod gefunden hatte, die Pest gar nicht aufgetreten war. Schon bald mußte die königliche Macht Pérez einen Schlag versetzen, und sein Fall würde all jene, die mit ihm in Verbindung standen, ins schlechte Licht und in Verdacht geraten lassen.

Greco wußte über all diese Dinge Bescheid; er hörte durch seine Freunde von den politischen Ereignissen in Madrid und ahnte, was dahintersteckte. Der Künstler hatte Philipp II. nur einmal im Escorial gesehen, doch die Begegnung war in Grecos Gedächtnis haften geblieben, weil der arme Stumme den König angefleht hatte, das Bild Tizians nicht zu zerschneiden.

Greco ging voll in seiner Arbeit auf und benötigte seine ganze Geisteskraft für die Schaffung seiner Bilder. Er hatte nun auch andere Verpflichtungen, hatte Frau und Sohn. Er wußte auch, daß er einen mißgünstigen Konkurrenten in der Stadt hatte, der ihm schaden konnte, wenn es ihm die Situation erlaubte. Er traute dem jungen und begabten Architekten Nicolás de Vergera nicht, den die Domherren der Kathedrale in ihre Dienste genommen hatten. Ursprünglich war Vergera beauftragt worden, die Entwürfe für die Wiederherstellung der Kirche Santo Domingo el Antiguo zu liefern. Das schloß sowohl Entwürfe für das Kirchengebäude als auch Altarmodelle ein. Später waren Herreras Pläne geändert und der Auftrag zur Ausgestaltung der Kirche Greco erteilt worden.

Die Altaraufbauten hatte letzten Endes sehr wenig Ähnlichkeit mit denen von Vergera geplanten, und Monegro führte die Schnitzarbeiten aus, wobei er sich an die Modelle des Neulings Greco hielt. Vergera war natürlich verärgert darüber, daß man ihm nur ein nominelles Honorar gezahlt, Grecos Vorschlägen jedoch den Vorzug gegeben hatte. Vergera, der ein wohlhabender Mann war und ein Haus in Toledo besaß, versuchte später, durch die Beschäftigung mit anderen Aufträgen die tiefe Verletzung seines Stolzes zu vergessen.

Nun, zu Beginn des Jahres 1579, nahm Vergera seinen Freund, den stummen Maler Navarette, als Gast in seinem Hause auf. Der Stumme wußte, daß er bald sterben würde und hatte den Wunsch geäußert, nicht in Madrid und nicht im Escorial, sondern in Toledo sterben zu wollen. Mit ihm war seine fünfjährige Tochter nach Toledo gekommen.

Eines Tages schrieb der Stumme auf ein Stück Papier: „Maler El Greco hier, kenne ihn vom Escorial. Bitte sofort holen."

Vergera, der seinen taubstummen Freund liebte, sandte eine förmliche Botschaft an Diego de Castilla, der wiederum Greco informierte.

Domenikos wußte, daß es dem Stummen seit der Begebenheit im Escorial nicht gut gegangen war. Auf dem Wege zu Vergeras Haus rief er sich ins Gedächtnis, daß er 1577 Navarettes Werkstatt in Madrid besucht und den Künstler auf dem Krankenbett vorgefunden hatte. Er erinnerte sich, daß der Stumme zwischen 1571 und 1575 für den Gesamtpreis von lediglich achthundert Dukaten die folgenden Bilder für den Escorial gemalt hatte[1] „Die Geburt Christi", „Christus an der Säule", „Die Heilige Familie" und „Der Evangelist Johannes, die Apokalypse auf der Insel Patmos schreibend". Später hatte er acht Bilder von den Aposteln und den Evangelisten geschaffen. Es gab nichts, das Greco mehr beeindruckte, als mit Stolz und Würde ertragenes Leid. Diese Eigenschaft und die wahre Großherzigkeit waren es, die er an Pater Franziskus, seinem Freund und Lehrer im Kloster, am meisten geliebt hatte. Als Greco in Vergeras Haus geführt wurde, fühlte er eine innere Bereitschaft, dem Stummen, der ihn gerufen hatte, jeden Dienst zu erweisen und jede Bitte zu erfüllen.

„Hallo", sagte das kleine Mädchen „kenne ich dich nicht?"

Vom Bett war das schwere und Schmerzen verursachende Atmen des kranken Mannes zu hören. Der Stumme, der so viele Apostel gemalt hatte, sah jetzt so ehrwürdig aus wie die von ihm dargestellten Figuren. Greco, in der Blüte seiner Mannesalters, blond und sehr schlank, mit den schnellen, ausgeglichenen Bewegungen eines Tänzers, stand in auffallendem Kontrast zu dem untersetzten, kranken Mann, von dessen Gesicht durch das dunkle Haar und den Bart wenig zu sehen war. Greco beugte sich über ihn, berührte sanft seine Stirn und strich die Haare etwas zurück.

1 Alle im Escorial, Spanien

Bei dieser Berührung öffnete der kranke Mann seine Augen und schaute Greco voll an. Wieder waren die Augen von demselben tiefen Blau, und langsam erwachte das Licht in ihnen. Greco lächelte. Mit seinem Lächeln ging er gewöhnlich sparsam um, und meistens war es nur in den Augen zu erkennen. Sein volles Lächeln sparte er sich für die wichtigen Momente in seinem Leben auf. Jetzt wurde sein ganzes Gesicht von dem Lächeln erfaßt.

Der Stumme schien durch Grecos Gegenwart neue Kraft zu schöpfen. Er nahm den Block und schrieb: „Ich, Escorial, nicht fertig. Vertrag über zweiunddreißig Altäre. Erst acht fertiggestellt."

Greco las es und antwortete langsam: „Eure Arbeiten gehören zu den besten, die ich jemals sah. Ich habe eine Menge von Euch gelernt, Meister, besonders die Art, wie Ihr den menschlichen Fuß malt. Die Figur des Hl. Paulus in eurem Bild „Die Apostel Petrus und Paulus"[1] ist für mich eine Quelle größter Inspiration. Kann ich Euch nun, da Ihr krank seid, irgendeinen Dienst erweisen?"

Domenikos hatte nicht alle diese Bilder selbst gesehen, aber Herrera hatte sie einmal sehr lebhaft und deutlich beschrieben. Mit dem Lob für sein Werk wollte Greco dem kranken Künstler eine Freude machen.

Der Stumme hatte Grecos Worte genau von den Lippen abgelesen. Das kleine Mädchen nahm Greco den Schreibblock aus der Hand und brachte ihn ihrem Vater zurück. Dieser schrieb: „Nein. Testament. Tochter. Nonne. Sechshundert Dukaten."

Greco erkannte, daß der Stumme damit sein Testament gemacht hatte. Er hinterließ seiner Tochter sechshundert Dukaten unter der Bedingung, daß sie in ein Kloster eintritt und Nonne wird. Es war in jenen Zeiten üblich, daß uneheliche Kinder oft von ihren Eltern gezwungen wurden, ins Kloster zu gehen. Das schien der leichteste Weg zu sein, für ihren Unterhalt zu sorgen, besonders wenn sie eine hinreichend große Mitgift mit ins Kloster brachten. Sie sollten auf diese Weise Gott dienen und mit der Reinheit ihrer Seele für die Sünden büßen, denen sie ihre Existenz verdankten.

Greco las das Geschriebene und nickte. Dieser Weg würde für das kleine Mädchen der beste sein. Sie brachte nun den Block wieder zu ihrem Vater, der eine weitere Botschaft darauf schrieb: „Wenn Greco Escorial will – Stummer schreibt an Philipp."

Tränen traten in Grecos Augen. Er verstand: 1576–77 hatte er, Greco, im Escorial keine Arbeit bekommen, weil Navarette, der Stumme, des Königs Maler war. Und jetzt erinnerte sich dieser schweigende Freund offenbar an die seltsame Nacht, in der sie zusammengesessen hatten.

1 Escorial, Spanien

Von seinem Sterbebett wollte der Stumme dem König eine Botschaft senden. Seine Lebenszeit hatte nicht ausgereicht, um den abgeschlossenen Vertrag zu erfüllen.

Greco nickte.

Der kranke Mann richtete sich im Bett auf; die Anstrengung ging fast über seine Kräfte. Er schaute zur Tür hin, als fürchtete er, jemand, höchstwahrscheinlich Vergera selbst, könnte hereinkommen und diesen seinen letzten Willen verhindern. Unter seinem Kopfkissen holte er ein Stück Pergament hervor, das sorgfältig aufgerollt war. Greco begriff, daß er es für den Kranken halten sollte, damit er leichter schreiben konnte.

Mit fieberhafter Eile schrieb der Stumme eine Botschaft an Philipp, die aller Form, die so ein Brief entsprechend den Regeln und Vorschriften des Hofes erforderte, Genüge tat. Greco verfolgte aufmerksam das Schreiben und konnte lesen, daß Navarette, der Stumme, seinem König und Gönner diese Zeilen schrieb, um ihm für seine Güte zu danken, besonders für die Möglichkeit, daß er viele Jahre in seiner Werkstatt in Madrid arbeiten durfte, wenn das Klima im Escorial ihm nicht bekam. Nach diesen Einführungsfloskeln schrieb die zitternde Hand weiter und empfahl Seiner gütigen Majestät einen gewissen Domenikos Theotokopoulos, genannt El Greco. Sollte er, Navarette, mit seiner Befürchtung recht behalten, seinen Vertrag wegen seines nahen Todes nicht mehr erfüllen zu können, schlage er vor, daß der zuvor erwähnte griechische Maler seinen Platz einnehmen sollte – das war sein letzter Wunsch.

Greco streute Sand über das Blatt, während sich der Stumme, der immer blasser wurde, wieder hinlegte. Er war mit seinen Kräften am Ende.

Greco hatte kaum den Brief zusammengerollt, als Vergera den Raum betrat. Sein Blick, der zuerst von Erstaunen, dann von klarer Antipathie gekennzeichnet war, veranlaßte Greco, sich nach kurzem Zögern höflich vor dem jungen Architekten zu verbeugen – und sein Haus zu verlassen. Vergera machte sich nicht die Mühe, ihn zurückzuhalten. Der seltsame Ausdruck in seinen Augen verriet alten Groll; das Verlangen eines stolzen Spaniers nach Begleichung einer Rechnung, die in seinem Gedächtnis festgeschrieben war. Greco spürte, daß Vergera den Schlag gegen seinen Stolz, den er vor etwa achtzehn Monaten hatte hinnehmen müssen, nicht vergessen hatte.

Der Stumme starb im Februar 1579, sein geheimer Brief aber würde Greco die bedeutendste Tür in Spanien öffnen – die des Escorial.

*

Das Jahr 1579 brachte auch den ersten der zahlreichen Gerichtsprozesse, die Greco führen mußte, um die Bezahlung seiner Bilder durchzusetzen.

Im Juni teilte er den Domherren der Kathedrale mit, daß er die „Entkleidung Christi" fertiggestellt hatte. Die hohen Herren schienen ihm aber nicht mehr so wohlgesinnt wie früher. Am 15. Juni benannten sie ihre Zeugen. Auf der Seite des Domkapitels traten der Bildhauer und Architekt Nicolás de Vergera und der Maler Luis de Velasco als Zeugen auf. Greco benannte zu diesem Zweck Diego Martinez de Castañeda, Bildhauer in Toledo, und Baltasar de Castro-Cimbrón, Maler in Murcia.

Im Laufe des Verfahrens verlangte Greco noch ausstehende Zahlungen und erhielt schließlich am 2. Juli 1579 weitere vierhundert Real.

Die folgenden Streitpunkte mußten geklärt werden: der genaue Preis des Bildes, egal ob die anderen Köpfe zu nah beim Kopfe Christi waren oder nicht und ungeachtet dessen, ob die drei Marias auf dem Bild dargestellt würden oder nicht.

So lange der Stumme noch lebte, war sich Nicolás de Vergera sicher, daß El Greco nicht so berühmt werden würde wie sein Freund Fernandez Navarette. Doch während der kurzen Begegnung mit seinem Rivalen Greco im Krankenzimmer seines Freundes hatte er den kurzen, vielsagenden Blick gesehen, den Greco und Navarette ausgetauscht hatten. Die in ihm schlummernde Mißgunst war wieder erwacht. Jetzt, da er von den Domherren der Kathedrale als erster Zeuge benannt und beauftragt worden war, Grecos „Entkleidung"[1] kritisch einzuschätzen, kostete er das bittersüße Gefühl der Rache aus. Es schien in seinen Augen vermessen, daß ein fremder Grieche nach Toledo kam und nach kurzer Zeit so bedeutende offizielle Aufträge bekam.

Die von den Domherren bestellten Kritiker bewerteten die „Entkleidung Christi" mit zweitausendfünfhundert Real und wandten sich damit gegen den viel höheren Preis, den die Schätzer auf Grecos Seite veranschlagt hatten. Bereits am 27. Juni, zwölf Tage nach Benennung der Zeugen, wurde ein Schlichter benötigt. Alejoy de Montoya, Silberschmied aus Toledo, wurde zu diesem Zweck benannt, und beide Parteien akzeptierten sein Urteil ohne Bedingung.

Der Rechtsstreit in Toledo zog sich vom 15. Juni bis zum 24. September 1579 hin. Je hitziger die Argumente vorgetragen wurden, desto klarer kam zum Ausdruck, daß alle Beteiligten in einem Punkt einer Meinung waren: Das Bild war wirklich sehr schön.

Am 5. Juli erklärten die von Greco benannten Zeugen, daß „entsprechend ihrem Urteil und unter Berücksichtigung der künstlerischen Vollkommenheit des besagten Bildes sein Wert so groß sei, daß es unbezahlbar wäre. Doch in Anbetracht der Notzeiten und der Tatsache, daß es andere, ähnliche Werke in Spanien gebe, sollte besagtem Domenikos für

1 „El Expolio", Kathedrale, Toledo

das Bild die Summe von neunhundert Dukaten gezahlt werden. (Ein spanischer Dukat hat den Wert von dreihundertfünfundsiebzig Maravedi.)"

Sechs Tage später antwortete der von den Domherren benannte Zeuge, daß „die Bewertung des Bildes von seiten der Partei Grecos als übermäßig hoch angesehen werden muß". Jetzt kam Vergera zum Zuge.

Er stand vor dem Bild und mußte zugeben, daß es sich bei der „Entkleidung Christi" in der Tat um ein außergewöhnliches Werk handelte. Doch wenn er es anschaute, sprach es zu ihm mit Stimmen, die jenseits des normalen Verständnisses lagen. Wer hatte jemals eine solche Konzeption gesehen? Ein Bild ohne Raum, das keinen Himmel zeigte; ein Bild, das zweigeteilt war: im unteren Teil die drei Marias und der Sklave, der die Arbeit eines Zimmermanns verrichtete. Die Darstellung der Marias ging auf eine im Volk verbreitete Legende zurück, wonach die drei Frauen den Sklaven beobachteten, der die Löcher für die Nägel ins Kreuz bohrte. Dieser Moment soll für die Heilige Jungfrau der qualvollste gewesen sein.

Greco wurde mitgeteilt, daß die Schätzer das folgende Urteil abgegeben hatten: „Nach Lage der Dinge ist das Bild zweitausendfünfhundert Real wert, jedoch unter der Bedingung, daß der Künstler einige darin enthaltene Formfehler beseitigt, die mit dem entsprechenden Abschnitt des Evangeliums nicht in Einklang stehen." Diese Fehler schlossen ein, daß drei oder vier Köpfe sowie zwei Helme höher standen als der Kopf Christi und besonders natürlich die Tatsache, daß die drei Marias nach der Überlieferung des Evangeliums bei der Entkleidung Christi nicht zugegen waren. Greco blieb in dieser Frage stur und war zu keinem Kompromiß bereit.

Der Schlichter entschied wie folgt: „Nach meinem Verständnis gehört das Bild zu den besten, die ich jemals zu Gesicht bekommen habe. Ich könnte mit Recht einen so hohen Preis dafür ansetzen, daß wenige, wenn überhaupt jemand, ihn bezahlen könnte." Dann nannte er die Summe von dreitausendfünfhundert Real, die Domenikos Theotokopoulos für das Bild erhalten sollte. Einen darüber hinausgehenden Betrag zu fordern, stand dem Maler nicht zu. Der Schlichter fuhr fort: „Mit dem Widerspruch, den die Darstellung der drei Marias nahe bei Christus zur Überlieferung des Evangeliums darstellt, sollten sich Theologen befassen, die sich auf dem Gebiet hinreichend auskennen müßten."

El Greco wurde davon in Kenntnis gesetzt, schrieb aber erst am 17. August zurück, daß er seine Antwort später schicken würde. Doch er antwortete nicht, weil er einerseits sehr beschäftigt und andererseits mehr als verärgert war, aber er brauchte das Geld. Zwei Jahre lang hatte er an der „Entkleidung" gearbeitet, war darangegangen, Gipsabdrucke mit Stoff zu drapieren und seine kleinen Figuren in Szene zu setzen, wie er es aus Tintorettos Werkstatt kannte. Außerdem hatte er, um den Spaniern einen Gefallen zu tun, für das Gewand Christi Tizians Farben sowie für die Rüstung des Zenturios seinen Malstil verwendet. Das Bild war nun fertig, und da Greco selbst mit seiner Arbeit zufrieden war, zeigte er keinerlei Bereitschaft, irgendwelche Veränderungen daran vorzunehmen. Aus Prinzip wollte er Christus nicht allein und isoliert darstellen. Die drei gütigen Frauen, die mit Ihm gelitten und Ihn mit ihren Gedanken und Gebeten begleitet hatten, sollten in dieser schweren Stunde auch in Seiner Nähe sein. Auf jeden Fall waren ihre Seelen bei Ihm gewesen. Greco war sehr stolz auf seine persönliche Leistung.

Zu Preboste sagte er: „Alle Mitglieder des Domkapitels haben das Gemälde gesehen. Sollen sie weiter darum streiten; ich werde nicht antworten. Komm, hilf mir, wir werden die Leinwand in unserem geheimen Gang verstecken."

Sie rollten das Bild vorsichtig auf ein langes Rundholz und trugen es in den unterirdischen Gang, den sie in den Kellern entdeckt hatten. „Hier wird es niemand finden", sagte Greco zufrieden, „sie können kommen und die Werkstatt inspizieren, wenn sie wollen. Sie werden es nicht bekommen, ohne weitere Zahlung zu leisten, und ändern werde ich es auch nicht."

Eines Tages traf ein Bote des Königs ein und teilte Greco mit, daß Philipp auf Grund von Grecos Mitarbeit an Tizians Gemälde „Das Martyrium des Hl. Laurentius" in Erwägung gezogen hat, ihm einen Auftrag für den Escorial zu erteilen. Es sollte eine Darstellung des „Martyriums des Hl. Mauritius" werden. Das war die Chance, auf die Greco sein Leben lang gewartet hatte. In seinem Geiste begann er schon, Teile des Bildes vor sich zu sehen. Er würde langsam und mit größter Sorgfalt daran arbeiten und dabei immer an den Mann denken, dessen Großmut ihm vielleicht geholfen hatte, den gewünschten Auftrag zu bekommen. Er mußte sein bestes geben.

Inzwischen war der Bau der Kirche Santo Domingo el Antiguo vollendet und der Altar, von Greco entworfen und von seinem Freund Monegro ausgeführt, aufgerichtet worden. Endlich war der große Augenblick gekommen: Greco und Preboste konnten die neun Gemälde aufhängen. Sie trugen die Bilder, auf lange Rundhölzer aufgerollt, durch Toledo und befestigten sie sorgfältig in der Kirche.

Als sie noch dabei waren, diese Arbeit zu verrichten, trat Diego de Castilla ein. Als er sein schönes Porträt sah, auf dem er in seinem weißen Priestergewand für alle Zeit verewigt war, empfand er tiefe Befriedigung.

Greco bemerkte: „Tizian hat seine Gönner auch in seiner „Auferstehung" dargestellt – es ist also ganz richtig, daß Euer Ehren hier im Bilde festgehalten wurden."

Der Dekan lächelte stolz und antwortete: „Ich nehme an, du bist bereit, an der „Entkleidung" die gewünschten Veränderungen vorzunehmen, um das Domkapitel der Kathedrale zufriedenzustellen." Doch Greco war zu beschäftigt, um eine Antwort zu geben.

Eines schönen Morgens im September 1579 betrat Vergera die Kirche Santo Domingo el Antiguo und stellte fest, daß Monegros Arbeiter den Altar aufgerichtet hatten und alle Bilder bereits an ihrem Platz hingen. Er schaute Grecos Werk lange an und verließ dann wutentbrannt die Kirche. Domenikos Theotokopoulos dachte wohl, er könnte in Toledo tun, was immer er wollte, doch jetzt würde er trotz aller Protektion, die er genoß, eine Niederlage hinnehmen müssen. Das Domkapitel der Kathedrale hatte weder das Gemälde erhalten, noch hatte Greco die lange versprochene Antwort geschickt. Er arbeitete seelenruhig an anderen Gemälden, und der Rechtsstreit war ihm offenbar gleichgültig.

Durch die ständigen Mahnungen Vergeras gereizt, brachten die Domherren der Kathedrale die ganze Angelegenheit vor den Bürgermeister von Toledo.

Der Vertreter der Kathedrale und Greco erschienen am 23. September 1579 vor dem Bürgermeister. Greco war sehr ärgerlich, weil ihm gerade an jenem Morgen die erste Idee gekommen war, wie er die Arbeit an dem neuen Bild, auf dem das Martyrium des Hl. Mauritius dargestellt werden sollte, planen und in Angriff nehmen könnte. Immer diese Geldangelegenheiten . . . und Jerónima war nicht bei ihm, um sein Temperament zu zügeln. Gut, dachte er, wenn ich keine Antwort geben will, tue ich einfach so, als würde ich nicht genug Spanisch verstehen.

„Ich bitte den Vertreter der Kathedrale, zuerst zu sprechen", sagte der Bürgermeister von Toledo.

„Was das Bild angeht, das Domenikos Theotokopoulos für unsere Sakristei angefertigt hat, so sind wir bereit, das ihm zustehende Honorar, das vom Schlichter festgesetzt wurde, zu zahlen, vorausgesetzt, der Maler akzeptiert auch die anderen im Urteil festgelegten Bedingungen."

„Lest den betreffenden Abschnitt vor."

„Die drei Marias, die der Maler nahe dem Bildnis unseres Herrn Jesus Christus dargestellt hat, müssen entfernt werden. Ihre Anwesenheit entspricht nicht dem Evangelium. Auch andere erforderliche Korrekturen sind vor der Lieferung des Bildes vorzunehmen."

Greco schwieg. Der Bürgermeister hob seine Brauen, als er dem Sprecher der Kathedrale zuhörte, der nun noch leidenschaftlicher fortfuhr: „Besagter Domenikos Theotokopoulos hat bereits einhundertfünfzig Dukaten erhalten, das Bild aber immer noch nicht geliefert. Er ist ein Fremder hier und die spezielle Arbeit, zu deren Ausführung er in die Stadt gekommen ist – es handelt sich um den Altar für die Kirche Santo

Domingo el Antiguo – ist jetzt fertiggestellt. Jedermann kann sehen, daß die Gemälde in der Kirche hängen. So bleibt für ihn in Toledo nichts mehr zu tun. Er hat keinen Besitz hier. Er kann die Stadt verlassen, wann immer es ihm gefällt. Wir bitten daher Eure Exzellenz, Domenikos Theotokopoulos anzuweisen, entweder eine Garantiesumme zu hinterlegen oder der Kathedrale das Bild zu übergeben, nachdem er die vom Schlichter festgelegten Korrekturen vorgenommen hat."

„Stimmt es, daß Ihr einhundertfünfzig Dukaten erhalten habt?"

„Ja."

„Ist es richtig, daß Ihr keinen eigenen Besitz oder Liegenschaften in dieser Stadt habt?"

„Ja."

„Entspricht es auch der Wahrheit, daß Ihr nach Toledo gekommen seid, um den Altar für Santo Domingo el Antiguo zu entwerfen? Oder was sonst hat Euch hierher geführt?"

Greco wußte, daß er diese Frage nicht beantworten konnte, denn die Ehre gebührte offiziell Monegro. So erwiderte er: „Ich bin nicht verpflichtet, einen Grund dafür zu nennen, warum ich in diese Stadt gekommen bin. Außerdem werde ich keine weiteren Fragen beantworten, weil mich niemand dazu zwingen kann."

„Ihr bringt Euch selbst in große Schwierigkeiten."

„Ihr habt meine Antwort."

„Ich verlange von Euch, einen Anwalt zu benennen, der eure Interessen in dieser Sache vertritt."

„Ich verstehe nicht genug Spanisch und muß daher um eine Übersetzung all dessen bitten, was hier gesagt wurde."

„Wir bestehen darauf, daß Domenikos Theotokopoulos – in Anbetracht der Tatsache, daß er ein Fremder in dieser Stadt ist – entweder eine Garantie gibt oder uns das Bild aushändigt. Wenn er beides verweigert, verlangen wir, daß er ins Gefängnis gesteckt wird."

Das war gewiß eine sehr harte Forderung. Der Bürgermeister schwieg und Greco, der wieder vorgab, nichts verstanden zu haben, schaute aus dem Fenster. Innerlich aber war er sehr aufgebracht, daß dies gerade jetzt passieren mußte, wo er dabei war, sein Bild für den spanischen König zu planen!

Der Bürgermeister, der sich vielleicht daran erinnerte, daß hinter dem Maler der mächtige Diego de Castilla stand und Greco möglicherweise weitere einflußreiche Freunde hatte, sagte: „Ich gebe Euch bis morgen Zeit, mich eure Entscheidung wissen zu lassen, Domenikos."

Damit war die Sitzung beendet. Den Vertreter der Kathedrale konnte das Ergebnis gewiß nicht befriedigen; Greco jedoch hatte Zeit gewonnen, sich mit Diego de Castilla zu treffen. Der Dekan, zufrieden mit der für die Kirche Santo Domingo el Antiguo von Greco geleisteten Arbeit, hatte ein offenes Ohr für ihn und mußte lächeln, als er merkte, wie gut Greco Spanisch sprechen konnte, wenn er nur wollte.

„Euer Ehren, ich bin in einer höchst schwierigen Lage", sagte Greco. „Ich vermute, daß Vergera hinter der ganzen Sache steckt. Neulich, als wir die Bilder in der Kirche aufhängten, kam er herein, ging aber gleich wieder, ohne ein Wort zu verlieren."

„Er ist ein junger Dummkopf! Kann ich nicht mit meinem Geld machen, was ich will? Wir haben ihm genug für seine Leistungen bezahlt. Ich wollte, daß meine Kirche Herreras Stil widerspiegelt, wie der Escorial. Was also macht dir Kummer, Domenikos?"

„Euer Ehren, ich soll ins Gefängnis oder eine Geldsumme hinterlegen, die ich nicht habe. Es dreht sich um die drei Marias, aber ich werde das Bild nicht ändern."

„Du hast einen aufrichtigen Freund in mir, doch du weißt, wie heikel religiöse Fragen sind. Wenn die Sache vor das Heilige Amt der Inquisition kommt, dann . . ."

„Ich schlage folgendes vor: Ich werde ein anderes Bild malen, eine andere Version der „Entkleidung Christi". Es wird so sein, wie sie es haben wollen. Kein Kopf wird höher sein als der des Erlösers, keine Helme und – keine Marias. Das Bild wird genug freien Raum aufweisen und nicht mit Gesichtern, die Haß ausdrücken, ausgefüllt sein. Dann, Euer Ehren, können die Domherren selbst beurteilen und entscheiden, welches der beiden Gemälde besser in ihre Sakristei paßt."

„Wärst du bereit, auf die Bezahlung der restlichen dir zustehenden Summe zu warten, bis dieses neue Bild fertig ist?"

„Ja, das wäre mir lieber, als das Original zu ändern."

De Castilla scheute keine Mühe, die Sache dieses seltsamen, zu keinem Kompromiß bereiten Maler zu unterstützen. Seine Vermittlungsbemühungen hatten zum Ergebnis, daß Greco am 24. September 1579 mit einer schriftlichen Antwort vor dem Bürgermeister von Toledo erschien, die sich wie folgt las:

„Das Bild wird auftragsgemäß fertiggestellt, so daß das Schatzamt der Kathedrale die mir zustehende Summe zahlen muß. Ich bin also bereit, bestimmte Details von dem Bild zu entfernen, wie es der Domherren Wunsch ist. Das ist meine endgültige Antwort, und ich betrachte damit die Angelegenheit als erledigt."

Dieses Schreiben wurde dem Bürgermeister von Toledo vorgelegt, beide Parteien beharrten jedoch weiterhin auf ihren unterschiedlichen Standpunkten.

– Später malte Greco eine andere Version der „Entkleidung", die mit den Lehren der Theologen der Kathedrale in Einklang stand. Er hängte es dann zusammen mit dem Original in der Sakristei auf. Die Domherren mußten beim Vergleich der beiden Bilder erkennen, wie unendlich viel schöner, kraftvoller und prächtiger die Originalversion war.[1] Bis zum 8. Dezember 1581 mußte Greco allerdings noch warten, um auch den Restbetrag der ihm zustehenden Summe zu erhalten. Insgesamt brachte ihm dieser Auftrag dreihundertzweiundachtzig Dukaten ein. --

Nach seiner Rückkehr vom Bürgermeister besprach Greco mit Francesco Preboste das vom König für den Escorial in Auftrag gegebene Bild. „Vorgestern", sagte er, „kam mir die erste klare Idee, wie ich das Thema, das mir des Königs Bote mitgeteilt hat, wiedergeben könnte. Der Rahmen dort in der Ecke gibt die exakte Größe an; das Bild soll einen der Altäre im Escorial schmücken. Wie du weißt, ist der 22. September der Tag, an dem die katholische Kirche das Fest des Hl. Mauritius feiert. Und genau an dem Tag muß der Heilige zu mir gesprochen haben. Bis jetzt habe ich noch nicht einmal eine vorbereitende Skizze angefertigt; doch jetzt, da dieser unerfreuliche Streit mit der Kathedrale ausgestanden ist, will ich das bedeutendste Werk meines Lebens beginnen. Es wird mein schönstes Bild werden – ich werde versuchen, etwas zu schaffen, das so stark, so mächtig, so neu ist, daß sogar der kaltblütige König davon beeindruckt sein wird, so daß er mir weitere Aufträge geben wird. Ich werde kalte Farben verwenden, grünliche Farben, die sich zwangsläufig von allen anderen Gemälden im Escorial abheben. Sogar Tizians Farben werden im Vergleich zu meinen blaß aussehen. Jerónima und ihre Familie sollen stolz auf El Greco sein.

Jetzt, da die Angelegenheit mit der Kathedrale geklärt ist, habe ich die Freiheit, Toledo für eine Woche oder so zu verlassen. Der Auftrag des Königs ist noch nicht offiziell, wie du weißt, doch bevor ich dieses Problem löse, muß ich erst einmal wissen, was meine geliebte Jerónima macht und wie es unserem Sohn geht."

Preboste antwortete: „Ich bin froh, daß du mit den Domherren der Kathedrale eine Einigung erzielt hast."

„Ja, es war die beste Lösung, diesen Kompromiß zu schließen. Gestern noch hatte ich den Entschluß gefaßt, wenn nötig ins Gefängnis zu gehen, doch in der Nacht, als du, mein guter Freund, schon zu Bett warst, und ich noch dasaß und modellierte, wurde mir plötzlich Angst. Wie geht es Jerónima, meiner geliebten Frau? Mein Schwager hat mich kurz informiert, daß ihr Vater nach seiner Rückkehr aus Italien Jerónimas Ehe mit mir akzeptiert hat, wohl hauptsächlich wegen des Escovedo-Prozesses, der Madrid in große Unruhe versetzt hat. Ich schickte dann einen Boten

1 Es handelt sich bei dem Bild, das in der Kathedrale von Toledo noch dort zu finden ist, wo es Greco aufgehängt hat, um die Originalversion.

mit einem Brief zu ihrem Vater, in dem ich den Auftrag erwähnte, den mir der König wahrscheinlich zuweisen wird. Ich sprach in dem Brief auch davon, daß ich vorhabe, Jerónima und unseren Sohn zu mir nach Toledo zu nehmen, sobald der Auftrag des Königs bestätigt ist. Und nun – diese ganze Geschichte. Ich habe wirklich keine Zeit, ins Gefängnis zu gehen! Dies zwang mich, dem Bürgermeister von Toledo meine Antwort zukommen zu lassen und den besagten Kompromiß anzubieten. Weißt du eigentlich, daß ich von Jerónima persönlich über einen Monat nichts mehr gehört habe?"

„Das beste wäre, sofort nach Madrid zu fahren."

„Ja."

Greco hatte seine Haltung tatsächlich über Nacht geändert. Das Originalgemälde war dem Domkapitel der Kathedrale mit dem festen verbalen Versprechen übergeben worden, mit der Arbeit an dem neuen Bild umgehend zu beginnen und sich all dem zu fügen, was mit dem Dekan Diego de Castilla vereinbart worden war. Diese Verhandlungen wurden gütlich geführt, was jene erstaunte, die dem Künstler sein stures und stolzes Verhalten übelgenommen hatten.

Ein Pferd wurde beschafft, das mit dem Bild eines spanischen „Hl. Franziskus" bezahlt wurde, und Greco machte sich auf den Weg.

„Ich werde sofort mit dem „Hl. Franziskus" anfangen, Domenikos", sagte Preboste. Greco war damit einverstanden und antwortete: „Niemand wird den Unterschied merken, kopiere einfach das halbfertige Bild, das in der Werkstatt steht. Vergiß nicht die Greco-Hand. Wenn es nötig sein sollte, werde ich einige Korrekturen vornehmen und das Bild dann selbst signieren, mach dir darüber also keine Sorgen."

*

Seine Umgebung nicht beachtend, ritt Greco nach Madrid. Im Geiste beschäftigte er sich mit Plänen für das vom spanischen König bestellte Gemälde und spürte eine tiefe Sehnsucht nach Jerónima.

Als Domenikos sie zum letztenmal gesehen hatte, war es ihm ein großes Vergnügen gewesen zu beobachten, wie sie dem Baby ihre junge, feste, weiße Brust gab. Einmal hatte er das weiße Spitzentuch, mit dem sie sittsam ihre Brust bedeckte, weggezogen und festgestellt, daß die junge Mutter ein Mädchen mit einem zauberhaften Körper geblieben war: weich, zart, sehr weiblich und zerbrechlich.

„Ich muß dich so malen, wie ich dich jetzt sehe, Jerónima", hatte er gesagt, „aber zeige deine Brust voll – sie ist wie eine reife Frucht. Der kleine Jorge Manuel scheint offensichtlich begierig danach zu sein, von deiner jugendlichen Kraft zu trinken. Ich werde deine Mutter mit euch zusammen malen, denn sie darf auf diesem Familienbild nicht fehlen."[1] Das Kind war während seines letzten Besuches, als er nur zwei kurze Tage in Madrid hatte bleiben können, getauft worden.

Als er so ohne Hast dahinritt, erinnerte er sich, wie Jerónima, als ihr Sohn schlief, sehr nah an ihn herangekommen war, und wie ihr geschmeidiger, anmutiger Körper das Blut in seinen Adern zur Wallung gebracht hatte. Das geschah nur ein paar Wochen nach der Geburt ihres Sohnes – und doch wollte sie wieder mit ihrem Mann vereinigt sein. Greco aber hatte einen Arm zwischen ihren und seinen Körper gelegt; die Leidenschaft, die sie in ihm entfacht hatte, beunruhigte ihn, und er flüsterte: „Nein, Jerónima – nein. Ich werde dich so bald wie möglich wieder in Madrid besuchen, oder du kommst nach Toledo, wenn alles gut geht, und ich dir dort ein angemessenes Heim bieten kann."

Er hatte seine dünne Hand unter ihr Kinn gelegt und ihren zierlichen Kopf angehoben, als wäre er eine Blüte, schwer von der eigenen reifen Schönheit.

„Komm, meine Geliebte", mit diesen Worten führte er sie zu einem Stuhl. Jerónima gehorchte ihm und setzte sich, schaute dann wortlos zu ihm auf, und ihre großen Augen füllten sich mit Tränen.

Vor ihr kniend und ihr in die Augen schauend, hatte Domenikos gesagt: „Es ist mir oft aufgefallen, daß so viele spanische Frauen sterben müssen, weil ihre Männer nur wenig Rücksicht auf sie nehmen. Nimm König Philipp: denkst du, daß Königin Anna noch lange leben wird? Was ich höre, erschreckt mich. Seine Wollust zwingt ihr ein Kind nach dem anderen auf, und viele sterben ganz klein, wenn sie überhaupt das Licht der Welt erblicken. Hoffen wir, daß dieser letzte Sohn, Prinz Philipp, am Leben bleibt, damit dieses rücksichtslose Verhalten gegenüber der Königin und anderen Frauen am Hofe ein Ende hat.

Und du bist so zart wie eine strahlende Blume, die mein Auge erfreut – ich will, daß du lebst, lange genug lebst, um stolz zu sein, daß du mich, einen unbekannten Maler, einen armen Ausländer ausgewählt hast, der Vater deines Sohnes zu sein."

So vor ihr kniend, hatte Domenikos ihre beiden Hände geküßt, seinen Kopf auf Jerónimas Knie gelegt und geflüstert: „Ich will nicht, daß du geopfert wirst."

*

Jetzt, da Greco in großer Entfernung die Kirchen von Madrid, die Sil-

1 Siehe die verschiedenen Versionen, die die Heilige Jungfrau mit der Hl. Anna und dem Christkind zeigen

houette der Stadt, in der Jerónima lebte, erkennen konnte, kamen ihm seine eigenen Worte wieder in Erinnerung, und er betete, daß es ihr gut gehen möge. Warum war kein Bote zu ihm gekommen und hatte eine Antwort auf seinen Brief gebracht?

Er wußte, daß Pérez und die Prinzessin von Eboli vor zwei Monaten ins Gefängnis gesteckt worden waren, denn der König hatte nun offen Stellung gegen sie bezogen. Seit dem wurden all diejenigen, die sich Pérez' Gunst erfreuten und ihre Posten ihm, dem früheren Sekretär des Königs, verdankten, von Philipps Spionen überwacht. Vielleicht war das der Grund, warum keine Nachricht zu ihm nach Toledo gekommen war.

Domenikos sah den Morgen heraufdämmern; die aufgehende Sonne färbte die Wolken erst rosa, dann rot. In Madrid angekommen, ließ er sein Pferd im Hause eines Freundes, der noch schlief, und eilte zum Haus der de las Cuevas.

Er war jetzt sehr nervös und gereizt und fühlte sich müde von seinem langen Ritt; sein Körper tat ihm weh, und sein Geist war vom vielen Nachdenken erschöpft. Seine Hand zitterte, als er an die Tür klopfte, und er betete, daß Jerónima nichts zugestoßen sein möge.

Anna de las Cuevas öffnete den oberen Teil der Tür, was in Spanien üblich war, und Greco bemerkte, daß sie abgespannt und verhärmt aussah. „Geht es ihr gut?" fragte er sofort und ging zum Zimmer seiner Frau.

Die Samtvorhänge um das Bett waren zugezogen. Greco sah, daß ihr Sohn friedlich in seiner Wiege schlief, ein Bild der Ruhe und Gesundheit. Sein Herz stand still, als er die Vorhänge zurückzog.

Da lag sie, ihr Haar offen über den Schultern, und schaute ihn mit erschrockenen Augen an. Bevor Jerónima seinen Namen flüstern konnte, schloß er ihre Lippen mit den seinen und nahm sie in die Arme, wie um ihr dadurch Kraft zu geben.

„Tag für Tag habe ich auf ein Lebenszeichen gewartet – oh, es war schrecklich", sagte er, sie fest an sich drückend.

„Vater mußte ins Gefängnis wegen seiner Verbindungen mit unserem Cousin Alfredo, der engen Kontakt zu Pérez hatte und Geschäfte tätigte, in die Vater Geld investiert hat."

„Deshalb konntest du keinen Boten nach Toledo schicken."

„Ich wollte dich nicht beunruhigen."

„Komm mit mir, Jerónima, komm mit nach Toledo. Irgendwie werde ich dich und unseren Sohn schon versorgen."

„Ich kann meine Mutter nicht verlassen, bis diese Angelegenheit geklärt ist, und für dich wird es auch besser sein, wenn dein Name nicht mit unserem in Verbindung gebracht wird. In Madrid herrscht ein großes Durcheinander – diejenigen, die sich an Pérez gehalten haben, werden durch Spione überwacht, weil zweifellos Pérez die Mörder Escovedos und vielleicht auch die Johanns von Österreich gedungen hat. Die auf der Seite Johanns von Österreich standen, werden auch verdächtigt, eine Verschwörung zum Sturz Philipps geplant zu haben. Keiner ist mehr sicher. Nur gut, daß sich mein Bruder Manuel aus der Politik herausgehalten hat und nun Vaters Seidenhandel weiterführen kann."

Jerónima erschauerte vor Furcht.

„Aber dir geht es gut, meine Geliebte", sagte er eindringlich. „Du bist gesund, während ich die ganze Zeit um dein Leben gezittert habe."

Anna, die inzwischen ihr Haar gerichtet hatte, betrat das Zimmer ihrer Tochter und rief: „Oh, Domenikos, jeden Tag habe ich gebetet, du mögest kommen, und Gott gedankt, daß du meine Tochter geheiratet hast und nicht Cousin Alfredo."

Während seines Aufenthaltes in Madrid traf Domenikos einige einflußreiche Freunde, die mit der Familie Escovedo in Verbindung standen, und er lenkte die Aufmerksamkeit auf das Porträt, das er von dem ermordeten Sekretär Johanns gemalt hatte. Greco tat alles, was in seiner Macht stand, um Jerónimas Vater zu helfen. Obwohl dieser nicht sofort auf freien Fuß gesetzt wurde, sah seine Lage jetzt schon weniger schlimm aus.

Domenikos erzählte Anna, was er unternommen hatte und fragte: „Mutter, sag mir, liebst du deinen Mann noch?"

„Liebe?" Die Frau sprach das Wort langsam aus, und ihre Stimme klang sorgenschwer. „Es ist ein Gefühl der Zuneigung, aus langen Ehejahren hervorgegangen, dieser pflichtgetreue Gehorsam, den ich meinem Mann und dem Vater meiner Kinder schulde, jedoch nicht die herrliche Kraft der Freude und Wonne, die du, Domenikos, Jerónima gegeben hast."

„Mutter Anna", sagte Domenikos, „ich glaube, ich habe alles in meiner Macht stehende getan, um dir einen Mann zurückzugeben, der zwar hart und ungerecht dir gegenüber ist, aber nach dem Evangelium auch dein Ehemann. Ich möchte dir jetzt eine Frage stellen, füge aber gleich hinzu, daß ich mich deinem Willen beugen und dir gehorchen werde, denn ich schätze und verehre dich, als wärst du meine eigene Mutter. Ich setze volles Vertrauen in dich; alles wird von der Weisheit deines Urteils abhängen." Hier brach Greco ab, und sein Gesicht wurde ganz weiß, während sich seine Augen verdunkelten; entweder hatte ihn der Tag so angestrengt oder es kostete ihn Mühe, die Worte über die Lippen zu bringen. Sein rötlicher Spitzbart sah aus wie eine Flamme, die, unter dem Kinn dunkel und auf den Wangen heller werdend, im Kerzenlicht flakkerte.

Jerónima legte ihre zarte, mit blauen Adern durchzogene Hand auf seine, doch er schien ihre Berührung gar nicht wahrzunehmen. Anna, ihre Mutter, schwieg. „Meine Arbeit macht Fortschritte", bemerkte Greco, „und es entspricht der Wahrheit, daß der König mir durch einen inoffiziellen Boten eine Nachricht zukommen ließ, die das Thema und den Auftrag für ein großes Gemälde zum Inhalt hatte. Der Auftrag für die Kirche Santo Domingo el Antiguo ist erfüllt, und alle, die den Kirchenraum betreten, können mein Werk sehen. Die Domherren der Kathedrale haben das Gemälde erhalten, das sie bei mir in Auftrag gaben. Ich habe mit fieberhafter Eile gearbeitet und in diese Gemälde immer wieder all meine Sehnsucht nach Jerónima, meiner Frau, einfließen lassen. Ich habe große Anstrengungen unternommen, um mir als Maler in Toledo einen Namen zu machen und bin im Begriff, erfolgreich zu sein. Und doch war ich vor einigen Tagen von großer Angst erfüllt und habe eine schreckliche Nacht durchgemacht. Ich saß in meinem Keller und versuchte, aus Ton Figuren zu formen, die ich für meine Malerei brauche. In jener Nacht wurde meine Standhaftigkeit und all mein Stolz als Künstler gebrochen, denn am Tag zuvor hatte der Bürgermeister von Toledo damit gedroht, mich ins Gefängnis zu sperren, weil ich wollte, daß die drei Marias auf meinem Bild in Christi Nähe sind und nicht, wie nach dem genauen Wortlaut des Evangeliums, in einiger Entfernung von ihm stehen. Es ist ein Symbol, und deshalb war ich nicht bereit, das Bild zu ändern.

Wie du, Anna, und vielleicht auch du, Jerónima, gehört haben werdet, behaupten einige Leute, der Maler El Greco wüßte manchmal nicht, was er tut – ist wahnsinnig. Was ist denn Wahnsinn? Es stimmt, daß ich Visionen habe und darin Dinge und Personen sehe, die ich dann male. Wenn diese Visionen über mich kommen, bin ich nicht in der Lage, das reale Leben, so wie es andere sehen, wahrzunehmen. Aber noch nie zuvor hat solch eine schreckliche Angst von mir Besitz ergriffen wie in jener Nacht. Ich dachte und glaubte zu fühlen, daß meiner geliebten Jerónima etwas zugestoßen sein müßte. Dir, meiner Frau, meiner Liebe."

Obwohl Greco hier eine Pause machte, wußte keine der beiden Frauen etwas zu sagen, und so nahm er das Wort wieder auf: „Ich frage dich nun, Mutter, soll ich gleich abreisen? Soll ich dieses Haus sofort verlassen, ohne sie, für die ich mein Leben gäbe, zu berühren? Das letzte Mal bin ich eilig aufgebrochen, denn ich fühlte, daß es über meine menschlichen Kräfte ginge, ihr nahe zu sein, ohne sie zu besitzen. Mutter, ich habe Angst, Jerónima könnte wieder schwanger werden und – diesmal – daran sterben."

Greco war so weiß wie die Wand hinter ihm, auf der Schatten, von den Flammen der Kerzen hervorgerufen, tanzten.

Anna antwortete: „Jerónima ist krank gewesen. Ihre Gedanken waren

Tag und Nacht bei dir. Manchmal wird sie ohnmächtig, und so finde ich sie, irgendwo auf dem Fußboden liegend. Wenn sie wieder zu sich kommt, flüstert sie deinen Namen. Ich glaube, ihre Sehnsucht nach dir ist so stark, daß ihre Seele tatsächlich ihren Körper verläßt und zu dir hinfliegt, um bei dir zu sein. Sie ist nur noch ein Schatten ihrer selbst, und nur unser kleiner Jorge Manuel ist geistig und körperlich gesund in diesem Haus, wo kein Gebet stark genug zu sein scheint, um die bösen Geister unserer Gedanken und Ängste zu bannen.

Jerónima leidet zu sehr; Tag und Nacht sehnt sie sich nach dir. Ihre Sehnsucht hat das normale Maß an Liebesschmerz überschritten, und es sieht so aus, als habe sie sich damit abgefunden, lieber ohne Seele als ohne dich zu leben. Deshalb geht ihre Seele, wenn sie in Ohnmacht fällt, aus ihr heraus und zu dir hin. Ich habe es schon einmal gesagt – sollte sie daran zugrunde gehen, wäre das besser, als wenn sie ohne dich leben sollte.

Nimm also deine Frau zu dir."

KAPITEL XVI

Toledo, Spanien, 1580 – 1584

König Philipp war ein begeisterter Sammler von Reliquien. Karl IX. von Frankreich hatte ihm beispielsweise 1565 die sterblichen Überreste des Hl. Eugen geschickt, der im siebten Jahrhundert Bischof von Toledo gewesen war. Der König hatte die Gebeine auf seinen eigenen Schultern durch die Straßen getragen, bevor sie in der Kathedrale von Toledo beigesetzt wurden. Im Mai 1568 hatte der König an seinen Botschafter in Rom geschrieben: „Vergeßt nicht die wichtige Angelegenheit, den Fuß des Hl. Hieronymus betreffend." Im Juni desselben Jahres bot ihm der Herzog von Savoy einen Arm des Hl. Laurentius; zwei Jahre später erwies der deutsche Kardinal von Waldburg dem König einen Dienst, indem er ihm achtzehn Kisten, die heilige Gebeine enthielten, aus Rom in den Escorial schickte.

Später, im Jahre 1597, wurde eine Forschungskommission gebildet und ausgesandt, die den Auftrag hatte, alles zu sammeln, was möglicherweise ans Licht kommen und für den König von Interesse sein könnte: doch die Reliquien, die gefunden wurden, füllten nur vier Kisten. Trotzdem vergrößerte sich die Sammlung über die Jahre, und als Philipp 1598 im Escorial starb, wurden ihm einige dieser Reliquien an sein Sterbebett gebracht. Sein Sterben dauerte dreiundfünfzig Tage. Er litt an offenen Geschwüren, die seinen Körper verzehrten. Die ganze Zeit über gab er aber die Hoffnung nicht auf, daß körperliche Berührung oder geistiger Kontakt mit diesen Reliquien ihm Erleichterung, Heilung oder Linderung bringen würde. Der König war ein religiöser Mann, und die von ihm betriebene Förderung der Künste gründete sich auf seine Frömmigkeit. So bestand er darauf, daß die besten Künstler seiner Zeit ihm Bilder malten, die religiöse Themen zum Inhalt hatten.

In Madrid und auch auf dem Rückweg nach Toledo sann Greco über die Geschichte des Hl. Mauritius nach und hoffte, daß sein ständiges Nachdenken über das Thema zu einer inneren Vision führen würde. Doch je mehr ihm die Bedeutung des königlichen Auftrags bewußt wurde, desto weniger konnte er sich das gesamte Bild in seinem Kopf vorstellen. Die offizielle Bestätigung des Auftrags lenkte ihn nur ab, denn sie reizte in ihm Eitelkeit und Ehrgeiz und blockierte seine innere Vorstellungskraft, indem sie ihm grenzenlose Aussichten auf Ruhm und Erfolg suggerierte. Einmal war eine erste Idee im komplizierten Netzwerk seiner Phantasie aufgetaucht, sie nahm aber keine klaren Konturen an. Er fürchtete, daß seine geistigen Kräfte stagnieren könnten, gerade jetzt, da er im Begriff war, als hervorragender Maler unter seinen Zeitgenossen anerkannt zu werden: das gelobte Land wurde versprochen, das gelobte Land wurde gegeben, doch Gnade und Gunst wurden plötzlich entzogen.

Er war auch besorgt, weil Jerónima ihm geschrieben hatte, daß sie wieder schwanger war. Seine Beklemmung steigerte sich noch, als ein weiterer Bote des Königs zu ihm kam und nach einer Skizze des geplanten Gemäldes fragte. Greco konnte dem Thema nur ausweichen, indem er zu ihm sagte: „Sagt Seiner Majestät, daß ich sein ergebener Diener bin und nichts weiter wünsche, als ihm zu Willen zu sein. Aber die Domherren der Kathedrale haben mich nicht bezahlt, und nun muß ich eine neue Version der „Entkleidung Christi" ihren Anweisungen gemäß malen, doch ich habe kein Geld, um Farben zu kaufen. Seine Majestät wünschen die schönsten Farben Spaniens. Soll ich mit seiner königlichen Erde malen? Es gibt da ein Blau, das ich brauche, ultramarin . . ." Und so redete er weiter und versuchte die einfache Tatsache zu verbergen, daß er die vom König gewünschte Skizze noch nicht liefern konnte.

Wenn er nur sicher sein könnte, daß es wenigstens Jerónima gut ginge . . . Was war das für ein knackendes Geräusch? Er hörte es ganz deutlich, als ob es im Raum wäre, doch der Bote, der sich Notizen machte, schien es nicht gehört zu haben.

. . . Draußen war nichts mehr, der Bote wurde kleiner und kleiner und verschwand wirbelnd in der Ferne; das Zimmer wurde riesengroß und war plötzlich überhaupt nicht mehr da. Er sah Gesichter in Angst und Qual, doch voller verborgener Verehrung und himmlischer Herrlichkeit – die Apokalypse begann, erst noch weit entfernt, dann immer näher kommend. . .

Er drehte sich um und stellte fest, daß der Bote tatsächlich gegangen war. Zu Preboste sagte er: „Ich hab' es, Francesco, es wird zur vollen Zufriedenheit des Königs sein. Es wird ein Werk, wie es der Escorial noch nie gesehen hat. Meinst du, der König möchte den Hl. Mauritius sehen, wie er seinen Hals dem Schwert darbietet? Sein eigenes Porträt irgendwo in der Nähe? Nein, mein Freund. Ich habe alles vor mir gesehen. Der Hl. Mauritius soll mit den Hauptmännern Exuperio, Candido, Urso und Victor sprechen und zu ihnen sagen:

‚Wir haben Waffen, aber wir leisten keinen Widerstand. Wir sind zwar Soldaten des Kaisers, doch Diener Gottes.'

Wie hat der Hl. Mauritius gelitten, und was ist sein Ruhm? Daß er sein Leben opferte, nicht aber seinen Glauben? Das war es nicht, sondern mehr: daß sein Glauben nicht nur die Angst vor dem Tod überwunden, sondern auch eine Legion lebender Männer bezwungen hat. Sein Tod dauerte nur einen Augenblick, doch sein Leiden war lang. Er mußte es ertragen, all die unschuldigen Männer umkommen zu sehen; ihr Sterben dauerte Stunden. Und er tröstete seine Soldaten in diesen letzten endlosen Augenblicken ihres Sterbens, in denen sie noch einmal alle ihre Schmerzen durchlebten. Er konnte sie trösten, weil er einen so großen und festen Glauben hatte, daß er diese Dinge schon sah und die Ewigkeit spürte. So spricht er mit den Hauptmännern und überredet sie, den Tod zu wählen; und nachdem er sie davon überzeugt hat, steht er an der Seite eines jeden von ihnen, als ihre Köpfe fallen. Alles, was ihnen lieb und teuer war, ihre Frauen, Mütter und Kinder, aber auch ihre Angst, war jetzt lebendig *in ihm*. Seine Augen sind immer auf die Männer gerichtet, und bevor sie sterben, sehen die Männer in seinen Augen das Feuer und die Entschlossenheit der Macht Gottes: Gehorsam und die Liebe Gottes."

Hier brach Greco ab und begann zu zeichnen. Eine Stunde lang sagte er nichts. Papierblätter waren auf dem Fußboden verstreut; jedes Blatt war mit Linien und Formen vollgemalt. Er unterbrach seine Arbeit und sagte: Da sind Erde und Himmel und die Teilung dazwischen, ja; doch in diesem Bild gibt es mehr Friede auf Erden als im Himmel. Das Martyrium ruft eine Umwälzung im Himmel hervor, die durch die umgekehrten Flügel der Engel dargestellt werden soll. Für die Szene auf der Erde muß es eine Dreiteilung für Zeit und Ort geben. Der wichtigste Moment – wenn der Hl. Mauritius mit den Hauptmännern spricht – nimmt die Mitte des Bildes ein. Daneben, zeitlich später und kleiner dargestellt, die Legion, die von einer halbnackten Figur niedergemetzelt wird. Diese Figur wendet dem Hl. Mauritius den Rücken zu – sie kann ihm nicht von Angesicht zu Angesicht gegenüberstehen. Der Heilige streckt seine Arme und Hände aus, um die Köpfe der Märtyrer entgegenzunehmen. Neben dem Hl. Mauritius stehen seine Freunde.

Hinter diesen, noch kleiner und zeitlich weiter zurück, werden auf der einen Seite einige Generäle in voller Uniform und zu Pferde, die Fahne mit dem Halbmond im Winde flatternd, dargestellt; auf der anderen Seite geisterhafte Geschöpfe, dürftig bekleidet mit durchsichtigen weißen Kleidern, die ihnen das Aussehen von Wesen aus einer anderen Welt verleihen. Das sind die Männer, die auf die Hinrichtung warten. Zwei der Figuren halten einen Stab, über den die Körper der Toten in eine Grube fallen.

Über dem Gemetzel auf der Erde werden die Engel im Himmel sein:

eine Gruppe singt und spielt auf Musikinstrumenten, die andere hält die Symbole der Märtyrer: den Palmzweig und den Lorbeerkranz."

Greco hielt wieder inne und fuhr nach einer Weile fort: „Im Hintergrund sind die Cigarrales von Toledo, die Stätten der Erholung zu sehen. Es ist aber nicht die Stunde der scherzhaften Unterhaltung oder des Ausruhens für die Diener Gottes. Ganz deutlich, im Vordergrund des Bildes, der Stamm eines gerade gefällten Baumes sowie ein paar Pflanzen, die die Betrachter des Bildes oder zumindest diejenigen, die sich zu einem Evangelium bekennen, an diesen Abschnitt der Offenbarung erinnern soll:

‚Und es ward ihnen gesagt, daß sie nicht sollten Schaden tun dem Gras auf Erden noch allem Grünen noch einem Baum, sondern allein den Menschen, die nicht haben das Siegel Gottes auf ihren Stirnen.'

Der Baum will seine Wunde zeigen und ins Gedächtnis rufen, daß diejenigen, die enthauptet, die von den Kräften des Bösen getötet werden, Gott gehören."

Francesco hatte schweigend und aufmerksam zugehört, fand es jedoch schwierig, sich das ganze Bild vorzustellen. Er wußte nicht, was er sagen sollte. Seine Hingabe kannte keine Grenzen, doch sein Verständnis war mehr praktischer Natur. Wenn Greco über seine Arbeit sprach, flossen die Worte nur so aus ihm heraus; er redete gern, wenn er in solch einer kreativen Stimmung war und erwartete keine Antwort. Beim Sprechen, wie auch beim Malen und Schreiben, schöpfte er frei aus der Fülle seiner geistigen Fähigkeiten und Lebenserfahrungen. Er begann wieder laut nachzusinnen: „Ich stelle mir folgende Frage: Würde es Seiner Majestät genehm sein oder mißfallen, porträtiert zu werden? Soll ich Philipp zwischen die den Hl. Mauritius umgebenden Hauptmänner stellen, wie sie beraten und entscheiden, daß für sie der Tod – der Dienst an Gott – wichtiger ist als der Dienst am Kaiser?" Er machte wieder eine Pause und fragte dann: „Was meinst du, mein Freund? Ich habe den König nur einmal gesehen. Es war, wie du weißt, im Escorial. Damals hielt ich ihn für einen hartherzigen Mann, der fähig und bereit war, alles und jeden zu beseitigen, der eine Bedrohung für seinen persönlichen Ruhm darstellte."

Preboste ging schnell zu Greco hin und legte ihm die Hand auf den Mund. „Domenikos, du mußt vorsichtiger sein", flüsterte er, „überall sind Spione."

Greco lachte. „In Ordnung, mein Freund, manchmal denke ich laut. Doch hilf mir, das Problem zu lösen. Was ist stärker in ihm: seine Eitelkeit als Mann, der Stolz, für alle Zeiten als Heiliger unter heiligen Männern porträtiert zu sein, um damit zu zeigen, daß für ihn die Religion vor der Politik kommt; oder aber sein Stolz als König, der niemandem erlaubt, ihm in seinem Ruhm gleich zu sein, sogar wenn es um den Ruhm Spaniens geht?"

„Bitte, Domenikos."

„Gut, gut, mein Wachhund. Ich werde mich weiterer kritischer Bemerkungen enthalten, aber beantworte meine Frage. Sie geht mir schon eine geraume Zeit im Kopf herum."

Preboste ging wieder an seine Arbeit, nahm den Pinsel auf und begann zu malen. Nachdem er eine Weile nachgedacht hatte, sagte er, seine Worte vorsichtig abwägend: „Mir scheint, das beste wäre, du würdest sein Bild mehr oder weniger typisieren, vielleicht deine eigenen Züge mit seinen vermischen, so daß sich der König je nach Neigung darin wiederfinden oder auch nicht erkennen könnte."

Greco antwortete: „Wenn ich genug dränge, finde ich in deiner mir wohlgesinnten Haltung oft mehr als in meinem eigenen Kopf. Du hast ganz recht: Ein Gesicht mit des Königs blondem Bart, wenn auch etwas dunkler als mein Haar, der Haaransatz auch von Philipp, die Form des Gesichts aber mehr oval wie mein eigenes. Die Augen dunkel und groß, nicht blau und matt wie die des Königs. Die Nase gerade wie die Philipps und nicht gebogen wie meine. Das reicht. Danke, mein Freund. Schau her, hier kannst du den Hauptaufbau des Bildes sehen." Er hielt eine Federzeichnung in die Höhe.

Francesco wurde nicht recht klug daraus. Er bemerkte zögernd: „Das erscheint mir großer gedanklicher Anstrengung und weniger religiösen Gefühlen entsprungen zu sein, wie sie zum Beispiel in der „Entkleidung" zum Ausdruck kamen."

„Du hast recht, Francesco. Aber vergiß nicht, daß mich Sorgen plagen. Oft habe ich Angst, obwohl ich versuche, mich zusammenzunehmen. Ich weiß nicht, ob Jerónima in ihrem jetzigen Zustand in Madrid tatsächlich besser aufgehoben ist als hier bei uns, auch wenn es in diesem Haus wenig Komfort gibt. Sobald mir der König die erste Zahlung schickt, werde ich dich bitten, meine Frau herzuholen. Wenn es nötig sein sollte, werde ich mich an den nächsten Boten des Königs wenden und um eine königliche Kutsche für ihre Reise bitten. Doch bevor mir eine solche Gunst gewährt wird, muß ich etwas auf der Leinwand vorweisen können. Ich muß einfach aufhören, mir ständig Sorgen zu machen, sondern mich auf meine Arbeit konzentrieren."

*

In der Nacht saß Greco bei Lampenlicht und modellierte seltsame kleine

Körper aus Ton. Er nahm sich vor, in einem offenen Kasten ein Theater aufzubauen, so wie es Tintoretto getan hatte. Er rief sich des Meisters Bild „Kreuzigung" in Erinnerung, das in der Scuola di San Rocco in Venedig hing und auf dem große Menschengruppen in verschiedenen Perspektiven dargestellt waren. Er gönnte sich keine Ruhe und drehte die Figuren immer wieder mit seinen dünnen Händen. Dann ordnete er sie so auf dem Tisch an, wie er sie im Hintergrund des Bildes zu malen gedachte. Obwohl Greco von sich selbst wußte, daß er ein ausgezeichneter Miniaturmaler war, bereiteten ihm die geisterhaften Gestalten auf der Erde Kopfzerbrechen, die hinter anderen Szenen des „Martyriums des Hl. Mauritius" bei ihrem Aufstieg in den Himmel dargestellt werden sollten. Diese Gruppe wollte er mit allergrößter Sorgfalt malen und sich damit selbst beweisen, ein Meister zu sein sowohl in der Kunst der Darstellung von Einzelheiten als auch in der Anwendung eines größeren Pinselstrichs für die Gruppe großer Figuren im Vordergrund.

Als er so dasaß und modellierte, kamen seine Nerven zur Ruhe, zumindest für eine Weile. Der weiche, feuchte Ton trocknete schnell. Er seufzte, als eine der Figuren an der dünnsten Stelle durchbrach und zu Boden fiel.

„Oh, auch das noch –", murmelte er entmutigt und machte sich nicht die Mühe, die Bruchstücke aufzuheben. Er legte seine Figürchen vorsichtig zur Seite und begann den letzten Band seiner griechischen Bibel zu lesen. Viele Abschnitte des Evangeliums kannte er auswendig; doch heute nacht konnten ihm nicht einmal die Worte Christi Ruhe und Frieden bringen. Eine Weile starrte er in die Öllampe über dem Neuen Testament. Ihr Licht war verschleiert und unruhig.

Was nun geschah, fing mit einem dumpfen Kopfschmerz an, der sich schnell verstärkte. Er stand auf und nahm das arabische Schwert zur Hand, das auf dem geplanten Bild einer der Hauptmänner neben dem Hl. Mauritius tragen sollte. Das Schwert war kostbar, am Griff reich verziert und mit Einlegearbeiten versehen. Wenn er damit seinen Körper genug verletzte, würde der schreckliche Druck in seinem Kopf vielleicht nachlassen oder aufhören. Das Licht flackerte wild im Zimmer, und in einiger Entfernung war Donnergrollen zu hören. Plötzlich neigte sich der Fußboden seitwärts und er glitt durch den Raum. Das Schwert hielt er fest; seine Hände waren ruhig. Er mußte aufpassen, daß er sich nicht in die Hände schnitt.

Sein seelisches Leiden war zu körperlicher Qual angewachsen, wie er sie noch nie zuvor in seinem Leben erfahren hatte. Der Schmerz war von seinem Gehirn ausgegangen und durchschnitt nun seinen ganzen Körper...

Dann legte sich der Sturm in ihm wieder. Die Luft wurde klar, und er glaubte darin einen schwachen Parfümduft und den Vogelgesang, den er in jener Nacht im Park gehört hatte, wahrzunehmen. Sie mußte ganz nah bei ihm sein. Er konnte ihre Wärme und Leichtigkeit neben sich spüren. „Jerónima", flüsterte er. Er sah die Öllampe jetzt klarer, und in ihrem Licht konnte er ganz deutlich ihr Gesicht erkennen, das sich ihm zuwandte. Ihre großen Augen, sehr dunkel hinter den langen dunklen Wimpern, sahen traurig aus. Er hörte ihre Stimme:

„Die kurze Stunde unseres irdischen Glücks ist vergangen, Domenikos. Mein Werk ist vollbracht, aber deines noch nicht. Du weißt, daß der Hl. Franziskus gesagt hat: ‚Nur die Augen, welche von Tränen rein gewaschen wurden, können das ewige Licht sehen.' Unser Sohn wird dir helfen, wenn er herangewachsen ist und dich niemals verlassen, doch ich muß von dir gehen. Aber auch dann werde ich immer bei dir sein, werde die Frau in dir sein und du mein Mann. Du wirst neues Leben in dir tragen, wirst es selbst erschaffen und ins Dasein rufen."

Er sagte: „Wie sollte da jemals eine andere Frau sein als du?"

Sie lächelte und antwortete: „Mit meinem Tod nehme ich deine Männlichkeit mit mir, und dein Fleisch wird dich nicht mehr verwirren und in Unruhe versetzen."

Wo ihr Körper gewesen war, schimmerte ein Licht, eine Lichtsäule, die an ihrer Spitze am hellsten war und dort, wo sie den Fußboden berührte, in einen schwachen Schatten überging. Die Bewegung in der Lichtsäule ging vom Fußboden aufwärts, so daß der Schatten bald im nun blendenden Licht verschwand. In der Säule, die sich plötzlich nicht mehr bewegte, konnte er, blendender als das Licht selbst, die Umrisse ihres Körpers sehen, zu ihren Füßen Rosen und Lilien, und weiter weg die Silhouette von Toledo, dunkel und auf merkwürdige Weise der von Kandia ähnelnd.

Und dann – war sie verschwunden.

*

Am nächsten Morgen war Domenikos verändert. Über Nacht war er gealtert. Preboste bekam Angst um seinen geliebten Meister, als er die schreienden, unharmonischen Farben ohne warme und mittlere Töne sah, die Greco zusammenzubringen versuchte. Er fürchtete, der Meister könnte seinen Sinn für Farben völlig verloren haben, und als es wieder Nacht wurde, begann er sich zu fragen, ob Domenikos nicht vielleicht an einer Geistesstörung litt. Der Meister arbeitete fieberhaft, dann saß er wieder still da und starrte stundenlang auf Gegenstände, die seine Augen aber gar nicht wahrzunehmen schienen.

Schließlich sagte Preboste: „Domenikos, ich fahre nach Madrid – ich kann nicht mehr mit ansehen, wie du dich quälst."

„Das ist zwecklos. Es wird ein Bote aus Madrid kommen."

„Demnach hast du etwas gehört, nicht wahr?"

Greco antwortete nicht. Schließlich sagte er: „Nimm etwas Ultramarin und auch den Rest Chromgelb, den wir noch haben, und male nach meinen Angaben auf die Leinwand für den König. Wir können dann etwas vorweisen, wenn der Bote wiederkommt und sich nach dem Fortgang meiner Arbeit am ‚Martyrium des Hl. Mauritius' erkundigt."

Er schaute Preboste aus leblosen Augen an. Preboste gehorchte und wagte keinen Widerspruch.

Drei Tage später kam die Nachricht aus Madrid.

Jerónima war tot und Anna de las Cuevas schrieb: „Ihr letzter Wunsch war, daß Du, Domenikos, Jorge Manuel selbst aufziehen und ihm beibringen sollst, Dir bei deiner Malerei zu helfen. Auf diese Weise sollt Ihr zusammenleben, bis einer von Euch stirbt."

*

Der Abt des Klosters im Escorial erhielt inzwischen eine königliche Garantie, datiert vom 25. April 1580, in der es hieß:

„Vor einiger Zeit hat Domenikos Theotokopoulos, ein griechischer Maler, der in Toledo wohnt, den Auftrag erhalten, für einen der Altäre im Escorial die ‚Geschichte des Hl. Mauritius und seiner Gefährten' zu malen. Wie wir kürzlich erfuhren, hat er noch nicht mit dieser Arbeit begonnen, da es ihm an guten Farben und Geldmitteln fehlt. Da es sich für unseren Dienst geziemt, alle Aufträge so schnell wie möglich ausführen zu lassen, empfehlen wir, daß Ihr ihm von den feinen, Euch zur Verfügung stehenden Farben nach seinem Wunsch und Bedarf etwas abgebt, besonders Ultramarin. Was die Geldmittel angeht, um die er bittet, wünschen wir, daß Domenikos an den Pater Andrés de Leon verwiesen wird. Dieser soll bestimmen, welche Summe als Vorschuß gezahlt werden kann, damit der Maler für die Zeit, in der er an dem Werk arbeitet, versorgt ist und sich die notwendigen Materialien beschaffen kann. Außerdem ordnen wir hiermit an, daß er auch weiterhin Zahlungen erhält, damit er seine Arbeit nicht wegen Geldmangels unterbrechen muß, sondern sie fleißig und gewissenhaft ausführt.

Ich, der König."

*

Wenn Preboste in späteren Jahren zurückblickte, riefen die Jahre 1580 bis 1582, in denen Greco keine Mühe gescheut und sein bestes gegeben hatte, um das „Martyrium des Hl. Mauritius" fertigzustellen, einen Schauder in ihm hervor. Nachdem die Zeichnungen fertig waren, arbeitete er das gesamte Bild in einem kleinen Maßstab mit einer Vielzahl von Einzelheiten aus. Als er endlich vom Escorial eine ausreichende Menge des teuren Ultramarins und auch genug Chromgelb bekam, setzte er seine Arbeit an der großen Originalleinwand fort, wobei er beide Farben grell auftrug, beleuchtet von einem starken, aber kalten Licht.

Preboste beobachtete, daß Grecos Arbeitsstil sich nicht verändert hatte. Er bereitete die Farben, wie er es gewohnt war und verwendete große Mengen an Farbe und Lack. Doch das entstehende Gemälde lieferte im seinem Fortgang den Beweis für eine entscheidende Veränderung, deren Wirkung heftig und unharmonisch war. Preboste führte einfach die kurzen Anweisungen des Meisters aus und wagte nicht, auch nur einen Hauch Kritik anzubringen. Er durfte an dem königlichen Gemälde nicht viel mitarbeiten; seine Arbeit war auf die neue „Entkleidung Christi" für die Kathedrale beschränkt. Preboste war der Meinung, daß mit seinem geliebten Meister etwas nicht stimmte, und daß diese schreienden Farben Ausdruck des Leides eines tödlich verwundeten Herzens waren. Blau – Treue, Gelb – Macht und Herrlichkeit Gottes. Das war Preboste verständlich, doch es gab bestimmte Momente, in denen sein Meister Stimmungen unterlag, die ihn an den Rand des Wahnsinns brachten, Stimmungen, in denen er nur nackte Beine malte, um so seine Sinne durch die Disziplin, die das Malen ihrer genauen Anatomie erforderte, unter Kontrolle zu halten. Da war das Spiel der Muskeln und die festen, gewölbten Konturen. Und dann kam ein Tag, an dem es Greco schlechter denn je zu gehen schien, was ihn veranlaßte, mit der Zeichnung des arabischen Schwerts zu beginnen, das einer der fünf Hauptmänner, die den Hl. Mauritius umgaben, an seiner Seite trug. Er sah verstört und abgezehrt aus, doch die Spannung schwand langsam aus seinem Gesicht, als er das höchst komplizierte Muster auf der Scheide wiedergab.

Greco durchlebte immer noch die Nacht, in der seine Frau starb, und seine Vision von ihr war gegenwärtig: das Licht brannte sich weiterhin in sein Gehirn ein. Wenn er die Gefahr spürte, die Verbindung zur Realität zu verlieren, hielt er das blanke arabische Schwert gegen sein Bein und rief sich damit seine wirkliche Existenz in Erinnerung. Er malte dann Beine, viele Beine, einen Wald von Beinen, die alle der Berührung zwischen dem lebendigen Körper und dem Stahl entsprangen. Es war das erste Mal, daß Francesco ein Bild seines verehrten und geliebten Meisters nicht gefiel. Er hatte jedoch in jener Zeit gelernt, daß es besser war, Greco malte in dieser Art als überhaupt nicht. Entweder das Bild gefiel dem König oder nicht: es würde kein Feilschen und keinen Streit geben, wie es mit den Domherren der Kathedrale der Fall gewesen war. Außerdem war Philipp ein eigenartiger Mann, und vielleicht sprach ihn dieses Bild gerade deshalb an. Und stand es ihm, Preboste, denn überhaupt zu, an seinem Meister Kritik zu üben?

Doch nun faßte er Mut und sagte: „Domenikos, ich habe gedacht, wenn ..." Preboste zögerte, seine Gedanken auszusprechen.

„Es ist nicht gut, viel nachzudenken, ich wünschte, ich könnte mit dem Denken aufhören, nicht mehr denken zu müssen, bis in alle Ewigkeit."

„Mir scheint – ich habe mich gefragt ... Gut, ich will es kurz machen: der kleine Jorge Manuel ist jetzt ungefähr zwei Jahre alt. Es ist fast Sommer und sehr angenehm in Toledo. Wenn du mir erlauben würdest – wenn du mir erlauben würdest, nach Madrid zu fahren – und ..."

„Nein, mein lieber Freund, nein. Ich könnte es nicht ertragen, das Gesicht meines Sohnes zu sehen, weil es mich jeden Tag daran erinnern würde, daß ich Jerónima verloren habe. Niemals wieder werde ich ihre Stimme hören. Vielleicht holen wir ihn später, aber nicht jetzt. Es ist besser für den Jungen, wenn seine Großmutter ihn versorgt, bis er etwas älter ist.

„Ich könnte mich doch gut um den Kleinen kümmern; ab und zu ein bißchen Milch zu wärmen, ist nun wirklich die geringste Mühe."

„Nein, Francesco. Nicht jetzt – laß uns noch warten."

Seine Stimme klang so müde und traurig, daß Preboste es nicht wagte, das Thema noch einmal anzuschneiden. So verging einige Zeit. Etwa alle zwei Monate kam ein Bote und brachte Neuigkeiten: daß der Junge gesund war, daß er schon gut laufen – und jetzt auch sprechen - konnte und so weiter. Domenikos beantwortete diese Briefe kurz und dankte Donna Anna dafür, daß sie ihn auf dem laufenden hielt. Allem Anschein nach fehlte es ihm aber an echtem Interesse für das Kind. Seine ganze Aufmerksamkeit galt der Gestaltung und Schaffung des „Martyriums des Hl. Mauritius".

*

Im Jahre 1581, als Philipp zum König von Portugal gekrönt wurde, lieferten Domenikos und Preboste die korrigierte Version der „Entkleidung Christi" an die Kathedrale, erhielten die restliche Bezahlung und wurden, wie von Greco vorausgesehen, Zeuge eines weiteren geistigen Disputs zwischen denjenigen Domherren, die mehr Theologen als Künstler und denen, die mehr Künstler als Theologen waren; ein Streit, der mit einem Sieg des Malers endete.

Als die Domherren der Kathedrale die beiden Versionen nebeneinander sahen, entschieden sie, das Originalbild aufzuhängen. Beim Vergleich mit dem korrigierten Bild, das den oberen Raum leer zeigte und auf dem keine Köpfe über dem des Erlösers und zu seinen Füßen keine Marias zu sehen waren, kurz, das Christus nur von Soldaten umgeben darstellte, mußten alle zugeben, daß die Aussagekraft des ersten Gemäldes unendlich viel größer war.

Obwohl er diesen Kampf letzten Endes gewonnen hatte, blieb Greco ruhig, gelassen und völlig gleichgültig. Zu Hause diskutierte er das Ergebnis nicht mit Preboste, sondern setzte seine Arbeit am Bild für den Escorial fort.

Er war jetzt etwas ruhiger. Preboste bemerkte mit Befriedigung, daß die Kleider der Märtyrer im zweiten Entwurf Halbtöne aufwiesen, die angenehm für das Auge waren. Die großen Figuren der Hauptgruppe aber zeigten noch immer grelle Farben und beherrschten alles andere. Er hätte zu gern gewußt, was der König wohl dazu sagen würde.

Greco war dabei, den nackten und kopflosen Körper zu malen. Jeder Muskel des großartigen menschliches Torsos war fest und deutlich sichtbar, und es war augenfällig, daß die Wunde zwischen den Schultern des Märtyrers in der Wunde des frisch gefällten Baumstammes ihre Widerspiegelung fand. Endlose Mühen waren notwendig, um die nackten Figuren im Hintergrund, die für das Martyrium ausgewählt werden sollten, zu malen. Hier hatte der Miniaturmaler seine Probe zu bestehen.

Die Engel im Himmel sahen so aus, wie er sie auch zuvor gemalt hatte, doch zum erstenmal hatte er einen großen Engel in umgekehrter Position dargestellt. „Ein Zeichen der Hochachtung an meinen Freund Tintoretto", sagte Greco zu dieser Figur, „doch insgesamt kann niemand sagen, daß dieses Bild nicht mein Werk ist, meine ganz persönliche Kreation. Ich glaube, ich fange an, ein spanischer Maler zu sein; ich habe mich vom Einfluß meiner zwei großen italienischen Meister Tintoretto und Tizian befreit. Du wirst mir bestimmt zustimmen: Ich habe von den venezianischen Meistern gelernt, bin aber inzwischen über sie hinausgewachsen."

Francesco antwortete nicht; er wußte nichts zu sagen. Er konnte immer noch nicht die schreienden Dissonanzen von Blau und Gelb akzeptieren, die das gesamte Bild beherrschten.

Am Anfang des Jahres 1582, als er das Bild fast fertiggestellt hatte, war Greco traurig und sah gealtert aus, doch er hatte sein inneres Gleichgewicht wiedergewonnen. Um diese Zeit vollendete er die Köpfe der Märtyrer und setzte in die Hauptgruppe, hinter die linke Schulter des Hl. Mauritius, ein Porträt, das in der Tat weder Philipp II. noch den Maler selbst darstellte, sondern mit beiden Ähnlichkeit hatte.

Es war inzwischen November 1582 geworden, als er zu Preboste sagte: „Das Gemälde ist fertig und kann geliefert werden. Du, mein Freund, könntest das „Martyrium des Hl. Mauritius" in den Escorial bringen. Nimm das Bild herunter, roll es über ein Rundholz und pack es sorgfältig ein. Dann nimm dir einen Ochsenkarren oder ein Maultier, was du gerade in Toledo mieten kannst, und mach dich auf den Weg. Ich habe meine Aufgabe erfüllt."

Preboste schaute sich das Gemälde noch einmal genau an und entdeckte, daß Greco am frühen Morgen, als er selbst noch schlief, die Leinwand mit seiner Signatur versehen hatte, aber auf welch seltsame Weise! Da war eine Schlange, die eine Karte mit dem Namenszug „Domenikos Theotokopoulos" hielt. Warum hatte er eine Schlange, das Symbol des Erdgeistes, dafür ausgewählt? Aber auch diesmal enthielt sich Francesco jeder Bemerkung. Ein paar Tage später, als die Leinwand trocken war und Greco schon eine neue Arbeit begonnen hatte, traf Preboste wie befohlen die Vorbereitungen für seine Reise zum Escorial, um das Bild dort zu übergeben.

Greco selbst schien Toledo nie mehr verlassen zu wollen.

*

Im Escorial stellte Preboste das Bild auf. Die Meinungen waren geteilt. Der König war abwesend. Im Februar 1581 war er nach Lissabon aufgebrochen und kehrte erst Mitte Februar 1583 in den Escorial zurück. Diese Jahre waren nicht nur vom Glanz erfüllt, den Philipps Krönung als König von Portugal 1581 ausstrahlte, sondern brachten dem König auch persönliches Unglück. In Badajoz wurden er, Königin Anna und ihre Kinder, die ganze königliche Familie, Opfer einer schlimmen Grippe-Epidemie. Das Fieber wurde mit der üblichen Methode des Aderlasses und mit Abführmitteln bekämpft. Die junge Königin starb, mit einunddreißig Jahren und zum sechsten Male schwanger. Während der König die Reise in sein neues Reich fortsetzte, kehrten das Korps und die Kinder in den Escorial zurück. Philipp selbst kam erst zwei volle Jahre später wieder dorthin.

In der Zwischenzeit war El Grecos Gemälde an dem Altar, für den es der König bestellt hatte, aufgehängt worden.

Ein Mönch sagte: „Ich habe meine Zweifel, ob Seine Majestät das Bild gutheißen wird. Der König hat einmal gesagt, daß der Stumme die persönliche Meinung Seiner Majestät auf die ihm eigene Weise treffend ausgedrückt hat:

‚Die Heiligen müssen so dargestellt sein, daß man nicht das Verlangen verliert, zu ihnen zu beten; sie müssen allgemeine Hingabe bewirken. Und eben das muß Hauptziel und -zweck der Malerei sein.'"

„Ja", antwortete ein anderer Mönch, „aber schau dir das Bild einmal genauer an. Es ist offensichtlich, daß der Maler seine eigene Meinung zum Ausdruck bringen wollte, und zwar daß die geistigen Qualen dieses Märtyrers größer waren als seine körperlichen Schmerzen. Das ist eine neue Auffassung und bestimmt nicht das Ergebnis einer oberflächlichen Meditation."

„Du magst recht haben, und er ist ja auch ein bekannter Maler. Es wird erzählt, daß in Toledo ausgezeichnete Arbeiten von seiner Hand zu sehen sind. Doch du, Pater Sigüenza, der du so viel gelehrter bist als wir anderen, kannst du erklären, warum die Personen in der Hauptgruppe so seltsam gekleidet sind?"

„Mir scheint, das dies die Kleider sein müssen, die die Römer unter ihren Rüstungen trugen. Die fünf Hauptmänner sind alle barfuß, weil sie bereit sind zu sterben", antwortete Pater Sigüenza.

„Aber die Lanzen, die Helme und viele andere Einzelheiten gehören in unsere Zeit und nicht in die der Römer. Und wie absonderlich dieses arabische Schwert an der Seite eines römischen Hauptmanns aussieht!"

„Einzelheiten, mein Lieber, sehr merkwürdige Einzelheiten. Ich bin ganz deiner Meinung – der Künstler hat sich wirklich die größte Freiheit erlaubt. Aber er hat Mühen und Schmerzen auf sich genommen, um in diesem Gemälde sein bestes zu geben. Ich bewundere das Bild, doch ich stimme dir zu . . . nicht vielen wird es gefallen."

Als Philipp in den Escorial zurückkehrte, konnte er sich nicht entscheiden, ob ihm das Bild nun zusagte oder nicht. Wochen vergingen, und nach aufmerksamer Betrachtung und Prüfung des Werkes kam er zu der Erkenntnis, daß es in der Tat höchst kunstvoll ausgeführt war. Und doch störte ihn irgend etwas daran – war es die Disharmonie der Farben im unverhältnismäßig großen Vordergrund? War es der Schrecken des enthaupteten Körpers? Oder war es einfach die Unverschämtheit der Schlange, die die Karte, auf der des Künstlers Namen stand, hielt? Insgesamt betrachtet aber mußte der König zugeben, daß das Bild ein vollendetes Kunstwerk darstellte. Doch in seiner Auffassung vom Zweck der Kunst als solche konnte er keinen Kompromiß eingehen. Schließlich entschied er, daß es kein religiöses Bild war und deshalb keinen Altar schmücken konnte. Das Bild wurde wieder abgenommen, verblieb aber im Escorial.[1]

Der König bestellte Schätzer und beauftragte sie, den Wert des Bildes sowie den Preis, der dafür gezahlt werden sollte, zu bestimmen. Der Haupttaxator war Rómulo Cincinnato, der Maler, der später den Auftrag erhielt, Grecos Gemälde durch ein anderes zu ersetzen, welches das gleiche Thema in mehr konservativer Art und Weise darstellte.[2]

1 Dieses Gemälde ist noch heute im Escorial zu sehen.

2 Escorial, Spanien

Das Ergebnis war, daß der König Greco für sein abgelehntes Werk achthundert Dukaten bezahlte, während Rómulo Cincinnato nur fünfhundertfünfzig Dukaten erhielt.

Die Angelegenheit war erst 1584 erledigt, als Philipp das Gemälde dem Abt des Klosters im Escorial übergab. Der König sagte, daß seiner Meinung nach das Bild nicht zum Gebet anrege und keine Hingabe bewirke. Durch diese königliche Entscheidung war von nun an der Escorial Greco verwehrt: Er wurde nie wieder beauftragt, für den König zu arbeiten.

Wenn El Greco versucht hätte, den mächtigen König von Spanien zufriedenzustellen, wenn er ernsthaft gehofft hätte, sein Hofmaler zu werden, wäre er sicherlich gescheitert.

Aber wollte er denn überhaupt mehr tun als sich in seine Arbeit vertiefen, um dadurch die Angst, Qual und die hoffnungslose Sehnsucht seiner Seele zu vergessen?

KAPITEL XVII

Toledo, Spanien, 1584

Im Jahre 1568 hatte Philipp II. ein Edikt erlassen, das allen Mauren befahl, ihre nationalen und religiösen Gebräuche aufzugeben und sich an die christlichen zu halten. Dieser Erlaß verstärkte erneut die in Spanien herrschende Tendenz, sich nicht mehr an die Bedingungen für die Kapitulation aller spanischen Mohammedaner 1492 in Granada zu halten. Unter Philipp III. führte diese Entwicklung im Jahre 1609 schließlich zur Vertreibung von dreihunderttausend Mauren aus Spanien. Im Jahre 1582, als die Hl. Teresa von Avila starb, wurde Greco vom Heiligen Amt in Toledo als Dolmetscher beschäftigt. Der Fall eines Griechen wurde verhandelt, der angeklagt worden war, ein Maure zu sein. Domenikos kam mit dieser Aufgabe gut zurecht, da sein Spanisch jetzt fließend war, und er war sehr gern bereit, einem Landsmann zu helfen. Außerdem freute es ihn, daß er gebeten wurde, dem Heiligen Amt in einer offiziellen Angelegenheit zu Diensten zu sein. So hoffte er auch die Schmach zu tilgen, die ihm früher im Zusammenhang mit seiner „Entkleidung Christi" angetan worden war.

Er erkannte nun wirklich, daß Toledo seine neue Heimat geworden war und er als nützlicher Bürger und, was noch wichtiger war, als bester Künstler der Stadt anerkannt wurde. Er hatte es nicht nötig, sich nach Aufträgen umzusehen – sie flossen nur so herein, besonders Aufträge für Bilder vom Hl. Franziskus. In jener Zeit malte er auch ein Bildnis der „Heiligen Familie" mit der Hl. Anna, Maria und dem Christkind.

So vergingen die Monate, ausgefüllt mit Arbeit, die ihm allmählich sowohl einen guten Namen als auch ein wenig Geld einbrachte. Im Frühling 1583 besuchte ihn der arme Grieche, dem er als Dolmetscher hatte helfen können. Er hörte nun, daß der Mann die Erlaubnis erhalten hatte, zu seiner Familie zurückzukehren und fand all die Dankbarkeit und das Händeschütteln ziemlich übertrieben: der Besuch dieses Burschen in seiner Werkstatt war nur dazu dienlich, ihm das rote Gesicht des Großinquisitors wieder ins Gedächtnis zu rufen. Das Bild des kleinen Griechen wirkte daneben schwächlich und selbstzufrieden. Er würde den Großinquisitor[1]

1 Bezug auf ein später gemaltes Porträt des „Großinquisitors", Kardinal Fernando Niño de Guevara, Metropolitan Museum, New York, um 1600

malen, wenn er dazu den Auftrag erhielt, doch er mußte warten. Im Winter kam er mit seiner Arbeit gut voran, obwohl es kalt und dunkel war. Aus Madrid traf ein Brief ein, der ihm die Nachricht brachte, daß es dem Jungen gut ging, und er fragte sich, was er mit ihm in Toledo würde anfangen können. Er beantwortete den Brief, bat aber nicht darum, seinen Sohn zu sich holen zu dürfen. Den kleinen Griechen hatte er schon vergessen, doch an den Großinquisitor mußte er immer noch denken und an das Bild, das er gern von ihm gemalt hätte.

Winter und Frühling gingen ins Land, und es begann der Sommer. Eines Tages spazierte er durch Toledo, vorbei an den Klostergärten. Er ging in die Kathedrale, schaute sich noch einmal sein Werk an und kam zu dem Schluß, daß es viel besser zur Geltung käme, wenn darunter einige goldene Skulpturen stehen würden. Er könnte diese selbst anfertigen. Er müßte die Domherren fragen und um deren Einwilligung bitten.[1]

Im Klostergarten, der zur Kathedrale gehörte, flatterten Vögel herum, die sangen und schwatzten, belebt durch die Lieblichkeit des Tages. Die Bäume trugen neues Laub, und der Duft frischer Blumen drang in seine Sinne – welch Grausamkeit, welch trostlose Einsamkeit, er hatte nur noch seine Arbeit. Er konnte nicht mehr mit Jerónima spazierengehen, wie sie es früher getan hatten, am Tage ihrer ersten Begegnung und danach. Sie war gegangen. Es war nun nichts mehr da außer Steinen, Arbeit und Zeit, die all ihre Kraft aus dem Vergangenen schöpfte.

„Meine Geliebte ist nicht mehr auf dieser Welt", murmelte er und lief weiter, zurück nach Hause, durch die engen Straßen, vorbei an den gelben Steinen. Er fand, daß wenigstens Toledo selbst sich immer seiner Stimmung anpaßte. Im bunten, fröhlichen Venedig wäre er verloren gewesen. Doch hier konnte er sich immer selbst entdecken, in diesem eigenartigen, kalten Licht, das er in das Bild vom „Martyrium des Hl. Mauritius" aufgenommen hatte. Er war süchtig geworden nach diesem kalten Licht. Sein Streben nach persönlichem Ruhm hatte nachgelassen, denn er hatte die Höhen nur erklommen, um wieder in seine kleine, provinzielle Welt zurückzufallen. Diese Welt, Toledo, von der Sonne durchflutet, erschien ihm jetzt wie eine Geisterstadt mit ihren gelben Steinen, die für ihn durch die Erinnerung an den Liebreiz einer Frau magische Wirkung hatten. Seine Gedanken waren bitter und in die Vergangenheit gerichtet, und er hatte keinen Blick für die Gegenwart, so daß er stolperte und fast hingefallen wäre. Er schaute auf und sah vor sich einen großen Mann, der einen kleinen Jungen an der Hand führte. Josef mit dem Jesusknaben[2] – wie seltsam, sie auf diesem Weg zu treffen. Er war

1 Bezug auf die Skulpturengruppe (um 1601 von El Greco angefertigt), die in der Kathedrale unter dem Gemälde „Die Entkleidung Christi" – „El Expolio" ihren Platz fand.

2 Museum von San Vincente, Toledo, gemalt um 1610

froh, daß sie ihn nicht hatten stolpern sehen. Er blieb stehen, sehr dünn und aufrecht. Die zwei schienen ihn zu erkennen. Sie kamen auf El Greco zu, er starrte sie an und erkannte Manuel de las Cuevas, Jerónimas Bruder. Dann richtete er seinen Blick plötzlich nach unten und schaute den kleinen Jungen an seiner Seite an.

Manuel sagte: „Mutter war der Meinung, es ist an der Zeit, daß der Junge seinen Vater sieht, und da du nie Zeit hast, einmal nach Madrid zu kommen, beschlossen wir, selbst die Reise anzutreten und dich zu besuchen."

Jetzt, da der Augenblick gekommen war, vor dem sich Greco so lange gefürchtet hatte, überraschte es ihn, daß er gar keine Aufregung verspürte. Er schaute das Kind aufmerksam an, und das Kind starrte aus seinen runden, dunklen Augen voller Neugier zurück. Domenikos konnte alles sehen: Jerónimas weiches, ovales Gesicht, die sehr dunklen Augen des Großvaters; Jerónimas Mund, klein und beerenrot, dazu die pechschwarzen Haare des Großvaters; sein eigenes energisches Kinn, und die Nase? Vielleicht von der Großmutter? Er konnte in dem Jungen nicht nur die Beziehung zu denen, die ihm vorausgingen, erkennen, sondern sich auch sein Aussehen als Erwachsener vorstellen: er würde ein gutaussehender spanischer Mann werden, nicht den rötlichen Ton in Haar und Bart haben wie er selbst, nicht die griechische Haarfarbe, sondern das glänzende Blauschwarz der Spanier.[1]

Der Junge unterbrach ihn in seinen Gedanken, indem er sagte: „Wenn du wirklich mein Vater bist, fremder Mann, dann wirst du mir zeigen, wie man malt, versprochen?"

„Würdest du gern von mir unterrichtet werden?"

„Großmutter sagt, mein Vater malt tagaus, tagein. Sie sagt, du mußt Geld für mich verdienen und kannst deshalb nicht reisen. Nun bin ich zu dir gekommen und hoffe, du kannst mir zeigen, wie man malt. Versprochen?"

Manuel lachte: „Du siehst, du hast keine Wahl."

Greco nahm sie beide mit in seine Werkstatt. Der gute Preboste war höchst erstaunt und fing sofort an, eine Mahlzeit zu bereiten. Er schien mehr verwirrt zu sein als Domenikos selbst, rannte hin und her, immer unter dem Vorwand etwas zu suchen, das er meist schon in der Hand hielt.

„Gott", betete er, „hilf uns, daß die Sache ein Erfolg wird."

Einige Monate zuvor, im Winter, hatte sich Preboste, der einfache Mann, alles ausgedacht: Seinem Freund, dem großen El Greco, ging es

1 Bezug auf das Porträt eines „Jungen Malers", entstanden zwischen 1600 und 1604 und im Museo Provincial in Sevilla zu besichtigen

nicht gut. Wenn er immer allein malen mußte, würde er nicht gesund werden. Diese seelische Krankheit drohte all seine Lebenskraft, das Licht und die Stärke seiner Phantasie zu untergraben. Jerónima war tot. So viel war sicher: Da seit seiner Kindheit außer Jerónima keine Frau auf Greco irgendeinen Einfluß gehabt hatte, würde es auch keine wieder geben, die eine Rolle in seinem Leben spielte. Aber da blieb noch das Kind. Der Junge war zwar noch sehr klein, aber als die Botschaft kam, daß der König, obwohl er mit der Arbeit nicht zufrieden war, in Gold bezahlen würde – der Betrag sollte bald festgesetzt werden – faßte sich Preboste ein Herz und schrieb einen langen Brief nach Madrid. Es gelang ihm, den Brief zu Papier zu bringen und abzuschicken, ohne daß Greco etwas von seinem geheimen Plan merkte. Zu dieser Zeit bekam Greco ohnehin nicht viel von dem mit, was um ihn herum passierte. Er war mehr als geistesabwesend; er schien tatsächlich in der Vergangenheit zu leben.

Preboste erklärte in seinem Brief Anna de las Cuevas genau, daß Greco, der große Maler, sterben könnte, und daß es nur einen Menschen gab, der seiner armen, kranken Seele helfen konnte – und der war Jorge Manuel.

Er hatte geschrieben: „Wenn Ihr den Jungen dahingehend beeinflussen könntet, daß er seinen Vater bittet, ihm das Malen beizubringen, bin ich sicher, daß in Greco dadurch neue Lebensgeister geweckt würden. Denn ich fürchte um seine Seele, die so anders ist als die Seelen gewöhnlicher Menschen. Es besteht keine Notwendigkeit, daß der Junge besonders begabt ist, wichtig ist nur, daß er seinen Vater immer wieder darum bittet, von ihm unterrichtet zu werden."

Und nun sah es so aus, als hätten Vater und Sohn tatsächlich Interesse aneinander gefunden: der eine als Lehrer, der andere als Schüler. Der Nachmittag verstrich, und die beiden vergaßen alles und jeden um sich herum. Sie waren allein, denn Manuel de las Cuevas war außer Haus. Als er wegging, hatte er gesagt: „Ich habe in Toledo noch einige geschäftliche Dinge zu erledigen, komme aber in spätestens zwei Stunden wieder."

Doch außerhalb der Werkstatt steckten er und Preboste verschwörerisch die Köpfe zusammen: „Der Plan scheint aufzugehen."

Manuel sagte: „Ich werde heute abend nicht zurückkommen."

„Gut, sie werden erst warten, dann nicht mehr daran denken und sich schließlich aneinander gewöhnen."

„Schick einen Boten in den Cigarral meines Onkels, wenn du mich brauchst."

In der Werkstatt wandte sich Jorge Manuel an Greco: „Vater, ich möchte gern etwas wissen."

„Ja, mein Sohn?"

„Das Bild dort drüben, die Frau mit dem dunkelgrünen Schal und dem weißen Schleiertuch, ist das meine Mutter?"

„Ja."

„Wo ist sie? Großmutter sagt immer, sie ist im Himmel."

Greco wußte nicht, was er sagen sollte. Der Junge hatte auf das Bild der „Dolorosa" gezeigt, was ihn, Greco, dazu veranlaßte, es nun selbst zu betrachten. Es stimmte, daß dieses Gemälde, zu dem Greco ursprünglich durch Tizians italienische „Dolorosa" inspiriert worden war, ein typisch spanisches Gesicht zeigte. Die Augen dunkel, fast schwarz, drückten Kummer und das Wissen um eine Tragödie ohne Ende aus. Hier war Jerónima mit ihrem dunkelgrünen Schal, den sie damals im Park getragen hatte, tatsächlich die „Mater Dolorosa".[1]

„Ich habe einen Wunsch, Vater."

„Ja, mein Junge."

„Bitte male mir ein anderes Bild meiner Mutter. Ein Bild, auf dem sie glücklich aussieht. Und ein schönes Kleid sollte sie tragen. Ich will auch sehen, was für eine Farbe ihr Haar hat. Großmutter sagt, es ist aschblond; ich aber komme nach meinen Großeltern. Laß auf dem neuen Bild bitte das grüne Ding weg, das ihren Kopf bedeckt."

„Ich werde darüber nachdenken, Jorge Manuel. Es ist nämlich nicht so einfach. Ich werde es versuchen."

„Bist du traurig, Vater, weil Mutter nicht bei uns ist?"

„Ja."

Jorge Manuel schwieg und schien angestrengt nachzudenken, dann sagte er: „Vielleicht könnte ich dir helfen. Ich zeige dir etwas. Bitte gib mir ein Stück Papier."

„Hier, mein Kind, und dort ist auch etwas Holzkohle."

Jorge Manuel ging mit großem Ernst ans Werk. Seine kleinen Hände waren schon von der Holzkohle geschwärzt. Er murmelte vor sich hin und zeichnete sorgfältig einen kleinen und einen größeren Kreis, die einander berührten. „Das bist du, und das ist Mutter." Dann malte er einen großen Punkt in beide Kreise und drückte dabei so stark auf, daß die Holzkohle durchbrach und sagte: „Und das bin ich. Vater und Mutter schauen mich an und lächeln, weil ich will, daß sie glücklich sind."

So verbrachten sie den Abend miteinander, zeichneten und unterhielten sich. El Greco formte auch Tiere aus Ton für sein Kind. Spät am Abend brachte Preboste dem Jungen warme Milch, die er geräuschvoll schlürfte, während die Blicke der beiden Männer an ihm hingen. Dann sagte das Kind mit fester Stimme: „Ich will bei Vater bleiben und ihm

1 Bezug auf verschiedene Versionen der „Dolorosa" und der „Jungfrau" im Prado, Madrid und in Lugano, Schweiz

helfen. Dann wird Vater für mich viele kleine Schweine, Bullen und Hühner, Engel und Teufel machen. Und Mutter muß er malen, wenn sie lächelt."

So lernte El Greco von seinem eigenen Sohn, daß er, um die „Heilige Familie"[1] zu malen, Jerónima als Maria, eine sehr schöne Frau, und sich selbst als Josef darstellen mußte, der mit einem zärtlichen Lächeln seiner Liebe und Freude Ausdruck verlieh.

Greco setzte sich hin und wartete, bis Jorge Manuel eingeschlafen war. Dann streckte er sich neben dem Jungen aus, ließ aber etwas Abstand zwischen ihm und sich. Das Kind drehte sich im Schlaf und rollte zu Greco hin; dann lag es die ganze Nacht still, den Kopf auf der Brust seines Vaters.

Die Wärme, die vom Körper seines Sohnes ausging, schenkte ihm einen Traum. Seit Jerónimas Tod hatte er keinen Traum mehr gehabt. Es war das erste Mal, daß genügend Wärme in seinem Blut war, um von ihr als Frau zu träumen. Wieder einmal spürte er die Lieblichkeit ihres Wesens; das Haar bedeckte die Stirn und wurde teilweise von dem weichen, weißen Schleier, der wie Spitze über ihre Brust fiel, freigegeben. Ihr Kleid war tiefblau, und darüber trug sie einen rotvioletten Umhang. Der Hl. Josef war mit einem weiten, goldfarbenen Gewand bekleidet, von dem ein Teil auch den kleinen, nackten Körper des Jesuskindes schützte. Die Hl. Anna beugte sich über das Kind. In Josef erkannte El Greco sich selbst, der Lichtschein um ihn ließ seinen rötlichen Bart und das Haar leuchten. Er sah so glücklich aus wie in den Tagen, als sie eins gewesen waren. Der Hl. Josef streckte seine Hand aus, um einen Fuß des Christkindes zu halten, das wie der kleine Jorge Manuel aussah, rund und gesund an der Brust der Mutter trinkend.

Während das Bild langsam verschwand, sagte Jerónima, nun ganz allein mit ihm: „Geh hin, El Greco, und schaffe zwei Werke der himmlischen Liebe: die ‚Heilige Familie' und das andere, den ‚Ruhm Spaniens' ..."

Als Manuel de las Cuevas am nächsten Morgen zurückkam, war der kleine Jorge Manuel schon mit Malen beschäftigt. Ohne aufzuschauen sagte der Junge: „Bitte, Onkel, sag Großmutter, daß ich bei meinem Vater bleibe. Ich muß ihm beim Malen helfen. Geh, Onkel, und stör mich nicht, denn ich muß mich sehr anstrengen, damit ich lerne, wie ich meinem Vater helfen kann."

Manuel de las Cuevas schaute zu Greco hin, der an einem Werk ar-

1 Bezug auf das schöne Bild „Die Heilige Familie", gemalt 1585. Es gehört der Duquesa de Lerma und ist im Hospital de San Juan Bautista oder de Afuera, Vorderseite, in Toledo zu sehen.

beitete, das er offensichtlich gerade begonnen hatte. Es zeigte die ersten Umrisse der „Heiligen Familie".

Dann drehte sich Greco zu ihm um, und Manuel konnte sofort sehen, daß seine Lebensgeister wieder erwacht waren. Er war voller Energie, seine Augen leuchteten wieder, und er lächelte. Sie konnten nichts weiter tun, als einander zuzulächeln. Dann sagte Greco: „Du hättest deiner lieben Mutter sagen sollen, daß Jerónima recht hatte. Ich brauche meinen Sohn. Ich weiß gar nicht, wie ich jemals ohne ihn zurechtgekommen bin."

KAPITEL XVIII

Toledo, Spanien, 1586

Im Jahre 1564 gewann der Vikar der Kirche Santo Tomé (St. Thomas) in Toledo, Andrés Nuñez de Madrid, einen Gerichtsprozeß gegen das Dorf Orgaz, wodurch letzteres verpflichtet wurde, den letzten Willen seines schon lange verstorbenen Oberherren, des Grafen Orgaz, zu erfüllen. Der Graf hatte in seinem Testament festgelegt, daß das Dorf Orgaz der Gemeinde von Santo Tomé jährlich zwei Schafe, sechzehn Hühner, zwei mit Wein gefüllte Lederflaschen, zwei Fuhren Wolle und den Betrag von achthundert Maravedi zu zahlen hatte. Außerdem erhielt der Vikar am 23. September 1584 von Kardinal Erzbischof Don Gasper de Quiroga die Erlaubnis, daß die folgende Legende, seinerzeit in einfacher Form in Stein gemeißelt, Thema eines Gemäldes für die Kirche Santo Tomé in Toledo werden sollte:

„Don Gonzalo Ruyz de Toledo wurde in Toledo geboren und war Oberherr des Dorfes Orgaz. Er hatte auch das Amt des Kanzlers von Kastilien inne. Im Jahre 1300 ließ er, neben anderen religiösen Stiftungen, auch die Kirche des Hl. Thomas in Toledo umbauen und vergrößern und spendete dafür viel Gold und Silber.

Der Graf starb in Frömmigkeit und sein Leichnam wurde in die Kirche Santo Tomé, die der Verstorbene hatte bauen lassen, gebracht. Nachdem die Priester das Requiem gelesen hatten, sollte der Leichnam zu Grabe getragen werden, begleitet von allen Edelleuten Toledos. Genau in jenem Moment stiegen die Heiligen Esteban und Augustinus aus ihrer himmlischen Herrlichkeit herab und wurden für die Anwesenden sichtbar. Sie wurden an ihren den meisten vertrauten Gesichtern und Kleidern erkannt. Die Heiligen gingen zum Leichnam, trugen ihn zum Grabe und legten ihn hinein. Dabei sagten sie: ‚Das ist der Lohn für den, der Gott und Seinen Heiligen dient.' Dann verschwanden sie wieder, während die Kirche noch von himmlischen Düften erfüllt war."

Diese Legende, zuerst in Lateinisch an genau dem Platz niedergeschrieben, wo sich das Wunder zugetragen haben soll, verherrlichte den Geist christlicher Demut, den der Graf Orgaz besessen hatte. Später wurde an eben dieser Stelle durch den Vikar Andrés Nuñez de Madrid eine Kapelle errichtet, um Besucher der Kirche an dieses Wunder zu erinnern, das zur Geschichte Toledos gehörte.

Nachdem der Kardinal seine Zustimmung gegeben hatte, daß diesem Ereignis mit einem Gemälde gedacht werden sollte, wurde El Greco beauftragt, die Legende zu malen. Der Vertrag, der das Thema entsprechend der in Stein gemeißelten Geschichte sowie die gewaltigen Abmessungen des neuen Gemäldes vorgab, wurde im März 1586 unterzeichnet. Darin war festgelegt, daß der endgültige Preis für das Bild nach seiner Fertigstellung von Taxatoren beider Seiten bestimmt werden sollte. Ein vorläufiger Auftrag war Greco schon 1584 erteilt worden, als er die Summe von einhundert Dukaten erhielt, die ihn verpflichtete, den Auftrag zu erfüllen.[1]

Seitdem der kleine Jorge Manuel bei seinem Vater in Toledo lebte, hatte Greco all seine künstlerischen Kräfte wiedergewonnen. Der Junge erwies sich als begabt und artig, ein liebes, fleißiges Kind, das seinen Vater bewunderte.

Greco hatte sein rundes Kindergesicht im Jesuskind auf seinem Gemälde „Die Heilige Familie" festgehalten. Nach einem einleitenden Gespräch mit dem Vikar betraten sie die düstere Kirche, und Jorge Manuel mußte ein Licht halten. Als nun die dunkle, nackte Wand sichtbar wurde, kam El Greco der Gedanke, daß es vielleicht günstig wäre, den Jungen als Pagen zu kleiden und ihn auf das im Bild dargestellte Ereignis hinweisen zu lassen, wobei jedoch sein Blick voll auf die Welt draußen gerichtet sein müßte. Er hatte solche Figuren ziemlich häufig in den Werken venezianischer Meister gesehen.

Jerónima war ihm noch nicht wieder in einer Vision oder einem Traum erschienen, doch er erinnerte sich an ihre seltsamen Worte: „Male den Ruhm Spaniens" . . . oder hatte sie gesagt: „Male die spanische Seele"?

Philipp hatte ihn großzügig bezahlt, aber Greco wußte, daß er nie wieder die Ehre haben würde, einen weiteren königlichen Auftrag auszuführen. Für ihn blieb nur Toledo. Seine Seele hatte dort Wurzeln geschlagen, Toledo inspirierte ihn als Künstler, und er war Bürger der Stadt geworden. Seine Wanderschaft war damit beendet – sein Leben würde sich in Zukunft innerhalb der Mauern Toledos abspielen, und wenn möglich sogar in dem Haus, wo er Jerónima bis zur Unendlichkeit geliebt hatte. Greco hatte nicht den Wunsch, weiter auf der Suche zu sein. Eine Begräbniszeremonie zu malen, die sich in Toledo abgespielt hatte,

1 „El Burial del Conde de Orgaz" („Das Begräbnis des Grafen Orgaz"), Grecos Meisterwerk, ist noch an genau der Stelle in der Kirche Santo Tomé in Toledo zu sehen, wo Greco es aufhängte.

diese einfache Geschichte aus seiner Wahlheimat zu verherrlichen und mit den Bildnissen ruhmreicher kastilischer Adliger auszuschmücken, war so recht nach seinem Geschmack.

El Greco dachte angestrengt nach, die ganze Nacht beim Licht flakkernder Kerzen sitzend, die geisterhafte Schatten an der Wand tanzen ließen. Das Thema, wie es der Vikar geschildert hatte, begann in seinem Kopf Gestalt anzunehmen und aufzublühen. Er fühlte, daß dieses Bild ein voller Erfolg werden würde, denn dieser neue Auftrag sprach seine eigenen seelischen Neigungen an und befand sich in Einklang mit seiner nur selten geäußerten Meinung, daß die wahren Diener Gottes still waren und nicht in der Politik und in der Öffentlichkeit auftraten, wie die Diener der Inquisition es taten. Gott und Seine Heiligen verlangten nur Heiligkeit der Person und ein Leben, der Wohltätigkeit und Barmherzigkeit verpflichtet. Greco würde all sein Können einsetzen, um dieses Bild einer Beisetzung zu malen. Er würde es natürlich, wie es seinem Stil entsprach, in zwei Hauptteile unterteilen: die Szene auf der Erde und die himmlische Herrlichkeit.

Den Kopf auf die Hand gestützt, den Ellenbogen auf der Lehne des großen gotischen Stuhles, begann Grecos Vorstellung von dem Bild Gestalt anzunehmen: ... Eine sehr große Oberfläche, wie er sie in der Kirche Santo Tomé gesehen hatte; über die ganze Breite sollte sich eine Wand erstrecken, und vor dieser schwarzen – nein, grauen Wand der Leichnam des Grafen Orgaz, in seiner prächtigen, glänzenden Rüstung: ein Soldat wird in allen Ehren beigesetzt. Jetzt kommen die beiden Heiligen und tragen ihn mit ihren eigenen Händen zum Grab. Der Hl. Augustinus, der Bischof, trägt den Kopf des toten Grafen, während der Jüngere, der Hl. Esteban, an den Füßen anfaßt. Der Hl. Augustinus trägt Meßgewand und Mitra des Bischofs. Wie herrlich ist das goldene, mit rotem Stoff gefütterte Meßgewand, bedeckt mit kleinen Porträts. Aber auch die Kleider des Hl. Esteban sind reich mit Gold bestickt und zeigen an, daß er im Rang eines Diakons war. Seine gesamte Geschichte als einer der ersten christlichen Märtyrer ist auf sein Gewand gemalt. Auch auf dem Meßgewand des Bischofs befinden sich Miniaturporträts von verschiedenen Heiligen. Greco murmelte: Und in der Art, wie Kleider und Gewänder in Toledo bestickt werden, bringe ich sie auf die Leinwand."

Die Priester, die die Messe lesen: der gute Vikar Andrés Nuñez soll mit der Einbeziehung seines Porträts dafür belohnt werden, daß er ihm den Auftrag verschafft hat. Greco würde ihn malen, wie er das Requiem liest, mit einer herrlichen, breiten Stola.

... Ein spanischer Soldat, der in seiner glänzenden, Symbolik verkörpernden Rüstung beigesetzt wird, vereinigt wunderbare, lebendige Farben in sich. Die Pracht der katholischen Kirche. Denn das ist Toledo, wo das Wunder geschah: aller Reichtum konzentriert sich in seinen Kirchen. Und hinter dieser Gruppe, die die Heiligen und den Soldaten umfaßt, befindet sich die dunkle Wand: schwarz, weiß-grau. Es trägt sich nämlich alles hier unten, in ihrer Kirche Santo Tomé zu.

Doch als das Bild langsam Gestalt annahm und sich durch seine geistige Arbeit in seiner Vorstellung verfestigte, begann die schwarze Wand plötzlich zu leben, und Lichter und weiße Blitze zuckten auf ihr.

Was ist das? Es ist keine Wand, kein lebloses Material, sondern eine Mauer ganz aus menschlichen Köpfen. Er kann jetzt erkennen, daß dies der Zug kastilischer Adliger ist, die gekommen sind, um dem toten Grafen die letzte Ehre zu erweisen. Alle können das wunderbare Geschehen verfolgen, das still vor ihren Augen abläuft, Augen, die die meisten Anwesenden in Demut und Hingabe niederschlagen.

Sie sind gekommen, wie es sich für fromme spanische Edelleute während der Karwoche geziemt: Sie sind schwarz gekleidet, tragen spanische Kragen um den Hals; das waagerechte Weiß der Halskrausen steht in reizvollem Kontrast zu ihren dunklen, spitzen Bärten.

Grecos Vision wurde klarer; seine Phantasie verwandelt die 1323 dem Begräbnis beiwohnenden Personen in die unter Philipp II. Mächtigen. Ja, einige von ihnen kennt er persönlich, und andere wieder nur durch Erzählungen seiner Freunde. An jedem Ende des langen Zuges dieser Adligen stehen die ihren Glauben aktiv vertretenden Hauptmänner, die dem Zug eine kompakte Form geben und ihn abschließen. Auf der rechten Seite die Priester, auf der linken drei Mönche, die drei in Toledo ansässigen Hauptorden vertretend: Da ist der Franziskanermönch, voller Demut, und als Gegensatz zu ihm der schwarze Augustinermönch, der den wichtigsten Platz einnimmt – seine Augen haben einen ausdrucksvollen, durchdringenden Blick. Im Hintergrund und nicht so gut sichtbar steht der Dominikanermönch, die ausführende Hand der Inquisition.

... Nach einer Weile beginnt Greco noch klarer zu sehen und kann die Gesichter besser erkennen: Da sind die drei Covarrubias, von denen zwei schon seit Jahren tot sind. Hinter der Mitra des Hl. Augustinus ist der Kopf eines anderen Adligen, der ermordet wurde, zu sehen: Johann von Österreich, der Mann der Jesuiten; an seiner Seite der junge Cervantes, der mit Johann in der Schlacht von Lepanto gegen die Türken kämpfte, und neben ihm ein anderer spanischer Dichter, Lope de Vega. An der anderen Seite Johanns von Österreich, ist das vielleicht der Graf von Benavente? Oder sollte es der „Ritter mit der Hand auf der Brust" sein, den er in Madrid gemalt hatte? Und über dessen Schulter sein eigenes Selbstporträt, das ansehnlichste von allen.

Seine Augen schauen geradeaus, aus dem Bild heraus, während die meisten der kastilischen Adligen ihre Augen gesenkt halten und das Wunder betrachten, das in der Mitte des Bildes geschieht. Neben ihm der Dominikaner, sie stehen Schulter an Schulter, wie um ihn, Greco, an die Inquisition zu erinnern. Dann kommt Covarrubias, der verstorbene Bischof von Avila.

Sein geistiges Auge reicht jetzt noch weiter: er erkennt einige der Figuren zur rechten Johanns von Österreich: Cervantes, Lope de Vega, Alonso Ercialla y Zuñiga, Autor der *Araucana*, neben ihm der unbekannte Ritter, und dann der taube Architekt Covarrubias, der in Toledo lebt. Dann wieder ein Kopf, der wie sein eigener aussieht, diesmal aber mit einem Ausdruck der Verzückung. Schließlich der Küster von Santo Tomé in einem weißen, durchsichtigen Mantel, und sein alter Freund Juan de Herrera, der Architekt des Escorial, und ganz zum Schluß Andrés Nuñez, der Vikar, die Messe haltend.

Alle diese spanischen Adligen waren gekommen, um nicht nur den Grafen Orgaz, sondern auch ein großartiges Jahrhundert, das sechzehnte Jahrhundert, in dem Spaniens Macht unbegrenzt war, zu Grabe zu tragen. Obwohl sich das Wunder, das er malen sollte, im vierzehnten Jahrhundert ereignet hatte, stützte er sich bei der Darstellung der Rüstungen, Meßgewänder und Kleider auf die Mode des Jahrhunderts, in dem das Gemälde in Auftrag gegeben wurde.

... Langsam verblaßte Grecos Vision. Ja, mit diesem Bild würde er tatsächlich das Begräbnis von Spaniens goldenem Jahrhundert malen. Und damit niemand sagen konnte, er wäre nichts weiter als ein Träumer, beschloß Greco, diesen Teil des Gemäldes mit größter Genauigkeit zu malen, ein Porträt nach dem anderen, um dem Adel Toledos sowie einigen der berühmtesten Geister Spaniens ein Denkmal zu setzen.

... Eine lange, wellenförmige Linie von Köpfen zog sich zwischen den Mönchen und den Priestern hin und verlor sich in der melancholischen Betrachtung des „Begräbnisses der spanischen Seele", unterstützt durch das Eingreifen der glorreichen Heiligen. All das offenbart durch ein Kind, seinen eigenen Jungen, der, ziemlich unbeeindruckt von dem Wunder, seine Augen weit öffnet und mit der einen Hand auf den Grafen zeigt, während er in der anderen eine brennende Fakkel hält.

Über diesen Teil des Bildes würde er den anderen Teil malen: die himmlische Herrlichkeit.

Er war entschlossen, dafür andere Farben zu nehmen und nach einem sich vom unteren Teil unterscheidenden Konzept vorzugehen. Denn El Greco würde es niemals als richtig empfinden, himmlische guren in den gleichen Dimensionen und Farben zu malen wie seine Porträts. Ja, dieses Bild mußte aus zwei Teilen bestehen: unten das Begräbnis und oben die himmlische Herrlichkeit.

Er schlief ein, doch die Vision beschäftigte ihn auch noch im Schlaf bis ins Detail.

Am nächsten Morgen sagte der kleine Jorge Manuel: „Vater, du verdienst jetzt so viel Geld, daß du dir wirklich einmal ein schöneres Bett kaufen könntest. Du wärst bestimmt in der Lage, dieses Haus so komfortabel einzurichten wie Großmutters Haus in Madrid."

„Der Junge hat recht, Domenikos. Ich habe schon mit dem Marquis von Villena Kontakt aufgenommen und ihn gefragt, ob wir nicht seinen ganzen Palast mieten können", bemerkte Preboste.

*

Die Hauptkonturen des Bildes waren schnell konzipiert, doch die tatsächliche Ausführung kam nicht so schnell voran, wie Greco es wünschte. Gemäß seinem Vertrag, den er am 18. März 1586 unterzeichnet hatte, sollte das Bild zu Weihnachten 1586 fertig sein. Mit der Szene auf der Erde wollte er dreißig edle Spanier darstellen. Da er diese sehr genau wiedergeben wollte, mußte Greco seine Freunde bitten, diese Persönlichkeiten von der Notwendigkeit zu überzeugen, ihm Modell zu sitzen.

Vor Jahren, als das erste Gerichtsverfahren mit den Domherren der Kathedrale im Gange war, hatten Greco und Preboste die damals fertiggestellte erste Version der „Entkleidung Christi" im Keller des Palastes versteckt. Mittlerweile enthielt dieser Keller eine große Zahl von Gemälden mit eigenartigen Figuren und noch seltsameren Farben, die klar zeigten, daß es ein wichtiges Anliegen des Malers war, seine Ideen und vielleicht sogar Visionen darzustellen. Diese Bilder hatten mit denjenigen, die er auftragsgemäß für Klöster und Privatpersonen schuf, nichts gemein.

Hier unten befand sich auch eine Leinwand, etwa so groß wie der untere Teil des „Begräbnisses des Grafen von Orgaz", die Greco „Die Herrlichkeit" genannt hatte. Preboste wagte nicht, zu diesem Bild viel zu fragen. Als er es anschaute, begann er, wieder einmal um das geistige Gleichgewicht seines Meisters zu fürchten. Die auf dem Bild dargestellten unproportionierten Figuren schienen an das „Martyrium des Hl. Mauritius" zu erinnern. Hier unten malte Greco nur bei Kerzen- oder Lampenlicht, und einmal sagte er zu Preboste: „Samuel Ben Meir Levy versteckte seine Schätze in unseren Kellern und hat höchstwahrscheinlich einige dieser Gewölbe bauen lassen. Unter Peter dem Grausamen war er zuerst des Königs Schatzmeister, wurde dann aber des Diebstahls bezichtigt. Schließlich wurden er und seine ganze Familie in Sevilla gefoltert, aber sie gaben ihr Geheimnis nicht preis und zogen es vor zu schweigen. So werde auch ich meine Schätze verstecken, nicht nur vor der Inquisition, sondern auch vor meinen Freunden."

Preboste bemerkte dazu: „Es würde mich nicht überraschen, wenn wir durch Abriß einer oder zweier Wände einen Teil des maurischen Kanalisationssystems entdeckten, das von den christlichen Spaniern törichterweise zerstört wurde. Im Falle echter Not oder Gefahr könnten wir durch diese Gänge in Richtung Tajo entkommen."

„Und ertrinken, oder ersticken", entgegnete Greco.

„Immer noch besser als von der Inquisition gefoltert zu werden."

„Bist du beunruhigt, Francesco, wegen der Bilder, die ich unten in den Kellern male? Du brauchst keine Angst zu haben; der Hl. Franziskus wird uns beschützen. Und ich werde vorsichtig sein, schon wegen meines Sohnes."

Das Leben in der Werkstatt hatte sich verändert; Preboste hatte schon einigen Grund, beunruhigt zu sein, denn immer mehr bedeutende Persönlichkeiten besuchten den Künstler. Religiöse Gespräche waren nicht ungewöhnlich, obwohl sie vom Heiligen Amt verboten worden waren. Das gleiche galt für das Lesen des Neuen Testaments, wenn man nicht eine besondere Erlaubnis vom Beichtvater vorweisen konnte, in der die spezielle Übersetzung genannt wurde. Greco versteckte seine religiösen Bücher, die hauptsächlich in Griechisch geschrieben waren. Er hatte sie aus Kreta mitgebracht oder in Italien erworben und ging gewöhnlich, wenn er allein war, in den Keller, um darin zu lesen.

Ursprünglich hatten sie in einigen wenigen Zimmern gearbeitet, doch nun mieteten sie immer mehr Räume. Schließlich verfügten sie über vierundzwanzig Zimmer, eine große Küche und einen Garten, in dem der kleine Jorge Manuel in der Sonne spielen konnte, wenn die Hitze nicht zu stark war, und er nicht unter Anleitung seines Vaters zeichnete oder malte. Die meisten der gemieteten Räume waren leer und wurden nur benutzt, um darin Gemälde aufzubewahren, die dort in langen Reihen, mit den Vorderseiten zur Wand, standen. Nur wenn bedeutende Besucher kamen, wurden sie zur Schau gestellt.

Im Jahre 1585 wurde schließlich von El Greco und dem Marquis von Villena ein offizieller Mietvertrag unterschrieben und von Preboste gegengezeichnet.

Die Zeit, in der Greco verbittert und voller Angst war, lag hinter ihnen. Wenn es Momente gab, in denen er in seine Traurigkeit zurückzufallen schien, war es immer Jorge Manuel, der wußte, wie er mit verschiedenen Mitteln helfend eingreifen konnte. Und nun verdiente Greco auch Geld.

Porträts und Aufträge für ein „Bildnis des Hl. Franziskus" brachten ihm oft eine sehr gute Bezahlung ein. Er hatte nun so viele Aufträge, daß die Zeit gekommen schien, wo er weitere Schüler beschäftigen konnte.

Er stellte ein Dienstmädchen, Maria Gomez mit Namen, ein, das sich nun um den Haushalt kümmerte, da Preboste seine gesamte Zeit der Malerei und der häufigen Klärung finanzieller Probleme seines Meisters widmen mußte.

Langsam und widerstrebend begann sich die schreckliche Wunde in Grecos Herz zu schließen. Sie, die ihn für kurze Zeit durch sein Leben begleitet hatte, war für ihn zum Symbol, zum Mysterium geworden und hatte ihm ein tiefes und umfassendes Gefühl für die Dinge gegeben. Das Problem, das ihm derzeit jedoch am meisten unter den Nägeln brannte, war das Bild „Begräbnis des Grafen Orgaz".

Im unteren Teil des gewaltigen Gemäldes arbeitete Greco von den Seiten beginnend zur Mitte hin. Auf der rechten Seite porträtierte er seinen Freund Juan Lope, den Bürgermeister von Toledo, der in einem weißen Chorrock einen Küster verkörpert. Er dreht sich gerade um und weist mit einer Hand auf das Wunder. Neben ihm das Porträt von Andrés Nuñez de Madrid, der die Messe liest, und links die drei Mönche. Er zeichnete die letzten drei Figuren nur schwach vor und verschob die eigentliche Porträtierung auf später, wenn er über geeignete Modelle verfügte.

Dann arbeitete Greco an seinem eigenen Bildnis, auch er in Schwarz gekleidet, mit weißer Halskrause wie all die anderen spanischen Edelleute, die aussahen, als würden ihre Köpfe auf Porzellantabletts serviert. Das über Generationen weitergegebene aristokratische Wesen ließ ihre edlen Gesichter gespannt und doch zerbrechlich erscheinen.

Danach malte Greco Johann von Österreich, den Frauen oft vergötterten. Sein ovales, sanftes Gesicht befand sich in der Mitte des Zuges, weil er in seinem Leben und auch noch nach seinem Tode der Drehpunkt vieler politischer Intrigen war. Nachdem Greco Cervantes und Lope de Vega porträtiert hatte, malte er Ercialla, der kürzlich ein episches Gedicht geschrieben hatte, in dem der langanhaltende Widerstand der Indianer Chiles gegen die spanischen Armeen gepriesen wurde.

Dann warf der Maler einen Blick auf die Porträts der Covarrubias, die bis jetzt nur als Skizzen eingezeichnet waren. Diego Covarrubias, der Bischof, war 1577 in Madrid gestorben; sein Bruder Antonio (Architekt, wie auch sein Vater in Burgos einer gewesen war) hatte das Alter von einundsiebzig Jahren erreicht, als das Gemälde entstand. Er und Diego de Castilla hatten Greco wiederholt im Streit mit den Domherren der Kathedrale geholfen. Er beschloß, ihn zu fragen, ob er ihm für das Porträt Modell sitzen könnte.

Wochen, Monate vergingen, bis er den unteren Teil des Gemäldes auf diesen Stand gebracht hatte. Greco ging zum Fenster seiner Werkstatt und schaute durch das Weinspalier hinunter zum Tajo. Er erinnerte sich, einmal verwirrt an der Seite Jerónimas auf das Wasser geblickt zu haben, und nun schaute ihr gemeinsames Kind auf den Fluß. Wie kurz war doch ihr Glück gewesen – und wie sehr hatte er sich in jenem Moment, als sie ihm die reizende Geschichte von der Brücke des Hl. Martin erzählte, davor gefürchtet. Wie schnell war dann alles vergangen – erst seine Angst und dann sein großes Glück. Er drehte sich um. Das Bild starrte ihn an. Es wurde Zeit, den Kopf des Architekten Covarrubias, der sich in der Gruppe auf der rechten Seite befand, genau zu gestalten. Er würde ihn im Profil malen.

Als Greco seine Arbeit noch einmal überprüfte, fragte er sich, warum ein Bild dieser Größe geradezu gigantisch erschien. Er wußte, daß dies von den Abmessungen her sein größtes Gemälde werden würde, und es dürfte schwierig für ihn werden, das Werk fristgemäß, wie er es versprochen hatte, fertigzustellen. Er erinnerte sich, mit welch magischer Geschwindigkeit Tintoretto die „Kreuzigung" für die Scuola di San Rocco in Venedig gemalt hatte. Kürzlich war ihm zu Ohren gekommen, daß Tintoretto noch immer in Venedig arbeitete, unterstützt von seinen Söhnen und seiner begabten Tochter Marietta. Die Gemälde, die der italienische Meister jetzt schuf, waren ungeheuer stärker und in ihrer religiösen Aussagekraft vielleicht auch tiefgehender als dieses Gemälde. Und doch hatte er, Greco, das Gefühl, daß sein Orgaz der Zeit würde besser widerstehen können als irgendeines von Tintorettos Werken.

Beim Betrachten seiner Leinwand kam Greco zu dem Schluß, daß er die richtige Technik anwandte und keine Mühe scheute, seine Porträts realistisch zu gestalten. Sie schienen wie von Tizians Hand zu sein. Immer, wenn er diesen Malstil anzuwenden versuchte, fühlte er die weiche Hand des Meisters auf der seinen und hörte ihn sagen: „Enger, enger." Immer, wenn er sich dieses Gefühl ins Gedächtnis rief, gelangen ihm seine Porträts vorzüglich. In diesem kurzen Moment der Unterweisung hatte Tizian ihn geliebt, weshalb ihn, Greco, seine Lektion mit solcher Macht durchdrungen hatte. Wie vieles konnte man doch durch freundliche Zuwendung erreichen, auch wenn sie sich nur über einen Augenblick erstreckte.

Der obere Teil des Orgaz-Gemäldes, den Greco bei Lampen- oder Kerzenlicht im Keller malte, nahm schnell Gestalt an und zeigte Farben und ungewöhnliche Proportionen, zu denen ihn Tintorettos Figuren, wie er sie damals in der Scuola di San Rocco in Venedig gesehen hatte, inspiriert oder zumindest angeregt hatten. Die Scuola in ihrer Vollendung würde er nun nie mehr sehen, was er sehr bedauerte. Natürlich arbeitete Meister Tintoretto in Venedig unter anderen Gegebenheiten, da ihm die religiösen Themen von der Bruderschaft, deren Mitglieder sie lang und breit studierten und diskutierten, vorgegeben wurden. Er, Greco, dagegen war allein im Zentrum der Inquisition, deren Endziel es zu sein schien, dem Menschen das freie Denken zu verbieten.

Greco machte sich auf den Weg, um den Architekten Covarrubias zu besuchen, der in der Nähe des Klosters San Juan de los Reyes wohnte. Der Mann, der taub war, las gerade und bedeutete Greco mit einer sanften Handbewegung, sich zu setzen. Ein Diener brachte Wein und stellte die Kristallkaraffe auf einen zwischen ihnen stehenden kleinen Tisch mit Elfenbeinintarsien. Covarrubias sagte auf Griechisch: „Ich frische gerade meine Lateinkenntnisse auf. Es ist nicht gut, wenn man feststellen muß, daß das Gedächtnis nachzulassen beginnt; ich fürchte, ich werde alt."

Greco hatte großen Gefallen daran gefunden, ihn einige Male zu porträtieren: der Mund ein wenig gekrümmt, die sehr schöne, gebogene Nase, die hohe Stirn – das genaue Abbild eines gelehrten und edlen Mannes. Mit dem außergewöhnlich wohlgeformten Ohr, das auf allen Porträts seines Freundes zu sehen war, wollte er verdeutlichen, daß Covarrubias taub war.[1]

So saßen Greco und Covarrubias oft zusammen und kommunizierten mehr durch Gedanken und Gesten als mit Hilfe gesprochener Worte. Dabei war allerdings nicht sicher, ob der jeweils andere sich wirklich die Mühe machte, die Botschaft auch zu verstehen.

Greco sagte: „Ich male gerade die Orgaz-Legende. Das Porträt deines Vaters, der zwischen dem Augustiner- und dem Franziskanermönch steht, ist fertig, ebenso das Bildnis deines Bruders, des Bischofs von Avila, dessen Tod vor neun Jahren in Madrid mich sehr betrübt hat. Beide stehen links von den Zentralfiguren. Jetzt bin ich soweit, daß ich dich auf der rechten Seite des Bildes malen könnte. Würdest du einige Male in meine Werkstatt kommen und mir Modell sitzen?"

Covarrubias antwortete mit einem feinen Lächeln: „Wenn du willst - ich nehme aber an, du könntest das Bild genauso gut malen, indem du von meinen anderen Porträts kopierst."

„Natürlich, aber ich bin manchmal einsam." Als Greco das zugab, kam ihm der Gedanke, er könnte das edle Gesicht Antonio Covarrubias' als Hl. Petrus nehmen. Er würde dann das Haar länger und den weißen Bart stärker darstellen.[2]

Die Strahlen der Spätnachmittagssonne ließen Covarrubias' Haar

1 Porträt des Antonio de Covarrubias, Greco-Museum, Toledo

2 Insgesamt malte El Greco etwa siebzehn Bilder, die den Hl. Petrus allein zeigen; das berühmteste davon ist das Bild „Der Hl. Petrus in Tränen".

und seinen gepflegten Bart silbern leuchten. Greco schaute eine Weile zu seinem Freund hinüber, dann wanderte sein Blick zu einem sehr schönen Gobelin, der an der Wand hing.

Covarrubias flüsterte: „Oder hast du irgendwelche interessante Literatur bekommen, die du mir in deinem Keller zeigen willst? Sei vorsichtig, die Zensur wird immer schärfer in diesen Tagen. Sie sind dahintergekommen, daß Lutherbibeln nach Spanien geschmuggelt wurden, in Ballen von Samt- und Seidenstoffen versteckt. Das Heilige Amt ist befugt, überall suchen zu lassen, wo es ihm beliebt."

Greco antwortete nicht, sein Freund aber wußte, daß er die Warnung gut verstanden hatte, weil die Hand des Malers für einen kurzen Augenblick das Buch des alten Mannes berührt hatte. Der Maler stand auf, um sich den Wandbehang genauer anzusehen, und ging dann zum Fenster. Das Haus gegenüber besaß Verzierungen in maurischem Stil; sein Giebel war eine Mischung aus gotischen und maurischen Formen. Von hier konnte man den Turm der Kathedrale sehen und in südwestlicher Richtung den des Alcázar. Die Straße war sehr schmal, doch der Verkehr vom und zum Kloster San Juan de los Reyes führte hier hindurch. Priester und Ministranten trugen Reliqien in einem Schrein, offenbar auf dem Weg zum Franziskanerkloster. Sie liefen vorbei, blaß vor Anstrengung und in der Hitze schwitzend. El Greco dachte an den Tag – er selbst war damals noch in Italien gewesen – als der mächtige König Philipp die sterblichen Überreste des Hl. Eugen auf seinen eigenen Schultern durch die Stadt zur Kathedrale von Toledo getragen hatte.

Greco wandte sich nun wieder vom Fenster ab seinem Freund zu und sagte: „Ich habe drei Musikanten aus Italien bestellt, damit sie während der Mahlzeiten in meinem Haus aufspielen. Seit der lustigen Tage, die ich in Venedig verbrachte, trage ich eine Sehnsucht nach Musik in mir – sie scheint meinen Figuren Bewegung zu verleihen. Ich erinnere mich, daß Tizian, Tintoretto und Bassano alle ausgezeichnete Musiker waren und ich Hauskonzerten lauschen durfte, die ihre Kinder gaben. Besonders Tintoretto und seine Tochter Marietta fanden großen Gefallen daran, die Laute und viele andere Instrumente zu spielen." Greco sprach laut und artikulierte seine Worte genau. „Möchtest du nicht bald einmal kommen und mit uns speisen?"

„Mit dem größten Vergnügen."

„Ich habe mein Wort gegeben, den Orgaz bis zum Weihnachtsfest fertigzustellen. Das ist jedoch alles andere als eine leichte Aufgabe."

Greco verließ Covarrubias' Haus und lief in Richtung Kirche und Kloster von San Juan de los Reyes. Er hatte dieses im gotischen Stil errichtete Gebäude immer bewundert und es als das schönste Werk der Architektur in ganz Toledo empfunden. Seine Steinwände waren reich verziert und geschmückt und konnten sich mit denen in Italien messen. Kirche und Kloster waren von den katholischen Monarchen Isabella und Ferdinand errichtet worden. Sie hatten damit ihr Versprechen erfüllt, ihrem 1476 über Alfonso V. von Portugal errungenen Sieg ein Denkmal zu setzen. Greco dachte aber auch daran, daß es die katholischen Könige waren, die die Inquisition nach Spanien gebracht hatten. Sie war zuerst nur auf Kastilien begrenzt, doch im Jahre 1478 erhielten Isabella und Ferdinand vom Papst die Vollmacht, drei Inquisitoren zu ernennen oder abzusetzen. Auf diese Weise war die spanische Inquisition eine weitverbreitete politische Organisation geworden.

Er betrat die Kirche und hoffte, seinen Seelenfrieden zu finden und die Gedanken über Dinge abschütteln zu können, die ohnehin außerhalb seiner Macht standen. Da sah er ganz in seiner Nähe einen betenden Franziskanermönch, dessen Gesicht von der braunen Kapuze fast verdeckt war. Die Perlen des Rosenkranzes glitten langsam durch seine ausgemergelten Finger, und Greco erinnerte sich plötzlich wieder an seinen Freund, Pater Franziskus. Zwischen den beiden Mönchen schien eine solche Ähnlichkeit zu bestehen, daß er die Stimme des Betenden hören wollte. Er näherte sich ihm und fragte: „Pater, bitte verzeih mir, daß ich dich im Gebet störe. Darf ich dich bitten, in mein Haus zu kommen, um mir bei der Lösung eines Problems zu helfen?"

„Was kann ich für dich tun?"

„Ich bin Maler und werde in dieser Stadt Domenikos, der Grieche - El Greco – genannt. Ich habe einen Vertrag unterzeichnet, der mich verpflichtet, innerhalb der nächsten Monate ein Gemälde zum Thema „Begräbnis des Grafen Orgaz" für die Gemeinde von Santo Tomé zu schaffen. Vielleicht hast du davon gehört. Auf dem Bild möchte ich die drei wichtigsten religiösen Orden unserer Stadt darstellen, und als ich dich hier so stehen sah, erschienst du mir als der ideale Vertreter des Franziskanerordens. Würdest du mir erlauben, dich zu porträtieren?"

„Wenn das in irgendeiner Weise deiner edlen Sache förderlich ist, mein Freund, werde ich dir gern helfen."

Der Mönch, Pater Santiago mit Namen, kam am nächsten Tag in Grecos Werkstatt. In seiner demütigen Haltung, bekleidet mit der braunen Kutte, um die Taille die weiße, verknotete Kordelschnur und seine nackten Füße in Sandalen steckend, hätte man ihn wirklich für den Hl. Franziskus persönlich halten können. Greco malte ihn im Profil. Von seinen Händen war fast nichts zu sehen; sie waren in den weiten Ärmeln seiner Kutte versteckt.

Nach dem Modellsitzen schaute sich der Mönch die fertigen und noch unvollendeten Arbeiten in dem Raum, wo Greco arbeitete, an. Er betrachtete eingehend die Zentralfiguren auf dem Orgaz-Gemälde, drehte sich zu Greco um und sagte: „Zum Glück, mein Freund, sind die Herren der Inquisition nicht intelligent genug, um zu verstehen, was du damit wirklich sagen willst."

Greco unterbrach ihn, denn er hörte Jorge Manuel kommen. „Ich tue mein bestes, um den gewaltigen Auftrag für Santo Tomé zu erfüllen. Leider ist das Talent zum Malen nicht wie eine Kuh, die jeden Tag Milch produziert, wenn sie nur jemand melkt."

„Nein, Greco, ich bin weder Mitglied der Inquisition noch ihr Geheimspion. Wenn ich frei handeln könnte, würde ich sogar alles in meiner Kraft stehende tun, um sie zu bekämpfen. Wie du weißt, steht es dem Geist unseres Ordens entgegen, Menschen zum Glauben zu zwingen. Aber du kannst sicher sein, daß sie nicht sehen werden, was dein Pinsel gemalt hat: die Beerdigung der Tapferkeit und des Edelmutes Spaniens. Die Heiligen sind auserlesen gekleidet, und deine Fertigkeiten als Miniaturmaler werden in der Darstellung der Meßgewänder deutlich."

Greco kehrte zu seinem Porträt zurück. Er sagte nichts; es kam ihm vor, als wäre sein alter Meister, Pater Franziskus, wiedergekommen und spräche mit ihm über seine Arbeit. Er mußte einfach zuhören!

Der Mönch murmelte: „Es ist die Wahrheit, mein Freund, daß der Haß in dieser Welt niemals so mächtig ist wie die Liebe – bedingungslose Liebe."

„Ich würde mich freuen, wenn du mein Werk deiner Kritik unterziehst, Pater", sagte Greco.

„Liebe ist die gefährliche Kraft, nicht der Haß und nicht das Laster. Diese Meinung findet in deinem Gemälde ihren Ausdruck. Du kannst sicher sein, mein Freund, daß noch viele Menschen dein Bild bewundern werden, wenn du diese Welt schon längst verlassen haben wirst. Wie die Dinge liegen, wird die Inquisition die Symbolik nicht erkennen, so daß kein Grund zur Sorge besteht."

„Vielleicht kann ich mein eigenes Gemälde selbst nicht richtig verstehen –"

„Oder du willst es nicht zugeben. So werde ich versuchen, seine tiefere Bedeutung zu erklären. Spanien starb für diese Welt in all seiner Pracht, und damit fanden auch viele seiner Legenden ihr Ende. Zwei Heilige, St. Augustinus und St. Esteban, begraben Spaniens ‚Goldenes Zeitalter'. Und diejenigen, die hinter dem Leichnam stehen, die besten Geister Spaniens in unserer Zeit, schauen darauf nieder und sprechen nur durch die Gesten ihrer graziös gehaltenen Hände. Doch sie sind alle gezwungen, in einer langen Reihe zu bleiben, denn die Kirche erlaubt ihnen nicht, aus ihrer derzeitigen Position auszubrechen. Auf der rechten Seite sind die Priester, auf der linken wir, die drei Mönche. Wir lieben

Spanien – überwachen aber eifersüchtig jedermannes Gedanken und Taten. Beachte, wie du die großen Geister unseres Landes aufgereiht hast; es sieht so aus, als hingen sie alle an einer langen Kette, zwischen ihnen kaum Platz zum Atmen, was in Wirklichkeit bedeutet, daß ihnen freies Denken und Handeln verwehrt ist. Nur wenige Hände machen vorsichtige Bewegungen, wie auch die Flammen der Fackeln, die du auf der rechten und der linken Seite sehr gut plaziert hast. Der Standort der Kirchenvertreter verdeutlicht, daß sie den Zug der spanischen Grandes fest im Griff haben und niemand es wagt, aus der Reihe zu tanzen, da das wachsame Auge der Inquisition allgegenwärtig ist. Nur das Kind, das eine Fackel trägt, kann frei entscheiden, wohin es gehen will – dein Sohn, der in einem anderen Jahrhundert leben wird."

Greco sagte darauf, ohne seine Arbeit zu unterbrechen: „Ich wurde auch in einem Kloster erzogen. Mein bester Freund und Meister war ein Mönch."

„Zweifellos bist du irgendwo und irgendwie mit den Grundprinzipien der Jesuiten vertraut gemacht worden, nicht wahr?"

„Pater, würdest du bitte deine Augen senken, das heißt zum Fußboden blicken? Ich habe die Absicht, dich im Gespräch mit einem Augustinermönch zu malen – der Geist der beiden Orden wird sich im Ausdruck ihrer Gesichter widerspiegeln." Greco brach ab und ging einige Schritte von der Leinwand weg. Er schaute sein Werk aufmerksam an und sagte gedankenversunken: „Ich frage mich, ob du mit deiner Vermutung und Interpretation recht hast. Vergiß nicht, daß ich viele Elemente meiner Kunst von Tizian und Tintoretto übernommen habe. Tintoretto war ein Fanatiker; sein Pinsel war oft schneller als seine Gedanken. Tizian modellierte seine Farben, besonders als er noch jünger war; am Ende seines Lebens hatte er sich dann einen Pinselstrich angeeignet, der das Erkennen des Gesamtbildes erst bei Betrachtung aus einiger Entfernung erlaubte. Bei seiner Größe bereitete es ihm sinnliches Vergnügen, dicke Schichten von Farben aufzutragen, eine über die andere, und sie mit den Fingerspitzen zu bearbeiten. Seine Gemälde werden die Zeiten überdauern – Tintorettos Werke sind dagegen nicht so langlebig. Er, Tintoretto, kümmerte sich überhaupt nicht darum, was andere dachten, solange er nur malen konnte. Alles, was er weiß, hat er sich selbst beigebracht – ein äußerst bemerkenswerter Mann. Du sagst, lieber Pater, ich will mit meinem Bild dies und jenes ausdrücken – und hast am Geist unserer Zeit Kritik geübt. Um die Wahrheit zu sagen: Ich bewundere Tintorettos Werk mehr als das irgendeines anderen Künstlers. Von ihm habe ich auch gelernt, meine Bilder von zwei Figuren oder zwei Gruppen zu umrahmen, auf jeder Seite eine."

Die Zeit verging, und Domenikos, der scheinbar völlig vergessen hatte, daß er nicht allein war, widmete seine ganze Aufmerksamkeit dem Gemälde.

Der Mönch schwieg, und die Traurigkeit auf seinem Gesicht verstärkte sich noch. Schließlich sagte er: „Deine Erklärung enttäuscht mich, Meister, denn ich hatte gehofft, du würdest auf meiner Seite stehen und mir die Möglichkeit geben, meine Gedanken auszusprechen." Er brach ab, Greco aber sagte nichts.

Nun kam der Mönch zur Sache, indem er sagte: „Es gibt wirklich nur einen Mann hier, der noch gerecht und von der Politik unbeeinflußt ist. Es ist unser Bischof Quiroga, der Großinquisitor."

Greco schaute von seiner Arbeit auf und erwiderte: „Ich werde bald den Auftrag erhalten, Quiroga zu porträtieren."

„Wenn er dich dafür ausgewählt hat, habe ich den Mann richtig eingeschätzt. Ich möchte dich bitten, mein Freund, den Großinquisitor vor Don Pedro zu warnen, der eine gegen ihn gerichtete Partei anführt. Wenn du ihn warnst, wird Gaspar de Quiroga seine eigenen Schlußfolgerungen ziehen."

Greco war zu seinem Bild zurückgegangen. Er hatte bisher die verschiedenen politischen Strömungen genau verfolgt, die Madrid und Toledo in Atem hielten und Furcht vor der Inquisition und ihren Spionen verbreiteten. Die politische Lage war gekennzeichnet durch Bewegungen für und gegen Granvelle und sogar für und gegen den König. Seit der Zeit, da die spanischen Adligen begonnen hatten, seine Werkstatt aufzusuchen, überlegte er, ob er in solchen Fragen nicht klar Stellung beziehen müßte. Er hatte jedoch mit der Politik nicht viel im Sinn – sein ganzes Interesse galt nach wie vor der Malerei. Er war Maler und hatte einen kleinen Sohn, dessen Berufung in die gleiche Richtung ging. Greco widmete sich weiter seiner Arbeit und sagte schließlich, wie um die Aufmerksamkeit des Mönchs auf andere Themen zu lenken: „Hier, im unteren Teil des ‚Begräbnisses', macht es mir große Freude, die einzelnen Details zu malen; der obere Teil jedoch erfordert eine ganz andere Technik. Je mehr ich mich auf eine Technik konzentriere, desto deutlicher wird der Unterschied zur anderen. Auch wenn ich Freunde zu Besuch habe und durch Gespräche oder kritische Hinweise Anregungen bekomme, finde ich Gefallen daran, meine manuellen Fertigkeiten zu demonstrieren; doch wenn ich allein bin, kann ich diesen Malstil, den ich als viel zu einfach betrachte, nicht anwenden.

Du mußt zugeben, Pater, daß diese Details nicht präziser wiedergegeben werden könnten. Schau hierher: die gesamte Gruppe marschiert in die linke Richtung, wie es zur Beisetzung des Grafen wirklich der Fall war. Hier habe ich die Symmetrie vernachlässigt, denn die drei Zentralfiguren sind nicht ganz in der Mitte. Die Aufmerksamkeit konzentriert sich auf den Hl. Augustinus, wie er seinen Blick auf den Grafen richtet, dessen Körper er in seinen Armen hält.

Beachte auch den Kontrast zwischen den beiden Figuren: hier der alte Kirchenvater und dort der junge Prototyp des Märtyrers. Dieser Gegensatz wiederholt sich zwischen den aristokratischen Klerikern, die die Gruppe auf der rechten Seite bilden und den drei Mönchen, die links stehen: im braunen, schwarzen und grauen Gewand."

Pater Santiago hörte interessiert zu und sagte dann: „Laß mich bitte den oberen Teil deines Gemäldes sehen."

Greco schaute den Mönch an und lächelte dann – ob der Pater nun recht hatte oder nicht mit dem, was er dachte und sagte – wie könnte er ihm, der so sehr seinem geliebten Pater Franziskus ähnelte, irgend etwas abschlagen? Er antwortete: „Natürlich, Pater, dein Interesse ist ein Kompliment für mich."

Greco, der vor Pater Santiago herging, trug ein Licht, das geisterhafte Schatten auf die feuchten Wände des ersten Kellers warf. Dieser Keller war voller Geheimnisse. Obwohl Preboste und El Greco die Öffnung zu einem Gang durch eine Wand geschlossen hatten, hinter der sie verbotene Bücher und die ersten Skizzen für Bilder der Apokalypse versteckten, gab es noch einen anderen Gang, der in einen belüfteten und dadurch völlig trockenen Raum führte.

Hier stand die Leinwand, die den oberen Teil des „Begräbnisses des Grafen Orgaz" bilden sollte. Dieser Bildteil schien so weit fortgeschritten zu sein wie die Begräbnisszene auf der Erde, doch die Konzeption war eine völlig andere. Vier unverhältnismäßig große Figuren waren zu sehen; die Wolken unter ihnen zeigten sehr scharfe Umrisse.

Greco begann die Konzeption zu erklären; zuerst war seine Stimme nicht mehr als ein Murmeln, gewann jedoch schnell an Kraft. „Der Graf Orgaz, ein friedfertiger und barmherziger Mann, ist gestorben, und weil er seinen Reichtum der Kirche überlassen und viele gute Werke für die Öffentlichkeit getan hat, kamen die, denen er in seinem Leben mit Gold gedient hat, vom Himmel herunter und haben ihm seine guten Taten mit weltlichen Ehren vergolten. Und der arme Kerl, der in dem Glauben war, seine irdischen Mühen wären nun vorbei, fand sich wieder in dem seltsamen Zustand, der unmittelbar nach dem Tod folgen muß, wenn die Seele noch in der Nähe des Körpers verweilt. Er stellte fest, daß er noch auf der Erde und von denselben Problemen umgeben war, denen jeder dieser Freunde während seines Lebens gegenübergestanden haben mochte. Alle hatten sich versammelt, um ihm auf seinem Weg ins himmlische Leben die letzte Ehre zu erweisen.

Alles in allem eine ziemlich erbärmliche Situation. Schau, wie er dahängt in seiner schweren Rüstung, zwischen den zwei ihn tragenden Heiligen. Der Kampf geht weiter, dieser unbedeutende Streit, den die Inquisition um jedes einzelne Wort führt. So nimmt denn St. Augustinus seinen Kopf, wie es dem hohen Rang eines Bischofs gebührt, und der andere, St. Esteban, seine Füße. Dazwischen, wie du siehst, der Körper des toten Mannes, und alle seine Freunde starren die Gruppe an. Das Schauspiel ist in der Tat erschreckend. Der arme Kerl fühlt sich gänzlich unwohl in dieser Lage.

Aber Gott ist allmächtig. Es ist ihm gleich, was seine Heiligen auf der Erde tun; wenn sie meinen, sich dem Volk so zur Schau stellen zu müssen – Er, Gott, steht weit über solchen Dingen. Schau, wie großartig und frei die ‚himmlische Herrlichkeit' ist, nicht steif und ernst wie das Begräbnis auf der Erde. Die Seele des Grafen Orgaz hat sich bereits von der irdischen Versammlung gelöst und ist nun befreit wie der Schmetterling von der Puppe. Der Graf läßt seine Rüstung zurück und erscheint nackt vor Gott, dem Vater. Und während die Heiligen noch seinem Körper Ehre erweisen, steht die Seele des Grafen, schmucklos und ohne all die nutzlosen Ehrenbezeigungen, bereits vor ihrem Ewigen Richter, Gott – vor dem wir alle einmal stehen werden – nackt."

Hier warf Pater Santiago ein: „Ich dachte, diese Figur wäre Johannes der Täufer, da wir so daran gewöhnt sind, daß die Seelen der Verstorbenen als kleine menschliche Wesen wiedergegeben werden."

Greco lächelte: „Warum soll die Seele dieses guten Mannes nicht groß dargestellt werden? Wie dem auch sei – ich freue mich, daß du eine andere Interpretation gefunden hast, als ich sie dir gerade geben wollte. Nach meiner Einschätzung ist ein Bild gut, wenn es den Betrachter veranlaßt, sich über seine Bedeutung und Aussage ernsthaft Gedanken zu machen. Das geschriebene Wort sollte klar sein und präzise des Autors Wissen und Gedanken ausdrücken; alle anderen Genres der Kunst, wie die Musik oder die Malerei, verlangen aktive Beteiligung von seiten des Publikums. Zumindest ist das meine Meinung. Mit meinen besten Bildern habe ich oft versucht, den Betrachter dazu anzuregen, zu einer eigenen Interpretation zu kommen." Greco machte eine Pause und fuhr dann, auf die Leinwand weisend, fort: „Da ist jener Engel, mein blonder venezianischer Engel, den ich gern male, mit unordentlichem Haar und schönen Flügeln, hier, siehst du ihn? Er hat die Aufgabe, den gesamten Himmel zu tragen. Wie kräftig der Engel sein muß, um ihn zu halten – doch nein, die seligen Geister brauchen keine irdische Kraft und haben kein physikalisches Gewicht. Schau dir die Zusammenstellung an: die Heilige Jungfrau als Gegengewicht zu der Figur der Seele des Grafen Orgaz, oder, wenn du das besser findest, zu Johannes dem Täufer. Hier die zwei Gruppen der Propheten, die Köpfe der Seraphe, und unten ein kleiner Cherub, der auf den Wolken reitet. Er hat hier seinen Platz gefunden, damit keine Monotonie in den Bildern aufkommt. Näher bei Gott, dem Vater, steht der Hl. Petrus mit den Schlüsseln, während sich auf der anderen Seite die Reihe der himmlischen Heiligen befindet."

Der Mönch fragte: „Da drüben sehe ich König Philipp, mit weißen Haaren, und Kardinal Tavera. Ich kann auch eine Frau erkennen, die mir wie die Heilige Jungfrau erscheint."

„Meine Frau, die Mutter meines Sohnes."

Pater Santiago ging näher an das Gemälde heran und sagte: „Auch wenn beide Leinwände gut zusammengefügt und an der Schnittstelle übermalt werden, wird es Leute geben, die beim Betrachten der ‚himmlischen Herrlichkeit' zweifeln, daß beide Teile des Bildes von ein und derselben Hand stammen."

„Ich weiß. Viele werden sich auch zweifelnd fragen, ob ich im Vollbesitz meiner geistigen Kräfte war, als ich die ‚himmlische Herrlichkeit' malte. Doch ich versichere dir, Pater Santiago, daß ich nie besser wußte, was ich tat. Es ist nicht klug, für Himmel und Erde die gleiche Technik anzuwenden; unsere Gedanken müssen frei von irdischen Dimensionen sein, wenn wir versuchen, uns den Geheimnissen des geistig-seelischen Lebens zu nähern."

*

Das Bild „Begräbnis des Grafen Orgaz" wurde (wie alle Auftragswerke El Grecos) zweimal taxiert, und schließlich erhielt der Maler die Gesamtsumme von eintausendzweihundert Dukaten, was kein kleiner Betrag war. Grecos griechische Signatur tauchte in gefälliger Weise auf dem Taschentuch auf, das der kleine Junge trug. Darin kam auch die Jahreszahl 1578 vor, womit Greco darauf hinweisen wollte, daß Jorge Manuel in jenem Jahr das Licht der Welt erblickt hatte.

Das Bild wurde im allgemeinen als außergewöhnlich angesehen, und jene Persönlichkeiten, deren Porträts mit solch großer Kunstfertigkeit darauf verewigt worden waren, fühlten sich geschmeichelt und waren zufrieden. Es war natürlich ein kluger Schachzug von Greco, den spanischen König Philipp II. inmitten der Propheten dargestellt zu haben; auch die zeitgenössischen Theologen übten keine Kritik an dem Werk.

Während der Arbeiten an dem Gemälde wurde der Franziskanermönch, der als der braune Mönch in das Bild einging, ein enger Freund Grecos. Er malte den Pater mehrere Male: als Hl. Franziskus mit dem geheimnisvollen Fingerzeichen, als Hl. Franziskus zusammen mit dem Hl. Andreas[1] beide barfuß, und auch als Hl. Jakobus, den Älteren."[2]

1 Bezug auf „Der Hl. Andreas mit dem Hl. Franziskus", Prado, Madrid

2 Bezug auf „Santiago el Mayor" = Hl. Jakobus, der Ältere, Sakristei der Kathedrale in Toledo, auch im dortigen Greco-Museum etc.

KAPITEL XIX

Toledo, Spanien, 1587 – 1596

El Greco wußte, daß das „Begräbnis des Grafen Orgaz" nicht nur ein Triumph seiner eigenen Kunst, sondern auch ein Blatt im Buch der spanischen Geschichte war. Auf diesem Bild hatte er einige der hervorragendsten Persönlichkeiten seiner Zeit festgehalten, symbolisch verbunden durch die Bewegung ihrer graziösen Hände, die, wie auch die Gesichter, schweigend ihre Gedanken und Empfindungen über das Begräbnis der „Seele Spaniens" austauschten.

Ob die Heiligen, die er häufig mit langgestreckten Körpern malte, ihr Fleisch geistig zu Gott emporhoben, oder ob Greco ihre Schatten als Symbole ihrer Seelen und nicht ihrer eigentlichen Körper darstellte, war eine Frage, die der Künstler nicht hätte klar beantworten können, weil sein Denken mehr und mehr Eingang in seine Gemälde fand und die Pinsel nur unabhängige Werkzeuge seiner Gedanken waren. Gleichzeitig stellten die Pinsel für ihn Instrumente dar, mit denen er für sich und seinen heranwachsenden Sohn, den er innig liebte, den Lebensunterhalt verdiente.

In jener Zeit hatten die Bürger von Toledo einen Geschmack für El Grecos Gemälde entwickelt, und da die Bilder der allgemeinen Öffentlichkeit zugänglich waren, kamen regelmäßig neue Aufträge herein.

So war er beispielsweise beauftragt worden, für die Kirche Talavera la Vieja einige Bilder zu malen und für sie sowie für die Capilla de San José in Toledo den Altar zu gestalten. Ein weiterer in Auftrag gegebener Altar war für das in Madrid ansässige Colegio de Doña Maria de Aragón, Hofdame der verstorbenen Königin, die sein Werk in Toledo gesehen hatte, bestimmt.

Greco stellte fest, daß sich nichts so gut verkaufen ließ wie seine Heiligen. Seit seiner Kindheit war er ein religiöser Mensch; gelegentlich betrachtete er sich sogar als guten Katholiken. Das war besonders der Fall gewesen, als er persönliches Glück erlebte. Aber seit jenen glücklichen Tagen hatten sich Dinge ereignet, die wie ein Wurm an den Wurzeln seines einst unerschütterlichen Glaubens nagten. Von Geburt an war er außergewöhnlich sensibel gewesen. Er hatte immer auf seine Eingebung gehört, hatte manchmal in einem alten Traumdeutungsbuch nachgelesen, um seine Träume deuten zu können, als ob er eine Bestätigung für sein eigenes Denken und Handeln suchte. Oft hatte er auch Figuren gemalt, die ihm in seinen Träumen erschienen waren. Religiöse Themen entsprachen natürlich dem Zeitgeschmack. Die Kirchen zahlten am besten. Obwohl Greco Armut und Not ertragen konnte, zog er es gewiß vor, in Luxus zu leben, zu dem ihm seine Heiligenbilder verholfen hatten.

Greco war der bekannteste Künstler in Toledo, auch wenn er oft dafür getadelt wurde, das schwer verdiente Geld zu schnell und verschwenderisch wieder auszugeben. Seit das Orgaz-Gemälde mit seinen sprechenden Porträts zu besichtigen war, hatte sich die Öffentlichkeit an Grecos Stil, der immer mehr zu einem persönlichen wurde, gewöhnt. Den Betrachtern war dies zuerst im oberen Teil des berühmten Orgaz-Gemäldes aufgefallen. Sie sahen ihn jetzt seinen Pinsel noch schneller schwingen, so als hätte er jeglichen Einfluß Tizians abgeschüttelt. Seine pinselführende Hand hatte sich jetzt eine Technik angeeignet, bei der volle Formen entstanden – der Pinsel schien in der Tat nur so über die Leinwand zu fliegen und bedeckte sie mit Figuren, die einerseits die Gesichter von Spaniern und andererseits die aus der alten byzantinischen Kunst bekannten verlängerten Körper aufwiesen; manchmal waren es auch einfach nur Schatten.

In der Zeit nach der Fertigstellung des „Begräbnisses des Grafen Orgaz" lud Greco die prominentesten Besucher Toledos in sein Haus ein. Es war ihm nun möglich, am gesellschaftlichen Leben teilzunehmen, was er auch ganz angenehm fand, da Maria Gomez, sein treues Dienstmädchen, nun Grecos gesamten Haushalt in ihre Obhut genommen hatte. Über zwanzig Jahre stand sie in seinen Diensten. Jetzt, da sie im Hause des Marquis von Villena wohnten, war es viel leichter, den Haushalt zu führen, verglichen mit der Zeit, als ihr Meister nicht einmal in der Lage gewesen war, die Miete zu bezahlen, als sie nichts für den Kochtopf hatte und er mit seiner Lohnzahlung Jahre im Rückstand war.

Im Jahre 1585 hatten Preboste und El Greco vierundzwanzig Zimmer gemietet und Musikanten eingestellt, die während der Mahlzeiten für Unterhaltung sorgten. Wenn Maria Gomez einkaufen ging und ihr jemand sagte, daß ihr Meister wohl über seine Verhältnisse lebte, zuckte sie nur mit den Schultern. El Greco selbst schenkte der Kritik, die an seinem neuen Lebensstil geübt wurde, keine Beachtung. Er genoß den Luxus, liebte Samt und feine Spitzen und fand auch immer noch Gefallen daran, feine Schwerter und vor allem Lichtschattierungen zu malen, die von verschiedenen Weißtönen reflektiert oder absorbiert wurden. Diese Dinge erinnerten ihn an die Zeit, die er in Tizians Haus verbracht hatte, und bis ans Ende seiner Tage würde er wahre Freude daran haben, für Spitzen und Seidenstoffe verschiedene Weißtöne einzusetzen. Doch im Gegensatz zum großen Vecelli verdiente El Greco niemals genug Geld, um solche kostspieligen Sachen kaufen zu können. Sein Sinn war ausschließlich auf seine Malerei gerichtet – und auf seinen geliebten Sohn, dem es an nichts fehlen sollte, ein Ziel, das er weitgehend erreichte.

Doch trotz, oder gerade wegen seiner ständigen Beschäftigung mit dem Malen von Heiligen und durch die nähere Bekanntschaft mit einigen Personen, die er porträtiert hatte und nun in seinem Haus als Gäste empfing, hinterließ ein Erlebnis bei ihm einen sehr tiefen Eindruck und versetzte ihn oft in Unruhe.

Eines Tages war er in Toledo Zeuge einer Ketzerverbrennung geworden. Der Schein des Feuers erhellte die Züge des Fanatikers auf dem Scheiterhaufen, und Greco sah, wie sich das beleuchtete Gesicht verzerrte und jegliche menschliche Züge verlor. Zum erstenmal kam es Greco in den Sinn, daß er unter gewöhnlichen Männern vielleicht nicht mehr nach Modellen für seine Heiligenbilder suchen sollte.

Dieser Gedanke kehrte wieder während der Gespräche bei Tisch, an dem seine Freunde mit vom Wein geröteten Gesichtern saßen und Intrigen und sinnliche Geheimnisse ausplauderten, vermischt mit laut verkündeter Glaubenstreue. Bei einer solchen Gelegenheit verschmolz vor dem geistigen Auge El Grecos das Antlitz des Mannes, der verbrannt worden war, mit dem seines aristokratischen Freundes Covarrubias, mit dem der Ketzer plötzlich verwandt zu sein schien.

Die Männer, die in Toledo verbrannt wurden, starben häufig in der Überzeugung, daß sie auf diese Weise dem Allmächtigen am besten gedient hatten. Wer wollte darüber richten, ob sie dies oder jenes getan hatten oder nicht? Dem Künstler kamen Zweifel. Er wußte jedoch, daß dieses Thema, würde er es zur Sprache bringen, das Ende seiner Karriere als Künstler und seines Wohllebens bedeuten konnte. Und er hatte einen Sohn!

Also schwieg er und malte weiter.

Die Domherren der Kathedrale ehrten Greco, indem sie ihm den großen Auftrag, die Apostel zu malen, zukommen ließen. Er selbst hatte einen Entwurf für den „Apostel Petrus in Tränen“[1] vorgelegt. Er arbeitete auch an einem Bildnis der „Apostel Petrus und Paulus“[2], das den markanten Gegensatz zwischen diesen beiden Heiligen ausdrücken sollte, deren Interpretation der Lehre Christi so unterschiedlich war wie ihr Leben.

Dann, eines Tages, saßen sie wieder in Gesellschaft zusammen und

1 „Der Apostel Petrus in Tränen“, Greco-Museum, Toledo, auch in der Sakristei der Kathedrale von Toledo, etc.

2 „Die Apostel Petrus und Paulus“, Museum von Barcelona, etc.

sprachen darüber, wie seltsam es doch anmutete, daß einige der Ketzer im Tode laut nach Gott riefen. Darauf machte jemand die Bemerkung: „Vergeßt nicht, daß sie nicht mehr normal im Kopf sind, wenn sie verbrannt werden, besonders nach einer langandauernden geistigen und oft auch körperlichen Folter."

„Du meinst, es ist die Unempfindlichkeit der Geisteskranken, die sich auf ihren Gesichtern widerspiegelt und ihnen ein Maß an Kraft verleiht, das weit über das eines normalen Menschen hinausgeht?"

„Die Araber", murmelte El Greco, jedoch laut genug, um von einigen seiner Gäste verstanden zu werden, „sind der Meinung, daß die Geisteskranken mit der Stimme Gottes sprechen." Seine Bemerkung wurde mit Schweigen beantwortet. Nur der Gastgeber wagte es, laut über ein solches Thema zu reden.

Aber Greco hatte nicht nur seine Meinung geäußert, sondern auch eine stille Entscheidung getroffen. Am nächsten Tag besuchte er das Asyl für Geisteskranke in Toledo. Als er dort um seine Unterschrift gebeten wurde, gab er sie nur widerwillig. Sie haben es bestimmt nötig, den Mantel der christlichen Nächstenliebe über die Neugier eines Künstlers zu werfen, dachte er. Doch dann wurde die Tür weit geöffnet, und er wurde gebührend empfangen, wie es El Greco zu jener Zeit überall in Toledo erlebt hätte.

Als er den Versuch unternahm, mit einigen der Irren zu sprechen und ihrem kindischen Geplapper etwas Verständliches zu entnehmen, als er sie mit jenem Blick beobachtete, der menschliche Züge wie ein Schwamm aufsaugen konnte, fand er tatsächlich einen alten Mann, schmutzig, mit flackernden Augen und das Haar von Schweiß verklebt, der aber dennoch dieselben feinen Züge wie sein Freund, der Edelmann, aufwies. Er bemerkte, daß der Mann immer und immer wieder genau die gleiche seltsame Bewegung machte: seinen Arm um den Kopf gelegt, versuchte er, sein eigenes Ohr zu erreichen und verdrehte dabei seinen Körper mühevoll. Diese Bewegung, die den alten Mann von der übrigen Welt abschloß, grub sich in Grecos Gehirn ein.

Später, als er durch das gesamte Spital ging, im Geiste gesund, jedoch jenes tiefe und heftige Mitleid empfindend, das nur großem persönlichem Leid entspringen kann, erkannte Greco, daß er hier die Modelle für seine zukünftigen Heiligenbilder gefunden hatte.

Wer konnte wissen, ob nicht diese armen Seelen dem Schöpfer näherstanden als die Gesunden, die meinten, eine Ketzerverbrennung inszenieren zu müssen, um ein perviertiertes Publikum zu unterhalten? Bei seinem ersten Besuch beschloß Greco, noch einmal wiederzukommen; er würde sogar dafür bezahlen, diese Menschen sehen zu können, wie sie sich bewegten, wie sie weinten, wie sie kämpften – wie sie geschlagen und gefüttert wurden oder Hunger litten und schließlich starben. Ihre Gesten würde er malen, diese nackten oder halb bekleideten Körper, die oft schön waren, durch die nutzlosen Bewegungen aber stets seltsam wirkten. Während sich Greco unter diesen armen Seelen aufhielt, wußte er, daß er am Abend wieder Gäste haben würde, die dem spanischen Adel angehörten. Er war nun mehr denn je davon überzeugt, daß diese armen Irren dem Schöpfer näher waren als diejenigen Menschen, die ihre bevorstehenden Todesqualen kühl betrachteten und sie mußten nur deshalb leiden, weil sie an einem anderen Bild von Gott festhielten.

Er beschloß, diese Erkenntnis sogar vor Preboste und sicher auch vor seinem Sohn geheimzuhalten. Er sagte zum Wärter: „Ich denke, daß ein heiliges Bild viel zur geistigen Erbauung dieser armen Seelen beitragen könnte – und auch zu deiner, mein Freund. Ich bin sicher, daß es eine große Erleichterung bedeuten würde, etwas Erbauliches zu haben, auf das die Augen gerichtet werden können, ein Bild, das dich daran erinnert, daß du Gott dienst, wenn du diesen armen Geschöpfen durch deine Barmherzigkeit hilfst."

„Meister, wir könnten Euch nie für eure Arbeit bezahlen."

„Ich weiß, mein Freund, aber ich möchte Euch ein Bild schenken."

„Es wäre eine große Ehre für uns. Einen Hl. Franziskus?"

„Nein. Für dieses Spital würde ich gern einen . . . ‚Hl. Hieronymus als Büßer'[1] malen, natürlich kostenlos."

*

Greco befand sich nun auf dem Höhepunkt seiner Schaffenskraft; sein Werk war sehr persönlich geworden, frei von direktem Einfluß von außen und originell; es stellte ein Spiegelbild seiner Individualität dar. Die Farben und die Physiognomie der Figuren, die seine Arbeiten jetzt kennzeichneten, waren seiner Vorstellungswelt entsprungen und somit seine ganz persönlichen Schöpfungen. Er drang damit in bisher unbekannte Gebiete visueller und geistiger Erfahrungen vor.

Er experimentierte viel und hatte sich angewöhnt, seine Pinsel am Rand der Leinwände auszuprobieren. Dabei entdeckte er neue Verschmelzungen von Farben, mit deren Hilfe er die in seinen inneren Visionen auftretenden neuen Wahrheiten, Widersprüche und Unterschiede ausdrückte und beleuchtete.

Für Apostel und Heilige verwendete er Ocker, dunkles Karminrot und phosphoreszierende Grüntöne in den verschiedensten Schattierungen,

1 Ein solches Gemälde wurde erst vor einigen Jahren von einem paranoischen Maler in einer Irrenanstalt in Madrid gefunden.

ihre Gesichter in Ekstase, Verzückungen widerspiegelnd, die normalen Menschen fremd sind. Die Geister der dargestellten Figuren waren durch Hallizunationen, Fieber und leidenschaftliche Erregung verwirrt: losgelöst vom Gewöhnlichen und Normalen, die Figuren im Abgrund der Verzweiflung oder im Reich der Weisheit – wer konnte das sagen?

Trotz seiner vielen Aufträge beschäftigte Greco nur wenige Schüler. Bis sein Sohn im Jahre 1590 mit dem Malen begann, stützte er sich bei seiner Arbeit fast ausschließlich auf die Hilfe seines treuen Freundes und Dieners Francesco Preboste.

Jorge Manuel wuchs schnell heran, und schon bald begann des Vaters ehrgeizig suchende Liebe einiges an Fertigkeiten in seinen Bildern zu entdecken. Er gab ihm Unterricht, um seine Begabung für das Kopieren von Bildern zu entwickeln und zu einem größeren Talent auszubauen. Hatte er nicht die Bassanos malen sehen, alle drei Generationen?

Vater und Sohn waren einander sehr zugetan, und durch die tägliche Zusammenarbeit wurde ihre Zuneigung noch stärker. Die gemeinsame Arbeit verwischte den Altersunterschied mühelos. El Greco besprach seine Zukunftspläne und die gegenwärtig eingehenden Aufträge mit seinem Sohn. Dies tat er gewöhnlich, bevor er die erste Skizze anfertigte und hoffte, auf diese Weise die in Jorge schlummernde Phantasie zu wecken. Größeren Erfolg erzielte er aber bei der Ausbildung des Jungen, wenn er ihn geduldig alle in der Werkstatt vorhandenen Arbeiten kopieren ließ.

Eines Tages betrachtete Greco ein Bild, an dem sein Sohn gerade arbeitete, und bemerkte: „Ich wünschte, du könntest die byzantinische Kunst studieren, Jorge Manuel. Es stimmt zwar, daß ich steife, bewegungslose Figuren nicht sonderlich mag, aber für byzantinische Farben kann ich mich begeistern und ebenso für die aus dieser Kunstrichtung stammende Verlängerung der religiösen Objekte. Als ich so alt war wie du, damals im Kloster, wurde ich einfach angewiesen, Konturen auszufüllen. Ich erinnere mich genau, welche Schwierigkeiten ich hatte, mich an die vorgezeichneten Quadrate und Linien zu halten. Ich litt, wenn ich meine allzu lebendige Phantasie bezwingen mußte. Trotzdem, Disziplin ist etwas Gutes ... sowohl in der Kunst als auch auf allen anderen Gebieten. Die venezianischen Meister konnten nach eigener Wahl in allen Stilen malen. Michelangelo konnte das nicht; er war ein guter Mann, konnte aber nicht malen. Vielleicht hätte auch er seine Pinsel in die Disziplin, die die byzantinische Kunst verlangt, eintauchen und ihre Farben erlernen sollen. Das tat er jedoch nicht und blieb immer ein Bildhauer, der schlecht malte ..." Domenikos nahm eine oder zwei Korrekturen an der Arbeit seines Sohnes vor und fuhr dann fort: „Als ich aus Kreta nach Venedig kam und die italienischen Gemälde sah, war ich tief beeindruckt von der völlig anderen Mentalität dieser venezianischen Farbkünstler. Doch durch all die Jahre meiner Ausbildung in Italien behielt ich etwas von dem Glanz und der Pracht byzantinischer Farben bei. Ich weiß nicht, ob sich dein Blick für Farben durch mehr Praxis schärfen wird, aber wenn du kopierst, Jorge, versuch meine Originale genauer anzuschauen."

Wieder einmal beobachtete Greco, daß der Junge präzise zeichnen konnte, beim Mischen von Farben jedoch Hilfe benötigte, da er offenbar nicht in der Lage war, diesbezügliche Fehler selbst zu korrigieren. Auf den ersten Blick schienen die Farben dieselben zu sein, doch bei näherer Betrachtung zeigte sich – wenn Greco die Farbmischung nicht selbst überprüft hatte –, daß es keinen Zweifel gab, welches Gemälde das Original vom Vater war und welches die Kopie vom Sohn.

Die Anwesenheit seines Sohnes bedeutete für Greco fortwährendes Glück. Er war ein ziemlich ruhiger Junge geworden, groß und gut gebaut. Wenn er Greco mit seinen großen, weit geöffneten Augen anschaute, schien die tiefe Seele Jerónimas aus ihnen zu sprechen. Oft glaubte Domenikos, ihren Geist zwischen sich und seinem Sohn zu spüren; es war, als hielt sie die Bande der Liebe zwischen ihnen aufrecht, so daß er gegenüber Jorge Manuel niemals ärgerlich wurde, auch dann nicht, wenn er feststellen mußte, daß es dem Talent seines Sohnes an Originalität mangelte. Egal, wie perfekt es El Greco gelang, ein Bild, das schon lange in seinem Kopf war, auf die Leinwand zu bringen, niemals war die Freude des Vaters größer als in den Momenten, wenn er seinen Sohn bei der Vervollständigung bestimmter Bildteile, die von ihm oder Preboste sorgfältig vorbereitet wurden, beobachten konnte. Eines Tages, als Jorge außer Haus war, sagte Greco zu Francesco:

„Glaubst du, daß Jorge Manuel nur ein mittelmäßiger Maler wird oder aber die Fähigkeit besitzt, seinen Vater zu übertreffen?"

„Ich weiß nicht."

„Du meinst, du willst mir deine Meinung nicht sagen."

Schweigen.

„Ich habe viel über Jorge Manuel nachgedacht und bin zu der Ansicht gekommen, daß seine natürlichen Fähigkeiten ebenso groß sind wie meine."

„Das sind sie nicht."

„Wenigstens sagst du jetzt, was du denkst, aber ich muß dir widersprechen. Was mich angeht, so haben mich die Jahre oft gelehrt, sogar an meinem eigenen Talent zu zweifeln. Ich hoffe aber, daß dieser Junge durch beharrliches Lernen das erreichen wird, was ich während meiner Wanderschaft von Kreta nach Italien und von Italien nach Spanien an Kenntnissen und Erfahrungen erwarb. Alles, was ich von meinen italienischen Meistern gelernt habe, kann ich nun an meinen Sohn weitergeben.

Doch ich möchte Jorge die Jahre der Selbstverleugnung ersparen. Ja, ich will, daß Jorge Manuel anders lebt als ich, möchte, daß er jung heiratet und sich wieder vermählt, wenn seine Frau sterben sollte, wie es Frauen im Wochenbett so oft widerfährt. Er sollte die Kunst kühl betrachten und als Quelle für seinen Lebensunterhalt verstehen. Meine Unterweisungen müßten ihn später in die Lage versetzen, jeden Auftrag zu erfüllen. Wenn mein Sohn in der Zwischenzeit ein einfaches Glück finden und für sein Leben annehmen könnte, so wünschte ich, er tät' es. Dieser Prozeß der eigenen Veränderung und Anpassung ist für erfahrene Männer unseres Alters ganz in Ordnung, aber für junge Leute muß das schrecklich sein."

„Gehst du nicht mit deinen Plänen ein bißchen zu weit, Domenikos? Obwohl er schon wie ein Mann aussieht, ist er doch in vielen Beziehungen noch ein Kind. Er hat nur einen echten Wunsch: dir bei deiner Arbeit zu helfen."

„Du hast recht, Francesco, aber mit fünfzehn wird Jorge Manuel ein Mann sein", antwortete Greco mit ziemlichem Stolz.

„Das mag sein. Er ist geistig und körperlich gesund. Soweit ich ihn kenne, scheinen ihn religiöse Probleme nicht sehr zu beschäftigen, so daß er höchstwahrscheinlich in der Lage sein wird, für Kirchen zu malen und dabei die ihm gegebenen Anweisungen strikt einhält ..." Francesco lächelte und fügte hinzu: „Nein, ich glaube nicht, daß sein Pinsel versuchen wird, die tiefere Bedeutung des Evangeliums darzustellen. Er wird deshalb kaum Schwierigkeiten mit den Theologen bekommen." Er machte eine Pause, verglich das Original und seine Kopie miteinander und fuhr dann fort: „Bisher scheint sein Interesse mehr dahin zu gehen, alles über Baukunst zu lernen."

„Ja", stimmte Greco zu, „vielleicht wird mein Sohn als Architekt besser sein denn als Maler, vielleicht wird er auch beides. Für ihn schreibe ich mein Buch über Architektur und Malerei[1], so daß er sich bei seiner Arbeit auf einige Grundsätze stützen und technische Hinweise nutzen kann."

„Du weißt, daß ich ihn oft in einer Ecke sitzen und deine Aufzeichnungen fleißig studieren sah. Den Wissensdurst hat er schon. Bald muß er auch die nötigen Fertigkeiten haben. Hoffen wir, daß du im Interesse deines Sohnes die richtigen Entscheidungen triffst."

1 Pacheco sagte, daß El Greco Schriften über Architektur und Malerei angefertigt hat, die leider alle verlorengingen.

Zu den Leuten, die El Greco nach dem „Begräbnis des Grafen Orgaz" porträtierte, gehörten auch die zwei „juristischen Pfeiler" im Fall Pérez: Don Rodrigo Váquez[1], der als Richter in dem Fall auftrat, und Kardinal Erzbischof Quiroga, der seinen Freund, zumindest am Anfang, verteidigte. Vom Kardinal fertigte Greco insgesamt drei Porträts an.

Im Jahre 1590, als Quiroga seine Haltung geändert hatte und nun offen gegen Pérez auftrat und ihn widerlegte, brachte ein Bote El Greco die Nachricht, daß der Kardinal von ihm gemalt werden wollte.

Greco sagte zu Preboste: „Es erstaunt mich, daß der Kardinal, obwohl er einer der reichsten Männer Spaniens, aber auch einer der maßvollsten ist, von mir porträtiert werden will, nachdem ich Don Rodrigo Váquez gemalt habe."

Preboste erwiderte: „Ich nehme an, du hast gehört, daß er seine Einstellung im vergangenen August geändert hat. Der König soll Quiroga zu sich gerufen und ihm einige Papiere mit folgenden Worten übergeben haben: ‚Nehmt diese Papiere, lest sie und Ihr werdet sehen, wie uns dieser Mann alle getäuscht hat. Dann werdet Ihr auch meine Beweggründe verstehen.' Es handelte sich angeblich um Dokumente, die Váquez für den König vorbereitet hat und die Schriftstücke enthielten, welche von Pérez persönlich gefälscht wurden. Seit jenem Tag hat Quiroga nicht nur seine Meinung über Antonio Pérez, in dessen Cigarral er sich aufzuhalten pflegte, sondern auch seine Meinung als Inquisitor geändert. Kein Wunder, wenn man an Antonios offenen Krieg in Aragon denkt."

„Ja", sagte Greco, „natürlich wußte ich das. Die Meinungen über Quiroga sind geteilt. Manche loben ihn in den höchsten Tönen und bezeichnen ihn als charmanten Mann; andere machen ihm Vorwürfe wegen seiner Unberechenbarkeit und ungerechtfertigten Härte. Bekannt ist auch sein Geiz. Zur Familie Pérez kam er genau an dem Tag, als Antonio und die Prinzessin von Eboli ins Gefängnis geworfen wurden und bot ihnen Geld an."

„Ich habe gehört, er fühlt sich zu Dank verpflichtet, weil er in seiner Jugend ein mittelloser Student an der Schule von Santa Cruz war; seine Gönner unterstützten ihn, und er hat die Mendozas immer verehrt und ihnen Respekt entgegengebracht."

Als Greco auf den Kardinal wartete, der ihm zum erstenmal Modell sitzen sollte, dachte er über einige Dinge nach, die über diesen Mann erzählt wurden. Unter seiner Amtsgewalt kam es ständig zur Verurteilung

1 Prado, Madrid

von Ketzern, obwohl er „Philipps sanfter Inquisitor" genannt wurde. Er war es, der der Inquisition als Präsident vorstand, als die schreckliche Ketzerverbrennung in Toledo stattfand, die bei Greco einen solch tiefen Eindruck hinterlassen hatte. Nun war er neugierig, ob der Kardinal ein Fresko für sein Grab haben wollte, obwohl bekannt war, daß er es abgelehnt hatte, in der Sagrario von Toledo begraben zu werden. Er hatte vielmehr den Wunsch geäußert, in der Nähe seiner Eltern in Madrigal, wo er geboren wurde, beigesetzt zu werden.

Der Kardinal war ein massiger Mann, der sich sehr schlicht und einfach kleidete. Seine Amtsrobe für das Modellsitzen wurde von einem Diener getragen. Seine Leibesfülle war erstaunlich, denn es war bekannt, daß er einen nur mäßigen Appetit hatte. Manchmal lebte er ganze Tage von einem Stück geröstetem Brot, obwohl er ein großes Haus in Toledo führte und viele Diener beschäftigte. Bevor er seine Robe anlegte, bat er um ein Glas Wasser.

Greco, der immer wenn nötig sehr höflich war, sagte gleich zu Anfang: „Ich hatte noch nicht die Gelegenheit, Euer Ehrwürden dafür zu danken, mich mit dem Auftrag, das ‚Begräbnis des Grafen Orgaz' zu malen, betraut zu haben. Ich bin froh, daß ich es geschafft habe, das Gemälde vereinbarungsgemäß innerhalb eines Jahres fertigzustellen."

Der Kardinal schaute ihn mit einem vollen Blick an und sagte dann langsam: „Ich schätze deine Kunst. Wenn ich Santo Tomé betrete und das von dir geschaffene Bild anschaue, fühle ich immer, daß ich mich selbst im Profil gemalt sehen möchte, so wie du deinen tauben Freund Covarrubias porträtiert hast."

„Ich porträtiere große Spanier sehr selten im Profil. Ich ziehe vor, das Gesicht von vorn zu malen, da auf diese Weise der Charakter deutlicher zum Ausdruck kommt. Aber ich werde Euch natürlich so malen, wie Ihr es wünscht." El Greco hatte bereits mit der Skizze begonnen.

„Wenn Euer Ehrwürden bitte den Kopf drehen wollen – danke, das genügt."

Der Kardinal hob seine Hand, strich sich über den schön gepflegten rötlichen Bart und sagte: „Male den Bart so gut du kannst."

Als Greco arbeitete und all seine Aufmerksamkeit auf die Umrisse der hohen Stirn des Kardinals, seine gebogene, lange Nase und den sorgfältig gestutzten Bart konzentrierte, dachte er an die vielen Anekdoten, die über den Kardinal erzählt wurden. Er hatte zum Beispiel einmal, als er schon ein älterer Mann war, ein Paar Schuhe bestellt. Als er jedoch feststellte, daß das Leder einen starken, angenehmen Geruch verbreitete, hatte er die Schuhe dem Schuhmacher mit der Begründung zurückgeschickt, daß es sich wohl nicht geziemte, eine Kirche mit einem anderen Duft als dem von Weihrauch zu erfüllen. Sein Hut war angeblich aus dem gleichen einfachen Leinen wie seine Hemden, und seinen Dienern hatte er verboten, seine Kleidung mit Oleanderduftstoff zu parfümieren. Er benutzte auch nicht die üblichen Räucherkerzen, wie sein Freund Antonio es getan hatte. Doch trotz all dieser selbst auferlegten Einschränkungen hieß es, daß der natürliche Geruch, der vom Körper des Kardinals ausging, zwar stark, aber dennoch angenehm war. Es stimmte, daß man dies auch aus einiger Entfernung feststellen konnte.

Sorgfältig darauf achtend, seine Pose beizubehalten, sagte der Kardinal: „Ganz Toledo scheint in deine Werkstatt zu kommen, um sich malen zu lassen, Greco. So nehme ich an, daß dir auch bekannt sein dürfte, warum ich in einer Weise porträtiert werden möchte, die den Bart so schön wie möglich zeigt."

Da Greco nichts sagte, fuhr der Kardinal fort: „Was du auch über mich gehört haben magst, es kann niemand behaupten, ich wäre ein Fanatiker. Nach dem Willen Gottes kann ich ein angenehmes Leben führen, wie immer sich das auch nach außen darstellen mag. Ich bin ein sehr demütiger und gehorsamer Diener Roms und wünsche, sowohl Seiner Heiligkeit, dem Papst, als auch Seiner Majestät, dem König, zu dienen."

Der Maler enthielt sich wieder einer Antwort, lächelte aber jetzt bei der Erinnerung an eine andere Begebenheit: Quiroga war verkleidet und mit einem Bart, der sein ganzes Gesicht bedeckte, nach Rom gekommen, und es war ihm auf diese Weise gelungen, beim Papst persönlich die Beichte abzulegen und von ihm Absolution zu erhalten. Erst danach war er nach Spanien zurückgekehrt und durch den Einfluß von Pérez und der Prinzessin von Eboli zu dem geworden, was er heute war. Es kam Greco in den Sinn, daß es für den Kardinal schwierig gewesen sein mußte, sich so offen gegen Pérez zu stellen, da er die Prinzessin von Eboli schon viele Jahre kannte und ihr Mann ihm dabei geholfen hatte, ein Studium aufzunehmen.

Ein erstes Porträt wurde in angemessener Zeit vollendet, und schon bald wollte der Kardinal ein weiteres haben. Als er eines Tages kam, um zu sehen, welche Fortschritte das zweite Porträt machte, sagte er: „Ich weiß, daß du, Greco, über alles, was sich in Toledo oder in Madrid abspielt, sehr gut im Bilde bist, obwohl du dieses Haus oft wochenlang nicht verläßt."

Greco seufzte und fragte: „Halten es Euer Ehren für notwendig, daß ich die Sache eurer Partei in besonderer Weise unterstütze?" Er war zu der Überzeugung gekommen, daß es das beste wäre, die Frage so direkt zu stellen, da er von der großen Gunst, die der Kardinal beim König genoß, wußte.

Zu seiner großen Erleichterung antwortete Quiroga: „Nein, bleib bei deinen Pinseln und diene Gott auf deine Art. Und vergiß nicht, daß in einem Land, auf das Juden und Mauren so lange Einfluß ausgeübt haben, die Inquisition einige wichtige Aufgaben zu erfüllen hat."

Greco gab keine Antwort; er wartete, daß der Kardinal in seiner Rede fortfuhr, denn hinter seinem Besuch stand bestimmt eine konkrete Absicht.

Quiroga bemerkte: „Als ich mir gestern dein Bild ,Das Begräbnis des Grafen Orgaz' anschaute, stellte ich fest, daß der Franziskanermönch offenbar mit dem Augustinermönch spricht. Dieser Augustiner sieht wie ein Fanatiker aus. Seine schwarzen Augen glühen. Da fiel mir plötzlich ein, daß Luther in Deutschland selbst ein Augustinermönch, sogar ein Abt, war. Ich möchte gern wissen, warum du diese besondere Gruppe von Mönchen gemalt hast. . ."

„Bloß als Symbol, Euer Ehren. Nach meinem Geschmack wäre das Gemälde ohne die Mönche nicht religiös genug gewesen. Außerdem wollte ich nicht, daß das Bild militärischen Charakter trägt."

Weitere Erklärungen gab Greco nicht ab. Der Kardinal war mit seinen schönen Porträts sehr zufrieden. Er schützte und förderte Greco, so lange er lebte.

*

Grecos ziemlich luxuriöses Leben führte nach einem Jahr dazu, daß er die Miete an den Marquis von Villena nicht mehr bezahlen konnte. Es war ein reichlich extravaganter Einfall gewesen, jene Musikanten aus Italien kommen zu lassen, damit sie während der Mahlzeiten und immer dann spielten, wenn Greco Musik zur Inspiration bei seiner Arbeit brauchte. Er hatte zahlreiche Aufträge, jedoch die Frage der Bezahlung war häufig Gegenstand langwieriger Verhandlungen, Gerichtsverfahren und Taxierungen durch Vertreter beider Seiten.

Die Zeit verging, und der Name Jorge Manuels begann in einigen dieser Verträge aufzutauchen. Die übliche Arbeitsweise ging so vonstatten, daß der Vater ein Bild bereits zu Beginn mit seinem Sohn und Preboste diskutierte. Die ersten grundlegenden Umrisse wurden festgelegt, die Figuren gruppiert, die Farben gemischt, und dann begann er zu malen.

In einer späteren Etappe pflegte er häufig zu sagen: „Jorge, würdest du hier weitermalen?" Greco überließ die größeren Flächen und Figuren seinem Sohn oder Preboste, damit sie diese fertigstellten. Sie kopierten auch viele Male den „Hl. Franziskus von Assisi" sowie den „Hl. Petrus" und den „Hl. Petrus in Tränen". Greco betraute sie auch damit, typisierte Engel von einem seiner Originalgemälde auf andere Leinwände zu kopieren.

Der bedeutendste Auftrag, den Greco nach der Fertigstellung des

„Begräbnisses des Grafen Orgaz" bekam, waren Altargestaltung und Gemälde für das Colegio de Doña Maria de Aragón in Madrid.

Als im April 1590 die erste Messe gelesen wurde, war der Altar fertig; die Gemälde jedoch wurden erst 1596 bestellt und 1599 geliefert. Bevor diese Leinwände nach Madrid gebracht wurden, zeigte El Greco sie seinen Freunden. Die schönsten Bilder dieser Serie waren die „Taufe Christi", die „Kreuzigung" und die „Auferstehung".[1]

„Deine Bilder strahlen ein seltsames Licht aus", bemerkte einer der Besucher.

„Ich war daran interessiert, deinen Kommentar zu hören, denn beim Malen dieser Bilder versuchte ich, die Figuren aus dem Hintergrund heraus zu beleuchten. Ich denke, das ist mir besonders gut in der ‚Taufe Christi' gelungen."

„Es sieht so aus, als wäre die gesamte Leinwand zuvor mit roter Farbe durchtränkt worden!"

„Naja, *wie* ich das gemacht habe, werde ich nicht verraten; diese Wiedergabe des Lichtes, die sich gänzlich von der des Meisters Tintoretto unterscheidet, muß mein Geheimnis bleiben. Ich habe lange Jahre gebraucht, um meinen Sinn und meinen Pinsel so weit zu bringen, daß sie meiner visuellen Vorstellungskraft gehorchen."

„Normalerweise ist dein Christus dunkelhaarig, nicht wahr?"

„Ja, aber in der ‚Taufe'[2] und auch in der ‚Auferstehung' ist er blond. Wie du siehst, ist nicht nur sein Haar blond, sondern sein ganzer Körper. Hier, glaube ich, ist mir die Kunst des Malens von Licht vollauf gelungen, denn es sieht so aus, als scheine das Licht durch Sein Fleisch. In der ‚Kreuzigung' ist Christus dunkel, dunkel vor lauter Leiden. Doch sowohl bei seiner Taufe als auch bei seiner Auferstehung war er gänzlich Teil des Lichtes, das er selbst erschuf. Darum habe ich diese Interpretation im Sinne."

*

Eines Tages sagte Jorge Manuel zu seinem Vater: „In der ‚Taufe Christi' bewundere ich am meisten die Figur des blonden Engels, der die Tunika über den Kopf Christi hält. Alle anderen Engel malten Preboste und ich entsprechend deinen Anweisungen; doch du wirst dich erinnern, Vater, diesen blonden Engel hast du ganz allein gemalt. Er ist eine Frau, nicht wahr? So oft schon wollte ich fragen, wer sie war. Sie sieht ein bißchen wie der Engel aus, der im Orgaz-Gemälde den Himmel hält, oder der

1 Alle drei befinden sich im Prado, Madrid

2 Auf dem Bild „Taufe Christi" im Hospital de Afuera, Toledo, ist Jesus dunkelhaarig dargestellt, eine frühere „Taufe" im Prado dagegen zeigt Ihn blond.

Engel in der ‚Verkündigung'. In der ‚Taufe' und in der ‚Kreuzigung' taucht derselbe blonde Engel auf."

„Du bist neugierig, weil ich gewöhnlich nur Jerónima, deine Mutter, gemalt habe? Ich werde dir eine Geschichte erzählen, Jorge, damit du deinen Vater so kennenlernst, wie er in seiner Jugend war. Vielleicht wird dir meine Offenheit später nützen und dich leiten, denn ich möchte, daß du viel früher heiratest, als ich es tat, damit du noch jung bist mit deinen Söhnen."

„Ich habe mich oft gefragt, warum du nicht wieder geheiratet hast, Vater. Du bist berühmt über die Grenzen dieser Stadt hinaus, und wenn du nicht zu viel arbeitest und genügend Schlaf deine Gesichtszüge glättet, siehst du in der Tat immer noch so gut aus wie dein Porträt im ‚Begräbnis des Grafen Orgaz'. . ."

„Ich fühle mich geschmeichelt, mein Sohn. Doch vergleich dein Rot mit meinem – mehr Blau, mehr Blau, Jorge. Ja, jetzt ist es besser." Greco brach ab, ging zu seiner Arbeit zurück und fuhr dann fort: „Der blonde Engel. Du willst wissen, wer sie war? Ich traf sie vor langer Zeit in Venedig. Sie diente Tintoretto als Modell, wenn er keine Jungen, die Frauenkleider anziehen mußten, dafür nahm. Sie war ein Mädchen, für das die Fröhlichkeit und Leichtlebigkeit Venedigs etwas ganz Natürliches war. Sie war jung und feurig und verband mit ihrer Leidenschaft die Güte und Freundlichkeit, die ihrem Stand eigen war. Sie wollte gut leben, sich schön kleiden und ihre Brüste zeigen, die fest und weiß waren. Für ihre nächtlichen Dienste wurde sie manchmal sogar in Gold bezahlt, während ihr das Modellstehen in Tintorettos Werkstatt nur ein paar Kupfermünzen einbrachte. Sie hat reichlich wenig dafür bekommen, wenn sie ihren Kopf malen ließ, und die Bezahlung war nicht viel besser, wenn sie ihre Kleider ablegte, damit der Meister, seine Söhne und Lehrlinge sie nackt malen konnten. Ich war damals ein sehr armer junger Mann und in ihren Augen wahrscheinlich ein Fanatiker."

Greco unterbrach seinen Redefluß, ging hinüber zu Jorges Bild, nahm ihm den Pinsel aus der Hand und korrigierte rasch eine Linie, die Jorge Manuel nicht gut gelungen war; die Geschichte hatte ihn so fasziniert, daß er den Worten seines Vaters mehr Aufmerksamkeit geschenkt hatte als seiner eigenen Malerei. Nun gab Greco seinem Sohn den Pinsel zurück und sagte: „Das war die Zeit in Venedig, bevor ich nach Rom ging. Alles begann in Tintorettos Werkstatt, denn mit ihm verbrachte ich die meiste Zeit.

Da stand es nun, das junge Modell, oft mehr nackt als bekleidet, vor uns jungen, ehrgeizigen Künstlern. Keiner von uns hat sie jemals berührt, außer wenn wir sie in ihre für das Bild gewünschte Pose brachten. Was meine persönliche Haltung angeht – zu jener Zeit war ich sehr darauf bedacht, mir große Fertigkeiten im Malen von Engelsflügeln anzueignen und studierte sie in ihrer Rückwärtsbewegung. Ich interessierte mich sehr für Tintorettos ‚Wunder des Sklaven' in der Scuola di San Rocco[1], ein Gemälde, das den Hl. Markus in seinem rosafarbenen wehenden Mantel zeigt, wie er den Sklaven rettet, dessen Knochen gebrochen werden sollen. Nicht nur Bewegung und Perspektiven faszinierten mich, sondern die ganze Idee, die dahinterstand: daß kein wirkliches Wunder geschehen kann, wenn nicht vorher eine totale Veränderung, eine Umkehr im Menschen stattfindet."

„Ich verstehe nicht ganz, Vater. Meinst du damit eine Darstellung, wie du sie in deiner ‚Auferstehung Christi'[2]verwendet hast? Vielleicht den Soldaten, der mit dem Kopf nach unten gezeigt wird?"

Greco wandte sich von seiner Leinwand ab, ging zu der seines Sohnes und nahm wieder einige Korrekturen vor. Dann sagte er: „Siehst du, Jorge, so ist das bei mir: Ich will mit meinem Sohn über die Beziehungen zwischen Mann und Frau, über die Liebe, oder wie immer du es nennen willst, sprechen – doch meine Gedanken wandern immer wieder zu diesen anderen Problemen hin, die mit Kunst und Religion zu tun haben. Es lag und liegt in meiner Natur, die körperliche Liebe als einen höchst geistigen Akt zu verstehen. Aber ich glaube nicht, daß du mir in diesem Punkt sehr ähnlich bist. Das ist sicherlich der Grund, warum du mich nicht verstehst, wie auch sie mich nicht verstand. Keine andere Frau hat jemals in mir Gefühle wachgerufen, wie ich sie für Jerónima, deine Mutter, empfand. Sie war für mich die vollendete Frau. Nach Jerónima war in meinem Leben wirklich kein Platz mehr für eine andere Frau.

Doch zurück zu dem blonden italienischen Modell: Sie war jung und sehr hübsch, lieb und sanft. Sie hatte offensichtlich etwas übrig für den jungen Mann, der ich damals war, mit hübschem Gesicht und kräftigem Körperbau. Ich traf sie, als ich die erste Version der ‚Austreibung der Wechsler' zu malen begann. Sie kam, um mir Modell zu sitzen, und wir schwiegen, während ich arbeitete. Sie kam mehrmals, doch ich schenkte ihr keine Aufmerksamkeit weiter, dankte ihr kaum und gab ihr oft nicht einmal Geld für ihr Kommen. Eines Tages aber war ich verärgert; irgend etwas lief nicht so, wie ich wollte. Trotz des feinen, kostbaren Kleides, das sie trug, sah sie so jung und knabenhaft aus. Ich beschloß, das Bild so zu malen, daß Christus den Tempel nicht nur von den Kaufleuten, ihrer Geldgier und den Tauben, mit denen sie Handel trieben, befreite, sondern auch von sinnlichen Gelüsten. Zu jener Zeit war es, wie auch heute noch, üblich, in einem Gemälde die Brüste einer Frau zu zeigen, wenn man verdeutlichen wollte, daß sie sinnlich war.

1 Heute in der Akademie in Venedig, Italien
2 Prado, Madrid

Mein Modell stand in der richtigen Pose, doch ihr Kleid saß zu locker (sie war sehr schlank) und von ihren jungen Brüsten war nichts zu sehen. Ich ging zu ihr hin und sagte: ‚Streif dein Kleid etwas herunter, damit ich deine Brüste malen kann.' Sie tat sofort, was ich gesagt hatte, doch ihre Brüste waren nicht sinnlich. Sie waren klein und fest, fast wie die eines Kindes. Ich näherte mich ihr, ziemlich ärgerlich, berührte ihre Brüste mit beiden Händen und versuchte, sie etwas zum Halsausschnitt hin anzuheben, den ich dabei zerriß. Doch die Brüste waren so klein und fest, daß die einzige Lösung darin bestand, den Halsausschnitt zu vergrößern. All das tat ich rein mechanisch, ohne auf sie Rücksicht zu nehmen. Sie zitterte und ihre Augen, die auf mich gerichtet waren, füllten sich mit Tränen. Doch sie sagte nichts.

Einige Tage später – ich arbeitete allein in der Werkstatt – kam sie, stellte sich hinter mich und blieb eine ganze Weile schweigend dort stehen, so daß ich ihre Anwesenheit fast vergessen hätte. Plötzlich hörte ich ihre Stimme: ‚Domenikos, wenn sie bei dir ein Bild bestellen, bezahlen sie dich doch für deine Arbeit, nicht wahr?'

‚Ja, wenn das Bild akzeptiert wird', antwortete ich, ohne meine Arbeit zu unterbrechen. Ich fragte mich, was sie wohl damit meinte.

‚Ich habe viele Nächte gearbeitet', sagte sie nach einer kurzen Weile, ‚und habe nun einen Golddukaten zusammengespart – doch es war nicht immer angenehm für mich. Du würdest es vielleicht nicht schön finden, mit mir zusammen zu sein, doch ich wäre bereit, dir meinen einen Golddukaten zu geben, wenn du mir Liebe schenkst – nur für eine Nacht!'

Ich drehte mich erstaunt um, wie du verstehen wirst, und da stand sie vor mir in einem besonderen Kleid, das die Brüste teilweise zeigte. Ihr blondes Haar war trotz seiner Kürze sorgfältig frisiert und gelockt. Ihre Nase war ein wenig spitz und nach oben gebogen, ihr Mund war rot geschminkt. Sie war sauber gewaschen und roch nach Parfüm, hatte eine hohe, schlanke, reizende Taille und hielt den Golddukaten, den sie gespart hatte, in der Hand. Ich schaute sie an und wußte nicht, was ich sagen sollte; mein Kopf war voll von all den verwirrenden und schwierigen Problemen, für die erst spätere Jahre eine Lösung brachten. Irgendwie hat sie mich erregt, und ihre Augen schauten mich flehend an. Da stand sie nun vor mir, eine Frau, die schon in den Armen vieler Männer gelegen hatte, doch dem Aussehen nach noch ein Mädchen war. Ich fühlte Mitleid mit ihr und fragte mich, wie oft sie Tintoretto nach solchen für sie meist unerfreulichen Nächten wohl Modell für seine Engel gestanden hatte. Sie tat mir leid, aber ich konnte dieses Gefühl nicht in Worte fassen. Ich muß das arme Geschöpf einfach angestarrt haben, denn sie sagte plötzlich: ‚Ich gebe dir meinen Golddukaten. Er stellt meine gesamten Ersparnisse dar. Und du brauchst nichts zu tun, Domenikos. Ich werde dich ausziehen und auf meinem Bett verwöhnen, und keiner wird uns dabei stören. Ich werde dich erquicken und mit süßen Düften umgeben, und du brauchst gar nichts zu tun – laß mich dich einfach lieben. Du wirst sehen, wie leicht das alles ist – wenn du mit deinen Bildern Geld verdienen willst, erscheint mir das eine viel härtere Arbeit. Ich selbst habe hart gearbeitet, um diesen Golddukaten zu verdienen. Ich mag dich sehr und will, daß du erlebst wie es ist, wenn ein Mädchen einen Mann liebt. Deshalb will ich dafür zahlen, daß du dich von mir lieben läßt.'"

An dieser Stelle hielt Greco inne und schaute seinen Sohn an, der zu malen aufgehört hatte und nun fragte: „Vater, hast du in jener Nacht mit ihr geschlafen?"

„Ich war von diesem seltsamen Angebot sehr überrascht und gerührt durch die Tränen in ihren Augen. Ihr Versuch, mich mit allen Mitteln zu gewinnen und mit der Situation fertig zu werden, rief bei mir Mitleid hervor, und ich wußte wirklich nichts zu sagen. Sie drehte sich um und ging weg, wobei ich sie murmeln hörte: ‚Ich werde heute nacht auf dich warten, Domenikos.'

Als ich schließlich an jenem Tag die Werkstatt verließ und über meine Arbeit nachdachte, hatte ich den Vorfall schon mehr oder weniger vergessen und hoffte, sie möge ihr Vergnügen woanders finden. Doch nein, sie erwartete mich auf der Straße – und ich ging mit ihr. Sie nahm mich mit in ihr Zimmer, das vom Duft verschiedener Parfüms erfüllt war. Auf ihrem prächtigen Bett lagen viele Kissen. Ich erinnere mich, daß sie ihr Zimmer mit einer anderen Dirne teilte, die aber nicht anwesend war. Sie schien stolz darauf zu sein, mich in ein solch luxuriöses Domizil führen zu können, stand da und schaute mich an. Mir wurde klar, daß sie hierher nur mit Besuchern ging. Ich nahm sie dann in die Arme und küßte sie sanft, wie ein Bruder seine kleinere Schwester küßt, und sagte: ‚Du solltest dich nicht so wegwerfen, sondern heiraten und ein Kind bekommen. Ich kann nicht mit dir schlafen, weil ich Gott versprochen habe, sofort zu heiraten, wenn die Liebe jemals über mich kommt.'

So saß ich stundenlang bei ihr und schaute auf ihr goldenes Haar, bis sie endlich einschlief. Als ich sie so ansah, kam mir der Gedanke, daß sie das vollendete Bild eines Engels verkörperte. Ich studierte ihr Gesicht und prägte mir die verschiedenen Haltungen ein, die du in meinen Bildern wiederfindest. Es ist immer derselbe Engel, genau wie du sagst. Dann verließ ich sie. Doch zuvor wickelte ich den wertvollen Dukaten aus ihrem feinen Leinentaschentuch aus und schob ihn in ihre Hand. Man könnte mich ‚tugendhaft' nennen, doch die Wahrheit ist, daß ich kein Verlangen verspürte, mit ihr als Mann zusammen zu sein. Ich hatte nie den Wunsch, irgendeine Frau zu besitzen, außer Jerónima, deine Mutter.

Du siehst, mein Sohn, es gibt seltsame Dinge auf der Welt. Sollte dein Wesen dem deines Großvaters Cuevas ähneln, wünsche ich mir, daß du jung heiratest. Bist du aber wie ich, rate ich dir zu warten, bis die Liebe dir alles bedeutet. Mir scheint, in diesen Dingen kommst du mehr nach der Art der Cuevas-Familie; sie betrachten die Liebe als einen rein körperlichen Akt und schauen bei der Eheschließung zuerst auf die Mitgift."

Jorge Manuel lachte. „Damit hast du gewiß recht, Vater, denn wie sollte ich deine Träume träumen? Ich gehe nicht solche seltsamen Wege und habe festen Boden unter den Füßen; kann man so leicht im Himmel stehen?"

Sein Vater gab keine Antwort.

KAPITEL XX

Toledo, Spanien, 1598 – 1604

Als sich das sechzehnte Jahrhundert seinem Ende näherte, starb König Philipp II. im Escorial. So kam im Jahre 1598 sein Sohn, Philipp III., an die Macht und trat eine mildere Herrschaft an. El Greco war sechzig und sein Sohn Jorge Manuel zwanzig Jahre alt. Jorge war ein liebevoller und ergebener Sohn, jedoch auch ein sinnlicher junger Mann, der von der angeborenen Askese seines Vaters, die dieser als Lebensprinzip betrachtete, nichts mitbekommen hatte. Das Genie des Vaters lag auf den Gebieten der Malerei und Plastik, besonders der Holzschnitzkunst, während die Neigungen des Sohnes der Architektur galten. Doch solange sein Vater lebte, diente er ihm als Gehilfe und war sein wichtigster Schüler.

Während die *Geistigen Übungen* von Ignatius de Loyola eine wichtige Rolle im Leben des Vaters und bei der Herausbildung seiner etwas eigenartigen Geisteshaltung gespielt hatten, warf der Sohn nie einen Blick darauf. Während der Vater in einem Kloster nach strengsten Regeln aufgezogen worden war, begann das Leben des Sohnes in einem mehr oder weniger komfortablen Haus, wo sich sein Vater, Preboste und Maria Gomez, die treue Haushälterin, um sein körperliches und geistiges Wohlbefinden sorgten. Von seiner frühesten Jugend an sah er dort schöne Gemälde und nahm die Großartigkeit der Kunst seines Vaters in sich auf.

El Greco malte die höchsten Würdenträger der Kirche und unterhielt freundschaftliche Beziehungen zu zwei Großinquisitoren von Toledo, Gaspar de Quiroga, der 1594 starb, und Niño de Guevara. Auf dem Gebiet der Porträtmalerei hatte Greco keinen Konkurrenten in Toledo; der ‚Stumme' war schon lange tot und hatte ohnehin niemals Porträts gemalt.

Der Großinquisitor Niño de Guevara war Kardinal und Inquisitor in Sevilla gewesen und dann nach Toledo gekommen. Greco lächelte, als er den Auftrag erhielt, sein Porträt zu malen – er wußte, wie man es anstellen mußte, mit den hohen Herren des Heiligen Amtes gute Beziehungen zu pflegen. Glücklicherweise förderten diese Würdenträger die Künste, als wollten sie die abscheulichen Gerichtsverfahren der Inquisition durch schöne Bilder, die häufig sie selbst zeigten, vergessen.

Bei diesem wichtigen Auftrag saß Niño de Guevara dem Künstler Modell. Seine feingliedrigen Hände mit den wertvollen Ringen lagen auf den Armlehnen; die schönen weißen Spitzen seines Untergewandes, von geschickten Nonnen und anderen Frauen in Toledo angefertigt, bildeten einen reizvollen Kontrast zur prächtigen violetten Robe des Kardinals. Immer wieder mußte El Greco an all das Blut denken, das durch die Inquisition seit ihrer Einrichtung vergossen worden war, und – nach einer ersten Studie in Violett[1]– entschied er sich, die Robe des Inquisitors rot zu malen.

Guevara saß still und schaute durch seine Brille mit dem schwarzen Rahmen voll auf den Maler. Seine scharfen Augen mit den kleinen Pupillen funkelten hinter den Brillengläsern. Als Greco das Porträt begann, plante er, das Gewand mit großen Pinselstrichen zu malen. Doch für das gelbliche Gesicht und die Hände mit den kostbaren Ringen wollte er eine andere Technik anwenden, um das Leben des Fleisches besser zum Ausdruck zu bringen. Es sollte eine höchst eindrucksvolle Darstellung des Inquisitors werden.[2]

Als er in der vom Maler gewünschten Position saß, sagte Niño de Guevara: „Du mußt schon einige Praxis beim Malen von Inquisitoren haben, Greco. Ich habe dein Bild vom ‚Hl. Hieronymus als Kardinal'[3] gesehen, und es ist mir bekannt, daß du im verstorbenen Kardinal de Quiroga einen Freund und Gönner hattest."

„Ich verdanke dem ehrwürdigen Kardinal die Erteilung des Auftrags für das ‚Begräbnis des Grafen Orgaz'."

„Er war Philipps ‚Milder Inquisitor'", sagte Guevara, „und trotzdem hat er in den zwanzig Jahren seiner Amtszeit als Inquisitor die gerechtfertigte Verbrennung von etwa 2800 Ketzern zugelassen."

Greco arbeitete weiter, ohne Antwort zu geben; die Inquisition war eine schreckliche Sache, doch er konnte absolut nichts dagegen tun. Die einzige Möglichkeit war, sich mit den höchsten Repräsentanten des Heiligen Amtes gut zu stellen. Einige Zeit verging, ohne daß Guevara oder Greco etwas sagten. Nur die leisen, vom Pinsel hervorgerufenen Geräusche waren zu hören.

„Neulich schaute ich mir den ‚Orgaz' an und habe mich gefragt, warum du Cervantes und Lope de Vega zusammen gemalt hast", sagte Niño de Guevara. „Aus welchem Grund? Soviel ich weiß, hat sich ihre Freundschaft in eine berufsbedingte Eifersucht verwandelt."

„Eure Exzellenz sind ein guter Beobachter."

1 Privatsammlung von Oskar Reinhart, Winterthur

2 „Porträt des Großinquisitors, Kardinal Fernando Niño de Guevara", Metropolitan Museum, New York

3 „Hl. Hieronymus als Kardinal", National Gallery, London

„Und du weichst meiner Frage aus."

„Ich versuche das Rot für eure Robe zu mischen, das sich als Kontrast zur Haut Eurer Exzellenz als sehr günstig erweisen dürfte. Euer Teint hat die Farbe von edlem antikem Elfenbein."

„Rot? Ich trage aber violett."

„Rot ist das Symbol der Macht. Rot schmeichelt der Haut. Rot stellt eine warme und satte Farbe dar. Tizian Vecelli sagte immer, es gäbe keine andere Farbe, die so ist wie Rot. Sie ist die Berufslizenz für einen Maler, Eure Exzellenz. Rot ist majestätisch . . ."

„Ich überlasse es dir, die für mein Porträt am besten passenden Farben auszuwählen. Ich interessiere mich für Cervantes, denn er saß im Gefängnis, als ich Kardinal in Sevilla war. Ich habe gehört, daß er beabsichtigt, ein Buch zu veröffentlichen, das er während seiner verschiedenen Gefängnisaufenthalte geschrieben hat. Es heißt darin, daß seine Geschichte ‚solcher Art ist, wie man sie sich nur im Gefängnis ausdenken kann, wo Mangel an Komfort die Regel ist und jedes traurige Geräusch es zur Heimstatt werden läßt.' Cervantes wurde auf persönlichen Befehl Philipps mehrmals eingekerkert, weil er keine genaue Rechenschaft über die staatlichen Gelder, die er in Granada eingetrieben hatte, ablegen konnte und sich auch nicht nach Madrid begab, um Belege für jeden einzelnen Fall vorzulegen."

„Vielleicht hatte er kein schriftliches Beweisstück. Ich bin froh, daß Eure Exzellenz ihn vor ein paar Jahren in Sevilla auf freien Fuß gesetzt haben. Was nun mein Bild angeht, das Cervantes Seite an Seite mit Lope de Vega zeigt, von dem es heißt, er soll mit einem Posten für das Heilige Amt geehrt werden", antwortete Greco, änderte aber plötzlich Tonfall und Thema, indem er sagte: „Wenn Eure Exzellenz jetzt bitte zu mir schauen wollen. Ja, so ist es gut. Die Augen ruhig – und mit prüfendem Blick. Die Augen der Gerechtigkeit. Das wird mein bestes Porträt. Für einen Maler hängt alles von der inneren Würde des Modells ab." Wie leicht Greco jetzt die Schmeicheleien über den Lippen kamen, denn er war entschlossen, ein gutes Wort für Cervantes einzulegen. Er wußte, daß der Inquisitor große Macht besaß, er aber auch die Künste förderte. Es war ziemlich unwichtig, ob er dies wegen des guten Geschmacks oder aus persönlicher Eitelkeit tat.

Guevara saß nun in der gewünschten Pose und Greco fuhr fort: „Wie Eure Exzellenz vielleicht wissen, habe ich auch das Porträt von ‚Don Rodrigo de la Fuente'[1] hier in Toledo gemalt. Wenn er mir Modell saß, haben wir auch manchmal über Cervantes gesprochen."

Der Kardinal machte eine Handbewegung, aber Greco ermahnte ihn:

1 Arzt, der in „Don Quixote" erwähnt wird, Prado, Madrid

„Still, bitte ganz stillsitzen, so daß ich den Ausdruck der Augen sehen kann." Obwohl Greco in Wirklichkeit an einem anderen Teil des Gemäldes arbeitete, wagte es der Großinquisitor nicht, sich noch einmal zu bewegen. Greco sagte: „Don Rodrigo war mit mir einer Meinung, daß es Lope de Vega freistand, dem armen und verkrüppelten Cervantes zu helfen, als er sieben Stücke in Madrid herausbrachte, auch wenn diese nicht so gut waren wie Lope de Vegas Stücke. Der arme Cervantes mußte für seine Mutter, Frau und Schwestern den Lebensunterhalt verdienen. Doch Lope de Vegas Kritik war wie ein Messer. Er hatte Macht in Madrid, und ein freundliches Wort von seinen Lippen hätte Cervantes bestimmt Mut gemacht und weitergeholfen. Doch statt dessen mußte Cervantes seine literarische Tätigkeit aufgeben und als Beauftragter für die Lieferanten der Indischen Flotte, Provedores genannt, nach Sevilla gehen. Dieser offizielle Posten, für den er nicht geeignet war, brachte ihm nichts als Pech. Ein einziges Wort von den Lippen des reichen Lope de Vega hätte ihm in Madrid alle Türen öffnen können. Ich habe Cervantes' ersten Roman *Galatea* gelesen. Sein Schreibstil kann sich sehen lassen." Hier brach er ab, malte aber eifrig weiter. Dann nahm er den Faden wieder auf: „Deshalb, Eure Exzellenz, malte ich die beiden spanischen Dichter Seite an Seite. Ich wollte Lope de Vega an seine moralische Verpflichtung erinnern, die er aber nicht erfüllte . . . Danke, jetzt sind die Augen fast fertig."

Guevara entspannte sich und warf dann ein: „Cervantes scheint zwei mächtige Gönner gefunden zu haben, die ihm finanziell unter die Arme greifen – den Grafen de Lemos und Kardinal Barnardo de Sandoval hier in Toledo."

„Das freut mich, denn er ist ein tapferer Mann . . . Wenn Eure Exzellenz die Hände bitte wieder so auf die Armlehnen legen wollen wie vorher. Ihr habt feine, vergeistigte Hände. Ja, danke, so ist es gut. Es gab Zeiten, da war Cervantes so arm, daß er sich Geld borgen mußte, um sich einen Anzug kaufen zu können."

„Ich nehme an, du hast ihn im Orgaz-Gemälde unterhalb Johanns von Österreich gemalt, weil er unter dessen Kommando an Bord des Schiffes *Harquesa* in der Schlacht von Lepanto mitgekämpft hat. Wie dir bekannt sein dürfte, verlor er in jener Schlacht seine linke Hand, und der Arm ist seitdem gelähmt. Danach saß er fünf Jahre in Algier im Gefängnis, weil die Galeere, mit der er von Italien nach Spanien zurückkehren wollte, von Piraten gekapert wurde. Du siehst, wir sind im Bilde." Der Kardinal machte eine Pause und spreizte seine Hände graziös. „Um dich zu beruhigen, Greco: Da du anscheinend entschlossen bist, alles daranzusetzen, um seine Person in meinen Augen gefälliger erscheinen zu lassen, kann ich dir sagen, daß er die Absicht hat, in Vallalodid zu leben, wenn sich das Gerücht bestätigen sollte, daß der junge König[1] seinen Hof in diese Stadt verlegt. Außerdem ist er mit seiner geliebten Catalina de Palacios glücklich verheiratet, wohingegen man von dir, Greco, sagt, du wärst Witwer . . ."

Greco antwortete nicht, begann aber, nun mit größerer Geschwindigkeit zu malen. Es stimmt schon, dachte er bei sich – jeder hat sein eigenes Leid zu tragen. Schweigend malte er weiter.

Als Guevara das nächste Mal kam, um Modell zu sitzen, hatte er einen Mönch gebeten, mitzukommen und ihm laut vorzulesen. Greco hatte nichts dagegen einzuwenden.

*

Am Ende des sechzehnten Jahrhunderts verbreitete sich in Toledo die Nachricht, daß auf einer weit entfernten Insel, Kreta genannt, die Türken zahlreiche Gefangene unter der griechischen Bevölkerung gemacht hätten. Unter größten persönlichen Entbehrungen schlugen sich viele Griechen von der Insel nach Spanien durch, um dort finanzielle Hilfe für die Befreiung ihrer Familienmitglieder, die den Türken in die Hände gefallen waren, zu erbitten.

Eines Tages kam ein alter Mann zu Grecos Haus und klopfte. Preboste eilte hinaus und führte den Fremden widerwillig herein. Greco, der gerade beim Malen war, drehte sich um und starrte den Besucher an. Sie hingen mit ihren Blicken aneinander, und jeder durchforschte sein Gedächtnis und suchte den anderen zu erkennen, obwohl die Erinnerung nur dunkel war. Schließlich sagte der alte Mann: „Ja, Domenikos, ich bin es, dein alter Bruder Manusso."

Greco hatte zu seiner Familie auf Kreta sehr wenig Kontakt gehalten, nur selten geschrieben und entsprechend spärlich waren die Nachrichten, die ihn aus der Heimat erreicht hatten. Die Erinnerung an seine Eltern war in seinem Gedächtnis fast ausgelöscht. In letzter Zeit jedoch, da er älter wurde, kam ihm sehr oft das Bild der Stadt Kandia in den Sinn. Und jetzt, da sein Bruder, ärmlich gekleidet, vor ihm stand, wurde er von einer Welle von Bildern aus seiner Jugend überschwemmt. Er fragte: „Vater und Mutter . . . sind . . .?"

„Vor ungefähr zehn Jahren starb Vater friedlich, und Mutter folgte ihm wenige Tage danach in eine bessere Welt."

„Betrachte mein Haus als deines, Bruder Manusso."

Es wurde Wasser hereingebracht, und Greco half seinem Bruder, die Spuren seiner langen Wanderung abzuwaschen. Danach streckte sich

1 Philipp III.

Manusso mit einem Seufzer der Erleichterung auf dem Bett aus, das sein Bruder ihm angeboten hatte. Schon bald schlief er ein, während Greco an seine Arbeit zurückkehrte. Nun wieder allein und mit dem Malen beschäftigt, verschwand das Gefühl starken Mitleids bald wieder, und er begann klarer zu sehen. Der Künstler seufzte auch, es war aber kein Seufzer der Erleichterung – nun würde noch eine weitere Person von seinem Verdienst abhängen. Es hatte Zeiten gegeben, da schienen seine schöpferischen Kräfte unerschöpflich zu sein. Doch nun ließen sie nach, und es bereitete ihm Schwierigkeiten, sehr lange zu stehen. Leichter war es für ihn, auf einem Stuhl sitzend zu malen. Noch eine Person, die er mit seinen Einkünften aus dem Wirrwarr der zu erfüllenden Verträge würde unterstützen müssen. Und fast immer mußte er ein neues Gerichtsverfahren anstrengen, um zu seinem Honorar zu kommen!

Manusso Theotokopoulos blieb die letzten Jahre seines Lebens in El Grecos Haus. Er machte kaum Umstände, denn er war ein alter Mann, dessen Lebensmut gebrochen war. Sein einziges Bestreben ging dahin, den Griechen, die mit ihm nach Toledo gekommen waren, zu helfen. Er kannte sich in der Kunst der Malerei nicht aus, zollte aber der Arbeit seines Bruders große Achtung, da sie es ihm ermöglichte, ein großes Haus zu führen.

Domenikos besorgte Manusso feine Kleider, die ihm das Aussehen eines sehr würdevollen alten Mannes verliehen. Er sah darin aus wie ein Mann, der über beträchtliche Mittel verfügte und in Saus und Braus lebte, während er in Wirklichkeit nichts weiter als ein Flüchtling war und gänzlich von den Fähigkeiten und der Barmherzigkeit seines Bruders abhing.

Immer stolz auf seine griechischen Wurzeln, malte El Greco seinen Bruder Manusso in dunklem Samtmantel mit Pelzbesatz und spanischem Kragen um den Hals. Seine Stirn war von Alters- und Sorgenfalten gezeichnet; seine Augen waren weit geöffnet und schauten dunkel und etwas verängstigt unter den gebogenen Brauen hervor. Die edle Nase krümmte sich über Lippen, die einmal sinnlich gewesen waren. Die großen Ohren standen von dem seltsam verlängerten asymmetrischen Kopf ab, der nur noch an den Schläfen von Haaren bedeckt war.

El Greco malte seinen Bruder Manusso zweimal. Auf einem Porträt betonte er dessen Ähnlichkeit mit ihrem Vater, und das zweite stellte die Ähnlichkeit zu ihm selbst heraus.[1] Doch beide Gemälde zeigten einen alten, würdevollen Griechen, gezeichnet von Mühsal und verflossenen Jahren.

1 Bezug auf „Greco, allein", Metropolitan Museum, New York, heute als Porträt seines Bruders Manusso angesehen

Als Manusso ihm Modell saß, unterhielten sich die Brüder miteinander, denn der Maler hatte es gern, wenn seine Modelle während der Sitzungen sprachen. Wenn er wünschte, daß das Modell eine bestimmte Pose einnehmen oder beibehalten sollte, sagte er es und machte dazu genaue Angaben. In der Regel trugen solche Gespräche dazu bei, dem Gesicht Leben und Ausdruck zu verleihen. Greco stand oft da und beobachtete eine Person, wenn sie sprach, um dann plötzlich den gewünschten Gesichtsausdruck einzufangen und ihn mit ein paar sicheren Pinselstrichen in seinem Gedächtnis festzuhalten. Aus diesem Grunde war keines seiner Porträts leblos, sondern alle stellten lebendige Bildnisse von lebendigen Menschen dar.

Manusso sagte: „Mutter sprach oft von dir, denn du warst ihr Lieblingssohn. Sie hatte immer gehofft, dich noch einmal zu sehen, bevor sie starb. Doch mit ihrer eigentümlichen Gabe, Dinge voraussehen zu können, sagte sie oft mit bemerkenswerter Bestimmtheit und mit einem Seufzer: ‚Ich werde meinen Domenikos auf dieser Welt nicht mehr wiedersehen und auch nicht das Bild, das er malt. Schon als kleiner Junge', sagte sie, ‚war er ein Künstler.'"

Greco erwiderte: „Aus Venedig schrieb ich ziemlich oft, aus Rom weniger häufig und aus Toledo kaum noch. Ich hatte so viele Unannehmlichkeiten mit den Domherren der Kathedrale; außerdem konnte ich nie sicher sein, daß meine Briefe wirklich in Kandia ankommen. All die Jahre habe ich mich immer wieder gefragt, ob wohl Vater und Mutter jemals den Brief erhalten haben, in dem ich meine Vermählung mit Jerónima mitteilte."

„Den Brief haben sie sechs Monate, nachdem du ihn geschrieben hattest, bekommen. Er muß erst nach Italien und von dort nach Kreta gegangen sein. Ich erinnere mich noch genau, wie Mutter mit jener Nachricht in der Hand dasaß. Du schriebst, daß du an einem bedeutenden Gemälde für den spanischen König arbeitest. ‚Mein Domenikos', sagte sie, ‚ich habe schon immer gewußt, daß er sich von anderen Jungen unterscheidet.'"

„Und was hat Vater gesagt?"

„Vater war sehr stolz und bemerkte: ‚Domenikos ist nun verheiratet und seine Frau erwartet ihr erstes Kind. Ich würde gern wissen, ob es ein Junge wird.'"

Manusso brach ab, doch Domenikos spürte, daß er noch etwas hin zufügen wollte. So fragte er: „Was hat Vater noch gesagt?"

„Du weißt, Domenikos, daß Vater seine Träume hatte, auch wenn diese manchmal albern und längst nicht immer große Träume waren. Was mich angeht, so habe ich meiner Frau nie besondere Beachtung geschenkt, wenn sie im Wochenbett lag. Sie war gesund und brachte unsere Kinder leicht zur Welt. Sie warf sie aus wie die Tiere es tun, ohne große Schmerzen zu haben. Doch Vater – du weißt, wie sehr Vater unsere Mutter geliebt hat; er hat alles, was er konnte, für sie getan, bis sie beide fast zur gleichen Zeit starben, als ob einer ohne den anderen nicht leben konnte, und sie sogar im Tod vereinigt sein wollten."

„Hat Vater mir geschrieben? Ich habe nie eine Antwort auf meine Briefe erhalten und mich oft gefragt, warum keinerlei Nachricht eintrifft."

„Ja, Vater sagte, er würde dir sofort schreiben. ‚Ich muß Domenikos darauf hinweisen', bemerkte er, ‚daß er in Gedanken bei seiner Frau sein muß, wenn sie in den Wehen liegt, besonders wenn sie zart und die Geburt für sie schwer ist. Er muß niederknien, wenn ihre Zeit zu gebären gekommen ist, und muß beten, beten, so intensiv er kann. Als Domenikos geboren wurde, habe ich auch gebetet, so innig ich konnte.'

‚Ich habe gefühlt, daß du das tatest, Vater', sagte Mutter dann und ergriff seine Hand. ‚Es war sehr seltsam. Ich wäre fast gestorben', sagte sie, ‚ich befand mich in einem Schwebezustand, ganz leicht, und plötzlich war mir, als ob du mich festhieltest und mir zuflüstertest: „Verlaß mich nicht, Geliebte – ohne dich kann ich nicht leben."' Ich konnte natürlich nicht recht begreifen, worüber sie sprachen, denn die Liebe zwischen meiner Frau und mir war wie gesagt nicht so groß wie die zwischen Vater und Mutter. Sie hatte wirklich Tränen in den Augen, als sie Vaters Hand nahm und wiederholte: ‚Als ich deine Nähe spürte und dein Flüstern hörte, strengte ich mich bis auf's äußerste an, nicht aus meinem Körper, der mir so viel Schmerzen bereitete, davonzuschweben, sondern zur Erde zurückzukehren, weil du, mein Geliebter, mich brauchtest.'"

Domenikos malte weiter. Er war nun zu alt und zu sehr Künstler, um Tränen zu vergießen.

Nach einer Weile fuhr Manusso fort: „Ich habe gar nichts gefühlt, als meine Frau starb. Sie kochte gut, wie gesagt, und hat mir viele Kinder geboren, doch wenn sie früher gestorben wäre, hätte ich mir eine zweite Frau genommen. Ich mochte sie zwar sehr gern – aber nicht in der Art, wie unsere Eltern einander liebten."

El Greco wußte nichts dazu zu sagen.

Sein Bruder nahm das Gespräch wieder auf: „Künstler sind natürlich anders, nehme ich an. Sie gehen ihre eigenen Wege und haben eine seltsame Lebensauffassung. Du hast auf jeden Fall recht daran getan, nach Spanien zu gehen. Jedermann in dieser Stadt scheint dich zu achten."

„Ja", sagte Greco, „die Menschen sind verschieden, sehr verschieden. Du brauchst jetzt nicht länger Modell zu sitzen. Ich bin mit dem Bild gut vorangekommen."

Greco malte die hohen kirchlichen Würdenträger, die ihn dafür bezahlten und sein Haus beschützten, so daß es niemals nach verbotener Literatur durchsucht wurde. Oft mangelte es ihm an flüssigem Geld, doch er hatte mächtige Gönner und gute Freunde, die ihm Darlehen gewährten. Wenn man Freundschaft an vorgestreckten oder geschenkten Geldbeträgen messen könnte, müßte Dr. Angelo, einer der zeitgenössischen Dichter Toledos, als der beste und uneigennützigste seiner spanischen Freunde angesehen werden. Er verbürgte sich oft für die Mietzahlung, förderte und unterstützte Jorge Manuels Karriere und lieh dem Vater beträchtliche Summen für andere Zwecke.

Während jener Zeit malte Greco ein schönes Bild des Kardinals de Tavera[1], der unter Karl V. Vorsitzender der Inquisition gewesen und 1545 gestorben war. Ferner wurde das Gemälde des „Hl. Hieronymus als Kardinal" von Greco zusammen mit seinen Schülern kopiert; es gab noch weitere Werkstattkopien anderer Werke, wie zum Beispiel „Johannes der Täufer" und der „Hl. Dominikus de Guzman".[2]

Obwohl Greco einerseits mit dem Gedanken spielte, aus seiner Vorstellung heraus von Ignatius de Loyola ein Porträt zu malen, kam es ihm andererseits nicht in den Sinn, die große Hl. Teresa von Avila zu porträtieren, trotzdem sie zu Grecos Toledaner Zeiten mehrmals in der Stadt weilte. Der Grund lag vielleicht darin, daß es ihm immer leichter gefallen war, Männer zu malen. Doch schon bald sollte eine andere Frau in sein Haus eintreten.

Im Jahre 1603 befolgte Jorge Manuel den Rat seines Vaters und heiratete. Seine Frau war Alfonsa de los Morales, Tochter von Francisco de los Morales und Ana de los Morales. Sie brachte zwei Häuser mit in die Ehe und gebar ihm 1604 einen Sohn. Sie war drei Jahre jünger als ihr Mann.[3]

Anfangs fand es Greco etwas seltsam, eine weitere Frau in seinem Haus zu haben, obwohl die vierundzwanzig Zimmer genügend Platz boten. Der kleine Junge, der dann zur Welt kam, rief in Greco die Erinnerung an Jorge Manuels Kindheit wach. Greco mochte seine Schwiegertochter, denn sie war dunkelhaarig, hatte große Augen, war sanft in ihrer Art und immer gehorsam. Er porträtierte sie mit einer

1 Hospital de Afuera, Toledo, Spanien, etc.

2 Die größten Sammlungen der Werke Grecos sind im El-Greco-Museum in Toledo und in der Sakristei der Kathedrale von Toledo zu sehen.

3 In den dreiundfünfzig Jahren seines Lebens heiratete Jorge Manuel dreimal; seine dritte Frau überlebte ihn. Sein Sohn aus erster Ehe, Gabriel de los Morales, wurde später Mönch.

roten Blume im dunklen Haar, um Jorge Manuel eine Freude zu machen.

Er nahm auch ein Bild in Angriff, das die gesamte Familie seines Sohnes zeigte. Dieses Bild vollendete er jedoch nicht selbst.[1] In der Mitte des Gemäldes war eine junge, sehr vornehm aussehende Dame bei einer Stickarbeit zu sehen, daneben ihre Mutter mit zwei Dienstmädchen, die einen desinteressierten Gesichtsausdruck hatten. Neben der Spindel war eine große Katze zu erkennen und auf der anderen Seite ein kleiner Junge von ein oder zwei Jahren.

Er hatte Alfonsa kurz nach ihrer Vermählung porträtiert und dabei ihre Züge idealisiert, denn er fühlte sich ihr gegenüber zu Dank verpflichtet: sie hatte seinem Sohn zwei Häuser mit in die Ehe gebracht und ihm selbst einen Enkel geschenkt. Doch während sie ihm Modell saß, begann sie ihn zu langweilen, weil sie nichts weiter zu bieten hatte als ihre nette Sinnlichkeit und Unterwürfigkeit ihrem jungen Ehemann gegenüber. Er war in gewisser Weise dankbar dafür, daß alle Charakterzüge der de las Cuevas, die in Jorge Manuel verborgen waren, ein Gegenstück in ihr gefunden hatten. Doch als sie versuchte, ihn zu küssen und ihm Komplimente machte, jedoch nichts zu sagen wußte, ging seine erste Sympathie schnell verloren. Ihr fehlte es an Esprit, sie dachte nie tiefer über eine Sache nach, interessierte sich nicht sonderlich für seine Bilder und konnte nicht einmal ihren Namen schreiben oder lesen. Deshalb malte er nur einige der Gesichter auf der Leinwand „Jorge Manuels Familie“ und überließ den Rest Jorge Manuel oder irgendeinem seiner Schüler, der möglicherweise geneigt war, das Bild zu vollenden.

Seine Gleichgültigkeit gegenüber Alfonsa war nur ein Teil der neuen Sensibilität, die im Alter Besitz von ihm ergriff. Die Welt und ihre einfachen Geschöpfe hatten wenig mit seiner Seele gemein, die sich nun auf ihre längste Reise begab, gewöhnliche Liebe und Haß hinter sich lassend und Regionen erreichend, in die der menschliche Geist selten vordrang, die schwer zu begreifen waren, und die sogar von der Welt der Bilder, die er geschaffen hatte, weit entfernt waren. In Kreta hatte er für die Reinheit seiner Seele und seines Geistes gebetet. Später hatte er auf Zeichen gewartet, die ihm den Weg zur Erfüllung seiner Mission zeigen sollten. Anfangs hatten ihn diese Zeichen entsetzt, und doch war er der durch sie empfangenen Botschaft mit dem größten Selbstverständnis, das er aufzubringen vermochte, gefolgt.

In Venedig hatte er zu malen gelernt; in Rom waren seine Bestrebungen darauf gerichtet gewesen, Seele und Verstand entsprechend den Lehren Loyolas zu stärken; in Spanien hatte er geliebt und seine Vorstel-

1 „Die Familie des Malers“, Philadelphia, USA; Kopie im El- Greco-Museum, Toledo. Trotz des Titels ist dieses Bild heute als Jorge Manuels Familie anerkannt.

lungen als Künstler verwirklicht. Nun hatte er seine Mission als Maler erfüllt, hatte seine Frau geliebt und das Talent ihres gemeinsamen Sohnes gefördert, so weit dies möglich war.

El Grecos eigene Entwicklung war zwar langsam verlaufen, aber doch zur Vollendung gelangt. Jetzt suchte er nicht mehr nach geheimnisvollen Zeichen und Botschaften, in denen er Hinweise entdecken konnte, wie die Mission zu erfüllen war, an die er immer geglaubt hatte: ein Maler des Lichtes zu sein. Er hatte sein Ziel erreicht. Er wünschte nichts weiter, als in Ruhe lesen, schreiben, schnitzen und natürlich malen zu können. Einen großen Wunsch hatte er noch: bis zu seiner letzten Stunde mit seinen Pinseln arbeiten zu können. In seinen letzten Lebensjahren konzentrierte er sein ganzes Interesse mehr und mehr auf mystische, religiöse Themen in der Malerei.

Die politischen und finanziellen Probleme, die Manusso nach Spanien getrieben und in sein Haus gebracht hatten, berührten El Greco deshalb nur wenig. Aus einem offiziellen Dokument aus dem Jahre 1603 geht hervor, daß Manusso Theotokopoulos in Toledo ansässig war. Im Dezember desselben Jahres machte ein gewisser Tomasso Techello sein Testament und gab darin Manusso Theotokopoulos als seinen Sachwalter an. Er bevollmächtigte ihn, Almosen für die Griechen zu sammeln, die unter der Knechtschaft der Türken leben mußten. Auf diese Weise übertrug er Manusso seine eigene, vom Erzbischof von Toledo erteilte Bevollmächtigung. Doch ein Jahr später, am 13. Dezember 1604, starb Manusso im Alter von sechsundsiebzig Jahren.

Er verschied im Haus seines Bruders, ohne ein Testament gemacht zu haben. Vor seinem Tod hatte er die heiligen Sakramente erhalten, und in San Cristobál in Toledo wurde er beigesetzt. Manusso hinterließ in Grecos Herzen keine große Leere, da er dessen Leben und Interessen nicht geteilt hatte.

Grecos Geist befand sich nun in einer rätselhaften Stille, und er sonderte sich immer mehr von der gewöhnlichen Welt ab. Was ihm blieb, war nur seine Lehrtätigkeit, die eine Brücke bildete zwischen der Welt, die er bewohnte, und den Geheimnissen, in die diese Welt zu entschweben drohte. Der Maler des Lichtes war der Meister der bekannten Toledaner Farbschule. Juan Bautista Mayno, der später Mönch wurde, und Luis Tristan gehörten zu seinen Schülern.

Jener Luis Tristan, der von 1603 bis 1607 bei El Greco in die Lehre ging, signierte seine Werke mit dem Namen seiner Mutter Escamilla. El Greco betrachtete ihn als den besten Schüler, den er jemals hatte, nachdem die wertvolle Zusammenarbeit mit Bonastri in Rom zu Ende gegangen war. Nach ein paar Monaten Unterricht übertraf Tristan in seiner künstlerischen Leistung sowohl den guten Preboste als auch Jorge Manuel. Greco kam zu dem Schluß, daß einige eben begabt waren, andere jedoch nur hart arbeiteten. Es hatte Zeiten gegeben, in denen er versucht hatte, an die Allmacht geschickt und hartnäckig durchgeführter Ausbildung zu glauben – Tristan aber überzeugte ihn vom Gegenteil. Im Falle von Preboste und Jorge Manuel konnte nicht mehr erreicht werden – man konnte die Gaben Gottes nur so annehmen, wie er sie verteilt hatte . . . „Wenig wird von ihm verlangt werden, denn er hat nur wenig erhalten."

Trotzdem Greco nun sehr zurückgezogen und bescheiden lebte und durch seine Lehrtätigkeit einiges Geld verdiente, konnte er sich von seinen finanziellen Schwierigkeiten nie ganz befreien. Oft wurden sie sogar akut, so sehr Dr. Angelo auch zu helfen versuchte. Es war schon lange her, seit Greco die drei Musikanten entließ, die er hatte aus Italien kommen lassen, damit sie in seinem Haus zu den Mahlzeiten aufspielten. Sein Haushalt war immer noch groß, und auch nach seines Bruders Tod blieben seine Ausgaben beträchtlich. Er mußte seinen Sohn unterstützen und zum Teil auch dessen Frau, die aber glücklicherweise noch einige Einkünfte aus ihrem Eigentum erzielte. Er war für den Unterhalt Prebostes und der Dienstmädchen verantwortlich und trug die Kosten für die Malschule. Und so kam es, daß er gegen die „Produktion" religiöser Bilder in seiner Werkstatt keine Einwände erheben konnte.

Leinwände, die den Hl. Franziskus allein oder zusammen mit Bruder Leo darstellten, wurden in großer Zahl produziert. Der Heilige von Toledo war ein sehr beliebtes Bild. Etwa einhundertdreißig Gemälde des Hl. Franziskus verließen seine Werkstatt, von denen natürlich nur einige wenige ausschließlich von El Greco stammten. Jorge Manuel und Preboste waren zu Experten geworden, wenn es um Bilder des Hl. Franziskus ging, das geheimnisvolle Fingerzeichen und Grecos feine griechische Signatur eingeschlossen.

Es gab auch noch andere religiöse Themen, die von Greco und seinen Assistenten wiederholt in der Werkstatt gemalt wurden, darunter nicht weniger als sechzehn Versionen von „Christus am Ölberg"[1] und die spanische Fassung der „Austreibung der Wechsler", die vom Meister und seinen Assistenten in verschiedenen neuen Versionen angefertigt wurde.

Greco kannte Tizians „Christus am Ölberg"[2], doch als er die ersten Konturen seiner Version dieses Bildes skizzierte, ordnete er den Engel, der den Kelch hielt, tiefer an, das heißt auf derselben Ebene, auf der die Figur Christi kniete. In den letzten Versionen des Bildes schließlich stand der Engel Christus von Angesicht zu Angesicht gegenüber.

1 London, National Gallery, etc.
2 Escorial, nahe Madrid

Wie Greco seinem Sohn berichtet hatte, spielte die Originalgestalt dieses Engels eine eigentümliche Rolle in seinem Leben. Er hatte ihn in einer der ersten Versionen der „Austreibung der Wechsler" gemalt und danach tauchte er, in etwas abgewandeltem Aussehen, in vielen seiner Gemälde immer wieder auf.

In allen seinen Ölberg-Bildern verwandte Greco große Sorgfalt darauf, ihm schöne Flügel zu geben. In einigen Darstellungen ist der untere Teil seines Körpers in ein weißes Gewand gehüllt, das mit seiner durchgängigen, Licht ausstrahlenden Linie, die in einen großen geschlossenen Kreis übergeht, auch die schlafenden Apostel einschließt. In einer anderen Version konzentriert sich das gesamte Licht auf den Teil des Bildes, wo der Engel Christus anschaut und Christus den Engel. Es war aber immer derselbe große, schlanke Engel mit dem blonden Haar, das er so trug, daß alle Einzelheiten des fein geformten Ohrs zu erkennen waren, während sich das Profil in Wolken verlor.

Diese Figur machten sich auch Jorge Manuel, der geschickt im Kopieren war, und ebenso Preboste zu eigen. Auf fast allen Gemälden konnte El Greco seinen blonden Engel sehen. Sie, die vergessene Episode, begleitete ihn weiter durch das Leben, obwohl er sie nicht darum gebeten hatte. Sie, die ihm so wenig bedeutet hatte, erwies sich als bleibendes Bild in seiner Vorstellungswelt.

Er hatte sie verlassen und sich in jener Nacht in Venedig kaum darum gekümmert, was aus ihr und den Gefühlen der Leidenschaft, die sie für ihn hegte, werden sollte. Jetzt, da er älter wurde und sie in vielen seiner Werke wiedertraf, fragte er sich manchmal, ob sie seinen Rat wohl beherzigt hatte. Er nahm an, sie war nun eine alte Frau, deren Geist sich aber niemals weiterentwickelt hatte, so wie auch seine Schwiegertochter eines Tages sein würde. Doch Gott hatte diesem Mädchen Schönheit geschenkt, eine sanfte, liebliche Schönheit, um die sich Grecos Phantasie rankte, wann immer er sie malte.

„Viele finden dich jetzt schöner als meine Jerónima, die ich als Maria darstellte", murmelte Greco einmal, als er zu der Engelsfigur auf dem Bild sprach. „Ein neuer Auftrag ist mir erteilt worden – aber mit der Auflage, ‚jenen blonden Engel darauf' zu malen . . . So hast du mich wenigstens nicht umsonst geliebt – und du warst wirklich hübsch mit deiner kleinen, nach oben gebogenen Stupsnase. Doch sei gerecht: letzten Endes habe ich alles für meine Malerei aufgegeben. So laß mich wenigstens dein Bildnis an andere weitergeben. Du warst sehr sinnlich, aber ich habe dich heilig gemacht. Hättest du mich jemals verstehen können, wenn wir zusammengeblieben wären? Ich habe nicht immer verstanden, was ich malte; nur im Gebet konnte ich die zahllosen Fäden einer Vision zu einem Bild verweben. Machen wir Schluß mit der Rechenschaft – ich hatte nun einmal kein großes Interesse daran, hübsche Frauen zu malen - abgesehen von Jerónima, meiner geliebten Frau. Obwohl ich sagen muß, daß Jerónima in meinen Augen nicht bloß hübsch, sondern mehr als schön war. . .. Ich spüre, daß die Zeit nahe ist, wo ich dich nicht mehr malen werde, eine Zeit, in der ich nur noch jene Figuren und Symbole male, von denen sogar meine Freunde sagen, sie wären ,*un poco loco*' – ein bißchen verrückt.

Vielleicht ziehe ich mich in meinen eigenen Keller zurück und verbiete dem guten alten Preboste und meinem geliebten Sohn, mich zu stören – und dort unten werde ich dann meine eigenen, ganz persönlichen Gemälde schaffen: die Serie in Blautönen, die Grüntöne sind und umgekehrt, Farben, die Schrecken und Furcht ausdrücken, weil sie das Gelb des Hasses in sich tragen. Dort unten werde ich ,Blick auf Toledo'[1] in jenem seltsamen Licht, das zu Toledo gehört, malen; außerdem werde ich ein Bild des ,Laokoon'[2] schaffen, denn ich habe, als ich eine Viper im ,Hl. Mauritius' skizzierte, zum erstenmal Gefallen daran gefunden, Schlangen darzustellen. Für all diese Bilder wird mir niemand auch nur einen einzigen Real und erst recht keinen Golddukaten geben. Diese Leinwände wird meine Familie nicht zu Gesicht bekommen, solange ich am Leben bin, denn Preboste würde dann trotz des Respekts, den er mir entgegenbringt, bestimmt den Wunsch verspüren, einen Kübel kaltes Wasser über mich und die Bilder zu schütten . . .. *Un poco loco* . . ..

Bevor ich sterbe, will ich noch ganz allein ein Bild schaffen. Trotz der Schwierigkeiten, die mir das Stehen bereitet, werde ich den Versuch machen, einen bestimmten Abschnitt der Offenbarung des Johannes zu malen. Das wird eines meiner geheimen Gemälde, das mein Sohn möglicherweise nach meinem Tod in meinem Versteck im Keller finden wird.

Es gibt da noch ein weiteres Thema, das ich bei vollem Sonnenlicht in meiner Werkstatt malen muß. Es wird ein Bild, das viele sehen und alle bewundern und leicht verstehen werden: ,Mariä Himmelfahrt'. Dieses Bild habe ich schon sehr lange in meinem Herzen getragen – wie die Jungfrau in den Himmel entschwindet. Sie muß hoch oben dargestellt werden, der Erde entrückt, vielleicht schon im Siebten Himmel. Ich sehe sie nicht mehr in meinen Träumen oder Visionen. Doch wenn ich an mein Leben zurückdenke und mir in Erinnerung rufe, wie kurz meine gemeinsame Zeit mit Jerónima war, kann ich trotzdem über mein Schicksal nicht klagen. Vielleicht wäre unsere Liebe verblaßt? Vielleicht hätte Jerónima ihren Zauber, ihre überirdische Schönheit, die mich so entzückt hat, verloren? Über Töpfe und Pfannen gebeugt und um das Wohl der

1 „Blick auf Toledo", Metropolitan Museum, New York
2 „Laokoon", National Gallery, Washington, D.C.

Familie besorgt, hätte sie vielleicht alle Macht über mich eingebüßt. . .. ‚Sie hat den besseren Teil gewählt'; die Weisheit Christi, auch auf die alltäglichsten Dinge bezogen, war göttlich – nur die Toten allein enttäuschen nicht . . .. Groß war die Macht, die Jerónima über mich hatte, denn in ihrer ersten, vom Leben noch unverbrauchten Leidenschaft war ihre Seele wie Stahl – so stark und fest wie meine eigene. Als sie damals in der Kathedrale kniete, noch bevor ich überhaupt ihre Stimme gehört hatte, fühlte ich, daß ihre Gebete Gott erreichten. Sie bezog all ihre Kraft direkt von Gott und war nicht auf mich angewiesen, um von der Herrlichkeit, Macht und ewigen Liebe Gottes zu erfahren oder sich davon zu überzeugen. Sogar im Augenblick unserer ersten Vereinigung, als sie den unbekannten Maler in ihrem Fleisch aufnahm, schien sie zu beten. Unsere Vereinigung war von einer Art, wie ich sie nie ganz verstanden habe. Wir standen zusammen vor Gott. Ich erfuhr die totale Verschmelzung zweier Seelen. Das war es, was mich all die Jahre nährte und am Leben hielt – Jerónima brachte mir eine im Fleisch erlebte geistige Ekstase.

. . .. Ihr war ein kurzes Glück beschieden, ein Geben und Nehmen aller Leidenschaft, aller Liebe und Erfüllung, bis der schwache Körper, in dem so viel Licht war, zerbrach. Ich glaube fest daran, daß Gott ihre Seele ohne zu zögern annahm – denn sie war rein – meine spanische Madonna und meine Dolorosa . . ."

Über solchen Gedanken, die er wieder wie in seinen früheren Jahren hatte, schlief El Greco ein. Er hatte noch immer Kraft in sich: die Kraft zu träumen *und* seine Träume zu malen.

Man schrieb das Jahr 1604, als er Großvater wurde.

In jener Nacht erschien ihm Jerónima. Sie sagte: „Domenikos, mein Liebster, es war gut, daß du die Sache mit dem blonden italienischen Modell in deinen Gedanken in Ordnung gebracht hast, denn sie war im Begriff zu sterben. Ihre Todesqual war schlimm; sie schien immer an den jungen Mann zu denken, den sie vor langer Zeit geliebt hatte. Sie fürchtete, in Sünde sterben zu müssen, beklagte aber auch vor der Heiligen Jungfrau, daß sie auf der Erde keine Liebe gefunden hatte. Ich fühlte, daß du in jener Nacht nicht richtig handeltest, als du mit auf ihr Zimmer gingst. Es war auch nicht gerecht, daß du sie nicht pünktlich für ihre Arbeit als Modell bezahltest. Doch ich habe der Gottesmutter erklärt, daß ein Maler in seinen Sinnen manchmal etwas durcheinander ist."

„Hat sie einen Priester gerufen?"

„Wir schickten ihr einfach einen Priester, obwohl sie nicht danach verlangt hatte. Sie war gut verheiratet, doch ihr Herz hatte sich verhärtet, und sie fand keine Liebe. Nun wird sie in Frieden sterben.

Ich möchte, daß du mir jetzt versprichst, die heiligen Sterbesakramente zu verlangen und als guter Katholik zu sterben ... egal, was du von unserem Glauben hältst. Versprich es mir."

„Ich werde es tun, meine Liebste. Ich verspreche es, wenn du es wünschst."

„Was die Jahre betrifft, die noch vor dir liegen, all die Fragen, die dich bewegen und auch die seltsamen Bilder, die du zu deinem eigenen Vergnügen zu malen gedenkst – du hast noch zehn Lebensjahre vor dir. Du wirst arm sein, denn du hast nichts gespart, sondern immer auf großem Fuße gelebt, wenn dir Gold in die Hände kam. Erinnerst du dich?"

„Die Musik war das einzige, was mir helfen und mich erfreuen konnte, nachdem ich dich verloren hatte."

„Du wirst bis zu deinem Tode malen können. Was dein Bild ‚Mariä Himmelfahrt'[1] betrifft, so möchte ich, daß du dafür schöne, satte Farben verwendest, nicht diese traurigen Farben, die du unten in deinem Keller benutzt. Du könntest deinen Pinselstrich ändern, die Striche lockerer und größer setzen, mehr Freiheit, mehr Geistiges und weniger Plastisches einfließen lassen – und denke daran, Domenikos, ich will Rosen und Lilien auf meinem Bild sehen, so wie sie in jener Nacht im Park blühten."

„... Unter den Füßen des Engels Rosen und Lilien, auf der einen Seite die Ansicht von Kandia, auf der anderen die Silhouette von Toledo – Anfang und Ende", murmelte Greco beim Erwachen, glücklich, daß Jerónima sich ihm noch einmal gezeigt hatte.

1 Heute im Museum von San Vincente, Toledo

KAPITEL XXI

Toledo, Spanien, 1604 – 1614

Seit seiner letzten Reise nach Madrid im Jahre 1596, als er den Auftrag bekam, den Altar für die Schule der Doña Maria de Aragón zu schaffen, hatte El Greco Toledo nur einmal verlassen, und zwar nicht weiter als nach Illescas. Er hatte das Reisen satt, des Malens aber wurde er niemals überdrüssig. Seine Pinsel bewegten sich schnell; er wollte so viel wie möglich schaffen und jede Minute mit Malen ausfüllen, obwohl er spürte, daß seine körperlichen Kräfte nachließen.

Oft gab er Preboste eine Generalvollmacht, damit er ihn bei den zahlreichen Gerichtsprozessen, die er nach wie vor um die Bezahlung seiner Werke führen mußte, vertreten konnte. Der treue Preboste erwies sich immer als große Hilfe in solch schwierigen Verhandlungen. Er war es auch, der losgeschickt wurde, wenn irgendeine Reise unvermeidlich schien.

Da der Markt in Toledo begrenzt war, wurden viele Gemälde El Grecos, darunter jene, die in seiner Werkstatt in Toledo vollendet wurden oder gänzlich dort entstanden waren, nach Sevilla gebracht. Als die Flotte nach Indien auslief, waren etliche Bilder und andere Gegenstände, in der Hauptsache Holzschnitzereien, von Preboste nach Sevilla gebracht worden, wo Pedro de Mesa, der feine Stickarbeiten anfertigte, mit deren Verkauf beauftragt wurde. Preboste reiste später erneut dorthin, um das Geld in Empfang zu nehmen und die Gegenstände, die nicht verkauft werden konnten, zurückzubringen. Im Jahre 1607 fuhr er nochmals nach Sevilla. Jorge Manuel wollte in Toledo bleiben und seine Arbeit fortsetzen. Er wurde jetzt als Mitarbeiter in fast allen Verträgen erwähnt, die sein Vater unterzeichnete.

Preboste stand seit nunmehr zweiunddreißig Jahren in El Grecos Diensten. Er war ein ausgezeichneter Koch und zuverlässiger Diener, ein guter Geschäftsmann und der beste seiner Freunde gewesen. Als Maler war Francesco immer nur mittelmäßig geblieben, aber durch seinen Takt und seine treue Ergebenheit war es zwischen ihnen nur selten zu Spannungen gekommen.

Es war deshalb sehr seltsam, daß er nicht aus Sevilla zurückkehrte. El

Greco unterschrieb eine Vollmacht auf den Namen seines Sohnes. Preboste hatte die Reise mit dem Auftrag angetreten, Geld einzutreiben. Die Zeit des Wartens wurde immer länger, und Greco begann zu fürchten, daß Preboste möglicherweise überhaupt nicht zurückkehrte. Über dreißig Jahre lang war er unfehlbar gewesen, wenn es um Verhandlungen und Geschäfte ging. Ob er vielleicht ermordet oder beraubt worden war? Die Haushälterin pflegte auch weiterhin den Tisch mit für Preboste zu decken, aber er erschien nicht. Sie warteten und warteten auf ihn und das Geld, das er mitbringen sollte. Schließlich schrieben sie einen Brief an Pedro de Mesa. Die Antwort lautete, daß Francesco Preboste den fälligen Geldbetrag in Empfang genommen, eine Quittung unterschrieben und sich sofort auf dem kürzesten Wege zurück nach Toledo begeben hatte. Es mußte ihm auf der Reise etwas zugestoßen sein.

Der arme Preboste kehrte niemals zurück – er verschwand in der Dunkelheit, aus der er gekommen war. Es beschäftigte Greco innerlich, daß nicht einmal durch seinen Tod Schwierigkeiten entstanden waren; er hinterließ nichts, da er auch nichts besessen hatte.

Greco seufzte. Er gab die Anweisung, daß er nicht gestört werden wollte und humpelte in den Keller hinunter. Die Malerei war für Greco ein Mittel, seiner Freude Ausdruck zu geben; in ihr sah er aber auch den einzigen Weg, mit der Trauer um Menschen, die er geliebt hatte, fertigzuwerden.

In der Werkstatt und in El Grecos Privatatelier stand die Serie der Apostel und Evangelisten. „Die Apostel" – sie würden unter seinen Meisterwerken einen hervorragenden Platz einnehmen. Er hatte seine Art, Farben aufzutragen und seinen Pinselstrich noch einmal verändert – er war schneller und, wie von Jerónima gewünscht, „geistiger" geworden. Die Striche wurden länger, mehr auseinandergezogen und wiesen Zwischenräume auf, so daß hier und dort die Leinwand darunter sichtbar war. Große Gemälde entstanden. Die Originale wurden in der Werkstatt kopiert und auf ein kleineres Format gebracht. Greco fertigte auch selbst Kopien an, die kleine Abweichungen vom Original aufwiesen. Die vornehmen Figuren faszinierten ihn, und inmitten von ihnen malte er den Erlöser. Die Männer, die Christus gerufen hatte.[1] Alle waren in dunklen Farben gehalten, mit Ausnahme des Hl. Bartholomäus, der ein weißes Gewand trug. In der Tat ein eigenartiges Gemälde, das auch den bösen Geist, den der Apostel ausgetrieben hatte, in Gestalt eines Hundes, vom Heiligen an einer Kette gehalten, zeigte. Das Modell für diesen Heiligen hatte er unter den Geisteskranken in der Irrenanstalt von Toledo gefunden.

1 „El Apostolado", vollständige Serie, die in der Sakristei der Kathedrale und im Greco-Museum in Toledo zu sehen ist.

Mit den Gemälden der Apostel wies Greco auf Besonderheiten im Leben oder Tod eines jeden Jüngers oder Evangelisten hin. Der Hl. Petrus mit den Schlüsseln; Judas Thaddäus mit dem nach unten weisenden Kreuz, da er auf diese Weise gekreuzigt worden war; jeder Evangelist mit seinem Evangelium, sehr groß dargestellt; nur der Hl. Johannes mit dem Kelch, über dem Greco einen kleinen, den Teufel symbolisierenden Drachen gemalt hatte, der wie gebannt auf das Blut Christi starrte. Zuletzt der Hl. Lukas, von dem es heißt, er wäre der erste religiöse Maler unter den frühen Christen gewesen. Er zeigt sein Evangelium mit seinem Porträt der Gottesmutter, die das Jesuskind hält. Mit dem Bildnis des Hl. Lukas schuf El Greco ein weiteres Selbstporträt, auf dem er allerdings schon ziemlich krank aussah. Er war älter und viel magerer als die Figur, die ihn vor vielen Jahren im Orgaz-Gemälde repräsentierte; jetzt sah er nicht gerade wie ein glücklicher Mann aus.

„Die Apostel" wurden ein großer Erfolg, und sowohl die einzelnen Figuren als auch die gesamte Serie wurde Gegenstand kirchlicher und privater Aufträge. So war in seiner Werkstatt immer genug zu tun. Escamillo und Mayno sowie sein Sohn arbeiteten bei ihm. Folglich konnte es sich Greco leisten, ein Bild zu malen, das ihm schon lange im Geiste vorschwebte. Beim Malen vergaß er den neuen Schmerz um einen weiteren, seinem Herzen nahestehenden Menschen, der ihn verlassen hatte, ohne jemals zurückzukehren.

Er wählte eine große Leinwand aus. Seitdem er den Hintergrund des „Martyriums des Hl. Mauritius" für den Escorial gestaltet hatte, verspürte er den Wunsch, einen speziellen Teil der Apokalypse zu malen. In der Offenbarung des Johannes heißt es:

„Und da es das fünfte Siegel auftat, sah ich unten am Altar die Seelen derer, die getötet waren um des Wortes Gottes und um ihres Zeugnisses willen. Und sie schrien mit großer Stimme und sprachen: ‚Herr, du Heiliger und Wahrhaftiger, wie lange richtest du nicht und rächest nicht unser Blut an denen, die auf der Erde wohnen?' Und ihnen wurde gegeben einem jeglichen ein weißes Kleid, und ward zu ihnen gesagt, daß sie ruhen müßten noch eine kleine Zeit, bis daß vollends dazu kämen ihre Mitknechte und Brüder, die auch noch sollten getötet werden gleich wie sie."

El Greco malte den Hl. Johannes als Zeugen der Offenbarung: eine große, schlanke Figur, die kniend und mit ausgestreckten Armen die geisterhaften Geschöpfe seiner Visionen sieht[1]. Es wurde ein eigenartiges

1 „Apokalyptische Vision des Hl. Johannes", Museo de Zuloaga, Zumaya, Spanien

und phantastisches Bild, das seltsamste aller Bilder, die Grecos Geist entsprungen waren. Es spiegelte seine innere Beschäftigung mit Mysterium und Stille wider, wie er sie in den Tiefen des Geistes kennengelernt hatte.

Doch es gab auch andere Themen, Legenden von Toledo, die friedvolle Begebenheiten erzählten und so ganz nach Grecos Geschmack waren. Mit ihrer Hilfe konnte er die Ruhe und Gelassenheit, die er in seiner Vorstellungswelt suchte, wiedergeben. Solche Legenden waren zum Beispiel das „Begräbnis des Grafen Orgaz" sowie die Geschichte des Hl. Ildefonso, eines Neffen des Hl. Eugen, der im siebten Jahrhundert das Amt des Bischofs von Toledo innehatte. Die Legende erzählte, daß das Buch, welches der Hl. Ildefonso zur Verherrlichung der Jungfräulichkeit der Gottesmutter geschrieben hatte, von der Heiligen Jungfrau selbst diktiert worden war. El Greco hatte bereits eine Szene aus dem Leben dieses großen Heiligen in Form einer Plastik dargestellt, die die Heilige Jungfrau bei der Übergabe des Meßgewands an den Hl. Ildefonso zeigte. Das Werk hatte unterhalb des Gemäldes „Die Entkleidung Christi"[1] in der Sakristei der Kathedrale seinen Platz gefunden. Nun hatte Greco den Auftrag bekommen, an einem bedeutenden Gemälde zu arbeiten, das zeigen sollte, wie Maria dem Hl. Ildefonso erschien.[2] Der Auftrag für dieses Bild besiegelte das Ende eines langen und ermüdenden Gerichtsverfahrens mit dem Nonnenkloster von Illescas in der Nähe von Toledo.

Nach der Legende soll der Hl. Ildefonso zu seinen Lebzeiten dort, wo heute das Hospital de la Caridad steht, ein Kloster errichtet haben. Die neue Kirche wurde nach Plänen von Nicolás de Vergera gebaut. Der erste Vertrag zwischen Greco, seinem Sohn und dem Kloster datierte vom 18. Juni 1603. Um den Wert der in Auftrag gegebenen Gemälde zu bestimmen, fand am 4. August 1605 die erste Schätzung statt. Zwischen diesen beiden Daten stellte Greco den Altar sowie die Gemälde „Die Jungfrau der Barmherzigkeit", „Die Krönung der Jungfrau", „Die Verkündigung" und „Die Geburt Christi"[3] fertig.

„Die Jungfrau der Barmherzigkeit" malte er mit einem weißen Schal, der von ihrem Kopf bis auf den Boden fiel. In der Gruppe Betender befand sich eine Figur, die ein vollkommenes Abbild Jorge Manuels war und einen besonders großen, weißen, fein gezeichneten spanischen Kragen trug. Die Nonnen erhoben Einwände gegen diese Figuren von Toledanern, die ihrer Meinung nach nicht angemessen gekleidet waren, um vor der Heiligen Jungfrau zu erscheinen und zu beten. Zur endgültigen Schätzung und Beurteilung der Gemälde kamen Pompeyo Leoni und

1 Bezug auf den hölzernen Altar unterhalb von „El Expolio", Kathedrale, Toledo
2 „Vision des Hl. Ildefonso", Hospital de la Caridad de Illescas
3 Alle noch heute im Hospital de la Caridad de Illescas in der Nähe von Toledo zu sehen

weitere bedeutende Künstler extra aus Madrid nach Illescas. Hauptsächlich dank der Vermittlung seines Freundes D. Gregorio Angelo gewann El Greco schließlich den Prozeß, der am 29. Mai 1607, als er den Rest des ihm zustehenden Honorars erhielt, seinen Abschluß fand.

Zu dem Zeitpunkt wurde El Greco mit dem zusätzlichen Auftrag, ein Bild des Hl. Ildefonso[1] zu malen, betraut.

Nun rächte sich der Meister ... Er war ein alter Mann geworden und hatte viele Kränkungen erfahren, und doch fand er immer noch Vergnügen daran, Samt und Spitzen zu malen. Er stellte den Hl. Ildefonso am Tisch sitzend dar. Seine rechte Hand, die eine Schreibfeder hielt, war etwas erhoben und bereit, das Diktat der Heiligen Jungfrau entgegenzunehmen. Seine linke Hand, mit geschlossenem Mittel- und Ringfinger das geheimnisvolle Zeichen wiedergebend, lag auf dem geöffneten Buch, wobei die graziös gespreizten, feinen Finger die Seiten hielten. Der Tisch, an dem der Heilige saß, war mit einem samtenen Tuch bedeckt; die Inneneinrichtung des Raumes und alle Details gehörten in El Grecos Zeit. Der Heilige, ein idealisiertes Bild seines verstorbenen Bruders, ein Grieche mit weißen Haaren und Zügen voller Weisheit eines alten Gelehrten, schaute auf zu seiner Vision, einer kleinen Figur der Heiligen Jungfrau, die schneeweiß gekleidet war und eine goldene Krone trug.

Es war ein sehr schönes Bild, voller Brillanz und dem Stil seines fortgeschrittenen Alters folgend. Jede Einzelheit wurde sehr genau wiedergegeben, und die Vollkommenheit zeigte sich an allen Teilen – an Tintenfaß und Sandbehälter, an den unberingten Händen und den Spitzenarbeiten, die die Kleidung zierten.

El Greco hatte den Gerichtsprozeß gewonnen und sich mit Weisheit gerächt. Doch eine andere Sache bereitete ihm Kummer: Was würde aus seinem Sohn im Falle seines Todes werden? Könnte sein Sohn seinen eigenen Lebensunterhalt verdienen? Ein Vertrag war mit Jorge Manuel allein abgeschlossen worden, der ihn im Jahre 1605 verpflichtete, den Altar von Titulcia in der Nähe von Madrid zu schmücken. Die dafür in Auftrag gegebenen Gemälde hatten die Geschichte und das Leben von Maria Magdalena zum Inhalt. Bei der Erfüllung dieser Aufgabe hatte ihn sein Vater wie immer tatkräftig unterstützt.

Im selben Jahr erhielt Jorge Manuel die Bezahlung für Entwürfe zum Bau eines Theaters in Toledo. Jorge Manuel strebte mehr und mehr danach, sich der Architektur und weniger der Malerei zu widmen. Zur Erfüllung von Aufträgen beim Weiterbau der Kathedrale arbeitete er mit Monegro zusammen. Im Jahre 1613 wurde ihm schließlich die Aufsicht über die Arbeiten für den Bau des Rathauses von Toledo[2] übertragen. Die-

1 „Der Hl. Ildefonso am Schreibtisch", Illescas
2 El Ayuntamiento, Toledo

ses Gebäude war bereits viele Jahre zuvor von Juan de Herrera geplant worden. El Greco selbst hatte Herrera bei der Anfertigung der Skizzen und Entwürfe geholfen. Doch die Ausführung der Pläne war immer wieder verschoben worden. In seiner Eigenschaft als Bauauftragnehmer stellte Jorge Manuel im Jahre 1613 Arbeiter ein und bezahlte das notwendige Material aus Mitteln, die der gute Freund seines Vaters, D. Angelo, vorgestreckt hatte. So vollendete er das Rathaus von Toledo, dessen Originalentwurf von seinem Vater stammte.

Danach fand Greco mehr Ruhe, denn er sah den Erfolg seines Sohnes als Architekt und freute sich, daß Jorge Manuel mit seinem alten Freund Juan Bautista Monegro zusammenarbeitete.

*

Seit Preboste verschwunden war, hatte Greco Toledo nicht mehr verlassen. Er ging kaum aus dem Haus. Obwohl er schon ziemlich schwach geworden war, malte er noch und empfing Gäste, darunter den großen Prediger Fray Hortensio Félix Paravicino.[1] Paravicino, der Trinitarier war, kam einige Male, und El Greco malte ihn in sitzender Pose in seiner Kutte, wobei die Kapuze auf den Schultern lag. Während dieser Sitzungen unterhielten sich der Maler und der Mönch über viele Dinge. In den Stunden, in denen sie miteinander philosophierten, fühlte sich El Greco wohl, denn er war sonst einsam, und sein gereifter Geist war isoliert.

„Ich war in deiner Werkstatt, Meister", sagte der Mönch. „Dort sah ich die Apostel und einige der Evangelisten, die du gemalt hast. Es sind wirklich sehr schöne, großartige Gemälde."

„Der Dichter spricht aus dir, mein junger Freund", antwortete Greco. „Wenn man so alt ist wie ich, hat man das Gefühl, das Wort ‚großartig' sei nur ein Wort für die Jugend. Nichts und niemand ist großartig – außer Gott."

„Ja, und genau das vermitteln mir deine Bilder. Dein Bild des Hl. Bartholomäus habe ich auch gesehen. Ich hielt ihn fälschlich für Judas Iscariot; was sonst sollte seine Züge so gequält erscheinen lassen? Er sieht wie ein Irrer aus, und doch ist es mehr als das: Es ist der Wahnsinn Gottes, wie Hosea, der Prophet, gesagt hat: ‚Der geistige Mensch ist wahnsinnig.' Jorge Manuel erklärte mir dann, daß ich mich geirrt hatte – denn es war nicht Iscariot."

„Ich habe Iscariot in der Tat nie gemalt, nie daran gedacht, den Geist des Bösen zu malen. Es gibt aber einen flämischen Maler, Jerome Bosch,

1 „Fray Hortensio Felix Paravicino, Dichter und Prediger", Museum of Fine Arts, Boston, USA

von dem du wahrscheinlich schon gehört hast. Er war ein guter Künstler und ausgezeichneter Maler: ein Mann mit Phantasie. Seine Vision war das Böse, aber auch die Bestrafung des Bösen. Philipp hat einige Bilder Boschs gekauft und sie sogar in seinem Schlafzimmer aufhängen lassen. Ich aber konnte mich niemals mit den bösen Wünschen und üblen Gedanken der Menschen anfreunden. Ich habe meine Mission immer darin gesehen, ein Maler des inneren Lichtes zu sein, religiöses Feuer zu malen und die menschlichen Gestalten zu verlängern. Es heißt, ich hätte eine Menge von den byzantinischen Mosaiken übernommen und wäre meinem allerersten Lehrer nie ganz entwachsen. Vielleicht stimmt das."

„Welches deiner Bilder gefällt dir am besten?" fragte Paravicino.

„Eine schwierige Frage! Sie erinnert mich an eine Frage, mit der meine Schwiegertochter ihren kleinen Sohn quält . . .. ‚Wen magst du am meisten, Vater oder Mutter?' Der Junge sagt immer ‚dich' zu demjenigen, der die Frage an ihn stellt. Und so mag ich immer das Bild am meisten, an dem ich gerade arbeite."

„Und was malst du zur Zeit?"

„'Blick auf Toledo' — Ja, mein Freund, du weißt ja gar nicht, wie sehr ich Toledo liebe. Nicht nur wegen seines eigenartigen Lichtes, das es, da bin ich sicher, nirgendwo sonst auf dieser Welt gibt – sondern wegen seiner ganzen Atmosphäre. Ich habe Toledo sogar die vielen Gerichtsverfahren verziehen, die ich jedesmal durchleiden mußte, um zu meinem Geld zu kommen."

Der Mönch lächelte und sagte in leicht spöttischem Ton: „Man erzählt sich in Toledo, daß du, während diese Prozesse noch liefen, schon wieder neue Aufträge von genau den Leuten bekommen hast, die vor Gericht deine Gegner waren."

„Das stimmt. Die Kathedrale erteilte mir einmal einen neuen, wenn auch inoffiziellen Auftrag, als ein alter Streitfall noch nicht beigelegt war. Insgesamt betrachtet haben sie mich nicht allzu schlecht bezahlt; letzten Endes ging es nur um das Prinzip, über Beträge zu streiten, und – vielleicht hat mir das sogar manchmal Spaß gemacht. Denn ich habe immer gewonnen. Ich habe mich in Toledo verliebt, als ich die Stadt zum erstenmal betrat, und bin noch heute in sie verliebt. Wie Tintoretto und Carpaccio Venedig liebten, nenne ich Toledo meine Stadt. Schau, hier habe ich Toledo in grünen und blauen Tönen gemalt, eine Landschaft, wie sie sich noch nie jemand vor mir hat vorstellen können, und die sich auch nicht leicht kopieren läßt."

„Dann könnte man von dir sagen, Meister, daß ‚Kreta dir das Leben, Toledo aber die Malkunst gegeben hat.'"

„Möglich. Aber dann bist du ein Dichter."

Der letzte Vertrag, den El Greco unterschrieb, hatte die Planung und Ausführung von Altären für das Hospital de Afuera außerhalb der Stadtgrenzen Toledos zum Inhalt. Diesen Vertrag konnte er nicht mehr erfüllen, und er wurde nach seinem Tode zum finanziellen Desaster für seinen Sohn.

Im Zusammenhang mit diesem Vertrag begann Greco auch eine neue Version der „Taufe Christi"[1] zu malen, die er nicht vollenden konnte. Es handelte sich um eine genaue Kopie der „Taufe Christi", die er für das Colegio der Doña Maria de Aragón gemalt hatte. In der zweiten Version war Christus allerdings dunkelhaarig, und der Pinselstrich Grecos zeigte die Merkmale seiner letzten Schaffensperiode.

Im Jahre 1611 reiste Pacheco[2], ein Maler und Kunststudent aus Sevilla, extra von dort nach Toledo, um Greco aufzusuchen. Er sagte bei seiner Ankunft: „Ich habe eine weite Reise gemacht, um eure Werke zu sehen, Meister. Ich wäre Euch sehr dankbar, wenn ich eure Gemälde in der Werkstatt bewundern dürfte."

„Du kannst herumgehen und die Werke, die noch nicht verkauft oder ausgeliefert wurden, nach Belieben bewundern oder kritisieren. Leider sind meine Füße und Beine so geschwollen, daß ich dich nicht begleiten kann. Ich werde alt."

„Die Welt wird einen ihrer größten Maler, Bildschnitzer und Philosophen verlieren –"

Greco begann langsam und voller Weisheit zu lächeln. „Bist du gekommen, mir das zu sagen, oder hast du vor, es nach meinem Tode über mich zu schreiben? Mein Freund Paravicino hat begonnen, Verse über mich zu schreiben, ich habe gerade einige seiner Gedichte gelesen. Er schmeichelt mir darin sehr und nennt mich den ‚Göttlichen Griechen'. Andere sagen, ich wäre der Maler mit den ‚Beflügelten Händen' – auch ein hübscher Ausdruck, nicht wahr? Leider weisen diese netten Beschreibungen auf das Ende hin.

Paravicino nennt mich *'el divino Griego'* und einige Leute in Toledo bezeichnen mich als *'el loco'*. Beide Ansichten sind Extreme. Die eine bringt zum Ausdruck: ‚zu hoch, um verstanden zu werden', die andere: ‚zu einfach, um sich die Mühe zu machen, es zu verstehen'. Ich höre gern, was über meine Arbeit gesagt wird; doch warum sollte ich mich nun, da mein Werk getan ist, bemühen zu verstehen, was die anderen meinen?"

„Ich bewundere den unteren Teil Eures Orgaz-Gemäldes, die Porträts

1 Heute im Hospital de Afuera, Toledo

2 Pacheco wurde später der Schwiegervater Velazquez'; ein zeitgenössischer Kritiker El Grecos

der kastilischen Edlen, alle in Schwarz und Weiß und Schattierungen von Grau –"

„*Chiaroscuro*?"

„Ja, ich werde als ein anderer Maler nach Sevilla zurückkehren."

„Und was wirst du über mich *schreiben*?"

*

Zu Beginn des Jahres 1614 widmete sich Jorge Manuel voll seiner Arbeit am Rathaus von Toledo, und El Greco hatte begonnen, „Mariä Himmelfahrt" – Jerónimas Bild – zu malen. Er malte es sehr sorgfältig und schön, so wie er es ihr in seinem Traum versprochen hatte. Sie war die Madonna – vom blonden Engel in den Himmel emporgehoben, ein Engel, dessen schlanke weiße Füße Rosen und Lilien berührten – und im Hintergrund die beiden Städte, die El Greco geliebt hatte. Danach rührte er seine geliebten Pinsel nicht wieder an. Er hatte das Bild ganz allein vollendet. All die Reife seines Geistes, all die noch in seinem Körper verbliebene Kraft floß in dieses Werk ein.

Einige Zeit davor hatte er Jorge Manuel beauftragt, ihm ein Grab in der Kirche von Santo Domingo el Antiguo zu kaufen. Er wollte in der Kirche begraben sein, für die er seine ersten Bilder in Toledo gemalt hatte.

Nun sagte er zu seinem Sohn: „Ich wünsche, in meiner Arbeitskleidung beigesetzt zu werden. Und ich bevollmächtige dich, mein Testament zu machen."

Diese Vollmacht wurde seinem Sohn in Gegenwart von Zeugen übergeben, denn es war entsprechend den spanischen Rechtsvorschriften langwierig und kompliziert, ein Testament zu machen. Der wichtigste Satz der Vollmacht lautete: ... „Ich überlasse all meine irdischen Güter Jorge Manuel, einer Person meines Vertrauens, der mein Sohn und der Sohn von Jerónima de las Cuevas ist."

... Als El Greco mit zitternden Händen seine Unterschrift unter das Schriftstück setzte, dachte er daran, daß all seine irdischen Güter nicht mehr umfaßten als ein paar Möbelstücke und viele Gemälde, vollendet oder unvollendet –

Eine Woche später erhielt El Greco die heiligen Sakramente und starb.

Sein Sterben war sanft; er hatte kein Fieber und äußerte keinen besonderen Wunsch. Er starb ohne Empfehlungen an seine Familie und sah im Tod sehr alt und abgezehrt aus.

Es war am 7. April 1614, und es gab noch keine Rosen und Lilien. Er wurde wie ein spanischer Edelmann beigesetzt, und Toledo trauerte um ihn.

Zu seiner Beerdigung kamen Vertreter der drei Orden, die er in seinem Gemälde „Das Begräbnis des Grafen Orgaz" festgehalten hatte, und unter diesen waren die Franziskanermönche am zahlreichsten vertreten.

Bibliographie

Obwohl dies ein Roman und keine Biographie El Grecos ist, habe ich versucht, die wenigen Fakten, die über El Grecos Leben bekannt sind, so genau wie möglich zu verfolgen.
Ich habe Toledo, Madrid, Venedig usw. besucht sowie die meisten Bilder El Grecos, die in diesem Buch erwähnt sind, gesehen.
Mein Ziel war es, die verschiedenen Gemälde in der gleichen chronologischen Reihenfolge zu nennen, wie von den unten aufgeführten spanischen Sachverständigen angegeben.
Es existiert kein Dokument, das die rechtmäßige Eheschließung zwischen Jerónima de las Cuevas und El Greco belegt; in seinem Testament jedoch erwähnt er sie als die Mutter seines Sohnes Jorge Manuel. Die Biographen sind sich nicht darüber einig, ob er sie geheiratet hat oder nicht.
Das Testament des Stummen sowie sein schriftlich festgehaltener Wunsch, Tizians Abendmahl kopieren zu wollen, sind dem *Diccionario Histórico de los mas ilustres Professores de las bellas Artes en España* entnommen. Die Szene mit Philipp II. ist indes meine eigene Erfindung, ebenso der geheime Empfehlungsbrief, den der Stumme an den spanischen König geschickt hat.
Unter den vielen Arbeiten, die ich studiert habe, war mein wichtigster Führer die sehr vollständige spanische Biographie El Grecos von J. Camón Aznar, die mit den Schriften Manuel B. Cossios und San Románs in völliger Übereinstimmung stehen. Das Buch von Camón Aznar gibt genau an, wo sich die Gemälde heute befinden.

Literatur

Obras Completas de San Ignacio de Loyola, Ejercicios Espirituales.

Don Quixote, von Miguel de Cervantes Saavedra, Everyman's Library (Bibliothek für jedermann).

Maravigilie dell'Arte, von Carlo Ridolfi, herausgegeben von Detlev Freiherr von Hadeln, G. Grotsche Verlagsbuchhandlung, Berlin, 1914.

The Stones of Venice, von John Ruskin, Everyman's Library.

Histoire de France, von J. Michelet, Band 2 und 12.

Tradiciones de Toledo, von Eugenio de Olovarria y Harte, Madrid, 1880.

Toledo, Guia artistico-prática, von El Vizconda de Palazuelos, Toledo, 1890.

Greco, lo que se sabe de la Vida del Greco, von V. Bartolomés y Cossio (Manuel), Madrid, 1908.

El Greco en Toledo, o nuevas investigaciones acerca de la vida y obras de Dominico Theotocópuli, von F.B. de San Román, Madrid, Victoriano Suárez, 1910.

Zum geistigen Gehalt der Gemälde Tintorettos in der Scuola di San Rocco in Venedig, von Joachim Derschau, Heidelberg, 1911.

El Greco, von Elizabeth du Cue Trapier, 1925.

Dominico Theotokópuli, El Greco, von Dr. A.L. Mayer, München, Hanfstaengel, 1926.

De la Vida del Greco, von Francisco de B. San Román Fernández Del Archivo Español de Arts y Arqueologia (Nr. VIII-IX, 1927).

La Jeunesse du peintre Greco, von Willumsen, Paris, 1927.

Le mystère de Tolede, von Barrés.

Leyendas de la Ciudad del Tajo, von Antonio Delgado, Toledo, 1946.

The Eagle and the Dove, von Sackville-West.

Dominico Greco, von Juan de la Encina, Editorial Leyenda S.A., Mexico, 1944.

Tintoretto, the Paintings and Drawings, von Hans Tietze, London, 1950, The Phaidon Press, Ltd.

Philipp II., von Ludwig Pfandl, Verlag Georg D.W. Callwey, München, 1951.

Das fünfte Siegel, von S. Vestdijk, Rudolf M. Rohrer Verlag, 1942.

El Greco, von Manuel B. Cossio, Espasa-Calpe Argentine, S.A., 1948.

El Greco, von Antonina Vallentin, Fernand Hazan, Paris, 1951.

El Greco, von Antonina Vallentin, Museum Press, 1954.

El Greco, Phaidon Press, Ltd., 1954.

El Greco malt den Großinquisitor, von Stefan Andres, 1954.

Dominico Greco, von José Camón Aznar, Band 1 und 2, Espasa-Calpe, S.A., Madrid, 1950.

Elogio y Nostalgia de Toledo, von G. Marañón, Espasa-Calpe, S.A., Madrid, 1951.

Antonio Pérez, von G. Marañón, Espasa-Calpe, S.A., Madrid, 1954

und andere sowie die üblichen Nachschlagewerke.